LE DOMAINE DE L'HÉRITIÈRE

Titre original : *The Light Behind the Window*

Traduit de l'anglais par Jocelyne Barsse

Pour la traduction française :

Pour la présente édition :

76, boulevard Pasteur
75015 Paris – France
www.editionscharleston.fr

ISBN : 978-2-38529-024-5
Maquette : Patrick Leleux PAO

Lucinda Riley

LE DOMAINE DE L'HÉRITIÈRE

Roman

Traduit de l'anglais (Irlande)
par Jocelyne Barsse

CHARLESTON
POCHE

De la même autrice aux éditions Charleston

La Jeune Fille sur la falaise
La Belle Italienne
L'Ange de Marchmont Hall
La Lettre d'amour interdite
Le Secret d'Helena
La Chambre aux papillons
La Maison de l'orchidée
Les Mystères de Fleat House

Les Sept Sœurs – Maia (tome 1)
La Sœur de la tempête – Ally (tome 2)
La Sœur de l'ombre – Star (tome 3)
La Sœur à la perle – CeCe (tome 4)
La Sœur de la Lune – Tiggy (tome 5)
La Sœur du Soleil – Électra (tome 6)
La Sœur disparue (tome 7)
Atlas, l'histoire de Pa Salt (tome 8)

Retrouvez toute l'actualité de l'autrice
fr.lucindariley.co.uk
www.thesevensistersseries.com
www.facebook.com/lucindarileyauthor
www.twitter.com/lucindariley

Pour Olivia.

Ce que vous êtes, vous l'êtes par le hasard de la naissance ; ce que je suis, je le suis par moi-même.
Ludwig van Beethoven

La lumière à la fenêtre

Nuit sans fin
De la vie, je ne connais que les ténèbres
Lourd fardeau du quotidien
Je ne vois aucune lumière à la fenêtre
Journée plus douce
Une main s'est tendue dans l'obscurité
Délicatement, elle me touche
La chaleur envahit mon être tout entier
Jour naissant
Les ombres vont et viennent autour de toi
Désir secret et saisissant
Mon cœur s'est remis à battre pour toi
Lumière sans fin
De la vie je ne connaissais que la nuit
Cette lueur, je la perçois enfin
De mon amour infini, elle se nourrit

Sophia de La Martinières
Juillet 1943

1

Gassin, Sud de la France, printemps 1998

Émilie sentit la pression sur sa main se relâcher et regarda sa mère. Tandis que l'âme de Valérie quittait son corps, la douleur qui avait déformé ses traits disparaissait aussi. Émilie put ainsi entrevoir, l'espace d'un instant, la beauté de sa mère et oublier son visage émacié.

— Elle nous a quittés, murmura bien inutilement Philippe, le médecin.

— Oui.

Elle l'entendit marmonner une prière derrière elle, mais ne songea pas une seconde à se joindre à lui. Elle se contenta de fixer avec un étonnement morbide le tas de chair grise devant elle. C'était tout ce qui restait de la présence qui avait dominé sa vie pendant trente ans.

Par instinct, Émilie voulut secouer doucement sa mère pour la réveiller. Ses sens ne parvenaient pas à accepter ce départ, car Valérie avait toujours été une force de la nature.

Émilie avait imaginé maintes fois cette scène au cours des dernières semaines et elle s'était souvent demandé comment elle réagirait. Elle détourna les yeux du visage sans vie de sa mère et regarda par la fenêtre les volutes des nuages suspendus dans le ciel bleu comme des meringues pas encore cuites. Par la vitre ouverte, elle perçut le chant discret de l'alouette annonçant l'arrivée du printemps.

Elle se leva avec lenteur, les jambes un peu raides après les longues heures qu'elle avait passées à veiller sa mère dans la nuit, puis s'avança vers la fenêtre. La vue à l'aube ne laissait en rien présager la lourdeur qui s'installerait au cours des prochaines heures. La nature avait peint une nouvelle toile comme tous les matins, utilisant la palette des couleurs provençales, un mélange d'ambre, de vert et d'azur annonçant le jour qui se levait. Émilie regarda au-delà de la terrasse et des jardins à la française les vignes ondoyantes qui entouraient la maison et s'étendaient à perte de vue.

Le paysage était magnifique et n'avait pas changé depuis des siècles. Le château de La Martinières avait été un vrai refuge pour elle quand elle était enfant, un endroit où elle se sentait au calme et en sécurité. Cette tranquillité était gravée à tout jamais dans sa mémoire.

Et à présent, le château lui appartenait. Émilie ignorait cependant si sa mère, avec ses dépenses inconsidérées, avait laissé suffisamment d'argent pour l'entretenir.

— Mademoiselle Émilie, prenez le temps de lui dire adieu.

La voix du médecin s'insinua dans ses pensées.

— Je vais descendre au rez-de-chaussée et rédiger le certificat de décès. Je suis vraiment désolé.

Il quitta la pièce après lui avoir fait un signe de tête.

Est-ce que je suis désolée ?…

La question surgit spontanément dans l'esprit d'Émilie. Elle retourna vers le fauteuil et s'assit de nouveau, essayant de trouver des réponses aux nombreuses questions que soulevait la mort de sa mère. Elle aurait aimé pouvoir ajouter et soustraire ses émotions contradictoires pour obtenir un sentiment définitif. C'était bien sûr impossible. La femme qui était si désespérément immobile, si inoffensive à présent, et pourtant d'une influence si déroutante de son vivant, éveillerait toujours en elle une sensation de malaise.

Valérie avait mis sa fille au monde, elle l'avait nourrie et habillée, lui avait offert un toit solide au-dessus de sa tête. Elle ne l'avait jamais battue ni maltraitée.

Elle ne l'avait tout simplement pas remarquée.

Valérie avait été – Émilie chercha le mot juste – *indifférente.*

Ce qui l'avait rendue, elle, sa fille, invisible.

Émilie tendit la main et la posa sur celle de sa mère.

— Tu ne m'as pas vue, Maman… Tu ne m'as pas vue…

Émilie était parfaitement consciente, même si c'était douloureux de l'admettre, que sa naissance avait été dictée par la nécessité de produire un héritier pour la lignée de La Martinières ; une exigence satisfaite à contrecœur, par devoir, plus que par désir de materner. Et quand Valérie avait découvert qu'elle avait mis au monde une héritière, plutôt que le mâle requis, elle n'en avait été que plus indifférente encore. Trop vieille pour porter un autre enfant (Émilie avait été conçue alors que sa mère avait quarante-trois ans, aux dernières heures de sa fertilité), Valérie avait repris sa vie de grande dame. C'était l'une des hôtesses les plus charmantes, les plus généreuses et les plus belles de Paris. La naissance d'Émilie et sa présence par la suite semblaient aussi importantes aux yeux de Valérie que l'acquisition d'un nouveau chihuahua pour tenir compagnie aux trois autres qu'elle possédait déjà. Tout comme les chiens, Émilie était convoquée quand Maman voulait bien la câliner et la montrer en public. Au moins, les chiens avaient-ils le loisir de jouer ensemble pour se consoler, songea Émilie, alors qu'elle avait passé une grande partie de son enfance seule.

Non seulement elle n'avait pas le bon sexe, mais en plus elle avait hérité des traits de la famille de son père plutôt que des traits délicats et de la blondeur des ancêtres slaves de sa mère. Émilie était plutôt ronde, enfant.

Elle avait hérité du teint olive et des cheveux acajou épais de son père. Toutes les six semaines, on rafraîchissait sa coupe au bol, si bien que sa frange formait une ligne dense au-dessus de ses sourcils sombres.

— Parfois, quand je te regarde, j'ai du mal à croire que tu es la fille que j'ai mise au monde ! faisait remarquer sa mère au cours de ses rares visites dans la chambre de l'enfant avant d'aller à l'opéra. Enfin, au moins, tu as mes yeux.

Parfois Émilie aurait aimé arracher les yeux bleu sombre de leurs orbites et les remplacer par les magnifiques yeux noisette de son père. Elle trouvait qu'ils n'allaient pas avec son visage, et chaque fois qu'elle se regardait dans le miroir, elle voyait sa mère.

Elle pensait souvent qu'elle était née dépourvue de tous les dons que sa mère aurait voulu voir chez elle. Initiée à la danse classique dès l'âge de trois ans, elle découvrit que son corps refusait de coopérer et de se contorsionner pour réaliser les figures requises. Pendant que les autres petites filles virevoltaient dans la salle comme des papillons, elle peinait à se déplacer avec grâce. Ses pieds, petits et larges, aimaient être en contact avec le sol, ancrés dans la terre, et chaque tentative de les soustraire à cette attraction terrestre se soldait par un échec.

Les leçons de piano avaient été tout aussi infructueuses ; quant au chant, un véritable désastre ! Émilie n'avait tout simplement pas d'oreille.

Son corps ne s'accommodait pas mieux des robes féminines que sa mère lui faisait porter lors des soirées qu'elle organisait dans le superbe jardin rempli de roses de leur maison à Paris. Assise sur une chaise dans un coin, Émilie admirait cette femme charmante et magnifique qui se faufilait entre ses invités avec élégance et professionnalisme.

Durant les nombreuses réceptions dans la maison parisienne ou au château de Gassin, l'été, Émilie se sentait mal à l'aise et trop timide pour parler. Comble de malheur, elle n'avait pas hérité de l'aisance sociale de sa mère.

Pourtant, aux yeux du monde extérieur, elle avait tout pour elle. Une enfance digne d'un conte de fées. Elle avait été élevée dans une splendide maison à Paris, était née dans une famille noble aux ancêtres valeureux et était l'héritière d'une fortune intacte malgré les années de guerre. De quoi faire rêver toutes les jeunes filles de France !

Au moins avait-elle eu son père adoré. Certes, il ne s'occupait guère plus d'elle que sa mère. Il s'intéressait davantage à sa collection de livres rares dans le château de Gassin qu'à elle. Pourtant, quand Émilie parvenait à attirer son attention, il lui procurait l'amour et l'affection dont elle avait besoin.

Son père avait soixante ans quand elle était née et il était mort alors qu'elle n'avait que quatorze ans. Ils n'avaient pas passé beaucoup de temps ensemble, mais suffisamment pour qu'Émilie comprît qu'elle avait hérité en grande partie de sa personnalité. Édouard était calme et sérieux, préférant ses livres et la tranquillité du château à l'afflux constant de visiteurs que sa mère recevait dans leurs demeures. Émilie s'était souvent demandé comment ces deux êtres que tout opposait avaient pu tomber amoureux l'un de l'autre. Pourtant, Édouard semblait adorer sa femme plus jeune que lui, ne se plaignait pas de son style de vie prodigue, même s'il vivait lui-même bien plus simplement, et il était fier de sa beauté et de sa popularité dans le milieu aristocratique parisien.

Généralement, quand l'été touchait à sa fin et qu'il était temps pour Valérie et Émilie de regagner Paris, Émilie suppliait son père de la laisser rester.

— Papa, j'aime être à la campagne avec toi. Il y a une école au village… Je pourrais y aller et m'occuper de toi, parce que tu dois vraiment te sentir seul dans ce château désert.

Édouard caressait affectueusement son menton, mais secouait la tête.

— Non, ma petite. Tu sais à quel point je t'aime, mais tu dois retourner à Paris pour apprendre tes leçons et aussi pour devenir une dame comme ta mère.

— Mais, Papa, je ne veux pas partir avec Maman ; je veux rester ici, avec toi…

Puis, alors qu'elle avait treize ans… La jeune femme cligna des yeux pour chasser ses larmes soudaines, encore incapable de revivre ce moment où l'indifférence de sa mère s'était carrément transformée en négligence. Émilie en subirait les conséquences jusqu'à la fin de ses jours.

— Comment as-tu fait pour ne pas voir ce qui m'arrivait, pour ne pas t'en soucier, Maman ? J'étais ta fille !

Un tressautement de paupière sur le visage de Valérie fit sursauter Émilie. Elle eut peur tout à coup que sa mère soit encore en vie et ait entendu ce qu'elle venait de dire. Habituée à reconnaître les signes, Émilie chercha le pouls de Valérie sur son poignet, mais ne sentit rien. C'étaient simplement les muscles qui se relâchaient avant de s'immobiliser à tout jamais.

— Maman, je vais essayer de te pardonner. Je vais essayer de comprendre, mais, en cet instant précis, je suis incapable de dire si je suis heureuse ou triste que tu sois morte.

Émilie sentit sa respiration se bloquer, un mécanisme de défense contre la douleur engendrée par les mots prononcés à haute voix.

— Je t'aimais tellement, je faisais tout ce que je pouvais pour te plaire, pour que tu m'aimes et fasses attention à moi, pour me sentir digne d'être ta fille. Mon Dieu, j'ai vraiment tout fait !

Émilie serra les poings.

— Tu étais ma mère !

Le son de sa voix résonnant dans la grande chambre la réduisit au silence. Son regard se posa sur les armoiries de la famille de La Martinières, peintes deux cent cinquante ans auparavant sur la majestueuse tête de lit. Un peu effacés par le temps, deux sangliers, surmontés de la fameuse fleur de lys, s'affrontaient. La devise au-dessous, LA VICTOIRE PAR-DESSUS TOUT, était quasiment illisible.

Émilie se mit à frissonner, même s'il faisait chaud dans la pièce. Le silence dans le château était assourdissant. Cette maison, autrefois si animée, n'était plus qu'une coque vide abritant le passé.

Elle baissa les yeux et regarda sa chevalière qu'elle portait à l'auriculaire de sa main droite et sur laquelle figuraient les mêmes armoiries en miniature. Elle était la dernière descendante de cette illustre famille.

Émilie sentit soudain le poids des siècles et de ses ancêtres sur ses épaules. Quelle tristesse qu'une grande et noble famille n'ait désormais plus qu'une représentante : une trentenaire non mariée et sans enfants ! La famille avait résisté aux ravages causés par des siècles de brutalité, mais avait payé un lourd tribut à la Première et à la Seconde Guerre mondiale. Seul son père avait survécu au dernier conflit.

Au moins, les habituelles disputes concernant l'héritage lui seraient-elles épargnées. En vertu d'une loi napoléonienne désuète, tous les frères et sœurs héritaient de la propriété de leurs parents à parts égales. De nombreuses familles avaient frôlé la ruine totale car l'un des enfants refusait de vendre. Dans son cas, elle était la seule héritière.

Émilie soupira. Elle serait peut-être obligée de vendre, mais elle y penserait un autre jour. Il était temps à présent de dire adieu.

— Repose en paix, Maman.

Elle déposa un baiser sur son front gris, puis se signa. Elle se leva de son fauteuil avec lassitude, quitta la pièce et ferma la porte derrière elle.

2

Deux semaines plus tard

Émilie sortit avec son café au lait et son croissant par la porte de la cuisine et avança dans la cour remplie de lavande à l'arrière de la maison. Le château étant orienté au sud, la cour était le meilleur endroit pour profiter du soleil du matin. C'était une belle journée de printemps, il faisait suffisamment doux pour se passer d'un gilet.

L'après-midi des funérailles de sa mère à Paris, quarante-huit heures auparavant, la pluie était tombée sans discontinuer au cimetière. À la réception après l'enterrement, organisée au Ritz conformément aux vœux de Valérie, Émilie avait accepté les condoléances du gratin parisien.

Les femmes, qui avaient pour la plupart l'âge de sa mère, étaient toutes en noir et lui avaient fait penser à une assemblée de vieux corbeaux. Quelques chapeaux anciens cachaient leurs cheveux de plus en plus rares. Elles tenaient tout juste encore debout, mais sirotaient leur champagne en minaudant, le corps décharné par l'âge, le visage recouvert d'une épaisse couche de maquillage.

À l'apogée de leur gloire, elles avaient été considérées comme les femmes les plus belles et les plus puissantes de Paris. Mais la roue avait tourné depuis et elles avaient été remplacées par d'autres personnalités influentes plus jeunes. *Chacune de ces femmes attend tout simplement la mort*, s'était dit Émilie, un peu larmoyante quand elle avait quitté le Ritz et avait hélé un taxi pour rentrer chez elle, dans son appartement. Le moral à zéro, elle avait bu beaucoup plus de vin qu'à l'accoutumée et s'était réveillée le lendemain matin avec la migraine.

Tout en prenant une gorgée de café, Émilie se dit qu'au moins le pire était désormais derrière elle. Durant les deux dernières semaines, elle s'était entièrement consacrée à l'organisation et à la préparation des funérailles. Elle savait qu'elle devait à sa mère le genre d'adieux que Valérie aurait organisés à la perfection. Elle avait réfléchi pendant des heures, se demandant s'il fallait servir des cupcakes ou des petits-fours avec le café, et si les roses crème, trop ouvertes, que sa mère aimait tant, étaient assez spectaculaires pour décorer la table. Valérie prenait ce genre de décisions subtiles toutes les semaines, et Émilie se surprit à admirer l'aisance avec laquelle sa mère savait gérer ces situations. Elle la considéra avec un respect nouveau quoiqu'un peu réticent.

Émilie tourna son visage vers le soleil et savoura sa chaleur apaisante. Désormais, elle devait penser à l'avenir.

Gérard Flavier, le *notaire*[1] de la famille, qui s'occupait de leurs affaires juridiques et immobilières, était parti de Paris pour la retrouver ici, au château. Tant qu'il ne l'avait pas informée de l'état des finances de la propriété, il était inutile de faire des projets. Émilie avait pris un congé d'un mois – elle devrait consacrer beaucoup de temps à cette succession et le processus serait complexe. Comme elle aurait aimé avoir des frères et sœurs pour partager ce fardeau avec eux ! La gestion des finances et les questions juridiques n'étaient vraiment pas son fort. La responsabilité qui reposait à présent sur ses épaules la terrifiait.

Émilie sentit le contact doux de la fourrure sur sa cheville. Elle baissa les yeux et vit Frou-Frou, le dernier chihuahua de sa mère, la regarder mélancoliquement. Elle prit la vieille chienne et l'assit sur ses genoux tout en caressant ses oreilles.

— On dirait qu'il ne reste plus que toi et moi, Frou, murmura-t-elle. Alors, il faut qu'on veille l'une sur l'autre, n'est-ce pas ?

L'expression sérieuse dans les yeux à moitié aveugles de Frou-Frou fit sourire Émilie. Elle se demandait comment elle allait faire pour s'occuper de la chienne à l'avenir. Même si elle rêvait de s'entourer un jour d'animaux, son minuscule appartement dans le quartier du Marais et les longues heures qu'elle passait au travail ne correspondaient pas vraiment au mode de vie luxueux que le chihuahua avait connu jusque-là. Pourtant, c'était justement le travail d'Émilie de soigner les animaux,

---

1. Tous les mots en italique suivis d'un astérisque sont en français dans le texte original. (*Note de la traductrice.*)

ces êtres vulnérables incapables de lui expliquer comment ils se sentaient ni où ils avaient mal.

« C'est triste, mais ma fille semble préférer la compagnie des animaux à celle des êtres humains… »

Ces paroles illustraient parfaitement ce que Valérie pensait de la vie que menait Émilie. Quand elle avait annoncé qu'elle voulait aller à l'université et passer un doctorat de médecine vétérinaire, Valérie avait fait une moue pour exprimer son dégoût.

— Je ne comprends pas comment tu peux avoir envie de passer ta vie à ouvrir de pauvres petits animaux et à regarder leurs entrailles.

— Maman, tu parles d'un geste technique, pas de ma motivation profonde. J'aime les animaux et je veux les aider, avait-elle répondu, sur la défensive.

— Si tu veux absolument travailler et avoir une carrière, alors, pourquoi ne pas t'orienter vers la mode ? J'ai une amie qui travaille pour *Marie Claire*. Je suis sûre qu'elle pourrait te trouver un petit job. Bien sûr, quand tu te marieras, tu ne voudras plus travailler. Tu deviendras une épouse et tu mèneras une vie comme la mienne.

Émilie ne pouvait pas en vouloir à Valérie d'être restée figée dans son époque ; pourtant, elle ne pouvait s'empêcher de souhaiter que sa mère soit fière de sa réussite. Elle était sortie major de sa promotion de l'école vétérinaire et avait immédiatement commencé à travailler comme stagiaire dans un cabinet parisien très réputé.

— Peut-être que Maman avait raison, Frou, soupira-t-elle. Peut-être que je préfère les animaux aux humains.

Émilie entendit des pneus crisser sur le gravier, posa Frou-Frou par terre et se dirigea vers l'entrée de la maison pour accueillir Gérard.

— Émilie, comment allez-vous ? demanda Gérard Flavier en l'embrassant sur les deux joues.

— Ça va bien, merci, répondit Émilie. Comment s'est passé votre voyage ?

— J'ai pris un avion jusqu'à Nice, puis j'ai loué une voiture pour venir jusqu'ici, expliqua Gérard en passant devant elle pour s'arrêter dans l'immense entrée que les volets fermés plongeaient à moitié dans l'obscurité. Je suis vraiment content d'avoir pu m'échapper de Paris pour être dans l'une de mes régions préférées. Le printemps dans le Var est toujours si agréable.

— J'ai pensé qu'il était préférable que nous nous voyions ici, au château. Les papiers de mes parents sont dans le bureau de la bibliothèque et j'ai supposé que vous voudriez les consulter.

— En effet.

Gérard avança sur le sol en marbre et inspecta une tache d'humidité au plafond.

— Le château aurait vraiment besoin d'un peu d'attention et de soins, déplora-t-il. Il vieillit comme nous tous.

— Allons à la cuisine, si vous voulez bien. J'ai préparé du café.

— C'est exactement ce dont j'ai besoin !

Gérard la suivit dans le couloir qui menait à l'arrière de la maison.

— Asseyez-vous, invita-t-elle en montrant l'une des chaises autour de la longue table en chêne.

Puis elle se dirigea vers la cuisinière pour faire bouillir de l'eau.

— Ce n'est pas le grand luxe ici, fit remarquer Gérard en regardant la pièce peu meublée mais fonctionnelle.

— Non. Il est vrai qu'elle n'était utilisée que par le personnel qui préparait les repas pour ma famille et ses invités. Je ne pense pas que ma mère ait mis une seule fois les mains dans l'évier.

— Qui s'occupe du château et du ménage, à présent ?

— Margaux Duvall, la gouvernante, qui est là depuis plus de quinze ans. Elle vient du village tous les après-midi. Maman a renvoyé le reste du personnel après la mort de mon père et elle a arrêté de venir ici tous les étés. Elle passait ses vacances sur un yacht qu'elle louait.

— C'est vrai que votre mère aimait dépenser de l'argent.

Émilie posa une tasse de café devant Gérard.

— Le château ne faisait certainement pas partie de ses préoccupations, expliqua Émilie sans chercher à cacher sa désapprobation.

— Non. D'après ce que j'ai vu de ses finances jusqu'à présent, il semble qu'elle préférait les délices de la maison Chanel.

— Maman adorait la haute couture, je sais, reconnut Émilie en s'asseyant en face de lui. Même l'année dernière, alors qu'elle était si malade, elle continuait à assister aux défilés de mode.

— Valérie était vraiment un personnage. Elle était connue aussi. Son décès a fait couler beaucoup d'encre dans les journaux. Ce n'est guère surprenant d'ailleurs. La famille de La Martinières est l'une des plus illustres de France.

— Je sais, grommela Émilie en faisant la grimace. J'ai vu les journaux moi aussi. Apparemment, je vais hériter d'une fortune.

— Il est vrai que votre famille a été très riche autrefois. Malheureusement, Émilie, les temps ont changé. Le nom de votre famille existe encore, mais plus sa fortune.

— C'est ce que je pensais.

Émilie n'était pas surprise.

— Vous vous êtes sans doute rendu compte que votre papa n'était pas un homme d'affaires. C'était un intellectuel qui ne s'intéressait guère à l'argent. Je lui ai souvent parlé d'investissements possibles, j'ai essayé de le persuader de mettre un peu d'argent de côté pour l'avenir, mais il n'avait pas envie de se préoccuper des finances. Il y a vingt ans, ce n'était pas grave, sa fortune était encore considérable. Mais, entre le manque d'attention de votre père et le goût pour les belles choses de votre mère, elle a considérablement diminué.

Gérard soupira avant de continuer :

— Je suis désolé de vous apporter de mauvaises nouvelles.

— Je m'y attendais et ça n'a pas d'importance. Je veux simplement régler les affaires les plus urgentes avant de retourner à Paris et de reprendre le travail.

— Je crains, Émilie, que la situation ne soit pas aussi simple que ça. Je n'ai pas encore eu le temps de me pencher sur les détails, mais ce que je peux vous dire, c'est que la propriété a des créanciers, beaucoup de créanciers, et ils doivent être payés le plus rapidement possible, expliqua-t-il. Votre mère a réussi à accumuler des dettes de plus de vingt millions de francs[1] sur la maison de Paris. Elle avait beaucoup d'autres dettes également, qu'il faudra rembourser.

— Vingt millions de francs ! s'écria Émilie, horrifiée. Comment est-ce possible ?

— C'est simple : quand l'argent est venu à manquer, Valérie n'a rien changé à ses habitudes dispendieuses. Elle a vécu au-dessus de ses moyens pendant très, très longtemps. S'il vous plaît, Émilie, enchaîna Gérard en voyant son regard affolé, ne paniquez pas. Vous pourrez facilement rembourser ces dettes en vendant la maison à Paris, qui devrait rapporter environ soixante-dix millions de francs, je pense, mais aussi son contenu. Par exemple, la magnifique collection de bijoux de votre mère, déposée dans un coffre à la banque, et les nombreux tableaux et objets d'art précieux de la maison. Vous êtes très loin d'être pauvre, Émilie, croyez-moi, mais il faut agir vite pour redresser la situation et prendre des décisions pour l'avenir.

— Je vois, répondit doucement Émilie. Pardonnez-moi, Gérard. Je tiens de mon père et je ne me suis jamais intéressée aux finances. Je n'ai aucune expérience en matière de gestion du patrimoine.

— Je vous comprends parfaitement. Vos parents vous ont laissée avec une lourde responsabilité sur les épaules. Et vous êtes seule, même s'il semble que vous ayez beaucoup de famille tout à coup, ajouta Gérard en haussant les sourcils.

— Que voulez-vous dire ?

---

1. Le roman se déroule à la fin des années 1990, avant le passage à l'euro. (*Note de l'éditeur.*)

— Oh ! ne vous inquiétez pas ! Les vautours se manifestent souvent dans de telles situations. J'ai reçu plus de vingt lettres de personnes qui prétendent être liées d'une manière ou d'une autre à la famille de La Martinières. Des demi-frères et des demi-sœurs inconnus jusqu'alors, des enfants adultérins de votre père, soi-disant, mais aussi deux cousins, un oncle et une employée de la maison parisienne de vos parents dans les années 1960, qui jure que votre mère lui avait promis qu'elle lui léguerait un Picasso à sa mort.

Gérard sourit.

— Il fallait s'y attendre, mais malheureusement la loi française exige que chaque demande soit étudiée.

— Vous pensez qu'aucune de ces revendications n'est sérieuse ? demanda Émilie en écarquillant les yeux.

— J'en doute fortement. Si cela peut vous consoler, c'est arrivé à chaque décès commenté dans les médias dont j'ai dû m'occuper.

Il haussa les épaules.

— Laissez-moi faire et ne vous inquiétez pas. Je préférerais, Émilie, que vous vous concentriez sur le château. Que voulez-vous en faire ? Comme je vous l'ai dit, les dettes de votre mère peuvent facilement être remboursées avec la vente de la maison à Paris et de son contenu. Mais il vous reste néanmoins cette magnifique propriété, qui, d'après ce que j'ai vu, a grand besoin d'être restaurée. Peu importe ce que vous déciderez, vous resterez une femme riche. Mais voulez-vous vendre ce château ou non ?

Le regard d'Émilie se perdit dans le vague et elle poussa un gros soupir.

— Pour être honnête, Gérard, j'aimerais ne pas avoir à affronter une telle situation. J'aimerais que quelqu'un puisse prendre la décision à ma place. Et qu'en est-il des vignes ici ? Le domaine viticole génère-t-il des bénéfices ?

— Là encore, il faut que je me penche sur la question pour vous. Si vous décidez de vendre le château, vous pouvez y inclure le vignoble si l'exploitation est florissante.

— Vendre le château…

Émilie répéta les mots de Gérard. Le fait de les entendre prononcés à haute voix ne faisait que souligner l'énormité des responsabilités qui pesaient sur ses épaules.

— Ce domaine appartient à la famille depuis deux cent cinquante ans. Maintenant, c'est à moi de prendre la décision. Et, à vrai dire, je ne sais pas du tout quelle est la meilleure décision.

Émilie soupira.

Gérard secoua la tête et la regarda avec compassion.

— Que puis-je dire ? Nous ne pouvons pas toujours choisir les situations dans lesquelles nous nous trouvons. Je ferai tout mon possible pour vous aider, Émilie. Je sais que c'est ce que votre père m'aurait demandé dans de telles circonstances. Maintenant, je vais aller me rafraîchir et nous pourrions un peu plus tard marcher jusqu'au vignoble et parler au viticulteur.

— D'accord, acquiesça Émilie avec lassitude. J'ai ouvert les volets dans la chambre à gauche de l'escalier principal. C'est l'une de celles qui offrent la meilleure vue. Vous voulez que je vous accompagne ?

— Non, merci. J'ai souvent logé ici, comme vous le savez. Je sais me repérer dans la maison.

Gérard se leva, fit un signe de tête à Émilie et sortit de la cuisine pour emprunter l'escalier principal et se rendre dans sa chambre. Il s'arrêta à mi-chemin, sur les marches, et regarda le visage poussiéreux et décoloré d'un ancêtre des de La Martinières. De nombreuses familles nobles françaises, et l'histoire qu'elles avaient écrite, disparaissaient petit à petit, ne laissant derrière elles qu'une ligne à peine visible dans le sable pour marquer leur passage. Il se demanda ce que le grand Gilles de La Martinières, dont il admirait le portrait (guerrier, aristocrate et, selon certains, amant de Marie-Antoinette), aurait pensé en apprenant que l'avenir de sa lignée reposait sur les frêles épaules d'une jeune femme. Une femme que Gérard avait toujours trouvée étrange.

Durant ses nombreuses visites dans la famille, Gérard avait vu une enfant ordinaire, dont la réserve ne lui permettait pas de réagir à l'affection qu'il, comme d'autres, lui témoignaient. Une enfant qui semblait renfermée, distante, presque revêche dans la façon dont elle repoussait ses approches amicales. Gérard considérait que son métier de *notaire** ne se limitait pas à l'aspect purement technique de la profession. Il ne s'agissait pas d'aligner des colonnes de chiffres, il fallait également être capable de lire les émotions de ses clients.

Émilie de La Martinières était une véritable énigme pour lui.

Il l'avait observée aux funérailles de sa mère, et son visage n'avait trahi aucune émotion. Certes, elle s'était embellie en grandissant, et l'adulte qu'elle était devenue était beaucoup plus séduisante que l'enfant.

Pourtant, même quelques minutes auparavant, alors qu'il était assis en face d'elle à la cuisine, Gérard ne l'avait pas trouvée vulnérable face à la perte du dernier membre de sa famille et à la terrible responsabilité qui lui incombait désormais. L'existence qu'elle menait à Paris n'aurait pas pu être plus éloignée de celle de ses ancêtres. Elle avait une vie tout à fait ordinaire. Pourtant, tout était extraordinaire dans l'histoire de ses parents et de sa famille.

Irrité par les réponses vagues de sa cliente et par son mutisme, Gérard se remit à gravir les marches. Il y avait quelque chose d'inaccessible chez elle, mais il était incapable de mettre le doigt dessus.

Quand Émilie se leva pour poser les tasses de café dans l'évier, la porte de la cuisine s'ouvrit, et Margaux, la gouvernante du château, entra. Son visage s'illumina lorsqu'elle vit Émilie.

— Mademoiselle Émilie ! s'exclama Margaux en s'approchant pour l'embrasser. Je ne savais pas que vous alliez venir ! Vous auriez dû me le dire ! J'aurais tout préparé pour vous.

— Je suis arrivée de Paris tard dans la nuit. Je suis contente de vous voir, Margaux.

Margaux se recula et regarda Émilie, les yeux remplis de compassion.

— Comment allez-vous ?

— Aussi bien que possible, répondit honnêtement Émilie.

En voyant Margaux, qui s'était occupée d'elle quand, jeune fille, elle venait passer les étés au château, elle avait senti sa gorge se serrer.

— Vous êtes toute maigre. Vous ne mangez donc pas ? demanda Margaux tout en étudiant sa silhouette.

— Bien sûr que si, Margaux ! De plus, il est vraiment peu probable que je dépérisse, répondit Émilie en souriant et en passant les mains sur ses formes.

— Vous avez une très belle silhouette ! Regardez-moi à côté !

Margaux montra son corps grassouillet et pouffa.

Émilie observa les yeux bleus de Margaux qui avaient perdu de leur éclat, ses cheveux blonds parcourus de mèches grises. Elle repensa à la Margaux qu'elle avait connue quinze ans auparavant – c'était une très belle femme à l'époque – et constata une fois encore avec tristesse que le temps détruisait tout sur son passage.

La porte de la cuisine s'ouvrit de nouveau. Un jeune garçon apparut. Il était mince, et de grands yeux bleus, qu'il avait hérités de sa mère, illuminaient son visage aux traits délicats. Il regarda Émilie, l'air surpris, puis se tourna nerveusement vers sa mère.

— Maman ? Tu crois vraiment que j'ai le droit de venir ici ?

— Ça ne vous dérange pas si Anton reste au château avec moi pendant que je travaille, mademoiselle Émilie ? C'est les vacances de Pâques et je ne veux pas le laisser à la maison tout seul. En général, il s'assoit dans un coin et lit tranquillement.

— Bien sûr que non. Pas de problème, répondit Émilie en souriant au jeune garçon pour le rassurer.

Margaux avait perdu son mari huit ans auparavant dans un accident de voiture. Depuis, elle se débrouillait tant bien que mal pour élever son fils seule.

— Je pense qu'il y a suffisamment de place pour nous tous ici.

— Oui, mademoiselle Émilie. Merci, dit Anton avec gratitude tout en marchant vers sa mère.

— Gérard Flavier, notre notaire, est à l'étage. Il va passer la nuit ici, Margaux, ajouta Émilie. Nous irons voir les vignes un peu plus tard et parler avec Jean et Jacques.

— Dans ce cas, je préparerai sa chambre une fois que vous serez partis. Faut-il que je m'occupe du repas pour ce soir ?

— Non, merci, nous irons dîner au village.

— Il y avait quelques factures dans le courrier ces derniers jours. Dois-je vous les donner ? demanda Margaux, embarrassée.

— Oui, bien sûr, répondit Émilie en soupirant. Il n'y a personne d'autre pour les payer maintenant.

— Non, je suis désolée, mademoiselle. C'est dur pour vous d'être complètement seule à présent. Je sais ce que c'est.

— Oui, merci. À tout à l'heure, Margaux.

Émilie fit un signe de tête à la mère et au fils, puis quitta la cuisine pour aller chercher Gérard.

Cet après-midi-là, Émilie accompagna Gérard à la *cave** sur le domaine viticole. C'était une petite exploitation de treize hectares, environ, qui produisait douze mille bouteilles par an. Du rosé, du rouge et du blanc vendus pour la plupart aux boutiques, restaurants et hôtels du coin.

L'intérieur de la cave était sombre et frais. L'odeur du vin qui fermentait dans les immenses fûts de chêne alignés le long des murs imprégnait l'air.

Jean Benoît, le viticulteur, se leva de son bureau quand ils entrèrent.

— Mademoiselle Émilie, quel plaisir de vous voir !

Jean l'embrassa chaleureusement sur les deux joues.

— Papa, regarde qui est là !

Jacques Benoît avait près de quatre-vingt-dix ans. Les membres raidis par les rhumatismes, il n'en venait pas moins tous les jours à la cave où, assis à une table, il enveloppait méticuleusement chaque bouteille de vin dans du papier de soie violet. Il leva les yeux et sourit.

— Mademoiselle Émilie, comment allez-vous ?

— Je vais bien, merci, Jacques. Et vous ?

— Ah ! je ne suis plus assez en forme pour aller chasser le sanglier dans les collines comme nous le faisions autrefois avec votre père, répondit-il en riant. Mais chaque matin, quand je me réveille, je suis content de constater que je respire encore.

La chaleur de leur accueil et leur familiarité réchauffèrent le cœur d'Émilie. Son père était très ami avec Jacques, et Émilie s'était souvent rendue, à bicyclette, à la plage de Gigaro avec Jean, qui avait huit ans de plus qu'elle et qui lui semblait très adulte à l'époque. Émilie s'imaginait parfois que c'était son grand frère. Jean avait toujours été très protecteur et gentil avec elle. Il avait perdu sa mère, Francesca, tout jeune, et Jacques avait fait de son mieux pour l'élever seul.

Le père et le fils, tout comme leurs ancêtres avant eux, avaient grandi dans la petite maison attenante à la cave. Jean dirigeait désormais le domaine. Il avait pris la suite de son père lorsque Jacques avait estimé que son fils était capable de pressurer les raisins et de les faire fermenter comme il le lui avait appris.

Émilie se rendit compte que Gérard se tenait derrière elle et qu'il semblait plutôt mal à l'aise. Elle s'arracha à sa rêverie et se chargea des présentations.

— Voici Gérard Flavier, le notaire de la famille.

— Je crois que nous nous sommes déjà vus, monsieur, il y a longtemps, dit Jacques en lui tendant une main tremblante.

— Oui, et je pense encore à la délicatesse du vin que vous produisez ici quand je suis à Paris, fit remarquer Gérard en souriant.

— Vous êtes bien gentil, monsieur, répondit Jacques. Mais je crois que mon fils excelle encore plus dans l'art du rosé provençal.

— Je suppose, monsieur Flavier, que vous êtes venus pour regarder les chiffres et les résultats de notre exploitation plutôt que pour tester la qualité de nos produits ?

Jean paraissait embarrassé.

— J'aimerais en effet savoir si votre exploitation est financièrement rentable. J'ai besoin de ces informations pour mon analyse globale. Mlle Émilie va devoir prendre des décisions, comme nous le savons tous.

— Bon, intervint Émilie. Je ne pense pas vous être d'une grande utilité pour le moment. Je vais aller me promener un peu dans les vignes.

Elle fit un signe de tête aux trois hommes et quitta immédiatement la cave.

En sortant, elle comprit que les décisions qu'elle devrait prendre n'engageaient pas uniquement son avenir, mais aussi celui de la famille Benoît, dont le revenu dépendait entièrement du domaine. C'est pourquoi elle s'était sentie si gênée. Les Benoît vivaient de la vigne depuis plus de cent ans.

Elle avait perçu l'inquiétude de Jean en particulier ; il ne connaissait que trop bien les conséquences si Émilie venait à vendre le château. Un nouveau propriétaire souhaiterait peut-être engager un viticulteur de sa connaissance. Jean et Jacques seraient alors contraints de quitter leur maison. Il lui était impossible d'imaginer un tel changement, car les Benoît semblaient enracinés dans le sol qu'elle était en train de fouler.

Le soleil déclinait dans le ciel quand Émilie avança sur la terre caillouteuse entre les rangs de vignes fragiles. Durant les prochaines semaines, elles pousseraient comme de la mauvaise herbe pour produire les gros fruits sucrés qui seraient vendangés à la fin de l'été et qui donneraient le vin du millésime en cours.

Elle se retourna pour regarder le château, qui se dressait à trois cents mètres de là, et laissa échapper un soupir désespéré. Ses murs pâles, ses volets bleu clair, les grands cyprès qui se dressaient de part et d'autre de l'entrée se fondaient dans le paysage, baignant dans la lumière douce du soleil couchant. Simple mais élégante, parfaitement intégrée à son environnement rural, la maison était à l'image de la famille, discrète mais noble, dont elles étaient toutes deux issues.

Et nous sommes les dernières survivantes…

Émilie eut soudain un élan de tendresse pour cette demeure. Quelque part, elle était orpheline, elle aussi. Une maison reconnue mais délaissée, qui avait su malgré tout garder son air digne et gracieux dans l'adversité. Émilie voyait là quelques points communs entre elles.

— Comment puis-je te donner ce dont tu as besoin ? murmura-t-elle au château. J'ai une vie ailleurs, je...

Émilie soupira, puis entendit quelqu'un l'appeler.

Gérard se dirigeait vers elle. Il s'arrêta à côté d'elle et suivit son regard vers le château.

— Il est magnifique, n'est-ce pas ?

— Oui. Mais je ne sais pas quoi en faire.

— Et si nous rentrions ? Je pourrais vous faire part de mes réflexions sur le sujet et peut-être vous aideront-elles à prendre une décision...

— Merci.

Vingt minutes plus tard, lorsque le soleil disparut complètement derrière la colline sur laquelle le village médiéval de Gassin avait été construit, Émilie s'installa à la table sur la terrasse avec Gérard et écouta ce qu'il avait à dire.

— Le vignoble est en dessous de ce qu'il pourrait produire, aussi bien en termes de rendement que de profits. Les ventes de rosé ont considérablement augmenté dans le monde ces dernières années. Il n'est plus le parent pauvre du vin blanc ou du vin rouge. Jean pense que, si les conditions météorologiques restent stables dans les prochaines semaines, les vendanges seront exceptionnelles et qu'il pourra obtenir un cru d'excellente qualité. Le problème, Émilie, c'est que le vignoble n'a jamais été considéré comme un placement sérieux par votre famille, qui envisageait la culture de la vigne tout au plus comme un loisir.

— Oui, j'en suis consciente, admit Émilie.

— Jean m'a vraiment impressionné, je dois dire. Il m'a appris que, depuis la mort de votre père, il y a seize ans, aucun investissement n'a été fait dans l'exploitation viticole. Au départ, les vignes avaient été plantées pour fournir en vin les occupants du château. À l'âge d'or du domaine, quand vos ancêtres recevaient beaucoup, le vin était servi à table pour eux et leurs convives. Aujourd'hui, tout est différent ; pourtant, le vignoble n'a pas changé depuis cent ans.

Gérard regarda Émilie dans l'espoir de la voir réagir. Comme ce ne fut pas le cas, il poursuivit :

— L'exploitation viticole aurait besoin d'une injection de fonds pour se développer à la hauteur de ses possibilités. Jean me dit par exemple qu'il y a suffisamment de terre pour doubler la surface des vignes. Il faudrait également investir dans des équipements plus perfectionnés afin de moderniser l'exploitation et dégager un profit substantiel, toujours d'après Jean. La question est de savoir si vous voulez vous occuper du vignoble et du château à l'avenir. Il s'agit de deux grands chantiers de rénovation qui vous prendraient à peu près tout votre temps.

Émilie écouta le silence qui suivit. Pas le moindre souffle de vent. Le calme qui régnait semblait l'envelopper d'un châle doux et protecteur. Pour la première fois depuis la mort de sa mère, Émilie se sentait parfaitement tranquille. Un état d'esprit qui ne la poussait pas franchement à prendre une décision dans l'immédiat.

— Merci pour votre aide, Gérard. Mais je ne pense pas qu'il me soit possible de vous donner une réponse tout de suite. Si vous m'aviez posé la question il y a deux semaines, je vous aurais répondu catégoriquement que j'avais l'intention de vendre. Mais à présent…

— Je comprends, répondit Gérard en hochant la tête. Mes conseils ne portent naturellement que sur l'aspect financier de la situation. Je ne peux en rien influencer la décision que vous dictera votre cœur. Cela vous aidera peut-être de savoir que, si vous vendez la maison à Paris, son contenu, et les bijoux de votre mère, je crois que vous pourrez non seulement financer la restauration du château, mais aussi en tirer un revenu confortable pour le reste de votre vie. Et, bien sûr, il y a la bibliothèque. Votre père n'a peut-être pas consacré toute son énergie à l'entretien et à la rénovation de ses propriétés, mais son legs se trouve à l'intérieur de ce château. Il a complété une collection déjà importante de livres rares. J'ai regardé tout à l'heure les registres dans lesquels il consignait ses nouvelles acquisitions. Il semble avoir doublé le nombre de volumes. Les livres anciens ne relèvent pas de mon domaine de compétences, mais je pense que cette collection est d'une grande valeur.

— Je ne m'en séparerai jamais, déclara Émilie avec fermeté, surprise elle-même de se sentir ainsi sur la défensive. C'est l'œuvre de toute une vie, celle de mon père. J'ai passé beaucoup d'heures avec lui dans la bibliothèque quand j'étais enfant.

— Bien sûr, et il n'y a pas de raison que vous vous en sépariez. Mais si vous décidez de ne pas garder le château, il vous faudra trouver un endroit plus grand que votre appartement à Paris pour entreposer la collection.

Gérard eut un sourire ironique.

— Maintenant, il faut que je mange. Vous voulez bien m'accompagner jusqu'au village pour que nous dînions ensemble ? Je pars tôt demain et je dois, avec votre permission, inspecter le contenu du bureau de votre père pour trouver tous les documents financiers dont j'ai besoin.

— Bien sûr.

— D'abord, je dois passer quelques coups de téléphone, dit-il comme pour s'excuser. Mais je vous retrouve en bas dans une demi-heure.

Émilie regarda Gérard quitter la table et entrer à l'intérieur de la maison. Elle se sentait mal à l'aise en sa compagnie, même s'il avait toujours été présent dans sa vie. Elle l'avait traité comme tout enfant traiterait un adulte distant.

Désormais, il n'y avait plus ses parents pour converser avec lui. Elle avait directement affaire à lui, et c'était une expérience nouvelle et embarrassante.

Quand elle rentra, Émilie comprit ce qui la gênait : elle avait l'impression que Gérard la traitait avec condescendance, même s'il essayait simplement de l'aider.

Mais, parfois, elle croyait voir dans ses yeux du ressentiment. Peut-être pensait-il – et personne ne pouvait lui en vouloir – qu'elle n'avait pas la carrure pour endosser le costume de dernière survivante de la famille de La Martinières, avec tout le poids de son histoire. Émilie était consciente qu'elle n'était pas aussi glamour que ses prédécesseurs. Née dans une famille extraordinaire, elle souhaitait par-dessus tout être ordinaire.

3

Le lendemain matin, de bonne heure, Émilie entendit la voiture de Gérard descendre l'allée du château pour rejoindre la route. Elle était couchée dans son étroit lit d'enfant.

La fenêtre de la chambre était orientée au nord-ouest, si bien qu'il y avait peu de lumière le matin. Bien sûr, elle pourrait très bien désormais s'installer dans une des grandes et belles chambres à l'avant de la maison, avec leurs immenses fenêtres qui donnaient sur le jardin et les vignes.

Frou-Frou, qui avait tellement gémi la nuit dernière qu'Émilie avait fini par céder et la laisser dormir sur son lit, aboyait à présent devant la porte pour sortir faire ses besoins. Une fois à la cuisine, Émilie se prépara un café, puis emprunta le couloir jusqu'à la bibliothèque. La pièce, particulièrement haute de plafond, que son père avait toujours maintenue dans une semi-obscurité pour protéger les livres, sentait la poussière et les souvenirs d'enfance. Émilie posa sa tasse sur la surface en cuir usé du bureau de son père, puis s'avança vers une fenêtre et rabattit un battant du volet. Des moutons de poussière quittèrent leur cachette lorsqu'une brise soudaine et inhabituelle vint les déloger. Ils se mirent à tourbillonner et voltiger dans tous les sens dans la lumière douce du matin.

Émilie s'assit sur la banquette de la fenêtre et regarda les rayonnages qui allaient du sol au plafond. Elle n'avait aucune idée du nombre de livres que contenait la bibliothèque. Son père avait passé une grande partie des dernières années de sa vie à faire l'inventaire de sa collection et à la compléter. Elle se leva et marcha doucement le long des murs tapissés de livres, qui s'élevaient jusqu'à quatre fois sa hauteur. Elle avait l'impression que, telles des sentinelles stoïques, ils l'observaient. Ils savaient sans doute que leur sort était désormais entre ses mains et se demandaient ce qu'ils allaient devenir.

Émilie se revit assise dans cette même pièce avec son père en train de jouer au jeu de l'alphabet. Ce dernier consistait à choisir deux lettres de l'alphabet, n'importe lesquelles. Une fois qu'elle avait fait part de son choix à son père, il se déplaçait le long des rayonnages à la recherche d'un auteur dont le livre commençait par ces initiales. Il était rare qu'il ne parvînt pas à trouver un ouvrage dont le titre contenait les deux premières lettres qu'Émilie lui avait données. Même quand elle essayait de le piéger en optant pour des lettres telles que le *x* et le *z*, son père dénichait un ouvrage abîmé de philosophie chinoise ou une mince anthologie d'un poète russe dont le nom avait depuis longtemps sombré dans l'oubli.

Bien qu'elle l'eût regardé faire pendant des années, Émilie regrettait à présent de ne pas avoir accordé plus d'attention aux méthodes de classement bien particulières de son père. Il suffisait de regarder l'agencement des ouvrages sur les étagères pour comprendre qu'ils n'étaient pas classés simplement par ordre alphabétique. Sur l'étagère devant elle, il y avait des œuvres de Dickens, de Platon et de Guy de Maupassant.

Elle savait également que la collection était si étendue que l'inventaire que son père avait commencé dans de grands registres empilés sur le bureau était loin d'être complet.

S'il était capable de retrouver presque immédiatement le livre qu'il recherchait dans cette immense bibliothèque, Édouard avait emporté cette aptitude et son secret dans la tombe.

— Si je vends cette maison, que vais-je faire de vous ? murmura-t-elle aux livres.

Ils la regardèrent en silence. Des milliers d'enfants abandonnés qui savaient que leur avenir dépendait d'elle. Émilie s'arracha à la rêverie. Elle ne pouvait pas laisser l'émotion dicter ses choix. Si elle décidait de vendre le château, il lui faudrait trouver une autre maison pour les livres. Après avoir refermé le volet, replongeant les livres dans leur sommeil protégé, elle quitta la bibliothèque.

Émilie passa le reste de la matinée à inspecter les innombrables coins et recoins du château, s'émerveillant soudain devant une frise vieille de deux siècles qui ornait le plafond de la magnifique salle de réception, les meubles français élégants mais branlants et les nombreux tableaux accrochés aux murs.

À midi, elle alla dans la cuisine pour se servir un verre d'eau. Elle le but avidement, se rendant compte qu'elle se sentait un peu essoufflée et étourdie, comme si elle venait de se réveiller d'un mauvais rêve. La beauté qu'elle avait vue si clairement ce matin-là l'entourait depuis toujours ; pourtant, elle ne l'avait jamais vraiment appréciée, ne lui avait accordé aucune valeur particulière. Désormais, plutôt que de considérer son héritage et sa lignée comme une corde autour de son cou dont elle souhaitait se libérer, elle vivait ses premiers élans d'enthousiasme.

Soudain affamée, Émilie inspecta en vain le réfrigérateur et les placards de la cuisine. Prenant Frou-Frou sous le bras, elle sortit. Elle posa le petit chien dans la voiture à côté d'elle et partit pour Gassin. Après s'être garée, elle gravit le vieil escalier en pente raide à travers le village qui montait jusqu'au boulevard en haut de la colline, sur lequel se trouvaient tous les bars et les restaurants. Elle s'installa à une table au coin de la terrasse pour admirer la vue spectaculaire sur la côte au-dessous d'elle. Elle commanda un pichet de rosé et une salade maison, savoura la chaleur du soleil de midi, pendant que les pensées se bousculaient dans sa tête.

— Excusez-moi, mademoiselle. Vous êtes bien Émilie de La Martinières ?

Tout en protégeant ses yeux du soleil avec sa main, Émilie regarda l'homme qui se tenait devant elle.

— Oui ? répondit-elle en le considérant avec méfiance.

— Alors, je suis ravi de faire votre connaissance.

L'homme tendit la main.

— Je m'appelle Sebastian Carruthers.

Émilie tendit à son tour une main hésitante.

— Nous nous sommes déjà rencontrés ?

— Non, jamais.

Émilie constata qu'il parlait très bien français, mais avec un accent anglais.

— Alors, puis-je vous demander comment vous me connaissez ? répliqua-t-elle d'un ton abrupt qui cachait mal sa nervosité.

— C'est une longue histoire que je vous raconterai un jour. Vous attendez quelqu'un ? demanda-t-il en montrant la chaise vide en face d'elle.

— Euh, non, répondit Émilie en secouant la tête.

— Alors, je pourrais peut-être m'asseoir et vous expliquer ?

Émilie n'eut pas le temps de refuser : Sebastian avait déjà tiré la chaise pour s'installer à sa table. Maintenant que la lumière du soleil ne l'aveuglait plus, elle étudia son visage et sa silhouette. Il devait avoir à peu près son âge ; ses vêtements décontractés mais de bonne qualité tombaient parfaitement sur son corps mince. Il avait quelques taches de rousseur sur le nez, des cheveux châtains et de beaux yeux marron.

— Je suis désolé pour votre mère, dit-il.

— Merci.

Émilie but une gorgée de vin et immédiatement ses bonnes manières, profondément enracinées en elle, refirent surface.

— Je peux vous offrir un verre de rosé ?

— Avec plaisir.

Sebastian fit signe au serveur qui lui apporta un verre, et Émilie prit le pichet pour lui verser du vin.

— Comment avez-vous appris la mort de ma mère ?

— Ce n'est pas vraiment un secret en France, n'est-ce pas ? dit Sebastian, les yeux pleins de compassion. Elle était plutôt célèbre. Puis-je vous présenter mes condoléances ? C'est un moment difficile pour vous.

— Oui, répondit-elle avec raideur. Vous êtes anglais ?

— Vous avez deviné !

Sebastian leva les yeux au ciel, feignant d'être horrifié.

— Moi qui ai tout fait pour perdre mon accent ! Malheureusement pour moi, oui, je suis anglais. Mais j'ai passé un an à Paris pour étudier l'histoire de l'art. Je suis un vrai francophile.

— Je vois, murmura Émilie. Mais…

— … mais cela ne vous explique toujours pas pourquoi je savais que vous étiez Émilie de La Martinières. Eh bien…

Sebastian lui lança un regard mystérieux avant de poursuivre :

— Le lien entre vous et moi remonte à un passé lointain.

— Vous êtes un parent ?

Émilie se souvint soudain de la mise en garde de Gérard.

— Non, pas du tout, répondit-il en souriant. Mais ma grand-mère était française par sa mère. J'ai appris récemment qu'elle avait, durant la Seconde Guerre mondiale, travaillé en étroite collaboration avec Édouard de La Martinières, qui, je crois, était votre père.

— Je vois.

Émilie ne savait pratiquement rien du passé de son père. Tout ce qu'elle savait, c'est qu'il n'en parlait jamais. Et elle se demandait toujours ce que cet Anglais voulait d'elle.

— J'ignore tout de la vie de mon père à cette époque.

— Je ne savais pas grand-chose moi non plus jusqu'à ce que ma grand-mère me raconte, juste avant sa mort, qu'elle était ici pendant l'Occupation. Elle m'a également dit qu'Édouard était un homme très courageux.

En entendant ces mots, Émilie sentit sa gorge se serrer.

— Vous devez comprendre… Quand je suis née, mon père avait soixante ans. C'était plus de vingt ans après la fin de la guerre.

— Ah oui, dit Sebastian en hochant la tête.

— De plus, ce n'était pas le genre d'hommes à se vanter de ses exploits, ajouta Émilie avant de boire une bonne gorgée de vin.

— En tout cas, Constance, ma grand-mère, le tenait en haute estime. Elle m'a aussi parlé du magnifique château à Gassin, dans lequel elle avait séjourné pendant qu'elle était en France. La maison se trouve tout près du village, n'est-ce pas ?

— Oui.

La salade d'Émilie arriva.

— Vous désirez manger quelque chose ? demanda-t-elle par politesse.

— Si vous voulez bien de ma compagnie, oui.

— Bien sûr.

Sebastian commanda, et le serveur repartit.

— Alors, qu'est-ce qui vous amène à Gassin ? demanda Émilie.

— C'est une très bonne question. Après mes études à Paris, j'ai voulu faire carrière dans le commerce de l'art. J'ai une petite galerie à Londres, mais je passe la plus grande partie de mon temps à chercher les tableaux rares que mes riches clients souhaitent acquérir. Je suis venu en France pour essayer de persuader le propriétaire d'un Chagall de me le vendre. Ce type vit à Grasse, qui, comme vous le savez, n'est pas très loin d'ici. J'ai appris par hasard la mort de votre mère dans les journaux. J'ai alors repensé au lien que ma grand-mère avait avec votre famille et je me suis dit que j'allais faire une halte ici pour voir le château dont j'avais tellement entendu parler. Ce village est vraiment magnifique.

— Oui, répondit-elle, déconcertée par cette étrange conversation.

— Alors, Émilie, vous vivez au château ?

— Non, répondit-elle, embarrassée par ses questions sans détour. Je vis à Paris.

— Où j'y ai beaucoup d'amis, dit Sebastian avec enthousiasme. J'espère pouvoir passer plus de temps en France, un jour, mais, pour le moment, je suis en train de bâtir ma réputation en Grande-Bretagne. C'est une grande déception de ne pas avoir pu mettre la main sur ce Chagall pour mon client. Cela aurait été ma première négociation dans la cour des grands.

— Je suis désolée.

— Merci. Je m'en remettrai. Vous n'auriez pas quelques tableaux de valeur dans votre château dont vous aimeriez vous débarrasser ? demanda Sebastian avec humour.

— Je ne sais pas, répondit-elle honnêtement. Il faut que je fasse évaluer les tableaux et les objets d'art du château. Ça fait partie de toutes les choses dont je dois m'occuper dans les prochaines semaines.

— Je suis sûr que vous ferez appel à l'un des meilleurs experts parisiens pour authentifier et évaluer votre patrimoine artistique. Toutefois, si vous avez besoin de l'avis d'un connaisseur sur place en attendant, je serai ravi de vous aider.

Alors que son croque-monsieur arrivait, Sebastian sortit une carte de son portefeuille et la tendit à Émilie.

— Je vous promets que je ne suis pas un charlatan, insista-t-il. Je peux vous donner des références si nécessaire.

— C'est très gentil à vous, mais le notaire de notre famille s'occupe de ces questions.

Émilie fut elle-même surprise par sa morgue.

— Bien sûr.

Il versa un peu de rosé dans chaque verre et attaqua son croque-monsieur.

— Bon, dit-il, s'empressant de changer de sujet. Que faites-vous à Paris ?

— Je suis vétérinaire dans un grand cabinet, dans le quartier du Marais. On ne peut pas dire que je sois très bien payée, mais j'adore ce que je fais.

— Vraiment ?

Sebastian haussa les sourcils.

— Je suis surpris. Je pensais, qu'avec vos origines, vous auriez une occupation beaucoup plus glamour ou que vous n'auriez même pas besoin de travailler.

— Oui, c'est ce que tout le monde pense… Je suis désolée, mais il faut vraiment que j'y aille.

Émilie fit signe au serveur.

— Excusez-moi, Émilie, je ne voulais pas vous vexer, s'empressa de dire Sebastian. C'est tout à votre honneur ! Vraiment !

Une envie soudaine d'échapper à cet homme et à ses questions insistantes l'envahit. Émilie prit son sac, sortit quelques billets de son portefeuille et les posa sur la table.

— J'ai été ravie de faire votre connaissance, dit-elle en prenant Frou-Frou dans ses bras et en s'éloignant rapidement de la table.

Elle descendit les marches en pierre le plus vite possible. Elle se sentait ridicule, bouleversée, larmoyante.

— Émilie, attendez, s'il vous plaît !

Ignorant la voix derrière elle, elle poursuivit son chemin, mais Sebastian finit par la rattraper.

— Écoutez, lâcha-t-il, hors d'haleine. Je suis vraiment désolé de vous avoir blessée. J'ai le chic pour ça, on dirait.

Sebastian se mit à marcher au même pas qu'elle.

— Si ça peut vous consoler, je suis né avec un sacré fardeau sur les épaules, moi aussi. J'ai un manoir délabré dans les landes du Yorkshire, que je suis censé restaurer et sauver de la ruine alors que je n'ai pas un sou pour financer un tel chantier.

Ils étaient arrivés à la voiture, et Émilie n'eut pas d'autre choix que de s'arrêter.

— Alors, pourquoi ne le vendez-vous pas ?

— Parce qu'il fait partie de mon héritage et… (il haussa les épaules) c'est compliqué. En tout cas, je ne cherche pas à vous raconter une histoire à faire pleurer dans les chaumières. J'essaie juste de vous expliquer que je sais ce que c'est que d'être défini par son passé. Je suis dans ce cas, moi aussi.

Émilie chercha les clés dans son sac sans dire un mot.

— Je ne veux pas me comparer à vous, poursuivit Sebastian, je veux juste vous dire que je compatis.

— Merci. Il faut que j'y aille, maintenant.

— Je suis pardonné ?

Elle se tourna pour le regarder, exaspérée par son émotivité, mais incapable de la contrôler.

— C'est juste que…

Elle fixa le paysage verdoyant autour d'elle, cherchant les mots justes pour s'expliquer.

— Je veux être jugée pour ce que je suis.

— Je comprends, vraiment. Écoutez, je ne vais pas vous retenir plus longtemps, mais j'ai été ravi de faire votre connaissance.

Sebastian tendit la main.

— Bonne chance.

— Merci, au revoir.

Émilie déverrouilla sa portière, l'ouvrit et posa Frou-Frou, quelque peu irritée, sur le siège passager. Elle s'installa au volant, mit le moteur en route et descendit doucement la colline tout en essayant de comprendre pourquoi elle avait réagi si violemment. Peut-être avait-elle été déstabilisée par la franchise de Sebastian, elle qui était habituée au côté beaucoup plus formel des Français lors d'une première rencontre.

Émilie se dit qu'il avait tout simplement essayé d'être aimable. C'était elle qui avait un problème. Sebastian avait touché son point le plus sensible et elle avait réagi en conséquence. Émilie le regarda descendre la colline à pied à quelques mètres devant elle et se sentit coupable et embarrassée.

J'ai trente ans, bon sang ! pensa-t-elle. Le domaine de La Martinières lui appartenait désormais et c'était à elle de décider ce qu'elle allait en faire. Il était peut-être temps qu'elle commence à se comporter comme une adulte et non plus comme une enfant capricieuse. Lorsqu'elle fut à la hauteur de

Sebastian, elle prit une profonde inspiration et baissa sa vitre.

— Puisque vous avez fait tout ce chemin pour voir le château, Sebastian, il serait dommage de partir sans l'avoir visité. Je peux vous y conduire si vous voulez.

— Vous en êtes sûre ?...

L'expression de Sebastian illustrait parfaitement sa surprise qui perçait aussi dans sa voix.

— J'aimerais beaucoup le voir, c'est certain, en particulier avec quelqu'un qui le connaît si bien.

— Alors, montez, je vous en prie.

Elle se pencha et ouvrit la portière passager.

— Merci.

Émilie redémarra et ils descendirent la colline.

— Je suis vraiment désolé de vous avoir blessée. Vous êtes sûre que vous ne m'en voulez plus ?

— Sebastian, vous n'y êtes absolument pour rien. C'est entièrement ma faute. La simple mention de ma famille dans un tel contexte est, comme on l'appellerait en psychologie, un déclencheur, et c'est à moi d'apprendre à mieux réagir.

— Oui, nous réagissons tous à ce genre de déclencheurs, en particulier quand nous avons des parents brillants et puissants.

— Ma mère avait en effet une forte personnalité. Sa disparition a créé un vide dans la vie de nombreuses personnes. Comme vous le dites, avoir des parents aussi accomplis peut nous mettre une drôle de pression sur les épaules et j'ai toujours su que je ne serais jamais comme elle.

Émilie se demanda si les deux verres de vin qu'elle avait bus pendant le déjeuner lui avaient délié la langue. Mais, soudain, elle n'était plus gênée d'aborder ce sujet avec lui. Elle ne savait pas trop si elle devait s'en réjouir ou s'en inquiéter.

— Je ne peux pas vraiment dire la même chose de ma mère, ou de Victoria, comme elle tenait absolument à ce qu'on l'appelle. Je ne me souviens même plus d'elle. Elle nous a mis au monde, mon frère et moi, dans une communauté hippie aux États-Unis. Un jour – j'avais trois ans et mon frère en avait deux –, elle est partie en Angleterre avec nous et nous a emmenés chez mes grands-parents dans le Yorkshire. Quelques semaines plus tard, elle a repris la route et nous a laissés chez eux. Nous n'avons plus de nouvelles depuis.

— Oh ! Sebastian ! s'exclama Émilie, remuée. Vous ne savez même pas si votre mère est encore en vie ?

— Non, mais notre grand-mère a largement compensé ce manque. Comme nous étions très jeunes quand elle nous a abandonnés, Constance est pour ainsi dire devenue notre mère. Et je peux vous assurer que, si ma mère se trouvait au milieu d'une foule d'autres personnes dans une pièce, je ne pourrais certainement pas la reconnaître.

— Vous avez eu de la chance d'avoir votre grand-mère, mais c'est quand même triste. Et vous ne savez pas qui est votre père ?

— Non. J'ignore en fait si mon frère et moi avons le même. Nous sommes très différents, en tout cas…

Le regard de Sebastian se perdit dans le vague.

— Vous avez connu votre grand-père ?

— Il est mort quand j'avais cinq ans. C'était un homme très gentil, mais il a combattu en Afrique du Nord pendant la guerre et a été grièvement blessé. Il est resté très fragile ensuite. Mes grands-parents étaient très unis. Ma pauvre grand-mère a non seulement perdu son mari adoré mais aussi sa fille. Je pense que, si elle a tenu le coup, c'est parce qu'elle nous avait, nous, ses petits-fils, auprès d'elle. C'était vraiment une femme étonnante. Elle construisait encore des murets en pierres sèches à l'âge de soixante-dix-huit ans et elle était encore en pleine forme juste avant que sa maladie ne se déclare. Je crois qu'il n'y en a plus, des femmes comme elle aujourd'hui, ajouta-t-il, une pointe de tristesse dans la voix. Désolé, dit-il soudain, je parle trop.

— Pas du tout. Ça me console de savoir que je ne suis pas la seule à avoir grandi dans des conditions particulières. Parfois, je me dis que c'est aussi pesant d'avoir un passé trop glorieux que de ne pas en avoir du tout, fit remarquer Émilie en soupirant.

— Je suis tout à fait d'accord.

Sebastian hocha la tête, puis se mit à sourire.

— Mon Dieu, si quelqu'un entendait cette conversation, il nous prendrait pour deux gamins gâtés et privilégiés qui se lamentent sur leur pauvre sort. Nous ne sommes quand même pas à la rue, n'est-ce pas ?

— Non. Et bien sûr c'est certainement ce que pense tout le monde. En particulier de moi. Et c'est bien normal. Personne ne voit ce qui se cache derrière tout ça. Regardez, dit-elle en pointant le doigt, le château est juste en bas.

Sebastian observa l'édifice rose pâle élégant blotti dans la vallée au-dessous d'eux. Il laissa échapper un sifflement admiratif.

— Il est vraiment magnifique et exactement comme ma grand-mère me l'a décrit. Et il n'a rien à voir avec notre maison familiale dans les landes mornes et désolées du Yorkshire. Même si l'environnement sauvage de Blackmoor Hall lui donne un charme différent, plutôt impressionnant.

Émilie s'engagea dans la longue allée qui menait au château et longea le côté de la bâtisse pour se garer à l'arrière. Une fois qu'elle eut arrêté la voiture, ils descendirent.

— Vous êtes sûre que vous avez le temps de me faire visiter ? demanda Sebastian en la regardant. Je peux revenir un autre jour si vous préférez.

— Non, ça va.

Émilie se dirigea vers le château avec Frou-Frou, et Sebastian la suivit dans l'entrée, puis jusqu'à la cuisine.

Elle conduisit Sebastian de pièce en pièce, l'observant chaque fois qu'il s'arrêtait devant un tableau, un meuble et les nombreux objets d'art ornant les manteaux de cheminée, les commodes et les tables. Une vaste collection, couverte de poussière, qui n'avait jamais été estimée. Elle le conduisit dans le petit salon, et Sebastian s'avança tout droit vers un tableau.

— Il me rappelle *Luxe, Calme et Volupté,* que Matisse a peint en 1904 alors qu'il séjournait à Saint-Tropez. L'effet pointillé est similaire.

Sebastian passa les doigts juste au-dessus de la toile.

— Même s'il s'agit ici d'un paysage avec la mer et les rochers et qu'il n'y a pas de personnages.

— *Luxury, Peace and Pleasure,* répéta Émilie en anglais. Je me souviens que mon père m'a lu le poème de Baudelaire.

— Oui.

Sebastian se retourna, les yeux brillants d'enthousiasme, ravi.

— Matisse s'est inspiré de *L'Invitation au voyage* pour son tableau. Il est désormais au musée d'Orsay à Paris.

Il se remit à étudier le tableau devant lui.

— D'après ce que je peux voir, il n'est pas signé, à moins que le nom ne soit caché sous le cadre. Mais il s'agit peut-être d'une sorte d'étude préparatoire pour le tableau. D'autant que Matisse se trouvait à Saint-Tropez à l'époque où son style était similaire à celui que l'on voit sur cette toile. Et c'est à deux pas d'ici, n'est-ce pas ?

— Mon père fréquentait Matisse à Paris. Apparemment, il venait aux salons que Papa tenait pour les artistes de la ville. Je sais qu'il aimait beaucoup Matisse et qu'il parlait souvent de lui, mais j'ignore s'il est venu au château.

— Eh bien, comme beaucoup d'autres artistes et écrivains, Matisse a passé la Seconde Guerre mondiale ici, dans le Sud, à l'abri du danger. La vie et l'œuvre de Matisse, c'est une véritable passion pour moi.

La voix de Sebastian tremblait d'émotion.

— Je peux décrocher le tableau pour voir s'il y a une dédicace derrière ? Les artistes donnaient souvent une de leurs œuvres à leurs généreux bienfaiteurs. Tels que votre père, peut-être.

— Oui, bien sûr.

Émilie vint se poster à côté de Sebastian tandis qu'il décrochait avec précaution le tableau, faisant apparaître un carré de papier peint plus sombre derrière. Il retourna la toile pour étudier l'arrière avec Émilie, mais il n'y avait aucune inscription.

— Peu importe, ce n'est pas la fin du monde, la rassura Sebastian. Si Matisse avait signé cette œuvre, il aurait été moins difficile de prouver qu'il s'agissait bien là d'un de ses tableaux.

— Vous en êtes vraiment convaincu ?

— Après ce que vous venez de m'apprendre sur les liens entre Matisse et votre père, je dirais qu'il y a de grandes chances pour que ce soit bel et bien une de ses œuvres. D'autant que l'on retrouve ici la technique utilisée par Matisse à l'époque où il a peint *Luxe, Calme et Volupté*. Il faudrait naturellement l'envoyer chez un expert pour le faire authentifier.

— Et s'il s'agit bien d'un Matisse, quelle valeur peut-il avoir ?

— Étant donné qu'il n'y a pas de signature, je n'ai pas assez d'expérience pour en juger. Matisse était extrêmement prolifique et il a vécu longtemps. Vous aimeriez vendre le tableau ?

— Une question de plus à faire figurer sur ma liste, répondit Émilie en laissant échapper un soupir épuisé.

— Bon, dit Sebastian en raccrochant le tableau au mur. J'ai naturellement des contacts qui pourraient l'authentifier, mais je suis certain que votre notaire préférera faire appel aux experts avec qui il a l'habitude de travailler. Merci de me l'avoir montré et de m'avoir fait visiter ce merveilleux château.

— Je vous en prie, dit Émilie en sortant du petit salon avec lui.

— Vous savez, reprit Sebastian en se grattant la tête une fois qu'ils arrivèrent dans l'entrée, il me semble que ma grand-mère a mentionné une étonnante collection de livres anciens qu'elle a vue pendant son séjour ici. Est-ce moi qui me fais des idées ou non ?

— Non.

Émilie se rendit compte qu'elle avait réussi à éviter la bibliothèque dans son parcours de visite.

— La bibliothèque est juste là. Je vais vous montrer.

— Merci, si vous avez le temps, naturellement.

— Oui.

Sebastian fut impressionné en entrant dans la pièce.

— Mon Dieu, dit-il en passant doucement devant les étagères. C'est une collection tout simplement remarquable. Combien peut-il y avoir de livres, vous le savez ? Quinze, vingt mille ?

— Je n'en ai vraiment aucune idée.

— Sont-ils fichés ? Classés dans un ordre particulier ?

— Ils sont classés selon un ordre choisi par mon père et son père avant lui. Cette collection a été commencée il y a plus de deux cents ans. Les acquisitions les plus récentes sont répertoriées, oui.

Émilie montra les registres en cuir sur le bureau de son père.

Sebastian en ouvrit un, tourna les pages et vit les centaines de titres inscrits par Édouard de sa magnifique écriture.

— Je sais que ça ne me regarde pas, Émilie, mais, vraiment, c'est une collection extraordinaire. D'après ce que je vois, votre père a acquis beaucoup de premières éditions très rares, sans parler des livres déjà présents. Ce doit être l'une des plus belles collections de livres anciens en France. Il faudrait faire appel à un professionnel pour créer une base de données.

Se sentant soudain complètement dépassée, Émilie se laissa tomber dans le fauteuil en cuir de son père.

— Mon Dieu, murmura-t-elle, ma liste de choses à faire augmente de jour en jour. Je crois bien qu'organiser la succession de mes parents va m'occuper à plein temps.

— Peut-être, mais ça en vaut la peine, dit Sebastian d'un ton encourageant.

— Mais j'ai une autre vie, une vie que j'aime. Une vie calme et…

« À l'abri du danger », aurait aimé ajouter Émilie, mais elle savait que cela paraîtrait étrange.

— … organisée.

Sebastian avança vers elle à grands pas, puis s'agenouilla à côté d'elle tout en appuyant son bras sur le fauteuil.

— Je vous comprends parfaitement, Émilie. Et si vous voulez retrouver cette vie, vous devez faire appel à des gens en qui vous avez une confiance absolue pour tout régler.

— Mais à qui puis-je faire confiance ? demanda-t-elle au plafond.

— Eh bien, vous avez parlé de votre notaire, il me semble. Vous pourriez lui confier la gestion de toutes vos affaires, tout remettre entre ses mains.

— Mais… objecta Émilie, sentant les larmes lui monter aux yeux. Je dois bien ça à ma famille et à son histoire. Je ne peux quand même pas fuir.

— Émilie, dit doucement Sebastian, il est encore trop tôt pour vous décider. Il est tout à fait normal que vous vous sentiez dépassée. Vous venez tout juste d'enterrer votre mère. Vous êtes encore en état de choc, vous commencez seulement votre travail de deuil. Pourquoi ne pas vous laisser un peu de temps ?

Il tapota sa main, puis se leva.

— Il faut que je file, mais vous avez ma carte et il va sans dire que je serais ravi de vous aider d'une manière ou d'une autre. Ce château est une manne providentielle pour moi, en particulier les tableaux qu'il abrite.

Il sourit.

— En tout cas, je vais certainement rester à Gassin quelque temps. Si vous souhaitez que je soumette le tableau que nous avons regardé ensemble à l'avis d'un expert, qui pourra alors l'authentifier, appelez-moi.

— Merci, dit Émilie en s'assurant que la carte était toujours dans la poche de son jean.

— Grâce à mes contacts à Paris, je pourrai également trouver les noms des meilleurs antiquaires et libraires spécialisés dans les livres anciens. Quelle que soit votre décision quant à l'avenir du château, il est bon de connaître la valeur de ce que vous possédez. Je suppose que vos parents avaient contracté une assurance pour protéger leur patrimoine ?

— Je n'en ai pas la moindre idée, répondit-elle en haussant les épaules.

Connaissant son père, elle en doutait, mais elle se promit de poser la question à Gérard.

— Merci pour vos conseils, dit-elle avec gratitude en se levant.

Elle adressa un petit sourire à Sebastian, puis l'accompagna jusqu'à la porte de derrière et s'avança avec lui vers la voiture.

— Je suis désolée… Je me laisse un peu submerger par mes émotions. Ça ne me ressemble pas. Nous pourrons peut-être parler une autre fois de ce que votre grand-mère vous a raconté à propos de mon père pendant la guerre.

— J'en serais ravi et vous n'avez vraiment pas besoin de vous excuser, ajouta-t-il tandis qu'ils montaient dans la voiture. Vous venez de perdre un être cher et en plus vous devez régler beaucoup de choses en même temps.

— Je vais m'en sortir, je n'ai pas le choix de toute façon.

Elle s'engagea dans l'allée pour rejoindre la route.

— J'en suis certain. Comme je vous l'ai dit, n'hésitez pas à me contacter si vous avez besoin de mon aide.

— Merci.

— Le gîte où je loge est juste en bas à gauche, indiqua Sebastian en montrant un carrefour. Vous pouvez me déposer ici et je ferai le reste du chemin à pied. Il fait si beau aujourd'hui.

— D'accord.

Elle arrêta la voiture.

— Et merci encore.

— Prenez soin de vous, Émilie, dit-il en descendant.

Après lui avoir fait signe, Sebastian s'éloigna tranquillement le long de la route.

Émilie fit marche arrière et reprit la direction du château. Perturbée, elle erra de pièce en pièce, sentant le vide pénétrant causé par l'absence de toute présence humaine.

Lorsque la nuit tomba et que la température baissa, Émilie alla se réfugier dans la cuisine. Elle s'installa près de la cuisinière et mangea une assiette de cassoulet que Margaux avait laissée pour elle. Pourtant, elle n'avait guère d'appétit, et Frou-Frou fut ravie d'en profiter.

Après le dîner, elle verrouilla la porte de derrière, monta à l'étage et fit couler un lent filet d'eau tiède dans la vieille baignoire couverte de tartre.

Elle s'allongea dedans et se dit que, la baignoire étant parfaitement à sa taille, elle pourrait servir de modèle à son futur cercueil. Lorsqu'elle sortit du bain, elle s'essuya, puis, contrairement à son habitude, elle laissa tomber la serviette par terre, devant le miroir en pied.

Émilie se força, non sans mal, à regarder son corps nu. Elle l'avait toujours considéré comme un accessoire médiocre, dont elle avait hérité au hasard de la loterie génétique. Petite fille potelée, elle avait continué à grossir pendant l'adolescence. Malgré les supplications de sa mère qui l'encourageait à manger moins et plus sainement, Émilie avait renoncé, vers l'âge de dix-sept ans, aux innombrables régimes à base de concombre et de melon prescrits par son médecin. Elle avait caché son torse imparfait sous des vêtements amples et confortables et avait laissé la nature suivre son cours.

C'est à la même époque qu'elle avait refusé de participer aux soirées dansantes, au cours desquelles elle était censée fréquenter des jeunes hommes et des jeunes filles issus du même milieu qu'elle. Les rallyes étaient organisés par un groupe de mères désirant caser leur progéniture avec un partenaire de la même classe sociale. La compétition faisait rage parmi les adolescents français de famille aristocratique ou bourgeoise. C'était à qui faisait partie du rallye le plus élitiste. Valérie, avec son nom de famille, pouvait convaincre n'importe qui de devenir membre de son groupe. Elle avait été très déçue, pour ne pas dire désespérée, quand Émilie lui avait annoncé qu'elle ne voulait plus assister aux cocktails organisés dans de grandes demeures et hôtels particuliers.

— Comment peux-tu tourner le dos à tes origines ? avait demandé Valérie, indignée.

— Je les déteste, Maman. Je ne veux pas être réduite à un nom de famille ni à un compte en banque. Je suis désolée, mais tout ça, c'est fini pour moi.

En regardant dans le miroir sa poitrine généreuse, ses hanches rondes, ses jambes bien galbées, Émilie comprit qu'elle avait dû perdre du poids au cours des dernières semaines. Malgré son œil critique, elle ne put s'empêcher d'être surprise. Son ossature ne lui permettrait certes jamais d'avoir une silhouette de sylphide ; cependant, elle était loin d'être grosse.

Avant de se sentir coupable, comme elle en avait l'habitude, Émilie s'éloigna du miroir et passa sa chemise de nuit. Elle se coucha, éteignit la lumière et écouta le silence parfait autour d'elle. Elle se demanda alors ce qui avait bien pu la pousser à observer sa nudité et ce que cette révélation allait provoquer.

Six ans, c'était le nombre d'années qui s'étaient écoulées depuis la fin de son histoire avec Olivier. On ne pouvait même pas parler d'une histoire d'amour. Sa relation avec ce jeune vétérinaire séduisant, nouvelle recrue du cabinet à l'époque, n'avait duré que quelques semaines. Elle ne l'appréciait pas plus que ça, d'ailleurs, mais son corps chaud la nuit à côté d'elle, les quelques mots qu'ils échangeaient pendant le dîner lui avaient fait un peu oublier la solitude de son existence. Olivier avait fini par disparaître, mais elle savait très bien qu'elle n'avait fait aucun effort pour le retenir.

Émilie n'aurait pas vraiment su dire de quoi l'amour se composait : un mélange d'attirance physique, d'entente profonde... de *fascination** peut-être. Mais elle n'était jamais tombée amoureuse, elle en était certaine. De plus, qui pourrait bien l'aimer ?

Cette nuit-là, Émilie se tourna et se retourna dans son lit. Elle avait l'impression que sa tête allait exploser à cause de toutes les décisions qu'elle devait prendre et de la responsabilité devant laquelle elle ne pouvait plus reculer.

Mais son sommeil fut encore plus perturbé par l'image de Sebastian dans son esprit.

Pendant le peu de temps qu'il avait passé au château, elle s'était sentie en sécurité en sa présence. Il semblait compétent, solide et... oui, il était très séduisant.

Quand sa main avait touché les siennes durant quelques secondes dans la bibliothèque, elle n'avait pas tressailli comme à l'accoutumée, lorsqu'elle avait le sentiment que quelqu'un envahissait son espace personnel.

Émilie se sermonna. Elle devait être bien seule et triste pour qu'un homme, qu'elle avait rencontré par hasard seulement quelques heures auparavant, pût lui faire un tel effet. De plus, pourquoi un homme si beau et apparemment si brillant s'intéresserait-il à elle ? Ils ne jouaient pas dans la même cour et elle ne le reverrait certainement jamais. À moins, bien sûr, qu'elle n'appelle le numéro sur la carte qu'il lui avait donnée et qu'elle ne lui demande son aide pour authentifier le Matisse...

Émilie secoua sombrement la tête, sachant qu'elle n'aurait jamais le courage de le faire.

Cette route ne menait nulle part. Elle avait décidé des années auparavant qu'elle préférait vivre seule. Ainsi, plus personne ne pourrait la blesser ou la décevoir.

Émilie finit par s'endormir en se raccrochant à cette pensée.

4

Après sa nuit perturbée, Émilie se réveilla alors que la matinée était déjà bien avancée. Elle se prépara une tasse de café, dressa une liste interminable de « choses à faire », puis elle prit une feuille blanche et nota toutes les questions qu'elle devait se poser. Au départ, elle n'avait eu qu'une envie : vendre les deux maisons le plus vite possible, régler les problèmes liés au domaine familial et reprendre sa vie tranquille à Paris. Mais à présent…

Émilie se frotta le nez avec son stylo et balaya la cuisine du regard, comme si les murs pouvaient lui donner la solution. Elle vendrait la maison de Paris : elle n'y avait pas de bons souvenirs. Néanmoins, sa position quant à l'avenir du château avait évolué au cours des derniers jours.

Non seulement il s'agissait de la demeure d'origine de la famille, construite par le comte Louis de La Martinières en 1750, mais il y régnait aussi une atmosphère qu'elle avait toujours aimée. Le château la calmait, lui rappelait les jours heureux qu'elle avait passés ici avec son père.

Devait-elle envisager de le garder ?

Émilie se leva et se mit à arpenter la cuisine, tournant et retournant la question dans sa tête. N'était-ce pas ridicule, pour ne pas dire indécent, pour une femme seule, de vivre dans une telle demeure ?

À l'évidence, sa mère n'était pas de cet avis, mais il est vrai que le milieu que fréquentait Valérie était une classe bien à part. Émilie avait renoncé à cette existence des années auparavant et elle savait parfaitement comment vivaient les gens ordinaires.

Pourtant, l'idée de s'installer ici, dans cet environnement paisible et tranquille, la séduisait de plus en plus. Après avoir passé la majeure partie de sa vie avec le sentiment d'être une étrangère au sein de sa famille, elle avait pour la première fois l'impression d'être enfin arrivée chez elle. Elle fut stupéfaite de constater à quel point elle avait soudain envie de rester ici.

Émilie se rassit à la table de la cuisine et continua à noter les questions qu'elle devrait poser à Gérard. Si elle pouvait redonner au château sa splendeur d'antan, elle ne servirait pas uniquement ses intérêts, car il faisait partie du patrimoine français, non ? En le restaurant, elle rendrait service à son pays. Confortée dans son choix par cette pensée, elle prit son téléphone portable et composa le numéro de Gérard.

Après avoir longuement discuté avec lui, Émilie regarda les notes qu'elle avait prises. Gérard lui avait à nouveau assuré qu'elle pourrait facilement restaurer le château. Il lui avait néanmoins fait comprendre qu'elle ne disposait pour l'instant d'aucune liquidité. Tous les travaux qu'elle souhaitait entreprendre devraient être financés par ce qui serait vendu dans l'avenir immédiat.

Il avait paru décontenancé par son changement d'avis soudain.

— Émilie, c'est tout à votre honneur de vouloir préserver l'héritage familial. Mais la restauration d'une maison de cette taille est une tâche d'une ampleur considérable. J'irais jusqu'à dire que c'est un travail à plein temps pendant au moins deux ans. Et tout va reposer sur vos épaules. Vous êtes seule.

Émilie s'attendait presque à ce qu'il ajoute « Et en plus vous êtes une femme », mais il s'était abstenu. Gérard devait penser à la charge de travail dont il allait hériter, car il était, à l'évidence, certain qu'elle ne s'en sortirait pas sans lui. Irritée par sa condescendance, mais consciente qu'elle n'avait pas vraiment œuvré pour qu'il en fût autrement, Émilie sortit son ordinateur portable et l'alluma. Puis, elle se mit à rire en se demandant comment elle avait pu espérer surfer sur Internet dans une maison dont l'installation électrique n'avait pas dû être revue depuis les années 1940. Elle prit Frou-Frou sous le bras, monta dans sa voiture et se rendit au village. Après avoir gravi la colline en pente raide, elle demanda à Damien, l'aimable propriétaire du restaurant Le Pescadou, si elle pouvait profiter de leur connexion Internet.

— Bien sûr que vous le pouvez, dit-il en la conduisant jusqu'à un petit bureau au fond du restaurant. Je suis désolé de ne pas être venu vous saluer avant, mais j'étais à Paris. Tout le monde au village a été triste d'apprendre le décès de votre maman. Tout comme votre famille, la mienne vit au village depuis plusieurs centaines d'années. Vous allez vendre le château maintenant qu'elle n'est plus là ?

Émilie savait que Damien brûlait de connaître sa décision. Les villageois se retrouvaient dans son établissement pour échanger les derniers potins.

— Je ne sais vraiment pas pour le moment. J'ai beaucoup de choses à considérer.

— Bien sûr. J'espère que vous ne déciderez pas de vendre mais, si c'est le cas, je connais beaucoup de promoteurs qui seraient prêts à payer une fortune pour transformer votre magnifique château en hôtel. On m'a souvent demandé des renseignements à ce propos.

Damien montra par la fenêtre le château dans la vallée, avec son toit couvert de tuiles en terre cuite qui brillaient au soleil.

— Comme je vous l'ai dit, Damien, je n'ai pas encore pris de décision.

— Eh bien, mademoiselle, n'hésitez pas à m'appeler si vous avez besoin de quoi que ce soit. Nous aimions tous beaucoup votre père, ici. C'était un homme bon. Après la guerre, nous étions très pauvres au village. Le comte nous a aidés à faire pression sur le gouvernement pour développer le réseau routier jusqu'au village et pousser ainsi les touristes à venir depuis Saint-Tropez. Ma famille a ouvert ce restaurant dans les années 1950, et le village a commencé à se développer. Votre père a également encouragé la plantation de vignes, grâce auxquelles nous produisons désormais un excellent vin.

Damien fit un grand geste du bras pour montrer la vallée couverte de vignes au-dessous d'eux.

— Quand j'étais petit, il n'y avait que des champs de blé et des vaches qui paissaient autour de nous.

Aujourd'hui, notre rosé de Provence est connu dans le monde entier.

— Je suis heureuse d'apprendre que mon père a aidé une région qu'il aimait.

— La famille de La Martinières fait partie de l'histoire de Gassin, mademoiselle. J'espère que vous déciderez de rester parmi nous.

Damien continua à s'affairer autour d'elle, lui apporta un pichet d'eau, du pain et une assiette de fromages. Une fois qu'Émilie se fut connectée à Internet, il la laissa seule. Elle consulta ses mails, puis sortit la carte de visite de Sebastian et regarda le site Web de sa galerie.

Arté se trouvait dans Fulham Road, à Londres, et s'était spécialisée dans l'art contemporain. Émilie fut rassurée de voir qu'elle existait.

Elle se décida finalement à appeler Sebastian. Elle tomba sur sa boîte vocale et laissa son numéro et un bref message dans lequel elle lui demandait de la rappeler à propos de leur conversation de la veille.

Lorsqu'elle eut terminé, elle remercia Damien, puis retourna au château. Elle se sentait pleine d'énergie, plus motivée que jamais. Si elle décidait de restaurer la maison, il lui faudrait certainement renoncer à sa carrière de vétérinaire à Paris et venir s'installer ici pour superviser les travaux de rénovation. C'était peut-être exactement ce dont elle avait besoin et, bizarrement, elle n'aurait jamais envisagé un tel changement quelques jours auparavant. Elle aurait désormais un nouveau but dans sa vie.

Toutefois, son enthousiasme fit place à l'angoisse quand elle s'approcha de la maison et vit une voiture de police garée devant. Émilie s'immobilisa à la hâte, prit Frou-Frou et descendit du véhicule. Quand elle arriva dans l'entrée, elle trouva Margaux en train de parler à un gendarme.

— Mademoiselle Émilie, dit Margaux, les yeux écarquillés. Je crois qu'il y a eu un cambriolage. Quand je suis arrivée à quatorze heures comme d'habitude, la porte d'entrée était grande ouverte. Oh ! mademoiselle, je suis vraiment désolée.

L'estomac noué, Émilie réalisa, horrifiée, que, dans sa précipitation, elle n'avait pas verrouillé la porte de derrière avant de partir au village.

— Margaux, ce n'est pas votre faute. Je crois que j'ai laissé la porte de derrière ouverte. Il manque quelque chose ?

Émilie pensa au tableau, peut-être de grande valeur, qui était accroché dans le petit salon.

— J'ai regardé dans chaque pièce et aucun objet ne manquait. Mais vous pouvez peut-être vérifier.

— Souvent, ce sont des cambriolages opportunistes, indiqua le gendarme. Il y a beaucoup de gitans qui, quand ils croient une maison déserte, cherchent des bijoux ou de l'argent liquide.

— Eh bien, ils n'auront rien trouvé de tout ça ici, répondit Émilie d'un air sombre.

— Mademoiselle Émilie, est-ce que vous auriez par hasard la clé de la porte d'entrée ? demanda Margaux. Elle n'est plus dans la serrure. Je me suis demandé si vous l'aviez cachée quelque part.

— Non.

Émilie regarda l'immense trou de serrure vide, qui semblait tout nu sans la clé rouillée à l'intérieur. Elle cligna des yeux, essayant de se souvenir si la clé était dans la serrure le matin même. Ce n'était pas le genre de détails auxquels elle faisait attention quand elle traversait le vestibule pour se rendre dans la cuisine.

— Si vous ne la retrouvez pas, il est important que vous appeliez un serrurier pour qu'il la remplace immédiatement, prévint le gendarme. Vous ne pourrez pas verrouiller la porte, et il est possible que les cambrioleurs l'aient emportée et s'apprêtent à revenir.

— Oui, bien sûr.

La vision d'Émilie d'un havre de paix disparut rapidement tandis que son cœur battait à tout rompre dans sa poitrine.

Margaux consulta sa montre.

— Je m'excuse, mademoiselle Émilie, mais je dois rentrer. Anton est tout seul à la maison. Je peux y aller ? demanda-t-elle au gendarme.

— Oui. Je vous contacterai si j'ai besoin d'autres informations.

— Merci.

Margaux se tourna vers Émilie.

— Mademoiselle, je m'inquiète pour vous. Vous feriez peut-être mieux de louer une chambre à l'hôtel pour une ou deux nuits ?

— Ne vous inquiétez pas, Margaux, je vais contacter un serrurier. Et je peux verrouiller la porte de ma chambre, pour ce soir au moins.

— S'il vous plaît, appelez-moi si vous êtes inquiète. Et n'oubliez pas de bien fermer la porte de derrière à l'avenir.

Après lui avoir fait signe, Margaux, visiblement éreintée et stressée, se hâta vers sa bicyclette.

— Inspectez chaque pièce du château, s'il vous plaît, juste au cas où votre gouvernante ou moi-même serions passés à côté de quelque chose.

Le gendarme sortit un carnet de la poche de sa veste et griffonna un numéro.

— Contactez-moi si vous découvrez que quelque chose a été volé. Dans ce cas, nous donnerons suite. Sinon, je ne pourrai pas faire grand-chose, ajouta-t-il en soupirant.

— Merci d'être venu, dit Émilie, qui se sentait coupable d'avoir été aussi stupide. C'est entièrement ma faute.

— Pas de problème, mais, à votre place, j'investirais dans un système d'alarme pour plus de sécurité. D'autant que le château est souvent désert.

Le gendarme lui fit un signe de tête et sortit par la porte principale pour rejoindre sa voiture.

Dès qu'il fut parti, Émilie s'engagea dans l'escalier pour s'assurer que rien n'avait disparu à l'étage. À mi-chemin, elle remarqua une voiture qui remontait l'allée jusqu'à la maison et la vit disparaître à l'arrière. Le cœur battant, Émilie se précipita dans la cuisine pour la fermer à clé. Mais elle vit le visage de Sebastian regarder à travers la vitre. Émilie déverrouilla la porte et l'ouvrit.

— Bonjour !

Sebastian la scruta d'un air interrogateur.

— Vous êtes sûre de vouloir me laisser entrer ?

— Oui, désolée. C'est juste que des cambrioleurs se sont introduits dans ma maison, et je ne vous ai pas reconnu.

— Oh ! mon Dieu, Émilie, c'est horrible !

Il entra.

— Ils ont pris quelque chose ?

— Margaux pense que non. Mais j'allais justement me rendre au premier étage pour vérifier.

— Vous voulez que je vous aide ?

— Je…

Ses jambes se dérobèrent soudain sous elle, et elle se laissa tomber sur une chaise de la cuisine.

— Émilie, vous êtes très pâle. Écoutez, avant que vous ne vous mettiez à inspecter toute la maison, pourquoi ne vous ferais-je pas une bonne tasse de thé ? Vous venez d'avoir un choc. Restez assise.

— Merci, dit-elle, un peu tremblante et hébétée.

Réclamant un peu d'affection, Frou-Frou se mit à gémir à ses pieds. Émilie prit la chienne sur ses genoux, la caressa et trouva elle aussi un peu de réconfort dans son geste.

— Comment sont-ils entrés ?

— Nous pensons qu'ils sont entrés par la porte de derrière, mais ils sont sortis par celle de devant et la clé a disparu. Je dois contacter un serrurier le plus rapidement possible pour la faire remplacer.

— Vous avez un annuaire ici ? demanda Sebastian en posant une tasse devant elle sur la table. Pendant que vous buvez votre thé, je pourrais appeler le serrurier pour vous.

Il sortit son téléphone portable.

— Oui, dans le tiroir là-bas.

Émilie montra un grand buffet.

— Vraiment, Sebastian, ce n'est pas à vous de le faire. Je vais me débrouiller…

Mais Sebastian avait déjà ouvert le tiroir et pris l'annuaire.

— Très bien, dit-il après avoir passé quelques minutes à consulter les numéros. Il y en a trois à Saint-Tropez et un à La Croix-Valmer. Je vais les appeler pour voir si l'un d'entre eux est disponible.

Soulagée de pouvoir se reposer sur quelqu'un, Émilie se contenta de siroter son thé.

— Bon, dit Sebastian après avoir raccroché. Malheureusement, le serrurier ne pourra pas venir avant demain matin à la première heure. Mais il m'a dit qu'il avait l'habitude de remplacer les vieux verrous sur les portes de la région.

Sebastian la regarda.

— Vous avez repris un peu de couleurs. Avant que la nuit ne commence à tomber, vous devriez inspecter les pièces de la maison ! Il vaut mieux vérifier. Je viens avec vous si vous le souhaitez.

— Vous avez sûrement mieux à faire... Je ne veux pas vous retarder.

— Ne soyez pas ridicule. Un gentleman anglais n'abandonne jamais une damoiselle en détresse.

Il tendit la main pour l'aider à se lever.

— Venez, finissons-en avec ça.

— Merci. J'ai peur qu'ils soient encore ici, qu'ils se cachent quelque part, avoua Émilie en se mordant les lèvres. Margaux n'a pas vu les cambrioleurs partir.

Toutes les pièces semblaient identiques au souvenir qu'Émilie en avait, et, même s'il lui était impossible d'être absolument certaine que rien n'avait été pris, car elle ne connaissait pas chaque objet de la maison, elle était plutôt rassurée quand elle arriva dans l'entrée avec Sebastian.

— Eh bien, nous avons inspecté toute la maison, confirma-t-il. Y a-t-il un autre endroit où ils pourraient se cacher ?

— Les caves peut-être. Mais je n'y suis jamais descendue.

— Vous devriez peut-être. Vous savez comment y accéder ?

— La porte est dans le vestibule, juste à côté de la cuisine.

— Venez, allons y jeter un œil.

— C'est vraiment nécessaire, vous croyez ? demanda Émilie, que les espaces confinés terrifiaient.

— Ne vous inquiétez pas : je veillerai à ce qu'il ne vous arrive rien, dit-il en souriant tandis qu'ils marchaient dans le vestibule. Cette porte ?

— Oui, je crois.

Sebastian tira sur les verrous rouillés et tourna la clé avec difficulté.

— Elle n'a pas été ouverte depuis des années. Je doute que quelqu'un soit caché là.

Il tira sur la porte pour l'ouvrir, puis chercha un interrupteur en vain.

Il remarqua ensuite un bout de ficelle suspendu au-dessus de sa tête. Il tira dessus, et une petite lumière apparut.

— Bon, je passe en premier.

Émilie descendit les marches d'un pas hésitant derrière Sebastian et le suivit dans une pièce froide et basse de plafond.

— Waouh ! s'exclama Sebastian en voyant les casiers pleins à ras bord de bouteilles couvertes de poussière.

Il en sortit une au hasard, dépoussiéra l'étiquette et lut :

— « Château Lafite Rothschild 1949. » Je ne suis pas un spécialiste, mais ça pourrait bien être un véritable trésor.

Il haussa les épaules et remit la bouteille à sa place.

— À moins qu'elles ne soient toutes imbuvables.

Ils avancèrent tous deux dans le cellier, sortant de temps à autre une bouteille pour l'inspecter.

— Je n'ai pas trouvé une seule bouteille d'un millésime ultérieur à 1969, et vous ? demanda Sebastian. On dirait que personne n'a songé à approvisionner la cave depuis cette date. Attendez une minute…

Sebastian posa par terre les deux bouteilles qu'il tenait, puis en sortit quatre autres qui allèrent rejoindre les deux premières sur le sol. Il y en eut six, puis bientôt douze.

— Il y a quelque chose derrière ce casier. C'est une porte. Vous voyez ?

Émilie jeta un œil à travers le casier et vit ce qu'il voulait dire.

— Elle mène probablement à une autre cave que personne n'utilisait, suggéra-t-elle dans l'espoir de retourner le plus vite possible au rez-de-chaussée.

— Oui, une maison comme celle-ci dispose certainement de plusieurs grands celliers au sous-sol. Et hop !

Sebastian enleva la dernière bouteille, puis s'empara du casier dont le bois pourrissait et le tira au milieu de la pièce.

— J'avais raison : c'est bien une porte.

Il repoussa les toiles d'araignées qui recouvraient le verrou et essaya d'actionner la poignée. La porte s'ouvrit en rechignant, car le bois avait gonflé à cause de l'humidité.

— Et si nous allions voir ce qu'il y a à l'intérieur ?

— Je…

Émilie avait peur d'aller plus loin.

— C'est sûrement vide.

— Eh bien, c'est ce que nous allons voir, dit Sebastian, tirant de toutes ses forces pour ouvrir complètement la porte dont le bas racla le sol.

Il chercha à tâtons un interrupteur, mais ce fut encore une fois en vain.

— Attendez ici, dit-il à Émilie tandis qu'il avançait dans l'obscurité. On dirait que la lumière du jour s'infiltre quelque part…

Sebastian disparut dans l'ombre.

— Oui, il y a une petite fenêtre ici… Aïe ! Désolé, je viens de me cogner le tibia contre quelque chose. Vous n'auriez pas une lampe de poche, par hasard ? demanda-t-il en réapparaissant.

— Je peux aller voir si j'en trouve une à la cuisine.

Heureuse d'avoir trouvé une excuse pour s'échapper, Émilie se dirigea vers l'escalier.

— Si vous ne trouvez pas de lampe de poche, prenez une ou deux bougies ! cria-t-il.

La lampe de poche qu'elle dénicha n'avait malheureusement plus de piles. Elle prit donc une vieille boîte de bougies et quelques allumettes dans l'office, respira bien fort et redescendit dans la cave.

Sebastian sortit deux bougies de la boîte et les présenta à Émilie qui les alluma. Il lui en tendit une, puis retourna à l'intérieur de la pièce, où Émilie le suivit à contrecœur.

Ils se tenaient à présent au milieu de la petite pièce. La lueur de leurs bougies projetait des ombres sinistres autour d'eux. Ils contemplèrent en silence ce qui les entourait.

— Dites-moi si je me fais des idées, mais cette pièce semble avoir été habitée autrefois, lâcha enfin Sebastian. Le lit, avec la petite table à côté, le fauteuil près de la fenêtre, la commode… Il y a même encore une couverture sur le matelas.

— Oui, approuva Émilie, dont les yeux s'habituaient petit à petit à la semi-obscurité. Et un tapis sur le sol. Mais qui a pu vivre ici ?

— Un domestique peut-être.

— Nos domestiques avaient des mansardes au dernier étage. Ma famille n'aurait jamais pu loger son personnel dans une pièce comme celle-ci ! Elle n'aurait pas eu cette cruauté !

— Non, bien sûr que non, admit Sebastian comme un enfant qui venait de se faire réprimander. Et regardez, il y a une autre petite porte là-bas.

Il se dirigea à grands pas vers la porte et l'ouvrit.

— Je dirais qu'il s'agit d'une salle de bains de fortune. Il y a un robinet sur le mur et un lavabo en émail par terre au-dessous. Et une chaise percée.

Il baissa la tête pour ne pas se cogner en sortant.

— Elle a été utilisée par quelqu'un autrefois, mais qui ?

Il s'avança vers Émilie, les yeux pleins de curiosité.

— Remontons. Nous pourrions ouvrir une des bouteilles de la cave à côté, boire un verre de vin et réfléchir aux différentes possibilités.

5

Une fois dans la cuisine, Émilie se mit soudain à trembler comme une feuille. Était-ce à cause de la fraîcheur dans la cave ou du choc à retardement, elle n'en avait aucune idée.

— Allez vite vous chercher un pull pendant que j'essaie d'allumer un feu. Il fait frais ce soir, conseilla Sebastian. Vous entendez le vent qui souffle ?

— Oui, c'est le mistral. La température chute toujours quand il souffle, mais je doute que nous ayons ce qu'il faut pour allumer un feu.

— Quoi ? Dans une maison entourée d'arbres ? Bien sûr que si, dit Sebastian avec un clin d'œil. Je reviens dans une minute.

Arrivée au premier étage, Émilie prit un gilet, puis enleva une couverture de son lit pour l'emporter au rez-de-chaussée. Avant de redescendre, elle s'assura que tous les volets étaient bien fermés, sinon ils risquaient de claquer au vent. De nombreux habitants de la région redoutaient le mistral, qui soufflait avec une force implacable dans la vallée du Rhône, à n'importe quelle période de l'année et sans prévenir. D'après certaines légendes, c'étaient les sorcières qui faisaient lever le vent.

On disait aussi qu'il avait une influence sur le cycle hormonal des femmes et le comportement des animaux. Pourtant, Émilie avait toujours admiré sa puissance et sa majesté, mais aussi la fraîcheur de l'air une fois qu'il était passé.

Sebastian arriva dix minutes plus tard dans la cuisine avec une brouette remplie de branches cassées ramassées dans le jardin et quelques vieilles bûches trouvées dans une cabane.

— Bon, dit-il, allons-y. Montrez-moi où je peux allumer un feu.

Émilie le conduisit dans le petit salon, et bientôt un feu crépita gaiement dans l'âtre.

— C'est un foyer magnifique, commenta Sebastian d'un ton approbateur tout en s'essuyant les mains sur son pantalon. Ils savaient vraiment construire de bonnes cheminées à l'époque.

— Je serais bien incapable de faire un feu. C'étaient les domestiques qui s'en occupaient chez nous et je n'ai pas de cheminée dans mon appartement.

— Eh bien, ma petite princesse, dit Sebastian en souriant, là d'où je viens, c'est un geste naturel que nous accomplissons presque quotidiennement. Bon, maintenant, je vais ouvrir la bouteille que nous avons remontée de la cave et voir si elle est buvable. Et, si vous me le permettez, je vais aller voir à la cuisine si je peux trouver quelques ingrédients pour nous concocter un petit repas. Je n'ai rien mangé de la journée et je suis sûr qu'un peu de nourriture dans l'estomac ne vous ferait pas de mal.

— Oh mais… !

Émilie fit mine de se lever, mais Sebastian la repoussa doucement dans son fauteuil.

— Non, vous restez ici et vous vous réchauffez. Je me charge de tout.

Émilie remonta la couverture et fixa les flammes. Elle se sentait bien au chaud et en sécurité. Elle ne se souvenait pas qu'on se fût aussi bien occupé d'elle depuis son enfance quand sa nourrice préférée était aux petits soins pour elle. Elle replia les jambes et posa la tête sur l'accoudoir du fauteuil recouvert de soie damassée usée. Puis elle ferma les yeux.

— Émilie !

Elle sentit une main la secouer doucement.

— Il est temps de vous réveiller, mon ange.

Elle ouvrit les yeux et vit ceux de Sebastian la regarder.

— Il est presque neuf heures. Vous avez dormi pendant deux heures. Le dîner est servi !

Un peu endormie et gênée, Émilie se redressa.

— Sebastian, je suis vraiment désolée.

— Vous n'avez pas à vous excuser. Vous êtes épuisée ! J'ai apporté notre repas ici, car il fait très froid dans la cuisine. Le mistral soufflait vraiment fort quand je suis revenu du magasin. Servez-vous.

Il montra l'assiette de spaghettis à la bolognaise posée sur la table basse devant elle.

— Le vin que nous avons remonté de la cave sent plutôt bon. Voyons s'il est buvable.

Sebastian porta le verre à ses lèvres et but une gorgée. Il hocha la tête, visiblement ravi.

— C'est délicieux. J'espère que je n'ai pas ouvert une bouteille valant plusieurs centaines d'euros pour accompagner nos modestes spaghettis.

— Il y a tellement de bouteilles dans la cave que nous pouvons bien en boire une !

Elle prit une bouchée de spaghettis, réalisant soudain à quel point elle avait faim.

— C'est très gentil à vous et vous êtes un bon cuisinier.

— Je n'irais pas jusque-là, mais je sais comment combiner quelques ingrédients de base. Bon, pendant que vous dormiez, j'ai pris le temps de réfléchir à la meilleure façon de procéder pour faire évaluer le tableau qui pourrait être de Matisse. J'ai appelé un de mes amis chez Sotheby's, à Londres, et il m'a recommandé un type qu'il connaissait à Paris. J'ai son numéro ; alors, si vous voulez, vous pourrez l'appeler demain.

— Je n'y manquerai pas, merci, Sebastian.

— C'est l'un des meilleurs commissaires-priseurs de Paris ; mon ami en a parlé en termes très élogieux. Je dois dire que j'aimerais bien être une petite souris pour guetter sa réaction quand il verra le tableau et pour savoir si j'ai raison, dit Sebastian en souriant.

— Vous pourrez venir avec moi, bien sûr, proposa Émilie. Quand retournez-vous en Angleterre ?

— À la fin de la semaine prochaine. Donc, je suis disponible jusqu'à cette date si vous avez besoin de mon aide. Vous avez tellement de choses à régler. La priorité, c'est de garantir votre sécurité dans cette maison. Si vous voulez, je pourrai parler au type qui vient changer la serrure de la porte d'entrée demain et lui demander s'il peut nous recommander un installateur d'alarmes dans le coin.

— Pourquoi pas, oui, ça me rendrait service, dit-elle avec gratitude. Je ne m'y connais pas du tout dans ce domaine.

— Bon, à présent, reprit Sebastian entre deux fourchettes de spaghettis, passons à un sujet plus intéressant. Pourquoi y a-t-il une cachette secrète dans votre cave ? Vous avez une idée ?

— Non, répondit Émilie en secouant la tête. Je ne sais pratiquement rien de l'histoire de ma famille.

— Je me demande naturellement si cette pièce a été utilisée comme cachette pendant la guerre. Mon Dieu, je ne pourrais pas supporter de rester enfermé là-dedans pendant plus de quelques minutes ! Vous imaginez ce que ça devait être, de passer des jours, des semaines, voire des mois dans cette pièce ?

— Non, je n'ose même pas y penser. Comme j'aimerais que mon père soit encore en vie pour lui poser la question ! J'ai honte de si mal connaître le passé de ma famille. Mais, peut-être qu'en m'occupant de la restauration du château, j'en apprendrai davantage.

— J'en suis sûr.

Sebastian se leva et débarrassa la table.

— S'il vous plaît. Vous en avez assez fait, je vais m'en charger. Il est peut-être temps que vous rentriez.

— Quoi ?

Sebastian parut horrifié.

— Vous pensez honnêtement que je vais vous laisser toute seule ce soir avec une porte d'entrée sans clé ? Je ne pourrais pas fermer l'œil de la nuit. Non, Émilie, je préfère rester. Je peux dormir sur le canapé, devant la cheminée, pas de problème.

— Sebastian, je ne risque rien, vraiment. La foudre ne frappe jamais deux fois au même endroit, n'est-ce pas ? Comme je l'ai dit au gendarme, je peux fermer la porte de ma chambre à clé. Et je vous ai déjà causé suffisamment d'ennuis comme ça. Rentrez chez vous, le supplia-t-elle.

— Eh bien, si ma présence ici vous gêne, je vais rentrer.

— Ce n'est pas ça ! C'est juste que je culpabilise d'accaparer votre temps, s'empressa de répondre Émilie. Nous nous connaissons à peine, après tout.

— Ne vous sentez surtout pas coupable. Le lit dans mon gîte est dur comme une planche, de toute façon.

— Eh bien, si vous êtes sûr de vouloir rester, alors, oui, merci. Mais installez-vous dans une des chambres, naturellement. Ce serait bête de dormir en bas !

— Marché conclu !

Sebastian prit le tisonnier près du feu.

— Je vais garder ça à côté de mon lit, on ne sait jamais.

Après avoir fait la vaisselle avec Sebastian, Émilie verrouilla la porte de derrière, puis précéda Sebastian dans le couloir à l'étage et le conduisit dans une chambre.

— Margaux veille toujours à ce que cette chambre soit prête au cas où nous aurions une visite inattendue. J'espère que vous la trouverez confortable.

Sebastian contempla la grande pièce avec ses magnifiques meubles anciens.

— Merci, Émilie. J'espère que vous passerez une bonne nuit.

— Merci. Bonne nuit à vous.

Sebastian fit un pas vers elle. Émilie poussa instinctivement la porte avant qu'il ne puisse la rejoindre et se hâta dans le couloir pour gagner sa chambre, fermant à clé derrière elle. Elle s'allongea sur son lit, se sentant bizarrement essoufflée. Pourquoi avait-elle réagi ainsi ? Sebastian avait sans doute voulu l'embrasser sur la joue pour lui souhaiter bonne nuit. Elle tapa du poing sur le lit dans un geste de frustration. Elle ne le saurait jamais.

Après une nuit agitée, tous les sens en alerte parce que Sebastian dormait tout près d'elle – ce qui lui semblait très intime –, Émilie descendit dans la cuisine le lendemain matin pour préparer le café. Elle fut surprise d'entendre une voiture approcher, puis de voir Sebastian entrer par la porte de derrière.

— Bonjour, lança-t-il. Je suis allé à la boulangerie chercher de quoi petit-déjeuner. Je ne savais pas ce que vous vouliez, alors, j'ai pris des baguettes, des croissants et des pains au chocolat. Oh ! et une de mes confitures préférées.

Il posa les provisions sur la table de la cuisine.

— Merci, dit Émilie, qui avait l'impression de n'avoir plus que ce mot-là à la bouche depuis qu'elle le fréquentait. J'ai fait du café.

— C'est un véritable plaisir pour moi d'aller chercher du pain frais le matin quand je suis en France. C'est une tradition qui a disparu depuis longtemps en Angleterre. Oh ! et le serrurier m'a appelé pour me dire qu'il serait là dans une heure.

— Je me sens si bête, avoua Émilie en soupirant. Bien sûr, j'aurais dû fermer la porte de derrière quand je suis partie hier.

— Émilie, dit doucement Sebastian en posant la main sur son épaule, vous avez eu une pression énorme sur les épaules durant les deux dernières semaines. Vous venez de perdre un être cher ; le chagrin, le choc de la disparition peuvent avoir toutes sortes de conséquences sur vous.

La main sur son épaule se mit à bouger et à la masser.

— Ne soyez pas trop dure envers vous-même. Heureusement, ils n'ont rien pris. Cela vous servira de leçon à l'avenir. Bon, que vous voulez-vous manger ?

— Un croissant, des tartines… ça m'est égal.

Elle s'éloigna de Sebastian pour servir le café, puis s'assit en silence à table. Elle déjeuna sans appétit tout en écoutant Sebastian appeler les différentes entreprises spécialisées dans les systèmes d'alarme que le serrurier lui avait conseillées.

— Bon, déclara-t-il après avoir raccroché et pris quelques notes sur une feuille. Ils disent tous qu'ils peuvent vous proposer un système d'alarme adapté à votre maison, mais qu'ils doivent venir prendre quelques mesures avant de pouvoir faire un devis. Vous voulez prendre rendez-vous pour demain ?

— Oui, merci.

Elle leva soudain les yeux vers lui.

— Pourquoi m'aidez-vous ?

— Quelle drôle de question ! Sans doute parce que je vous apprécie et parce que je vois que vous traversez une période difficile. De plus, je suis sûr que ma grand-mère n'en attendrait pas moins de ma part pour la fille de son ami Édouard. À présent, voulez-vous parler au type de Paris qui pourrait venir évaluer le Matisse ou dois-je le faire ?

Émilie avait la nausée après le petit déjeuner qu'elle avait ingurgité sans appétit.

— Il vaut peut-être mieux que vous le contactiez, vous, car vous parlez le même langage que lui.

— Très bien. Je pense qu'il pourrait évaluer les autres tableaux du château. C'est toujours mieux d'avoir deux ou trois estimations.

— Oui, et il y a aussi les tableaux et les objets dans la maison de Paris à faire évaluer.

— Quand retournez-vous à Paris ?

— Bientôt, dit-elle en soupirant. Mais vous avez raison : il faut que je fasse le maximum de démarches pendant que je suis là. Si je décide de garder le château, ça ne sera que le début.

— Vous envisagez de le garder ?

— Oui, mais, si je suis incapable de fermer une porte à clé quand je pars, ce n'est peut-être pas très raisonnable de m'engager dans un projet qui représente un véritable défi.

— Eh bien, si je peux vous aider dans l'immédiat, j'en serai ravi.

— C'est très gentil à vous et je vous en suis très reconnaissante.

Frou-Frou gémit devant la porte de la cuisine. Elle voulait sortir. Émilie se leva pour lui ouvrir.

— Vous avez certainement des projets et des obligations de votre côté.

— Bien sûr. Mais, comme je me passionne pour la peinture et les tableaux, ce n'est pas vraiment une corvée pour moi. Bon, et qu'en est-il de la bibliothèque ? Voulez-vous que je cherche un bon expert en livres rares et anciens qui pourrait venir voir votre collection ?

— Non, merci, répondit Émilie qui avait soudain le tournis. Ce n'est pas urgent, car je ne vendrai jamais les livres. Il faut que je contacte Gérard, mon notaire. Il m'a laissé trois messages hier après-midi et je ne l'ai toujours pas rappelé.

— Pendant ce temps, je vais faire un saut au gîte pour prendre une douche et me changer. À tout à l'heure. Et n'oubliez pas : le serrurier va arriver d'une minute à l'autre.

— Merci, Sebastian.

Après avoir montré la porte d'entrée au serrurier, Émilie le laissa travailler et ressentit pour la première fois une certaine satisfaction quand elle appela Gérard et lui dit qu'elle avait la situation en main au château. Ils convinrent de se voir la semaine suivante à Paris dans la maison de ses parents.

Une fois qu'elle eut raccroché, elle alla voir où en était le serrurier, puis partit se réfugier dans la bibliothèque. Elle avait besoin de sentir le calme et la tranquillité qui y régnaient. Tout en marchant le long des rayonnages, Émilie se demanda comment et où elle allait entreposer les livres si elle décidait de vendre ou de rénover le château.

Elle remarqua que deux des livres faisaient saillie par rapport aux autres sur l'une des étagères. Elle les sortit et constata qu'il s'agissait d'ouvrages sur la culture des arbres. Elle les remit à leur place, puis retourna à la cuisine où elle entendit la voiture de Sebastian rouler sur le gravier.

Il entra en trombe par la porte de derrière, hors d'haleine.

— Émilie ! J'ai essayé de vous appeler !

Il passa la main dans ses cheveux.

— J'ai trouvé votre petite chienne couchée sur le bord de la route. Elle est très gravement blessée et il faut que nous l'emmenions immédiatement chez le vétérinaire ! Elle est sur la banquette arrière de ma voiture. Venez, allons-y !

Horrifiée, Émilie sortit en courant avec Sebastian et se précipita vers la voiture. Elle s'installa à l'arrière, à côté de Frou-Frou qui saignait et respirait faiblement. Sebastian roula à toute vitesse. Il prit la route de La Croix-Valmer, à dix minutes du château, pour se rendre au cabinet du vétérinaire dont Émilie lui avait parlé. Le visage baigné de larmes, celle-ci caressait Frou-Frou, inconsciente, sur ses genoux.

— Je l'ai laissée sortir ce matin, expliqua-t-elle en sanglotant, puis le serrurier est arrivé et j'ai oublié de la rappeler pour la faire rentrer. Elle ne se sauve pas en général, mais elle a peut-être suivi votre voiture… et une fois qu'elle a été sur la route… Elle est aveugle et elle n'a rien vu venir sans doute… Comment ai-je pu oublier ?

— Émilie, Émilie, essayez de garder votre calme. Le vétérinaire pourra peut-être la sauver, dit Sebastian, faisant de son mieux pour la réconforter.

Il suffit à Émilie de regarder le visage grave du vétérinaire pour confirmer ce que son expérience professionnelle lui avait déjà fait soupçonner.

— Je suis vraiment désolé, mademoiselle, mais elle a subi de graves lésions internes. Nous pourrions essayer d'opérer, mais elle est vieille et très faible. Il est sans doute préférable que nous l'aidions à mourir sans douleur. C'est ce que vous conseilleriez à vos clients, n'est-ce pas ? dit-il gentiment.

Émilie hocha la tête tristement.

— Bien sûr.

Vingt minutes plus tard, après avoir déposé un dernier baiser sur la tête de Frou-Frou pendant que le vétérinaire piquait la chienne, dont le petit corps eut un soubresaut avant de s'endormir pour toujours, Émilie, anéantie, sortit de la salle et monta en tremblant les marches au bras de Sebastian.

— Ma mère l'adorait et je lui ai promis que je prendrais soin d'elle et...

— Venez, Émilie, je vous ramène à la maison, proposa Sebastian en la conduisant vers sa voiture.

Émilie, paralysée par la culpabilité et l'émotion, s'assit à côté de lui dans la voiture et ne prononça pas un mot pendant qu'il conduisait. Dans la cuisine, elle s'assit à la table et posa sa tête sur ses avant-bras dans un geste de désespoir.

— Je ne suis même pas capable de m'occuper d'un petit chien ! Je suis vraiment un cas désespéré, comme ma mère me l'a toujours dit. Je n'arrive à rien, vraiment à rien. Et je suis la dernière représentante d'une grande famille noble comptant tellement de héros, dont mon père ! Je suis nulle !

Toute la douleur accumulée, ressentie chaque fois que sa mère se montrait déçue, se déversa d'un coup, et Émilie se mit à sangloter comme une enfant, la tête enfouie dans ses bras.

Quand elle leva enfin les yeux, elle vit Sebastian, assis à la table, en face d'elle. Il la regardait en silence.

— S'il vous plaît ! s'exclama-t-elle, embarrassée d'avoir craqué devant lui, excusez-moi.

Sebastian se leva doucement, fit le tour de la table, puis s'accroupit et lui tendit un mouchoir.

— Émilie, je vous assure, l'image que vous avez de vous, qui illustre à l'évidence le point de vue de votre mère, est complètement erronée. À mon humble avis... (il sourit tout en repoussant une mèche de cheveux du visage d'Émilie et en la calant derrière son oreille) vous êtes une femme courageuse, forte et intelligente. Je ne vous connais que depuis quelques jours, mais c'est l'impression que vous me faites. Et en plus, vous êtes belle.

Émilie lui lança un regard plein de dérision.

— Vraiment, Sebastian, c'est gentil à vous de vouloir me consoler, mais les mensonges éhontés ne feront que me rabaisser. Je ne suis pas « belle » !

— Et je suppose que c'est votre mère qui vous a dit ça aussi ?

— Oui, mais c'est vrai, asséna-t-elle avec force.

— Eh bien, excusez-moi de vous donner mon avis, mais je l'ai pensé le jour où je vous ai vue pour la première fois. Et vous n'êtes pas du tout « nulle ». Je n'ai jamais entendu pareille ineptie. D'après ce que j'ai vu jusqu'à présent, vous avez géré avec une force surprenante une situation qui en aurait plongé plus d'un dans le désespoir. Et vous l'avez fait pratiquement toute seule. Émilie, écoutez-moi, supplia Sebastian. Quelle qu'ait été l'attitude de votre mère à votre égard, vous ne devez pas vous voir à travers ses yeux. Elle avait tort, vraiment tort. Maintenant, elle n'est plus là, votre tour est venu. Elle ne peut plus vous blesser. Venez là.

Sebastian l'attira dans ses bras. Il la serra fort contre lui et elle continua à sangloter sur son épaule.

— Je vous promets que tout va bien se passer. Et je suis là si vous avez besoin de moi.

Elle leva les yeux.

— Mais enfin, vous me connaissez à peine ! Comment pouvez-vous dire toutes ces choses ?

— Eh bien...

Sebastian laissa échapper un petit rire.

— Ces derniers jours ont été riches en événements. Et je suis sûr que, si je vous avais rencontrée à Paris et que nous étions sortis quelquefois ensemble pour dîner, je ne me sentirais pas aussi qualifié pour avoir une opinion. Mais l'adversité peut avoir du bon parfois. Les barrières, qui mettraient sinon des semaines à tomber, cèdent plus facilement. Et je pense que je vous comprends. J'aimerais passer beaucoup plus de temps avec vous si vous me le permettiez.

Il repoussa doucement ses épaules et souleva son menton pour qu'elle le regarde dans les yeux.

— Émilie, je sais que tout va très vite, que vous avez peur, que vous êtes terrifiée même, et je ne veux surtout pas vous presser, je ne le ferai pas, je vous le promets. Mais je dois avouer qu'en cet instant j'ai très envie de vous embrasser.

Émilie eut un petit sourire.

— M'embrasser, moi ?

— Oui, c'est si choquant que ça ? la taquina gentiment Sebastian. Mais, ne vous inquiétez pas, je ne vais pas sauter sur vous. Je voulais simplement être honnête.

— Merci.

Émilie le dévisagea et se décida. Elle pencha la tête en avant et, un peu hésitante, toucha ses lèvres.

— Merci pour tout, Sebastian. Vous avez été si gentil, je...

Il prit son visage dans ses mains et l'embrassa à son tour, puis il s'interrompit soudain, refrénant son désir.

— Écoutez, reprit-il en entrelaçant ses doigts dans les siens. Dites-moi si c'est ce que vous voulez. Je ne veux pas que vous pensiez que je profite de la situation. Vous êtes perturbée et je suis sûr que vous ne pouvez pas définir vos sentiments maintenant...

— Sebastian, ça va. Je sais parfaitement ce que je fais. Je suis une grande fille, comme vous l'avez dit. Alors, ne vous inquiétez pas.

— Dans ce cas, je ne m'inquiète plus, répondit-il doucement.

Tandis que Sebastian l'attirait de nouveau dans ses bras, Émilie sentit la douleur qui s'éloignait peu à peu, emportée par la tendresse de cet homme. Et elle s'abandonna.

6

Paris, janvier 1999 – neuf mois plus tard

Émilie était assise au fond de la salle des ventes et regardait l'assemblée de Parisiennes très chics qui levaient délicatement leurs mains manucurées pour porter une enchère sur un superbe collier de diamants jaune canari avec les boucles d'oreilles assorties. Elle consulta le catalogue sur lequel elle avait inscrit des chiffres dans la marge. D'après ses estimations, la vente avait jusqu'à présent rapporté douze millions de francs.

Durant les prochaines semaines, hormis quelques tableaux et meubles de choix qu'elle avait décidé de garder et d'expédier au château, le contenu de la maison de Paris serait vendu aux enchères.

La maison, quant à elle, avait déjà trouvé acquéreur. Ses nouveaux propriétaires allaient bientôt y emménager.

Elle sentit une légère pression sur sa main gauche et se retourna.

— Ça va ? murmura Sebastian.

Elle hocha la tête, heureuse de sa présence compatissante à ses côtés, tandis que la précieuse collection de bijoux de sa mère partait petit à petit aux enchères. L'argent récolté permettrait de rembourser une grande partie des dettes que Valérie avait contractées. Émilie pourrait ainsi utiliser les fonds de la vente de la demeure parisienne pour entamer la restauration du château. Et le Matisse avait été authentifié grâce à l'aide de Sebastian. Il avait immédiatement trouvé un acquéreur privé et lui avait valu un chèque de cinq millions de francs. « Quel dommage que Matisse n'ait pas signé la toile ! Sa valeur aurait triplé », avait-il déclaré en soupirant.

Émilie lança un regard en biais à Sebastian, qui observait, amusé, les enchères passionnées sur les bijoux. Toujours étonnée qu'il ait pu entrer ainsi dans sa vie et la changer irrévocablement, elle se surprenait souvent à le fixer.

Il l'avait sauvée. Tout était différent à présent. Elle avait presque l'impression de s'être réveillée d'un rêve long et douloureux et d'avoir retrouvé la lumière. Elle avait d'abord eu du mal à croire à ses sentiments pour elle.

Si, au début, elle était terrifiée à l'idée qu'il pût disparaître à tout moment et la laisser, elle avait fini par baisser la garde, convaincue par sa chaleur et sa tendresse. Désormais, elle savourait son amour, s'épanouissait comme une fleur flétrie à qui on avait soudain donné de l'eau. Quand elle se regardait dans le miroir, elle ne voyait plus un visage marqué par le désespoir ; elle voyait des yeux pétillants et une peau qui brillait d'un nouvel éclat… Certains jours, Émilie allait même jusqu'à penser qu'elle était jolie.

Ce n'était pas tout : Sebastian lui avait été d'une aide précieuse. Il avait été tout simplement merveilleux, la soutenant dans cette énorme entreprise qu'était la restauration du domaine de La Martinières. Même s'ils avaient passé quelque temps séparés l'un de l'autre, car Sebastian était parfois contraint de retourner en Angleterre pour s'occuper de sa galerie, il la rejoignait le plus souvent possible pour l'aider à évaluer et à vider la maison de Paris.

Puis, il l'avait épaulée quand il avait fallu recevoir et écouter des experts, des architectes et des entrepreneurs qui venaient au château pour la conseiller, lui indiquer ce qu'il fallait restaurer en priorité et lui donner une idée des coûts.

Émilie savait qu'elle dépendait de plus en plus de Sebastian. Affectivement, bien sûr, mais aussi pour les décisions pratiques et financières. Elle aurait sans doute été capable de s'occuper des nombreuses paperasses que lui envoyait Gérard, d'assimiler ses conseils sur la façon dont elle pourrait investir son argent une fois qu'elle l'aurait touché, mais, tout comme son père, elle ne s'intéressait pas aux finances. Tant qu'elle avait suffisamment d'argent pour financer la restauration du château et pour vivre au jour le jour, peu lui importait que tel compte fût ouvert ou que tel investissement fût choisi. Émilie était beaucoup trop heureuse pour se soucier de ça.

Quand elle entendit que les enchères atteignaient un million deux cent mille francs, elle se promit qu'une fois l'ensemble vendu, elle prendrait le temps de s'asseoir avec Sebastian et de passer en revue les détails financiers. Il lui fallait garder le contrôle de la situation, elle en était consciente, mais Sebastian était bien meilleur qu'elle dans ce domaine. Elle avait appris à lui faire totalement confiance.

Le marteau rebondit sur le pupitre. Sebastian sourit à Émilie.

— Waouh ! Trois cent mille francs de plus que ce que nous escomptions. Félicitations, ma chérie.

Il l'embrassa affectueusement sur la joue.

Puis, elle vit le commissaire-priseur montrer un collier de perles crème tout simple avec les boucles d'oreilles assorties et elle sentit soudain le goût de la bile au fond de sa gorge. Elle baissa la tête, incapable de regarder.

Sebastian remarqua immédiatement son changement d'humeur.

— Émilie, qu'est-ce qui se passe ?

— Ma mère a porté ces perles presque tous les jours de sa vie. Je... Excuse-moi.

Émilie se leva, se dirigea vers la sortie, puis partit à la recherche des toilettes. Elle se laissa tomber sur l'abattant, prit sa tête entre ses mains. Elle avait le tournis, la nausée, mais était surtout surprise de constater à quel point la vue de ce collier de perles l'avait affectée. Jusqu'à présent, elle n'avait rien ressenti de particulier en voyant les bijoux et les objets de sa mère disparaître peu à peu. Elle n'avait pas beaucoup pleuré. Elle était surtout soulagée de se libérer enfin de son passé.

Émilie fixa la porte des toilettes en chêne sculpté. Avait-elle jugé sa mère trop sévèrement ? Après tout, Valérie ne s'en était jamais prise physiquement à elle. Le fait qu'elle ne se soit jamais sentie acceptée dans le monde de sa mère (elle n'en avait jamais été le centre, un appendice tout au plus) ne signifiait pas que sa mère était mauvaise. Valérie était le centre du monde de Valérie, et il n'y avait tout simplement pas de place pour quelqu'un d'autre. Et… quand Émilie était tombée si gravement malade et que cette chose horrible lui était arrivée à treize ans, ce n'était pas par cruauté de la part de Valérie. C'était uniquement parce que sa mère n'avait une fois de plus rien remarqué.

Émilie se leva, sortit du cabinet et s'aspergea le visage avec de l'eau.

— Elle a fait de son mieux. Tu dois lui pardonner, dit Émilie à son reflet dans le miroir. Il faut que tu tournes la page.

Après avoir pris plusieurs inspirations profondes, elle quitta les toilettes et trouva Sebastian qui l'attendait dehors dans le couloir.

— Ça va ? demanda-t-il anxieusement en la prenant dans ses bras.

— Oui, je me suis sentie mal, comme si j'étais sur le point de m'évanouir, mais ça va mieux.

— Ma chérie, c'est bien normal, dit-il en indiquant la salle des ventes. C'est affreux de regarder les vautours se disputer les vestiges de la vie de ta mère. Et si je t'emmenais déjeuner quelque part ? Pourquoi devrais-tu absolument rester ici ?

— Oui, c'est une bonne idée, acquiesça Émilie avec gratitude.

Un vent frais soufflait lorsqu'ils sortirent et marchèrent dans les rues de Paris jusqu'au restaurant que Sebastian connaissait.

— C'est un peu fruste, mais leur bouillabaisse est excellente et nous fera le plus grand bien par un jour froid comme celui-ci.

Ils s'assirent tous les deux à une table rustique. Émilie était transie et apprécia la chaleur du feu qui brûlait dans l'âtre juste à côté. Sebastian commanda la soupe de poisson, prit les mains d'Émilie dans les siennes et se mit à les frotter pour les réchauffer.

— La bonne nouvelle, c'est que c'est bientôt fini et que tu pourras te concentrer sur l'avenir plutôt que sur le passé.

— Et je n'y serais pas arrivée sans toi, Sebastian. Merci, merci pour tout.

Des larmes brillaient dans les yeux d'Émilie.

— Tout le plaisir a été pour moi, vraiment, dit Sebastian avec conviction. Et maintenant, le moment est venu de parler de *notre* avenir.

À ces mots, le cœur d'Émilie fit un bond dans sa poitrine. Elle avait été tellement occupée à solder le passé, qu'elle avait simplement vécu au jour le jour, dans le présent. De plus, elle n'osait pas vraiment penser à l'avenir, car elle ne savait pas comment Sebastian envisageait leur relation et elle n'avait pas assez confiance en elle pour lui poser la question. Elle resta silencieuse, attendant la suite.

— Tu sais que ma galerie est en Angleterre, Émilie. Et, au cours des mois que j'ai passés ici, j'ai fait de mon mieux pour continuer à gérer mes affaires, mais je dois avouer que j'ai un peu perdu les pédales.

— Oh ! c'est ma faute, l'interrompit Émilie, l'air coupable. Tu as fait tant de choses pour moi, et tes affaires ont fini par en pâtir.

— Ce n'est pas dramatique, mais il faut malgré tout que je songe à rentrer et à me concentrer sur mon activité. Je dois y consacrer plus de temps, plus de réflexion et je dois aussi me rapprocher.

— Je vois…

La voix d'Émilie se perdit dans un murmure tandis qu'elle intégrait ce que Sebastian sous-entendait. Il l'avait aidée à franchir un cap difficile. Peut-être avait-il le sentiment que le pire était derrière elle désormais et qu'elle n'avait plus besoin de lui. Elle sentit son estomac se nouer.

Ses yeux trahirent sans doute son désarroi, car Sebastian lui prit la main et l'embrassa.

— Émilie, allons. Je sais exactement ce que tu penses. Oui, il faut que je retourne en Angleterre, pour le moment en tout cas, mais je n'ai aucune intention de t'abandonner.

— Alors, qu'as-tu l'intention de faire ?

— De t'emmener, Émilie.

— En Angleterre ?

— Oui, en Angleterre. Tu parles un peu anglais, au fait ?

— Bien sûr, dit-elle en hochant la tête. Ma mère a insisté pour que j'apprenne et j'avais des clients anglais dans mon cabinet à Paris.

— Parfait, voilà qui va beaucoup nous aider. Alors, tu pourrais venir avec moi, au moins pour quelque temps. Tu pourras facilement louer ton appartement à Paris et venir goûter les délices du Yorkshire avec moi : la bière et le pudding.

— Mais… Et le château alors ? Il faudra que je sois là pour surveiller les travaux.

— Une fois que les rénovations auront commencé, la maison va se transformer en véritable chantier pendant plusieurs mois. Il faut refaire l'installation électrique et la plomberie, sans parler de la toiture. Tu ne pourras pas vivre là-bas pendant les travaux, en particulier pendant les mois d'hiver. Tu pourrais rester dans ton appartement parisien et faire la navette entre Paris et Gassin, mais tu peux tout aussi bien prendre l'avion jusqu'à Nice depuis un aéroport anglais. Et comme ça nous pourrions être ensemble. Si c'est ce que tu veux, ajouta-t-il en la regardant droit dans les yeux.

— Je...

— Et si tu prenais le temps d'y réfléchir, l'interrompit Sebastian. De mon point de vue, il serait beaucoup plus facile de t'avoir avec moi en Angleterre plutôt que d'avoir à prendre l'avion pour venir te voir chaque fois. Mais c'est à toi de décider. Et je comprendrais si tu décidais de rester en France.

— Mais...

Émilie ne savait pas vraiment comment formuler ses questions. Voulait-il qu'elle s'installe définitivement en Angleterre ? Ou simplement en attendant que la rénovation du château soit terminée ?

Sebastian la regarda en soupirant.

— Émilie. Je peux lire en toi comme dans un livre ouvert. Ce que je te propose est plus affectif que pratique. Je t'aime. Et je veux passer le reste de ma vie avec toi. C'est avec le temps que nous déciderons de l'endroit où nous vivrons et la façon dont nous entendons mener notre vie. Mais j'aimerais te poser une autre question...

Émilie regarda Sebastian fouiller dans sa poche et en sortir une boîte. Il l'ouvrit, et une petite bague en saphir apparut.

— Je voulais te demander si tu voulais bien m'épouser...

— Quoi ?

— N'aie pas l'air si horrifiée, dit Sebastian en levant les yeux au ciel. C'est censé être un moment romantique, et toi, tu es censée réagir en conséquence.

— Je suis désolée, je suis juste en état de choc, c'est tout. Je ne m'y attendais pas.

Émilie eut soudain les larmes aux yeux.

— Tu en es sûr ? demanda-t-elle.

— Évidemment que j'en suis sûr ! Ce n'est pas tous les jours que je demande une femme en mariage et que je sors une bague de ma poche, tu sais.

— Mais on se connaît à peine !

— Émilie, on ne s'est presque pas quittés au cours des neuf derniers mois. On a travaillé, dormi, mangé, parlé ensemble. Mais… (le regard de Sebastian s'assombrit) si tu n'es pas certaine de tes sentiments pour moi, je comprendrais bien sûr.

— Non ! non !

Émilie tenta de se ressaisir et de se remettre du choc.

— Sebastian, tu es merveilleux et je… t'aime. Si tu es vraiment sérieux, alors… oui.

— Alors, je suis vraiment un homme heureux, déclara Sebastian en passant la bague au doigt d'Émilie. C'était la bague de fiançailles de ma grand-mère. Je la trouve plutôt jolie, mais elle est indubitablement moins précieuse que les pierres que ta mère aimait. Et, au fait, je ne serais pas du tout vexé si tu décidais de garder ton nom de jeune fille. Tu es la dernière La Martinières après tout.

Émilie n'avait jamais réfléchi à la question.

— Je ne sais pas trop, souffla-t-elle tandis qu'elle prenait peu à peu conscience de la solennité du moment et que la surprise et la joie succédaient au choc initial.

— Bien sûr, c'est normal, approuva Sebastian pour la réconforter, alors que leur bouillabaisse arrivait. Je suis désolé de te bombarder de questions et d'informations, mais ça fait un moment que je pense à notre avenir. Alors, as-tu une idée de la date et du lieu de notre mariage ?

— Pas vraiment, mais quelque part en France, si ça ne te fait rien.

Puis, elle s'empressa d'ajouter :

— Et en très petit comité.

— Oui, j'étais sûr que tu allais dire ça. Bon, et quand ?

Émilie haussa les épaules.

— Je n'ai pas de préférence, et toi ?

— Le plus tôt sera le mieux en ce qui me concerne. Je me disais que ça serait merveilleux d'arriver en Angleterre avec ma nouvelle épouse. Et si tu préfères la France et quelque chose d'intime, pourquoi pas dans une ou deux semaines, ici, à Paris ?

Quelques jours plus tard, Émilie se rendit au château pour surveiller le déménagement des meubles qui allaient être entreposés dans un hangar pendant les travaux.

Après son mariage et son emménagement dans le Yorkshire, elle reviendrait afin d'organiser le déplacement des livres de la bibliothèque avant le début de la restauration. Sebastian était retourné en Angleterre pour aller chercher son acte de naissance et ainsi avoir tous les papiers nécessaires à leur mariage en France.

Elle avait réussi à louer son appartement de Paris pour six mois, puis elle avait pris son courage à deux mains et appelé Léon, son chef au cabinet vétérinaire, pour lui annoncer qu'elle ne reviendrait plus, finalement.

— Nous sommes vraiment désolés de vous perdre, avait dit Léon. Et vous allez beaucoup manquer à vos clients. Si vous voulez revenir un jour, faites-le-moi savoir. Bonne chance pour le mariage et pour votre nouvelle vie en Angleterre. Je suis heureux que vous ayez trouvé le bonheur, vous le méritez, Émilie.

Émilie était consciente que les quelques amis à qui elle avait parlé de sa décision de laisser sa vie à Paris et de suivre l'homme de sa vie en Angleterre avaient été très surpris.

— Ça ne te ressemble pas du tout de prendre des décisions aussi rapides, avait fait remarquer Sabrina, son amie de l'université. J'espère que je pourrai venir au mariage pour faire la connaissance du prince charmant qui t'enlève.

— Il n'y aura pas d'invités. Juste Sebastian, moi et nos témoins. Je préfère comme ça.

— Tu es bizarre, Émilie, avait soupiré Sabrina, visiblement déçue. Moi qui m'attendais à une grande fête. Eh bien, donne-moi de tes nouvelles et bonne chance.

Quand Émilie arriva au château, Margaux, manifestement énervée de voir les déménageurs transporter des armoires Louis XIV et des miroirs dorés particulièrement fragiles jusqu'au camion, se tenait à la porte d'entrée pour l'accueillir.

— Je leur ai dit de faire attention, mais ils ont déjà endommagé un des coins d'une commode de grande valeur, soupira Margaux tout en posant une tasse de café devant Émilie à la cuisine.

— Bien sûr, il faut s'attendre à un peu de casse, soupira Émilie en haussant les épaules. Margaux, j'ai quelque chose à vous dire.

Elle tendit la main en souriant pour lui montrer sa bague de fiançailles.

— Je vais me marier.

— Vous marier ?

Le visage de Margaux trahissait sa surprise.

— Avec qui ?

— Sebastian, bien sûr.

— Bien sûr, dit Margaux en hochant la tête. Mais, mademoiselle, c'est allé si vite. Vous ne le connaissez que depuis quelques mois. Vous êtes sûre de votre décision ?

— Oui, je l'aime, Margaux, et il a été si bon avec moi.

— Oui, c'est vrai.

Margaux s'approcha d'Émilie et l'embrassa sur les deux joues.

— Je suis très heureuse pour vous. Je suis contente que vous ayez quelqu'un pour veiller sur vous désormais.

— Merci.

— Maintenant, si vous voulez bien m'excuser. Il y a une véritable explosion de poussière en haut à cause des meubles qui ont été déplacés. À tout à l'heure, mademoiselle.

Après le déjeuner, comprenant qu'elle ne pouvait pas faire grand-chose pour aider les déménageurs et qu'elle préférait finalement ne pas assister à l'opération, Émilie se rendit chez Jean et Jacques pour leur annoncer son mariage. Tout en marchant jusqu'au vignoble, elle se dit qu'elle devait aussi les rassurer en spécifiant qu'elle continuerait à suivre de près la rénovation du château et le développement de l'exploitation viticole une fois qu'elle aurait commencé sa nouvelle vie.

Jean insista pour sabrer une bouteille de champagne que l'un de ses amis vignerons lui avait donnée.

— J'avais besoin d'une excuse pour l'ouvrir, dit-il en souriant tandis qu'ils entraient dans le salon, où Jacques somnolait dans un fauteuil à côté du feu.

— Papa, Émilie a de bonnes nouvelles ! Elle va se marier.

Jacques ouvrit un œil et, un peu hébété, regarda Émilie.

— Tu as entendu, Papa ? Émilie va se marier !

Jean ajouta à voix basse à l'intention d'Émilie :

— Il a une mauvaise bronchite. Il en attrape toujours une en hiver.

Jacques ouvrit l'autre œil.

— Avec qui ?

— Le jeune Anglais dont nous avons fait la connaissance l'autre fois quand Émilie lui a montré les vignes. Il s'appelle Sebastian… ?

Jean la regarda d'un air interrogateur, car il ignorait son nom de famille.

— … Carruthers, compléta Émilie. Il vient du Yorkshire. C'est une région d'Angleterre. J'irai m'installer là-bas après mon mariage. Juste pour quelque temps, pendant les travaux, mais je reviendrai souvent, ajouta-t-elle d'un ton ferme.

— Vous avez dit Carruthers ?

Jacques était parfaitement réveillé tout à coup.

— Le Yorkshire ?

— Oui, Papa, confirma Jean.

Jacques secoua la tête comme pour s'éclaircir les idées.

— Je suis sûr que c'est une coïncidence, mais j'ai connu une Carruthers du Yorkshire, il y a très longtemps.

— Vraiment, Papa, comment ? demanda Jean.

— Constance Carruthers était avec moi ici pendant la guerre, déclara Jacques.

— C'était le nom de sa grand-mère ! En effet, Sebastian m'a dit qu'elle était en France à l'époque. Je porte sa bague de fiançailles, ajouta-t-elle en sentant un frisson d'enthousiasme lui parcourir le corps.

Elle tendit la main vers Jacques, qui la considéra avec intérêt.

— Oui, c'est bien sa bague.

Jacques leva la tête vers Émilie, un mélange de choc et d'émotion dans les yeux.

— Vous allez épouser le petit-fils de Constance ?

— Oui.

— Mon Dieu !

Jacques fouilla dans la poche de son pantalon à la recherche d'un mouchoir.

— Je n'en reviens pas. Constance…

— Tu la connaissais bien, Papa ?

Jean était tout aussi surpris qu'Émilie.

— Très bien. Elle a passé de longs mois avec moi, dans cette maison. C'était…

Jacques déglutit avec peine.

— … une femme courageuse et compatissante. Elle est encore en vie ?

Une lueur d'espoir apparut dans ses yeux bleus larmoyants.

— Non. Elle est morte il y a deux ans environ, dit Émilie. Jacques, comment se fait-il que Constance Carruthers ait vécu ici avec vous ?

Pendant un long moment, le regard de Jacques se perdit dans le vague, puis, complètement absorbé par ses pensées, il ferma les yeux.

— Papa, tu veux du champagne ? l'encouragea Jean en lui tendant un verre.

Jacques le prit d'une main tremblante et but quelques gorgées. Visiblement, il se concentrait, mettant de l'ordre dans ses pensées.

— Comment avez-vous rencontré cet homme, le petit-fils de Constance ?

— Peu avant sa mort, Constance a raconté à Sebastian son séjour dans la France occupée. Il a retrouvé le château appartenant à notre famille et est venu ici pour en savoir plus, expliqua Émilie. Mais, tout comme moi, il ne sait pratiquement rien sur la raison de la présence de Constance ici. Nous aimerions tous deux savoir ce qui est arrivé.

Jacques soupira.

— C'est une longue histoire. Et je n'aurais jamais cru que je la raconterais un jour.

— S'il vous plaît, Jacques, implora Émilie. J'aimerais tellement l'entendre. Je me rends compte chaque jour un peu plus que je ne sais presque rien de ma famille, en particulier de mon père.

— Édouard était un homme merveilleux. Il a été récompensé par l'Ordre de la Libération pour son courage et les services rendus à la France, mais il a refusé cette distinction, dit Jacques en haussant tristement les épaules. Il pensait que d'autres la méritaient plus que lui.

— S'il vous plaît, Jacques, pourriez-vous au moins commencer ? insista Émilie. Après tout, je suis sur le point d'épouser le petit-fils de Constance, et il est important pour moi de comprendre le lien passé entre nos deux familles.

— Oui, vous avez raison. Vous avez le droit de savoir. C'est l'histoire de votre famille après tout. Mais par où commencer ?

Jacques regarda au loin comme s'il espérait obtenir une réponse.

— Bon, dit-il enfin. Je vais commencer par Constance. Je sais presque tout d'elle.

Il sourit.

— Pendant les longues soirées que nous avons passées ici, dans cette maison, elle m'a souvent parlé de sa vie en Angleterre. Et de ce qui l'avait emmenée ici, en France…

J'aimerais voir

J'aimerais voir le rouge
Des roses en pleine floraison
J'aimerais voir l'argent
Du reflet du soleil sur la lune
J'aimerais voir le bleu
De l'océan quand il gronde
J'aimerais voir le brun
De l'aigle qui vole
J'aimerais voir le violet
Des raisins suspendus aux vignes
J'aimerais voir le jaune
Du soleil en été
J'aimerais voir le roux
Des châtaignes sur l'arbre
J'aimerais voir les visages
De ceux qui me sourient.

Sophia de La Martinières
1927, neuf ans

7

Londres, mars 1943

Constance Carruthers ouvrit l'enveloppe marron unie qu'elle avait trouvée sur son bureau. La lettre lui intimait de se rendre au ministère de la Guerre, bureau 505a, pour passer un entretien. Tout en enlevant son manteau, elle se demanda si on ne l'avait pas confondue avec quelqu'un d'autre. Connie était plutôt satisfaite de son poste actuel. Elle travaillait comme documentaliste au MI5 et n'avait aucune intention de postuler ailleurs. Elle traversa la grande salle, particulièrement animée, et frappa à la porte du bureau de sa supérieure.

— Entrez.

— Excusez-moi de vous déranger, miss Cavendish, mais j'ai reçu une lettre me demandant de me présenter au ministère de la Guerre aujourd'hui pour un entretien. Sauriez-vous de quoi il s'agit ?

— Ce n'est pas à nous qu'il faut poser la question ! aboya miss Cavendish en levant brièvement les yeux de son bureau sur lequel se dressait une pile de dossiers. Je suis certaine qu'ils vous expliqueront tout au moment de l'entretien.

— Mais…

Connie se mordit les lèvres.

— J'espère que vous êtes satisfaite de mon travail ici.

— Bien sûr, madame Carruthers. Je vous conseille de garder vos questions pour cet après-midi.

— Alors, je dois vraiment y aller ?

— Bien sûr. C'est tout ?

— Oui, merci.

Connie ferma la porte derrière elle, retourna à son bureau et s'assit, comprenant qu'elle n'avait pas le choix. On l'avait mise devant le fait accompli.

Cet après-midi-là, tandis qu'on la conduisait dans le dédale des couloirs au sous-sol du ministère de la Guerre, abritant le cœur des opérations militaires du gouvernement britannique, Connie était parfaitement consciente qu'il ne s'agirait pas d'un entretien ordinaire. On la fit entrer dans une petite pièce aux murs nus, avec pour seul mobilier une table et deux chaises.

— Bonjour, madame Carruthers. Je suis M. Potter.

Un homme corpulent, d'une cinquantaine d'années, se leva de derrière la table et lui tendit la main.

— Veuillez vous asseoir.

— Merci.

— On m'a dit que vous parliez couramment français. C'est vrai ?

— Oui, monsieur.

— Dans ce cas, vous ne voyez pas d'inconvénient à ce que notre petit entretien se déroule en français ?

— Euh… *non**, répondit Connie, passant immédiatement au français.

— Alors, expliquez-moi la raison pour laquelle vous parlez si bien cette langue.

— Ma mère est française, et sa sœur, ma tante, a une maison à Saint-Raphaël, où j'ai passé pratiquement tous mes étés.

— Donc, vous êtes passionnée par la France.

— Bien sûr, je me sens aussi française que britannique, même si je suis née ici, en Angleterre.

Le regard perçant de M. Potter se posa sur les cheveux châtains épais de Connie, ses yeux marron et son ossature puissante.

— Oui, vous ressemblez vraiment à une Française. Je vois dans mon dossier que vous avez suivi des cours de civilisation française à la Sorbonne ?

— En effet, j'ai passé trois ans à Paris. Et j'ai adoré chaque seconde de mon séjour, ajouta Connie en souriant.

— Pourquoi avez-vous choisi de rentrer en Angleterre après avoir terminé vos études ?

— Je suis revenue ici pour épouser mon amour d'enfance.

— Exactement, dit M. Potter. Et vous résidez actuellement dans le Yorkshire ?

— Oui, le domaine de la famille de mon mari se trouve dans les landes, au nord du Yorkshire. Même si, pour l'instant, je loge dans notre appartement en ville pendant que je travaille à Whitehall. Mon mari est en Afrique du Nord.

— Il est capitaine dans les Scots Guards ?

— Oui. Mais il est porté disparu.

— C'est ce que j'ai entendu dire. Je suis désolé. Vous n'avez pas encore d'enfants ?

— Non. La guerre a coupé court à tous nos projets.

Connie soupira, l'air sombre.

— Nous n'étions mariés que depuis quelques semaines quand Lawrence a été mobilisé. Alors, plutôt que de passer mes journées à tricoter des chaussettes dans le Yorkshire, j'ai préféré venir dans le Sud et trouver une occupation utile.

— Vous êtes une patriote passionnée ?

— Oui, monsieur Potter.

Connie haussa les sourcils, un peu déroutée par ces questions si directes.

— Vous seriez prête à donner votre vie pour les pays que vous aimez ?

— Si nécessaire, oui.

— J'ai aussi entendu dire que vous étiez une fine gâchette.

Connie le regarda, surprise.

— Je n'irais vraiment pas jusque-là. Même si j'ai souvent chassé sur le domaine de mon mari quand j'étais plus jeune.

— Vous considérez-vous comme un garçon manqué ?

— Je n'y ai jamais réfléchi, bégaya Connie, qui avait du mal à donner des réponses cohérentes à des questions vraiment étranges. Mais j'aime beaucoup les activités de plein air.

— Et vous avez une santé solide ?

— Oui, j'ai beaucoup de chance.

— Merci, madame Carruthers, dit M. Potter en fermant brusquement son dossier. Nous vous recontacterons. Bonne journée.

Il tendit la main et Connie la serra.

— Merci, au revoir, répondit-elle, surprise par la fin soudaine de l'entretien et ignorant si elle s'en était bien tirée.

Connie sortit du sous-sol étouffant et apprécia l'air printanier qui régnait ce jour-là dans les rues animées de Londres. Tandis qu'elle marchait en direction de son bureau, elle leva la tête vers les ballons de barrage qui se dressaient, l'air menaçant, dans le ciel de Londres, et elle se demanda une fois encore pourquoi on lui avait fait rencontrer cet homme du nom de Potter.

Trois jours plus tard, Connie fut de nouveau convoquée au bureau 505a et se retrouva dans la pièce à la lumière crue. On la bombarda de questions. Était-elle malade en voiture, en avion ? Quel était son rythme de sommeil ? Serait-elle capable de se déplacer dans toute la France en empruntant le réseau ferroviaire ? Savait-elle se repérer dans Paris, connaissait-elle bien les rues de la capitale ?

Même si on ne lui avait encore rien dit de la tâche qu'on souhaitait lui confier, Connie commençait à en avoir une petite idée.

Quand elle rentra chez elle ce soir-là (son appartement se trouvait tout près de Sloane Square), elle savait que, si l'entretien avait été jugé concluant, sa vie pourrait changer du tout au tout.

***

— Madame Carruthers, vous revoilà. Asseyez-vous, je vous prie.

Connie constata que M. Potter était plus détendu avec elle cette fois. Il lui adressa même un sourire.

— Je suis sûr, madame Carruthers, que vous avez une idée de la raison de votre présence ici.

— Oui, vous pensez que je pourrais accomplir une sorte de mission en France.

— En effet. Vous avez sans doute entendu parler de la Section F et du SOE, le Service des opérations spéciales, grâce à votre travail au MI5 ?

— J'ai eu quelques fichiers entre les mains, oui, mais uniquement pour disséquer la personnalité, la vie, les antécédents des filles concernées.

— C'est exactement ce que nous avons fait avec vous, ces derniers jours, expliqua M. Potter. Nous sommes désormais convaincus que vous êtes une candidate idéale pour devenir un de nos agents du SOE. Toutefois, madame Carruthers, nous avons évité jusqu'à présent d'aborder la lourde responsabilité qui repose désormais sur vos épaules. Vous devez être consciente que la Grande-Bretagne et la France mettent toute leur confiance en vous, mais aussi que vous risquerez votre vie tous les jours. La mort est une menace bien réelle.

M. Potter afficha un air grave.

— Quel est votre sentiment ? Êtes-vous prête à envisager ce risque ?

Connie, qui pressentait déjà ce qu'on allait lui demander, ne dormait pratiquement plus la nuit. Elle était hantée par cette question et par la réponse qu'elle pourrait donner.

— Monsieur Potter, je crois passionnément en la cause que défendent les Alliés et je ferai de mon mieux pour ne jamais vous décevoir. Néanmoins, je sais aussi que la vie ne m'a pas encore suffisamment mise à l'épreuve pour que je puisse répondre à cette question. J'ai vingt-cinq ans, aucune expérience de la guerre sur le terrain et j'ai encore beaucoup à apprendre sur la vie et sur moi-même.

— J'apprécie votre analyse très lucide, madame Carruthers, mais je tiens à vous rassurer. Votre inexpérience n'est pas un problème à nos yeux. La plupart des femmes que nous engageons pour cette mission extrêmement sensible n'ont pas plus d'expérience que vous. Actuellement, nous avons une vendeuse, une actrice, une mère au foyer et une réceptionniste. Sachez que nous ferons tout pour vous aider et vous former avant votre départ. Vous allez participer à un stage d'entraînement intensif au cours duquel vous apprendrez à gérer les situations dangereuses auxquelles vous risquez d'être confrontée. Et je peux vous assurer, madame Carruthers, qu'à la fin du processus, les dirigeants du SOE, tout comme vous, sauront si vous êtes capable d'accomplir la mission à laquelle ils vous destinent. Je dois vous poser encore une fois la question : êtes-vous prête à accepter une mission qui risque de vous coûter la vie ?

Connie le regarda droit dans les yeux.

— Oui.

— Parfait, donc, c'est réglé. Comme vous êtes une employée du MI5, vous avez déjà signé l'Official Secrets Act. Donc, je n'ai pas besoin de vous importuner davantage. La Section F prendra contact avec vous dans quelques jours. Félicitations, madame Carruthers.

M. Potter se leva et fit le tour de la table, cette fois, pour lui serrer la main, puis la raccompagna jusqu'à la porte.

— La Grande-Bretagne et la France vous sont reconnaissantes des sacrifices que vous allez faire.

— Merci, monsieur Potter. Je peux vous demander… ?

— Pas de questions, madame Carruthers. Vous aurez bientôt la réponse à toutes vos interrogations. Inutile de préciser que nos entrevues ici et que celles que vous aurez à l'avenir doivent rester secrètes.

— Oui.

— Bonne chance, madame Carruthers.

Quand Constance arriva au bureau le lendemain matin, elle comprit aussitôt que miss Cavendish, sa supérieure, avait déjà été informée de son départ.

— J'apprends que vous partez vers de nouveaux horizons, commenta-t-elle en lui adressant un semblant de sourire. Tenez.

Miss Cavendish lui tendit une enveloppe.

— Vous devez vous présenter à cette adresse demain matin à neuf heures. Merci pour votre engagement ici. Je suis navrée de vous perdre.

— Et moi de partir.

— Je suis sûre que vous serez à la hauteur de la tâche qu'on vous assignera, madame Carruthers.

— Je ferai de mon mieux, répondit Connie.

— Parfait. Ne me décevez pas.

Puis, alors que Connie se dirigeait vers la porte, elle ajouta :

— C'est moi qui vous ai recommandée.

À neuf heures, le lendemain matin, Connie se présenta, comme convenu, à Orchard Court, non loin de Baker Street. Elle donna son nom au portier, qui hocha la tête, puis ouvrit les portes dorées de l'ascenseur. Il l'accompagna jusqu'au deuxième étage et lui fit signe d'entrer dans une pièce.

— Très bien, madame, attendez ici, s'il vous plaît.

Connie fut étonnée de constater qu'elle se trouvait dans une salle de bains.

— Ils ne vont pas être longs, madame.

Le portier lui fit un signe de tête en fermant la porte derrière lui. Connie s'assit sur le bord de la baignoire noire, et se demanda ce qui allait bien lui arriver. La porte se rouvrit.

— Suivez-moi, madame, dit le portier en la faisant sortir de la salle de bains, puis en la conduisant le long du même couloir dans une pièce où un homme de grande taille aux cheveux blonds l'attendait assis, les jambes ballantes, sur son bureau.

Il tendit la main et sourit à Connie quand le portier se retira.

— Madame Carruthers, je suis Maurice Buckmaster, chef de la Section F. Je suis ravi de faire votre connaissance. J'ai entendu beaucoup de bien de vous.

— C'est réciproque, monsieur.

Connie lui serra la main, sentant sa poigne ferme. Elle tenta de cacher sa nervosité. Elle avait souvent entendu le nom de cet homme au MI5. Hitler aurait même dit récemment de lui : « Quand j'arriverai à Londres, je ne sais pas qui je pendrai en premier, Churchill ou ce Buckmaster. »

— Vous préférez vous entretenir en anglais ou en français ? demanda Buckmaster.

— Peu importe, je parle les deux.

— C'est parfait, dit-il en souriant. Alors, allons-y pour le français. Bon, je suis sûr que vous êtes impatiente d'en savoir plus sur ce que nous faisons ici, à la Section F, alors je vais vous présenter miss Atkins. C'est elle qui s'occupera de vous dorénavant.

Buckmaster posa ses longues jambes sur le sol, se leva du bureau et se dirigea vers la porte. En le suivant, Connie sentit son énergie et sa détermination tandis qu'il avançait dans le couloir à grands pas. Il entra finalement dans une pièce complètement enfumée.

— Vera, dit-il en souriant à une femme d'une cinquantaine d'années, assise derrière un bureau. Je vous présente Constance Carruthers. Et je la laisse entre vos mains. Constance, je vous présente miss Atkins, l'éminence grise de la Section F. À tout à l'heure.

Buckmaster leur fit un signe de tête, puis quitta la pièce.

— Asseyez-vous, je vous prie, dit miss Atkins en la fixant de ses yeux bleus perçants. Nous sommes ravis que vous nous rejoigniez. Je suis là pour répondre à toutes vos questions et pour vous expliquer ce qui va se passer ensuite. Qu'avez-vous dit à votre famille jusqu'à présent ?

— Rien, miss Atkins. Mon mari est porté disparu en Afrique et je téléphone une fois par semaine à mes parents le dimanche. Nous sommes vendredi.

— Vos parents sont dans le Yorkshire et vous n'avez pas de frères et sœurs, lut miss Atkins dans le dossier devant elle. C'est plus facile. Vous allez dire à vos parents et aux amis qui vous poseront des questions que vous avez été transférée à la FANY, qui, comme vous le savez, est le Corps des infirmières d'urgence volontaires. Vous direz que vous avez été engagée pour conduire des ambulances en France. Ne leur racontez en aucun cas la vérité.

— D'accord, miss Atkins.

— Vous allez partir dans peu de temps vous entraîner dans un endroit à l'extérieur de Londres. Vous y resterez plusieurs semaines et je surveillerai quotidiennement vos progrès.

— En quoi consistera ce stage d'entraînement ?

— Vous apprendrez toutes les tâches nécessaires à l'accomplissement de votre mission, Constance. Vous fumez ?

Elle offrit une cigarette à Connie.

— Merci.

Elle prit une cigarette dans le paquet et Vera Atkins fit de même.

— Vous vivez seule dans votre appartement de Londres ?

— Oui.

— Alors, il est inutile de changer d'adresse. Cependant, nous avons parlé de votre nom avec M. Buckmaster et nous avons décidé que vous devriez utiliser à partir de maintenant le nom de jeune fille de votre mère, qui, si je ne m'abuse, s'appelait Chapelle. Et votre tante maternelle, qui vit à Saint-Raphaël, est la baronne du Montaine ?

— Oui, dit Connie en hochant la tête.

— Eh bien, vous resterez sa nièce. Nous pensons qu'il serait judicieux de vous habituer à votre nouveau nom le plus rapidement possible. Alors, est-ce que Constance Chapelle vous convient ?

— Parfaitement. Dans combien de temps vais-je partir pour la France ?

— Nous voulons que nos agents aient huit semaines d'entraînement mais, étant donné la situation actuelle en France et le besoin urgent d'y déployer nos filles, ça ne sera peut-être pas aussi long, expliqua miss Atkins en soupirant. Nous vous sommes très reconnaissants, à vous et aux autres agents, d'être prêts à accomplir une mission aussi dangereuse. D'autres questions, ma chère ?

— Puis-je vous demander ce que je devrai faire exactement une fois que je serai arrivée en France ?

— Très bonne question. La plupart des filles qui viennent ici semblent croire qu'elles vont espionner pour le compte de l'Angleterre. Mais ce n'est pas la mission de la Section F. Nos agents ont pour tâche de maintenir le contact entre les réseaux en France et Londres et de participer à des opérations de sabotage. Notre seul objectif est d'entraver le fonctionnement du régime nazi en France. Le SOE travaille avec le maquis et la Résistance française en leur fournissant toute l'aide possible.

— Je vois. Je pensais qu'il y avait des personnes mieux qualifiées que moi pour ça, dit Connie en fronçant les sourcils.

— J'en doute, Constance. Votre français impeccable, le fait que vous connaissiez aussi bien Paris que le Sud du pays, ajoutés à votre apparence très française, font de vous la candidate idéale.

— Mais les hommes sont sûrement plus qualifiés pour cette tâche ?

— Bizarrement, ce n'est pas vrai. Les jeunes hommes sont fréquemment arrêtés pour être interrogés par la milice locale ou au siège de la Gestapo. Ils peuvent aussi subir des fouilles corporelles. Une femme qui voyage à travers la France, en train, en bus ou à bicyclette attirera beaucoup moins l'attention sur elle.

Miss Atkins haussa les sourcils et lui adressa un sourire sombre.

— Et je suis sûre que, jolie comme vous êtes, vous parviendrez toujours à vous tirer d'affaire en usant de votre charme. Bon… (Elle consulta sa montre.) Si vous n'avez plus de questions pour l'instant, je propose que vous retourniez chez vous, que vous écriviez une lettre à vos parents dans laquelle vous leur raconterez ce que je vous ai dit. Et profitez de votre dernier week-end avant longtemps dans la vie civile.

Les yeux bleus de miss Atkins la jaugèrent.

— Je pense que vous allez très bien vous en sortir, Constance. Et vous devriez être fière d'avoir été choisie. Nous ne prenons que les meilleures dans la Section F.

8

Le lundi matin, Connie fut déposée devant les marches du manoir Wanborough, une grande maison de campagne, près de Guildford dans le Surrey. On la conduisit à l'étage, jusqu'à une chambre contenant quatre lits simples. Seul l'un d'entre eux semblait être occupé. Connie vida le contenu de sa petite valise et pendit ses vêtements dans la grande armoire en acajou.

Elle constata que sa camarade de chambre avait un style vestimentaire bien plus bohémien qu'elle. Une robe fourreau dorée était suspendue au milieu de pantalons de smoking et d'une longue écharpe colorée.

— Tu dois être Constance, dit une voix traînante derrière elle. Je suis contente que tu sois là. Je n'avais aucune envie d'être la seule fille au milieu de tous ces garçons. Je m'appelle Venetia Burroughs, ou plutôt Claudette Dessally !

Constance se retourna pour la saluer et fut frappée par l'apparence de la jeune femme. Elle avait des cheveux brillants, noirs de jais, qui tombaient presque jusqu'à sa taille, une peau blanche comme l'ivoire, d'immenses yeux verts soulignés de khôl et des lèvres peintes en rouge.

Le contraste entre le look de la fille et son uniforme réglementaire de la FANY était saisissant. Connie fut surprise que cette femme ait pu être retenue pour une mission nécessitant la plus grande discrétion : elle ne passait vraiment pas inaperçue.

— Constance Carruthers… ou plutôt Chapelle.

Connie sourit et s'avança vers Venetia pour serrer sa main tendue.

— Tu sais s'il va y avoir d'autres femmes ?

— Non. Quand j'ai posé la question, on m'a dit que nous ne serions que toutes les deux. Nous nous entraînons avec les gars.

Venetia se laissa tomber sur son lit et alluma une cigarette.

— Au moins, ce job présente quelques avantages.

Elle haussa les sourcils tout en inhalant la fumée.

— Tu sais, on doit être complètement folles, toutes les deux.

— Peut-être.

Connie s'approcha du miroir et s'assura qu'aucune mèche ne s'était échappée de son chignon bien serré.

— Alors, où t'ont-ils trouvée ?

— J'étais documentaliste au MI5. On m'a dit que c'était parce que je parlais couramment français et que je connaissais très bien la France que je les intéressais.

— Ma seule connaissance de la France se limite à une terrasse du cap Ferrat où j'avais l'habitude de boire des cocktails, lança Venetia en riant. Et puis, il y a aussi le fait que j'ai une grand-mère allemande, donc, que je maîtrise plutôt bien leur langue. C'est déjà ça. On m'a dit que mon français n'était pas trop mal non plus. Je viens de Bletchley Park… Je suis sûre que tu en as entendu parler si tu travaillais au MI5.

— Bien sûr. Nous avons tous entendu parler du code Enigma et de son décryptage.

— Oui, ce fut un véritable succès.

Venetia s'approcha d'un pot de fleurs posé sur le rebord de la fenêtre et fit tomber la cendre de sa cigarette à l'intérieur.

— Apparemment, ils ont désespérément besoin d'opératrices radio en France. Grâce à mes compétences en décryptage, je suis la femme de la situation. Tu savais qu'actuellement l'espérance de vie d'une opératrice radio est d'environ six semaines ? ajouta-t-elle en retournant vers son lit et en s'allongeant de tout son long dessus.

— Pas possible !

— Eh bien, ce n'est guère surprenant, n'est-ce pas ? dit Venetia de sa voix traînante. On ne peut pas vraiment cacher un poste émetteur dans ses dessous.

Connie était surprise par la décontraction avec laquelle Venetia parlait de sa mort potentielle.

— Tu n'as pas peur ?

— Je n'en sais rien. Tout ce que je sais, c'est qu'il faut absolument arrêter les nazis. Mon père a réussi à faire sortir mamie de Berlin juste avant le début de la guerre, mais les autres membres de sa famille en Allemagne ont disparu. Ils sont juifs et nous pensons qu'ils ont été emmenés dans un de ces camps de la mort dont nous avons entendu parler. Alors, je ferai tout ce que je peux pour les stopper, déclara Venetia en soupirant. De toute façon, la vie ne vaudra pas la peine d'être vécue tant que Hitler et sa bande de joyeux drilles ne se retrouveront pas six pieds sous terre, c'est du moins mon opinion. Le plus tôt sera le mieux. Le seul point noir, c'est qu'ils m'ont dit de me couper les cheveux, ajouta Venetia en se redressant et en secouant sa crinière noire brillante autour de ses épaules. Et ça, c'est vraiment un problème.

— Tes cheveux sont magnifiques, reconnut Connie, désormais persuadée que, si quelqu'un pouvait se montrer plus malin que les nazis et les vaincre à lui tout seul, c'était bien cette femme extraordinaire.

Venetia s'allongea de nouveau sur le lit.

— Comme la vie change. Il y a quatre ans encore, j'étais une débutante à Londres. La vie était tout simplement une immense fête. Et maintenant, regarde où on en est, dit-elle en se tournant pour regarder Connie.

— Oui, approuva Connie. Tu es mariée ?

— Ça ne risque pas ! répondit Venetia en souriant. J'ai décidé il y a des années que je voulais d'abord vivre ma vie avant de me caser. C'est exactement ce que je fais. Et toi ?

— Oui. Mon mari, Lawrence, est capitaine dans les Scots Guards. Il est en Afrique en ce moment. Mais il est porté disparu.

— Je suis désolée, murmura Venetia, les yeux pleins de compassion. C'est affreux, cette guerre. Mais je suis sûre que ton mari va revenir.

— Je n'ai pas d'autre choix que d'y croire, avoua Connie en tentant de cacher son inquiétude.

— Il te manque ?

— Terriblement, mais j'ai appris à vivre sans lui, comme beaucoup de femmes dont le mari est parti au combat.

— Pas d'autres amours depuis ?

Venetia lui adressa un sourire entendu.

Connie se sentit rougir.

— Mon Dieu, non ! Je ne pourrais jamais… Je veux dire… Non, répondit-elle brusquement.

— Bien sûr que non. Tu as l'air d'être du genre fidèle.

Connie ne savait pas vraiment s'il s'agissait d'un compliment ou d'une insulte.

— En tout cas, poursuivit Venetia, je suis contente d'être restée célibataire pendant les quatre dernières années. Je me suis follement amusée. Et, en ces temps difficiles, ma devise, c'est de profiter de l'instant présent, car on ne sait pas quand viendra notre dernière heure.

Elle se leva pour écraser sa cigarette dans le pot de fleurs.

— Et, avec ce qui nous attend, elle pourrait bien arriver beaucoup plus vite que prévu.

Plus tard dans l'après-midi, les deux femmes furent convoquées au rez-de-chaussée dans la grande salle de réception. On leur proposa du thé, des gâteaux et on leur présenta leurs collègues masculins.

— Je me demande qui vivait dans ce manoir avant qu'il ne soit réquisitionné, murmura Venetia à Connie.

— C'est magnifique en tout cas.

Connie contempla les hauts plafonds, la cheminée en marbre majestueuse et les grandes fenêtres géorgiennes qui donnaient sur une élégante terrasse.

— Tout comme *lui*.

Connie suivit le regard de Venetia vers un jeune homme adossé à la cheminée, en grande conversation avec l'un des instructeurs.

— Oui, en effet.

— Et si nous allions nous présenter ? Viens.

Connie suivit Venetia qui s'avança vers l'homme et se chargea des présentations.

— Ravi de faire votre connaissance, les filles. Je m'appelle Henry du Barry, répondit-il dans un français parfait.

Connie regarda avec admiration Venetia passer à l'action : le charme et le sex-appeal incarnés ! Se sentant un peu à l'écart, car Venetia et Henry étaient déjà en grande conversation, elle s'éloigna.

— Ah ! tiens, voici la Mata Hari de la bande, murmura une voix taquine derrière elle. James Frosbider, alias Martin Coste. Et tu es ?

Connie se retourna et vit un homme pas plus grand qu'elle, avec des cheveux clairsemés et des lunettes à monture d'écaille.

— Constance Carruthers, je veux dire Chapelle.

Ils se serrèrent la main.

— Tu parles bien français ? demanda James d'un air complice.

— Ma mère est française, je parle couramment.

— Malheureusement, je n'ai pas cette chance, soupira James. J'ai fait des progrès après mon cours intensif, mais il serait préférable que je ne me fasse pas arrêter par la Gestapo. Ce qui m'inquiète le plus, c'est de ne pas savoir quand il faut dire *vous** ou *tu** !

— Je suis sûre qu'ils ne t'enverraient pas là-bas s'ils ne t'estimaient pas capable de t'exprimer correctement.

— Non, même s'il règne un tel chaos en France qu'ils ont un besoin urgent d'agents. La Gestapo et les milices arrêtent à tour de bras en ce moment, d'après ce que j'ai entendu.

James haussa les sourcils avant de reprendre :

— Peu importe, si on est là, c'est qu'on a chacun des compétences particulières qui ont été remarquées. Il se trouve que je suis plutôt doué pour faire exploser des trucs. Et je ne pense pas qu'il soit nécessaire de faire la conversation à un bâton de dynamite. (Il sourit.) Je dois dire que j'admire les femmes qui se portent volontaires pour travailler au sein du SOE. C'est une mission dangereuse.

— On ne peut pas vraiment dire que je me sois portée volontaire, mais je suis heureuse de pouvoir faire quelque chose pour mon pays, répondit Connie avec détermination.

Pendant le dîner, qui se déroula ce soir-là dans l'élégante salle à manger, Connie fit la connaissance des quatre agents masculins qui allaient s'entraîner avec elle.

Elle discuta avec Francis Mont-Clare et Hugo Sorocki (tous deux, comme elle, à moitié français), James et, bien sûr, Henry le pilote de chasse, la coqueluche de la bande. Tandis que le vin coulait à flots, Connie eut l'impression d'assister à une scène complètement surréaliste. En regardant les personnes réunies autour de la table, elle aurait facilement pu se croire à un dîner entre amis dans n'importe quel manoir anglais.

Après le dessert, le capitaine Bevan, l'instructeur en chef, tapa dans ses mains pour réclamer le silence.

— Mesdames et messieurs, j'espère que cette soirée vous a donné l'occasion de faire connaissance. Vous allez travailler très étroitement ensemble au cours des prochaines semaines. Mais je crains que ce soit votre dernière soirée de détente. Le petit déjeuner sera servi à six heures demain matin, après quoi vous passerez une visite médicale et des tests de condition physique. Dès après-demain, vous serez obligés de courir huit kilomètres avant le petit déjeuner, tous les jours.

Il y eut quelques grognements dans l'assemblée.

— L'entraînement que vous allez suivre ici a surtout pour but d'améliorer votre endurance. Il est impératif que chacun d'entre vous parte pour la France dans la meilleure forme physique possible. Je ne soulignerai jamais assez que votre condition physique peut à elle seule vous sauver la vie.

— Monsieur, je suis sûr que, si un nazi me poursuit avec un fusil, je vais courir très vite, plaisanta James.

Venetia pouffa et le capitaine sourit.

— Certains d'entre vous ont déjà suivi un entraînement similaire au sein de l'armée et sont habitués à fournir des efforts physiques. Pour d'autres, et je pense en particulier aux dames, précisa le capitaine en regardant Venetia et Connie, ce sera certainement plus difficile. Les prochaines semaines seront sans doute les plus dures de votre vie. Pourtant, si vous tenez un tant soit peu à votre vie, vous mettrez toute votre énergie et votre concentration dans l'exécution des exercices. J'afficherai le programme de la journée sur le tableau dans l'entrée à dix-huit heures tous les soirs. Durant ces quelques semaines parmi nous, vous apprendrez à tirer, à faire sauter des bâtons de dynamite, mais aussi quelques bases de code Morse, des techniques de survie et enfin à sauter en parachute. Tout ce que vous apprendrez ici vous permettra de surmonter les situations auxquelles vous serez confrontés en France. Vous êtes naturellement tous conscients que les agents du SOE risquent leur vie tout comme nos compatriotes qui se battent contre les nazis en France pour défendre notre droit à la liberté.

Chacun semblait retenir son souffle dans la pièce. Les visages étaient graves ; tous les yeux étaient tournés vers le capitaine.

— J'ajouterai que, sans des hommes et des femmes de votre trempe, qui ont conscience du danger auquel ils s'exposent, mais sont prêts à relever le défi, cette guerre ne prendrait jamais fin et notre victoire serait impossible. C'est pourquoi je vous remercie tous au nom du gouvernement britannique et du gouvernement français... À présent, il y a du café et du cognac dans le grand salon pour ceux qui souhaitent prolonger la soirée. À ceux qui préfèrent aller se coucher, bonne nuit.

James et Connie furent les deux seuls à refuser l'invitation et se retrouvèrent dans le hall d'entrée tandis que les autres se dirigeaient vers le grand salon.

— Tu ne te joins pas à eux ? lui demanda James.

— Non, je suis un peu fatiguée.

Connie aurait aimé dire « dépassée », mais elle s'abstint.

— Moi aussi.

Ils firent quelques pas en direction de l'escalier. James s'arrêta vers la première marche et se tourna vers elle.

— Tu as peur ?

— Je ne sais pas.

— Moi oui, reconnut James. Mais il faut bien que chacun apporte sa contribution. Bonne nuit, Constance.

Il soupira en montant l'escalier.

— Bonne nuit.

Connie le regarda s'éloigner, puis disparaître dans le couloir. Elle se mit soudain à frissonner, croisa les bras sur sa poitrine et s'approcha d'une des immenses fenêtres pour contempler la pleine lune. Avait-elle peur ? Elle n'en savait rien. Mais peut-être la guerre qui durait depuis près de quatre ans, quatre ans de sa vie de jeune femme, avait-elle émoussé ses émotions. Depuis que Lawrence était parti au combat, quelques semaines après leur mariage, Constance avait l'impression que sa vie était en suspens, à un moment où tout aurait dû commencer pour elle. D'abord, il lui avait terriblement manqué, son absence lui avait paru insupportable. Dans cet immense manoir exposé à tous les vents, avec pour seule compagnie sa belle-mère un peu brusque et ses deux vieux labradors, elle avait eu beaucoup trop de temps pour penser. Sa belle-mère n'avait pas vraiment apprécié sa décision de partir à Londres pour travailler au sein du MI5. Connie avait obtenu ce poste grâce à une connaissance de son père, qui la voyait dépérir seule dans les landes austères du Yorkshire.

La plupart des filles qui travaillaient avec elle au MI5 appréciaient l'ambiance bizarrement joyeuse qui régnait à Londres en temps de guerre : elles étaient sans cesse invitées par des officiers en permission qui les emmenaient dîner au restaurant, puis danser dans des boîtes de nuit. Bon nombre de ces femmes étaient déjà fiancées ou, pire encore, mariées. Tout comme le sien, leurs jeunes époux étaient en train de se battre quelque part à l'étranger, mais cela ne les empêchait pas de s'amuser.

Pour Connie, c'était différent. Lawrence était, et avait toujours été, le seul homme qu'elle ait jamais aimé. Elle l'avait rencontré à l'âge de six ans à un tournoi de tennis.

Même si elle était suffisamment intelligente pour faire carrière après avoir obtenu son diplôme à la Sorbonne et qu'elle préférait la France aux paysages mornes et tristes du nord du Yorkshire, elle avait volontiers accepté d'aller passer sa vie à Blackmoor Hall et de n'être rien d'autre que la châtelaine et l'épouse de son Lawrence adoré.

Puis, après le plus beau jour de sa vie, quand elle était entrée dans la petite chapelle construite sur le domaine de Blackmoor et qu'elle était devenue la femme de Lawrence, l'homme qu'elle aimait depuis quatorze ans lui avait été brutalement enlevé.

Connie soupira. Pendant quatre ans, elle avait vécu dans la peur de recevoir un télégramme lui annonçant que son mari était porté disparu. Et c'était exactement ce qui s'était produit.

Comme elle travaillait au MI5, elle ne savait que trop bien que les chances de retrouver Lawrence vivant s'amenuisaient de jour en jour. Elle avait eu la plus grande peur de sa vie quand elle avait ouvert ce télégramme quelques jours plus tôt. Puisque

Lawrence était toujours porté disparu, sa vie à elle n'avait plus autant d'importance.

Elle se mit au lit et laissa la veilleuse allumée pour Venetia. Elle l'entendit plus tard entrer dans la chambre et glousser quand elle trébucha sur quelque chose. L'aube était sur le point de se lever.

— Tu es réveillée, Connie ? murmura-t-elle.

— Oui, répondit Constance d'une voix endormie.

Le lit de Venetia craqua à côté d'elle.

— Mon Dieu, quelle nuit ! Henry est tellement séduisant, tu ne trouves pas ?

— Oui, il est très mignon.

Venetia bâilla.

— Je crois que les prochaines semaines seront beaucoup plus agréables que ce que je pensais. Bonne nuit, Connie.

***

Contrairement aux prévisions de Venetia, les semaines suivantes furent particulièrement rudes pour les futurs agents, sans cesse contraints de repousser leurs limites. Tous les jours, ils pratiquaient des activités physiques très éprouvantes, mais leurs capacités intellectuelles étaient également mises à contribution. Quand ils n'étaient pas dans une tranchée en train d'apprendre à faire sauter de la dynamite, ils grimpaient aux arbres et se cachaient dans les branches. Il leur fallait aussi identifier les fruits à coque, les baies, les champignons et les feuilles de plantes comestibles. Et puis, il y avait les incessantes séances de tir, sans parler du footing quotidien de huit kilomètres avant le petit déjeuner. Venetia avait une vie nocturne tout aussi animée et éreintante que ses journées, et il était souvent plus de quatre heures du matin quand elle quittait Henry et se laissait tomber sur son lit. Une fois le jour levé, elle passait la plupart du temps à grogner et traînait derrière le reste de la bande. Connie constata à sa grande surprise qu'elle s'en sortait beaucoup mieux qu'elle ne l'avait escompté.

Elle avait toujours été sportive, habituée aux activités au grand air dans les landes, et elle sentait sa force physique augmenter de jour en jour. Elle était la meilleure gâchette de la troupe et était devenue une experte dans le maniement de la dynamite, ce qui n'était pas le cas de Venetia qui avait failli les faire tous sauter en dégoupillant une grenade dans la tranchée.

— Au moins, ça prouve que je suis capable de le faire, avait-elle dit en rentrant au manoir après cet épisode.

— Tu crois que notre Venetia est faite pour ce genre de missions ? demanda James à Connie, un soir qu'ils s'étaient retrouvés dans le grand salon pour boire un cognac et un café. La discrétion n'est pas son fort, dit-il en riant pendant que Venetia et Henry s'embrassaient fougueusement sur la terrasse.

— Je crois que Venetia va très bien s'en sortir au contraire, répondit Connie pour défendre son amie. Elle est débrouillarde et, comme on ne cesse de nous le dire, c'est une qualité essentielle sur le terrain. Notre survie là-bas dépendra à quatre-vingt-dix pour cent de notre capacité à nous débrouiller.

— Elle est très séduisante, c'est certain, et je suis sûr qu'elle pourra user de son charme pour se tirer de situations difficiles. Beaucoup mieux que moi, ajouta James d'un ton morose. C'est vraiment le calme avant la tempête, n'est-ce pas, Connie ? Et franchement, j'ai la frousse. C'est le saut en parachute que je redoute le plus. Mes genoux me font horriblement souffrir.

— Ne t'inquiète pas, souffla Connie en donnant une petite tape sur sa main. Tu auras peut-être la chance de voyager et de regagner la terre ferme à bord d'un Lizzie.

— J'espère. Si je dois m'extirper d'un arbre, car, avec ma chance, c'est là que je vais atterrir, je suis certain d'attirer l'attention sur moi.

James était le seul de la troupe à faire part de ses craintes. Connie et lui étaient les plus calmes, les plus cérébraux de la bande. Ils s'appréciaient et se soutenaient mutuellement.

— Regarde où la vie nous a jetés. Elle nous a fait prendre une bien étrange direction, poursuivit James après avoir siroté son cognac. Si j'avais eu le choix, j'aurais opté pour une existence très différente.

— Je pense qu'il en va de même pour presque tous les hommes et les femmes de notre époque. S'il n'y avait pas la guerre, je serais dans les landes du Yorkshire, certainement en train de m'engraisser et de mettre au monde un enfant par an.

— Tu as des nouvelles ?

— Non, aucune…

— Ne perds pas espoir, Connie.

Ce fut au tour de James de lui tapoter la main.

— C'est un tel chaos là-bas. Il se peut très bien que ton mari soit encore en vie.

— J'essaie de garder espoir, murmura Connie.

Elle avait l'impression de voir, en chaque jour qui passait, une nouvelle pelletée de terre sur le cercueil de Lawrence.

— Si cette maudite guerre finit un jour, poursuivit-elle pour changer de sujet, qu'est-ce que tu feras ?

James gloussa.

— Mon Dieu ! Ça paraît complètement saugrenu d'envisager un avenir en ce moment. Ma vie ressemble un peu à la tienne, tu sais. Je vais tout simplement rentrer à la maison pour me marier, produire la prochaine génération d'héritiers… (Il haussa les épaules.) Tu sais ce que c'est.

— Eh bien, au moins tu pourras apprendre le français à tes enfants. Tu as fait de gros progrès ces dernières semaines, ajouta-t-elle d'un ton encourageant.

— C'est gentil à toi, Connie. Mais je dois te dire que j'ai surpris une conversation téléphonique tout à l'heure entre le capitaine et Buckmaster. Oui, j'ai écouté aux portes, fit James en souriant. Ne nous a-t-on pas dit de toujours utiliser nos oreilles pour glaner des informations ? En tout cas, le capitaine ne tarissait pas d'éloges sur toi. Il a déclaré que tu étais la bonne surprise du groupe. Une brillante recrue. La Section F place de très grands espoirs en toi, ma chère.

— Merci. J'ai toujours été une bûcheuse à l'école, répondit Connie en riant. Le problème, c'est que je n'ai jamais eu l'occasion de me confronter à la vie.

— Ne t'inquiète pas, Connie. Je crois que l'opportunité va se présenter très rapidement.

***

Un mois plus tard, l'entraînement préliminaire était terminé. Chaque agent fut convoqué pour un long entretien, particulièrement éprouvant, avec le capitaine. Il détailla sans prendre de gants les forces et les faiblesses de Connie.

— Vous vous en êtes très bien sortie, Constance. Et nous sommes tous très satisfaits de vos progrès ici, confirma le capitaine. Vos instructeurs n'ont émis qu'une seule réserve à votre égard : vous hésitez trop avant de prendre une décision. Sur le terrain, votre sort peut dépendre de votre réaction immédiate à une situation. Vous comprenez ?

— Oui, monsieur.

— Vous nous avez montré que vous aviez de l'instinct. Faites confiance à votre intuition ; je doute qu'elle vous trompe. Nous vous envoyons désormais en Écosse avec les autres agents qui nous ont donné satisfaction. Vous suivrez une autre session d'entraînement pour vous préparer à votre mission.

Il se leva et lui tendit la main.

— Bonne chance, madame Chapelle, dit-il en lui souriant.

— Merci, monsieur.

Au moment où Connie fermait la porte derrière elle, il ajouta :

— Que Dieu vous accompagne.

Connie, Venetia, James et, à la grande joie de Venetia, Henry, avaient apparemment convaincu leurs instructeurs et furent envoyés au fin fond de l'Écosse pour s'entraîner à la guérilla. Loin de toute habitation, ils apprirent à faire sauter des ponts, à manœuvrer de petits bateaux sans les faire couler, à réceptionner des armes et à les charger à l'arrière des camions dans l'obscurité totale.

On leur expliqua en détail l'importance de la ligne de démarcation. Bien qu'elle fût théoriquement abolie, il était encore dangereux de la traverser, car elle représentait une frontière qui avait divisé la France en deux avec, au nord, la zone occupée, et, au sud, la zone libre.

Ils eurent l'occasion de mettre en pratique les techniques de survie qui leur avaient été enseignées au manoir Wanborough car, plusieurs jours dans les landes écossaises, ils furent entièrement livrés à eux-mêmes et durent se nourrir de ce qu'ils trouvaient dans la nature. Un tueur à gages vint leur apprendre l'art de l'élimination silencieuse.

Ils étaient en Écosse depuis deux semaines quand Venetia fut soudain affectée ailleurs et contrainte d'arrêter l'entraînement.

— Dieu merci ! s'exclama Venetia tout en faisant sa valise. Apparemment, je vais être envoyée à Thames Park pour rafraîchir mes connaissances en communication radio. C'est la panique outre-Manche et ils ont un besoin urgent d'opératrices radio. Oh ! Connie ! s'exclama-t-elle en passant ses bras autour des épaules de son amie. Espérons que nous aurons bientôt l'occasion de nous revoir là-bas. Et prends bien soin de mon petit Henry pour moi !

— Bien sûr.

Connie regarda Venetia boucler sa valise et la soulever du lit.

— Mais je suis sûre qu'il ne te faudra pas longtemps pour lui trouver un remplaçant.

Venetia se retourna pour regarder Connie.

— Probablement, non, mais je me suis bien amusée.

On frappa à la porte.

— Miss Burroughs, la voiture vous attend en bas.

Venetia prit sa valise et se dirigea vers la porte.

— Il est l'heure de partir. Bonne chance, Connie. Je suis vraiment heureuse de t'avoir rencontrée.

— Moi aussi. Garde la foi, implora Connie. Et dis-toi que tu vas t'en sortir.

— J'essaierai. Mais je vais mourir là-bas, Connie, je le sais.

Elle haussa les épaules.

— *À bientôt**.

9

— Alors, Constance, vous avez terminé votre formation intensive et vous êtes prête à partir pour la France. Comment vous sentez-vous ?

Connie était de retour à Londres, dans les bureaux de la Section F, assise face à Vera Atkins.

— Je suis prête, autant qu'on puisse l'être dans une telle situation, répondit machinalement Constance, sans trahir ses pensées et ses sentiments profonds.

Après le mois qu'elle avait passé en Écosse, elle avait été transférée à Beaulieu, dans le Hampshire, dans un autre domaine réquisitionné, où elle avait peaufiné ses techniques d'espionnage. On lui avait appris à faire la distinction entre les uniformes des Allemands et ceux de la milice haïe, le bras policier du gouvernement de Vichy. On lui avait également appris comment recruter des citoyens français pour compléter son réseau. Ses instructeurs avaient enfin insisté sur le fait qu'elle ne devait jamais rien noter par écrit.

— Je pense que je me sentirai beaucoup mieux quand je serai sur le terrain, conclut-elle.

— Parfait. C'est ce que nous aimons entendre, approuva Vera Atkins d'un ton enjoué. Votre départ est prévu pour la prochaine pleine lune. Vous serez sans doute soulagée d'apprendre que vous ne devrez pas atterrir sur le sol français en parachute, mais que vous serez déposée en toute sécurité par un Lysander sur la terre ferme.

— Merci.

Connie était en effet soulagée.

— Bon, il vous reste deux jours pour vous reposer et vous détendre. Je vous ai réservé une chambre à Fawley Court, une pension confortable gérée par la FANY, en attendant votre départ. Et il est temps d'écrire quelques lettres à vos proches. Je pourrai les envoyer dans les prochaines semaines, lorsque vous serez partie.

— Que dois-je dire dans ces lettres, miss Atkins ?

— Je conseille toujours à mes filles d'être brèves et positives. Dites que vous êtes en bonne santé et que tout va bien. Je viendrai vous chercher l'après-midi de votre départ, mais je vous confirmerai l'heure exacte. Quand vous serez arrivée à l'aérodrome, je vous donnerai votre nouveau nom de code, celui qui permettra aux autres agents et aux membres de la Section F de vous reconnaître. On vous en dira plus sur le réseau dans lequel vous serez intégrée une fois que vous serez en France. Maintenant, Constance, M. Buckmaster aimerait vous voir avant votre départ.

Connie suivit Vera Atkins dans le couloir et entra dans le bureau de Maurice Buckmaster.

— Constance, ma chère !

Buckmaster se leva d'un bond et fit le tour de son bureau les bras grands ouverts pour lui donner l'accolade.

— Parée ? demanda-t-il en relâchant son étreinte.

— Autant que possible, oui, monsieur.

— C'est parfait. D'après ce que j'ai entendu, vous étiez la meilleure recrue de votre groupe. Je suis sûr que vous ferez la fierté de la Section F, ajouta-t-il avec enthousiasme.

— Pour être honnête, monsieur, je suis impatiente d'y être.

— Je n'en doute pas. Essayez de ne pas trop vous inquiéter, ma chère. Hier soir, j'ai parlé à un agent du SOE qui rentrait juste de sa première mission et elle m'a dit que le plus dur avait été de parcourir tous ces kilomètres à bicyclette tous les jours. Elle a dit qu'elle avait désormais des cuisses aussi grosses que celles d'un éléphant !

Connie et Buckmaster se mirent à rire.

— Des questions, Constance ?

— Non, monsieur, j'aimerais juste savoir si vous avez eu des nouvelles de Venetia, fit Connie avec appréhension. Je sais qu'elle est partie il y a quelques jours…

Le visage toujours jovial de Buckmaster s'assombrit quelques instants.

— Non. Pas encore. Mais ne vous inquiétez pas : il faut toujours un peu de temps avant qu'un opérateur radio n'envoie son premier message codé. Et il y a eu quelques problèmes dans sa région récemment. Bon…

Il retourna à son bureau, ouvrit un tiroir et sortit une petite boîte qu'il s'empressa de lui tendre.

— Un présent pour vous, pour vous souhaiter bonne chance.

— Merci, monsieur.

— Ouvrez-le, insista-t-il. C'est ce que je donne à toutes mes filles avant leur départ. Très utile et vous pourrez toujours le vendre en cas de besoin.

Connie sortit un petit poudrier en argent de la boîte.

— Ça vous plaît ?

— C'est parfait. Merci, monsieur.

— Je ne veux pas que mes filles négligent leur apparence même sur le terrain. Bon, Constance, il ne me reste plus qu'à vous remercier pour votre engagement jusqu'à présent. J'entendrai certainement parler de vos activités dans les prochaines semaines. Dieu vous garde et *bonne chance**.

— Merci, monsieur. Au revoir.

Connie tourna les talons et quitta la pièce.

Le soir du 17 juin, Connie partit de Londres avec Vera Atkins pour se rendre à l'aérodrome de Tangmere, dans le Sussex.

Elles s'assirent à une petite table au fond du hangar, et Vera tendit une feuille de papier à Connie.

— Vous allez passer les vingt prochaines minutes à mémoriser tout ce qui est écrit ici. Votre nom de code sera LAVENDER et devra être utilisé chaque fois que vous entrerez en contact avec nous ou avec d'autres agents sur le terrain, qu'ils soient anglais ou français. Vous allez intégrer le réseau SCIENTIST, qui opère surtout dans et autour de Paris. Quand vous atterrirez en France, au Vieux-Briollay, on vous accueillera et on vous fournira les moyens et les titres de transport nécessaires. On vous donnera également des informations sur votre « chef de réseau », votre opérateur radio et les autres membres de votre circuit.

— D'accord, miss Atkins.

— Je dois néanmoins vous mettre en garde, Constance. Nous avons eu des difficultés à communiquer avec votre réseau, ces derniers temps. Votre comité de réception en France sera certainement en mesure de vous donner des informations plus précises que moi. Toutefois, je suis sûre que vous vous en tirerez très bien grâce à votre intelligence et votre bon sens.

Vera Atkins posa une petite valise en cuir sur la table.

— Il y a tout ce dont vous avez besoin là-dedans. Des papiers d'identité, au nom de Constance Chapelle, une enseignante domiciliée à Paris. Vous avez beaucoup de famille dans le Sud de la France, dont vous êtes originaire. Vous vous en servirez pour vous justifier si à un moment ou un autre vous êtes contrainte de vous rendre dans le Sud du pays. Il y a encore beaucoup de postes de contrôle sur l'ancienne ligne de démarcation.

Connie vit ensuite Vera Atkins sortir une petite fiole contenant un seul médicament.

— Voici votre pilule de cyanure. Cachez-la tout de suite dans le talon de votre chaussure.

Connie, qui était déjà au courant, enleva sa chaussure spécialement conçue à cet effet et ouvrit le talon. Vera Atkins laissa tomber la pilule à l'intérieur.

— Espérons que vous n'en aurez jamais besoin.

— En effet, dit Connie, parfaitement consciente que la pilule à l'apparence inoffensive contenait une dose mortelle de cyanure, au cas où elle serait arrêtée et torturée.

— Alors, prête ? demanda Vera Atkins d'un ton enjoué.

— Oui.

— Vous pouvez monter à bord du Lizzie.

Elles se dirigèrent toutes les deux vers le petit avion, peint en noir, pour éviter d'être repéré la nuit au clair de lune. Vera Atkins s'arrêta devant les marches.

— J'ai failli oublier. C'est pour vous.

Elle sortit une enveloppe de la poche de sa veste et la tendit à Connie. Celle-ci l'ouvrit, puis lut le contenu de la lettre sans oser y croire.

— Bonnes nouvelles, non ?

Connie porta la main à sa bouche et les larmes lui montèrent aux yeux.

— Miss Atkins, Lawrence est en vie ! Il est en vie !

— En effet, ma chère. Et le bateau le ramenant à la maison est arrivé il y a trois jours à Portsmouth. Il a une vilaine blessure à la poitrine et une jambe cassée, mais les docteurs disent qu'il a bon moral et qu'il se rétablit bien à l'hôpital.

— Vous voulez dire qu'il est *ici* ? Lawrence est en Angleterre ? répéta Connie qui n'en croyait pas ses oreilles.

— Oui, ma chère, il est à la maison, sain et sauf. N'est-ce pas merveilleux ?

Connie regarda la date du télégramme l'informant que son mari avait été retrouvé en vie et qu'il allait embarquer sur le prochain bateau à destination de l'Angleterre.

Le télégramme datait du 20 mai, près d'un mois auparavant.

— J'ai pensé que ça serait très positif pour vous de partir avec cette bonne nouvelle et je suis sûre qu'elle vous incitera à tout faire pour rentrer vous aussi saine et sauve. Il est temps d'embarquer, ma chère, dit miss Atkins d'un ton brusque en prenant le télégramme des mains de Constance.

Les hélices de l'avion se mirent à tourner. Vera Atkins tendit la main à Connie.

— Au revoir, Constance, et bonne chance, lança-t-elle quand elles échangèrent une dernière poignée de main.

Connie gravit les marches, encore abasourdie, et avança dans la cabine exiguë de l'avion. Tout en s'attachant à son siège, elle tenta d'intégrer ce qu'elle venait d'apprendre. Non seulement son mari était encore en vie, mais il était *ici*, à la maison, en Angleterre. À quelques heures tout juste de l'endroit où elle se trouvait en ce moment.

Et ils ne le lui avaient pas dit…

Comment avaient-ils pu omettre de lui annoncer que Lawrence avait été retrouvé et qu'il rentrait au pays ? Connie se mordit les lèvres pour refouler ses larmes qui menaçaient d'envahir les lunettes de protection étroites qu'elle portait.

Le cœur lourd, elle comprit parfaitement pourquoi ils avaient gardé l'information pour eux. Ils étaient conscients que, s'ils lui avaient annoncé l'arrivée imminente de Lawrence en Angleterre, elle serait immédiatement revenue sur son engagement et aurait refusé d'accomplir la dangereuse mission qu'ils lui avaient confiée.

Mais à présent, alors que deux personnes vêtues de combinaison de vol montaient à bord et que la porte de l'appareil se fermait derrière elles, il était trop tard pour reculer. La Section F s'était tue pendant tout ce temps afin de servir ses intérêts.

Puis, à la dernière minute, on lui avait annoncé la grande nouvelle qui la pousserait à faire tout son possible pour rester en vie et rentrer chez elle à la fin de sa mission.

— Comment vais-je supporter ça ? murmura-t-elle pendant que l'avion sortait du hangar et avançait dans la nuit illuminée par le clair de lune.

— Connie, c'est toi sous cette combinaison et ces lunettes ? cria une voix venant du siège à côté d'elle, par-dessus le grondement des moteurs. Cette voix lui était familière.

— James ! cria-t-elle à son tour, bizarrement réconfortée par sa présence.

Il leur fut impossible de parler davantage, car l'avion décollait déjà. Connie ne retira pas sa main quand celle de James la serra dans la sienne et la tint fermement. Elle regarda par le hublot la campagne anglaise plongée dans le noir au-dessous d'elle.

— Au revoir, Lawrence, mon chéri, mon amour, chuchota-t-elle. Je te promets que je rentrerai et que je te serrerai dans mes bras dès que je le pourrai.

10

Guidé par les signaux d'une torche électrique tenue par des mains invisibles au sol, le Lysander atterrit avec grâce au milieu d'un champ. Le pilote se retourna et leva le pouce.

— Tout a l'air OK. Au revoir, mesdames et messieurs, et bonne chance, ajouta-t-il lorsqu'ils débarquèrent et s'aventurèrent dans le champ.

— *Bienvenue**, dit un homme qui passa devant eux à toute vitesse, gravit les marches avec une sacoche, la jeta à l'intérieur de l'appareil, puis ferma la porte et redescendit rapidement pour rejoindre ses nouvelles recrues.

Le Lysander se préparait à décoller pour le trajet retour. Connie le regarda d'un œil envieux. Elle aurait aimé avoir le courage de courir vers l'avion, de monter à bord et de retourner en Angleterre auprès de l'amour de sa vie.

— Suivez-moi, lança l'homme. Et dépêchez-vous. J'ai vu un camion de Boches passer il y a quelques minutes seulement. Ils pourraient avoir entendu l'avion.

Les trois agents, précédés de leur guide, traversèrent le champ en courant. James fermait la marche. La nuit splendide au-dessus de ce paysage français était chaude et claire.

Tandis que Connie courait avec les autres, elle eut un sentiment de familiarité dans l'inconnu. Elle reconnut le parfum caractéristique de la France : un air doux, sec, où l'odeur du pin dominait, un air tellement différent de l'humidité qui régnait dans la campagne anglaise.

Enfin, leur guide ouvrit la porte d'une cabane en bois dans la forêt dense. Des paillasses avec des couvertures étaient éparpillées sur le sol. Un réchaud à gaz était installé dans le coin, que leur hôte entreprit d'allumer.

— Nous devons rester ici jusqu'à demain matin quand le couvre-feu sera levé. Ensuite, vous partirez chacun de votre côté depuis la gare du Vieux-Briollay. C'est à vingt minutes d'ici à vélo. Mettez-vous à l'aise et installez-vous. Vous pouvez poser vos combinaisons de vol dans le coin là-bas. Vous les laisserez ici. Pendant ce temps, je vais faire un peu de café.

Connie enleva sa combinaison et regarda ses compagnons de voyage se débarrasser eux aussi de leur attirail. Elle n'avait jamais vu l'autre homme. Ils s'assirent sur leur paillasse, et le Français leur tendit une tasse de café en émail.

— Je suis désolé, mais je n'ai pas de lait. Je sais que vous aimez bien ça, vous, les Anglais.

Connie apprécia le liquide sombre et épais. Elle était habituée à sa puissance.

— Je m'appelle Stéphane, annonça leur guide. Et je suis sûr que vous êtes Lavender, madame, puisque vous êtes la seule femme parmi nous.

— Je suis Tresspass, indiqua James.

— Pragmatist, dit l'inconnu.

— Au nom de la France, je vous souhaite la bienvenue. Nous n'avons jamais eu autant besoin d'agents britanniques bien entraînés pour nous aider, expliqua Stéphane. Beaucoup de nos compatriotes, des agents comme vous, ont été arrêtés, en particulier à Paris, ces derniers jours. Nous ne savons pas exactement ce qui leur est arrivé, mais nous pensons qu'il doit y avoir un traître parmi eux pour que la Gestapo puisse multiplier ainsi les arrestations. Je vous conseille de ne faire confiance à personne. Maintenant, il est temps de dormir pendant que vous pouvez. Je vais monter la garde et je vous réveillerai si nécessaire. Bonne nuit.

Stéphane sortit de la cabane, alluma une cigarette à la porte avant de la refermer derrière lui. Les trois agents s'installèrent du mieux qu'ils purent sur leur paillasse.

— Bonne nuit, les amis, lança James, dormez bien.

— J'ai bien peur de ne pas fermer l'œil de la nuit, dit Pragmatist, mais peu de temps après Connie l'entendit ronfler de l'autre côté de la cabane.

— Connie ?

C'était James.

— C'est pour de bon cette fois.

— Oui, répondit Connie qui avait des remontées acides dans l'estomac à cause du café et des émotions qui l'assaillaient. C'est pour de bon.

Connie dut pourtant finir par s'endormir, car, quelques heures plus tard, James la secoua doucement pour la réveiller. Elle vit la lumière s'infiltrer par la petite fenêtre.

— Debout, debout, dit James. Ils nous attendent dehors.

Comme elle avait dormi habillée, Connie n'eut plus qu'à enfiler ses bas et ses chaussures. Dehors, se tenaient Stéphane et une autre femme.

— Bonjour, Lavender, dit Stéphane. Vous êtes prête à partir ?

— Oui, mais…

Connie regarda autour d'elle en direction de la forêt.

— Y a-t-il un endroit où je pourrais… ?

Elle se sentit rougir.

— Il n'y a pas de toilettes ici. Cherchez-vous un coin dans les bois, répondit Stéphane en haussant les épaules avant de se tourner vers James pour lui parler.

Connie courut se chercher une cachette derrière un arbre. Quand elle revint, James et l'autre agent étaient sur le point de partir à bicyclette avec la femme.

— Bonne chance, murmura Connie à James. J'espère que nous nous reverrons bientôt.

— Voilà qui est bien parlé, affirma James, dont le visage était tendu et crispé. En attendant, je ferai de mon mieux pour réduire les Boches en miettes. Comme ça, on pourra tous rentrer à la maison.

— C'est exactement ça, dit Connie en souriant.

James se mit à pédaler pour rejoindre les autres avant de disparaître dans la forêt.

— Nous allons attendre qu'ils aient parcouru quelques kilomètres, expliqua Stéphane. Il ne faut pas qu'il y ait trop de cyclistes à la fois dans la forêt. Ça risquerait d'attirer l'attention si quelqu'un guettait à l'orée du bois. Du café ?

— Oui, merci.

Connie était assise sur le seuil de la cabane et regardait le soleil qui brillait à présent au-dessus des arbres et tachetait le sol.

— Bon, Lavender, je vais vous dire ce que vous allez faire à présent.

Stéphane lui tendit une tasse de café, puis vint s'asseoir à côté d'elle sur le pas de la porte. Il alluma une autre cigarette.

— On vous a sans doute dit que vous alliez intégrer le réseau Scientist, notre plus grande organisation, qui opère dans Paris et autour.

— Oui, confirma Connie.

— Malheureusement, nous avons entendu que plusieurs membres du réseau ont été arrêtés par la Gestapo, dont Prosper, le chef.

— On m'a avertie en effet et on m'a dit que vous pourriez me donner davantage d'informations, répondit Connie avant de boire une gorgée de café.

— Nous n'avons aucune nouvelle non plus de l'opérateur radio de Prosper, ce qui signifie qu'il a peut-être été arrêté lui aussi.

Stéphane écrasa son mégot de cigarette sous son pied.

— J'ai eu un contact avec eux, il y a trois jours, et nous avons convenu qu'ils vous attendraient et vous retrouveraient à la gare Montparnasse, mais maintenant je ne sais pas s'ils y seront.

Stéphane alluma immédiatement une autre cigarette.

— Il serait trop dangereux pour moi de vous accompagner. L'état-major nous a dit de nous faire oublier quelque temps en attendant d'en savoir plus sur la situation. Vous devrez donc voyager seule.

— Je vois.

Connie serra sa tasse comme un talisman pour calmer ses nerfs.

— Comme votre nom de code ne figure encore sur aucun des fichiers que la Gestapo peut avoir en sa possession, il est peu probable que vous soyez ennuyée pendant le voyage. De plus, les femmes se font beaucoup moins contrôler que les hommes. Je sais que c'est beaucoup vous demander, car vous venez d'arriver, mais nous devons absolument envoyer quelqu'un à Paris pour découvrir ce qui s'est passé. Quelqu'un dont les Boches ne connaissent pas encore l'existence. Vous êtes prête ?

— Bien sûr.

— Il avait été convenu que quelqu'un vous attendrait dans le hall de la gare devant le tabac. Vous devez acheter un paquet de Gauloises, puis le laisser tomber par terre, comme si vous n'aviez pas fait exprès. Ramassez-le, puis allumez une cigarette avec ça.

Stéphane sortit une boîte d'allumettes de sa poche et la lui tendit.

— C'est à cet instant qu'un homme devrait s'approcher de vous et vous emmener dans l'un des repaires de notre réseau.

— Et s'il ne vient pas ?

— Dans ce cas, vous saurez que quelque chose ne va pas. Vous connaissez bien Paris ?

— Oui, j'ai étudié à la Sorbonne.

— Alors, vous devriez facilement trouver cette adresse.

Stéphane lui tendit un bout de papier.

— « Appartement 17 ; 21, rue de Rennes », lut Connie. Je connais bien.

— Parfait. Quand vous vous approcherez du bâtiment, sur le trottoir d'en face, vous passerez devant et marcherez jusqu'au bout de la rue, puis vous reviendrez en empruntant l'autre trottoir. Si vous voyez la Gestapo dans la rue ou dans un fourgon tout près, vous saurez que l'appartement a été découvert et que c'est une souricière. Vous comprenez ?

— Oui. Et si la Gestapo n'est pas dehors ?

— Dans ce cas, montez au troisième étage, où se trouve l'appartement. Vous frapperez deux fois, puis trois fois, et on devrait vous ouvrir la porte. Dites-leur que votre agent de liaison n'est pas venu vous chercher et que c'est Stéphane qui vous envoie.

— Très bien.

Connie mémorisa l'adresse, puis Stéphane lui prit le morceau de papier des mains et le brûla avec une allumette.

— Et s'il n'y a personne, où dois-je aller ensuite ?

— Il y a quelqu'un vingt-quatre heures sur vingt-quatre à l'appartement 17. Si personne ne vous ouvre, vous saurez que le réseau est tombé et que ses membres encore en liberté se terrent quelque part. Dans ce cas, il sera trop dangereux d'essayer d'entrer en contact avec eux.

Stéphane soupira et tira une bouffée de sa cigarette.

— En dernier recours, je devrai vous envoyer chez un de mes amis. Il ne fait pas directement partie de notre circuit ou du SOE, mais sa loyauté envers notre cause est sans faille. Je sais qu'il vous aidera. Vous vous rendrez donc à son adresse.

Stéphane sortit un autre petit bout de papier de sa poche et le lui tendit.

— Vous demanderez Héros.

Connie lut la nouvelle adresse avec étonnement.

— C'est dans la rue de Varenne. Ma famille avait beaucoup d'amis là-bas.

— Alors, votre famille devait fréquenter la haute société. Comme vous le savez, c'est l'un des quartiers les plus chics de Paris, indiqua Stéphane en haussant un sourcil.

— Et au cas où Héros ne serait pas là ?... J'abandonne et je reprends un train pour revenir ici ?

— Madame...

Stéphane écrasa agressivement sa cigarette par terre.

— À ce stade, il faudra improviser, vous débrouiller. Vous prendrez une chambre dans une pension tout près et vous guetterez le retour de Héros. Bon, il est temps que nous partions. Et n'oubliez pas : ne traînez pas dans les rues de Paris après le couvre-feu. Ce sont les heures les plus dangereuses.

Il retourna à l'intérieur de la cabane avec les tasses à café, et Connie contempla les vieilles bicyclettes qu'ils allaient utiliser pour se rendre à la gare.

— Qui est votre ami Héros ? demanda Connie en montant sur le vélo après avoir calé, tant bien que mal, sa valise entre le panier et le guidon.

— La règle ici, c'est de ne pas poser de questions. Mais il saura ce qui s'est passé et pourra vous mettre en relation avec la branche méridionale du mouvement. Ensuite, bien sûr, vous devrez trouver un moyen de contacter Londres et de leur faire part de la situation à Paris le plus rapidement possible. Encore faudrait-il qu'il reste un opérateur radio dans la ville. Ils ont presque tous été arrêtés, ajouta Stéphane d'un air sombre.

Heureusement, le trajet à bicyclette jusqu'à la gare se déroula sans encombre. La ville ressemblait à celles que Connie avait vues dans la région avant la guerre, sauf qu'un drapeau avec une croix gammée était désormais accroché à la façade de l'hôtel de ville.

Stéphane acheta le billet de Connie et le lui tendit. Elle remarqua qu'il ne cessait de jeter des coups d'œil furtifs autour de lui sur le quai.

— Je dois vous laisser ici. Au revoir, madame, dit-il en l'embrassant chaleureusement sur les deux joues comme si elle était une proche parente. On reste en contact.

Il alluma une autre cigarette, puis se dirigea d'un pas tranquille vers sa bicyclette. Connie attendit le train toute seule.

Il entra en gare à onze heures précises. Buckmaster avait dit une fois en plaisantant que le seul avantage de l'occupation allemande, c'était la soudaine ponctualité des moyens de transport publics français. Connie monta à bord et rangea sa valise sur le porte-bagages au-dessus de son siège. Lorsque le train quitta la gare, elle regarda dans le wagon autour d'elle et vit le melting-pot habituel. Son ventre vide se mit à gargouiller et elle ferma les yeux dans l'espoir que la familiarité apaisante des mouvements du train calmerait ses nerfs. Pourtant, à chaque gare, ses yeux s'ouvraient, aux aguets, observant tout nouvel arrivant dans le wagon.

Elle changea de train au Mans et put s'acheter une pâtisserie rance dans le kiosque sur le quai. Après s'être assise sur un banc pour attendre sa correspondance, Connie vit pour la première fois un officier allemand, qui discutait avec le chef de gare.

Son train arriva à la gare Montparnasse vers dix-sept heures. Connie descendit sur le quai et se prépara à franchir son premier poste de contrôle de la milice. Elle vit quelques passagers stoppés par des miliciens qui prirent leurs valises et les posèrent sur des tables pour les ouvrir. Son cœur se mit à palpiter quand elle passa le contrôle, mais aucun des policiers français ne prêta attention à elle.

Presque euphorique tant elle était soulagée, Connie promena son regard dans le hall à la recherche du tabac où elle avait rendez-vous avec son agent de liaison. La gare était bondée de travailleurs qui rentraient chez eux, mais elle finit par apercevoir le kiosque dans un coin et se dirigea vers lui. Conformément aux instructions, elle acheta un paquet de Gauloises. Après avoir récupéré sa monnaie, elle fit tomber son paquet par terre.

— Ah ! mince, alors ! marmonna-t-elle en le ramassant.

Puis elle en sortit une cigarette. Elle l'alluma aussi nonchalamment que possible avec les allumettes que Stéphane lui avait données, tout en regardant autour d'elle dans l'espoir de voir quelqu'un émerger de la foule et venir vers elle.

Connie fuma sa cigarette jusqu'au bout, mais personne ne se montra. Elle écrasa le mégot sous son pied, consulta sa montre et soupira, comme si la personne avec qui elle avait rendez-vous était en retard. Dix minutes plus tard, elle sortit une autre cigarette et l'alluma en utilisant la même boîte d'allumettes. Elle la fuma jusqu'au mégot.

Après sa troisième cigarette, Connie comprit que personne ne viendrait.

— Passons au plan B, marmonna-t-elle.

Elle quitta la gare et se retrouva pour la première fois dans le Paris occupé. La rue de Rennes n'était pas très loin de la gare, et le simple fait de marcher dans une ville qu'elle connaissait et qu'elle aimait la calma. Par cette chaude soirée d'été, dans ces rues grouillant de Parisiens qui vaquaient tranquillement à leurs occupations, il était presque possible d'imaginer que rien n'avait changé.

La nuit tombait quand Connie atteignit la rue de Rennes. Après avoir repéré le numéro du bâtiment dans lequel elle devait se rendre, elle passa devant sur le trottoir opposé, ouvrant l'œil, à l'affût du moindre danger. Une fois qu'elle eut atteint le bout de la rue, elle la remonta de l'autre côté. Elle avait le sentiment désagréable d'attirer les regards sur elle à cause de sa valise.

Quand elle arriva devant l'entrée de l'immeuble, elle avança d'un pas décidé vers la porte majestueuse et tourna la poignée avec assurance. La porte s'ouvrit sans difficulté. Connie traversa l'entrée en marbre et monta l'escalier. Le bruit de ses pas résonnait dans la vaste cage d'escalier. Elle s'arrêta au troisième étage et trouva le numéro 17 à sa droite. Après avoir pris une profonde inspiration, elle frappa deux fois, puis trois fois, comme Stéphane lui avait dit de le faire.

Personne ne répondit. Elle ne savait pas si elle devait attendre ou frapper encore. Elle sentit son cœur battre à tout rompre dans sa poitrine. Elle décida de ne pas insister davantage.

On lui avait dit de n'essayer qu'une fois, elle devait partir le plus vite possible à présent. Les craintes de Stéphane concernant le réseau s'étaient avérées. Elle tourna les talons et s'apprêtait à descendre les marches quand la porte de l'appartement jouxtant le numéro 17 s'entrouvrit.

— Madame ! souffla une voix. Vos amis sont tous partis. La Gestapo est venue les arrêter hier. Ils surveillent certainement le bâtiment en ce moment. Ne sortez pas par l'entrée principale. Il y a une porte à l'arrière qui s'ouvre sur une petite cour. Un portail mène à une ruelle utilisée par les éboueurs. Vous déboucherez dans une autre rue. Partez vite, madame.

La porte se referma aussi vite qu'elle s'était ouverte. Connie, se souvenant de ce qu'elle avait appris durant ses semaines d'entraînement, enleva ses chaussures pour ne pas faire de bruit dans l'escalier et descendit le plus rapidement possible. Elle trouva la porte que la femme lui avait indiquée au fond de l'entrée et, priant pour que ça ne soit pas un piège, elle l'ouvrit et vit qu'elle conduisait à une petite cour. Après avoir remis ses chaussures, elle poussa le portail, suivit le chemin étroit et déboucha dans une rue voisine.

Elle tourna dans la direction opposée à la rue de Rennes et veilla à marcher lentement, l'air détendu, pour s'éloigner du premier danger réel auquel elle avait été confrontée.

Enfin, après avoir parcouru près d'un kilomètre, Connie, tenaillée par la faim, épuisée par cette soudaine montée d'adrénaline, aperçut un café avec des clients installés aux tables disposées sur le trottoir.

Craignant que ses jambes ne refusent de l'emmener plus loin si elle ne se reposait pas un peu, elle s'assit à une table et fourra sa valise dessous. Elle consulta le menu, limité mais bienvenu, et commanda un croque-monsieur. Croquant à pleines dents dans son sandwich, elle respira profondément pour s'éclaircir les idées.

Dans cette ville peuplée de millions d'habitants, elle ne s'était jamais sentie aussi seule. Elle connaissait certes beaucoup de monde à Paris, depuis ses études à la Sorbonne, et avait même de la famille du côté de sa mère, mais tout contact avec eux était strictement interdit.

Ils étaient à la fois si près d'elle et si inaccessibles qu'elle aurait encore préféré ne connaître personne. Stéphane ne s'était pas trompé : les membres de son réseau cherchaient à se faire oublier depuis la descente de la Gestapo. Elle n'avait plus qu'une chose à faire : se rendre à l'adresse que Stéphane lui avait donnée en dernier recours. Elle paya l'addition, prit sa valise et repartit.

Sursautant chaque fois qu'elle entendait un camion rempli de nazis approcher, Connie poursuivit son chemin vers le nord et arriva enfin rue de Varenne, un vaste boulevard arboré, bordé de maisons élégantes et gracieuses. La plupart d'entre elles étaient plongées dans l'obscurité, aucun bruit n'en sortait, mais quand elle regarda de loin la demeure au numéro qu'on lui avait indiqué, elle constata que la maison était bel et bien habitée. La lumière brillait derrière toutes les fenêtres, et elle put même voir des silhouettes se déplacer dans une des pièces qui donnaient sur la rue.

Après avoir pris une profonde inspiration, Connie traversa la rue, gravit les marches qui menaient à la porte d'entrée et appuya sur la sonnette.

Quelques secondes plus tard, une domestique d'âge mûr ouvrit la porte. Elle toisa Connie, puis lâcha un « Oui ? » des plus arrogants.

— J'aimerais voir Héros, murmura Connie. Je viens d'arriver à Paris. Dites-lui, s'il vous plaît, que Stéphane lui transmet ses amitiés.

L'attitude de la domestique envers elle changea immédiatement. Son visage ridé trahit soudain un sentiment de panique.

— Entrez vite, madame, je vais aller le chercher, dit-elle en la laissant passer.

— Il est là ?

Le soulagement de Connie était manifeste.

— Oui, mais…

La domestique parut hésiter.

— Un instant, madame.

Tandis que la femme disparaissait par une des portes le long du corridor, Connie admira les beaux meubles anciens et l'escalier élégant qui dominait le hall d'entrée.

Quelques secondes plus tard, un homme grand, aux cheveux noirs, dont les traits finement ciselés lui donnaient un air si français, sortit de la pièce. Il portait un smoking.

Il s'avança à grands pas vers elle et tendit les bras.

— Bonsoir, ma chère ! s'écria-t-il en prenant Connie, de plus en plus déconcertée, dans ses bras. Quelle bonne surprise !

Tout en l'étreignant, il murmura à son oreille :

— Nous avons de la visite ce soir et ils vous ont peut-être vue sur le perron.

À voix haute, il demanda :

— Comment s'est passé votre voyage ?

— Bien, mais c'était un peu long, répondit-elle, interloquée.

— Vous êtes française ? chuchota-t-il, la serrant toujours contre lui.

— Oui, ma famille est originaire de Saint-Raphaël, s'empressa-t-elle de répondre à voix basse.

— Comment vous appelez-vous ?

— Constance Chapelle. Ma tante est la baronne du Montaine.

— J'ai entendu parler de cette famille.

Les yeux de l'homme exprimèrent soudain un vif soulagement.

— Dans ce cas, vous serez ma petite-cousine venue me rendre visite. Montez à l'étage avec Sarah. Nous discuterons plus tard.

Il desserra son étreinte et parla normalement.

— Les voyages en train sont éreintants de nos jours, en particulier quand on vient du Sud, avec tous ces contrôles d'identité. Nous vous retrouverons au rez-de-chaussée, une fois que vous vous serez rafraîchie, ma chère Constance.

Son regard signifia à Constance qu'elle n'avait pas d'autre choix. Il se dirigea vers le salon, puis ouvrit la porte pour entrer dans la pièce.

Connie vit plusieurs Allemands en uniforme par l'entrebâillement de la porte.

11

Sarah, la domestique, accompagna Connie au premier étage jusqu'à une chambre somptueuse et partit lui faire couler un bain. Une fois seule, Connie, encore sous le choc, s'assit dans un fauteuil et tenta d'analyser ce qu'elle venait de voir. Elle avait imaginé beaucoup de scénarios et avait été mise plusieurs fois en situation pendant ses semaines de formation. Pourtant, jamais elle n'aurait pensé passer sa première soirée à Paris à bavarder avec l'ennemi.

Sarah lui montra la salle de bains et, soulagée de pouvoir se laver après ces deux jours de voyage, Connie se prélassa quelques secondes dans l'eau bien chaude. En sortant, un peu à regret, du bain, elle se surprit à sourire face à l'ironie du sort, au confort dans lequel elle se trouvait. Elle s'empressa de retourner dans la chambre. Sarah était assise sur la méridienne au pied du lit. Elle montra le fauteuil à côté d'elle.

— Asseyez-vous, s'il vous plaît, Constance.

Connie obéit.

— Édouard, que vous avez rencontré au rez-de-chaussée, m'a demandé de vous parler avant que vous ne le rejoigniez pour le dîner. Comme nous n'avons pas beaucoup de temps, concentrez-vous, s'il vous plaît, sur ce que j'ai à vous dire. Tout d'abord, je m'appelle Sarah Bonnay et je travaille depuis de nombreuses années pour la famille de La Martinières. Édouard m'a expliqué que c'était son ami Stéphane qui vous avait envoyée ici et il m'a chargée de vous dire ce qui va se passer ensuite.

— Merci, répondit nerveusement Connie.

— J'entends la peur dans votre voix, Constance, et je la comprends. Mais dites-vous que vous avez de la chance d'être tombée chez quelqu'un en qui vous pouvez avoir confiance. C'est très rare en ce moment à Paris. Malheureusement, votre arrivée nous met tous en danger. Personne n'aurait pu prévoir qu'il y aurait… une réception ce soir dans cette maison. Constance, pour votre première soirée à Paris, vous devez interpréter le rôle de votre vie. Édouard a suggéré que vous vous fassiez passer pour sa cousine venue du Sud de la France pour lui rendre visite. Il dit que vous avez des parents ici ?

— Oui, ma tante, la baronne du Montaine, a un château à Saint-Raphaël.

— Tout comme lui à Gassin… C'est tout près. Donc, il est parfaitement plausible que les du Montaine et la famille de La Martinières soient parents. Pendant le dîner, vous pourrez raconter que vous êtes arrivée à Paris pour voir vos chers cousins et leur annoncer une triste nouvelle : la disparition de votre oncle commun, Albert.

— Je vois.

— Constance, laissez Édouard se charger de la conversation. Si on vous pose des questions, dites-en le moins possible. Soyez naturelle et ça ne devrait pas être trop difficile.

— Je ferai de mon mieux.

Sarah la jaugea.

— Je crois que vous avez à peu près la même taille que la défunte Émilie de La Martinières, la mère d'Édouard. Vous devez savoir qu'elle est morte il y a quatre ans, juste avant la guerre. Il valait peut-être mieux pour elle après tout… Je vais vous apporter une de ses robes, continua Sarah en soupirant. Si vous le souhaitez, je peux vous aider avec votre coiffure. Plus vous serez belle et charmante, plus vous semblerez innocente et moins nous serons en danger. Vous comprenez, Constance ?

— Oui, je comprends.

— À présent, vous allez vous dépêcher de vous préparer et rejoindre dès que possible les convives dans le grand salon. En attendant, je ferai part à Édouard de notre conversation quand il viendra chercher sa sœur cadette, qui s'appelle Sophia, et qu'il l'accompagnera au rez-de-chaussée. Nous comptons vraiment sur vous ce soir. Il est impératif que ceux qui sont réunis dans le salon ne se doutent de rien. Sinon, tout sera perdu pour Édouard et sa sœur.

Sarah soupira de nouveau en se levant de la méridienne.

— Je promets que je vais faire de mon mieux, avança Connie.

— Il ne nous reste plus qu'à prier pour que ce soit suffisant.

Vingt minutes plus tard, Connie arriva devant la porte fermée du grand salon. Comme Sarah le lui avait suggéré, elle fit une petite prière, ouvrit la porte et entra.

— Constance !

Édouard s'éloigna immédiatement des convives réunis dans la pièce et l'embrassa chaleureusement sur les deux joues.

— Avez-vous eu le temps de récupérer un peu de votre long voyage ? Vous avez une mine superbe en tout cas ! ajouta Édouard d'un ton admiratif.

— Oui, je me sens beaucoup mieux.

Connie n'avait jamais été aussi élégante que ce soir-là. Sarah avait fait des miracles avec ses cheveux, puis l'avait maquillée et l'avait aidée à enfiler une superbe robe de soirée, qui, remarqua Connie, avait été créée par monsieur Dior. Elle lui avait également prêté une parure de diamants (pendentif et boucles d'oreilles) pour compléter sa tenue.

— Venez, je vais vous présenter à mes amis.

Édouard offrit le bras à Constance et la guida vers l'assemblée. Dans son champ de vision, une pléiade d'uniformes qu'elle avait appris à identifier.

— Hans, permettez-moi de vous présenter ma chère cousine, Constance Chapelle, qui nous fait l'honneur de sa présence pour un court séjour à Paris. Constance, je vous présente le commandant Hans Leidinger.

Constance sentit les yeux de l'homme énorme, vêtu de l'uniforme de l'Abwehr, les services de renseignements militaires, la jauger.

— Fräulein Chapelle, je suis ravi de rencontrer un autre membre charmant de la famille d'Édouard.

— Colonel Falk von Wehndorf.

Édouard s'était approché d'un autre homme, qui arborait l'uniforme de la redoutable police secrète d'État, la Gestapo.

Von Wehndorf était, avec ses cheveux blonds, l'Aryen par excellence. Il contempla Constance de la tête aux pieds avec un intérêt non déguisé. Au lieu de serrer la main tendue de Connie, il la porta à ses lèvres et déposa un baiser dessus. Ses yeux bleu pâle plongèrent dans les siens pendant quelques instants, puis il dit dans un français parfait :

— Fräulein Chapelle, où votre cousin Édouard vous a-t-il cachée jusqu'ici ?

En entendant ces paroles, prononcées innocemment, Connie fut immédiatement prise de panique.

— Colonel von Wehndorf…

— S'il vous plaît, nous sommes tous amis ici. Appelez-moi Falk. Vous permettez que je vous appelle Constance ?

— Bien sûr.

Connie lui adressa son sourire le plus ravissant.

— Il ne m'a pas cachée. Il se trouve juste que j'habite dans le Sud et que le voyage jusqu'à Paris est pour moi particulièrement éprouvant.

— Où vit donc votre famille dans le Sud ?

Mais Édouard était déjà en train de la présenter à son voisin, vêtu de l'uniforme des SS, la police d'État allemande.

— Excusez-moi.

Connie détourna les yeux de Falk et accorda son attention au commandant Choltiz.

— À bientôt, Fräulein Constance, entendit-elle Falk murmurer derrière elle.

Édouard lui glissa une coupe de champagne dans les mains tout en la présentant à trois autres officiers allemands et à un représentant de la milice. Elle salua ensuite deux Français, un avocat et un professeur, dont l'épouse, Liliane, était la seule autre femme présente. Les nerfs à vif, Connie but une bonne gorgée de champagne et pria pour qu'Édouard eût la bonne idée de la placer à table à côté de ses compatriotes.

— Mesdames et messieurs, veuillez passer dans la salle à manger. Je vais aller chercher ma sœur, annonça Édouard en se dirigeant vers la porte du salon.

Tout en s'intercalant aussi subtilement que possible entre le professeur français et sa femme, Connie avança jusqu'à la salle de séjour. Sarah lui montra sa place autour de la table. Elle s'assit et fut soulagée de constater qu'elle était placée entre le professeur et l'avocat. Mais, à cet instant, Sarah s'approcha rapidement de l'avocat qui s'apprêtait à s'asseoir. Elle murmura quelque chose à son oreille, et l'avocat se dirigea vers l'autre côté de la table. Connie se retrouva tout à coup au côté de Falk von Wehndorf, l'officier allemand de la Gestapo.

— Fräulein Constance, j'espère que vous ne m'en voudrez pas d'avoir demandé à être assis à côté de vous, ce soir, dit-il en souriant. Ce n'est pas si souvent que j'ai l'occasion d'avoir une si belle femme comme voisine de table. Maintenant, il nous faut plus de champagne.

Édouard revint. À son bras, une magnifique jeune femme. Sophia, sa sœur, se souvint Connie. Petite et menue, elle ressemblait presque à une poupée dans sa perfection : elle était vêtue d'une robe du soir bleu nuit, qui mettait en valeur la pâleur crémeuse de sa peau et ses yeux bleu turquoise. Ses cheveux blonds étaient remontés en chignon, son cou gracile, orné d'un collier de saphirs bleus.

Quand Édouard la guida vers la table, Connie remarqua que les bras de Sophia se tendaient pour attraper le fauteuil, ses doigts délicats suivant le contour du dossier en bois. Tout en s'asseyant, elle sourit à la tablée.

— Bonsoir, c'est un plaisir de vous recevoir à nouveau dans notre maison.

Elle parlait d'une voix douce et musicale, dans le français impeccable de l'aristocratie.

La plupart des convives la saluèrent à leur tour chaleureusement.

— Et ma chère cousine Constance… Édouard me dit que vous êtes enfin arrivée parmi nous, lança Sophia sans regarder Connie.

— Oui, et je suis ravie de vous voir en pleine forme, répondit platement Connie.

Le regard vide de Sophia suivit la voix de Connie, et elle lui adressa un sourire éblouissant.

— Nous avons beaucoup de choses à nous raconter, j'en suis sûre.

Connie vit le voisin de Sophia engager la conversation avec elle. Les yeux turquoise de la jeune femme ne se posèrent pas sur son visage pendant qu'elle lui parlait.

Connie comprit soudain que Sophia de La Martinières était aveugle.

Elle sentit le regard d'Édouard se porter sur elle et sur Falk von Wehndorf. Il venait de remarquer la modification du plan de table. Il prit place en face d'elle. Il était entouré d'Allemands.

— J'aimerais tout d'abord porter un toast. Ce dîner est en l'honneur de notre invité et ami, Falk von Wehndorf, dont c'est le trente-cinquième anniversaire aujourd'hui.

Les convives levèrent leurs verres.

— À vous, Falk.

— À Falk ! s'exclamèrent-ils en chœur.

Falk inclina exagérément le torse.

— Et à notre hôte, le comte Édouard de La Martinières, que je remercie d'avoir organisé cette fête. On dirait, reprit Falk en jetant un coup d'œil à Connie, qu'il m'a offert un cadeau d'anniversaire inattendu. À Fräulein Constance, qui est venue du Sud pour se joindre à nous.

Connie parvint à garder son sang-froid pendant que tous se tournaient vers elle. Jamais elle n'aurait imaginé qu'un groupe d'officiers nazis porterait un toast pour fêter son arrivée à Paris. Consciente qu'il lui fallait absolument garder les idées claires et ne pas boire davantage, elle avala une gorgée de champagne. Elle constata avec soulagement que Sarah avait commencé à servir l'entrée et, peu à peu, les convives reprirent leurs conversations.

***

Plus tard, lorsque Connie repensa à sa première soirée à Paris, elle se dit qu'elle avait certainement eu un ange gardien pour veiller sur elle. Comme le professeur assis à sa gauche enseignait à la Sorbonne, elle put, devant Falk qui ne la quittait pas des yeux, parler de son séjour et de ses études à Paris sans avoir à inventer le moindre détail.

La conversation ajoutait foi à sa couverture et elle remarqua le regard approbateur d'Édouard tandis qu'elle s'ingéniait à éluder les questions de Falk et usait de son charme pour le distraire avec ses sourires et ses minauderies.

À la fin de la soirée, alors que les officiers allemands se préparaient à partir, Falk lui prit de nouveau la main et l'embrassa.

— Fräulein, j'ai beaucoup apprécié votre compagnie ce soir. J'ai appris que vous étiez non seulement jolie mais aussi intelligente, dit-il en appuyant ses propos de la tête. Et j'aime les femmes intelligentes. Combien de temps restez-vous à Paris ?

— Je n'ai pas encore pris de décision, répondit-elle honnêtement.

— Constance restera chez nous aussi longtemps qu'il lui plaira, intervint Édouard, venu à la rescousse, tandis qu'il raccompagnait les hommes à la porte.

— Dans ce cas, j'espère que j'aurai le plaisir de vous revoir très bientôt. *Heil Hitler !*

Après l'avoir gratifiée, de ses yeux bleu pâle, d'un dernier regard, Falk suivit les autres hommes et sortit sur le perron. La porte se referma derrière eux, et Édouard prit soin de tourner la clé dans la serrure.

Debout dans le hall d'entrée, le supplice enfin terminé, Connie sentit toute son énergie la quitter. Ses jambes se dérobèrent sous elle, et elle se mit soudain à chanceler. Édouard fut immédiatement à ses côtés pour la soutenir et il passa un bras réconfortant autour de ses épaules.

— Venez, Constance, dit-il tout en la conduisant vers l'arrière de la maison. Vous devez être épuisée. Nous allons boire un cognac avant de nous coucher.

Il fit signe à Sarah qui rôdait dans le corridor.

— Apportez un plateau dans le petit salon, s'il vous plaît.

Connie s'assit avec soulagement sur le canapé. Elle était si fatiguée qu'elle en était presque tétanisée. Édouard l'observa pendant quelques secondes, jusqu'à l'arrivée de Sarah qui apportait le plateau avec le cognac et les verres. Une fois que son verre fut rempli et que Sarah eut quitté la pièce, il le leva en la regardant dans les yeux.

— Félicitations, Constance, vous avez été magnifique ce soir.

C'était la première fois qu'elle le voyait sourire franchement, son beau visage s'animant tout à coup.

— Merci, dit-elle mollement.

Elle trouva encore un peu d'énergie pour porter son verre à ses lèvres.

— Il ne me reste plus qu'à vous souhaiter la bienvenue dans notre famille, reprit Édouard, de nouveau tout sourire.

Sa dernière réplique les fit pouffer tous les deux. Puis, l'horrible tension de la soirée se relâchant peu à peu, ils rirent aux larmes en pensant au coup qu'ils venaient de réussir.

— Ah ! Constance, vous n'imaginez pas le choc que j'ai eu quand je vous ai vue apparaître sur le seuil. J'ai cru que tout était perdu. Une maison pleine de hauts dignitaires de la milice, de la Gestapo, d'officiers de l'Abwehr, et un agent du SOE qui vient se présenter chez moi !

— Je n'en ai pas cru mes yeux quand j'ai vu tous ces uniformes dans le grand salon.

Connie secoua la tête, encore horrifiée.

— Nous parlerons demain des circonstances qui vous ont amenée jusqu'à moi, déclara Édouard, mais pour l'instant j'aimerais vous remercier encore une fois pour votre formidable performance. Vous avez vraiment été à la hauteur du défi. Bien sûr, Dieu était avec nous ce soir. Grâce à vos origines, nous avons facilement pu faire croire à nos convives que vous étiez un membre de notre famille.

— Pendant ma formation au sein du SOE, dit Connie en riant, on m'a fait remarquer plusieurs fois que je parlais français comme une bourgeoise et que mon langage ne correspondait pas à celui de l'institutrice parisienne que j'étais censée incarner. Ils m'ont dit que mes minauderies risquaient de trahir mes origines. J'ai tout fait pour m'en débarrasser.

— Eh bien, ce sont vos origines qui nous ont sauvés ce soir, et on dirait que vous avez un admirateur. (Le visage d'Édouard se tendit soudain.) C'est l'un des rares nazis de ma connaissance originaire de l'aristocratie. Mais ne vous y trompez pas : Falk von Wehndorf est l'un des hommes les plus redoutables et les plus meurtriers parmi ceux qui dirigent Paris en ce moment. Il est impitoyable quand il s'agit de démasquer les traîtres à la cause nazie. C'est lui qui se cache derrière l'arrestation de nombreux membres du réseau que vous deviez intégrer.

Un frisson remonta le long de la colonne vertébrale de Connie.

— Je vois, dit-elle d'un air sombre. Il a de très bonnes manières et semble aimer la France.

— Il apprécie l'histoire, la culture et l'élégance de notre pays, mais il les convoite pour lui et sa patrie. Ça le rend encore plus dangereux. Comme nous avons pu le constater tous les deux ce soir, expliqua Édouard en haussant les sourcils, il apprécie aussi nos femmes. Et s'il vous désire… Bon, nous parlerons de l'avenir demain.

Édouard posa son verre, se leva, s'approcha d'elle et lui donna une petite tape sur l'épaule.

— Pour ce soir, il vous suffit de savoir que vous êtes en sécurité à Paris avec nous. Vous pouvez dormir sur vos deux oreilles.

Édouard lui offrit le bras.

— Il est temps d'aller se coucher.

— Oui.

Connie réprima un bâillement en se levant. Ils traversèrent le couloir, puis montèrent l'escalier avant de se séparer sur le palier.

— Bonne nuit, chère cousine Constance, dit Édouard en souriant.

— Bonne nuit, Édouard.

Après avoir enlevé ses bijoux et s'être dévêtue, Connie s'allongea dans le grand lit confortable. Épuisée, elle sombra dans un profond sommeil, heureuse de pouvoir s'y abandonner complètement.

Elle se réveilla en sursaut le lendemain matin. Pendant quelques instants, désorientée, elle promena son regard dans la pièce. Puis, elle se rappela où elle se trouvait et se laissa retomber sur ses oreillers en soupirant. C'est alors qu'elle constata qu'il était plus de dix heures et fut horrifiée d'avoir dormi si longtemps.

Elle ne s'était jamais levée aussi tard. Elle sortit du lit, ouvrit sa valise et passa le chemisier et la jupe simples que la Section F avait choisis pour sa couverture d'enseignante à Paris. Elle s'attacha rapidement les cheveux en se regardant dans le miroir, puis descendit au rez-de-chaussée pour partir à la recherche d'Édouard et de Sophia.

— Le comte est dans la bibliothèque, madame, indiqua Sarah qu'elle croisa dans l'entrée. Il a dit de le rejoindre quand vous serez réveillée. Vous voulez que je vous apporte le petit déjeuner sur un plateau ?

— J'aimerais juste un peu de café, ça serait merveilleux, merci, répondit Connie qui avait encore le ventre plein après le somptueux dîner de la veille – les tickets de rationnement n'étaient vraisemblablement pas de rigueur dans cette maison.

Elle suivit Sarah jusqu'à la porte, frappa et entra. Édouard était assis dans un fauteuil en cuir confortable, dans la bibliothèque, garnie d'étagères allant du sol au plafond. Il leva les yeux de son journal quand elle avança dans la pièce.

— Bonjour, Constance, asseyez-vous, je vous prie.

— Merci, dit-elle en prenant place dans un fauteuil de l'autre côté de la cheminée. Quelle magnifique collection de livres ! s'exclama-t-elle en parcourant les étagères avec admiration.

— Je l'ai héritée de mon père, mais c'est aussi ma passion. J'ai l'intention de la compléter si je le peux. Après les milliers de livres qui ont été brûlés dans toute l'Europe par les nazis, cette collection est encore plus précieuse.

Édouard poussa un profond soupir. Connie remarqua qu'il avait l'air épuisé et sérieux. Adieu l'exubérance de la veille. En l'observant à la lumière du jour, soulignant de petites rides sur son visage, Connie en conclut qu'il devait avoir dans les trente-cinq ans.

— Alors, Constance, j'aimerais que vous me racontiez en détail les circonstances de votre arrivée ici. Qu'est-ce qui vous a amenée à frapper à ma porte hier soir ?

Connie raconta que l'agent de liaison qu'elle devait retrouver à la gare Montparnasse n'était jamais venu et qu'elle s'était ensuite rendue à l'adresse que Stéphane lui avait indiquée rue de Rennes.

— Savez-vous si quelqu'un vous a vue entrer dans le bâtiment ?

Les yeux d'Édouard trahirent sa panique.

— J'ai fait très attention, comme Stéphane me l'avait dit, et je n'ai vu personne en uniforme à proximité. Alors que je m'apprêtais à partir, une femme de l'appartement d'à côté m'a expliqué que la Gestapo avait arrêté les occupants de l'appartement 17. Elle m'a conseillé de sortir par la porte de derrière.

— A-t-elle vu votre visage ?

— Si c'est le cas, seulement pendant quelques secondes.

— Alors, espérons qu'elle est digne de confiance, commenta Édouard. Eh bien, Constance, on dirait que vous avez eu de la chance jusqu'à présent. L'appartement 17 était l'une des principales planques du réseau Scientist. Comme la voisine vous l'a dit, il y a eu une descente de la Gestapo avant-hier. Ils continuent à faire des rafles et à traquer les membres des sous-réseaux. Je suis pratiquement certain que l'appartement était encore sous surveillance quand vous êtes arrivée. Ils espéraient sûrement attraper des agents qui n'étaient pas encore au courant de la rafle. Bon, ajouta-t-il en soupirant, il ne nous reste plus qu'à espérer que vous n'avez pas attiré leur attention parce que vous étiez un nouveau visage et qu'on ne vous avait jamais vue pénétrer dans ce bâtiment auparavant. Ils ont peut-être pensé que vous étiez une amie d'un des résidents de l'immeuble.

— D'après Stéphane, j'étais la seule qu'il pouvait envoyer à Paris parce que j'étais inconnue et que je ne figurais encore sur aucune liste de la Gestapo.

— Il a raison. C'est toujours ça.

Édouard se frotta le menton, l'air pensif, tandis que Sarah apportait le café et les biscuits.

— Vous avez eu de la chance que Stéphane fasse partie de votre comité de réception. C'est un membre aguerri de la Résistance que vos agents aident sur le terrain. Il me connaît par d'autres circuits que votre réseau. Comme il se doutait qu'il y avait des problèmes à Paris, il vous a donné mon nom en dernier recours. Le problème, c'est que…

— Oui ?

Connie ne comprenait pas vraiment quel était le rôle d'Édouard.

— En raison de… (Édouard chercha le terme exact.) ma position, il me faut absolument cacher tout lien avec le SOE ou la Résistance. Je ne peux pas vous dire à quel point c'est vital. Et, bien sûr, vous êtes là. Le lien dont les Allemands ont besoin : un agent britannique du SOE assis dans ma bibliothèque en train de boire le café.

— Je suis désolée de vous avoir causé des ennuis, Édouard.

— Constance, je vous en prie, vous n'y êtes pour rien. Stéphane devait absolument envoyer quelqu'un à Paris pour savoir quelle était la situation ici. Et je vous assure qu'elle est encore plus sérieuse et plus dramatique qu'il ne le pense.

— Stéphane m'a demandé d'en informer Londres le plus rapidement possible.

— Ça ne sera pas nécessaire. Je ne travaille pas pour le gouvernement britannique, mais je connais les dirigeants de leurs services de renseignements et nous échangeons des informations. J'ai contacté Londres ce matin pour leur apprendre ce qui s'était passé. Stéphane sera lui aussi au courant très prochainement. Prosper, le chef du réseau Scientist, et son opérateur radio ont été arrêtés. Tous les autres membres du mouvement ont fui Paris s'ils le pouvaient ou se cachent dans la ville jusqu'à nouvel ordre. Ma chère Constance, vous ne pouvez plus intégrer le réseau désormais.

— Dans ce cas, je peux sûrement être transférée ailleurs qu'à Paris et être affectée à un autre réseau.

— En d'autres circonstances, certainement, oui. Toutefois, par pure coïncidence, vous avez rencontré hier soir certains des Allemands les plus puissants de Paris.

Édouard posa sa tasse de café et se pencha vers elle.

— Imaginez, Constance. Vous intégrez un autre réseau et accomplissez la mission qu'on vous a confiée. C'est alors que vous êtes arrêtée et emmenée au siège de la Gestapo pour y subir un interrogatoire, expliqua-t-il à grand renfort de gestes. Puis, autre coïncidence, l'un des hommes que vous avez rencontrés hier soir vient vous interroger. Et qui retrouve-t-il là, attachée à une chaise ? La cousine de son cher ami, le comte de La Martinières, une certaine Constance, dont il a fait connaissance quelques semaines auparavant dans sa salle à manger. Que pense-t-il à cet instant-là ? Se dit-il que son ami Édouard ignore tout des activités de sa cousine ? Il va à tout le moins s'intéresser de plus près au comte et à ses compatriotes qui prennent place autour de sa table. Il va sans doute se demander s'ils sont bien les soutiens loyaux du gouvernement de Vichy et du gouvernement allemand qu'ils prétendent être.

— Oui, je vois, mais quelle est la solution ? Et pour qui travaillez-vous, Édouard ?

— Vous n'avez pas besoin de le savoir, répliqua-t-il. Il est même préférable que vous ne le sachiez pas. Mais je ne poursuis qu'un seul objectif : libérer ma patrie du joug du régime nazi. Et du gouvernement fantoche du régime de Vichy dirigé par les plus lâches de nos compatriotes qui disent oui à tous les caprices des Allemands pour sauver leur peau. J'ai passé les quatre dernières années à essayer de gagner leur confiance. Ma richesse, associée à leur cupidité, a rendu cette mission possible. C'est révoltant, mais nécessaire. N'oubliez jamais ce qu'il m'en coûte, Constance, de fréquenter de tels personnages. Chaque fois que l'un d'eux franchit le seuil de ma maison, j'ai envie de sortir mon pistolet et de l'abattre.

Connie vit les traits d'Édouard se tordre. Il joignit les mains et les serra si fort que les jointures de ses doigts blanchirent.

— Mais, au lieu de cela, je les reçois dans ma demeure, je leur sers les meilleurs vins de nos caves, dépense beaucoup d'argent au marché noir pour trouver les meilleures viandes et les meilleurs fromages à leur faire goûter. Je m'entretiens poliment avec eux. Pourquoi ? me demanderez-vous. Comment puis-je faire cela ?

Connie resta silencieuse. Elle savait qu'il n'attendait pas de réponse de sa part.

— Je le fais parce que, de temps à autre, après avoir ingurgité un peu trop de cognac, ils laissent échapper quelques bribes d'informations de leurs bouches d'Allemands ivres. Parfois, ces informations me permettent de prévenir ceux qui sont en danger et peut-être de sauver la vie de mes compatriotes. Pour cela, oui, je suis prêt à supporter leur présence à ma table.

Connie, toujours silencieuse, commençait à comprendre.

— Ainsi, vous voyez, poursuivit Édouard, il ne doit y avoir aucune allusion aux liens que je peux entretenir avec les mouvements que les nazis veulent écraser et anéantir à tout prix. Non seulement les femmes et les hommes courageux qui travaillent avec moi risqueraient d'être arrêtés et exécutés, mais en plus je n'aurais plus la possibilité de transmettre des informations fiables et capitales à ceux qui en ont besoin. Ce n'est pas pour ma vie que j'ai peur, Constance, mais plutôt pour celle de Sophia. Puisqu'elle vit avec moi dans cette maison, elle participe obligatoirement à ma « trahison » et serait par conséquent jugée coupable si j'étais démasqué. C'est pourquoi…

Édouard se leva brusquement, s'approcha de la fenêtre et regarda le beau jardin baigné de soleil derrière.

— Pour toutes les raisons que je viens d'évoquer, je crains qu'il ne vous soit impossible de poursuivre votre mission d'agent britannique.

Il fallut quelques secondes à Connie pour saisir la portée des paroles d'Édouard. Les semaines d'entraînement, la préparation mentale et émotionnelle, tout cela n'avait donc servi à rien ?

— Je vois. Qu'allez-vous faire de moi ? demanda-t-elle enfin, un peu plaintivement.

— C'est une très bonne question, Constance. J'ai déjà informé Londres que vous êtes ici, avec moi, et qu'ils doivent effacer toute trace de votre arrivée en France. Les rares personnes qui étaient au courant seront averties et vous n'aurez plus aucun contact avec elles à présent. Vous allez m'apporter vos papiers et nous les brûlerons ensemble dans la cheminée. Vous me donnerez également votre valise dont je me débarrasserai pour vous. Au moment où nous parlons, je suis en train de vous faire établir de nouveaux papiers d'identité. Vous êtes désormais Constance Chapelle, résidente à Saint-Raphaël, et vous êtes ma cousine pour ceux qui vous ont déjà rencontrée.

— Et que va-t-il se passer ? Allez-vous me renvoyer chez moi, en Angleterre ?

— Pas encore, c'est trop dangereux. Je ne peux pas courir le risque que vous soyez capturée. Constance, poursuivit Édouard en lui adressant un sourire sans joie, je crains que, durant les prochaines semaines, vous ne soyez contrainte de jouer le rôle que vous avez interprété hier soir. Vous resterez dans cette maison, où vous serez notre invitée. Peut-être qu'à l'avenir, vous pourrez vous rendre dans le Sud, comme si vous rentriez à Saint-Raphaël, et nous verrons si nous pourrons vous trouver un passage pour l'Angleterre de là-bas. Pour l'heure, même si ce n'est absolument pas votre faute, vous êtes coincée ici, avec nous.

— Et Londres a donné son accord ? demanda Connie, incrédule.

— Ils n'ont pas eu le choix.

Édouard balaya la question d'un geste. Il se tourna vers elle et ses yeux s'adoucirent tout à coup.

— Je comprends que vous souhaitiez aider votre pays, c'est très courageux de votre part. Je comprends votre déception de ne pas pouvoir accomplir votre mission. Mais, croyez-moi, vous sacrifiez votre carrière d'agent pour une cause beaucoup plus noble encore. De plus, ajouta-t-il en haussant les épaules, vous pourrez peut-être apporter votre aide par d'autres moyens. Vous êtes une très belle femme et vous avez fait très bonne impression à un homme particulièrement puissant. Falk est un habitué de la maison. Peut-être laissera-t-il échapper quelque chose en votre présence, on ne sait jamais.

Connie frémit à cette pensée, mais comprit ce qu'Édouard sous-entendait.

— En attendant, Sophia a appelé sa couturière et elle devrait bientôt arriver. Vous avez besoin d'une garde-robe digne d'une femme de votre rang, apparentée aux du Montaine et à notre famille. Et je suis sûr que Sophia sera ravie d'avoir la compagnie d'une autre femme dans la maison. Elle sort rarement en raison de son… état, et elle se sent seule. Notre mère lui manque terriblement. Peut-être pourrez-vous passer un peu de temps avec elle ?

— Est-elle née ainsi ?

— Sophia était voyante quand elle est née. C'est pourquoi mes parents n'ont pas décelé sa maladie immédiatement. Sa vision s'est détériorée doucement, mais lorsqu'ils l'ont compris, il était trop tard. Les médecins n'ont rien pu faire pour y remédier. Sophia s'est bien habituée à sa cécité. Elle sait écrire, car Dieu merci elle avait appris avant de devenir complètement aveugle. Ses poèmes sont magnifiques. Vraiment magnifiques.

Connie vit dans le regard d'Édouard toute l'émotion qu'il ressentait.

— Quel âge avait-elle quand elle a perdu définitivement la vue ?

— Sophia avait sept ans. Mais il est étonnant de voir à quel point ses autres sens se sont développés depuis pour compenser sa cécité. Elle a une ouïe particulièrement affûtée et parvient en général à savoir qui entre dans une pièce au seul bruit de ses pas. Elle adore lire. J'ai quelques livres en braille ici et dans ma bibliothèque de Gassin. Elle a une passion pour les poètes romantiques anglais, tels que Byron et Keats. Elle dessine très bien. Il lui suffit de toucher un objet pour pouvoir reproduire sa forme et sa couleur sur le papier. Elle a l'âme d'une artiste et c'est l'être qui m'est le plus cher en ce monde.

— Elle est très belle aussi.

— Oui. N'est-ce pas dommage que Sophia ne puisse pas se voir dans un miroir ? Elle n'en a aucune idée. Les hommes qui la rencontrent pour la première fois et ignorent encore tout de son handicap… eh bien, je vois l'effet qu'elle leur fait. Elle est splendide.

L'expression d'Édouard changea soudain.

— À présent… Allez chercher votre valise et vos papiers en haut. Je ne serai pas tranquille tant que nous ne nous en serons pas débarrassés.

Ce n'était pas une requête, mais un ordre. Connie obtempéra. Dix minutes plus tard, elle regarda ses papiers d'identité partir en fumée. Édouard transféra le contenu de sa valise dans un sac. Puis il montra ses chaussures.

— Elles aussi, Constance. Nous savons tous deux ce que l'un des talons contient.

— Mais je n'ai pas d'autres chaussures.

— Nous allons vous en donner d'autres.

Debout dans la bibliothèque, les pieds uniquement recouverts de ses bas, Connie se sentait affreusement vulnérable. Plus rien ne lui appartenait dans ce monde, hormis les habits qu'elle portait encore. Comme s'il l'avait fait des centaines de fois auparavant, Édouard enleva les francs cachés dans la doublure de sa valise. Ayant compris son désarroi, il lui tendit l'argent.

— Gardez-les de la part des gouvernements britannique et français, pour les épreuves qu'ils vous ont fait subir. Sophia vous attend en haut. Elle va vous présenter à la couturière. Une dernière chose, ajouta Édouard en s'arrêtant devant la porte. Il est peu probable que quelqu'un essaie de vous contacter. Peu de membres de votre organisation savent que vous êtes là. Mais, si par hasard ils apprenaient votre présence ici, vous ne devez *en aucun cas* répondre à leurs messages. J'espère que je me suis bien fait comprendre.

— Oui.

— Sinon, tous nos efforts auront été vains et vous mettrez beaucoup de vies en danger.

— Je comprends.

— Très bien. À présent, allez vite retrouver Sophia à l'étage.

12

Un mois s'était écoulé depuis que Constance avait été accueillie dans la famille de La Martinières. Elle avait hérité d'une magnifique garde-robe et de chaussures en cuir souple (elle n'en avait plus revu depuis le début de la guerre), ainsi que de plusieurs paires de bas en soie. Tout en rangeant sa commode, elle soupira face à l'ironie de sa situation. Elle vivait comme une princesse dans une maison où l'argent semblait couler à flots et où le personnel était aux petits soins pour elle. Pourtant, la vie luxueuse qu'elle était contrainte de mener n'atténuait en rien sa douleur d'être retenue en captivité, car il s'agissait bien de cela. Le soir, quand elle se couchait, elle pensait si fort à Lawrence qu'une douleur étreignait son cœur, mais elle imaginait aussi les autres hommes et femmes courageux qui s'étaient entraînés avec elle et qui étaient sur le terrain, constamment en danger, souffrant de privations qu'elle était loin de connaître. La culpabilité la rongeait en permanence. Dans sa prison dorée, privée de contact avec le monde extérieur, Connie crut qu'elle allait devenir folle.

Heureusement, il y avait Sophia, sa sauveuse. Connie s'était prise d'affection pour la sœur d'Édouard. Sa cécité lui avait appris à compter sur ses autres sens, et elle savait tout de suite, au son de sa voix, quand Connie avait le moral en berne.

Sophia, qui avait vingt-cinq ans comme Connie, voulait tout savoir de sa vie en Angleterre. Elle n'avait jamais pu quitter la France en raison de son handicap. Assise sous le soleil d'un après-midi de juillet, Connie décrivait les landes désolées mais magnifiques du Yorkshire et Blackmoor Hall, la maison de famille de Lawrence. Le fait de parler de son passé la réconfortait et la perturbait tout à la fois, mais au moins le souvenir de son mari restait-il vivant dans sa mémoire.

Quelques jours auparavant, alors qu'elles étaient assises sur la terrasse et profitaient de la douceur du soir au coucher du soleil, Connie avait évoqué son mari avec Sophia et lui avait avoué combien il lui manquait. Sophia avait été adorable. Elle l'avait encouragée à parler de Lawrence et l'avait consolée avec des mots calmes et réconfortants.

Ensuite, Connie avait paniqué. Elle en avait trop dit ; après tout, elle n'avait aucune preuve de la loyauté de la famille de La Martinières envers elle. Peut-être la gardaient-ils chez eux pour la livrer aux nazis quand l'envie leur en prendrait. Pourtant, il fallait bien qu'elle fasse confiance à quelqu'un.

Puis, deux jours auparavant, le colonel Falk von Wehndorf s'était présenté chez eux sans s'être annoncé. Sarah était venue chercher Connie, qui était assise dans la bibliothèque avec Sophia.

— Vous avez de la visite, mademoiselle Constance, avait dit Sarah en la regardant avec insistance pour la mettre en garde.

Connie avait hoché la tête, le cœur battant, puis elle était allée dans le grand salon, où Falk l'attendait.

— Fräulein Constance ! Vous êtes encore plus ravissante que la dernière fois !

Il s'était approché d'elle et lui avait baisé la main.

— Merci, colonel, je...

— S'il vous plaît, l'avait interrompue Falk, n'oubliez pas que nous nous appelons par nos prénoms. Avant de retourner à mon bureau au siège de la Gestapo, je me suis dit que j'allais rendre visite à la charmante cousine d'Édouard pour voir si Paris lui plaisait. On dirait bien que oui.

— En effet, ça me change de ma vie tranquille et rurale dans le Sud. C'est agréable, avait répondu Connie avec raideur.

— Je me demandais...

Il avait marqué une pause.

— ... si tout à l'heure, une fois que j'aurai terminé mon « entretien », je pourrais passer vous chercher et vous emmener dans un club pour dîner et danser un peu...

Connie avait senti son estomac se nouer.

— Je...

À cet instant, sans doute alerté par Sarah, Édouard était entré dans la pièce.

— Falk, quelle agréable surprise !

Les deux hommes avaient échangé une poignée de main chaleureuse.

— J'étais justement en train de demander à votre charmante cousine si je pourrais avoir le plaisir de sa compagnie ce soir.

— Malheureusement, nous sommes déjà attendus ce soir près de Versailles. Un cousin commun nous a invités dans sa demeure.

Édouard avait regardé Connie avec affection.

— Ma chère, vous êtes restée trop longtemps loin de Paris. Vous êtes très demandée. Mais peut-être pourrez-vous accepter l'invitation de Falk une autre fois ?

— Je suis très honorée que vous ayez pensé à moi, Herr Falk, avait répondu Connie en s'efforçant de sourire.

— C'est moi qui suis honoré, Fräulein. Comme vous le dites, Édouard, ça sera pour une autre fois.

Falk avait claqué des talons, dans une parodie de ce que Connie n'avait vu que dans les actualités filmées au Pathé, puis il avait tendu le bras devant lui en scandant :

— *Heil Hitler !* Je dois partir à présent.

— Peut-être nous verrons-nous samedi soir à l'opéra ? avait lancé Édouard en raccompagnant Falk à la porte.

— Vous prenez une loge ?

Les yeux de Falk s'étaient posés sur Connie.

— Oui. Souhaitez-vous vous joindre à nous, Herr Falk ? avait demandé Édouard.

— Avec grand plaisir. À samedi alors, Fräulein Constance.

Falk s'était incliné et lui avait baisé la main.

Après son départ, Connie s'était laissée tomber dans un fauteuil, puis Édouard était entré dans la pièce.

— Je suis désolé, Constance, mais on dirait que notre colonel a un faible pour ma belle cousine.

Édouard avait pris ses mains dans les siennes.

— Je lui ai proposé de nous accompagner à l'opéra, car au moins nous serons là pour vous protéger.

— Oh ! Édouard…

Connie avait soupiré et secoué la tête en signe d'impuissance.

Il lui avait donné une petite tape sur la main pour la réconforter.

— Je sais, ma chère. C'est un rôle terrible à assumer pour vous. Et il est sans doute regrettable que nous ne vous ayons pas inventé un fiancé dans le Sud le soir où vous avez fait la connaissance de Falk. Mais il est trop tard à présent et vous devez faire face comme vous le pouvez.

La place de l'Opéra bourdonnait de monde, une foule élégante, composée de hauts dignitaires allemands, d'officiels du gouvernement de Vichy et de membres de la bourgeoisie parisienne. La milice montait la garde près de l'entrée.

Il faisait une chaleur torride en ce soir de juillet, et Connie, serrée dans le corset moulant de sa robe du soir vert émeraude, avait l'impression d'être un poulet ficelé en train de rôtir dans un four trop chaud.

Elle regarda l'Opéra Garnier et vit que les drapeaux nazis avaient remplacé les drapeaux tricolores sur les mâts. Elle ferma les yeux une seconde, tandis que sa gorge se serrait soudain, l'émotion menaçant de la submerger. Même si tout paraissait normal ce soir-là, tout était faux. Un pastiche médiocre de la réalité d'autrefois. Évidemment, ce n'était pas pareil… Plus rien n'était pareil.

Pendant qu'Édouard s'arrêtait pour saluer des amis, Connie guida Sophia dans le grand escalier.

— Je me réjouis vraiment d'être là ce soir, dit Sophia, dont le beau visage se fendit d'un sourire.

Connie l'aida à s'asseoir sur le fauteuil en velours confortable de la loge.

— Je regrette simplement le choix de l'opéra. Je n'apprécie pas Wagner. Mais, bien sûr, nos amis qui dirigent actuellement le pays aiment ce compositeur. Pour ma part, je préfère Puccini.

Falk arriva juste après elles.

— Fräulein Constance, dit-il après lui avoir baisé la main comme à son habitude. Votre robe est magnifique. Les Françaises sont bel et bien les femmes les plus élégantes du monde. Si seulement le chic français pouvait déteindre sur les femmes de notre pays !

Il prit une coupe de champagne sur le plateau et, à cet instant, la porte s'ouvrit, laissant apparaître Édouard et… un fac-similé de Falk derrière lui. Connie en resta bouche bée.

Falk rit de la surprise de Connie.

— Fräulein, vous pensez voir double ? Je vous assure que vous n'avez pas encore bu trop de champagne. Puis-je vous présenter mon frère jumeau, Frederik.

— Madame, je suis très honoré de faire votre connaissance.

Frederik s'approcha pour prendre la main de Connie et la serra poliment. En le voyant à côté de son frère, Connie remarqua que, s'ils avaient la même carrure et la même corpulence, les deux hommes ne se ressemblaient pas en tout point. Les yeux de Frederik étaient chaleureux tandis qu'il lui souriait.

— Et voici ma sœur Sophia, intervint Édouard.

Frederik se tourna pour saluer Sophia. Il la fixa et ouvrit la bouche pour parler, mais aucun mot ne franchit la barrière de ses lèvres. Il semblait hypnotisé et la regardait, émerveillé.

Durant ce long interlude, Sophia tendit la main vers lui et prit la parole la première.

— Colonel von Wehndorf, je suis ravie de faire votre connaissance.

Connie vit leurs doigts se toucher pour la première fois. Frederik n'avait toujours pas prononcé un mot, mais il serra sa petite main dans la sienne pendant de longues secondes embarrassantes. Il parvint enfin à dire :

— Enchanté, mademoiselle.

Puis, il lâcha sa main à regret. Connie surprit le sourire radieux de Sophia, comme si quelque chose de merveilleux venait de se produire.

Heureusement, Édouard ne s'aperçut de rien, car il était occupé à saluer deux autres convives qui venaient d'arriver. Quant à Falk, il n'avait d'yeux que pour Connie.

— Qui est le plus vieux des jumeaux ? demanda-t-elle pour détendre l'atmosphère.

— Malheureusement, je suis le plus jeune, répondit Falk. J'ai pointé le bout de mon nez une heure après mon grand frère. J'ai failli ne pas venir au monde d'ailleurs. Peut-être avait-il puisé toute l'énergie de ma mère !

Falk regarda Frederik, et Connie comprit que les deux frères ne s'aimaient pas beaucoup.

— Tu n'es pas d'accord, Frederik ?

— Désolé, je n'ai pas entendu ce que tu as dit, mon frère.

Frederik parvint à quitter Sophia des yeux et regarda Falk d'un air interrogateur.

— Rien d'important. Je disais juste que c'est toi qui es venu au monde le premier. Et que, depuis, tu as souvent été le premier.

Falk rit de sa blague acérée, mais son regard dur et froid trahissait ses véritables sentiments.

— Et tu ne me le pardonneras jamais, n'est-ce pas ?

Frederik sourit, l'air dégagé, et donna une petite tape affectueuse sur l'épaule de son frère.

— Depuis quand êtes-vous à Paris, Frederik ? demanda Sophia. Comment se fait-il que nous ne fassions votre connaissance qu'aujourd'hui ?

— Mon grand frère avait d'autres chats à fouetter. Une ville comme Paris ne lui suffit pas, intervint Falk. Il travaille directement pour le Führer et fait partie de son « laboratoire d'idées ». Frederik est un intellectuel, pas un soldat, et il est bien supérieur à nous, simples mortels de la Gestapo.

— J'ai effectivement été envoyé à Paris en tant qu'émissaire, expliqua Frederik. Le Führer s'inquiète des sabotages de plus en plus nombreux organisés par la Résistance.

— En bref, Frederik est là parce qu'il pense que la Gestapo ne fait pas assez bien son travail.

— Bien sûr que non, Falk, tu le sais bien, l'interrompit Frederik, embarrassé. C'est juste que ces gens sont rusés et bien organisés et qu'ils se montrent trop souvent plus malins que nous.

— Sache, mon cher frère, que nous venons de mener avec succès une descente dans les milieux résistants. Nous avons arrêté de nombreux membres de la Résistance et d'agents du SOE, annonça Falk.

Le réseau Scientist est tombé, il n'a plus de chef. Je ne peux pas en faire plus pour l'instant.

— Et je te félicite pour l'action que tu as menée, acquiesça Frederik. Je suis tout simplement là pour avoir une vue d'ensemble de la situation et réfléchir à un moyen de neutraliser les fauteurs de troubles.

Connie sentit la tension entre les deux frères, mais tenta de rester impassible. Heureusement, les lumières s'éteignirent et chacun prit place, Frederik se hâtant de s'asseoir à côté de Sophia. Connie se retrouva prise en sandwich entre les deux frères.

— Vous aimez Wagner, Fräulein Chapelle ? demanda Falk après avoir vidé sa coupe de champagne qu'il posa sur le plateau.

— C'est un compositeur que je ne connais pas très bien, mais je me réjouis de voir et d'écouter une de ses œuvres, répondit Connie avec diplomatie.

— J'espère qu'Édouard, Fräulein Sophia et vous-même vous joindrez à nous pour le dîner, ajouta Falk. Il est de mon devoir de montrer à mon frère ce qu'il y a de mieux à Paris pendant son séjour ici.

Connie n'eut pas besoin de répondre, car les premières notes du prélude de *La Walkyrie* retentirent, couvrant les mots de Falk.

Connie, qui n'avait jamais aimé Wagner, dont la musique et les histoires lui semblaient trop lourdes, passa la majeure partie du premier acte à observer les spectateurs dans la salle. Elle se sentait horriblement mal à l'aise à l'idée d'être vue en public avec l'ennemi, mais que pouvait-elle y faire ? Si, comme Édouard le lui avait fait comprendre, elle servait une cause noble, elle devait ignorer le sentiment de dégoût que lui inspirait Falk, qui venait de poser sa main sur son genou couvert de soie, et supporter son contact.

Connie tourna subrepticement la tête à gauche et surprit Frederik en pleine extase. Elle vit alors que ses yeux n'étaient pas fixés sur la scène mais sur Sophia.

Après l'interminable représentation, Édouard accepta l'invitation à dîner de Falk et Frederik. Une limousine noire de la Gestapo les attendait dehors.

Édouard s'apprêtait à s'installer sur la banquette arrière après les filles, quand quelque chose vint heurter sa nuque.

— *Traître ! Traître* !* hurla une voix quelque part dans la foule.

Le chauffeur s'empressa de fermer les portières. La voiture fut bombardée d'œufs pourris. Lorsqu'ils démarrèrent et s'éloignèrent du trottoir, Connie entendit des coups de feu retentir derrière eux.

Édouard soupira, sortit son mouchoir et fit de son mieux pour enlever les traces d'œuf pourri sur l'épaule de sa veste de smoking noire.

Le visage figé par la peur, Sophia se cramponna à l'autre épaule d'Édouard.

— Porcs ! lâcha Falk assis sur le siège devant eux. Soyez assuré que les auteurs de cet acte ignoble seront arrêtés et que je les interrogerai personnellement demain.

— Vraiment, Falk, ce n'est rien, s'empressa de dire Édouard. Ce ne sont que quelques œufs, pas des pistolets. Juste un patriote amer qui n'a pas encore entendu raison.

— Le plus tôt sera le mieux, répliqua Falk.

Une fois dans le cabaret, Édouard s'excusa et alla aux toilettes pour nettoyer sa veste. Frederik aida Sophia à descendre l'escalier.

— Ma pauvre, votre main est toute tremblante, dit-il doucement.

— Je déteste toute forme de violence, répondit Sophia en frémissant.

— Tout comme la plupart d'entre nous, fit-il remarquer en serrant sa main bien fort et en la guidant à travers la foule jusqu'à leur table.

Pendant qu'il la faisait asseoir, il posa ses mains sur ses épaules et murmura à son oreille :

— Ne vous inquiétez pas, mademoiselle Sophia, vous serez toujours en sécurité avec moi.

La main de Falk allait et venait dans le dos de Connie sur la piste de danse. Chaque fois que ses doigts touchaient sa peau nue entre ses épaules et sa nuque, Connie était parcourue d'un frisson de dégoût et de terreur. Ces doigts, elle l'avait entendu de la bouche même d'Édouard, n'hésitaient pas à s'enrouler autour du métal froid d'une détente et à tuer un homme à bout portant. Elle sentait l'haleine rance, imbibée d'alcool de Falk sur sa joue alors qu'il tentait de la pousser à lui offrir ses lèvres.

— Constance, vous n'imaginez même pas à quel point je vous veux. S'il vous plaît, dites-moi que je peux vous avoir à moi, gémit-il tout en fourrant son nez dans son cou.

Répugnée par son contact, Connie s'arma de courage pour ne pas suivre son instinct qui la poussait à se libérer de son étreinte. Elle se dit que, quelle qu'ait été la nationalité de cet homme, elle n'aurait pas supporté qu'il la touche. Elle promena son regard autour de la salle, observant les Françaises en train de danser avec les Allemands. Aucune n'était habillée aussi élégamment qu'elle. L'apparence de certaines ne laissait aucune place au doute : il s'agissait de prostituées. Mais valait-elle vraiment mieux que ces femmes ?

Elle vit Sophia sur la piste avec Frederik. Ils ne dansaient pas, c'est à peine s'ils bougeaient. Frederik tenait les mains de Sophia dans les siennes et lui parlait doucement. Sophia souriait, hochait la tête et se serrait de plus en plus contre lui. Un peu plus tard, Connie remarqua qu'il la tenait tendrement dans ses bras et que Sophia avait posé sa tête contre son torse. Il y avait une *intimité* dans leur langage corporel, une complicité comme s'ils se connaissaient depuis toujours alors qu'ils venaient de se rencontrer.

— Peut-être pourrons-nous échapper la semaine prochaine aux griffes protectrices de votre cousin, glissa Falk à Connie tout en regardant du coin de l'œil Édouard qui observait le moindre de leurs mouvements depuis la table. J'aimerais passer un peu de temps seul à seule avec vous.

— Peut-être, répondit Connie qui se demanda combien de temps encore elle parviendrait à tenir à distance cet homme qui avait l'habitude d'obtenir tout ce qu'il voulait. Excusez-moi, mais je dois aller me refaire une beauté, dit-elle lorsque l'orchestre interpréta les dernières notes du morceau.

Falk hocha la tête et quitta la piste de danse avec elle. Quand Connie revint des toilettes, elle s'approcha de la table où Falk et Édouard étaient assis et entendit leur conversation.

— Mon ami préférerait un Renoir, mais, si ce n'est pas possible, il aime beaucoup Monet aussi.

— Comme toujours, Falk, je vais voir ce que je peux faire. Ah ! Constance, vous avez l'air fatiguée, lança Édouard avec compassion lorsqu'elle prit place à côté d'eux.

— Un peu, oui, répondit-elle honnêtement.

— Nous partirons dès que nous parviendrons à arracher Sophia et Frederik à la piste de danse, décréta Édouard.

— Oui.

Falk sourit et but une bonne gorgée de cognac.

— On dirait que les hommes de ma famille ont un faible pour les femmes de la vôtre.

Une voiture de la Gestapo les attendait tous les trois à la sortie du club et les déposa devant la maison rue de Varenne. Connie ne prononça pas un mot durant tout le trajet et Sophia resta aussi silencieuse. Elles firent la sourde oreille aux tentatives d'Édouard d'engager la conversation. Quand Sarah ouvrit la porte, Connie prit sèchement congé du frère et de la sœur et se dirigea vers l'escalier.

— Constance, la rappela Édouard, venez prendre un cognac avec moi dans la bibliothèque.

Ce n'était pas une invitation, mais un ordre. Sarah accompagna dans sa chambre Sophia, qui n'était pas encore redescendue de son nuage, et Connie suivit Édouard dans la bibliothèque.

— Pas de cognac pour moi, dit-elle pendant qu'Édouard se servait un verre.

— Qu'y a-t-il, ma chère ? Je vois que vous êtes bouleversée. Est-ce à cause des œufs qu'ils nous ont jetés dessus ? De l'attitude de Falk envers vous ?

Connie se laissa choir dans un fauteuil et porta les doigts à son front. Les larmes lui montèrent aux yeux et elle ne put les retenir plus longtemps.

— Je ne pense... (Elle secoua la tête, désespérée.) Je ne pense pas pouvoir supporter cette situation plus longtemps. Je trahis toutes les valeurs qui m'ont été enseignées, tous les idéaux auxquels je crois. Je vis dans le mensonge.

— Allons, Constance, ne vous mettez pas dans un tel état. Je comprends parfaitement ce que vous ressentez. Aux yeux d'un observateur extérieur, vous menez peut-être la belle vie en pleine guerre. Mais ce que nous vivons tous les trois, vous par pure coïncidence, moi par conviction et Sophia par association, est en fait un véritable supplice.

— Pardonnez-moi, Édouard, mais vous au moins vous savez *pourquoi* ! s'écria-t-elle. Alors que, pour ma part, je n'ai aucune preuve de votre engagement contre l'occupation nazie. Je suis un agent formé par la Grande-Bretagne pour défendre les deux pays que j'aime. Je ne suis pas venue ici pour dîner et danser avec des officiers allemands ni pour leur faire la conversation ! Édouard, quand j'ai entendu ce soir cette femme nous traiter de traîtres, j'ai eu honte comme jamais auparavant.

Constance essuya rapidement les larmes sur ses joues.

— Peut-être va-t-elle mourir à cause de nous.

— Peut-être que oui ou peut-être que non, dit Édouard, la fixant calmement de ses yeux noisette. Mais peut-être aussi que, grâce à cette soirée, je pourrai avertir une douzaine d'hommes et de femmes, qui ont prévu de se réunir demain soir que les nazis sont au courant de leur projet. Ainsi auront-ils la vie sauve, tout comme les centaines de résistants courageux qui travaillent pour le même réseau.

Connie le dévisagea, surprise.

— Comment est-ce possible ?

— Ces agents appartiennent à un sous-réseau de Scientist, et leurs noms ont été donnés sous la torture par les hommes qui ont été arrêtés lors de la dernière rafle. Pendant que vous vous remaquilliez, c'est Falk lui-même qui m'en a parlé. Il jubilait carrément. Je le connais bien. Le cognac lui délie toujours la langue. Et son arrogance le trahit de temps à autre. Il veut que je sache qu'il fait bien son travail. Effectivement, il est beaucoup trop efficace, déplora Édouard en soupirant.

Connie resta silencieuse, les yeux rivés sur Édouard. Comme elle voulait le croire !

— Édouard, je vous en supplie, dites-moi pour qui vous travaillez. Ainsi, je pourrai dormir la nuit en sachant que je ne trahis pas mon pays.

— Non, répliqua Édouard en secouant la tête. Je ne peux pas faire ça. Vous devez tout simplement me croire. Vous en aurez peut-être la preuve, par une autre source, plus tôt que vous ne le pensez. Après tout, ce n'est pas la dernière fois que nous voyons notre ami Falk. S'il se vante d'avoir arrêté des résistants, alors, oui, vous pourrez m'accuser d'être un traître. Mais si, par bonheur, l'appartement est vide quand la Gestapo arrive, alors, vous finirez peut-être par me croire. Constance… Je comprends que cette situation soit difficile pour vous, car vous n'avez pas choisi ce chemin. Mais je vous assure, comme je vous l'ai déjà dit si souvent, que nous sommes du même côté.

— Si seulement vous pouviez me dire pour qui vous travaillez.

— Et mettre votre vie et celle de beaucoup d'autres en danger ? (Édouard secoua la tête.) Non,

Constance. Même Sophia ne sait presque rien de mon engagement et cela doit rester ainsi. À présent, le danger est encore plus grand. J'ai déjà entendu parler du frère de Falk, Frederik. Il fait partie d'un groupe d'élite dans les SS, le *Sicherheitsdienst*, le service de sécurité du Reich. Il travaille sous les ordres des plus hautes autorités. Si lui aussi se met à fréquenter notre maison, nous devons nous montrer encore plus prudents.

— Il semble beaucoup apprécier Sophia. Le plus inquiétant sans doute, c'est que ce soit réciproque.

— Comme je vous l'ai dit, les deux frères viennent d'une famille de l'aristocratie prussienne. Ce sont des hommes très bien élevés, cultivés, mais, d'après ce que j'ai vu ce soir, ils sont très différents. Frederik est l'intellectuel, le penseur.

Édouard marqua une pause avant de lever les yeux vers elle.

— Je l'aurais peut-être apprécié s'il avait été de mon côté.

Ils restèrent silencieux quelques instants, perdus dans leurs pensées.

— Quant à Sophia, reprit Édouard, elle est très naïve. Elle a été protégée du monde, d'abord par mes parents, puis par moi. Elle ne connaît pratiquement rien des hommes et de l'amour. Espérons que Herr Frederik retournera bientôt en Allemagne. J'ai moi aussi constaté que le courant passait entre eux.

— Et que dois-je faire avec Falk ? demanda Connie. Édouard, je suis une femme mariée !

Édouard prit son verre entre ses mains sans la quitter des yeux.

— Nous venons de dire qu'il nous fallait parfois vivre dans le mensonge. Vous devriez peut-être vous poser la question suivante : si j'étais le chef du réseau que vous deviez intégrer, Constance, et si je vous ordonnais de poursuivre et d'encourager votre relation avec Falk dans l'espoir qu'il lâche de temps à autre des bribes d'informations utiles qui pourraient aider nos compatriotes sur le terrain, refuseriez-vous de m'obéir ?

Connie évita le regard d'Édouard. Elle comprenait parfaitement ce qu'il sous-entendait.

— Étant donné la conversation que nous venons d'avoir, je dois reconnaître que oui, j'accepterais, répondit-elle à contrecœur.

— Alors, peut-être que, dans le cadre de votre relation avec Falk, vous pouvez tenter de détacher votre raison de votre âme et penser, chaque fois que vous souhaitez échapper à son étreinte, que vous servez une cause qui dépasse largement le dégoût qu'il vous inspire. C'est ce que je dois faire vingt-quatre heures sur vingt-quatre.

— Ça ne vous fait rien que vos compatriotes vous prennent pour un traître ?

— Bien sûr que si, Constance. Mais ce n'est pas ma réputation qui importe le plus. Je pense avant tout aux Français enfermés dans leurs cellules puantes, torturés et maltraités avant d'être fusillés par les nazis. Et je me dis que ma situation est beaucoup plus enviable que la leur. À présent, conclut Édouard en se levant, je dois vous laisser. J'ai du travail.

Il lui adressa un bref sourire, puis quitta la pièce.

13

Si Connie ne pouvait prouver que c'était bien Édouard qui avait averti les traîtres à la cause nazie, Falk et Frederik ne parlèrent que de l'échec de leur opération quand ils vinrent dîner quelques jours plus tard. Falk était furieux. Il était d'autant plus contrarié que son frère était présent pour assister à son revers. L'inimitié que Falk entretenait à l'égard de Frederik était palpable, une rivalité fraternelle dans sa plus pure expression. Frederik avait mené une carrière beaucoup plus brillante que Falk et il était en tout point supérieur à lui. Connie se demanda si la cruauté légendaire de Falk avec ceux qu'il attrapait dans les mailles de son filet n'était pas alimentée par sa frustration liée à sa position d'éternel second.

— Les résistants nous causent de plus en plus de problèmes, grogna Falk dans sa soupe. Pas plus tard qu'hier, un convoi allemand a été attaqué au Mans, les officiers ont été tués, et les armes, volées.

— Ils sont très bien organisés, en effet, admit Frederik.

— Et il est évident qu'ils obtiennent des informations qui viennent de l'intérieur de nos rangs. On dirait qu'ils savent exactement où et quand attaquer. Nous devons découvrir le maillon faible, ajouta Falk.

— C'est toi le mieux placé et le mieux qualifié pour le faire, répondit Frederik.

Falk partit tôt ce soir-là sous le prétexte qu'il avait quelques affaires à régler au siège de la Gestapo. Il était si préoccupé par son échec, par son incapacité à écraser la Résistance, qu'il fut moins attentif à Connie. Elle en fut certes soulagée, mais les deux heures qu'elle passa à écouter tout ce qu'il avait l'intention de faire pour anéantir les traîtres furent néanmoins atroces. Frederik resta un peu plus longtemps, mais, lorsqu'il accompagna Édouard et Sophia dans le grand salon, Connie prit congé et alla se coucher. Épuisée mentalement par ce rôle qu'elle était contrainte d'interpréter, elle ferma la porte derrière elle. Même si elle vivait dans une ville au centre de l'attention du monde entier, elle ne s'était jamais sentie aussi seule. Elle n'avait accès qu'aux journaux remplis de la propagande du régime de Vichy et n'avait aucune idée de ce que faisaient les Alliés, ni si le débarquement annoncé quand elle était partie pour la France allait bien avoir lieu.

Édouard refusait d'aborder ces sujets-là et, souvent, quand elle descendait prendre le petit déjeuner avec Sophia, il était déjà parti.

Elle ignorait où il allait et qui il voyait. Connie se dit que, si la Section F avait été informée par Édouard de l'endroit où elle se trouvait, ceux qui lui avaient confié sa mission essaieraient certainement d'entrer en contact avec elle.

Ils ne pouvaient quand même pas la laisser ainsi, impuissante et inactive, vivant dans un luxe factice alors qu'on lui avait appris à tuer…

— Oh ! Lawrence, soupira-t-elle, désespérée. Si seulement tu pouvais me guider…

Connie s'allongea, le moral en berne. Elle se demanda pour la énième fois si elle reverrait son mari un jour.

Connie fut soulagée quand arriva le mois d'août et que les bombardements alliés s'intensifièrent dans la banlieue de Paris. La cave, à l'image du luxe auquel la famille de La Martinières était habituée, disposait de plusieurs lits confortables, d'un réchaud pour faire le café et de toute une série de jeux de société pour distraire ses occupants occasionnels. Peut-être, pensa Connie, qui lisait un livre tandis que les avions grondaient au-dessus de Paris, ces raids aériens répétés indiquaient-ils que le débarquement était imminent. Elle l'attendait avec impatience, car il la libérerait d'une manière ou d'une autre de cette situation surréaliste.

Le mois d'août, comme toujours à Paris, était lourd, l'air y était étouffant avec à peine un souffle de brise de temps à autre. Connie venait tous les après-midi prendre l'air dans le jardin avec Sophia. Comme Édouard le lui avait dit, Sophia était une véritable artiste.

Connie cueillait une fleur ou un fruit et le donnait à Sophia qui le tenait dans ses paumes quelques instants. Ses mains minuscules suivaient la forme de l'objet et elle demandait ensuite à Constance de le lui décrire. Elle posait la pointe de son fusain sur son carnet à croquis et, une demi-heure plus tard, elle montrait le résultat à Connie qui découvrait un citron ou une pêche parfaitement représentés sur le papier.

— Comment le trouvez-vous ? demandait Sophia avec impatience. Suis-je parvenue à reproduire sa forme et sa texture ?

La réponse de Connie était toujours la même :

— Oui, Sophia, c'est parfait.

Par un après-midi d'août particulièrement chaud et humide, alors que Connie espérait de toutes ses forces que les nuages bleu-vert chargés de pluie allaient bientôt déverser sur la capitale leur multitude de gouttes rafraîchissantes, Sophia laissa échapper un soupir exaspéré.

— Qu'y a-t-il ? interrogea Connie en s'éventant avec son livre.

— Je dessine les mêmes fruits depuis des semaines. Ne pourriez-vous pas en trouver d'autres ? Dans notre château à Gassin, nous avons un verger rempli d'arbres différents, mais je n'arrive pas à me souvenir des fruits qu'ils portent.

Connie, qui avait déjà décrit tous les fruits qui lui venaient à l'esprit, hocha la tête.

— Je vais m'efforcer d'en trouver d'autres, dit-elle, soulagée en sentant la fraîcheur des premières gouttes de pluie. Nous devons nous mettre à l'abri. L'orage va enfin éclater, Dieu merci.

Après avoir accompagné Sophia à l'intérieur et l'avoir laissée aux soins de Sarah pour qu'elle pût se rafraîchir, Connie se rendit dans la bibliothèque. Elle resta près de la fenêtre quelques instants, écoutant les roulements de tonnerre, soulagée que le bruit fût naturel et ne provînt pas d'avions annonçant un bombardement imminent.

L'orage était spectaculaire et, tandis qu'il faisait rage, Connie se mit à chercher sur les étagères un ouvrage pouvant l'aider à trouver des fruits qu'elle décrirait ensuite à Sophia.

Édouard entra dans la pièce, les traits tirés, le visage inhabituellement tendu. Il lui adressa un sourire contraint.

— Constance ! Puis-je vous aider dans votre recherche ?

— J'aimerais trouver un livre qui décrive des fruits. Votre sœur en a assez de dessiner des oranges et des citrons.

— Je crois que j'ai exactement ce qu'il vous faut. Je l'ai acquis il y a tout juste quelques semaines.

Il tendit ses longs doigts vers une étagère et sortit un ouvrage peu épais.

— Merci, dit Connie tandis qu'il lui tendait le livre. *Histoire des fruits français, volume deux*, lut-elle à haute voix.

— Voilà qui devrait vous donner des idées. Je doute néanmoins que vous puissiez mettre la main sur la plupart des fruits décrits dans ce volume à Paris en temps de guerre, ajouta Édouard, l'air morose.

Connie tourna les pages, contemplant les planches colorées.

— C'est magnifique, dit-elle, émerveillée.

— Oui, et très ancien. Ce livre a été imprimé au XVIIIe siècle. Mon père avait déjà acheté le premier volume pour la bibliothèque de notre château à Gassin. Et c'est tout à fait par hasard qu'un négociant de ma connaissance a découvert le second tome, ici à Paris, il y a quelques semaines. Ces deux volumes réunis sont d'une grande valeur. Mais ce n'est pas pour cette raison que je collectionne les livres. C'est tout simplement parce que je trouve que ce sont des objets d'une grande beauté.

— Celui-ci est vraiment superbe, en effet.

Connie passa doucement la main sur la délicate reliure en lin vert.

— Il a près de deux cents ans et pourtant il est presque intact. Je l'emporterai au château de Gassin, la prochaine fois que je descendrai dans le Sud. Ces deux volumes constitueront un bel ouvrage de référence pour notre verger. N'hésitez pas à utiliser ce livre. Je sais que vous en prendrez soin. Excusez-moi, Constance, j'ai à faire.

Avec l'arrivée du mois de septembre, Connie remarqua que Sophia était distraite. En général, quand Connie lui faisait la lecture, elle l'écoutait attentivement, lui demandant de relire une phrase si elle pensait l'avoir mal comprise, mais, à présent, elle avait l'esprit ailleurs.

Elle était tout aussi déconcentrée quand elle dessinait. Alors que Connie déployait des trésors d'imagination pour lui décrire une belle prune de Damas violette et pulpeuse, le crayon de Sophia restait en suspens au-dessus de la page vierge. Ses pensées étaient parties vagabonder ailleurs.

Elle s'était mise à griffonner dans un petit calepin à la couverture de cuir. Connie l'observait, fascinée, la tête levée vers le ciel en quête d'inspiration, ses mains suivant le contour de la page pour en évaluer la taille, avant de poser la pointe du stylo au bon endroit. Pourtant, quand Connie lui demandait si elle pouvait lire ce qu'elle écrivait, Sophia refusait de le lui montrer. Un après-midi, alors qu'elles étaient toutes deux assises dans la bibliothèque autour du premier feu de l'automne, Sophia dit soudain :

— Constance, vous qui savez si bien décrire les fruits et ce qui nous entoure, pouvez-vous m'expliquer ce qu'est l'amour.

La tasse de thé de Connie s'arrêta à mi-parcours entre la soucoupe et sa bouche tandis qu'elle étudiait l'expression rêveuse de Sophia.

— Eh bien, répondit-elle après avoir bu une gorgée de thé, c'est vraiment très difficile. Je pense que c'est un sentiment différent pour tout le monde.

— Dites-moi ce que vous ressentez, vous.

Connie réfléchit quelques instants, cherchant ses mots.

— Eh bien, pour moi avec Lawrence, c'était comme si, quand j'étais avec lui, le monde entier s'illuminait autour de moi. Même le jour le plus morne me paraissait ensoleillé, une promenade banale à travers les landes se transformait en moment magique, simplement parce qu'il était à mes côtés.

En repensant à ces jours grisants, durant lesquels Lawrence avait commencé à lui faire la cour, elle sentit sa gorge se serrer.

— J'avais besoin de sentir ses caresses. Elles ne m'ont jamais paru menaçantes, mais toujours excitantes et réconfortantes. Il me donnait le sentiment d'être… invincible, spéciale et en sécurité, comme si je n'avais rien à craindre quand il était là. Et les heures que nous passions séparés l'un de l'autre me semblaient interminables. Pourtant, quand nous étions ensemble, le temps filait à toute allure. Je me sentais vivante avec lui, Sophia, je… Excusez-moi.

Connie chercha un mouchoir dans sa poche et se tamponna les yeux.

— Oh ! Constance.

Sophia avait les mains jointes, et ses yeux étaient eux aussi embués de larmes.

— Puis-je vous dire quelque chose ?

— Bien sûr, répondit Connie tout en essayant de se ressaisir.

— Vous décrivez vos sentiments avec une telle éloquence. Et maintenant, je suis certaine que c'est bien cela, l'amour. Constance, s'il vous plaît, il faut que je me confie à quelqu'un, sinon je vais devenir folle ! Mais il ne faut pas en parler à mon frère. Vous me le promettez, n'est-ce pas ?

— Si vous me demandez de ne rien dire, je me tairai.

Le cœur lourd, Connie s'apprêta à écouter le secret de Sophia qu'elle connaissait déjà.

Sophia prit une profonde inspiration.

— Je sais depuis quelques semaines maintenant que je suis amoureuse de Frederik von Wehndorf. Et, mieux encore, il est amoureux de moi ! Voilà, c'est fait. Dieu merci, je l'ai dit.

Sophia laissa échapper un petit rire de soulagement, et ses pommettes s'enflammèrent.

— Sophia…

Cette fois, Connie était vraiment à court de mots.

— Je sais, Constance, ce que vous allez dire : que c'est impossible ; que notre amour est impensable. Mais vous ne comprenez donc pas ? J'ai fait tout ce que j'ai pu pour le nier, pour comprendre que nous ne pourrons jamais être ensemble ; pourtant, mon cœur ne veut pas écouter. Pour Frederik, c'est exactement la même chose. Aucun de nous ne peut lutter contre ses sentiments. Nous ne pouvons tout simplement pas vivre l'un sans l'autre.

Connie fixa Sophia, horrifiée. Puis, elle dit :

— Mais vous devez comprendre qu'une relation entre vous deux est impossible, aussi bien maintenant qu'à l'avenir ! Sophia, Frederik est un haut dignitaire nazi. Si la guerre se termine d'ici quelques mois ou quelques années et que les Alliés la gagnent, Frederik sera certainement arrêté et peut-être même exécuté.

— Et s'ils gagnent, eux ?

— Ils ne gagneront pas.

Connie ne voulait même pas envisager cette éventualité.

— Quelle que soit l'issue de cette terrible guerre, deux personnes appartenant chacune à un camp différent ne pourront pas vivre ensemble ensuite. C'est impensable.

— Nous en sommes conscients, bien sûr, mais Frederik a déjà réfléchi à des solutions une fois que la guerre sera terminée.

— Vous parlez sérieusement d'un avenir ensemble ? Mais comment ? Où ?

Connie sentit sa mâchoire se contracter tant elle était tendue.

— Constance, vous devez comprendre que ce n'est pas parce qu'un chef d'État instaure une dictature que ceux qui sont contraints de l'aider à la créer y croient eux aussi.

En entendant ces mots, Connie prit sa tête entre ses mains et la secoua dans un geste de désespoir.

— Sophia, êtes-vous en train de me dire que Frederik a réussi à vous convaincre qu'il n'était pas un vrai nazi ? Cet homme est en partie responsable des milliers de victimes que nos deux pays ont à déplorer et des destructions qu'ils subissent. Votre frère m'a dit que Frederik travaillait directement sous les ordres de Himmler. Il…

— Non, tout comme nous, Constance, Frederik vit dans le mensonge. C'est un homme instruit, cultivé et un chrétien fervent qui ne croit pas aux idées de son chef. Mais que peut-il faire ? dit Sophia en soupirant. S'il exprime ses doutes et ses réserves, il sera fusillé.

Connie dévisagea, avec désespoir, la pauvre Sophia qui se berçait d'illusions. Une femme physiquement aveugle, aveuglée par ses sentiments pour un homme qui était parvenu à lui faire avaler n'importe quoi.

— Sophia, je n'arrive pas à croire ce que vous êtes en train de me dire. Mon Dieu ! Vous ne devriez pas y croire vous-même ! Vous ne comprenez donc pas ce que cet homme essaie de faire ? Il vous utilise, Sophia. Peut-être a-t-il même des soupçons concernant Édouard. Peut-être pense-t-il pouvoir découvrir la vérité grâce à vous, sa complice involontaire.

— Vous vous trompez, Constance ! répliqua Sophia avec véhémence. Vous ne connaissez pas Frederik. Vous ne savez pas de quoi nous parlons quand nous sommes seuls. C'est un homme bon et je lui fais totalement confiance. Et quand cette guerre sera finie, nous avons l'intention de disparaître.

— Non, Sophia, s'il vous plaît. Vous ne trouverez refuge nulle part, Frederik ne pourra pas se cacher.

Connie avait envie de crier face à la naïveté de Sophia.

— Ils le traqueront et lui demanderont de répondre de ses crimes et le feront payer pour ce qu'il a fait.

— Nous trouverons un endroit et nous serons ensemble.

Sophia fit la moue et Connie ne put s'empêcher de penser à une petite fille gâtée qui se serait vu refuser le jouet qu'elle convoitait. Les propos de Sophia lui semblaient si ridicules que Connie ne savait plus si elle devait en rire ou se mettre à crier de rage. Elle essaya une nouvelle tactique :

— Sophia, reprit-elle doucement. Je comprends que vos sentiments pour Frederik soient très forts. Mais, comme vous l'avez dit vous-même, c'est la première fois que vous tombez amoureuse. Peut-être que vous y verrez plus clair dans quelques semaines. Ce n'est sans doute qu'une amourette…

— Ne me prenez pas pour plus naïve que je ne le suis, Constance. Je suis peut-être aveugle, mais je suis une femme adulte et je sais que mes sentiments sont bien réels. Frederik doit bientôt retourner en Allemagne pour quelques semaines, mais il reviendra pour moi, vous verrez. Appelez Sarah, s'il vous plaît, pour qu'elle m'accompagne dans ma chambre, ordonna-t-elle d'un ton impérieux. Je suis fatiguée et j'aimerais me reposer.

Connie quitta la pièce, abasourdie, et se rendit compte pour la première fois que, sous l'apparence douce et vulnérable de Sophia, se cachait une femme qui avait toujours obtenu ce qu'elle voulait dans sa vie.

14

Connie passa les jours suivants à se demander si elle devait parler à Édouard des révélations de Sophia. Si elle le faisait, elle trahirait la seule amie qu'elle avait. D'un autre côté, si elle ne disait rien, elle risquait de mettre tout le monde en danger : Édouard, Sophia et elle-même.

Comme Sophia l'évitait depuis sa confession, Connie avait pris l'habitude de sortir tous les après-midi. Elle traversait le pont de la Concorde et se promenait dans le jardin des Tuileries pour s'extraire de sa prison dorée et s'éloigner de ses habitants si complexes. Au cours de l'une de ses promenades, alors qu'elle s'apprêtait à retourner à la maison, elle croisa un visage familier sur le pont. Une femme à bicyclette. Connie fut tellement surprise qu'elle s'arrêta quand les yeux verts de la femme la reconnurent, mais le vélo passa devant elle et poursuivit sa route.

Venetia…

Connie ne se retourna pas pour la suivre du regard, au cas où l'ennemi aurait été en train de guetter quelque part, et elle continua à marcher. Les longs cheveux noirs de Venetia avaient été coupés au carré, et les vêtements qu'elle portait étaient discrets. La Venetia qu'elle avait connue, qui faisait tout pour se distinguer des autres, désirait désormais se fondre dans son environnement.

Le lendemain, Connie suivit le même itinéraire environ à la même heure. Elle traversa le pont, marcha jusqu'au jardin, s'assit sur un banc et admira le magnifique parterre de feuilles rouges et or de l'automne. Peut-être Venetia vivait-elle à proximité... Le cœur de Connie aurait tellement aimé voir ces yeux familiers de plus près, étreindre une personne qu'elle connaissait et qui formait un lien avec son passé.

Elle fit la même promenade pendant une semaine, mais elle ne revit pas Venetia.

***

Frederik était désormais un visiteur beaucoup plus assidu que Falk. Il passait à l'improviste ; pourtant, Sophia ne paraissait jamais surprise de le voir et le saluait avec un plaisir non déguisé à la porte du salon.

Connie espérait qu'Édouard finirait par remarquer ce qui se tramait sous son nez, mais il était souvent sorti et, quand il était à la maison, il semblait épuisé et distrait. Connie garda donc ses craintes pour elle, mais tentait le plus souvent possible de rejoindre les amoureux au salon.

Quand elle leur imposait sa présence, les yeux aveugles mais néanmoins expressifs de Sophia lui faisaient clairement comprendre qu'elle était de trop et, après un quart d'heure de conversation guindée, elle se retirait.

Heureusement, elle avait trouvé une alliée en Sarah, qui s'occupait de Sophia depuis sa naissance et lui était très dévouée. Souvent, quand Connie rôdait vers la porte du salon, Sarah venait à sa rencontre.

— S'il vous plaît, madame, faites-moi confiance, je veillerai à ce qu'il n'arrive rien à Mlle Sophia.

Connie renonçait alors volontiers à son tour de garde, sachant que Sophia ne risquait rien. Sarah était presque comme une mère pour elle.

Même si en apparence rien n'avait changé dans la maison, Connie sentait que l'atmosphère était de plus en plus tendue. Un matin, elle se rendit compte qu'Édouard n'était rentré qu'à l'aube. Quand il vint prendre son petit déjeuner avec elle dans le grand salon, elle vit à quel point il était las.

— Je dois me rendre dans le Sud pour mes affaires, annonça Édouard. Au cas où quelqu'un demanderait où je suis, dites que je me suis rendu dans notre château de Gassin. Je serai de retour jeudi. Si nous avons des visites inattendues, Constance, je compte sur vous pour protéger ma sœur.

Sur ce, il partit.

Encore une journée vide, à ne rien faire, pensa Connie. Sophia ne s'était pas encore levée. Constance s'installa dans la bibliothèque et ouvrit un roman de Jane Austen. Les livres étaient désormais les seuls moyens pour elle de s'échapper et elle vivait par procuration en se mettant dans la peau des différents personnages. En sortant de la bibliothèque pour monter se rafraîchir à l'étage avant le déjeuner, Connie vit une lettre sur le paillasson. Elle se pencha et constata à sa grande surprise qu'elle lui était adressée.

Elle gravit l'escalier, accélérant soudain le pas, puis, une fois dans sa chambre, elle ferma la porte derrière elle et ouvrit l'enveloppe.

Chère Constance,

J'ai appris que tu séjournais actuellement à Paris. Il se trouve que je suis moi aussi de passage dans la capitale. Comme tu le sais, ta tante est une vieille connaissance de ma famille et elle m'a demandé de m'assurer, pendant mon séjour ici, que tu allais bien. Je suis descendue au Ritz et je serais ravie de te retrouver cet après-midi à quinze heures au salon d'été pour prendre le thé. Quel plaisir de parler du bon vieux temps et des soirées que nous avons passées à l'internat de l'école !

V.

Venetia.

Incapable de décider si elle devait y aller ou non, partagée entre son désir presque désespéré de revoir une personne familière et son sentiment de culpabilité à l'idée de trahir sa promesse faite à Édouard, Connie serra le mot contre sa poitrine

Elle prit le repas de midi dans la maison silencieuse, Sophia ayant prétexté un mal de tête pour manger dans sa chambre.

Après quoi, toujours indécise, Connie s'habilla comme si elle s'apprêtait à sortir, puis se laissa tomber sur son lit. Elle regarda les aiguilles de la pendule avancer doucement. Elles ne tardèrent pas à indiquer deux heures et demie. Elle se décida alors, coiffa son chapeau et quitta la maison.

Un quart d'heure plus tard, elle pénétra dans le hall du Ritz et se dirigea d'un pas décidé vers le salon d'été qu'elle connaissait très bien, car elle y avait souvent pris des collations en début de soirée.

La salle grouillait de femmes aux vêtements somptueux, qui discutaient avec animation, mais heureusement il n'y avait pas un uniforme à l'horizon. Connie passa les dix minutes suivantes à étudier le menu, chaque seconde lui paraissant plus longue que la précédente. Peut-être était-ce un piège, peut-être était-elle surveillée et devait-elle partir… La nervosité d'Édouard était sans doute le signal que quelque chose se tramait. Et s'il avait déjà été arrêté ? Et si elle était la prochaine sur la liste ?

— Chérie ! Mon Dieu, mais tu es encore plus belle que d'habitude !

Connie se retourna et vit Venetia très glamour dans sa fourrure et son maquillage très appuyé, complètement différente de la femme qu'elle avait croisée à bicyclette sur le pont, trois semaines auparavant.

Venetia s'approcha et l'embrassa tout en murmurant bien distinctement dans son oreille :

— Appelle-moi Isobel, je vis près de chez toi à Saint-Raphaël.

Elle s'écarta et s'assit à côté de Connie.

— Qu'est-ce que tu penses de mes cheveux ? demanda-t-elle en les tapotant. Je les ai fait couper il n'y a pas longtemps. J'ai pensé qu'il était temps de grandir !

— Je trouve que ta nouvelle coupe te va très bien, Isobel.

— On commande ? Je suis affamée après ma matinée de shopping, dit Venetia de sa voix traînante. Je propose qu'on prenne aussi une coupe de champagne ; ça fait tellement longtemps qu'on ne s'est pas vues !

— Bien sûr.

Connie fit signe au serveur. Pendant qu'elle commandait, elle remarqua que Venetia avait la tête baissée, faisant mine de chercher son paquet de cigarettes dans son sac. Elle le sortit juste au moment où le serveur repartait.

— Une cigarette ?

Elle tendit une Gauloise à Connie.

— Merci.

— Alors, tu te plais à Paris ?

Venetia alluma la cigarette de Connie et tira une longue bouffée de la sienne.

— Oui, beaucoup, merci. Et toi ?

— Ça change de la vie un peu trop tranquille du Sud.

Lorsque les coupes de champagne arrivèrent sur le plateau, Venetia s'empara du sien et en vida immédiatement la moitié, un comportement qui n'était vraiment pas digne d'une dame. Connie remarqua également que les mains de Venetia tremblaient quand elle porta sa cigarette à ses lèvres, et, une fois que son amie eut enlevé sa fourrure et son chapeau, elle vit que ses omoplates saillaient sous son chemisier, qu'elle avait les traits tirés et des ombres noires sous ses yeux que le maquillage ne parvenait pas à cacher. Venetia semblait avoir pris dix ans depuis qu'elle était arrivée en France.

Durant la demi-heure suivante, elles eurent une conversation absurde sur la tante de Connie à Saint-Raphaël et des amies imaginaires de l'école dont elles se « souvenaient » toutes les deux. Le thé arriva, et Venetia se jeta sur les sandwichs délicats et les gâteaux comme si elle n'avait pas mangé depuis des semaines. Rongée par un sentiment de culpabilité, Connie se cala contre son fauteuil. Les yeux de son amie, un peu cachés par sa frange épaisse, jetaient des regards furtifs autour d'elle.

— Délicieux, n'est-ce pas ? lança Venetia d'un ton enthousiaste. J'ai rendez-vous chez ma couturière, rue Cambon. Tu veux bien m'accompagner ? Ainsi, nous pourrons continuer à parler du passé.

— Bien sûr.

Connie savait que Venetia ne tolérerait aucun refus.

— On se retrouve dans le hall. Je vais aller me refaire une beauté pendant que tu règles l'addition.

Venetia partit et Connie fit signe au serveur. Après avoir utilisé la plupart des billets cachés dans la doublure de sa valise par la Section F pour payer le champagne et les gâteaux, Connie alla attendre Venetia dans le hall. Lorsqu'elle réapparut, Venetia passa son bras sous celui de Connie. Elles sortirent du Ritz et prirent la direction de la rue Cambon.

— Dieu merci ! soupira Venetia. Nous pouvons parler à présent. Je ne voulais pas prendre le risque dans le salon de thé. On ne sait jamais qui observe qui et qui écoute qui. Les murs ont vraiment des oreilles dans cette ville. En tout cas, j'ai apprécié cette petite collation ; ça faisait des jours que je n'avais pratiquement rien mangé. Alors, où diable étais-tu, Connie ? James m'a dit que tu étais à bord du Lizzie avec lui quand vous êtes partis pour la France et qu'ensuite tu t'es tout simplement volatilisée.

— Tu as vu James ? demanda Connie, ravie d'entendre un nom familier.

— Oui, mais j'ai appris il y a quelques jours qu'il n'était plus parmi nous, le pauvre. Il n'aura pas duré bien longtemps, Dieu ait son âme, mais c'est le cas de la plupart d'entre nous.

Venetia laissa échapper un rire rauque.

— Il est mort ? murmura Connie, horrifiée.

— Oui. Mais dis-moi donc : où est-ce que tu te cachais ? Et raconte-moi ce que tu fais dans cette immense maison, rue de Varenne.

— Venetia, je…

Connie soupira, encore ébranlée par la nouvelle de la mort de James.

— C'est une longue histoire et je ne peux rien te dire. En partie, parce que je ne comprends pas tout moi-même.

— Voilà une réponse des plus insatisfaisantes, mais je suppose que je dois l'accepter. Tu n'as pas changé de camp au moins ? Quand j'ai demandé à un de mes amis de te suivre du jardin des Tuileries à chez toi, il a dit qu'il avait vu un officier nazi entrer dans la maison peu de temps après toi.

— Venetia, je t'en prie, l'implora Connie. Je ne peux vraiment rien te dire.

— Alors, tu es encore des nôtres ou pas ? Ce n'est quand même pas bien compliqué de répondre à cette question.

— Bien sûr que oui je suis encore des vôtres ! Écoute, il s'est passé quelque chose le soir où je suis arrivée à Paris. Et c'est pour ça que je suis… dans cette situation. Venetia, tu es bien placée pour comprendre que je ne peux pas en dire davantage. Et si l'homme qui m'a sauvée ce soir-là savait que je suis là, eh bien, il aurait le sentiment que je suis en train de le trahir.

— Tu parles ! marmonna Venetia. Je ne pensais pas qu'on pouvait qualifier de trahison le fait de revoir une vieille amie avec qui tu as des parents communs. Écoute, Connie…

Venetia la tira par le bras pour lui faire traverser la rue et en profita pour jeter des coups d'œil furtifs à gauche et à droite.

— Il se trouve que j'ai besoin de ton aide. Je suis sûre que tu sais que des membres du réseau Scientist ont été arrêtés et que les autres se cachent. Je suis la dernière opératrice radio à présent. Et je dois chaque fois changer d'endroit pour envoyer des messages à Londres, sinon les Boches finiraient par me repérer. Il s'en est fallu de peu, il y a deux ou trois jours. Ils sont venus dans l'appartement où j'étais. Quelqu'un avait dû les prévenir. Heureusement, j'étais partie vingt minutes auparavant. Mon poste émetteur est désormais caché dans un autre appartement, mais ce n'est pas sûr. Il faut absolument que je trouve un endroit pour transmettre des messages urgents à Londres et aussi à d'autres agents ici. Il y a une opération très importante, prévue pour demain soir, et il est impératif que j'envoie les informations. Je suis sûre que tu connais un endroit où je pourrais aller.

— Venetia, je suis désolée, je ne vois pas. Je ne peux pas t'expliquer maintenant, mais je suis coincée ici. On m'a ordonné de ne rien dire. Mes liens avec cette personne ne doivent pas être connus.

— Bon sang, Connie ! cria Venetia, s'arrêtant soudain au milieu du trottoir. Qu'est-ce que tu es en train de me raconter ? Tu as été envoyée ici en tant qu'agent du gouvernement britannique ! Je me fiche de savoir qui est la « personne » que tu essaies de protéger ou comment elle a réussi à t'embrouiller le cerveau. Mais je sais, tout comme les nombreux agents qui seront impliqués demain soir, que, si nous réussissons, des milliers de Français ne seront pas arrêtés et envoyés dans des usines allemandes pour y travailler comme des esclaves. Nous avons besoin de ton aide ! Tu dois forcément connaître un endroit où je peux aller, dit-elle d'un ton désespéré. Il faut que j'envoie ces messages ce soir, un point, c'est tout.

Venetia repassa, non sans hésitation, son bras sous celui de Connie, et elles continuèrent à marcher en silence.

Connie avait l'impression d'être prisonnière d'une toile d'araignée dont les fils soyeux et fragiles symbolisant la vérité, le mensonge et la trahison menaient à la fois partout et nulle part. Elle était dans une impasse morale, ne savait plus envers qui elle devait être loyale, à qui elle devait faire confiance.

En voyant Venetia, elle repensait à la réalité de la mission qui lui avait été confiée à l'origine. La silhouette frêle de Venetia, sa faim, son désespoir ne faisaient qu'alimenter la culpabilité et le trouble de Connie.

— Tu pourrais venir dans la maison de la rue de Varenne, mais ce n'est pas un endroit sûr, dit Connie. Comme tu le sais, elle accueille beaucoup trop d'Allemands.

— Je m'en fiche. La plupart du temps, ces porcs ne voient même pas ce qui se passe sous leur nez.

— Venetia, c'est sûrement trop risqué ! Et je ne connais aucun autre endroit.

Dans un coin de son esprit, Connie était déjà en train de penser qu'Édouard était absent ce soir-là et qu'une porte indépendante menait du jardin à la cave. Elle l'avait utilisée en été quand les sirènes avaient retenti pour annoncer un bombardement imminent et qu'elle était assise dans le jardin. Mais s'il y avait un raid aérien ce soir ? Et si on voyait Venetia entrer dans la maison ou en sortir ? Et si l'un des jumeaux von Wehndorf leur rendait visite à l'improviste pendant que Venetia envoyait ses messages de la cave au-dessous ?

— Pour être honnête, j'ai cessé de m'en faire, dit Venetia en soupirant. Il n'y a pratiquement plus de planque sûre à Paris, même si on essaie d'en aménager de nouvelles. De plus, personne ne pourra imaginer qu'un agent britannique envoie des messages de la cave d'une maison que l'ennemi a l'habitude de fréquenter.

Venetia tourna son regard vers Connie.

— Tu es sûre que tu n'as pas changé de camp ? (Elle se mit soudain à rire.) De toute façon, si c'est le cas, je suis déjà condamnée, alors, qu'importe ?

Venetia demandait à Connie de lui prouver sa loyauté. Connie soupira et accepta l'inévitable. Elle devait aider son amie et son pays, peu importaient les conséquences.

— D'accord, je vais t'aider.

Connie rentra à la maison, puis trouva une excuse pour aller à la cave. Elle dit à Sarah qu'elle y avait oublié un livre lors de la dernière alerte. Connie déverrouilla la porte de la cave qui permettait de rejoindre le jardin par un escalier.

Puis, elle retourna dans le salon où elle s'assit avec Sophia. Tandis que les doigts fins de Sophia passaient doucement sur une nouvelle version braille des poèmes de Byron, un sourire radieux illuminait son visage. Connie ne put en supporter davantage.

À dix-sept heures trente, elle feignit d'avoir mal à la tête et annonça qu'elle prendrait le souper dans sa chambre.

À vingt heures, elle redescendit au rez-de-chaussée pour dire à Sarah qu'il n'y avait pas d'invités ce soir-là et qu'elle pouvait partir. Sophia était dans sa chambre. Connie fit les cent pas dans la sienne, les nerfs à vif. Venetia était certainement déjà dans la cave.

Rongée par un sentiment de culpabilité vis-à-vis de Sophia, Connie regarda les aiguilles tourner. La tension était telle que c'était un véritable supplice.

À vingt-deux heures, Connie descendit discrètement au rez-de-chaussée. Elle était au fond de la maison, dans la cuisine, en chemin vers la cave pour vérifier si Venetia était partie, quand elle entendit un petit coup frappé à la porte. Son cœur s'arrêta. Elle ouvrit la porte de la cuisine, celle qui menait au hall, et vit que Sophia, qui avait descendu l'escalier sans l'aide de personne, était déjà dans l'entrée.

Sur le seuil se tenait Frederik. Il serrait Sophia dans ses bras. Au comble de l'angoisse, Connie se tapit dans l'ombre en se demandant que faire. Elle comprit qu'ils avaient dû convenir d'un rendez-vous galant. Vingt-deux heures, ce n'était pas une heure convenable pour téléphoner ou rendre visite à une dame seule. Impensable pour un gentleman. Connie ne savait pas si elle devait s'inquiéter pour la vertu de Sophia ou pour la vie de l'agent britannique qui était peut-être encore dans la cave alors qu'un haut dignitaire nazi ne se trouvait qu'à quelques mètres au-dessus d'elle.

Connie décida finalement qu'il valait mieux les laisser. Pendant que Frederik regardait Sophia dans les yeux, il ne pensait à rien d'autre.

Lorsqu'elle les vit entrer au salon et fermer la porte derrière eux, Connie courut se réfugier dans sa chambre. Elle s'assit, droite comme un *i*, sur une bergère à oreilles près de la fenêtre, souhaitant de tout son cœur, de tout son corps, que cette nuit prenne fin et que l'aube apparaisse enfin.

Puis elle se ressaisit. Comment pouvait-elle être aussi égoïste ? Venetia et ses compagnons mettaient tous les jours leur vie en danger. Une nuit d'angoisse n'était vraiment rien à côté.

Enfin, Connie entendit des pas dans le corridor au-dessous d'elle et les marches qui craquaient. Une porte à l'étage se referma, et Connie laissa échapper un soupir de soulagement. Frederik avait dû partir, et Sophia était montée se coucher. Connie était surprise de ne pas l'avoir entendu sortir, mais peut-être s'était-il employé à quitter la maison le plus discrètement possible.

Elle bâilla, sentant la tension se relâcher et la fatigue la gagner. Une fois dans son lit, elle sombra dans un sommeil profond, sans rêves.

Elle n'entendit pas la porte d'entrée se refermer doucement lorsque l'aube se leva sur Paris.

15

Blackmoor Hall, Yorkshire, 1999

La neige tombait dru quand ils arrivèrent enfin à destination. Sebastian paya le chauffeur de taxi et sortit la valise d'Émilie du coffre de la voiture. Émilie se retourna et découvrit Blackmoor Hall : un manoir gothique en briques rouges, sombre et inhospitalier. Une gargouille de pierre était perchée au-dessus du porche voûté. Son sourire édenté et menaçant avait été érodé par le temps, sa tête était désormais recouverte d'un capuchon neigeux.

Il était impossible de distinguer les alentours de la maison. En cet instant, le paysage évoquait plus la Sibérie qu'un village blotti dans les landes du nord du Yorkshire. Tout était blanc, vide, désolé jusqu'à l'horizon. Émilie frissonna.

— Mince, il était vraiment temps qu'on arrive, dit Sebastian qui venait de la rejoindre. J'espère que le chauffeur pourra rentrer chez lui sans problème, ajouta-t-il tout en regardant le taxi s'éloigner doucement dans la neige de plus en plus épaisse. Les routes seront peut-être impraticables demain.

— Tu veux dire qu'on pourrait être bloqués ici ? demanda Émilie, avançant péniblement dans la neige.

— Oui, ça arrive presque tous les ans ici. Heureusement, nous avons un Land Rover et un voisin avec un tracteur.

— Quand il neige dans les Alpes françaises, ils parviennent toujours à dégager les routes.

Sebastian tourna la grosse poignée en émail.

— Bienvenue en Angleterre, ma princesse française, où une tempête de neige inattendue peut complètement paralyser le pays.

Il sourit.

— Et maintenant, Émilie, je suis ravi de t'accueillir dans ma modeste demeure.

Sebastian ouvrit la porte et ils pénétrèrent dans le vestibule qui contrastait fortement avec le blanc éclatant de l'extérieur. Tout était recouvert de bois sombre : les murs lambrissés, l'escalier inélégant, même l'immense cheminée, la pièce maîtresse de l'entrée, avait un habillage en acajou sombre.

Malheureusement, le feu ne crépitait pas dans l'âtre et Émilie ne sentit pas vraiment de différence entre la température extérieure et celle qui régnait à l'intérieur.

— Viens, dit Sebastian en posant sa valise en bas de l'austère escalier. Il y a certainement un feu dans la cheminée du salon. J'ai laissé un message à miss Erskine pour lui annoncer notre arrivée.

Il l'entraîna dans un dédale de couloirs. Les murs étaient recouverts de papier peint vert foncé et ornés de toiles représentant des chevaux lors d'une partie de chasse.

Sebastian ouvrit une porte et entra dans un grand salon avec une tapisserie William Morris bordeaux sur laquelle étaient accrochés des tableaux.

— Merde ! jura-t-il en voyant le foyer où ne restaient que quelques cendres grises d'un feu éteint depuis longtemps. Ça ne lui ressemble pas. J'espère qu'elle n'a pas donné sa démission une fois de plus, dit Sebastian en soupirant. Pas de panique, ma chérie, je vais réparer ça en un clin d'œil.

Émilie s'assit sur le garde-feu en frissonnant pendant que Sebastian disposait les bûches dans l'âtre d'une main experte. Lorsque les premières flammes apparurent, elle claquait des dents. Elle fut heureuse de pouvoir se réchauffer enfin les mains.

— Bon. Assieds-toi près du feu. Je vais aller faire du thé et voir ce qui s'est passé ici depuis que je suis parti.

— Sebastian… appela Émilie quand il sortit du salon.

Elle voulait savoir où se trouvait la salle de bains, mais la lourde porte s'était déjà refermée derrière lui. Tout en espérant qu'il reviendrait vite, Émilie s'assit et se réchauffa devant le feu. Elle vit que la neige tombait de plus en plus dru, c'était désormais une véritable tempête, et que le rebord de la fenêtre était recouvert d'une couche de plus en plus épaisse.

Elle ne connaissait pas très bien l'Angleterre. Elle s'était rendue plusieurs fois à Londres, accompagnée de sa mère, pour voir des amis, mais sa vision des cottages anglais douillets et confortables, recouverts d'un toit de chaume dans un village de carte postale, ne pouvait pas être plus éloignée de ce manoir glacé et de son environnement.

Vingt minutes plus tard, Sebastian n'était toujours pas revenu, et Émilie commençait à désespérer. À la recherche d'une salle de bains, elle se leva et s'aventura dans le couloir, poussant des portes qui s'ouvraient sur des pièces de plus en plus sombres.

Elle finit par en trouver une où les toilettes, avec leur grande lunette en bois, lui firent penser à un trône. En sortant, Émilie entendit des éclats de voix quelque part dans la maison. L'une d'elles lui était inconnue, mais l'autre était incontestablement celle de Sebastian. Elle ne comprit pas ce qu'ils disaient, mais son mari était à l'évidence très en colère.

Elle regrettait à présent de ne pas avoir demandé plus de détails à Sebastian sur sa vie dans le Yorkshire avant de le suivre en Angleterre. Il est vrai que les deux semaines qui s'étaient écoulées depuis sa demande en mariage avaient été particulièrement intenses. Ils avaient plus parlé de leur fascinant passé commun que de leur avenir.

De retour à Paris, Émilie lui avait en effet raconté tout ce que Jacques lui avait révélé.

— Quelle histoire ! s'était exclamé Sebastian. Et ça n'est que le début, on dirait. Quand Jacques va-t-il poursuivre son récit ?

— Il a promis qu'il continuerait son histoire quand je viendrais au château pour superviser le déménagement de la bibliothèque. Je crois que ça l'a épuisé, émotionnellement.

— Ça ne m'étonne pas, avait dit Sebastian en la serrant dans ses bras. Mais il y a une belle synergie dans la façon dont nos familles ont été réunies.

Les doigts d'Émilie effleurèrent les perles nacrées à son cou, le collier de sa mère. Elle repensa au matin de leur mariage, quand Sebastian lui en avait fait présent.

— Je l'ai racheté à la vente aux enchères, ma chérie, avait-il soufflé en le passant au cou d'Émilie, puis il l'avait embrassée. Tu es sûre que ça ne te dérange pas que la cérémonie soit si confidentielle ? Ce n'est pas ainsi que la dernière descendante de cette illustre famille devrait se marier. Je suis certain que la moitié de Paris a assisté au mariage de tes parents, avait-il ajouté en souriant.

— Oui, et c'est précisément pour cette raison que je suis heureuse de me marier dans l'intimité, avait répondu Émilie en toute sincérité.

Elle détestait être le centre de l'attention. Ces noces discrètes lui convenaient parfaitement.

Après la cérémonie en présence de leurs témoins (un ami marchand d'art de Sebastian et Gérard), le notaire avait insisté pour les emmener tous les quatre déjeuner au Ritz.

— Vos parents auraient au moins voulu ça pour vous, Émilie, avait-il déclaré.

Gérard avait levé son verre aux jeunes mariés, leur souhaitant santé et bonheur, puis les avait interrogés sur leurs projets. Émilie lui avait expliqué qu'elle allait habiter avec Sebastian en Angleterre pendant la rénovation du château. Gérard l'avait prise à part alors qu'ils sortaient du Ritz et lui avait demandé de rester en contact avec lui.

— Si vous avez besoin d'aide, Émilie, vous savez que je serai toujours là pour vous.

— Merci, Gérard, c'est très gentil à vous.

— Et n'oubliez pas, Émilie, que, même si vous êtes mariée, le château, la somme de la vente de la maison à Paris et le nom de La Martinières vous appartiennent à vous et à vous seule. J'aimerais vous parler, à vous et votre mari, des détails concernant la propriété et de vos finances à l'avenir.

— Sebastian me donne toutes les informations dont j'ai besoin. Il a été merveilleux et je ne sais pas comment j'aurais fait sans lui.

— Je suis d'accord, mais c'est toujours une bonne chose dans un couple de garder son indépendance. Surtout son indépendance financière, avait ajouté Gérard avant de déposer un baiser sur la main d'Émilie et de partir.

Après avoir lu tous les vieux numéros de *Horse & Hound* pour faire passer le temps, Émilie entendit enfin les pas de Sebastian dans le couloir. Il réapparut dans le salon, l'air à la fois stressé et désolé.

— Excuse-moi, ma chérie, j'avais quelques problèmes à régler. Tu veux une tasse de thé ? Moi, en tout cas, ça me fera le plus grand bien.

— Qu'est-ce qui ne va pas ?

Émilie s'approcha de lui et il la prit dans ses bras.

— Oh ! rien d'extraordinaire ; pour cette maison, en tout cas. Je ne m'étais pas trompé. Miss Erskine a donné sa démission et est rentrée chez elle, furieuse, jurant ses grands dieux qu'elle ne reviendrait jamais. Elle reviendra, bien sûr. Elle revient toujours.

— Pourquoi est-elle partie ?

— C'est justement ce que j'aimerais essayer de t'expliquer autour d'un bon thé.

Une fois qu'ils eurent chacun une tasse de thé bien chaud dans les mains et qu'ils se furent installés confortablement sur deux gros coussins devant le feu, Sebastian prit la parole :

— Il faut que je te parle de mon frère, Alex. Et je te préviens, c'est une histoire que je n'aime pas du tout raconter. J'ai mauvaise conscience de ne pas avoir abordé le sujet avant, mais ce n'était jamais le bon moment... Je t'ai déjà dit que notre mère nous avait laissés ici chez notre grand-mère quand nous étions tout petits et qu'elle avait ensuite disparu sans laisser de traces. Alex a dix-huit mois de moins que moi. Et nous sommes à l'opposé l'un de l'autre. Comme tu le sais, j'aime être organisé, alors qu'Alex a toujours été un esprit libre, toujours en quête de quelque chose, incapable de se stabiliser. Quoi qu'il en soit, nous avons été envoyés tous les deux au pensionnat. L'école me plaisait beaucoup et j'avais de bons résultats, mais Alex avait du mal à s'adapter. Il a fini par se faire renvoyer et a gâché ses chances d'obtenir une place dans une bonne université en se faisant condamner pour conduite en état d'ivresse. Puis, à l'âge de dix-huit ans, il est parti à l'étranger et nous n'avons plus eu de nouvelles pendant plusieurs années.

— Où est-il allé ?

— Nous n'en avions vraiment aucune idée. Puis, un jour, Constance, ma grand-mère, a reçu un coup de téléphone d'un hôpital en France. Alex avait apparemment fait une overdose. Il était accro à l'héroïne et avait frôlé la mort. Heureusement, quelqu'un l'avait trouvé à temps, mais il s'en était sorti de justesse.

Sebastian soupira avant de poursuivre :

— Constance est allée le chercher et lui a trouvé une place dans un centre de désintoxication privé en Angleterre. Il faut reconnaître qu'Alex a tenu parole et que, quand il est rentré à la maison, il ne prenait plus rien. Puis, il est reparti à l'étranger et nous ne l'avons plus revu. Il n'est revenu qu'après le décès de ma grand-mère... Je crois que j'ai besoin d'un remontant, pas toi ?

— Non, ça va, merci.

Sebastian quitta la pièce, et Émilie se leva pour fermer les rideaux. La neige tombait toujours. Quand elle se rassit, elle fixa les flammes orange. Elle était désolée pour son mari. Son frère avait vraiment l'air horrible.

Sebastian revint avec un gin tonic et se rallongea dans les bras d'Émilie.

— Que s'est-il passé ensuite ?

— Juste après la mort de notre grand-mère, quand Alex est revenu vivre ici, nous avons eu une violente dispute. Il s'est dirigé vers sa voiture et j'ai proposé de conduire, car je savais qu'il était ivre, mais il a insisté pour prendre le volant. Je suis bêtement monté dans la voiture avec lui. Quelques kilomètres plus loin, dans un virage dangereux, il a mordu sur l'autre voie et est allé s'encastrer dans une voiture qui arrivait en sens contraire. Mon frère a été grièvement blessé. J'ai eu beaucoup de chance et je m'en suis tiré avec quelques côtes brisées, un bras cassé et un syndrome cervical traumatique.

— Mon Dieu, dit Émilie dans un souffle. Mon pauvre !

— Comme je te l'ai dit, c'est Alex qui a été le plus gravement touché.

— C'est triste... Tu aurais dû m'en parler, Sebastian.

— Oui, comme ça tu aurais pu renoncer à m'épouser avant qu'il ne soit trop tard.

Il eut un sourire amer.

— Non, ce n'est pas ce que je voulais dire. Mais… C'est justement toi qui m'as appris à me confier. Grâce à toi, je sais qu'il vaut mieux faire part de ses problèmes plutôt que de les garder pour soi.

— Tu as raison. Tu sais, le plus triste dans l'histoire, c'est qu'Alex a toujours été brillant. Beaucoup plus brillant que moi. Il réussissait ses examens haut la main sans avoir travaillé, alors que moi, je devais bûcher pour obtenir ce que je voulais. Alex aurait pu tout avoir s'il n'avait pas gâché ses chances.

— Je pense souvent que les personnes trop brillantes souffrent autant que celles qui doivent se battre pour réussir. Mon père disait toujours qu'il valait mieux que le destin nous distribue des dons avec parcimonie. Il ne faut ni trop en avoir ni pas assez.

— Tu avais un père d'une grande sagesse, on dirait. J'aurais bien aimé le connaître.

Sebastian l'embrassa sur le nez et la regarda.

— Maintenant, tu connais l'histoire de mon frère errant… Mais tu dois mourir de faim. Et si tu venais à la cuisine avec moi, pendant que j'improvise un repas avec ce qu'il y a dans le frigo ? Au moins, il fait chaud là-bas quand le four est en marche. Ensuite, nous pourrons nous retirer dans notre chambre glaciale. Je suis sûr que nous trouverons un moyen de nous réchauffer…

Sebastian l'aida à se lever, l'entraînant dans son élan.

— Viens, mangeons vite et allons nous coucher.

En arrivant dans la cuisine, Émilie ne put s'empêcher de demander :

— Où est Alex à présent ?
— Je ne te l'ai pas dit ?
— Non.
— Il est là, bien sûr. Alex vit à Blackmoor Hall.

16

Émilie se réveilla tôt le lendemain matin, après une nuit plutôt agitée. La faute au froid mordant, une sensation désagréable et complètement nouvelle pour elle. Elle avait l'impression que ses os gelés allaient se briser d'une seconde à l'autre. Sebastian s'était confondu en excuses et lui avait expliqué que le chauffage ne fonctionnait pas parce que quelqu'un avait oublié de remplir la cuve à mazout. Il avait promis qu'il s'en occuperait dès que possible.

Émilie approcha discrètement ses orteils glacés des tibias bien chauds de Sebastian. La pièce était plongée dans une obscurité totale ; pas le moindre rai de lumière ne filtrait à travers les rideaux damassés usés. Elle se demanda si Sebastian serait d'accord pour dormir avec les rideaux ouverts. La nuit, chez elle, elle ne fermait jamais ni volets ni rideaux, car elle aimait se réveiller à la douce lumière du jour.

Émilie repensa à ce que Sebastian lui avait dit de son frère Alex, la veille au soir. Après lui avoir annoncé qu'Alex vivait à Blackmoor Hall – ce qu'elle avait été stupéfaite d'apprendre –, Sebastian avait expliqué que son frère s'était brisé la colonne vertébrale et qu'il était désormais cloué dans un fauteuil roulant. Une aide à domicile vivait avec lui dans un appartement spécialement aménagé dans l'aile ouest du manoir.

— Bien sûr, ça coûte une fortune d'employer une personne à plein temps, sans parler des aménagements que nous avons dû faire pour qu'Alex puisse habiter dans ce logement. Mais je n'avais pas le choix, avait expliqué Sebastian en soupirant. En tout cas, il est inutile de t'inquiéter à cause de lui. Alex reste seul la plupart du temps et s'aventure rarement dans la maison principale.

— A-t-il arrêté de consommer de l'alcool et de la drogue depuis l'accident ? avait demandé Émilie d'un ton hésitant.

— Pratiquement, oui. Mais j'ai dû renvoyer deux aides à domicile, parmi toutes celles qui défilent ici depuis des années, parce que mon frère les avait contraintes à acheter de l'alcool pour lui. Il peut se montrer très charmant et très persuasif quand il veut.

Même si Sebastian avait voulu se montrer rassurant, Émilie frémit à l'idée de partager le même toit que ce frère toxicomane et paraplégique, même si son appartement était indépendant.

Sebastian lui avait également expliqué qu'Alex était un menteur né.

— Ne crois rien de ce qu'il te dit. Mon frère est capable de faire avaler n'importe quoi à n'importe qui.

Émilie sentit une main chaude se glisser jusqu'à elle.

— Chérie ?

— Oui ?

— Mon Dieu ! s'exclama Sebastian en touchant l'épaule d'Émilie recouverte de plusieurs couches de vêtements qu'elle avait enfilés durant la nuit. Tu es emmaillotée comme un nouveau-né ! (Il rit.) Viens donc te blottir contre moi.

Quand Émilie vint se pelotonner dans ses bras bien chauds et qu'il commença à l'embrasser, toutes les craintes qui l'avaient assaillie au réveil s'envolèrent.

— Ce n'est pas aujourd'hui que je pourrai te faire visiter la région, fit remarquer Sebastian pendant qu'ils buvaient leur café dans la cuisine tout en regardant les monticules de neige par la fenêtre. Je pense qu'il y a bien trente centimètres et, d'après la couleur du ciel, ce n'est pas fini. Je vais appeler Jake, le fermier d'à côté, et voir s'il peut venir avec son tracteur pour dégager la montée. Nous n'avons presque plus de provisions. Il faut donc que j'aille faire quelques courses au magasin du village. Et si tu t'installais dans le salon devant un bon feu en attendant ? Il y a une bibliothèque dans le couloir, je suis sûr que tu pourras te trouver un livre pour t'occuper.

— D'accord, dit Émilie, qui comprit qu'elle n'avait pas vraiment le choix.

— Je vais voir si nous pouvons nous faire livrer du mazout pour remettre ce foutu chauffage en route. C'est devenu si cher de se chauffer aujourd'hui et on dirait que toute la chaleur s'échappe par ces cadres de fenêtre pourris… Désolé, ma chérie, j'ai un peu négligé mon travail et ma maison ces derniers mois.

— Y a-t-il quelque chose que je puisse faire pour t'aider ?

— Non, mais c'est gentil de proposer. Je vais en profiter pour faire un saut chez miss Erskine, notre ancienne gouvernante, et tenter de la convaincre de revenir. J'aurai réglé tous ces problèmes dans deux ou trois jours.

Ils traversèrent tous les deux le couloir pour se rendre au salon.

— Tu dois te demander dans quelle galère je t'ai entraînée, ajouta-t-il en se baissant pour débarrasser le foyer des cendres. Ça va s'arranger, je te le promets. C'est une très belle région, vraiment.

— Laisse-moi faire, dit Émilie en s'agenouillant à côté de Sebastian. Va vite t'occuper du reste.

— Tu en es sûre ? Je suis désolé, ça manque un peu de domestiques par ici.

— Sebastian... dit Émilie en rougissant. Je peux apprendre.

— Bien sûr, je plaisantais, naturellement. Et n'hésite pas à visiter le reste de la maison, même si tu vas certainement être horrifiée par ce que tu vas voir. Ton vieux château est plutôt moderne à côté ! ajouta Sebastian en faisant la grimace avant de quitter la pièce.

Après avoir enfilé deux pulls bien épais appartenant à Sebastian, Émilie passa une heure à explorer la maison. La plupart des pièces n'avaient visiblement pas été utilisées depuis des années et, contrairement aux immenses fenêtres de son château de Gassin conçues pour laisser entrer le plus de lumière possible, les petites ouvertures misérables de ce manoir avaient pour mission de laisser le froid dehors. Les couleurs ternes et le mobilier lourd en acajou lui donnaient l'impression d'entrer sur la scène d'une pièce de théâtre édouardienne.

En retournant au rez-de-chaussée, Émilie se dit que ce manoir avait désespérément besoin d'être repris en main. Mais, tout comme pour le château, la rénovation nécessiterait un vaste chantier et d'immenses dépenses.

Elle ne savait pas du tout si Sebastian avait les moyens de financer un tel projet. Après tout, cela n'avait pas vraiment d'importance. Émilie disposait d'une fortune confortable qui leur permettrait à tous deux de vivre comme ils l'entendaient jusqu'à la fin de leurs jours.

De retour dans le salon, Émilie se demanda pourquoi elle n'avait jamais songé à interroger Sebastian sur l'état de ses finances avant de l'épouser. Non pas que ce facteur ait pu avoir une quelconque influence sur sa décision, mais, maintenant qu'elle était sa femme, il lui semblait important de le savoir. Elle aborderait peut-être le sujet plus tard, pensa-t-elle en voyant le tracteur et le Land Rover de Sebastian remonter l'allée glissante et s'éloigner de la maison.

À midi, affamée et désœuvrée, Émilie se rendit dans la cuisine. Après avoir fait un sandwich avec un croûton de pain, elle s'assit à table pour le manger.

À cet instant, elle entendit une porte claquer violemment quelque part dans la maison et une voix forte. Une voix féminine, cette fois. La porte de la cuisine s'ouvrit, et une femme maigre d'une cinquantaine d'années apparut.

— Monsieur Carruthers est là ? Il faut que je le voie immédiatement.

Émilie vit que la femme tremblait de colère.

— Non, il vient de partir au village. Vous l'avez manqué de peu.

— Qui êtes-vous ? lança la femme, fort impoliment.

— Je suis Émilie, la femme de Sebastian.

— Vraiment ? Alors, il ne me reste plus qu'à vous souhaiter bonne chance ! Mais, puisque vous êtes sa femme, vous pourrez lui dire que je démissionne et que je ne reviendrai plus. Je ne peux plus supporter la grossièreté de son frère. Ni sa violence ! Il vient de me jeter une tasse de café bouillante dessus. Si je ne m'étais pas écartée, j'aurais pu être brûlée au troisième degré sur le bras. J'ai appelé mon amie qui a un 4 × 4. Elle sera là dans l'heure. Je ne resterai pas une minute de plus dans cette maison paumée avec ce… fou !

— Je vois. Je suis désolée.

Émilie constata que, sans doute sous l'effet de la colère, la femme mangeait un peu ses mots.

— Je peux vous offrir quelque chose à boire ? Nous pourrions peut-être discuter de tout cela avant votre départ. Je suis sûre que Sebastian ne va pas tarder…

— Ni vous ni lui ne parviendrez à me faire changer d'avis, l'interrompit la femme. Je me suis laissé persuader de rester une fois et je l'ai regretté. J'espère pour vous que votre mari ne vous refilera pas son frère. Cela dit, ça m'étonnerait que vous trouviez quelqu'un pour prendre ma place. Vous savez que miss Erskine est partie, elle aussi ?

— Oui, mais mon mari dit qu'elle va revenir.

— Mon Dieu qu'elle est bête ! Non, c'est une femme bien et, si elle reste, c'est par loyauté envers leur grand-mère. Je connaissais Constance quand j'étais jeune et que je vivais dans ce village. Une femme adorable, mais ces deux garçons lui en ont fait voir de toutes les couleurs, c'est incroyable. De toute façon, ce n'est plus mon problème. Je vais aller préparer mes affaires. Comme son déjeuner est prêt, il ne devrait avoir besoin de rien jusqu'au retour de votre mari. En tout cas, si j'étais à votre place, je le laisserais tranquille pour le moment. Il vaut mieux attendre qu'il se calme. Il finit toujours par se calmer, en général.

— Très bien.

Émilie ne savait pas quoi dire d'autre.

La femme vit certainement la peur dans ses yeux, car les siens s'adoucirent tout à coup.

— Ne vous inquiétez pas, Alex est un bon gars, vraiment. Mais il se laisse parfois gagner par la frustration, comme nous le ferions à sa place. Il n'est pas méchant, au fond, et il a beaucoup souffert. Mais je suis trop vieille pour supporter tout ça. Je préfère m'occuper d'une gentille petite vieille que d'un garçon instable qui n'est jamais devenu adulte.

Émilie se rendit compte que cette femme allait partir avant le retour de Sebastian. Et cette pensée l'obséda. Elle allait se retrouver seule dans une maison inhospitalière, qu'elle ne connaissait pas et dont elle ne pourrait pas s'échapper à cause de la neige. Seule avec un fou infirme et ivre. Sa vie ressemblait presque à un film d'horreur, et elle ressentit soudain un besoin désespéré de rire face à l'absurdité de sa situation.

— En tout cas, félicitations pour votre mariage, dit la femme.

— Merci, répondit Émilie avec un sourire ironique.

La femme se dirigea vers la porte de la cuisine, puis s'arrêta et se retourna.

— J'espère pour vous que vous savez dans quoi vous avez mis les pieds. Au revoir.

De retour dans le salon, une demi-heure plus tard, Émilie vit une voiture descendre prudemment l'allée, la femme qu'elle avait rencontrée dans la cuisine avancer d'un pas lourd dans la neige et mettre sa valise dans le coffre. La voiture fit demi-tour en dérapant et s'éloigna en patinant de la maison.

Émilie constata que la neige s'était remise à tomber, remplissant le ciel d'un tourbillon de flocons épais, qui construisaient un mur encore plus impénétrable entre le monde extérieur et elle. Son cœur se mit à battre à tout rompre dans sa poitrine. Le frère fou n'était qu'à quelques mètres d'elle et ils étaient complètement seuls. Et si la neige tombait tellement fort que les routes devenaient impraticables et que Sebastian restait bloqué au village ? À quinze heures, le ciel de janvier s'assombrissait déjà, se préparant au crépuscule et à la nuit… Émilie se leva. Les battements de son cœur de plus en plus affolés indiquaient que la crise de panique était imminente. Elle avait eu ses premières vers l'âge de vingt ans mais, depuis qu'elle avait réussi à les surmonter, elle vivait dans l'angoisse d'en revivre une un jour.

Reste calme et respire, se dit-elle en sentant les vagues implacables la submerger.

Elle commença à haleter et comprit qu'elle ne pouvait plus rien faire pour se contrôler et qu'il était trop tard pour penser rationnellement.

Émilie se laissa tomber sur le canapé et posa la tête entre ses jambes. Elle se sentit soudain très faible et des points multicolores apparurent derrière ses paupières fermées. Elle avait du mal à respirer.

— S'il vous plaît, mon Dieu, mon Dieu…

— Je peux vous aider ?

Une voix masculine, grave, lui parvint à quelque distance. Mais la tête lui tournait et elle ressentit les premiers picotements dans ses mains et ses pieds. Elle ne pouvait pas lever les yeux. Elle ne pouvait pas gâcher son souffle qui lui manquait déjà.

— J'ai dit, je peux vous aider ?

La voix était plus proche, presque à côté d'elle. Peut-être pouvait-elle même sentir un souffle chaud sur sa joue, une main qui prenait la sienne… Elle n'en était pas certaine.

— Je suppose que vous êtes la jeune épouse française de Seb ? Vous comprenez l'anglais ?

Émilie parvint à hocher la tête.

— Je vais voir si je peux trouver un sac pour que vous respiriez à l'intérieur. Continuez à hyperventiler pendant ce temps. Vous vous rendrez compte ainsi que vous êtes encore en vie.

Émilie aurait été bien incapable de dire, dans son état second, combien de temps s'était écoulé avant qu'un sac en papier ne soit placé sur sa bouche et son nez et que la même voix calme lui dise d'inspirer et d'expirer doucement. S'agissait-il d'un rêve ou d'un cauchemar ? Peu lui importait. La personne semblait savoir ce qu'il fallait faire et, comme un enfant sans défense, elle suivait ses instructions.

— Très bien. Vous vous en sortez très bien. Continuez juste à inspirer et expirer dans le sac. Voyez, ça se calme. C'est bientôt fini, je vous le promets.

Enfin, les battements de son cœur se calmèrent, son rythme cardiaque revint à la normale ; elle retrouva aussi des sensations dans les mains et les pieds. Émilie enleva le sac de sa bouche. Épuisée, elle s'affala sur le canapé, les yeux fermés. Elle sentit peu à peu le soulagement gagner son corps.

Après avoir savouré pendant quelques minutes le bonheur d'avoir survécu à sa crise, elle finit par se demander qui pouvait bien être son sauveur. Son cerveau recommençait donc à fonctionner normalement.

Elle ouvrit une paupière, encore lourde et tremblante, et vit un homme qui ressemblait à Sebastian, mais qui n'était pas Sebastian.

C'était un Sebastian en technicolor : des yeux d'un marron plus magnétique, dont l'iris était parsemé de taches dorées, les cheveux parcourus de reflets auburn, un visage au nez parfait, aux lèvres plus roses et plus charnues, des pommettes qui saillaient sous la douceur de sa peau impeccable.

— Je suis Alex. Ravi de faire votre connaissance.

Émilie ferma aussitôt la paupière qu'elle venait d'ouvrir et resta parfaitement immobile, redoutant que la vision du frère fou assis à quelques centimètres d'elle ne provoque une nouvelle crise de panique.

Une main chaude tapota la sienne.

— Je comprends que vous ne vouliez pas gaspiller votre souffle à me parler pour le moment. Je sais ce que vous venez de vivre. J'ai eu de nombreuses crises de panique. Ce qu'il vous faut, c'est un bon remontant.

Cet homme qui lui parlait si gentiment ne correspondait en rien à la description que Sebastian avait faite de lui. La main posée sur la sienne était rassurante, pas du tout terrifiante. Elle osa ouvrir les yeux pour l'observer.

— Bonjour, dit-il en souriant, et elle constata qu'il la regardait avec des yeux amusés.

— Bonjour, répondit-elle faiblement, sa voix n'ayant pas encore retrouvé toute sa force.

— Vous préférez que nous parlions en anglais ou en français ?

— En français, merci.

Elle n'avait pas encore les idées suffisamment claires pour se mettre à parler dans une autre langue.

— D'accord.

Émilie le surprit en train de la contempler.

— Vous êtes très jolie, fit-il remarquer. Mon frère me l'avait dit d'ailleurs. Encore plus jolie quand vos grands yeux bleus sont ouverts, il faut bien le reconnaître, poursuivit-il dans un français parfait. Tenez, voici votre dernier médicament.

Il plongea la main sur le côté de son fauteuil roulant et en sortit une bouteille de whisky.

— La sorcière qui vient de partir était persuadée que je ne savais pas où elle cachait sa bouteille. Mais j'ai réussi à la sortir de sa valise pendant qu'elle se plaignait de moi auprès de vous. Sebastian ne voulait pas me croire, mais c'était une véritable ivrogne. Elle vidait une bouteille par jour. Bon…

Alex manœuvra habilement son fauteuil roulant jusqu'à un buffet avec des portes vitrées qu'il ouvrit, laissant apparaître une série de verres édouardiens poussiéreux.

— Nous allons prendre un verre, tous les deux. Ce n'est pas une bonne idée de boire seul.

Il versa deux bonnes mesures de whisky dans les verres, puis les cala adroitement entre ses cuisses et revint vers elle.

— Je préfère ne rien prendre, déclara Émilie alors qu'Alex lui tendait un des verres.

— Pourquoi ça ? Vous pouvez vous dire que c'est pour raisons médicales. Allez, s'il vous plaît, laissez-moi pour une fois jouer le rôle de l'infirmière. Ça va vous faire du bien, je vous assure.

— Non, merci.

Émilie secoua la tête, bien décidée à ne pas l'encourager.

— Dans ce cas, je m'abstiendrai moi aussi.

Alex reposa son verre sur la table avec fermeté.

— Bon, il fait vraiment froid ici et, si je ne peux pas vous réchauffer avec un petit verre de whisky, je peux au moins faire un feu.

Émilie s'assit et, trop fascinée pour l'aider, regarda Alex disposer les bûches et alimenter le feu.

— Où est Seb ? demanda-t-il. Il est allé supplier cette pauvre vieille miss Erskine de revenir pour la énième fois ?

— Oui, il a dit qu'il passerait la voir puisqu'il devait aller faire quelques courses au village.

— À mon avis, il ne trouvera pas grand-chose dans le magasin. Tous les gens du coin ont dû sentir la neige et ont vidé les rayons comme s'ils allaient subir un siège de plusieurs mois. C'est vraiment la meilleure période de l'année pour le magasin quand les clients en viennent jusqu'à se disputer les vieilles boîtes de haricots blancs. Je doute qu'il y en ait encore une seule ce soir. On dirait que l'épisode neigeux est bien parti pour durer, ajouta Alex en regardant les flocons qui tombaient toujours. Je dois dire que j'aime plutôt la neige, pas vous ?

Sentant le regard pénétrant d'Alex posé sur elle, Émilie tenta de repenser à ce que Sebastian lui avait dit de son frère : il pouvait être très charmant et très convaincant.

— Pas vraiment. Je n'ai pas réussi à me réchauffer depuis que je suis arrivée.

— Ça ne m'étonne pas. Voilà des semaines que la cuve à mazout est vide. Heureusement que j'ai quelques vieux radiateurs électriques en stock, ce qui me permet d'éviter que mes membres ne soient engourdis par le froid. Mais, de grâce, n'en dites rien à Seb : il les confisquerait immédiatement. En tout cas, à part le fait que nous vivions dans la version anglaise d'un igloo, j'aime bien la neige. Mais il est vrai que j'aime tout ce qui vient rompre la monotonie, ajouta Alex en soupirant. Et ce temps est spectaculaire.

— Oui, admit Émilie sans conviction.

Alex lorgna les deux verres de whisky posés sur la table.

— Je crois que nous devrions les boire, ça serait dommage de les gaspiller.

— Non, sans façon, répondit Émilie en secouant la tête.

— Oh ! dit Alex en haussant les sourcils. Je suppose que Sebastian vous a parlé de mon alcoolisme et de ma dépendance à la drogue ?

— En effet, reconnut-elle honnêtement.

— C'est vrai que j'ai eu un problème avec la drogue autrefois, avoua Alex avec décontraction. Mais je n'ai jamais été un alcoolique. Ça ne veut pas dire que je n'aime pas boire un verre de temps en temps. Comme tout le monde. Vous êtes française, non ? Vous devez boire du vin depuis le berceau ?

— Bien sûr.

— Bon, comment se fait-il que vous ayez épousé mon frère ?

— Je...

Émilie était un peu déconcertée par ses questions si directes.

— Je suis tombée amoureuse. C'est la raison pour laquelle la plupart des gens se marient.

— C'est une bonne raison, en effet, reconnut Alex en hochant la tête. Dans ce cas, je vous souhaite la bienvenue dans la famille.

La porte du salon s'ouvrit. Sebastian se tenait sur le seuil, les cheveux dégoulinant de neige fondue.

Se sentant ridiculement coupable, Émilie se leva d'un bond pour aller l'accueillir.

— Comme je suis contente que tu sois de retour !

— Nous ne t'avons pas entendu arriver. Aucun bruit de moteur dans l'allée, intervint Alex.

Sebastian avait la mine renfrognée, les yeux rivés sur les deux verres de whisky posés sur la table.

— Non, c'est parce que j'ai dû laisser la voiture en bas et avancer dans les congères avec deux fichus sacs à provisions. Tu as bu ? demanda-t-il d'un ton accusateur en regardant Alex.

— Non, même si j'avoue que j'ai essayé de convaincre ta jeune épouse de boire un verre de whisky cul sec, car elle ne se sentait pas très bien, répondit calmement Alex.

— Ça ne m'étonne pas de toi, grogna Sebastian en haussant les sourcils.

Il se tourna vers Émilie, l'air furieux, sans la moindre trace de compassion dans son regard.

— Ça va mieux ?

— Je me sens bien maintenant, merci, répondit-elle nerveusement.

— Je t'ai dit, Alex, que tu ne devais pas entrer dans cette maison ! aboya Sebastian.

— Eh bien, tout comme j'étais en train d'expliquer à Émilie, mon aide à domicile vient de me laisser tomber. J'étais donc venu t'en informer.

— Quoi ? Bon sang, mais qu'est-ce que tu as fait, cette fois ? protesta Sebastian.

— J'ai jeté une de ses tasses de café dégoûtantes contre le mur. Elle était tellement ivre qu'elle avait mis du sel à la place du sucre. Et elle a cru que je la visais.

Sebastian était furieux.

— Tu as fini par y arriver, Alex ! Miss Erskine a refusé catégoriquement de revenir, cette fois. Et je ne peux pas lui en vouloir. Quant à la pauvre femme qui vient de s'enfuir, je ne suis pas surpris qu'elle soit partie elle aussi, vu la façon dont tu te comportes. Je me demande bien comment je vais pouvoir trouver une remplaçante par ce temps.

— Écoute, Seb, je ne suis pas complètement incapable, comme tu le sais, répliqua Alex. Je peux me nourrir, m'habiller, me laver et m'essuyer le dos. J'arrive même à me hisser sur mon lit le soir et à en sortir le matin. Je t'ai dit je ne sais combien de fois que je n'avais plus besoin d'une aide à domicile à temps complet. Il me faut juste une aide ménagère à présent.

— Tu sais parfaitement que ce n'est pas vrai, objecta Sebastian avec colère.

— Mais si, honnêtement, insista Alex en haussant les sourcils, puis il se tourna vers Émilie : Il me traite comme un enfant de deux ans. Je ne peux plus vraiment faire de bêtises là-dedans, dit-il en montrant son fauteuil roulant.

Émilie avait l'impression d'assister à un match de boxe. Elle resta silencieuse, incapable de participer à cette conversation.

— J'ai plutôt l'impression que tu n'arrêtes pas d'en faire, en réalité, répliqua Sebastian. En tout cas, tu vas être mis à l'épreuve durant les prochains jours, parce que je ne vois pas comment je vais pouvoir trouver quelqu'un dans ces conditions.

— C'est très bien. Je t'ai déjà dit que c'était une dépense inutile. Bon, je vous laisse.

Il manœuvra son fauteuil roulant jusqu'à la porte et la tira. Il s'arrêta, puis se retourna et sourit à Émilie.

— J'ai été ravi de faire votre connaissance. Bienvenue à Blackmoor Hall.

La porte se referma derrière lui et un silence pesant envahit la pièce. Sebastian prit un des verres de whisky et le vida d'un trait.

— Je suis désolé, Émilie. Tu dois te demander où tu as atterri. Cet Alex est un vrai cauchemar et je suis au bout du rouleau.

— C'est tout à fait normal et, surtout, ne t'inquiète pas pour moi. Je vais faire ce que je peux pour t'aider.

— C'est gentil à toi, mais je suis à court d'idées. Tu le veux ? demanda-t-il en montrant le deuxième verre de whisky.

— Non, merci.

Sebastian prit le verre et le vida cul sec.

— Je crois que nous devrions avoir une discussion honnête, tous les deux, parce que tu dois commencer à croire que je t'ai épousée sous des prétextes. C'est un véritable chaos, ici. Et je ne t'en voudrai pas si tu décides de t'en tenir là et de repartir.

Il se laissa tomber sur le canapé à côté d'elle et prit ses mains dans les siennes.

— Je suis désolé.

— Sebastian, je commence à comprendre que ta vie n'est pas aussi simple que je le pensais mais, si je t'ai épousé, c'est parce que je t'aime. Je suis ta femme maintenant et je partage tes problèmes, quels qu'ils soient.

— Tu n'en connais pas la moitié, grogna Sebastian.

— Alors, dis-moi.

— Bon, d'accord, soupira-t-il. Non seulement j'ai des problèmes avec Alex, mais en plus je suis complètement fauché. C'est la dure réalité. Il ne restait pas grand-chose quand notre grand-mère est morte, mais quand j'ai vu que les affaires commençaient à bien marcher pour moi, je me suis dit que j'allais peut-être pouvoir rénover cette maison. Et puis, Alex a eu cet accident il y a deux ans et, comme il a fallu que je paie des aides à domicile, mes finances s'en sont ressenties. J'ai pris une hypothèque sur la maison, bien sûr, mais j'arrive tout juste à rembourser l'emprunt et il est certain que la banque ne va pas me prêter davantage. Je n'ai même plus les moyens de remplir la cuve à mazout cet hiver ; c'est pourquoi elle est vide. Donc, je ne vois plus qu'une solution : vendre Blackmoor Hall. Encore faudrait-il qu'Alex soit d'accord. La propriété lui appartient pour moitié et il refuse catégoriquement de partir.

— Sebastian, hasarda Émilie. Je comprends à quel point cela peut être douloureux de vendre la propriété familiale. Mais j'ai l'impression que tu n'as pas vraiment le choix. Alex non plus, d'ailleurs.

— Tu as raison. Mais, juste avant que je ne te rencontre, mes affaires ont vraiment commencé à bien marcher. J'ai pris de bonnes décisions qui ont porté leurs fruits. Enfin, tout ce que je viens de dire n'a pas de sens. Je parle du point B alors que j'en suis au point A. Et la grande question est de savoir comment relier ces deux points. Même si j'en ai très envie, dit-il en haussant les épaules, je ne pense pas pouvoir garder cette maison. J'ignore cependant ce que je vais faire avec notre voisin actuel. Il va se battre bec et ongles pour rester ici, et nous sommes tous les deux propriétaires de la maison. Comme tu peux l'imaginer, il n'y a pas vraiment d'alternative pour loger Alex autre part.

— Mais tu ne l'abandonnerais pas, quand même ?

Sebastian laissa soudain éclater sa colère.

— Bien sûr que non, Émilie ! Pour qui tu me prends ? Comme tu as pu le constater, je prends mes responsabilités très au sérieux.

— Oui, s'empressa de répondre Émilie. Ce n'est pas ce que je voulais dire. Je me demandais juste où il pourrait aller si tu vendais.

— Eh bien, je pense que la somme qui lui reviendrait si nous vendions la maison permettrait de financer plusieurs années de soins de qualité dans un établissement approprié. Même s'il le nie farouchement, Alex a besoin d'une aide à plein temps et…

— Sebastian, durant toute notre conversation, tu as parlé à la première personne. Mais n'oublie pas que tu n'es plus tout seul. Ce n'est plus « je » qu'il faut dire, mais « nous ». Je suis ta femme désormais et nous sommes des partenaires. Nous réglerons les problèmes que tu rencontres ici ensemble, comme tu m'as aidée à résoudre les miens en France.

— C'est adorable de ta part, Émilie, mais, étant donné les circonstances, je ne pense pas que tu puisses faire grand-chose pour m'aider.

Il soupira.

— Pourquoi est-ce que tu dis ça ? Tu sais que j'ai de l'argent. Puisque nous sommes désormais mari et femme, tout ce que je possède t'appartient. Bien sûr que je peux t'aider. Je veux t'aider. En particulier, si, comme tu le dis, tu as simplement besoin d'un coup de pouce jusqu'à ce que ton activité te rapporte davantage. Si c'est plus facile pour toi, considère-moi comme un investisseur, proposa-t-elle.

Sebastian releva la tête et la regarda, étonné.

— Émilie, tu songes sérieusement à m'aider financièrement ?

— Bien sûr, dit-elle en haussant les épaules. Je ne vois pas où est le problème. Tu as été là pour moi au cours des derniers mois. C'est à mon tour de te soutenir.

— Émilie, tu es un ange.

Sebastian la prit soudain dans ses bras et la serra contre lui.

— J'ai vraiment mauvaise conscience parce que je ne t'en ai pas parlé avant notre mariage. À vrai dire, ce n'est qu'en arrivant à la maison hier que j'ai compris à quel point la situation était désespérée. Et je reconnais que j'ai mené la politique de l'autruche pendant beaucoup trop longtemps. Mon Dieu, quand j'ai consulté mon compte en banque ce matin, on aurait dit l'équivalent financier d'un immense carambolage.

— S'il te plaît, ne t'inquiète plus pour tes finances. Ça te fera déjà un souci en moins. Quand tu auras calculé le montant dont tu as besoin, je ferai transférer l'argent sur ton compte en Angleterre. Pour ma part, je pense qu'il y a des problèmes plus urgents à régler pour l'instant. Il faudrait par exemple songer à remplir la cuve à mazout, dit Émilie en haussant les sourcils. On peut certainement régler la facture par téléphone en donnant mon numéro de carte. Comme ça, au moins, nous serons tous au chaud.

— Oh ! ma chérie. (Sebastian se tourna vers elle, le visage blême d'angoisse.) Tu es tellement gentille face à une telle situation. Je suis si désolé…

— Chut. Après le problème de l'approvisionnement en mazout qui devrait être rapidement résolu, il faudra trouver quelqu'un qui puisse s'occuper de ton frère, n'est-ce pas ?

— Absolument. Je pourrais m'adresser à une agence d'intérim, mais ça coûte les yeux de la tête…

— Nous venons de convenir que l'argent n'était pas un problème. Alex ment-il quand il dit qu'il est capable de se débrouiller tout seul ?

— Je dois admettre que je ne l'en ai jamais cru capable, reconnut Sebastian. Mais il lui arrive toujours des accidents, Émilie. Comme je le connais, il va s'électrocuter en mettant une boîte de haricots à chauffer dans le micro-ondes ou en utilisant son ordinateur pour commander de l'alcool.

— Alors, il n'a pas besoin d'une infirmière qualifiée pour lui prodiguer des soins ?

— Eh bien, il prend des médicaments le matin pour stimuler sa circulation sanguine, mais il a plus besoin d'aide pour les gestes de la vie quotidienne que pour des soins médicaux.

— Si nous ne trouvons personne, je pourrai l'aider, provisoirement du moins, proposa Émilie. J'ai un peu d'expérience puisque je me suis occupée de ma mère, qui était aussi dans un fauteuil roulant durant les dernières semaines de sa vie.

— Mais je crains que tu ne tombes sous le charme d'Alex ! (Sebastian lorgna les verres de whisky vides et lui lança un regard amusé.) Ou que tu subisses sa mauvaise influence.

— Bien sûr que non.

Émilie se retint de lui faire remarquer que c'était lui qui avait vidé les deux verres et que ce n'était en l'occurrence ni elle ni son frère.

— Ce n'est guère étonnant qu'il craque parfois. Est-ce qu'il lui arrive de sortir de la maison ?

— Rarement, mais je vois mal Alex aller tous les mercredis au centre communal pour jouer à la bataille et boire un cordial. Du moins, c'est comme ça qu'il verrait la chose. Il a toujours été solitaire. En tout cas, tu sais à présent à quoi ressemble la vie de ton mari. En bref, c'est un véritable désastre.

Sebastian desserra son étreinte et se laissa retomber sur le canapé.

— S'il te plaît, ne dis pas ça, Sebastian. La plupart de tes problèmes ne sont pas de ton fait. Tu as fait de ton mieux pour aider ton frère tout en gérant ton travail et la maison. Ne sois pas si dur envers toi-même.

— Merci, ma chérie. J'apprécie beaucoup ton soutien. Tu es merveilleuse.

Sebastian se pencha vers elle et l'embrassa doucement sur la bouche.

— Bon, à présent, nous devons appeler le fournisseur de mazout avant que les bureaux ne ferment. Et nous allons nous mettre à la file de tous ceux qui sont bloqués par la neige et qui n'ont plus rien pour se chauffer. Si ça ne te dérange pas, tu pourrais me donner ta carte de crédit ?

— Bien sûr, elle est en haut dans mon sac à main. Je vais la chercher.

Émilie déposa un baiser sur la tête lasse de son mari et quitta la pièce. Tout en montant les marches, elle se fit la remarque qu'elle ressentait une certaine satisfaction. Elle pouvait désormais aider son mari comme il l'avait fait au cours des derniers mois. C'était un sentiment agréable.

17

Une semaine plus tard, le calme était revenu à Blackmoor Hall. La neige, qui était tombée sans relâche pendant trois jours, puis avait gelé et s'était transformée en étendue de glace particulièrement dangereuse, commençait enfin à fondre maintenant que les températures remontaient. Le fournisseur de mazout les avait livrés la veille et, quand Émilie se réveilla, elle constata que le froid était déjà moins mordant.

Sebastian avait trouvé une aide à domicile pour Alex dans une agence d'intérim. Émilie ne l'avait pas revu depuis le jour de sa crise de panique. Tandis qu'elle mettait la bouilloire en route pour préparer deux tasses de café qu'elle monterait dans la chambre, Émilie pensa qu'elle se sentait beaucoup mieux. Sebastian avait fini par lui annoncer le montant dont il avait besoin pour redresser sa situation financière, et Émilie avait immédiatement transféré les fonds sur son compte en banque. Depuis, il était plus détendu.

— Puisque nous sommes bloqués par la neige, je pense que nous devrions considérer cette pause forcée comme une lune de miel improvisée, suggéra-t-il. Nous avons du vin dans la cave, de la nourriture au réfrigérateur, du feu qui crépite dans la cheminée, essayons de savourer ces instants !

Ils passaient de longues matinées tranquilles sous la couette, puis enfilaient d'épais manteaux et des bottes de caoutchouc pour marcher jusqu'au village tout proche et goûter aux plats copieux du pub. Sur le chemin du retour, ils faisaient des batailles de boules de neige et arrivaient fous de joie à la maison, revigorés par l'air glacial. Ils profitaient de leurs soirées ensemble, blottis devant le feu, buvaient le vin que Sebastian avait remonté de la cave, discutaient et faisaient l'amour.

— Tu es si belle, disait Sebastian tout en embrassant son corps nu à la lueur des flammes. Je suis tellement heureux de t'avoir épousée.

La veille au matin, alors que la glace avait commencé à fondre, Sebastian avait emmené Émilie dans la ville de Moulton pour faire des courses, car leur stock de provisions diminuait rapidement. Il l'avait ensuite encouragée à prendre le volant du Land Rover sur le chemin du retour, une épreuve terrifiante pour quelqu'un qui n'était pas habitué à conduire sur la neige et encore moins du côté gauche de la route.

— C'est important que tu le fasses, avait dit Sebastian tandis qu'elle roulait comme un escargot. Comme ça, quand je serai à Londres, tu pourras sortir si tu as besoin de quelque chose.

Après avoir préparé le café, Émilie contempla la cuisine avec plaisir. Il lui avait suffi, pour égayer la pièce, de laver les rideaux crasseux qui pendaient tristement devant la fenêtre et de poser un vase de fleurs sur la table en pin qu'elle avait poncée. Le résultat était déjà spectaculaire.

Elle avait trouvé de la belle porcelaine bleue et blanche dans l'un des placards et l'avait disposée sur le manteau de la cheminée au-dessus de la cuisinière. En montant l'escalier, les tasses de café à la main, elle vit que le soleil brillait et que la glace fondait à vue d'œil. Peut-être pourrait-elle même proposer à Sebastian de repeindre la cuisine. Une teinte jaune pâle transformerait complètement la pièce.

Elle s'installa dans le lit à côté de Sebastian et sirota son café brûlant.

— Tu as bien dormi ? demanda Sebastian en se redressant et en prenant sa tasse.

— Oui, j'ai décidé que cette maison me plaisait en fin de compte. Elle me fait un peu penser à une tante mal aimée qui a tout simplement besoin de tendresse et d'un peu d'attention.

— Et de plein d'argent pour être restaurée. En parlant de ça, maintenant que la neige a fondu et que tu es bien installée ici, je crois qu'il va me falloir retourner à Londres pour quelques jours. Tu penses que tu pourras te débrouiller sans moi ? Alex a l'air satisfait de sa nouvelle aide à domicile et je suis sûr qu'il ne viendra pas t'ennuyer. Tu pourrais venir avec moi, mais je vais passer mes journées à travailler et je n'aurai ni le temps ni l'esprit libre pour t'accorder toute l'attention que tu mérites.

— Où dors-tu quand tu vas à Londres ?

— Oh ! en général je crèche dans le débarras de l'appartement d'un ami. C'est pas vraiment le Ritz, mais ça fait l'affaire pour le temps que j'y passe.

— Tu comptes partir combien de temps ?

— Je me suis dit que, si je partais tôt demain matin, je ne resterais pas plus de trois jours. Je serai de retour vendredi soir, promit-il. Je te laisserai le Land Rover, bien sûr, juste au cas où le temps se dégraderait de nouveau. J'ai un vieux tacot que j'utilise pour aller jusqu'à la gare. Et peut-être que, la prochaine fois, tu pourras venir avec moi à Londres.

— D'accord.

Émilie essaya de ne pas s'inquiéter à l'idée de rester seule avec Alex le versatile, et d'avoir à sa disposition une voiture qu'elle avait peur de conduire.

— Je me disais que je pourrais peut-être peindre la cuisine. Ça ne te dérange pas ?

— Bien sûr que non. Il faut que j'aille à la banque en ville de toute façon. On pourrait choisir de la peinture au magasin de bricolage sur le chemin du retour. (Sebastian se tourna vers elle et lui caressa la joue.) Tu es un véritable miracle, Émilie, vraiment.

Sebastian partit pour Londres le lendemain matin. Des projets plein la tête pour la journée qui s'annonçait, Émilie descendit au rez-de-chaussée et prépara le café tout en fredonnant. Puis, elle se mit au travail.

À l'heure du déjeuner, elle avait peint la totalité du mur où se trouvait la cheminée et se maudit de ne pas avoir demandé à Sebastian de l'aider à déplacer l'énorme buffet qui prenait toute la longueur d'un des murs. Lorsqu'elle s'assit pour manger un sandwich, elle entendit une voiture arriver, puis repartir. Elle supposa que c'était le facteur et l'ignora. Après le déjeuner, elle attaqua le mur contre lequel était plaqué l'évier.

— Bonjour, dit en français une voix derrière elle.

Émilie se rembrunit quand elle se retourna et aperçut Alex dans son fauteuil roulant près de la porte de la cuisine.

— Qu'est-ce que vous faites ici ? lança-t-elle d'une voix un peu trop brusque à cause de sa nervosité.

— Ma maison et tout le tralala, répondit Alex d'un ton affable. De plus, il fallait que je vous informe que ma dernière aide à domicile vient de foutre le camp.

— Oh ! Alex ! Qu'est-ce que vous avez fait, cette fois ?

Toujours perchée en haut de l'escabeau, Émilie commença à descendre avec précaution.

— S'il vous plaît, dit-il, l'air faussement horrifié. Ne vous mettez pas à me traiter de haut vous aussi.

— Ah oui ? Et qu'est-ce que vous attendez de moi ? Ça ne fait qu'une semaine que je suis là et j'ai déjà vu deux aides à domicile partir.

— Je constate que mon frère a déteint sur vous, dit tristement Alex.

— Non, pas du tout, répondit Émilie en anglais pour souligner à quel point Alex se trompait.

— J'adore la façon dont vous prononcez « pas du tout » avec votre merveilleux accent français.

— Ne changez pas de sujet, répliqua Émilie qui repassa immédiatement au français.

— Désolé. En tout cas, elle est partie. Et maintenant, il ne reste plus que vous et moi.

— Alors, je vais appeler l'agence pour trouver une remplaçante, rétorqua-t-elle.

— Écoutez, Émilie, je vous en supplie, ne faites pas ça. Attendez au moins un ou deux jours. J'aimerais vous prouver, à vous et à Seb, que je suis parfaitement capable de me débrouiller tout seul. Si je vous promets de me tenir bien, de ne pas boire, de ne pas consommer de la drogue, de ne pas faire ribote dans le pub du coin, etc.

Alex la regarda, l'air désespéré, puis ajouta :

— M'accorderiez-vous un sursis ? Au premier écart de conduite, vous pourrez appeler l'équipe B. Et vous n'imaginez pas à quel point je ne veux pas que cela se produise.

Émilie hésita. Elle était face à un dilemme. Elle devrait certainement appeler son mari et en discuter avec lui. D'un autre côté, elle savait que, si elle le faisait, il reviendrait sur-le-champ. Et il n'avait pas besoin de ça ; il avait suffisamment de choses à faire de son côté.

Émilie prit une décision. Elle était la femme de Sebastian et s'occuperait de son frère à sa place.

— Très bien. Vous avez besoin de quelque chose ? demanda-t-elle en reposant un pied sur l'escabeau pour se remettre à peindre le coin du haut particulièrement délicat.

— Non, pas pour le moment, merci.

— Quand ce sera le cas, faites-le-moi savoir.

Elle lui tourna le dos, remonta sur son escabeau, trempa son pinceau dans la peinture et se remit à l'ouvrage.

Le silence s'installa dans la pièce. Émilie se concentra sur ses coups de pinceau.

— Belle couleur, bon choix, fit enfin remarquer Alex.

— Merci, ça me plaît beaucoup.

— À moi aussi. Et comme la cuisine m'appartient pour moitié en théorie, je trouve que c'est plutôt une bonne chose, pas vous ?

— Si.

De nouveau le silence. Puis :

— Je peux vous aider ?

Émilie s'abstint de faire un commentaire facétieux.

— Non, ça va, merci.

— Il se trouve que je manie le rouleau comme personne, confirma Alex qui semblait avoir lu dans ses pensées.

— Très bien. Il y en a un près de l'évier. Versez un peu de peinture dans le plateau.

Émilie observa discrètement Alex qui s'approcha de l'évier, prit le pot de peinture et versa un peu de son contenu dans le plateau sans renverser la moindre goutte.

— Je commence ici ?

Il montra un emplacement à gauche du buffet.

— Si vous voulez. Dommage que je ne puisse pas déplacer ce buffet.

— Je suis sûr que je peux vous aider. J'ai beaucoup plus de forces dans les bras et dans le torse que la plupart des hommes valides. Je pense qu'à nous deux, nous y arriverons sans problème.

— D'accord.

Émilie descendit de l'escabeau et entreprit de vider les rayons du haut tandis qu'Alex s'occupait de ceux du bas. Puis, ils tirèrent tous deux sur le buffet pour l'éloigner du mur.

— Parlez-moi de vous, proposa gentiment Alex tandis qu'Émilie remontait sur l'escabeau et qu'il se mettait à peindre le mur au rouleau.

— Qu'est-ce que vous voulez savoir ?

— Oh ! l'essentiel : âge, grade, numéro de série, ce genre de choses, dit-il en souriant.

— Eh bien, j'ai trente et un ans et je suis née à Paris, commença Émilie, bien décidée à en dire le minimum sans paraître toutefois impolie. Mon père était beaucoup plus vieux que ma mère et il est mort quand j'étais encore adolescente. Je suis devenue vétérinaire et je vivais dans un appartement dans le Marais quand j'ai rencontré votre frère juste après la mort de ma mère. Voilà, c'est tout.

— Il me semble que vous vous sous-estimez. Tout d'abord, vous venez d'une des plus grandes familles de l'aristocratie française. La mort de votre mère a même été mentionnée dans le *Times.*

— C'est votre frère qui vous a dit tout ça ?

— Non, j'ai fait mes recherches. Il m'a suffi de taper votre nom sur Internet.

— Dans ce cas, si vous savez déjà tout de moi, pourquoi me posez-vous ces questions ?

— Parce que c'est ce que vous avez à dire, vous, qui m'intéresse. Nous sommes désormais parents, après tout. Et, pour être franc, vous ne ressemblez pas du tout à l'image que je me faisais de vous. Étant donné vos origines, je suis surpris que vous ne soyez pas une princesse française frôlant la caricature, gâtée et trop sûre d'elle. La plupart des jeunes femmes de votre milieu ne choisiraient pas de devenir vétérinaires, n'est-ce pas ? Elles préféreraient trouver un mari riche et convenable et passer leur temps à voyager des Caraïbes aux Alpes en passant par Saint-Tropez en fonction de la saison.

— Oui, vous venez de décrire la vie de ma mère.

Émilie se laissa aller à sourire.

— Nous y voilà !

Alex fit de grands gestes avec son rouleau en signe de triomphe.

— Vous avez choisi une vie radicalement opposée à celle de votre mère. Et la question, c'est de savoir pourquoi. (Il se frotta le menton, faisant mine de réfléchir.) Peut-être votre mère était-elle tellement occupée à être belle et à mener sa vie de mondaine, qu'elle n'avait pas de temps à vous consacrer. Et vous avez détesté le faste, le côté glamour et les excès de sa vie, car vous passiez toujours derrière tout ça. C'était la femme française chic par excellence et vous avez eu le sentiment que vous ne lui arriveriez jamais à la cheville. Vous pensiez qu'elle ne vous aimait pas, qu'elle vous ignorait. C'est pourquoi vous n'avez pas confiance en vous. Vous avez grandi sans apprendre à vous aimer. Vous avez rejeté vos origines, car vous aviez l'impression que c'était votre milieu et votre mère qui vous rejetaient. Vous avez donc pris la décision de mener une vie complètement différente.

Émilie dut se cramponner à l'escabeau pour ne pas perdre l'équilibre.

— Et, bien sûr, poursuivit Alex qui ne pouvait plus s'arrêter maintenant qu'il avait commencé son analyse perspicace, quand il a fallu choisir une profession, vous avez décidé de vous occuper des autres, des animaux en l'occurrence, ce que votre mère n'avait jamais fait. Quant aux hommes… je doute que vous ayez eu beaucoup de petits amis. Et puis mon frère apparaît, tel un prince charmant, et vous mordez à l'hameçon…

— *Ça suffit* !* Stop ! Vous ne me connaissez même pas.

Émilie fut prise de tremblements incontrôlables et l'escabeau se mit à vaciller. Elle en descendit et s'approcha de lui.

— De quel droit osez-vous me parler ainsi ? Vous ne savez rien de moi. Rien !

— Ah ! nous y voilà… (Alex sourit.) Je vois que j'ai fait remonter à la surface la petite princesse hautaine qui se cache quelque part dans les profondeurs de votre âme. Elle se cache peut-être, mais elle est bien là.

— *Assez**, j'ai dit !

Émilie ne parvint pas à se contenir plus longtemps. Elle tendit instinctivement la main et frappa Alex en plein visage. Le bruit de la claque résonna dans toute la cuisine. Émilie resta immobile, hébétée par ce qu'elle venait de faire. C'était la première fois de sa vie qu'elle giflait quelqu'un.

— Aïe !

Alex se frotta la joue avec la main.

— Je m'excuse. Je n'aurais pas dû faire ça, s'écria immédiatement Émilie, horrifiée.

— Ce n'est rien. Je l'ai mérité. Je suis allé trop loin, comme toujours. Excusez-moi, Émilie, s'il vous plaît.

Sans prendre la peine de répondre, elle tourna les talons et quitta la cuisine. Lorsqu'elle arriva dans le vestibule, elle se mit à courir, puis monta les marches deux à deux. Hors d'haleine, elle claqua la porte de sa chambre derrière elle et se jeta sur son lit.

Elle sanglota bruyamment, le visage plaqué contre son matelas. Elle se sentait mise à nu, démasquée. Comment pouvait-il prétendre la connaître ? Il s'était amusé avec elle, comme si ses sentiments profonds n'étaient qu'une sorte de jeu qu'il pouvait utiliser pour l'humilier.

Quel genre de monstre était-il ?

Émilie mit un oreiller sur sa tête, se demandant si elle devait appeler Sebastian, lui dire qu'elle ne pouvait pas rester ici et qu'elle était en route pour Londres. Elle prendrait le Land Rover pour aller jusqu'à la gare, monterait dans le train et, dans quelques heures, elle serait dans ses bras, en sécurité.

Non, non, se dit-elle. Elle avait été prévenue à propos d'Alex. C'était un grand manipulateur et elle ne devait pas lui permettre de toucher son point sensible. Elle ne devait pas aller se réfugier dans les bras de son mari comme un enfant incapable, alors qu'il avait tant de problèmes à régler en ce moment. Elle devait se débrouiller d'une manière ou d'une autre.

Alex n'était qu'un petit garçon qui s'ennuyait et qui aimait provoquer les gens. Puisqu'il allait faire partie de sa vie future avec Sebastian, elle devait absolument apprendre à maîtriser ses réactions.

Apaisée par ces bonnes résolutions, mais épuisée par la colère qui l'avait envahie quelques minutes auparavant, Émilie s'endormit, non sans avoir pensé auparavant que tout ce qu'Alex avait dit à son propos était vrai.

Il faisait déjà nuit quand elle se réveilla. Elle se sentait désorientée et vidée. Elle constata qu'il était dix-huit heures passées. Elle descendit au rez-de-chaussée à pas de loup, allumant partout où elle passait, espérant qu'Alex était retourné dans son appartement. Elle ouvrit la porte de la cuisine avec appréhension mais, à son grand soulagement, la pièce était vide. Quand elle mit la bouilloire en route, elle vit que les pinceaux avaient été nettoyés avec soin et séchaient sur l'égouttoir. Un mot était appuyé contre la corbeille de fruits sur la table de la cuisine.

Chère Émilie,

Je suis vraiment désolé de vous avoir blessée. J'ai été trop loin comme d'habitude. Nous pourrions peut-être recommencer à zéro. Dans ce but, et pour m'excuser, j'ai préparé à dîner. S'il vous plaît, venez me rejoindre dans mon appartement à côté quand vous serez prête.

Bien à vous,
Alex

Émilie soupira et se laissa tomber lourdement sur une chaise. Elle ne savait comment réagir. Le mot d'Alex était sans équivoque. Il lui proposait de faire la paix. Malgré l'antipathie qu'elle ressentait à son égard, puisqu'ils devaient vivre sous le même toit, il était préférable qu'ils parviennent à s'entendre, ou du moins à entretenir des rapports courtois. De plus, pensa-t-elle tout en se préparant une tasse de thé, Alex n'avait rien dit de négatif à son propos. Il lui avait juste parlé comme s'ils étaient intimes et non des étrangers l'un pour l'autre. Il la connaissait à peine et l'avait pourtant si bien percée à jour ! Ça l'avait complètement déstabilisée.

En outre, elle ne savait vraiment pas si Alex était physiquement capable de se débrouiller seul. Elle décida de contacter l'agence dès le lendemain pour lui trouver une autre aide à domicile. Pour ce soir, elle devait au moins aller voir comment son beau-frère se portait. Elle n'était pas obligée de rester pour le dîner qu'il prétendait avoir préparé. Il s'agissait probablement de haricots blancs sur du pain grillé.

Le téléphone fixe sonna, et Émilie se leva pour répondre.

— Coucou, ma chérie, c'est moi.

Émilie ne put s'empêcher de sourire en entendant la voix de son mari.

— Comment vas-tu ? Comment ça se passe à Londres ?

— Je suis très occupé. Je suis encore en train d'essayer de trier tous les papiers qui prennent la poussière sur mon bureau depuis des mois. Je voulais juste savoir si tout se passait bien à la maison.

Après quelques secondes d'hésitation, Émilie répondit avec prudence.

— Oui, tout va bien ici.

— Alex ne t'embête pas, au moins ?

— Non.

— Tu ne te sens pas trop seule ?

— Eh bien, tu me manques, mais je vais bien. J'ai commencé à peindre la cuisine.

— Super. Bon, je te souhaite une bonne nuit. Tu as mon numéro de portable si tu as besoin de me contacter. Je te rappelle demain.

— Oui. Ne travaille pas trop.

— Oh si, mais c'est pour la bonne cause. Je t'aime, ma chérie.

— Moi aussi.

Émilie raccrocha et prit son courage à deux mains pour se rendre chez Alex. Tout en traversant le couloir qui menait à l'aile ouest du manoir, elle se demanda ce qu'elle allait trouver. La porte de l'appartement était entrouverte. Elle prit une profonde inspiration et, un peu hésitante, frappa.

— Entrez, je suis dans la cuisine.

Émilie poussa la porte et pénétra dans le petit vestibule. Puis, suivant la voix d'Alex, elle tourna à droite et déboucha dans un salon. La pièce n'aurait pas pu être plus éloignée du chaos et du désordre qu'elle avait imaginés. Les murs étaient recouverts d'une belle peinture gris clair, les fenêtres, encadrées de rideaux beiges en lin. Un feu crépitait dans la cheminée, qui était entourée de deux immenses étagères. Les livres étaient parfaitement rangés et classés. Un canapé, moderne et confortable, occupait toute la largeur d'un des murs auquel étaient accrochées, encadrées, des lithographies en noir et blanc. Deux fauteuils victoriens élégants étaient disposés de part et d'autre de la cheminée. Un grand miroir doré était suspendu au-dessus, et un vase avec des fleurs fraîchement coupées trônait au milieu d'une table basse cirée.

L'ordre, la propreté, le soin apporté aux détails de cette pièce étaient si inattendus, si différents du reste de la maison délabrée, qu'Émilie fut déconcertée. Des haut-parleurs dissimulés quelque part dans la pièce diffusaient un concerto classique dont la douce mélodie ajoutait encore à la sérénité qui régnait dans ce salon.

— Bienvenue dans ma modeste demeure.

Alex apparut dans l'embrasure de la porte au fond de la pièce.

— C'est magnifique… ne put s'empêcher de faire remarquer Émilie.

C'était exactement ainsi qu'elle aurait aimé décorer une pièce.

— Merci. Puisque je suis contraint de passer ma vie enfermé, je dois faire tout mon possible pour rendre ma cellule la plus agréable possible. C'est ma théorie en tout cas. Vous n'êtes pas d'accord ?

Émilie eut tout juste le temps de hocher la tête que déjà Alex reprenait :

— Émilie, je suis désolé pour cet après-midi. C'était impardonnable de ma part. Je vous promets que ça ne se reproduira plus. Vous n'avez pas mérité ça. Je propose que nous tournions la page et que nous passions à autre chose.

— Oui, je m'excuse moi aussi de vous avoir giflé.

— Oh ! c'est parfaitement compréhensible. On dirait que j'ai le don de hérisser les gens. Et je reconnais que je le fais parfois intentionnellement. Ça doit être l'ennui qui veut ça, ajouta Alex en soupirant.

— Vous voulez dire que vous aimez tester les gens ? Les pousser jusque dans leurs derniers retranchements ? Vous assénez tout haut ce que la plupart d'entre nous n'oseraient jamais penser, c'est ça votre tactique choc, n'est-ce pas ? Pour leur rabattre le caquet, pour leur faire baisser la garde ; ainsi, vous prenez le contrôle de la situation.

Alex la regarda avec respect.

— En plein dans le mille, madame. Eh bien, je dirais qu'avec cette riposte très perspicace et la claque de cet après-midi, nous sommes quittes.

Il tendit la main.

Émilie s'approcha de lui et lui serra la main un peu trop cérémonieusement.

— D'accord.

— Vous voyez ? J'ai fait ressortir votre impétuosité, dont vous ne vous doutiez peut-être pas. Vous avez relevé le défi, vous n'avez pas échoué.

— Alex…

— Oui, approuva-t-il, assez de cette guerre mentale. Bon, j'ai une bonne bouteille de gigondas du domaine Raspail-Ay que je gardais pour une occasion spéciale. Vous voulez un verre ?

Le côtes-du-rhône au goût doux et soyeux qu'elle avait si souvent vu à la table de ses parents était extrêmement tentant.

— Juste un petit verre alors.

— Si ça peut vous tranquilliser, je ne me joindrai pas à vous. Je peux vous assurer que je suis parfaitement capable de contrôler ma consommation d'alcool. Mais il faut bien reconnaître que la vie peut être beaucoup plus amusante quand on en boit. En fait, l'histoire nous montre que nos ancêtres s'en sont toujours servis pour adoucir leur quotidien.

Alex fit demi-tour avec son fauteuil pour retourner dans la cuisine.

— Même Jésus a été applaudi quand il a transformé l'eau en vin. Du Moyen Âge à l'époque victorienne, on se réveillait avec un breuvage alcoolisé à base de raisin et de houblon à la place de notre tasse de café. On ne buvait pas d'eau : le risque de contracter la typhoïde ou la peste noire, d'avoir la paroi de l'estomac rongée par des parasites était trop grand. Les hommes d'autrefois se sont même mis à boire toute la journée et, quand arrivait l'heure de se coucher, ils étaient complètement bourrés.

Il pouffa.

Émilie ne put s'empêcher de sourire.

— Oui, vous avez sans doute raison.

— Et je ne vois pas ce qu'il y a de mal à adoucir un peu la dure réalité de la vie, n'est-ce pas ? La vie n'est après tout qu'un long parcours semé d'embûches, qui nous emmène de toute façon vers la mort. Alors, pourquoi ne pas tenter de la rendre la plus agréable possible ?

Émilie avait suivi Alex dans la cuisine, petite, mais moderne et bien conçue. Les surfaces en verre, en inox, les placards blancs en contreplaqué brillaient. Sur l'îlot central surbaissé trônait la bouteille de vin, ouverte mais pas entamée.

— Mais il faut savoir faire preuve de modération, n'est-ce pas ? avança-t-elle en regardant Alex.

— Oui, et c'est ce que je n'ai pas toujours su comprendre. Mais c'est fini. Et, comme vous pouvez le constater, je suis devenu une sorte de maniaque qui veut contrôler son environnement. J'aime tout, y compris moi-même, mais j'ai dû beaucoup y travailler.

— Vraiment ?

— Oui.

Alex prit la bouteille et remplit deux verres. Il en tendit un à Émilie.

— À vrai dire, j'ai gaspillé ma jeunesse pour des raisons diverses et variées, dont nous parlerons une autre fois. Et maintenant que je ne peux plus commander mon corps comme je le veux, j'aime au moins avoir la maîtrise de mon environnement.

Alex but une gorgée de vin avant d'ajouter :

— Au fait, si je montre le moindre signe d'ébriété, vous pourrez vous échapper sans aucun mal de mes griffes et retourner vous réfugier dans votre musée édouardien. Vous serez alors débarrassée de moi. Vous n'avez donc vraiment rien à craindre.

— Je n'ai pas peur de vous, Alex, répliqua Émilie avec fermeté.

— Tant mieux.

Alex la regarda de l'air entendu qui le caractérisait et leva son verre.

— À votre mariage !

— Merci.

— Et à notre nouveau départ. Bon, j'ai parié sur le fait que vous étiez française et que vous préféreriez encore prendre la nationalité britannique plutôt que de devenir végétarienne. C'est pourquoi je nous ai préparé un steak.

— Merci.

Alex ouvrit le réfrigérateur et posa deux biftecks marinés sur l'îlot central. Il fit tourner son fauteuil pour regarder quelque chose à l'intérieur du four surbaissé qui tournait à plein régime.

— Je peux vous aider ?

— Non, vous pouvez savourer tranquillement votre vin. J'ai déjà préparé la salade. Ça ne vous dérange pas si on mange ici ? La salle à manger est un peu trop grande pour deux.

— Vous avez une salle à manger ?

— Bien sûr, répondit Alex en haussant les sourcils.

— Non, ça ne me dérange pas du tout. Comment vous êtes-vous procuré cette nourriture ?

— Vous n'avez jamais entendu parler de livraison à domicile ? demanda-t-il en souriant. Je donne ma liste de courses par téléphone au magasin qui vend des produits de la ferme et on vient me livrer ici.

— C'est bon à savoir, dit Émilie, de plus en plus déconcertée par l'autonomie inattendue d'Alex. Alors, qu'est-ce que vous ne pouvez pas faire, finalement ?

— D'un point de vue pratique, je peux presque tout faire. C'est pourquoi ça m'énerve vraiment qu'on m'impose des aides à domicile. Je reconnais qu'au début, je ne m'en sortais pas du tout et que j'avais besoin d'une aide vingt-quatre heures sur vingt-quatre. Seb avait donc bien fait d'en chercher une. Pourtant, au cours des deux dernières années, j'ai appris à m'adapter et j'ai musclé mon torse et mes bras, ce qui me permet de me déplacer facilement dans mon fauteuil, mais aussi de me hisser sur mon lit et d'en descendre. Oui, il y a eu certaines fois où j'ai mal évalué les distances ou mal dosé mon effort et où je me suis retrouvé par terre, mais, heureusement, c'est de plus en plus rare.

Alex remua la salade et posa le saladier sur la table.

— Le plus frustrant pour moi, c'est le temps qu'il me faut pour accomplir chaque geste. Si j'ai laissé mon livre dans le salon quand je vais me coucher le soir, il faut que je me rassoie dans mon fauteuil, que je le manœuvre jusqu'au salon, puis jusqu'à la chambre et que je me hisse de nouveau sur le lit. Idem quand il s'agit de prendre une douche ou de s'habiller. Chaque fonction humaine élémentaire doit être planifiée comme une opération militaire. Mais l'être humain étant capable de s'adapter, mon cerveau a intégré la nouvelle réalité de mon corps et ça fonctionne plutôt bien.

— Vous croyez que vous pourriez vous passer d'une aide à domicile à plein temps ?

— Émilie, regardez-moi. (Alex écarta les bras.) Je suis assis dans mon appartement parfaitement rangé et je viens de préparer notre souper. Tout seul. Je n'ai cessé de le répéter à Sebastian, mais il ne veut pas m'écouter.

— Eh bien, peut-être qu'il se fait du souci pour vous et qu'il ne veut pas que vous vous blessiez.

Alex soupira.

— Je crois que nous devrions faire un pacte dès à présent et nous promettre de ne plus parler de mon frère ni de ses motifs. Il est préférable pour toutes les parties concernées que le sujet ne soit plus abordé.

— Vous ne pouvez pas le critiquer. Il est évident qu'il a dépensé beaucoup d'argent pour que vous ayez un intérieur très confortable ici alors qu'il vit lui-même dans une maison qui a un besoin urgent d'être rénovée.

Alex laissa échapper un ricanement bref.

— Oui, comme je vous l'ai dit, il vaut mieux que nous laissions ce sujet de côté. À présent, je propose que vous vous asseyiez et que je commence à servir.

***

Il était vingt-trois heures trente quand Émilie souhaita bonne nuit à Alex et ouvrit la porte qui la ramènerait dans l'aile froide et morne de la maison. Le décor lui paraissait encore plus triste maintenant qu'elle avait visité les quartiers d'Alex, si modernes et si lumineux. Quand elle monta l'escalier pour aller se coucher, elle se sentit un peu comme Alice qui venait de repasser de l'autre côté du miroir.

Le chauffage de la maison principale s'était arrêté des heures auparavant et la chambre était glacée. Émilie se déshabilla le plus rapidement possible et plongea sous les couvertures. Elle n'avait pas du tout sommeil, en fait. Elle était même dans un état proche de l'euphorie après avoir observé et écouté un esprit incontestablement brillant.

Après quelques verres de délicieux côtes-du-rhône qui n'avaient pas tardé à la détendre, ils avaient parlé de Paris, où Alex avait passé deux ans, et de leurs auteurs français préférés. Ils étaient ensuite passés à la musique et à la science, et Émilie avait écouté avec intérêt Alex, dont la culture et la connaissance étaient labyrinthiques.

Quand elle lui avait fait part de son admiration, il s'était contenté de hausser nonchalamment les épaules.

— L'avantage d'être complètement fauché dans une capitale, comme je l'ai si souvent été, c'est que les meilleurs endroits pour se réchauffer et faire passer le temps, ce sont les musées, les galeries et les bibliothèques. J'ai aussi une mémoire photographique, ce qui peut être très irritant.

Il lui avait souri quand elle l'avait interrogé sur son incroyable capacité à retenir toutes ces informations.

— Je suis comme un éléphant et je n'oublie rien. À votre place, je me méfierais à l'avenir, Émilie.

Elle se revit ensuite assise dans la cuisine en face d'Alex pendant qu'ils mangeaient et, plus tard, alors qu'il était passé adroitement de son fauteuil roulant au canapé, comme n'importe quel homme valide, sauf que ses jambes avaient un angle bizarre au-dessous de ses genoux. Elle s'était alors étonnée de sa grande taille.

Alex avait confirmé qu'il mesurait un mètre quatre-vingt-douze, ce qui était un véritable avantage pour lui depuis qu'il était handicapé, car ces centimètres en plus lui permettaient d'avoir une plus grande amplitude de mouvements.

Émilie fut bien obligée de reconnaître qu'Alex était un homme très séduisant. Et même beaucoup plus beau que son frère. Avec son charisme indéniable et son intellect, Alex avait dû briser un nombre incalculable de cœurs féminins avant son accident. La masculinité naturelle d'Alex n'avait pas été affectée par son handicap.

Émilie tenta de mettre en équation le portrait accablant que Sebastian avait dressé de lui et l'homme adulte, intelligent, avec qui elle venait de passer la soirée. Puis, elle repensa à la première fois qu'elle l'avait rencontré et à la façon dont il l'avait aidée calmement et efficacement à surmonter sa crise de panique. Alors… qui était le véritable Alex Carruthers ?

Juste avant de s'endormir, elle se dit qu'il avait dû être très difficile pour son mari de grandir au côté d'un frère cadet qui, tout comme Frederik dans l'histoire de Jacques, avait dû le surpasser à tous les niveaux.

18

Émilie fut surprise de voir Alex dans la cuisine lorsqu'elle descendit préparer le café le lendemain matin. Il avait déjà peint la partie inférieure du mur derrière le buffet.

— Bonjour, petite marmotte, dit-il gaiement.

Émilie rougit, embarrassée, se maudissant de ne pas avoir troqué sa chemise de nuit, le pull marin de Sebastian et sa paire de chaussettes épaisses contre des vêtements normaux avant de venir petit-déjeuner. À vrai dire, elle ne s'attendait pas du tout à avoir de la compagnie.

— Il n'est que huit heures et demie, dit-elle, sur la défensive, tout en mettant la bouilloire en route.

— Je sais, je plaisante. Il se trouve que les deux bâtons tout raides qui me servent de jambes désormais se contractent et tressautent la nuit, ce qui fait que je ne dors pas beaucoup. C'est l'un des inconvénients liés à mon nouvel état. De plus, depuis quelque temps, je sens d'étranges picotements au niveau des jambes, ce qui pourrait signifier que je commence à retrouver des sensations. Les médecins disent que c'est très bon signe.

Émilie s'appuya contre l'évier et le regarda.

— C'est une excellente nouvelle, non ? Quel était le pronostic au départ ?

— Oh ! le baratin habituel, répondit Alex d'un ton désinvolte. Les nerfs de ma colonne vertébrale ont été touchés lors de l'accident, et les médecins ne pouvaient pas dire si je retrouverais un jour des sensations dans mes jambes. Ils en doutaient fortement, néanmoins…

— Ils ont quand même laissé entendre que vous pourriez remarcher un jour ?

— Mon Dieu, non, ils ne sont pas allés jusque-là. Un médecin qui donne de faux espoirs peut se faire poursuivre en justice de nos jours, ma chère. Pourtant, plutôt que de me montrer obtus comme à mon habitude et de ne pas écouter les conseils des médecins, j'ai été un bon garçon et j'ai beaucoup travaillé lors des séances de rééducation à l'hôpital, puis j'ai continué à faire des exercices, ici, à la maison.

— Alors, il y a une chance que vous retrouviez l'usage de vos jambes ?

— J'en doute, mais là où il y a de la vie, il y a de l'espoir… Bon, puisque je trime depuis l'aube, je crois que je mérite bien une tasse de café, vous n'êtes pas d'accord ?

— Bien sûr.

Émilie remplit la cafetière à piston d'eau bouillante et sortit deux grandes tasses d'un placard.

— Je vous ai naturellement laissé la partie supérieure du mur. Je pense que, si je me mettais à grimper à l'échelle, ça serait carrément du sport spectacle, dit Alex en riant. Au fait, vous avez bien dormi ?

— Oui, merci. Alex ? demanda-t-elle doucement pendant que le café infusait.

— Oui, Em ? Je peux vous appeler ainsi ? Ça vous va bien. C'est plus doux, je trouve. Et on pourrait se tutoyer, tu ne penses pas ?

— Si vous… euh, si tu veux. Je me disais juste que tu étais très différent hier soir du portrait que Sebastian avait fait de toi.

— Je donne à mon frère ce qu'il veut, c'est tout, répondit Alex en haussant les épaules.

— Qu'est-ce que tu entends par là ? Comment Sebastian pourrait-il souhaiter que tu te conduises mal ?

— Tu sais très bien que je n'aime pas parler de ton mari avec toi, répliqua Alex en agitant le doigt vers elle. En particulier, quand je suis couvert de peinture jaune comme ce matin.

— Oui, mais pourquoi fais-tu fuir tes aides à domicile ? insista-t-elle.

— Em, soupira Alex. Nous avons convenu que nous ne parlerions pas de tout ça. Tout ce que je peux dire, c'est que, puisque je ne veux pas d'elles et que je ne peux même pas les choisir, il faut bien que je trouve un moyen de me débarrasser d'elles, non ? Je suis incapable d'empêcher Sebastian de les faire venir chez moi, mais, comme je te l'ai dit hier soir, je suis parfaitement capable de me débrouiller seul désormais.

— Tu es certain que tu peux t'en sortir tout seul ?

— Ah non ! Ne commence pas, s'il te plaît ! protesta-t-il en haussant les sourcils. Ce n'est pas juste de me prendre de haut ! Il me semble que j'ai fait un sans-faute hier soir ! Tu as été bien reçue, non ?

— Oui, mais je suis désormais responsable de toi et je...

— Em, personne, et surtout pas toi, n'est responsable de moi. C'est peut-être dans l'intérêt de mon frère de croire qu'il l'est, mais, comme tu as pu le constater depuis que tu es arrivée, j'ai la mauvaise habitude de détruire cette illusion.

— Ce que j'essaie de t'expliquer, Alex, c'est que si je ne suis pas les instructions de ton frère, à savoir, te trouver une nouvelle aide à domicile, et qu'il t'arrive quelque chose, il ne me le pardonnera jamais.

— Je te donne ma parole, Em, affirma Alex, enfin sérieux. Il ne va rien m'arriver. À présent, arrête de te tracasser, pour l'amour du ciel ! Et fais quelque chose d'utile. Tu pourrais par exemple me servir enfin un café.

***

Une heure plus tard, Alex annonça qu'il avait du travail à faire et retourna dans son appartement. Émilie finit la partie supérieure du mur et fit les dernières retouches à l'aide du pinceau. Tandis qu'elle se lavait les mains dans l'évier, elle regarda par la fenêtre et vit quelques taches vert pâle apparaître sous la glace qui fondait rapidement. Elle se dit qu'elle pourrait aller se promener, après toutes ces journées passées enfermée à l'intérieur, et se familiariser avec son nouvel environnement.

Le soleil brillait quand elle sortit par la porte de derrière. Elle traversa ce qui en été devait être un beau jardin à la française, puis franchit un portillon et se retrouva dans un verger. Les vieux arbres tendaient leurs branches dénudées vers le ciel et semblaient morts, mais les feuilles, qui avaient pourri au sol faute d'être ramassées et qui étaient désormais recouvertes de glace, prouvaient le contraire.

Émilie s'arrêta au bord d'un court de tennis en gazon qui n'avait pas été entretenu depuis des années. En regardant autour d'elle, elle constata que la maison était blottie au milieu d'une vallée entourée de collines ondulantes.

Elle distingua au loin la silhouette sombre de pics plus élevés. Elle se remit à marcher et vit que la maison était entourée de pâturages, mais il n'y avait naturellement aucun mouton à l'horizon, car le sol était encore en partie gelé.

Après être montée sur un monticule herbeux, Émilie se rendit compte avec soulagement que c'était une belle région, quoiqu'un peu sauvage.

Plus tard dans l'après-midi, elle passa quelques coups de téléphone en France. Elle avait convenu avec l'architecte et les entrepreneurs qu'elle se rendrait à Gassin deux semaines plus tard pour les rencontrer, mais surtout pour superviser le déménagement de la bibliothèque de son père avant le début des travaux.

Tout en buvant une tasse de thé dans la cuisine, Émilie se demanda si elle devait rendre l'invitation à Alex et lui proposer de venir dîner avec elle le soir même. Elle devait faire la lumière sur l'étrange relation que son mari entretenait avec son frère et trouver la raison de l'animosité qu'il y avait entre eux. Et c'était le moment idéal pour le faire pendant que Sebastian était absent.

Émilie frappa à la porte de l'appartement d'Alex et le trouva en train de pianoter sur son ordinateur dans son bureau impeccablement rangé.

— Désolée de te déranger, mais je voulais te demander si tu voulais dîner avec moi ce soir. Nous pourrions en profiter pour remettre le buffet à sa place.

— Avec plaisir, répondit-il en hochant la tête. À tout à l'heure.

Il lui fit un signe de la main, visiblement absorbé par ce qu'il était en train de faire sur son ordinateur.

— Tu es ravissante ce soir, lança Alex d'un ton admiratif quand il arriva dans la cuisine avec son fauteuil roulant. Ce pull turquoise te va très bien au teint.

— Merci, dit Émilie en balayant le compliment d'un geste. Est-ce que tu peux m'aider à remettre le buffet en place ?

— Laisse-moi faire.

Émilie regarda Alex pousser le buffet contre le mur sans efforts. Puis, il rangea la porcelaine sur les rayons du bas tandis qu'elle s'occupait des rayons du haut.

— Et voilà ! s'exclama Émilie en regardant la cuisine avec plaisir. Ce n'est pas mieux comme ça ?

— C'est une révélation. Ça me donne presque envie de revenir ici, acquiesça Alex en souriant. Tu es une véritable femme d'intérieur, Em !

— Je ne supporte pas la grisaille. J'aime les pièces chaleureuses et lumineuses.

— Ce n'est pas étonnant, étant donné que tu as passé une grande partie de ta vie dans le Sud de la France. Bon, j'ai apporté une bonne bouteille de vin, car je sais qu'il n'y en a presque plus une goutte dans la cave ici. Oh ! et j'ai aussi apporté ça pour que tu puisses y jeter un coup d'œil. (Alex sortit un petit livre coincé sur le côté de son fauteuil roulant et le lui tendit.) Je suppose qu'ils ont été écrits par une parente à toi et je me suis dit que tu aimerais peut-être les lire. Je les trouve plutôt mignons, quoiqu'un peu naïfs.

Tandis qu'Alex ouvrait la bouteille de vin, Émilie examina le vieux carnet à la couverture en cuir. Elle tourna la première page jaunie et observa l'écriture. Les mots étaient en français, mais pratiquement illisibles.

— Ce sont des poèmes, indiqua Alex, comme si ce n'était pas évident. L'écriture est épouvantable, n'est-ce pas ? J'ai mis des heures à les déchiffrer. Voici ma version dactylographiée, ajouta-t-il en lui tendant des feuilles de papier. On dirait qu'ils ont été écrits par un enfant de cinq ans, et il se trouve que l'artiste en a composé certains à un très jeune âge. Mais la qualité des textes qu'elle a écrits une fois adulte montre un talent certain. Tu as vu la signature en bas des poèmes ?

— Sophia de La Martinières ! lut Émilie, perplexe, qui regarda ensuite Alex d'un air interrogateur. Où as-tu eu ce carnet ?

— Seb a sorti un livre de la bibliothèque il y a quelques semaines ; un ouvrage qui portait sur les fruits français si je me souviens bien. Il a dit qu'il avait trouvé ce carnet avec et m'a donné les poèmes pour que je les lise et que je les déchiffre. Tu sais qui était Sophia de La Martinières ?

— Oui, Sophia était ma tante, la sœur de mon père. Il ne parlait pas très souvent d'elle, mais j'ai appris une partie de son histoire la dernière fois que je suis descendue à Gassin. Elle était aveugle.

Alex haussa les sourcils.

— Ah. Voilà qui explique l'écriture affreuse.

— Tu dis que Sebastian a trouvé ce carnet avec un livre sur les fruits en France ?

— C'est ce qu'il m'a dit lui-même, oui.

— Jacques, notre vigneron au domaine, a commencé à me raconter l'histoire de ta grand-mère et de Sophia pendant la guerre. Il m'a appris que Constance utilisait un livre sur les fruits pour décrire les formes et les textures à Sophia, qui les dessinait ensuite. Il a aussi évoqué les poèmes de Sophia. Peut-être que Constance a rapporté les deux livres en Angleterre quand elle est revenue ici après la guerre.

— Quelle belle histoire !

— Oui. Tu sais où se trouve le livre sur les fruits ? J'aimerais beaucoup le voir.

— Je ne l'ai pas revu depuis que Seb l'a pris sur l'étagère dans la bibliothèque, répondit Alex, soudain sur ses gardes. Tu vois, je ne peux pas atteindre l'étagère du haut ; il se peut qu'il soit dessus.

— J'irai voir et, si je ne le trouve pas, je demanderai à Sebastian quand il sera de retour.

Émilie se remit à lire les poèmes.

— Ils sont magnifiques. Sophia a inscrit son âge en bas de celui-ci… Elle n'avait que neuf ans quand elle l'a composé. C'est sur ce qu'elle aimerait voir. Je… (Émilie secoua la tête, presque au bord des larmes.) C'est tellement triste.

— J'aime tout particulièrement celui-ci.

Alex feuilleta le carnet jusqu'à ce qu'il trouve le poème qu'il cherchait.

— « La lumière à la fenêtre ». Il a une vraie élégance dans sa simplicité et j'aime les rimes. Em, peux-tu me dire ce que tu sais du séjour de ma grand-mère en France ? J'aimerais tellement connaître son histoire !

Tout en préparant le risotto, Émilie rapporta le récit de Jacques concernant l'arrivée de Constance à Paris et sa vie dans la famille de La Martinières. Alex écouta avec le plus grand intérêt, posant des questions chaque fois qu'il ne comprenait pas quelque chose.

— Et je n'en sais pas plus pour le moment. Jacques s'est arrêté là la dernière fois, dit-elle en servant le risotto. C'est une coïncidence qu'après toutes ces années nos deux familles soient de nouveau réunies.

— Oui, acquiesça Alex en prenant sa fourchette. Vraiment surprenant.

Émilie le dévisagea, car la pointe d'ironie dans sa voix ne lui avait pas échappé.

— Que veux-tu dire par là ? Si tu penses que Sebastian est parti intentionnellement à la recherche de ma famille, tu te trompes. Nous nous sommes rencontrés à Gassin par pur hasard. Il était dans le Var pour ses affaires. Il m'a reconnue, car il avait vu ma photo dans les journaux. Et il m'a parlé des liens entre nos deux familles la première fois que nous nous sommes vus.

— Parfait. Dans ce cas, il n'y a aucun problème.

— Non, en effet.

— Passons à autre chose, suggéra Alex.

Après cette discussion, une certaine tension régna dans la pièce, et l'ambiance de la soirée ne fut pas aussi détendue que la veille. Alex partit à la fin du repas, et Émilie monta une tasse de chocolat chaud dans sa chambre.

Elle n'avait aucune raison de douter des motifs de son mari, se dit-elle en se mettant au lit. Elle se cala contre ses oreillers et but lentement son cacao. Peu importait la façon dont ils s'étaient rencontrés. Ils étaient tombés amoureux et s'étaient mariés. Elle s'allongea et lut les poèmes de Sophia, si joliment écrits, si sincères, et elle se demanda une fois encore pourquoi son père ne lui avait jamais parlé de sa sœur cadette.

Elle avait découvert l'existence de Sophia par hasard, quand, enfant, elle avait remarqué un tableau accroché au mur du bureau de son père à Paris. Une magnifique jeune femme aux cheveux dorés et aux yeux turquoise souriait tout en caressant un chat persan sur ses genoux.

— Qui est-ce, papa ? avait-elle demandé.

Il y avait eu un long silence. Puis, il avait fini par répondre :

— C'était ma sœur, ta tante Sophia, Émilie.

— Elle est très belle.

— Oui, elle était ravissante.

— Elle est morte ?

— Oui.

— Comment est-elle morte, papa ?

— Je ne souhaite pas en parler, Émilie.

Et le visage d'Édouard s'était fermé.

Le lendemain matin, Émilie prit son courage à deux mains et se rendit en voiture jusqu'à Moulton pour faire des courses en prévision du week-end. Sebastian arrivait à York par le train de vingt et une heures et lui avait dit qu'il serait à la maison vers vingt-deux heures. Elle se jeta dans les bras de son mari quand il ouvrit la porte.

— Comment s'est passée ta semaine ? demanda-t-il.

— Bien.

Elle l'entraîna vers la cuisine.

— Ça te plaît ?

Sebastian balaya du regard la pièce fraîchement repeinte.

— Oui, quelle différence ! dit-il d'un ton admiratif. Comment as-tu pu déplacer ce buffet toute seule ?

— C'est Alex qui m'a aidée.

Le visage de Sebastian s'assombrit.

— Alex ? Que faisait-il dans la maison ? Il ne t'a pas ennuyée au moins ?

— Non, il s'est très bien conduit. J'ai beaucoup de choses à te raconter, mais nous pourrons en parler demain. Tu as faim ? J'ai fait de la soupe et acheté du pain.

— C'est adorable. J'aimerais bien un verre de vin aussi s'il y en a.

— Oui, il y en a.

Émilie prit la bouteille à moitié vide qu'Alex avait apportée la veille et remplit un verre pour Sebastian.

— Il est excellent, dit-il d'un ton approbateur. Tu n'as pas pu trouver cette bouteille dans le magasin du coin.

— Non, c'est Alex qui l'a apportée. Alors…

Émilie s'empressa de changer de sujet, car elle n'avait aucune intention de passer la soirée à parler du frère de Sebastian.

— Comment ça s'est passé à Londres ?

— Eh bien, comme je te l'ai dit au téléphone, c'est le chaos, mais je vais finir par tout remettre sur pied. J'ai passé une grande partie de la journée à renouer contact avec mes clients. Je vais peut-être devoir aller en France la semaine prochaine. Le client qui m'a emmené là-bas quand nous nous sommes rencontrés, toi et moi, est toujours intéressé et je crois que j'ai peut-être trouvé un Picasso pour lui dans un château près de Menton.

— Ce n'est pas très loin de Gassin ! s'exclama Émilie. Je pourrais peut-être venir avec toi ?

— J'aimerais beaucoup, mais ça ne vaut pas le coup, car ce sera juste une visite éclair. De plus, ne m'as-tu pas dit que tu allais en France dans une semaine ou deux ?

— Si. C'est juste que ça me manque… reconnut-elle en soupirant.

— Je comprends, dit Sebastian en lui prenant la main. Il est vrai que ton séjour en Angleterre n'a pas démarré sous les meilleurs auspices. Je te promets, ma chérie, que quand le printemps viendra, cet endroit va complètement s'illuminer. Et je dois dire que c'est très agréable de t'avoir ici quand je rentre à la maison. Cette soupe est délicieuse. Le week-end s'annonce sec et ensoleillé. J'ai pensé que nous pourrions partir nous promener demain, et je te montrerai les jolis coins aux alentours.

— Ah oui, ce serait super, répondit Émilie en souriant. C'est bizarre d'être ici sans toi.

— Je sais, et c'est un gros changement pour toi de vivre en Angleterre. Mais ce n'est que pour quelques mois – un an tout au plus. Ensuite, nous pourrons vraiment commencer à faire des projets pour nous établir quelque part. Et j'ai pensé qu'après les dernières semaines, ça serait bien pour toi de faire une pause et de t'occuper un peu de ton nouveau mari.

— S'il est là…

— Émilie, soupira Sebastian, une pointe d'irritation dans la voix. J'ai dit que je ferais de mon mieux, mais je crois que nous allons devoir tous les deux nous contenter de cette situation, certes loin d'être idéale, le temps que je fasse repartir mon activité.

Émilie s'en voulut de s'être montrée égoïste.

— Bien sûr, et peut-être qu'après mon succès dans la cuisine, je pourrais peindre d'autres pièces pour les égayer. Notre chambre, par exemple ?

— N'hésite pas, en effet. Je ne peux qu'approuver tes efforts pour redonner vie à cette vieille bâtisse. Mais je te préviens : une fois que tu auras commencé, tu ne pourras plus t'arrêter. Bon, mais, pour l'heure, je suis épuisé. Si nous allions nous coucher ?

— Et si tu allais prendre un bain en haut pendant que je fais la vaisselle ?

— Merci. Ces quelques jours à Londres ont vraiment été éprouvants.

Émilie entendit Sebastian monter l'escalier, puis les vieux tuyaux grincer quand il ouvrit le robinet pour faire couler son bain. Elle quitta immédiatement la cuisine et traversa le couloir pour aller frapper chez Alex. Elle se sentait coupable parce qu'elle n'avait pas encore dit à son mari que son frère était seul dans son appartement sans aide à domicile, mais elle n'était pas prête à affronter sa colère quand il apprendrait la nouvelle. Elle tapa à la porte et une voix demanda :

— Qui est-ce ?

— C'est Émilie, je peux entrer ?

— La porte n'est pas fermée à clé.

Alex était assis dans un fauteuil, près du feu, occupé à lire. Il sourit en la voyant entrer.

— Bonsoir.

— Bonsoir. Je suis juste venue voir si tout allait bien.

— Non, comme tu peux le constater, je suis ivre mort et sur le point de m'étouffer avec mon vomi, railla-t-il. Je suppose que tu as dit à Seb que je n'ai plus de « gardienne ».

— Non, pas encore. Il est très fatigué et je n'ai pas voulu le stresser. Je lui en parlerai demain et je lui expliquerai que tu n'as pas besoin d'une aide à plein temps. Et s'il insiste encore pour que quelqu'un vienne s'occuper de toi, je lui suggérerai d'employer quelqu'un à mi-temps pour t'aider dans les tâches ménagères. Après tout, ça lui permettra d'économiser de l'argent.

— Em, je…

Alex haussa les sourcils en entendant sa dernière phrase, puis il secoua la tête.

— Rien. Merci de plaider ma cause. C'est un changement fort bienvenu.

— Oui, mais c'est à toi de prouver à Sebastian que tu n'as besoin que d'une aide ménagère.

— Bien sûr, et il faut reconnaître que je ne suis pas très adroit pour laver par terre ou faire le lit. En général, c'est moi qui me retrouve dans la housse de couette en lieu et place de la couette. Mais je promets de bien me conduire. En tout cas, j'apprécie beaucoup ton aide. Bonne nuit.

— Bonne nuit.

Émilie aborda l'épineux sujet d'Alex le lendemain, alors qu'elle était avec Sebastian dans un pub douillet et chaleureux en plein milieu des landes.

Sebastian blêmit de rage quand Émilie lui apprit le départ de la dernière aide à domicile, mais elle s'empressa d'ajouter qu'à son avis, Alex était capable de faire beaucoup de choses par lui-même si on lui en donnait la chance.

— Émilie, gronda Sebastian, nous en avons déjà parlé. C'est très gentil de ta part de vouloir nous aider, mais je crois que tu n'as pas encore compris à quel point Alex est versatile. Et s'il recommence à se soûler ? Et s'il tombe en voulant se rasseoir dans son fauteuil ou se hisser sur le lit ?

— Eh bien, dans ce cas, nous le menacerons de refaire appel à une aide à domicile à plein temps. Peut-être que, s'il avait plus d'indépendance, persista Émilie, il serait moins frustré. Et si nous installions un signal d'alarme dans la maison principale, nous serions immédiatement prévenus en cas de problème.

— En fait, tu es en train de me dire que *tu* es prête à veiller au bien-être de mon frère ? Parce que je ne vais certainement pas avoir le temps au cours des prochains mois de me plier à tous les caprices d'Alex, grommela Sebastian après avoir bu quelques gorgées de bière. Et laisse-moi te dire qu'il n'a pas fini de t'en faire voir ; crois-moi, je parle d'expérience.

— Alex ne m'a rien demandé jusqu'à présent. En fait, il m'a aidée à peindre la cuisine et m'a invitée à dîner un soir. C'est lui qui avait préparé le repas.

— Ah, vraiment ? Je vois qu'il s'est lancé dans une grande opération de charme. Désolé, Émilie, dit Sebastian en secouant la tête. Je l'ai vu faire des milliers de fois déjà. Je t'avais pourtant prévenue que c'était un vrai manipulateur. Et on dirait bien qu'il a réussi à te gagner à sa cause. Peut-être veut-il que tu t'occupes de lui ? Alex a toujours aimé voler ce qui m'appartenait, ajouta-t-il en faisant la moue comme un enfant.

Émilie fut choquée par la réaction puérile de son mari.

— Vraiment, Sebastian ! En fait, vous êtes aussi terribles l'un que l'autre. Et, si ça peut te rassurer, tu te trompes complètement. Je sais que je ne devrais pas m'en mêler, mais nous pourrions peut-être essayer la solution d'Alex pendant quelque temps ? Il a besoin d'indépendance et il sera sans doute plus facile à vivre s'il l'obtient. Ne devrions-nous pas lui donner au moins une chance de nous montrer qu'il est capable de se débrouiller ?

Sebastian resta longuement silencieux. Puis, il lâcha :

— D'accord, je capitule. Si c'est ce que tu veux, parfait. Mais tu ne vois pas, Émilie ? Il t'a déjà convaincue et je vais passer pour un grincheux si je refuse.

Elle posa sa main sur la sienne pour le rassurer.

— J'aimerais juste que les choses soient plus calmes dans cette maison. Surtout pour toi, parce que je t'aime. Et maintenant, nous pourrions aller jusqu'à Haworth si ce n'est pas trop loin ? J'aimerais beaucoup voir le presbytère où vivaient les sœurs Brontë.

Ce soir-là, pendant que Sebastian était enfermé dans son bureau en train de pianoter sur son ordinateur, Émilie passa voir Alex qui dînait dans sa cuisine.

— Sebastian a accepté ma proposition.

Émilie vit à son visage qu'il était sincèrement soulagé.

— Tu as fait des miracles, Émilie, et je t'en remercie.

— J'essaierai de te trouver une aide ménagère dans les prochains jours, mais, si tu as besoin de quoi que ce soit en attendant, n'hésite pas à me le demander.

— Assieds-toi et tiens-moi compagnie un moment.

— Je ne peux pas, je suis en train de préparer le dîner pour Sebastian et moi.

— Bien sûr. Alors, dans ce cas, bonne soirée, dit Alex en se remettant à manger.

— Merci, à toi aussi.

Sebastian était déjà dans la cuisine quand elle revint.

— Où étais-tu ? Je t'ai appelée plusieurs fois.

— Je suis passée voir Alex. Tout va bien.

— Tant mieux.

Il fut inhabituellement silencieux pendant le dîner.

— Ça va, Sebastian ? demanda Émilie tout en débarrassant la table. Tu as l'air… perturbé. Quelque chose ne va pas ?

— Non, rien. En fait, pour être honnête, si. Viens t'asseoir là.

Sebastian montra ses genoux.

Émilie s'assit et l'embrassa doucement sur la joue.

— Dis-moi.

— D'accord. Ça va te paraître grossier et puéril, je sais : mais il se trouve que je n'ai pas envie de te partager.

— Qu'est-ce que tu entends par là ?

— Eh bien, regarde ce qui s'est déjà passé. Alex a réussi à te convaincre, en te faisant son numéro de charme, qu'il n'a pas besoin d'une aide à domicile pour s'occuper de lui. Comme il est seul maintenant, tu vas te sentir obligée de passer le voir pour t'assurer que tout va bien, comme tu viens de le faire ce soir. Il est déjà en train de te piéger, de monopoliser ton attention, et il se plaint certainement de son méchant frère et te raconte toutes sortes de mensonges à mon propos.

— Sebastian, ce n'est pas vrai. Alex ne me parle jamais de toi, répliqua Émilie avec fermeté.

— Tout ça ne me plaît pas du tout, Émilie. Je ne vais pas toujours être présent et je n'ose pas imaginer le nombre de dîners en tête à tête qu'il va te forcer à accepter. Je sais que tu penses que j'exagère, que je dramatise la situation. Mais tu n'as encore aucune idée de qui il est vraiment. Comme je te l'ai dit, il va essayer de t'enlever à moi.

— Ça n'arrivera jamais. (Émilie caressa les cheveux de Sebastian.) C'est toi que j'aime. J'essaie juste d'apporter mon aide.

— Je sais, ma chérie. Et je sais aussi que je dois te paraître stupide. Mais Alex est tellement manipulateur. Et je ne veux pas qu'il détruise notre merveilleuse relation.

— Ça ne risque pas, je te le promets.

— Ce n'était peut-être pas une bonne idée de te ramener ici, reprit Sebastian en soupirant. Mais, étant donné les circonstances, je crains que nous n'ayons pas d'autre choix en ce moment.

— Tu sais, je… *nous* pourrions nous payer un appartement à Londres, Sebastian. Comme ça, nous pourrions être ensemble et…

— Émilie, tu viens toi-même de le dire : *Je*.

Le visage de Sebastian était particulièrement tendu.

— Je sais très bien que ma riche épouse pourrait acheter et vendre un petit pays sans mettre en péril sa fortune, mais laisse un peu de fierté à ton mari. Je dois faire ça tout seul, même si c'est dur pour nous deux.

Il leva le visage d'Émilie vers le sien.

— Tu comprends ?

— Oui.

— En tout cas, je suis désolé d'être pénible, mais je ne veux pas qu'on croie que je t'ai épousée pour l'argent.

— Je sais que ce n'est pas le cas.

— Très bien. On va se coucher ?

Sebastian partit pour Londres le lundi matin et, de là, pour la France. Comme il faisait beau, Émilie trouva une vieille bicyclette dans la grange et décida d'aller faire des courses au village à vélo. Elle appuya sa bicyclette contre le mur du magasin, entra et fit la queue pour parler à la femme derrière le comptoir.

— J'aimerais savoir si je pourrais poser cette annonce sur votre tableau d'affichage.

Émilie lui tendit une petite carte sur laquelle elle avait indiqué qu'elle cherchait une femme de ménage. La femme la prit, la lut, puis leva les yeux vers Émilie, la dévisageant avec le plus grand intérêt.

— Oui, c'est une livre par semaine. Ainsi donc, vous êtes l'épouse que M. Carruthers a ramenée de France ?

Elle parlait avec un fort accent du Yorkshire, et Émilie avait du mal à la comprendre. À l'évidence, les nouvelles allaient très vite dans la région, et Émilie savait qu'elle avait un accent français assez prononcé.

— Oui, c'est bien moi. Je vais payer pour deux semaines, décida-t-elle en sortant les pièces de son porte-monnaie.

La femme hocha la tête et prit la carte.

— Parfait. Je doute que vous ayez beaucoup de réponses, cependant. Si j'étais vous, je passerais une annonce dans le journal local.

— C'est ce que je vais faire, merci.

Elle quitta le magasin et se dirigeait vers sa bicyclette quand une femme sortit précipitamment derrière elle.

— Madame Carruthers ?

Peu habituée à ce qu'on l'appelle par le nom de famille de Sebastian, Émilie ne comprit pas tout de suite que la femme s'adressait à elle.

— Oui ?

— Je suis Norma Erskine. J'ai travaillé pendant de nombreuses années comme gouvernante à Blackmoor Hall. J'ai donné ma démission juste avant votre arrivée.

— Oui, Sebastian me l'a dit.

— Il est passé l'autre jour pour me demander de revenir, mais j'ai répondu que je n'en pouvais plus et il n'a pas réussi à me faire changer d'avis.

Émilie observa la femme qui se tenait devant elle : petite, corpulente, avec des yeux vifs et chaleureux.

— Je suis vraiment désolée qu'Alex vous ait blessée, s'excusa-t-elle.

— Hmmm, fut la réponse de Norma Erskine. Eh bien, vous ne pouvez pas imaginer tout ce qui s'est passé dans cette maison et je ne veux pas vous raconter d'histoires. Tout ce que je peux dire, c'est que leur grand-mère doit se retourner dans sa tombe. Je suis restée tant que j'ai pu, comme je le lui avais promis, mais je n'en pouvais vraiment plus. En tout cas, je suis ravie d'avoir fait votre connaissance. J'espère juste que vous savez dans quoi vous avez mis les pieds en l'épousant. Mais tout cela ne me regarde pas.

— J'ai déjà compris que la situation était compliquée.

— Et vous n'en savez pas la moitié, je vous assure, souffla Norma en levant les yeux au ciel. Vous arrivez à vous y faire ?

— Je m'habitue tout doucement, oui, merci, répondit poliment Émilie.

— Eh bien, si vous voulez venir boire une tasse de thé chez moi un jour, vous êtes la bienvenue. Mon cottage est le dernier sur la gauche à la sortie du village. Passez me voir à l'occasion, ma chère, pour me dire comment vous allez.

— Merci. C'est gentil à vous.

Émilie remonta sur sa bicyclette, mais ne vit pas le regard plein de compassion que lui lança Norma Erskine.

Les jours suivants, Émilie peignit en rose pâle la chambre qu'elle partageait avec Sebastian. Elle se rendit à Moulton et acheta une couette épaisse et des draps, car elle trouvait que les vieilles couvertures étaient trop lourdes et piquaient la peau. Elle avait enlevé les rideaux damassés et acheté des voiles pour laisser filtrer le peu de lumière qu'il y avait ici. Puis, elle fouilla la maison à la recherche de tableaux moins ternes à suspendre aux murs.

Elle passa voir Alex plus tard dans la soirée et lui laissa son numéro de téléphone portable pour qu'il puisse l'appeler s'il avait besoin de quelque chose. Les inquiétudes de Sebastian durant le week-end l'avaient convaincue : elle devait éviter Alex dans la mesure du possible. Après avoir fait les dernières retouches dans la chambre, Émilie descendit au rez-de-chaussée pour préparer quelque chose à manger. Le téléphone de la ligne fixe sonna. Elle décrocha.

— C'est miss Erskine ? demanda une voix de femme.

— Non, je suis désolée, elle ne travaille plus ici.

— Oh ! Sebastian est là ?

— Non, il est en France.

— Vraiment ? Dans ce cas, je vais le joindre sur son téléphone portable. Merci.

La femme raccrocha. Émilie haussa les épaules et se remit à manger.

— J'ai trouvé une jeune fille extra pour toi, annonça Émilie quelques jours plus tard à Alex qui était devant son ordinateur.

Alex leva les yeux et lui sourit.

— Fantastique. Qui est-ce ?

— Elle s'appelle Jo et elle vit au village avec sa famille. Elle a pris une année sabbatique avant d'aller à l'université et veut gagner un peu d'argent.

— Pour une fois que ce n'est pas une femme de plus de soixante ans !

— Elle vient demain après-midi pour te rencontrer. Sois gentil avec elle, s'il te plaît, le supplia Émilie.

— Bien sûr, Em.

Émilie vit les différents écrans qui clignotaient continuellement sur l'ordinateur d'Alex.

— Que fais-tu ?

— J'investis.

— Tu investis ? Tu veux dire que tu investis en Bourse ?

— Oui, mais n'en parle surtout pas à mon frère. Il n'approuverait pas du tout. Il m'accuserait probablement de jouer à la Bourse et confisquerait mon ordinateur. Tu veux une tasse de thé ?

Comme elle se sentait un peu coupable parce qu'elle n'était pas passée depuis plusieurs jours, Émilie accepta.

— J'y vais, dit-elle en se dirigeant vers la cuisine.

Elle remarqua avec satisfaction qu'elle était propre et parfaitement rangée.

— Tu prends du sucre ?

— Un, s'il te plaît.

Pendant que l'eau chauffait, Émilie jeta un coup d'œil furtif dans le réfrigérateur pour s'assurer qu'il était plein. Elle fut rassurée. Jusqu'ici, tout allait bien… Alex avait tenu parole et se conduisait bien. Émilie laissa échapper un soupir de soulagement et posa les deux tasses, la théière, le sucrier et du lait sur un plateau.

— Apporte le thé au salon, s'il te plaît, dit Alex. J'ai besoin de me reposer les yeux de toute façon.

Émilie servit donc le thé au salon, et Alex la rejoignit.

— Comment as-tu appris à investir en Bourse ? demanda-t-elle en lui tendant une tasse.

— En tâtonnant, en fait. Je suis un autodidacte pur et dur. C'est le moyen idéal de gagner sa vie quand on ne sort pas beaucoup. Et c'est parfait aussi pour les insomniaques car, à n'importe quelle heure de la nuit, il y a un marché qui ouvre quelque part dans le monde.

— Et ça marche bien ?

— De mieux en mieux, oui. Je m'y suis mis il y a dix-huit mois environ et j'ai dépassé le stade de la chance du débutant, comme diraient les spécialistes des marchés. J'ai fait quelques erreurs au départ, mais je me débrouille plutôt bien ces derniers temps.

— C'est un monde dont j'ignore absolument tout.

— Eh bien, ça m'occupe l'esprit, ça stimule mon cerveau et ça commence à plutôt bien payer. Mais dis-moi : comment vas-tu ?

— Très bien, merci.

— Tu ne t'ennuies pas trop, toute seule dans ton mausolée ?

— Je repeins la maison.

— C'est bien, approuva Alex en hochant la tête. Je pensais te voir un peu plus souvent.

— J'ai été très occupée, c'est tout.

— Et si tu restais dîner avec moi ? Je viens de me faire livrer un excellent foie gras qui sort tout droit de la ferme.

— J'ai beaucoup de choses à faire…

— Ah ! c'est donc ça ! Il t'a dit de m'éviter.

— Non, ce n'est pas ça.

— D'accord.

Alex soupira et leva les mains en l'air en signe de reddition.

— Je suis désolée.

— Émilie, pour l'amour du ciel, lâcha Alex. C'est complètement ridicule. Nous sommes tous les deux coincés au milieu de nulle part et nous mangeons chacun dans notre coin alors que nous partageons le même toit.

— C'est vrai, finit-elle par reconnaître.

— Bon, je t'attends à dix-neuf heures trente. Et je ne le répéterai à personne si tu ne dis rien de ton côté, ajouta-t-il en faisant un clin d'œil tandis qu'Émilie se levait et se dirigeait vers la porte.

Avant de retourner chez Alex, Émilie tenta de joindre Sebastian sur son téléphone portable. Elle tomba sur la boîte vocale et lui laissa un message dans lequel elle s'abstint de lui dire qu'elle allait manger chez son frère ce soir-là. Elle s'en sentit immédiatement coupable. Elle n'avait pas eu de nouvelles de Sebastian depuis qu'il était parti le lundi matin.

Quand elle revint le soir, Alex était occupé à alimenter le feu dans la cheminée du salon.

— Je viens d'avoir d'excellentes nouvelles, déclara-t-il. L'une des toutes jeunes compagnies pétrolières dans laquelle j'ai investi il y a des mois a trouvé un gisement sous-marin au large du Québec.

— Je suis très contente pour toi.

Alex exultait littéralement. Il montra deux bouteilles sur la table basse.

— Blanc ou rouge ?

— Rouge, s'il te plaît.

— Où est Sebastian, au fait ? demanda-t-il en lui tendant un verre.

— En France.

— Tu vas encore passer la semaine en célibataire ? Tu devrais peut-être lui proposer de l'accompagner dans ses déplacements.

— C'est ce que j'ai fait, répondit Émilie en s'asseyant sur le canapé. Mais il a dit qu'il serait beaucoup trop occupé et je ne veux pas l'ennuyer pendant qu'il travaille. La prochaine fois peut-être.

— Et tu as réfléchi à ce que tu allais faire dans le Yorkshire en attendant le retour à la maison de ton époux ?

— Pas vraiment. J'ai été très occupée, jusqu'à présent. De plus, cette situation est provisoire.

— Oui, j'en suis certain. À la tienne.

Il but une gorgée de vin.

— Et toi ? Tu penses rester ici ?

— J'espère, oui. J'aime cette maison, je l'ai toujours aimée.

— C'est pourquoi tu as passé ton temps à t'enfuir quand tu étais plus jeune ?

— Ah ça, c'est une autre histoire, dit Alex en la fixant. Et, vu les circonstances, je préfère ne pas te la raconter.

— S'il te plaît, dis-moi au moins pourquoi, malgré l'animosité qu'il semble y avoir entre ton frère et toi, tu es prêt à partager cette maison avec lui ! Et que feras-tu si Sebastian ne peut pas la garder ? Les travaux à effectuer sont énormes et…

— Émilie, s'il te plaît, n'insiste pas. Je propose que nous passions immédiatement à un sujet beaucoup plus neutre. Nous avons fait un pacte, tu te souviens ?

— Tu as raison, je suis désolée. À l'évidence, il y a beaucoup de choses que j'ignore et j'ai du mal à comprendre la situation.

— Eh bien, ce n'est pas à moi de t'informer, répondit Alex avec un sourire mélancolique. Et si on mangeait maintenant ?

Après le délicieux foie gras, qui lui rappela son enfance, car c'était l'un des mets préférés de son père, Émilie prépara le café et ils retournèrent s'installer devant la cheminée au salon.

— Tu ne te sens pas trop seul ici, Alex ?

— Parfois, mais j'ai toujours été un solitaire ; donc, la compagnie des autres ne me manque pas trop. Je ne souffre pas de la solitude, contrairement à la plupart des gens contraints de vivre seuls. De plus, comme je ne supporte pas les imbéciles, il n'y a pas beaucoup de gens en compagnie de qui j'aimerais dîner. À part avec toi, bien sûr. Mais toi aussi, tu es une solitaire, non ?

— Oui, je n'ai jamais eu beaucoup d'amis, mais c'est parce que je ne me sentais à ma place dans aucun des milieux que je fréquentais. Je trouvais les filles, dans l'école privée où j'allais à Paris, trop gâtées et ridicules. Mais à l'université, à cause de mon nom, la plupart des étudiants semblaient mal à l'aise avec moi.

— Je ne sais plus qui a dit que, pour aimer les autres il faut commencer par s'aimer soi-même. J'ai l'impression que nous avons dû tous les deux nous débattre avec ce problème épineux. Pour moi, c'est certain, en tout cas.

— Eh bien, comme tu l'as fait remarquer avec une telle justesse, j'avais le sentiment de passer mon temps à décevoir ma mère. J'avais donc beaucoup de mal à m'aimer.

— Moi, je n'avais carrément pas de parents ; ils ne peuvent même pas me servir d'excuse, dit Alex en haussant les sourcils.

— Oui, Sebastian m'a raconté. C'est sûrement le fait que tu n'en aies pas eu qui en est la cause, en partie au moins... Tu as encore des nouvelles de ta mère ?

— Non.

— Tu te souviens d'elle ?

— J'ai des flash-backs de temps à autre, la plupart du temps provoqués par des odeurs. Un joint, par exemple, me fait automatiquement penser à elle. Tu as sans doute raison, et c'est pour ça que je me suis à ce point laissé piéger par la drogue. C'était dans les gènes, conclut Alex en souriant.

— Je détesterais ne plus avoir le contrôle de mes actes ou de mes pensées, fit Émilie en secouant vigoureusement la tête. Je ne comprends pas qu'on puisse chercher à se mettre dans un tel état.

— Émilie, tous les toxicomanes comme moi ne font au bout du compte que fuir ce qu'ils sont. Ils fuient aussi la réalité. Tout ce qui peut soulager la douleur d'être en vie est bon à prendre. Le plus triste dans l'histoire, c'est que, parmi tous les gens que j'ai rencontrés dans ma vie, les toxicomanes étaient souvent les plus intéressants. Plus on est intelligent, plus on réfléchit. Plus on réfléchit, plus on comprend à quel point la vie est futile et plus on veut fuir son absurdité. La bonne nouvelle, c'est que j'en ai fini avec tout ça maintenant. J'ai arrêté de rendre les autres responsables de mes problèmes. C'est un état d'esprit qui ne mène nulle part. J'ai arrêté d'être une victime et j'ai commencé à assumer mes responsabilités. Depuis que j'ai compris ça, il y a quelques années, beaucoup de choses ont changé.

— C'est triste que Sebastian et toi ayez grandi sans vos parents. Remarque que, quand j'étais plus jeune, j'imaginais que mes parents m'avaient adoptée, raconta Émilie. Comme ça, je me disais que ma vraie mère m'avait peut-être aimée ou qu'elle m'avait au moins trouvée à son goût. Je me sentais si seule, et pourtant je vivais dans de magnifiques maisons avec tout le luxe imaginable.

— La plupart des gens veulent ce qu'ils n'ont pas, fit remarquer Alex d'un ton grave. Le jour où on se réveille et où on prend conscience que c'est un désir vain, le jour où on commence à s'intéresser à ce que l'on a, on peut espérer atteindre une relative satisfaction. La vie est une loterie, les dés sont jetés et nous devons tous essayer de tirer au mieux parti de ce que nous avons.

— Tu as fait une psychanalyse ?

— Bien sûr, répondit Alex en riant. Qui n'en fait pas une de nos jours ?

— Moi.

Émilie sourit.

— Tant mieux pour toi. Figure-toi que j'ai fini par me rendre compte que je devenais complètement accro à ça aussi. Il n'y a pas grand-chose qui marche. On pointe du doigt tes échecs, mais en désignant un autre coupable que toi-même. Ce qui te donne une parfaite excuse pour très mal te conduire. Un psychiatre m'a dit un jour que j'avais parfaitement le droit d'être en colère. Et, pendant un an, c'est exactement ce que j'ai fait. C'était super. Sauf qu'un jour, je me suis rendu compte que je blessais et que j'aliénais tous ceux que j'aimais.

— Je ne me suis jamais mise en colère, dit Émilie, l'air pensif.

— Tu n'en étais pas loin quand tu m'as giflé dans la cuisine, il y a quelque temps, objecta Alex avec un petit sourire narquois.

Émilie rougit.

— Tu as raison.

— Désolé, c'était un peu fourbe de ma part. Je voulais juste dire par là qu'un petit accès de colère de temps en temps ne fait pas de mal. Toutefois, ça ne devrait jamais être un état permanent comme ça l'était pour moi autrefois. Nous, les humains, sommes des créatures complexes et chaotiques.

— Tu as l'air de très bien te connaître, constata Émilie avec une sincère admiration.

— Bien sûr. Je me rends compte en même temps que je ne cesserai jamais de me surprendre. Le toxicomane furieux que j'étais s'est transformé en maniaque du rangement et de l'organisation que le moindre changement dans sa routine quotidienne contrarie au plus haut point. Il n'y a que moi que je puisse contrôler. Et je ne veux plus jamais courir le risque de replonger dans l'addiction. C'est un terrain beaucoup trop glissant.

— J'admire ta discipline, dit Émilie qui savait de quoi elle parlait. Alex, as-tu un jour été proche de quelqu'un, si je peux me permettre de te poser la question ?

— Tu veux savoir s'il y a déjà eu une femme dans ma vie ?

— Oui.

— Il y en a certainement eu beaucoup avec qui j'ai eu une certaine intimité physique, mais ces histoires n'ont jamais duré bien longtemps. Pour être honnête, Em, j'étais incapable de m'engager avec qui que ce soit à l'époque.

— Mais maintenant que tu t'es stabilisé, tu n'aurais pas envie d'être avec quelqu'un ?

Alex la regarda un long moment.

— Si je trouvais la bonne personne, oui, je pense que j'aimerais beaucoup.

— Eh bien, peut-être la trouveras-tu un jour.

— Oui, peut-être. (Alex consulta sa montre.) Maintenant, je vais être très impoli et je vais te jeter dehors, car il faut que je vérifie où en sont mes actions pétrolières. Il est minuit passé et les marchés vont bientôt ouvrir au Moyen-Orient.

— Je n'avais pas vu qu'il était si tard, déclara Émilie en se levant. Merci pour ta compagnie et le foie gras.

— Tout le plaisir a été pour moi, Em.

— Je viendrai frapper chez toi avec Jo, la femme de ménage, dès qu'elle arrivera demain. Tu sais, Alex, j'aimerais tellement que Sebastian te voie comme tu es en ce moment.

— Mon frère me voit comme il a envie de me voir. Et je réagis en conséquence. Bonne nuit, Em.

— Bonne nuit.

Une fois dans son lit, vingt minutes plus tard, Émilie savoura les transformations qu'elle avait opérées dans la pièce tout en repensant à la soirée qu'elle venait de passer.

Elle se sentait parfaitement détendue avec Alex. Sans doute parce qu'il n'y avait pas entre eux tous les enjeux complexes liés à une relation amoureuse. Elle aimait le visage qu'il montrait quand il était avec elle. Pourtant, son mari serait sans doute furieux de les voir si bien s'entendre. Même s'il devrait s'en réjouir au contraire. Il lui fallait être prudente.

Émilie soupira. Si seulement les deux frères pouvaient se pardonner et oublier le passé, quel qu'il fût, la vie serait beaucoup plus tranquille à Blackmoor Hall !

19

Quand Sebastian revint à la maison à la fin de la semaine, il paraissait épuisé. Émilie essaya de lui parler pendant le dîner, mais il se montra distant. Lorsqu'ils allèrent se coucher, elle lui demanda de nouveau s'il avait un problème.

— Désolé, c'est juste un peu difficile en ce moment, c'est tout.

— Tu veux parler de ta situation professionnelle ?

— Oui, je viens de découvrir que ma fichue banque a rejeté mes prélèvements automatiques. Et le type que j'avais trouvé en France et qui pensait mettre la main sur un Picasso était en fait un véritable arnaqueur. Il a dit qu'il avait déjà une offre de plus de sept millions dessus et il n'a pu me montrer que deux photos complètement floues pour me prouver l'existence du tableau. Alors, oui, je le reconnais, je ne suis pas d'excellente humeur, grommela Sebastian.

— Tu sais que je peux t'aider financièrement si tu en as besoin. Il te suffit de demander, dit Émilie en massant ses épaules, alors qu'il lui tournait le dos.

— Merci, Émilie, mais je n'ai pas envie de t'appeler à l'aide chaque fois que j'ai un petit problème. Ça me met mal à l'aise, essaie de le comprendre.

— Mais, Sebastian, quand on aime quelqu'un, on ne doit pas hésiter à s'appuyer sur lui.

— C'est peut-être différent pour les filles, dit Sebastian en haussant les épaules. En tout cas, il faut que je dorme maintenant.

Sebastian passa le reste du week-end enfermé dans son bureau devant son ordinateur. Le soir, pendant le dîner, il ne lui adressa pratiquement pas la parole et, une fois au lit, il ne la toucha pas. Le dimanche soir, quand elle monta dans la chambre, elle le trouva en train de faire sa valise.

— Tu pars ? demanda-t-elle.

— Oui, je vais à Londres demain.

— Alors, je viens avec toi.

— Je doute que le taudis dans lequel je loge te convienne.

— Je me fiche de ça, affirma-t-elle avec force.

— Mais moi, je ne m'en fiche pas.

— Je pourrais nous payer une chambre d'hôtel.

— Pour la dernière fois, Émilie, je ne veux plus de ton putain d'argent !

Émilie s'écarta comme s'il venait de la gifler. Allongée dans le lit à côté de lui, incapable de s'endormir, elle ne savait plus quoi dire ni quoi faire. Elle aurait tellement aimé avoir quelqu'un à qui parler.

Sebastian partit pour Londres le lendemain matin, après l'avoir embrassée rapidement sur la joue. Il lui dit qu'il serait de retour le vendredi soir.

Le temps était triste, humide et pluvieux, reflétant parfaitement l'humeur d'Émilie. La maison sentait l'humidité, et Émilie se réjouit de partir pour la France en milieu de semaine. Là-bas au moins, les journées seraient plus lumineuses.

Elle se rendit dans la bibliothèque et repensa au livre sur les fruits qu'Alex avait mentionné. Elle le chercha en vain sur les étagères. Elle trouva finalement un livre de F. Scott Fitzgerald et l'emporta dans le salon, où elle s'installa devant la cheminée.

Son téléphone portable sonna et elle vit le numéro d'Alex s'inscrire sur l'écran.

— Allô, dit-il, ça va ?

— Oui, et toi ?

— Je vais bien. Jo, la fille que tu as trouvée, est adorable. Elle me respecte et fait parfaitement son travail. Elle me plaît bien. Je voulais te remercier.

— Tant mieux.

Il y eut un silence.

— Tu es sûre que ça va, Émilie ?

— Oui.

— Très bien, alors, bonne journée.

— Merci.

Fière de ne pas avoir laissé paraître son désarroi, Émilie appuya sur le bouton pour mettre fin à la communication. Elle aurait certes beaucoup aimé que quelqu'un pût lui expliquer le brusque changement d'humeur de son mari, son comportement troublant, mais Alex lui avait bien fait comprendre qu'il ne voulait pas parler de Sebastian avec elle.

Pourtant, vingt minutes plus tard, il frappa à la porte du salon.

— Bonjour, Alex, soupira-t-elle.

— Bonjour, Em. Si je te dérange, n'hésite pas à me dire de foutre le camp. J'ai juste compris au son de ta voix que tu n'allais pas si bien que ça. Je me suis dit qu'il était de mon devoir, en tant que voisin, de venir voir comment tu te portais.

— Merci. Oui, c'est vrai : je suis un peu déprimée.

— C'est bien ce que je pensais. Tu veux en parler ?

— Je… ne sais pas.

Elle sentit les larmes lui monter aux yeux.

— Parfois, ça aide de parler, et je serais ravi de jouer le rôle de ton premier psy. En veillant bien sûr à rester neutre. Ça changerait pour une fois.

Il sourit et Émilie comprit qu'il essayait de l'égayer.

— Je suppose que c'est mon frère qui t'a blessée. Je dis ça parce qu'il a fait irruption dans mon appartement, l'autre jour, sans prendre la peine de frapper, naturellement, ce qui m'irrite au plus haut point, et qu'il m'a sonné les cloches parce que je n'arrêtais pas de te déranger.

— Oh ! Mais je ne lui ai absolument rien dit, Alex. Je t'assure.

— Je te crois. Il voulait juste trouver un prétexte pour me crier dessus, répondit Alex d'un ton affable.

— Oui, il a été tendu tout le week-end. Je ne comprends pas ce qu'il a.

Alex poussa un long soupir.

— Eh bien, Em. Il faut dire que ton mari est un peu difficile. Je pourrais bien sûr te faire un compte rendu détaillé de la psychologie de Sebastian et t'aider à comprendre qui il est vraiment, mais nous avons convenu que ça ne serait pas juste que je le fasse. Je me contenterai de dire que Sebastian a toujours été sujet à de brusques changements d'humeur. Et j'espère pour toi que cet épisode sera bientôt terminé.

— Moi aussi.

Émilie aurait aimé qu'Alex lui en dise davantage, mais ç'aurait été le compromettre et, de plus, elle aurait eu le sentiment de trahir Sebastian.

— Il faut dire que le temps n'aide pas. Je suis contente de partir mercredi pour la France.

— Tu as bien de la chance, en effet. Ça va te redonner le moral, j'en suis sûr. Peut-être pourras-tu en apprendre plus sur Sophia et ses poèmes ?

— J'ai bien l'intention de demander à Jacques de me raconter la suite de l'histoire.

— J'aimerais beaucoup voir la bibliothèque au château, dit Alex en souriant. J'adore les livres, en particulier les livres anciens.

— Et dire qu'ils vont être enfermés dans des caisses pendant les travaux de rénovation. Ça me rend un peu triste, mais c'est pour la bonne cause.

— Et je suis certain que ton père serait fier de toi, Em. C'est dommage que le nom de La Martinières soit condamné à disparaître. Une si grande famille… Mais, j'y pense, il a disparu quand tu as épousé mon frère.

— Oh non ! J'ai l'intention de le garder. Nous en avons parlé, Sebastian et moi, et nous nous sommes dit que c'était mieux ainsi.

— Mais, si vous avez un enfant, tous les deux, ça sera un Carruthers, n'est-ce pas ?

— Je suis sûre que ça n'est pas pour demain, répondit Émilie d'un ton brusque avant de changer de sujet. Veux-tu que Jo dorme ici pendant que je serai partie ? Quand nous avons discuté du poste, elle a dit que ça ne la dérangerait pas de rester de temps à autre.

— Non, ce n'est pas nécessaire et elle m'a donné son numéro de téléphone en cas de désastre. Tu peux me faire confiance, Em, tu sais que tu le peux. Je suis capable de me débrouiller seul.

— C'est triste que tu ne sortes jamais, Alex. Ça ne te manque pas trop ?

— Parfois, je me sens enfermé et ça me démange, oui. Mais une fois qu'il fera meilleur, je pourrai au moins faire un tour dans ce qui reste de nos magnifiques jardins. Et, ne dis surtout rien à Sebastian, mais j'ai l'intention de m'acheter un véhicule adapté.

— C'est une excellente idée. Quand je serai de retour, nous pourrons peut-être mettre le fauteuil dans le coffre du Land Rover et aller quelque part. Ça te dirait ?

Le visage d'Alex se fendit d'un sourire.

— Oh oui, j'en serais ravi. On pourrait aller au pub.

— Alors, c'est promis, affirma Émilie en se demandant vaguement pourquoi Sebastian n'avait jamais emmené son frère boire un coup au pub.

Mais, étant donné la tension qui régnait entre eux deux, il n'avait certainement aucune envie de s'asseoir autour d'une bière avec son frère.

— Bon, il faut que j'y aille, déclara Alex en enlevant le frein sur son fauteuil. Je dois m'occuper de ma famille d'actions pétrolières qui s'agrandit de jour en jour. Bon séjour en France, Em. Je serai ravi d'entendre toutes les informations que tu pourras récolter sur ma grand-mère. Au revoir et bon voyage.

Après lui avoir fait un petit signe, Alex quitta la pièce.

***

Émilie avait appelé la compagnie de taxis locale que Sebastian lui avait conseillée et, un peu excitée à l'idée de retourner en France, arriva à l'aéroport de Leeds-Bradford. Lorsque l'avion décolla et survola le centre industriel et gris de l'Angleterre moderne avant de mettre le cap sur le Sud de la France, elle pensa à Sebastian qu'elle n'avait pas réussi à joindre avant son départ. Elle tombait toujours sur sa boîte vocale et il n'avait répondu à aucun de ses messages jusqu'à présent.

L'explication d'Alex concernant les soudaines sautes d'humeur de Sebastian n'avait pas réussi à la rassurer. L'aube pointait déjà qu'elle n'avait toujours pas dormi, l'estomac noué à l'idée que son mari pût lui cacher quelque chose. Le revirement soudain de son époux lui semblait inexplicable. Comment cet homme aimant et serviable avait-il pu se transformer en un mari absent et distant qui ne prenait même plus la peine de répondre à ses appels ?

Le soleil encore un peu pâle de mars brillait au-dessus de Nice. Émilie alla récupérer sa voiture de location à l'aéroport et partit en direction du château. Plus elle y réfléchissait, plus elle se disait que c'était sa véritable maison ; la propriété familiale l'avait toujours calmée et réconfortée.

Le château grouillait d'activité. Margaux, rouge comme une pivoine, l'accueillit sur le perron en la serrant dans ses bras.

— Je suis tellement contente de vous voir, madame.

— Moi aussi, répondit Émilie en l'embrassant à son tour.

Margaux semblait stressée.

— J'ai fait ce que j'ai pu pour répondre aux questions, mais je ne sais pas tout. Ils ont commencé à ranger les livres.

— Quoi ? Je leur avais pourtant bien dit de ne pas commencer sans moi.

— C'est ma faute, madame. Ils sont arrivés il y a trois heures et je ne voulais pas qu'ils restent là complètement désœuvrés.

— Ce n'est pas grave, s'empressa de la rassurer Émilie en réprimant son irritation. Je suis là maintenant.

— Je peux vous servir quelque chose à boire après ce long voyage ?

— Oui, un thé, s'il vous plaît. Vous pourrez l'apporter à la bibliothèque ?

— Bien sûr, madame.

Émilie traversa le couloir pour se rendre dans la bibliothèque et vit que les étagères étaient déjà à moitié vides. L'air était rempli de la poussière des siècles passés.

— Bonjour, lança-t-elle aux déménageurs occupés à empiler des livres dans des caisses étanches. Je suis Émilie de La Martinières.

— Enchanté, madame, répondit un homme corpulent en se redressant pour la saluer. Comme vous pouvez le constater, nous avons déjà bien avancé. Vous avez une très belle collection. Certains de ces livres sont très anciens.

Gilles, comme il tenait à ce qu'on l'appelle, lui expliqua qu'à chaque étagère, qu'ils avaient pris soin de numéroter, correspondait une caisse différente.

— Ainsi, vous pourrez ranger les livres à l'endroit précis où ils se trouvaient.

— Parfait, approuva Émilie, rassurée de constater qu'ils semblaient organisés et compétents.

Elle promena son regard autour de la pièce et sursauta quand, au milieu du chaos, elle vit le fils de Margaux, Anton, assis par terre, plongé dans un livre, pas le moins du monde perturbé par l'agitation autour de lui.

— Bonjour, Anton, dit-elle en s'approchant de lui.

Surpris, le garçon leva les yeux vers elle et elle remarqua son regard apeuré.

— Madame de La Martinières, je suis désolé. Ma mère m'a envoyé ici pour que j'aide les déménageurs, mais j'ai trouvé ce livre, je l'ai ouvert et…

Émilie regarda le livre. C'était une vieille édition des *Misérables* de Victor Hugo, un roman qu'elle avait pris dans cette même bibliothèque et qu'elle avait lu quand elle était plus jeune. Émilie sourit en voyant Anton se lever. Il lui faisait justement penser à Gavroche, le jeune garçon des quartiers pauvres de Paris dans l'histoire.

Émilie posa la main sur son épaule et l'invita doucement à se rasseoir.

— Continue, je t'en prie. Tu aimes lire ?

— Oh oui, beaucoup. Et j'aime beaucoup cette pièce… Quand ma mère m'emmène au travail, je viens ici et je regarde les livres. Mais je ne les avais jamais touchés auparavant, madame, je vous le jure, s'empressa-t-il d'ajouter.

— Eh bien, je crois que tu devrais garder celui-ci et le finir à la maison. Je suis sûre que tu en prendras soin.

Le visage d'Anton s'illumina.

— Vraiment ? J'aimerais beaucoup. Merci, madame.

— Tu peux m'appeler Émilie.

— Anton ! Tu n'as pas fait de bêtises au moins ?

C'était Margaux qui apportait le thé d'Émilie dans la bibliothèque et elle dévisagea son fils avec inquiétude.

— Bien sûr que non, répondit Émilie en prenant la tasse de thé des mains de Margaux. Il est comme mon père et moi. C'est un rat de bibliothèque. Et c'est à l'évidence un garçon très intelligent. Il a choisi *Les Misérables*, un livre difficile, même pour les adultes.

Les yeux de Margaux se mirent à pétiller ; elle était très fière de son fils.

— Oui. Il est le premier de sa classe et espère aller étudier la littérature dans une grande université. Combien de temps restez-vous, madame ? Il n'y a plus que les meubles de la chambre dans laquelle vous avez l'habitude de dormir. Jean et Jacques ont une chambre à votre disposition dans leur maison, comme vous le savez.

— En effet, mais je vais dormir ici ce soir. Le lit et l'armoire de ma chambre n'ont aucune valeur et nous pourrons les jeter plus tard. J'irai passer la nuit prochaine chez Jean et Jacques. Vous avez été merveilleuse, Margaux, merci, poursuivit Émilie avec gratitude alors qu'elles sortaient de la bibliothèque et entraient dans la cuisine abandonnée.

— Je vous ai laissé quelques assiettes, des couteaux et des fourchettes et, bien sûr, une bouilloire, expliqua Margaux. Et ils n'ont pas pris le frigo. Comme il est très vieux, vous allez sans doute le remplacer.

Émilie mesura soudain l'ampleur du projet qu'elle venait d'entreprendre. Jusqu'alors, rassurée par sa présence protectrice, elle s'était appuyée sur Sebastian, et le chantier lui avait paru gérable.

— Je suis sûre que nous allons le remplacer. Je dois rencontrer l'architecte demain matin ainsi que le maître d'œuvre qui va superviser le chantier.

— Combien de temps va durer la rénovation, madame ?

Émilie remarqua que Margaux semblait épuisée.

— Je ne sais pas. Un an peut-être ? Dix-huit mois ?

— Je vois. C'est juste que… Désolée, madame, mais je suppose que je dois chercher une autre place ? Après tout, il n'y aura rien à faire ici.

— Margaux, dit Émilie, se reprochant de ne pas avoir abordé le sujet avec elle plus tôt. Vous travaillez pour notre famille depuis quinze ans et je vais naturellement continuer à vous verser votre salaire pendant la rénovation du château. Vous pouvez veiller sur la maison et surveiller de loin les ouvriers pendant que je serai en Angleterre. Ainsi, vous pourrez me prévenir en cas de problème.

— Madame, c'est très gentil à vous et je ne manquerai pas de le faire, répondit Margaux, manifestement soulagée. Si je pouvais me passer de mon salaire pendant ce temps, je le ferais, mais, comme vous le savez, je ne suis pas riche. Et j'économise tout ce que je peux pour les études d'Anton.

Une ombre passa soudain dans le regard de Margaux.

— Je me demande parfois ce qu'il deviendrait si je n'étais pas là.

— Mais vous êtes là, Margaux, la rassura Émilie avec un sourire. N'ayez surtout pas mauvaise conscience. Je suis sûre que vous vous rattraperez une fois que les travaux seront terminés et qu'il faudra enlever toute la poussière.

— En tout cas, c'est formidable, ce que vous faites. Vos parents seraient fiers de vous. (Des larmes apparurent soudain dans les yeux de Margaux.) La maison va retrouver sa gloire d'antan pour la France et les générations futures de votre famille. Bon, je vous ai préparé le repas de ce soir, je dois à présent rentrer à la maison avec Anton pour faire le nôtre.

Une fois Margaux partie, Émilie resta seule dans la cuisine, dans cet espace désormais immense et vide, puis elle se rendit dans la bibliothèque pour voir si elle pouvait aider les déménageurs.

À la nuit tombée, les caisses remplies de livres étaient toutes chargées dans le camion qui s'apprêtait à partir.

— Madame de La Martinières, je dois vous demander de signer ces documents. Vous reconnaissez ainsi avoir vérifié le contenu de chaque caisse et confirmez qu'il y a bien vingt-quatre mille trois cent sept livres. Votre mari a suggéré de contracter une assurance couvrant vingt et un millions de francs quand nous avons parlé la semaine dernière, indiqua Gilles.

— Vraiment ? demanda Émilie en haussant les sourcils. Ce n'est pas un peu beaucoup ?

— C'est une collection très impressionnante, madame. Si j'étais vous, une fois que les livres seront de nouveau à leur place dans la bibliothèque, je ferais venir un spécialiste pour évaluer l'ensemble de la collection. De nos jours, certains livres anciens valent une fortune.

— Oui, bien sûr.

Sebastian lui avait conseillé la même chose, mais elle n'avait jamais pensé à la valeur financière de la collection, uniquement à sa valeur sentimentale.

— Merci pour votre aide et vos conseils.

Émilie regarda le camion partir dans la nuit, puis retourna dans la cuisine pour manger la queue de bœuf braisée que Margaux avait laissée pour elle. Elle avait devant elle le contenu du bureau de son père qu'elle avait entassé à la hâte dans deux sacs-poubelle noirs lorsque le bureau avait été emmené au garde-meubles quelques semaines auparavant. Tout en mangeant, Émilie plongea la main dans l'un des sacs et en sortit au hasard quelques objets.

Il y avait beaucoup de lettres, certaines relatives à la vie sociale de son père, d'autres à ses affaires. Elles dataient pratiquement toutes des années 1960. Elle découvrit aussi plusieurs photos de ses parents à Paris et ici dans le jardin du château, à des fêtes ou des réceptions mondaines.

Il y en avait aussi beaucoup d'Émilie bébé, puis enfant, et enfin adolescente, un peu empotée avec son épaisse frange et son corps en pleine transformation. Perdant toute notion du temps, elle fut réconfortée par ces petits morceaux d'intimité, vestiges de la vie de son père. Il lui semblait plus proche d'elle à présent et elle pleura en lisant quelques-unes des lettres d'amour que sa mère lui avait envoyées. Elles ne laissaient aucun doute quant aux sentiments de Valérie pour son mari : elle l'avait aimé, et Émilie en fut vraiment reconnaissante. Elle s'essuya le nez avec le dos de sa main, et fut à la fois touchée et heureuse de voir qu'un peu de sa douleur s'effaçait au fur et à mesure qu'elle en apprenait davantage sur le passé de sa famille. Elle se dit aussi, avec le recul, qu'en se coupant de sa famille et de son histoire, elle n'avait fait qu'entraver son présent et son avenir.

Bien sûr, il y avait des choses qu'elle ne pourrait jamais pardonner, mais si au moins elle comprenait pourquoi elles étaient arrivées, elle pourrait peut-être enfin se libérer.

En regardant sa montre, Émilie constata qu'il était minuit passé. Elle vérifia sa boîte vocale pour voir si Sebastian l'avait appelée. Elle lui avait laissé un message plus tôt dans la journée pour lui dire qu'elle était arrivée en France. Une voix métallique lui indiqua qu'elle n'avait pas de nouveaux messages. Émilie soupira et, heureuse d'avoir pensé à emporter sa fidèle bouillotte, quitta la chaleur de la cuisinière pour retrouver la fraîcheur de sa chambre.

Une fois dans son lit, elle sentit une nouvelle montée de stress quand elle repensa à la froideur de Sebastian durant le week-end et à son silence depuis qu'il était parti pour Londres. Pourtant, elle refusa de céder à la panique.

Si, pour une raison ou une autre, Sebastian avait cessé de l'aimer, elle s'en sortirait. Après tout, son enfance lui avait appris ce qu'était la solitude.

20

Émilie fut occupée toute la matinée du lendemain. Elle avait rendez-vous avec l'architecte et le chef de chantier. Après avoir parcouru toute la maison avec eux et discuté en détail des rénovations, elle n'en crut tout d'abord pas ses yeux quand elle vit l'estimation des coûts revue et corrigée, mais l'architecte lui assura que chaque centime valait la peine d'être investi, car, une fois restauré, le château gagnerait encore en valeur.

— Je suis sûr que nous aurons souvent l'occasion de nous parler durant les prochains mois, précisa Adrien, le maître d'œuvre. Ne soyez pas surprise la prochaine fois que vous reviendrez quand vous verrez l'état du château. Vous serez sans doute renversée de le voir ainsi, mais il vous faudra être patiente, car il ne pourra pas retrouver son aspect d'origine en un clin d'œil.

Une fois qu'ils furent partis, Émilie ferma la porte d'entrée et se mit à errer doucement d'une pièce à l'autre. Même si elle avait le sentiment d'être parfaitement ridicule et trop sentimentale, elle indiqua à toutes les pièces que les transformations qu'elles allaient subir étaient pour leur bien.

Elle avait appelé Jean plus tôt dans la journée, et il l'avait invitée à dîner et à dormir dans leur maison. Elle retourna dans l'arrière-cuisine, où elle avait laissé sa valise et les deux sacs-poubelle noirs dont elle sortit la dernière pile de lettres et de photos qu'elle n'avait pas encore regardées. Elle prit une enveloppe jaunie et l'ouvrit. À l'intérieur, une photo d'Édouard quand il était jeune. Il devait avoir dans les vingt ans et posait sur une plage en compagnie d'une magnifique jeune fille aux cheveux blonds, un bras protecteur passé autour de ses épaules. Émilie la reconnut, car elle avait déjà vu son portrait dans le bureau de son père. C'était sa sœur, Sophia. Il y avait aussi une petite feuille de papier dans l'enveloppe qui semblait avoir été arrachée à un carnet… Émilie la déplia et vit l'écriture familière, irrégulière et enfantine.

Mon frère…

— Mon frère, murmura Émilie, puis elle fit de son mieux pour déchiffrer l'écriture quasiment illisible.

C'était un éloge d'Édouard et il était signé, comme les autres poèmes qu'elle avait lus, « Sophia de La Martinières ». Son âge était également indiqué : quatorze ans.

Les doigts engourdis par le froid intense qui régnait dans la maison vide, Émilie retourna s'asseoir dans le fauteuil à côté du fourneau. Le poème illustrait parfaitement les sentiments de la jeune Sophia envers son frère : elle l'adorait. Alors, pourquoi Édouard ne parlait-il jamais d'elle ? La photo montrait clairement l'affection entre le frère et la sœur. Il devait donc y avoir une raison bien particulière à ce silence.

Émilie rangea le poème et la photo dans son sac, prit les sacs-poubelle et la valise, et ferma la porte du château pour la dernière fois. Elle était au volant de sa voiture, en route pour la maison de Jean, quand son téléphone portable sonna. Voyant le nom de Sebastian apparaître sur l'écran, elle arrêta brusquement le véhicule et décrocha.

— Où étais-tu ? Je me suis fait un sang d'encre ! cria-t-elle dans le téléphone, un mélange d'angoisse et d'émotion venant alimenter sa colère.

— Chérie, je suis désolé. J'ai oublié mon chargeur dans le Yorkshire et, mardi matin, je n'avais déjà plus de batterie.

— Sebastian, ce n'est pas une excuse. Tu aurais pu me contacter avec un autre téléphone ! Non ?

Émilie était incapable de se contrôler.

— C'est ce que j'ai fait ! J'ai appelé sur la ligne fixe de Blackmoor Hall mardi soir, mais personne n'a répondu et, depuis, tu es en France.

— Dans ce cas, pourquoi n'as-tu pas laissé un message sur mon portable ? voulut-elle savoir.

— Émilie, s'il te plaît ! Laisse-moi t'expliquer. Il n'y avait qu'un endroit où j'avais ton numéro, c'était sur mon portable qui n'avait plus de batterie, tu te souviens ? Si bien que je n'avais pas ton numéro jusqu'à ce que je revienne à la maison cet après-midi et que je recharge mon téléphone.

— Tu aurais pu appeler Gérard. Il a mon numéro.

Émilie tremblait toujours de colère.

— Son numéro était aussi enregistré sur mon fichu portable. S'il te plaît, Émilie.

Sebastian semblait las.

— Et, avant que tu ne me poses la question, oui, j'ai bien essayé de trouver un chargeur à Londres, mais mon téléphone est un modèle ancien, et aucune des boutiques du coin ne l'avait en stock. Et je n'avais vraiment pas le temps de chercher plus loin. En tout cas, c'est ce qu'on pourrait appeler un enchaînement d'événements malheureux. Et je ne peux rien dire d'autre si ce n'est qu'il n'y a finalement rien de tel qu'un bon vieux carnet d'adresses. De plus, pour quelles raisons ne t'aurais-je pas téléphoné, sinon ?

Ses dernières paroles coupèrent court à toutes nouvelles protestations, dictées par la peur et la frustration, qu'Émilie aurait pu formuler. Comme l'avait dit Sebastian, quelles autres raisons aurait-il pu y avoir à son silence ?

— Tu n'imagines même pas à quel point j'étais inquiète. En particulier, parce que ce week-end, tu semblais très... bizarre. Je me suis même demandé si tu ne m'avais pas quittée.

Maintenant que sa colère s'était calmée, Émilie était au bord des larmes.

Sa dernière remarque provoqua un petit rire.

— Te quitter, moi ? Émilie, je viens de t'épouser ! Pour qui tu me prends ? Oui, je reconnais que j'étais démoralisé le week-end dernier. Mais ça arrive à tout le monde, non ?

— Sans doute, oui.

Émilie se mordit les lèvres, comme si c'était finalement elle qui avait été prise en faute, et elle se sentit presque coupable d'avoir tiré des conclusions trop hâtives.

— C'est mon frère qui commence à déteindre sur toi ? Il sème le doute dans ton esprit, à ce que je vois. Ouais !

Émilie l'imagina en train de hocher la tête.

— Non, Sebastian. Alex ne dit jamais rien contre toi, je t'assure.

— Ne mens pas, Émilie. Je sais parfaitement de quoi il est capable.

Le timbre de la voix de Sebastian était devenu beaucoup plus dur.

— Il n'a rien dit, souligna Émilie, qui ne voulait pas se faire entraîner dans une dispute alors qu'elle n'avait pas parlé avec lui depuis quatre jours. Tu as dit que tu étais de retour à Blackmoor Hall ?

— Oui. Comment ça se passe de ton côté ?

— Les livres viennent de quitter le château, qui attend désormais son ravalement de façade.

— Je suis désolé de ne pas avoir pu être là pour t'aider. J'ai été très occupé.

— C'est bon signe, non ? dit doucement Émilie.

— Peut-être pas si bon signe que ça, mais... Quand est-ce que tu rentres à la maison ?

— Demain.

— Dans ce cas, je vais te préparer un bon dîner pour t'accueillir et me faire pardonner pour avoir oublié mon chargeur. Et si je peux faire quelque chose pour t'aider d'où je suis, n'hésite pas à me le faire savoir.

— Merci, mais tout va bien pour le moment.

— D'accord, ma chérie, donne-moi de tes nouvelles, s'il te plaît.

— Toi aussi !

Émilie esquissa un petit sourire.

— À demain.

Elle resta immobile dans la voiture, le regard perdu dans le vague pendant quelques instants, se demandant si elle devait le croire. Son père disait souvent que les raisons les plus simples pouvaient parfois expliquer les circonstances les plus dramatiques, et elle espérait que c'était le cas cette fois. Pourtant, ces quatre jours de silence avaient bel et bien semé le doute dans son esprit.

Bien qu'Alex n'eût rien dit de négatif à propos de son frère, il refusait délibérément d'aborder ce sujet avec elle. Émilie avait le sentiment qu'il y avait beaucoup plus à dire sur son mari que ce qu'Alex voulait bien lui raconter.

Elle redémarra la voiture, parcourut les cent derniers mètres jusqu'à la maison et se gara devant. Elle laissa ses affaires dans le coffre et se dirigea d'abord vers la cave, car elle savait que Jean travaillait souvent tard. Il était bien là, assis à sa table, entouré de ses livres de comptes.

Les yeux marron et chaleureux de Jean se plissèrent quand un beau sourire illumina son visage.

— Émilie, bienvenue.

Il se leva, fit le tour de la table et l'embrassa sur les deux joues.

— Quel plaisir de vous avoir ici ! Votre chambre est prête et nous avons préparé le dîner. Vous devez être épuisée.

— C'est gentil à vous de m'accueillir, Jean. Où est Jacques ?

Émilie regarda, dans la pénombre de la cave, le grand banc au fond, où Jacques était toujours assis à l'ordinaire, occupé à envelopper les bouteilles.

— J'ai envoyé Papa à la maison pour qu'il allume le feu dans la cheminée. Il fait froid ce soir, en particulier ici, et je ne veux pas qu'il attrape un rhume. Comme vous le savez, il a été malade pratiquement tout l'hiver. Mais il est très vieux.

Jean soupira, et Émilie lut dans son regard qu'il était inquiet.

— Alors, tout est prêt au château ?

— Oui, ça va être une renaissance, dit Émilie en hochant la tête.

— Vous n'imaginez pas à quel point Papa et moi sommes heureux que le château reste dans la famille de La Martinières. Non seulement vous avez sauvé notre gagne-pain, mais aussi la maison que nous aimons tant, mon père et moi. Je pense sincèrement que Papa ne s'en serait pas remis si nous avions dû partir. Bon, mais assez parlé. Allons dans la maison nous asseoir près du feu et boire un verre de vin. Le rosé de cette année est particulièrement bon. Les conditions météorologiques de la saison dernière étaient excellentes. En fait, je vais bientôt savoir si notre rosé va être récompensé à la prochaine foire aux vins. Ça serait la première fois pour ce vignoble et je nourris de grands espoirs.

Émilie aida Jean à éteindre les lumières dans la *cave**, puis ils empruntèrent le petit couloir qui menait jusqu'à la maison. Quand Jean ouvrit la porte de la cuisine, une délicieuse odeur de plat qui mijote se répandit dans l'air.

— Venez au salon. Je suis sûr que mon père a déjà ouvert la bouteille de vin pour nous, proposa Jean.

Jacques somnolait dans son fauteuil près du feu. Même Émilie, qui avait toujours connu le père de Jean dans son vieil âge, remarqua que son état s'était détérioré. Elle se tourna vers Jean.

— Nous devrions peut-être aller dans la cuisine pour le laisser dormir tranquillement, murmura-t-elle.

— Ce n'est pas la peine, répondit-il en souriant. Il est sourd comme un pot désormais. Asseyez-vous, Émilie.

Jean lui montra un fauteuil et souleva la bouteille de vin ouverte sur la table.

— Goûtez-moi ça.

Émilie prit le verre qu'il lui tendait, le fit tourner pour remuer le magnifique liquide rose pâle à l'intérieur et sentit son bouquet riche et âpre.

— Il sent très bon, Jean.

— J'ai mis plus de syrah que d'habitude, je pense que le mélange est parfait.

Émilie but une gorgée et sourit de plaisir.

— C'est excellent.

— Bien sûr, il y a beaucoup de concurrence dans la région, et certaines exploitations ont fait de gros investissements dans les toutes dernières technologies. Mais je ferai de mon mieux pour ne pas me faire distancer. Bon, assez parlé de travail. Nous aurons le temps d'y penser plus tard. Comment ça se passe en Angleterre ? Et votre nouvelle vie de femme mariée ?

Jamais l'étrange atmosphère, froide et tendue, de Blackmoor Hall ne lui avait paru aussi loin qu'ici, dans cette maison douillette et familière.

— Ça va, même s'il va me falloir un peu de temps pour m'habituer à l'Angleterre. Et Sebastian n'est pas toujours là à cause de son travail, répondit-elle honnêtement.

— Je sais qu'il se déplace souvent. Pas plus tard que la semaine dernière, j'ai vu une voiture que je ne connaissais pas descendre l'allée qui mène au château un soir. En ma qualité de vigile officieux, rôle que j'endosse dès que Margaux est partie, je suis allé vérifier au château, car je ne l'avais pas vue repartir. C'était votre mari.

— Vraiment ? Sebastian est venu ici la semaine dernière ?

Émilie fit de son mieux pour ne pas laisser paraître qu'elle était stupéfaite.

— Oui, vous ne le saviez pas ? demanda Jean, qui la regarda d'un air pensif pendant quelques secondes.

— Je savais qu'il était en France. Peut-être était-il dans le coin et a-t-il décidé de voir où en était le déménagement au château, s'empressa-t-elle de répondre.

— Oui, certainement. Je crois que je lui ai fait peur quand je suis arrivé. Il était dans la bibliothèque, entouré de piles de livres.

— Oh ! Il voulait sans doute commencer à les ranger dans les caisses pour nous aider, dit Émilie, soudain soulagée.

— Il est resté deux jours, mais je ne l'ai pas revu ensuite, car je ne voulais pas le déranger. C'est votre mari après tout, et il a donc le droit de venir au château quand il en a envie.

— Oui.

Pourtant, en son for intérieur, Émilie se demanda pourquoi Sebastian ne lui avait pas dit qu'il avait passé deux jours au château. Elle sentit de nouveau son estomac se nouer en même temps qu'un sentiment d'angoisse l'étreignait.

— C'est gentil à lui d'avoir pris le temps de venir donner un coup de main pour la bibliothèque, souffla-t-elle sans conviction.

— Je sais qu'il vous a beaucoup aidée pendant cette période difficile et qu'il vous a apporté tout son soutien.

— Oui, vraiment. Au fait, enchaîna Émilie pour changer de sujet. Je voulais vous montrer quelque chose que j'ai trouvé dans la maison du Yorkshire. (Elle sortit l'enveloppe contenant les poèmes qu'Alex lui avait donnés.) Ils ont été écrits par ma tante Sophia. Jacques a dit qu'elle composait des poèmes quand il a commencé à raconter l'histoire de ma famille.

Elle les tendit à Jean et vit à cet instant même Jacques ouvrir un œil.

— Ils sont magnifiques… murmura Jean doucement, avant de reprendre sa lecture. Tu veux les voir, Papa ?

— Oui.

Les yeux de Jacques étaient grands ouverts, et Émilie se demanda si la surdité de Jacques n'était pas exagérée selon les circonstances. Jean déposa les poèmes dans les mains tremblantes de Jacques. Ils restèrent silencieux pendant qu'il les lisait. Quand il releva la tête, il avait les larmes aux yeux.

— Elle était si belle… et a connu… une fin si tragique… Je…

Jacques secoua la tête, submergé par l'émotion.

— Jacques, pouvez-vous me dire comment elle est morte ? demanda doucement Émilie. Et pourquoi mon père ne parlait-il jamais d'elle ? Je me demande aussi pourquoi Constance avait ces poèmes dans sa maison du Yorkshire.

— Mangeons d'abord, décréta Jacques d'un ton grave pendant que Jean lui tendait sa canne et l'aidait à se lever.

Pendant le dîner, Jacques parla peu. Jean changea délibérément de sujet et se remit à parler du vignoble, de ses projets d'expansion et de modernisation.

— Si nous investissons intelligemment, je pense que nous pourrons dégager de bons bénéfices d'ici cinq ans. Ça serait merveilleux d'apporter une contribution positive au domaine plutôt que de lui coûter de l'argent.

Tout en écoutant Jean et en le voyant si enthousiaste, Émilie ne put s'empêcher de penser à quel point il était encore séduisant. Avec sa peau lisse et mate, même après un long hiver, et ses cheveux châtains et bouclés qui encadraient son visage, il ne faisait vraiment pas ses trente-neuf ans. Elle se souvint qu'adolescente, alors qu'ils passaient beaucoup de temps ensemble, elle avait eu le béguin pour lui.

Pendant qu'elle aidait Jean à débarrasser les assiettes, Jacques bâilla.

— Papa, tu veux que je t'aide à monter dans ta chambre ?

— Non ! répondit Jacques d'une voix forte et déterminée. Je ne veux pas dormir. C'est l'émotion qui me fait bâiller. Jean, va chercher l'armagnac et je vais essayer de raconter à Émilie ce que je sais.

Jacques émit un son qui ressemblait à la fois à un grognement et à un rire.

— Malheureusement pour moi, je sais tout. J'ai beaucoup réfléchi depuis que vous êtes partie, Émilie. Je me suis demandé si je devais emporter le reste de l'histoire dans la tombe. Mais comment pourriez-vous comprendre le présent si vous ne connaissez pas votre passé ? dit-il en haussant les épaules.

— Jacques, c'est justement ce dont je suis en train de me rendre compte, murmura Émilie. La dernière fois, vous m'avez raconté l'arrivée de Constance à Paris. Elle venait de revoir Venetia et avait accepté de l'aider…

Mon frère

Passé autour de mon épaule
Ton bras protecteur me guide,
Toujours affectueux, toujours bienveillant
Me vois-tu, vois-tu qui je suis ?
Énigmatique, fort et stoïque,
Tu te penches vers moi.
Un livre dans une main, tu lis tranquillement
Me vois-tu, vois-tu qui je suis ?
La lumière qui émane de toi illumine tout
Dans ton ombre, je serai toujours
Je suis là maintenant, je grandis
Me vois-tu, vois-tu qui je suis ?
Un jour tu me quitteras, un jour tu trouveras
La vie en dehors de notre sanctuaire
Jamais tu ne sauras à quel point je t'aimais
M'as-tu seulement vue, as-tu vu qui j'étais ?

Sophia de La Martinières
1932, quatorze ans

21

Paris, 1943

Édouard revint du Sud deux jours plus tard. Il semblait épuisé et monta directement dans sa chambre, mais s'arrêta à mi-chemin dans l'escalier pour dire à Connie qu'ils auraient des invités dans la soirée et qu'elle était attendue à dix-huit heures trente dans le grand salon.

Elle se demanda qui s'installerait autour de la table cette fois et envoya une prière silencieuse pour que ce ne soit ni Falk ni Frederik. Elle commençait tout juste à retrouver son calme après la peur qu'elle avait ressentie deux jours auparavant quand Venetia était venue envoyer ses messages à Londres depuis la cave et que Frederik était passé à l'improviste.

Lorsque Sarah était partie faire quelques courses le lendemain matin, Connie s'était précipitée dans la cave avec l'intention de refermer la porte à clé. Sauf que la clé avait disparu. Elle avait fouillé la pièce de fond en comble, avait cherché dehors, mais la clé était restée introuvable.

Heureusement, Venetia n'avait laissé aucune trace derrière elle : pas la moindre odeur de Gauloises froides dans l'air, pas le moindre objet changé de place. Et, jusqu'à présent, il n'y avait pas eu de représailles non plus, ce qui était plutôt bon signe, car elles survenaient très rapidement en général. Si les Allemands avaient intercepté un signal dans le quartier, ils auraient immédiatement procédé à une perquisition dans toutes les maisons de la rue.

À dix-huit heures trente ce soir-là, Connie alla parader dans le grand salon, comme on le lui avait demandé. Sophia arriva au bras de Sarah quelques instants plus tard : elle était d'une beauté renversante dans sa nouvelle robe du soir, couleur lilas, et semblait rêveuse.

Connie l'observa, pendant qu'elle s'asseyait, et constata qu'elle dégageait une aura différente désormais. Elle n'était plus de celles qui rêvent de l'inconnu, mais de celles qui savent. Elle était tout simplement rayonnante : une jeune femme à l'apogée de son pouvoir de séduction.

L'air reposé, revigoré, Édouard les rejoignit. Il semblait avoir recouvré son calme habituel. Il embrassa sa sœur, loua sa beauté et annonça la liste des invités. Un mélange habituel de bourgeois français, de fonctionnaires du régime de Vichy et d'Allemands.

À dix-neuf heures trente, tous les invités étaient arrivés à part Falk. Frederik avait transmis les excuses de son frère qui avait été retardé, mais viendrait un peu plus tard.

— Il y a eu un cambriolage, la nuit dernière, au bureau du STO, rue des Francs-Bourgeois, expliqua Frederik. Les résistants ont volé soixante-cinq mille fichiers et ont pu s'enfuir sans être inquiétés. Mon frère est furieux et ça se comprend.

Connie avait entendu parler du STO, le Service du travail obligatoire, pendant sa formation au SOE. Il s'agissait d'une liste de jeunes Français comprenant près de cent cinquante mille noms. Un grand nombre d'entre eux étaient réquisitionnés et envoyés en Allemagne pour travailler dans des usines de munitions et sur des chaînes de fabrication. L'envoi de ces jeunes gens sur le sol allemand avait été très mal perçu par la population française et avait rendu le gouvernement de Vichy très impopulaire. L'instauration du STO avait poussé de nombreux Français, qui avaient jusque-là respecté les lois du nouveau gouvernement, à soutenir les résistants et à rejoindre leurs rangs. Le visage soucieux de Connie, qui écoutait avec attention Frederik, ne trahit pas la joie secrète qu'elle ressentait à l'idée que les résistants aient réussi leur mission. Et Venetia avait largement contribué à ce succès.

— Bien sûr, il y aura des représailles, indiqua un haut dignitaire du régime de Vichy. Nous ferons preuve d'une plus grande vigilance encore pour écraser ces rebelles qui déchirent notre pays.

Alors qu'on servait le café et le cognac dans le grand salon, la sonnette de la porte d'entrée retentit. Quelques secondes plus tard, Falk entra dans la pièce.

— Mes excuses, Édouard, j'ai été retardé par les militants de ce pays qui continuent à saper notre régime.

Tandis qu'Édouard lui servait un verre de cognac, Connie remarqua l'expression froide et dure du visage de Falk et ses yeux qui étincelaient de haine. Elle serra les dents quand il s'approcha d'elle.

— Fräulein Constance, comment vous portez-vous ce soir ?

— Très bien, merci, Falk, et vous ?

— Comme vous l'avez entendu, les résistants ont encore frappé, mais, soyez tranquille, nous allons nous occuper de leur cas et ils devront répondre de leurs actes et payer pour ce qu'ils ont fait. Mais assez parlé de travail. J'ai besoin de me détendre.

Il tendit la main pour caresser la joue de Connie. Son contact était aussi froid que des gouttes d'eau glacée coulant le long de son visage.

— Fräulein, peut-être pourriez-vous…

— Ainsi, vous avez dû faire face à un gros problème.

Édouard surgit soudain à côté d'eux pour désamorcer la situation.

— Oui, mais les auteurs seront arrêtés et punis. Des informations nous parviennent déjà. Les Français qui ne soutiennent pas la Résistance se manifestent et dénoncent les traîtres à notre cause. Il semble même que ces traîtres opèrent tout près d'ici. L'un des membres de l'équipe technique chargée d'intercepter les messages de la Résistance a capté un très fort signal, il y a deux soirs, dans l'une des maisons de la rue. Toutes les maisons du quartier ont été immédiatement fouillées de fond en comble, mais nous n'avons rien trouvé. Bien sûr, j'avais dit à mes officiers de ne pas vous déranger.

Le sang de Connie se figea dans ses veines, et Édouard parut sincèrement surpris.

— D'où pouvaient bien venir les ondes que vous avez captées ? demanda-t-il. Je sais sans l'ombre d'un doute que tous mes voisins sont loyaux et respectent les lois.

— Falk, intervint soudain Frederik, si c'était il y a deux soirs de cela, je suis venu rendre une courte visite à Mlle Sophia. Elle avait très envie d'écouter un peu de musique. Le phonographe ne marchait pas, alors, elle a dit qu'il y avait une radio dans la maison. Comme je voulais lui faire plaisir, je l'ai mise en route et j'ai cherché une station qui diffusait de la musique classique. C'est sans doute le signal que vous avez capté, dit Frederik en soupirant, l'air contrit. Je m'excuse de vous avoir donné du travail en plus. Mais je peux vous assurer qu'un haut dignitaire SS était présent dans cette maison ce soir-là et que personne d'autre n'est entré ici ou n'en est sorti.

Même Édouard, qui ne se départait jamais de son calme, parut contrarié par cette étrange confession. Falk, de son côté, n'avait pas du tout l'air convaincu.

— Eh bien, je ne peux quand même pas arrêter mon supérieur parce qu'il a voulu faire plaisir à une dame, répliqua-t-il d'une voix qui cachait mal son irritation. N'en parlons plus dans ce cas, mais je vous prierais, Édouard, de nous remettre votre radio pour qu'il n'y ait plus de confusion possible.

— Bien sûr, Falk, acquiesça Édouard. Je n'étais pas à la maison, le soir en question. Sophia, tu n'aurais pas dû encourager un tel comportement.

— Mais la musique que nous avons écoutée était si belle, répondit Sophia, assise derrière eux, en souriant. *Le Requiem* de Mozart vaut bien toute cette peine, non ?

Son charme innocent détendit l'atmosphère.

Connie remarqua que Frederik ne quittait pas Sophia des yeux et qu'il la regardait avec tendresse. Deux yeux d'apparence identique étaient posés sur elle, mais ils étaient durs et froids. Si les yeux étaient bien les fenêtres de l'âme, alors Frederik et Falk n'avaient pas du tout la même.

Édouard rejoignit Connie dans la bibliothèque le lendemain matin.

— Frederik est donc venu pendant que j'étais absent.

— Oui, mais ce n'est pas moi qui l'ai invité. C'est votre sœur. Et j'ignorais tout de leur arrangement.

Édouard croisa les bras et soupira.

— Je vois. J'ai constaté hier soir que leur relation avait évolué. Ils sont amoureux fous l'un de l'autre. Sophia vous a-t-elle parlé ?

— Oui, répondit sincèrement Connie. Et j'ai essayé de la mettre en garde, de lui dire que son histoire avec Frederik n'avait aucun avenir. Mais elle n'a pas voulu entendre raison.

— Il ne nous reste plus qu'à espérer que Frederik repartira bientôt pour l'Allemagne. C'est dans l'intérêt de Sophia… Vous étiez avec eux, le soir où il est venu ?

— Non, Frederik est arrivé alors que je m'étais déjà retirée dans ma chambre. J'étais au lit.

Édouard porta la main à son front, épouvanté.

— Mon Dieu ! Sophia est vraiment devenue folle ! Une femme de sa condition ne peut pas recevoir un homme alors qu'elle est seule et encore moins en secret et tard le soir. C'est inconcevable !

— Édouard, pardonnez-moi, mais je ne savais vraiment pas quoi faire. Même si j'avais dit à Sophia qu'il était inconvenant de recevoir Frederik, seule, à cette heure tardive, je ne suis qu'une pensionnaire ici, je n'ai pas le droit de lui ordonner quoi que ce soit. Et certainement pas quand elle est en compagnie d'un officier allemand, un haut dignitaire du régime nazi. Je suis désolée…

En proie au désespoir, Édouard se laissa tomber dans un fauteuil.

— Ça ne leur suffit pas de piller et de détruire notre merveilleux pays, de voler nos trésors ? Faut-il qu'ils me volent ma sœur aussi ? Parfois, je…

— Édouard, qu'y a-t-il ?

Son regard se perdit dans le vague quelques instants, puis il dit :

— Pardonnez-moi, Constance. Je suis fatigué et choqué par le comportement de ma sœur. J'ai l'impression de mener cette guerre depuis très longtemps. Nous verrons si Frederik repart bientôt pour l'Allemagne. Si ce n'est pas le cas, nous devrons prendre des mesures.

— N'est-ce pas une bonne nouvelle au moins que les résistants soient parvenus à voler les fichiers du STO ?

— Oui. Et ce n'est pas fini, c'est loin d'être fini.

Édouard quitta la bibliothèque, et Connie resta assise, son livre sur les genoux, certaine en cet instant qu'Édouard avait participé au cambriolage de la nuit précédente dans les bureaux du STO. Cette pensée la réconforta. Il n'en restait pas moins qu'elle était prisonnière d'une toile qu'elle n'avait pas tissée ; passive alors qu'elle rêvait d'être active, qu'elle avait été formée pour agir… Cette situation la rendait folle. Et pourquoi Frederik les avait-il protégés en parlant de la radio ? Sophia avait-elle donc raison quand elle affirmait qu'il ne soutenait plus la cause nazie ? À moins qu'il n'ait été déjà au courant qu'un signal avait été capté dans le quartier. Peut-être était-il venu mener son enquête personnelle ?

Connie se prit la tête entre les mains et sanglota. Elle avait été engagée pour remplir une mission, défendre une cause, et tout avait disparu dans un immense chaos. Tous les autres avaient l'air de maîtriser leur destin, de connaître leur rôle dans le camp qu'ils avaient choisi. Elle avait l'impression d'être une épave à la dérive, à la merci de la volonté et des objectifs secrets de ceux qui l'entouraient.

— Lawrence, murmura-t-elle, aide-moi.

Elle regarda autour d'elle et ne vit que des livres, durs, froids, distants, dont la couverture semblait identique et trahissait si peu de leur contenu. La métaphore parfaite de la vie qu'elle était contrainte de mener.

Au déjeuner, Sophia, que Connie avait très peu vue les derniers jours, lui parut pâle et fatiguée. Elle picora dans son assiette, puis se leva de table et s'excusa.

Deux heures plus tard, alors que Sophia n'était toujours pas sortie de sa chambre, Connie vint frapper à sa porte. Sophia était couchée, le visage blême, un gant de toilette froid posé sur son front.

— Vous êtes souffrante, ma chère ?

Connie s'assit au bord du lit et prit la main de Sophia dans la sienne.

— Je peux faire quelque chose pour vous ?

— Non, je ne suis pas malade. Pas physiquement du moins…

Sophia sourit faiblement.

— Merci d'être venue, Constance. Nous n'avons pas passé beaucoup de temps ensemble ces derniers jours et vous m'avez manqué.

— Eh bien, je suis là.

— Oh ! Constance, soupira Sophia en se mordant les lèvres. Frederik m'a annoncé qu'il devrait retourner en Allemagne dans les prochaines semaines. Comment vais-je faire sans lui ?

Ses yeux aveugles étaient remplis de larmes.

— Vous n'avez pas le choix, murmura Connie en serrant la main de Sophia dans la sienne. Moi aussi, je dois supporter de vivre loin de Lawrence.

— Oui. Je sais que vous pensez que je suis naïve et que je ne sais pas ce qu'est le véritable amour. Que je me remettrai de mon histoire avec Frederik parce qu'il n'y a pas d'avenir pour nous. Mais je suis une adulte et je connais mon cœur.

— J'essaie juste de vous protéger, Sophia. Je comprends à quel point c'est difficile pour vous.

— Constance, je sais que Frederik et moi allons être ensemble. Je le sais au plus profond de moi, insista Sophia en posant la main sur son cœur. Frederik dit qu'il va trouver une solution et je le crois.

Connie soupira. À côté de toutes les horreurs des quatre dernières années, alors que des millions de personnes avaient perdu la vie ou leurs proches à la guerre, l'idylle de Sophia pouvait paraître bien futile. Pourtant, pour Sophia, c'était une passion dévorante, tout simplement parce que c'était *son* histoire, *son* amour.

— Eh bien, si Frederik affirme qu'il va trouver une solution, c'est qu'il va le faire, assura Connie pour la consoler.

Elle n'avait pas vraiment d'arguments à lui opposer. Il ne lui restait plus qu'à espérer que, avec le départ de Frederik, les choses s'arrangeraient d'elles-mêmes.

Les semaines suivantes, les nuits furent souvent perturbées par des alertes antiaériennes. Les sirènes hurlaient dans la nuit parisienne et les habitants se réfugiaient dans les caves pour se protéger. Connie entendit parler de raids aériens menés par la RAF sur les usines Peugeot et Michelin dans le centre industriel en dehors de Paris. En Angleterre, elle aurait accueilli cette nouvelle avec joie si elle l'avait lue dans les colonnes du *Times*, mais les journaux ici soulignaient surtout le nombre de victimes innocentes, des civils, qui avaient péri lors de ces attaques.

En allant se promener, comme à son habitude, au jardin des Tuileries, Connie sentit le pouls de la ville qui battait de plus en plus faiblement, car ses habitants perdaient chaque jour un peu plus la foi, désespérant de voir la guerre se terminer un jour. Le débarquement allié tant attendu n'avait toujours pas eu lieu, et Connie commençait elle aussi à se demander s'il allait bien se concrétiser.

L'air était déjà chargé de nappes de brouillard humides, comme s'il était lui aussi pressé de se débarrasser de cette misérable journée. Lorsque Connie s'assit sur son banc habituel, elle vit Venetia se diriger vers elle.

Elles répétèrent leur rituel pour se saluer, puis Venetia s'assit à côté d'elle. Elle avait certes endossé ses vêtements de « femme riche », mais n'avait pas pris la peine de se maquiller. Sa peau était très pâle, presque translucide, son visage, d'une minceur inquiétante.

— Merci de m'avoir permis d'accéder à la cave l'autre fois.

Venetia sortit une Gauloise.

— Je ne vis que de ces fichues clopes. Elles calment la faim.

— Tu as besoin d'argent pour t'acheter de quoi manger ? demanda Connie, qui se dit qu'elle pouvait au moins l'aider pour ça.

— Non, merci. Le problème, c'est que je suis toujours en train d'errer d'un endroit à un autre. Je ne peux jamais revenir deux fois de suite dans le même appartement au cas où les Boches auraient capté les ondes de mon poste émetteur. Comme je suis toujours sur mon vélo branlant, il est difficile de trouver le temps de s'asseoir et de manger.

— Comment ça va, sinon ?

— Oh ! tu sais, on a parfois l'impression d'avancer, puis on se rend compte qu'on a reculé tout autant, sinon plus. Un pas en avant, deux en arrière. Le seul point positif, c'est que notre réseau est un peu mieux organisé que quand je suis arrivée cet été. Mais nous aurions bien besoin de bras supplémentaires. Et je me disais que ce n'était peut-être pas si grave que tu ne sois officiellement plus un agent du SOE. Tu pourrais très bien nous aider comme n'importe quel citoyen français ordinaire. Et peut-être que, si tu rencontrais les gens avec qui je travaille, ils pourraient te faire sortir d'ici et te renvoyer en Angleterre.

— Vraiment ?

Le moral de Connie remonta en flèche.

— Oh ! Venetia, je sais que ma vie est une partie de plaisir à côté de la tienne, mais je ferais n'importe quoi, *n'importe quoi*, pour rentrer chez moi et quitter enfin cette maison.

— Eh bien, j'ai déjà dit aux membres de mon réseau que tu m'avais aidée et je suis sûre qu'ils pourront te trouver un passage pour l'Angleterre. Tu pourrais venir à notre prochaine réunion. Je ne peux rien te promettre et il y a toujours le risque qu'un traître informe les Allemands de nos plans et de l'endroit où nous nous cachons. Mais je te dois une faveur. De plus, tu es mon amie. Et je te plains vraiment quand je pense que tu es coincée dans cette maison et que tu dois faire la conversation à ces porcs !

Venetia adressa un sourire chaleureux à Connie, qui entrevit soudain la beauté de son amie derrière ses traits tirés et amaigris.

— D'ailleurs, je crois que le type chez qui tu vis est un membre très important de la Résistance. J'ai entendu qu'il y avait un homme très riche à Paris qui jouait un rôle de premier rang. Ce serait le numéro deux du mouvement, après Jean Moulin, notre regretté chef. Si c'est bien ton type, il n'est pas étonnant que Londres ait sacrifié ta brillante carrière d'agent quand tu t'es présentée à sa porte et que tu es tombée nez à nez avec des membres de la Gestapo. Bon, allez, il faut que je file. Je te redirai l'heure exacte et le lieu de la réunion, jeudi. Alors à bientôt.

22

Connie s'assit comme convenu sur son banc habituel dans le jardin des Tuileries le jeudi suivant, mais Venetia ne vint pas. Connie revint le lendemain et les trois jours suivants à la même heure, sur le même banc. Venetia apparut le quatrième jour. Elle s'avança vers elle en poussant sa bicyclette. Elle ne salua pas Connie, s'arrêta juste quelques secondes et, tout en regardant droit devant elle, murmura :

— Café de la Paix, IXe arrondissement, neuf heures ce soir.

Puis elle partit aussi vite qu'elle était apparue.

Connie passa les heures suivantes à se demander comment elle allait pouvoir quitter la maison sans se faire remarquer. Il était sûr et certain qu'Édouard ne la laisserait pas sortir le soir non accompagnée.

Elle se dit que la meilleure solution était de prétexter un mal de tête pour se retirer dans sa chambre après le dîner. Édouard avait pour habitude de s'enfermer dans son bureau le soir. Une fois qu'il aurait refermé la porte derrière lui, elle attendrait quelques minutes, puis se rendrait à la cuisine et sortirait par la cave, qui n'était plus verrouillée, puisque la clé n'était jamais réapparue.

Ainsi, le soir venu, après dîner, quand Édouard quitta la table, elle l'imita et lui emboîta le pas. Mais, à cet instant, la sonnerie de la porte d'entrée retentit et Sarah alla ouvrir. Elle revint dans la salle à manger.

— Le colonel Falk von Wehndorf désire vous voir, mademoiselle Constance. Il attend dans le grand salon.

Le moment n'aurait pas pu être plus mal choisi, et Constance en aurait presque pleuré. Pourtant, elle traversa le vestibule et afficha un grand sourire quand elle entra dans le salon.

— Bonsoir, monsieur Falk, comment allez-vous ?

— Je vais bien, mais voilà plusieurs jours que je ne vous ai pas vue, Fräulein Constance, et votre beauté me manquait. J'aimerais vous demander si vous pourriez me faire le plaisir de m'accompagner ce soir. Nous pourrions aller danser un peu ?

Connie avança une excuse, mais Falk secoua la tête et posa un doigt sur ses lèvres.

— Non, Fräulein, vous avez trop souvent refusé mes invitations. Je n'accepterai aucun refus ce soir. Je passerai vous chercher à vingt-deux heures.

Falk s'apprêtait à quitter la pièce, quand il s'arrêta net, comme s'il avait oublié de dire quelque chose.

— J'espère être de très bonne humeur. Mes hommes ont un rendez-vous important ce soir au Café de la Paix, annonça-t-il en souriant.

Horrifiée, Connie le regarda partir, son cœur battant à tout rompre dans sa poitrine. C'était le café où elle devait se rendre elle aussi. Il fallait absolument prévenir Venetia que la Gestapo était au courant de leur réunion. Elle se précipita dans sa chambre, coiffa son chapeau, descendit les marches quatre à quatre et se dirigea vers la porte. Elle l'ouvrit et avait déjà posé un pied sur le perron quand une main lui saisit le bras.

— Constance, où allez-vous si vite à cette heure ?

Elle se tourna vers Édouard, consciente que son visage trahissait sa panique.

— Il faut que je parte immédiatement. C'est une question de vie ou de mort ! S'il vous plaît, vous ne comprenez pas !

— Venez, allons discuter dans la bibliothèque. Vous pourrez me dire ce qui vous a bouleversée à ce point.

Il l'entraîna dans le vestibule, d'une poigne qui ne tolérait aucune résistance, et referma la porte derrière eux.

— S'il vous plaît, le supplia Connie. Je ne suis pas votre prisonnière ! Vous ne pouvez pas me garder ici contre ma volonté. Il faut que je parte maintenant, sinon ça sera trop tard !

— Constance, vous n'êtes pas ma prisonnière, mais je ne peux pas prendre le risque de vous laisser sortir sans savoir où vous allez. Soit vous me le dites, soit je serai contraint de vous enfermer dans cette pièce. Ne croyez pas que vos activités, telles que votre rendez-vous avec une « amie » au Ritz sont passées inaperçues, fit remarquer Édouard d'un air sombre. Je vous l'ai pourtant dit assez souvent : il ne faut pas qu'on nous soupçonne d'avoir des liens avec la Résistance.

— Oui, avoua Connie, horrifiée d'apprendre qu'il savait. La femme que j'ai rencontrée au Ritz a été formée avec moi en Angleterre. Elle m'a demandé de l'aide. C'est mon amie et je ne pouvais pas lui refuser cette faveur.

— Alors, dites-moi où vous devez vous rendre ce soir, répéta Édouard.

— Mon amie m'a dit cet après-midi que son réseau organisait une réunion à neuf heures, ce soir, au Café de la Paix. Falk vient juste de m'informer qu'il est au courant, lui aussi. La Gestapo va les attendre là-bas. Je dois aller les avertir, Édouard, s'il vous plaît, l'implora Connie. Laissez-moi partir.

— Non, Constance ! Vous savez que je ne peux pas vous laisser faire ça. Si vous étiez capturée et arrêtée, nous savons tous quelles en seraient les conséquences pour les habitants de cette maison !

— Mais je ne peux pas rester assise ici à ne rien faire alors que mon amie va tomber dans un piège qui lui sera fatal ! Je suis désolée, Édouard, vous pourrez me dire tout ce que vous voudrez, mais j'y vais.

Connie avança vers la porte d'un pas décidé.

— NON !

Édouard la prit par les épaules. Elle se débattit de toutes ses forces, mais ne tarda pas à verser des larmes de frustration : elle n'avait aucune chance de l'emporter physiquement.

— Constance, calmez-vous, s'il vous plaît. Sinon, je serai contraint de vous gifler. Vous ne sortirez pas ce soir pour aller les prévenir, asséna Édouard en la fixant.

Puis, il poussa un profond soupir.

— C'est moi qui vais y aller.

— Vous ?

— Oui, j'ai beaucoup plus d'expérience que vous dans ce genre de situations.

Il consulta sa montre.

— À quelle heure doit se tenir la réunion, selon votre amie ?

— À neuf heures, dans une heure.

— Eh bien, j'aurai peut-être le temps de contacter quelqu'un qui pourra faire passer un message avant le début de la réunion. Sinon, j'irai moi-même. Vous devez me laisser m'en occuper. Je ferai tout mon possible, je vous le promets.

— Mon Dieu, Édouard.

Connie sentit sa carapace se craqueler et elle se prit la tête entre les mains.

— Je suis désolée d'avoir trahi votre confiance.

— Nous en parlerons plus tard. Je dois partir si je veux arriver à temps. Si quelqu'un appelle ici, dites que je suis au lit avec une migraine.

Connie se souvint soudain de Falk.

— Édouard ! Falk passe me prendre à dix heures pour m'emmener danser.

— Dans ce cas, je dois m'arranger pour être de retour avant.

Une fois qu'Édouard eut quitté la bibliothèque, Connie se laissa tomber dans un fauteuil et, quelques minutes plus tard, elle entendit le bruit de la porte d'entrée se refermer.

— S'il vous plaît, supplia-t-elle en se tordant les mains, faites qu'Édouard arrive à temps !

Connie s'installa près de la fenêtre dans le grand salon pour guetter le retour d'Édouard. La nuit n'était pas fraîche, mais la peur la faisait trembler.

La pendule, sur le manteau de la cheminée, égrainait les secondes et, quand la sonnette retentit, Connie sursauta, se rappelant soudain son rendez-vous avec Falk. Il n'était que vingt et une heures trente.

Connie se glissa dans le vestibule et vit Sarah ouvrir la porte et laisser entrer Falk.

— Vous êtes en avance, monsieur Falk, je ne suis pas prête, lui dit-elle.

— Vous faites erreur, Fräulein Constance.

L'homme lui adressa un sourire inhabituellement chaleureux.

— Je suis Frederik. Je me demandais si Mlle Sophia était là. Peut-être vous a-t-elle expliqué que je partais demain et je voulais lui dire au revoir.

— Oui, bien sûr, elle est dans la bibliothèque. Et je m'excuse de vous avoir pris pour Falk. Je l'attends pour dix heures.

— Vous n'avez pas à vous excuser. Ce n'est pas la première fois ni la dernière que ça se produit.

Frederik lui fit un signe de tête en passant devant elle, puis il disparut dans la bibliothèque.

En montant l'escalier pour aller se préparer, Connie se demanda si la situation pouvait encore empirer. Une fois prête pour l'épreuve qui l'attendait, elle se remit à monter la garde dans le grand salon afin de pouvoir avertir Édouard que Frederik était dans la maison.

Les aiguilles de la pendule indiquaient dix heures moins le quart quand Connie entendit des pas sur le perron devant la porte. Elle se précipita pour l'ouvrir, et Édouard tomba dans ses bras. Haletant, il tenta de se redresser en chancelant et elle laissa échapper un hoquet horrifié quand elle vit le sang suinter à travers sa veste au niveau de son épaule droite.

— Mon Dieu, Édouard, vous êtes blessé ! Que s'est-il passé ? siffla-t-elle.

— Je ne suis pas arrivé à temps. Quand j'ai descendu les marches, la place était encerclée par la Gestapo. C'était le chaos total dans le café. Les deux camps ont ouvert le feu… Je ne sais même pas qui m'a tiré dessus. Ne vous inquiétez pas, Constance, ce n'est qu'une blessure superficielle, ça va aller. Malheureusement, je ne peux pas vous rassurer quant au sort de votre amie. Je ne sais pas ce qui lui est arrivé.

— Édouard, dit Connie d'un ton insistant. Nous avons de la visite et il ne faut pas qu'on vous voie…

Il était trop tard. Les yeux d'Édouard ne regardaient plus Connie, mais Frederik et Sophia qui se tenaient à l'autre bout du vestibule.

Frederik fixait Édouard, surpris.

— Édouard, vous êtes blessé ?

— Ce n'est rien, s'empressa-t-il de répondre. En sortant d'un restaurant, j'ai été pris dans une échauffourée sur le trottoir.

— Que se passe-t-il, Frederik ? voulut savoir Sophia. Tu es gravement blessé, mon frère ? Faut-il t'emmener à l'hôpital ? s'enquit-elle d'une voix qui trahissait sa panique.

— Pas du tout, balbutia Édouard, ivre de douleur. Je vais monter me nettoyer.

— Je vous accompagne, proposa Connie.

— Non, envoyez-moi Sarah. Demandez-lui de me faire couler un bain.

Édouard grimaça en posant le pied sur la première marche de l'escalier.

— Je suis sûr que tout ira mieux demain matin. Bonne nuit.

Ils regardèrent tous trois Édouard monter les marches avec précaution. Quand il disparut dans le couloir, la sonnette retentit.

— C'est sans doute votre frère, dit Connie, qui se hâta de prendre son manteau sur la patère. Bonne soirée, monsieur Frederik, et à plus tard, Sophia.

Connie ouvrit la porte à Falk. Elle lui adressa un grand sourire et lança :

— Je suis prête ! On y va ?

Surpris et flatté par son enthousiasme, Falk acquiesça, puis passa son bras sous celui de Connie. Ils descendirent les marches et s'approchèrent de la voiture qui les attendait. Le chauffeur ouvrit la portière pour Connie, et Falk s'installa sur la banquette arrière avec elle. Elle sentit son souffle âcre, imprégné d'une odeur d'alcool fétide. La croix gammée sur la manche de sa veste effleura sa peau. Falk posa sa main sur son genou.

— *Ach*, ça fait du bien de s'échapper un peu. J'ai eu une grosse journée.

— A-t-elle été concluante au moins ? interrogea Connie le plus calmement possible.

— Très. Nous en avons capturé douze, même s'ils ont malheureusement sorti leurs fusils et nous avons perdu un bon officier, un de mes amis. Certains d'entre eux se sont enfuis, bien sûr… mais c'est intéressant : quand nous les frappons, ils se mettent à hurler et sont ensuite beaucoup plus enclins à nous donner le nom de leurs amis. Je peux vous assurer que nous trouverons ceux qui se sont échappés. Mais ça sera pour demain, conclut-il en tapotant son genou. Ce soir, la plupart sont déjà derrière les barreaux et j'ai envie de me détendre.

Falk exultait. Connie le sentit frissonner de plaisir. Quand ils arrivèrent dans le club, Connie s'excusa, se rendit aux toilettes et s'y enferma. Elle s'assit sur le couvercle de la cuvette et posa sa tête entre ses jambes. Elle se sentait terriblement faible et respirait par saccades. Tout était fichu sûrement.

Quand Frederik dirait à son frère qu'Édouard était rentré chez lui avec une blessure par balle, Falk aurait immédiatement des soupçons. Frederik était peut-être même déjà parti pour prévenir le QG de la Gestapo.

Et tout était sa faute. Elle avait trahi la confiance d'Édouard et avait, en essayant de prévenir Venetia, détruit la couverture qu'il avait mis si longtemps à construire et qu'il avait protégée avec tant de soins. Il était désormais en grand danger.

— Mon Dieu, qu'est-ce que j'ai fait ? se lamenta Connie.

Et Venetia ? Faisait-elle partie des chanceux qui, comme Édouard, étaient parvenus à s'échapper ? Ou était-elle enfermée dans une cellule au siège de la Gestapo, attendant d'être torturée, le sort atroce qui était réservé aux agents du SOE et aux résistants, qui étaient ensuite envoyés dans les camps de la mort ou fusillés sur-le-champ quand ils avaient de la chance ?

Connie sortit des toilettes et s'aspergea le visage d'eau dans le lavabo. Elle remit du rouge à lèvres et se sermonna en se regardant dans le miroir. Elle savait qu'elle devait donner à Édouard le plus de temps possible pour récupérer… s'il n'avait pas déjà été arrêté par la Gestapo.

Quel que fût le prix à payer…

***

Édouard était couché dans son lit et serrait les dents pour ne pas hurler de douleur. Lorsqu'il était sorti du bain, Sarah avait nettoyé sa plaie, puis appliqué un antiseptique avant de mettre un pansement.

— Monsieur Édouard, supplia Sarah, l'air désespéré. Vous devriez aller vous faire soigner à l'hôpital. C'est certes une blessure superficielle, mais elle est profonde et il y a peut-être encore des fragments de balle.

— Sarah, vous savez que c'est impossible.

Il grimaça, car il avait l'impression que des milliers d'abeilles le piquaient. C'était l'antiseptique qui agissait.

— Nous devons faire tout notre possible ici. Frederik est-il parti ?

— Non, il est toujours dans la bibliothèque avec Mlle Sophia.

Édouard prit la main de Sarah.

— Vous savez, n'est-ce pas, que tout est fini pour moi ? Deux des officiers de la Gestapo m'ont vu dans le café. Et tous les occupants de cette maison vont être désormais soupçonnés. Je…

Édouard tenta de se redresser mais, épuisé par la douleur, retomba sur ses oreillers.

— Sarah, comme nous l'avions prévu si de telles circonstances se présentaient, vous devez partir le plus rapidement possible et emmener Mlle Sophia et Constance dans notre château de Gassin. La Gestapo pourrait venir nous arrêter d'une minute à l'autre.

— Monsieur, je ne peux pas faire ça, répliqua Sarah en secouant la tête. Je travaille pour votre famille depuis trente-cinq ans et j'admire votre courage et votre bravoure. Mon mari a été abattu il y a deux ans par ces porcs. Je ne vais pas vous abandonner maintenant.

— Il le faut, Sarah. Faites-le pour Sophia. S'il vous plaît, préparez tout ce qu'il vous faudra, à toutes les trois. Il y a de l'argent dans le bureau de la bibliothèque et des papiers d'identité. Avec un peu de chance, ils vous permettront de sortir de Paris, mais vous devez obtenir d'autres papiers avant de poursuivre votre voyage vers le Sud. Il y a encore beaucoup de postes de contrôle le long de l'ancienne ligne de démarcation. Je vais prévenir mes contacts. Ils vous aideront, je...

On frappa à la porte.

— Ouvrez. Puis, faites ce que je vous ai dit.

Sarah alla ouvrir la porte. Frederik se tenait sur le seuil, avec Sophia blottie dans ses bras.

— Votre sœur voulait avoir de vos nouvelles, Édouard, expliqua Frederik. Elle est très inquiète pour votre santé, tout comme moi. Pouvons-nous entrer ?

— Bien sûr.

Édouard regarda Frederik guider Sophia vers le lit et l'aider à s'asseoir avec la tendresse d'un père.

— Que s'est-il passé, Édouard, mon frère ?

Sophia chercha la main d'Édouard et la serra dans la sienne. La peur se lisait sur son visage.

— Tu es gravement blessé ?

— Non, ma chère. Comme je l'ai dit, ce n'est qu'une blessure superficielle. Il y a eu une échauffourée et je me suis retrouvé en plein milieu en sortant du restaurant.

Édouard était conscient que chacun de ses mots pouvait signer son arrêt de mort et celui de sa sœur. Pourtant, les yeux de Frederik n'étaient pas fixés sur lui, ni sur les minuscules fragments de balle que Sarah avait enlevés avec soin de la plaie et qui étaient posés sur une assiette sur sa table de nuit. Ils étaient fixés sur Sophia et trahissaient son inquiétude.

— Oui, j'ai entendu qu'il y avait eu plusieurs rafles dans la ville ce soir.

Frederik détourna son attention de Sophia pour fixer Édouard, et les deux hommes se dévisagèrent pendant quelques secondes.

— À présent, je dois vous laisser. S'il vous plaît, Édouard, si vous avez besoin de quoi que ce soit, vous pouvez me joindre directement sur ma ligne privée au siège de la Gestapo. Je vais vous écrire le numéro.

Frederik sortit un stylo et un papier de l'intérieur de sa veste et nota son numéro.

— Bonne nuit, Sophia, prenez soin de votre frère.

Il déposa un baiser sur sa main, fit un signe de tête à Édouard et quitta la pièce.

***

Connie retourna auprès de Falk en affichant un sourire aussi faux que le vermillon qui colorait ses lèvres. Falk mangea avec appétit ; Connie se contenta de picorer dans son assiette. Il lui posa des questions sur sa vie avant la guerre, sa maison à Saint-Raphaël et ses projets pour l'avenir.

— Je pense qu'il est difficile de faire des projets tant que la guerre n'est pas terminée, dit-elle tandis que Falk la resservait en vin.

— Mais la conclusion est inévitable, non ?

Falk la fixa de son regard pénétrant.

— Bien sûr, s'empressa de répondre Connie. Mais tant que tous les Français n'ont pas compris ce qu'il y a de mieux pour eux, c'est une époque dangereuse.

— Oui, plutôt, reconnut Falk, apaisé. Parlons un peu de votre cousin Édouard. C'est un homme intéressant, n'est-ce pas ?

— En effet, répondit platement Connie.

— Un membre de l'aristocratie française avec une histoire familiale qui remonte à plusieurs siècles, un arbre généalogique rempli de valeureux ancêtres qui ont risqué leur vie pour défendre le pays qu'ils aiment.

— Sa famille compte en effet beaucoup d'hommes très courageux.

— Et pourtant, Édouard a choisi de changer de camp et de soutenir l'Allemagne et son empire qui s'étend de jour en jour. Je me suis souvent demandé comment un homme comme lui avait pu prendre une telle décision. Qu'est-ce qui l'a poussé à faire ça ? demanda Falk, l'air pensif, sans quitter Connie du regard.

— Peut-être parce qu'il a la même vision de l'avenir que vous, risqua-t-elle d'un ton faussement enthousiaste. Il sait que la France n'est plus ce qu'elle était et il partage la même philosophie que le Führer.

— Il est vrai que notre sensibilité de droite profite aux hommes riches comme lui. Mais, ajouta Falk en soupirant, certains de mes collaborateurs doutent depuis quelque temps de son soutien indéfectible à notre cause. Ils pensent que quelque chose se cache derrière tout cela. Son nom a été associé à certaines organisations clandestines regroupant des intellectuels, puis plus récemment à la Résistance. Pour ma part, j'ai toujours ignoré ces rumeurs ; je les ai prises pour des ragots venant de personnes mal intentionnées.

— Et vous avez eu raison, Falk. Il semble qu'à Paris, tout le monde soit un jour suspecté d'enfreindre les lois ou d'appartenir à la Résistance. J'ai peut-être été soupçonnée moi aussi !

Connie laissa échapper un petit rire.

— Non, Fräulein, je vous assure que votre fichier est absolument vierge et ne soulève aucune interrogation. Édouard est à la maison, ce soir ? Peut-être que, quand je vous raccompagnerai, je pourrai lui parler et le prévenir que son nom a été mentionné lors d'une opération récente menée par les résistants. Après tout, c'est mon ami, il est de mon devoir de le mettre en garde. Édouard nous a ouvert les portes de sa maison, à mon frère et à moi.

— Bien sûr qu'il sera là, mais il est si tard : il sera certainement couché. De plus... (Connie surmonta son aversion et posa délicatement la main sur l'avant-bras de Falk.) Je croyais que vous vouliez vous détendre ce soir ?

Elle inclina la tête avec coquetterie et lui adressa son sourire le plus séduisant.

Les yeux de Falk s'égayèrent et il frappa un grand coup sur la table.

— Oui ! Vous avez raison. Ce soir, c'est pour le plaisir ! Allons danser.

Connie colla son corps contre le sien et ils dansèrent au rythme de la musique. Elle accepta ses caresses comme si elle les désirait. Elle sentit son excitation contre sa cuisse tandis qu'il l'embrassait sur les lèvres avec fougue et qu'il fouillait sa bouche avec sa langue de lézard.

— Allons quelque part où nous pourrons être seuls, murmura Connie dans l'oreille de Falk, bien décidée à lui faire oublier son projet de visite à Édouard.

— Vos désirs sont des ordres.

Falk réclama sa voiture et, après avoir aboyé son adresse au chauffeur, il entreprit d'explorer sans aucune délicatesse les parties du corps de Connie qui étaient à sa portée.

Lorsque la voiture s'arrêta devant un immeuble sans charme à quelques minutes du siège de la Gestapo, Falk renvoya le chauffeur, puis entraîna Connie à l'intérieur. Ils prirent l'ascenseur jusqu'au deuxième étage. Dès qu'ils entrèrent dans l'appartement, Falk conduisit Connie dans une chambre plongée dans l'obscurité.

— *Mein Gott !* J'attends ce moment depuis que j'ai posé les yeux sur vous.

Il arracha brusquement les vêtements de Connie, puis, s'arrêtant une seconde pour enlever sa veste, il la jeta sur le lit et ouvrit la fermeture Éclair de son pantalon. Connie ferma les yeux pour empêcher ses larmes de couler quand il la pénétra de force tout en malaxant agressivement ses seins. Elle souleva les hanches pour les coller contre les siennes et feindre le plaisir, dans l'espoir que son épreuve serait plus vite terminée.

Elle l'entendit murmurer des jurons en allemand et sentit son haleine fétide sur son visage. Il continuait à aller et venir avec violence en elle, lui faisant mal. Juste à l'instant où elle crut qu'elle allait défaillir, Falk poussa un grognement et se laissa tomber sur elle.

Lorsqu'il recommença à respirer normalement, il se redressa sur un bras et la regarda.

— Tu as beau être une aristocrate française, tu baises comme une prostituée.

Il se laissa rouler sur le côté et ferma les yeux. Connie, croyant à tort qu'elle était tirée d'affaire, remercia le ciel, car l'épreuve n'avait pas duré trop longtemps.

Pourtant, dix minutes plus tard, Falk était déjà réveillé. Il la fixa et commença à se caresser. Puis, il la saisit par les épaules, la traîna sur le lit et la poussa sauvagement par terre. Il fit pivoter ses jambes et se mit en position assise au bord du lit, la forçant à plonger la tête entre ses cuisses.

— Herr Falk ! S'il vous plaît, je…

Elle ne put parler davantage.

— Vous, les aristocrates français, vous vous croyez supérieurs à nous, grogna Falk tout en coinçant la tête de Connie entre ses mains puissantes tandis qu'il enfonçait son membre dans sa bouche. Mais vous, les femmes, vous êtes toutes les mêmes : des putains, des prostituées !

Alors que la nuit touchait à sa fin et que l'aube approchait faiblement, Connie dut subir les assauts dégradants de Falk qui continuait à déblatérer sur les femmes. Elle pleura, le supplia d'arrêter, mais il resta sourd à ses prières. Quand il la retourna et envahit des orifices vierges et intimes, la douleur fut si intense que Connie perdit conscience.

Elle se réveilla à la lueur du jour, une lumière faible qui s'infiltrait par la fenêtre, et constata que Falk n'était plus dans la pièce. Le visage baigné de larmes, elle prit ses vêtements en chancelant et s'habilla tant bien que mal, faisant disparaître ses bleus et ses plaies sous ses couches d'habits. Elle consulta sa montre : il était six heures passées. Elle parvint à se lever, mais chaque pas faisait hurler d'indignation ses muscles meurtris, puis elle ouvrit la porte de la chambre. Elle chercha désespérément la sortie et se retrouva dans un salon.

Elle vit une photo, l'un des seuls ornements dans cette pièce purement fonctionnelle. Une femme, belle, ronde, maternelle posait avec deux bambins angéliques, deux petits Falk en miniature.

Connie retourna en titubant dans la salle de bains pour vomir, s'essuya le visage et but un peu d'eau au robinet. Puis, elle quitta l'appartement.

23

Quand Connie franchit en trébuchant le seuil de la maison d'Édouard, Sarah vint immédiatement à sa rencontre.

— Madame, nous vous attendions ! Où étiez-vous ? Que vous est-il arrivé ? demanda-t-elle, horrifiée, en voyant Connie tout échevelée.

Connie ne prit pas la peine de répondre, passa devant elle, puis monta les marches quatre à quatre. Une fois dans la salle de bains, elle tourna les robinets, puis s'installa dans la baignoire, frottant chaque partie de son corps avec acharnement.

Au rez-de-chaussée, on sonna de nouveau à la porte. Cette fois, c'était Frederik.

— Je dois voir le comte, madame, dit-il à Sarah.

— Mais il dort.

Une fois encore, Sarah fut ignorée, et Frederik gravit les marches en toute hâte, puis entra dans la chambre d'Édouard. Celui-ci, les yeux brillants de fièvre à cause de sa blessure qui s'infectait rapidement, le regarda fixement, terrifié. Il ne sut pas immédiatement lequel des deux frères se dressait devant lui.

— Monsieur le comte, Édouard, je m'excuse de faire irruption comme ça chez vous, s'empressa de dire Frederik. Mais je suis venu vous prévenir que votre famille et vous êtes en grand danger. Mon frère vous soupçonne depuis longtemps de faire partie de la Résistance. Il est venu dans mon bureau ce matin et m'a dit que l'un de ses officiers vous avait reconnu quand des membres du réseau Psychology ont été arrêtés au Café de la Paix hier soir. Il va venir vous arrêter d'une minute à l'autre, vous, votre cousine et Sophia. S'il vous plaît, monsieur, vous devez partir sur-le-champ. Il n'y a pas de temps à perdre.

Édouard continuait à fixer Frederik, à la fois fasciné et abasourdi.

— Mais... pourquoi me dites-vous cela ? Comment puis-je vous faire confiance ?

— Parce que vous n'avez pas le choix et parce que j'aime votre sœur. Écoutez... (Frederik s'approcha du lit et regarda Édouard.) Vous détestez notre peuple, et votre haine est justifiée, mais beaucoup d'entre nous n'ont pas eu d'autre choix que de s'engager pour une cause à laquelle ils ne croient plus. Et nous sommes de plus en plus nombreux dans ce cas. Édouard, tout comme vous, j'ai utilisé ma position pour limiter le nombre de victimes. Moi aussi, j'ai des liens avec ceux que vous côtoyez et qui se battent pour empêcher nos merveilleux pays de se transformer en champs de ruines et pour éviter à tout prix que leur histoire soit écrasée sous les bottes des nazis. Mais nous n'avons pas le temps de parler de tout cela. Vous devez vous lever et quitter cette maison.

Édouard secoua la tête.

— Je ne peux pas, Frederik. Regardez-moi. Je suis malade. Ce sont les dames qui doivent partir. En les accompagnant, je ne ferais qu'attirer l'attention sur elles et je compromettrais leurs chances d'échapper à la Gestapo.

— Frederik !

Sophia se tenait devant la porte.

— Que se passe-t-il ?

Il s'avança vers elle et la serra contre lui.

— Ne vous inquiétez pas, ma Sophia, je vais tout faire pour qu'il ne vous arrive rien. Je disais à votre frère que les habitants de cette maison sont soupçonnés d'avoir des liens avec la Résistance et que la Gestapo sera là d'une minute à l'autre. Vous devez partir, *mein Liebling*.

— Sarah a déjà fait mes bagages. Nous sommes prêtes. Édouard, tu dois te lever et t'habiller, lui intima Sophia.

— Ma voiture attend en bas. Je peux vous emmener partout où vous le désirez dans Paris, ajouta Frederik. Mais nous devons partir sans tarder.

— Frederik, vous prenez de gros risques en nous aidant ! s'écria Édouard qui essaya de se redresser en vain et retomba sur ses oreillers.

— Nous faisons tout ce que nous pouvons pour ceux que nous aimons, répondit Frederik qui serrait toujours Sophia contre lui.

Sophia se dégagea de son étreinte et se dirigea vers le lit. Elle chercha d'abord la main d'Édouard, puis son front.

— Tu as de la fièvre, mais tu dois te lever ! Mon Dieu, Frederik a dit qu'ils allaient arriver d'une minute à l'autre.

— Sophia, tu sais très bien qu'il m'est impossible de voyager dans cet état, répondit Édouard, le plus calmement possible. Mais, crois-moi, je trouverai un moyen de te rejoindre. Sarah et Constance voyageront avec toi et je viendrai dès que possible. Pars maintenant !

— Mais je ne peux pas te laisser…

— Pour une fois, tu vas faire ce qu'on te dit, Sophia ! Bon voyage, ma sœur adorée, et je prie pour que nous nous revoyions bientôt.

Édouard se souleva et l'embrassa sur les deux joues, puis fit signe à Frederik de faire sortir Sophia de la chambre. La porte se referma derrière eux, et Édouard tenta d'élaborer un plan malgré la fièvre qui lui embrouillait l'esprit.

Au rez-de-chaussée, Sarah et Connie les attendaient. Frederik les conduisit jusqu'à la voiture. Elles montèrent, et Frederik s'installa au volant.

Édouard, qui s'était redressé avec le plus grand mal, les regarda s'éloigner par la fenêtre.

— Où dois-je vous déposer ? s'enquit Frederik, qui avait une drôle d'allure avec sa casquette de chauffeur.

— Gare de Lyon. Nous nous rendrons d'abord chez ma sœur, où nous pourrons obtenir de nouveaux papiers, expliqua Sarah, la seule des trois femmes encore en état de répondre.

— Et où irez-vous ensuite ?

Connie décocha un tel regard à Sarah qu'elle ferma la bouche et resta silencieuse. Sophia, qui ne se doutait de rien, puisqu'elle n'avait pas vu le manège des deux femmes, répondit :

— Nous irons dans le château de notre famille à Gassin.

Frederik surprit le regard horrifié de Connie dans le rétroviseur.

— Constance, je sais qu'il vous est impossible de faire confiance à un Allemand. Mais, croyez-moi, je prends de gros risques en faisant tout cela. Il me serait très facile de vous arrêter toutes les trois et de vous emmener directement au siège de la Gestapo. Je peux vous assurer que ce que j'ai fait ce matin ne passera pas inaperçu et ne restera pas sans conséquence. Je viens peut-être de signer mon arrêt de mort.

— Oui, admit Connie qui avait encore les nerfs à vif après les dernières heures qu'elle venait de vivre. Excusez-moi, Frederik, et sachez que j'apprécie beaucoup votre aide.

— Même si nous avons le même sang, je suis très différent de mon frère jumeau, poursuivit Frederik. Il va sans aucun doute me soupçonner de vous avoir aidées à vous enfuir et fera tout son possible pour convaincre les autres de ma trahison.

Une fois à la gare de Lyon, les trois femmes descendirent de la voiture. Frederik sortit leurs valises du coffre.

— Bonne chance à toutes les trois, dit-il doucement.

Sophia tendit la main pour le toucher, mais il l'arrêta.

— Non, je suis le chauffeur, n'oubliez pas. Mais, *mein Liebling*, je vous jure que je viendrai bientôt vous retrouver. À présent, quittez Paris le plus rapidement possible.

— Je vous aime, Frederik, lui lança Sophia avant de se mêler à la foule avec Constance et Sarah.

— Moi aussi, je vous aime, ma Sophia. De tout mon cœur, murmura Frederik en remontant dans la voiture.

Falk arriva devant la maison d'Édouard, rue de Varenne, une heure après le départ des trois femmes. Personne ne répondit aux coups qu'il frappa à la porte et il dut demander à ses hommes de la fracturer. Ils fouillèrent la maison de fond en comble, mais ne trouvèrent personne. Elle était déserte.

Jurant dans sa barbe, Falk quitta la maison et retourna au siège de la Gestapo. Quand il entra dans le bureau de Frederik, il vit que son frère était en train de préparer ses affaires pour retourner en Allemagne.

— Je viens de me rendre chez Édouard et Sophia de La Martinières pour les arrêter. Mais on dirait qu'ils ont disparu. Comme si quelqu'un les avait prévenus. Comment est-ce possible ? gronda Falk, furieux. Le seul à qui j'ai parlé de mes soupçons, c'est toi.

Frederik ferma sa mallette.

— Vraiment ? Voilà qui est très troublant, en effet. Mais, comme tu le dis toujours : les murs ont des oreilles à Paris.

Falk se pencha vers lui.

— Je sais que c'est toi. Tu crois que je suis stupide ? Le soir où tu m'as dit que Sophia voulait écouter la radio, tu couvrais Édouard. Nous savons tous deux qu'on ne peut pas capter les ondes d'une simple radio comme celles d'un poste émetteur. Tu me fais passer pour un idiot, mais c'est toi, le traître ! Et je sais que ce n'est pas la première fois ! Alors, tu devrais faire attention, mon cher frère aîné, poursuivit Falk avec mépris. Car je sais parfaitement qui se cache derrière tous ces grands mots et ces belles idées que tu utilises pour faire croire à ta loyauté.

Frederik le regarda avec des yeux bienveillants.

— Eh bien, dans ce cas, dis ce que tu sais, mon frère. Mais il est temps pour moi de partir. Au revoir, je suis sûr que nous nous reverrons prochainement.

— *Ach !*

Comme toujours, la calme supériorité de Frederik irritait Falk au plus haut point.

— Tu crois que tu es bien mieux que moi avec tous tes diplômes et tes doctorats, tous les plans que tu as dressés sur papier pour impressionner notre Führer ! Mais c'est moi qui travaille tous les jours sans relâche pour défendre notre cause.

Frederik prit son attaché-case sur le bureau et se dirigea vers la porte. Puis, il s'arrêta et se retourna comme s'il avait oublié quelque chose.

— Ce n'est pas moi qui me crois supérieur, Falk, mais toi qui te crois inférieur.

— Je les retrouverai ! cria Falk dans le couloir quand il quitta la pièce. Même la pute que tu aimes tant !

— Au revoir, Falk, murmura Frederik dans un soupir avant de disparaître dans l'ascenseur.

Falk frappa de toutes ses forces dans la porte du bureau.

***

Édouard se réveilla d'un sommeil perturbé par la fièvre. Il était plongé dans une obscurité totale et chercha à tâtons les allumettes qu'il avait apportées. Il en alluma une pour regarder sa montre et vit qu'il était plus de quinze heures. Cinq heures s'étaient écoulées depuis qu'il avait entendu les troupes d'assaut entrer dans la maison. Il étira ses membres ankylosés, et son pied toucha le mur au fond de l'espace confiné.

Cette minuscule cellule en briques, creusée dans le sol, n'était accessible que depuis la cave, par une trappe invisible. Elle avait été aménagée à l'origine pour protéger ses ancêtres pendant la Révolution.

Il y avait de la place pour une ou deux personnes, pas plus, même si, d'après la légende, Arnaud de La Martinières, sa femme et ses deux enfants étaient venus se réfugier une nuit alors que Paris était en feu et que les aristocrates étaient emmenés sur des charrettes à la guillotine.

Édouard se mit à genoux et fit craquer une autre allumette pour localiser la trappe au-dessus de lui. Dès qu'il l'eut trouvée, il rassembla le peu d'énergie qu'il lui restait pour la soulever.

Il se hissa dans la cave et, à bout de souffle, s'allongea sur le sol humide. Il se traîna jusqu'au placard où on stockait les bouteilles d'eau. Édouard but à grandes gorgées. Frissonnant et transpirant à la fois, il baissa les yeux et vit qu'un liquide jaune suintait à travers sa chemise de la plaie sur son épaule. Il devait se faire soigner immédiatement, sinon l'infection empoisonnerait son sang petit à petit. Mais c'était impossible. La maison était surveillée. Il était pris au piège.

Édouard pensa à sa sœur et pria pour que Sarah, Connie et elle soient bientôt en sécurité.

Il leva la tête vers le plafond de la cave parcouru de fissures, mais tout se mit à tourner autour de lui. Il ferma les yeux et trouva un peu de réconfort dans le sommeil.

***

Connie fut soulagée de voir Sarah prendre la situation en main. Quand elles s'installèrent dans la voiture en première classe, elle serra les paupières pour faire disparaître les visages des deux officiers allemands assis en face d'elles. Sarah échangea quelques mots avec eux, par politesse, et Connie apprécia la présence apaisante de la domestique. Sophia resta silencieuse, le front appuyé contre la vitre, comme si elle regardait défiler le paysage qu'elle ne pouvait voir. Le train traversa la région industrielle autour de Paris en direction du sud. Connie ne se souciait plus vraiment de savoir si elle allait survivre à ce voyage. La vie ou la mort, peu lui importait à présent.

Elle avait l'impression d'avoir perdu son âme, la nuit précédente. Elle avait été traitée comme un animal, un tas d'os et de chair inutile, manipulé de façon intolérable. Comment oserait-elle regarder Lawrence dans les yeux dorénavant ? Et à quoi son sacrifice avait-il servi ? Elle s'était battue pour protéger Édouard, pour lui laisser le temps, une nuit, de préparer son évasion. Pourtant, Édouard était toujours à Paris, seul et blessé. À moins qu'il ne fût déjà entre les griffes de Falk, au siège de la Gestapo.

J'ai essayé, Édouard, songea-t-elle en pleurant silencieusement.

Épuisée, Connie finit par s'assoupir tandis que le train entraînait les voyageurs à travers de grandes plaines agricoles. À chaque gare, elle sentait le corps de Sarah se raidir à côté d'elle, cherchant des yeux un uniforme de la Gestapo, qui devait être au courant de leur fuite à l'heure qu'il était.

Les officiers assis en face d'elles descendirent du train à Sens, et Sarah en profita pour parler à voix basse à ses deux compagnes de voyage pendant qu'elles étaient seules dans le compartiment.

— Nous descendrons du train à Dijon et resterons quelques jours chez ma sœur le temps d'obtenir de nouveaux papiers d'identité. Édouard a tout organisé la nuit dernière. Nous retrouverons un de ses amis ici qui nous fera passer la rivière. Il est trop dangereux pour nous de traverser la ligne de démarcation à un poste de contrôle officiel. Le colonel Falk a dû prévenir les autorités. Ils sont certainement à notre recherche.

Sophia se tourna vers Sarah, apeurée.

— Mais je pensais que nous allions au château ?

— Nous y allons, n'ayez crainte.

Sarah prit sa main dans la sienne.

— Ne vous inquiétez pas, ma chère, tout ira bien.

Quelques heures plus tard, alors que la nuit tombait déjà, les trois femmes descendirent du train. Sarah avança avec assurance dans les rues étroites de la ville, s'approcha de la porte d'une maison de village et frappa.

Une femme, qui ressemblait beaucoup à Sarah, ouvrit et parut à la fois surprise et enchantée.

— Florence, dit Sarah. Dieu merci, tu es à la maison !

— Qu'est-ce que tu fais ici ? Entre vite.

Florence dévisagea les deux femmes qui l'accompagnaient.

— Et tes amies aussi.

Une fois la porte refermée, Florence les fit entrer dans la petite cuisine et les fit asseoir autour de la table. Elle était aux petits soins pour elles. Elle disparut quelques secondes et revint avec un pichet de vin, du pain et du fromage.

— Qui est Florence ? demanda Sophia d'un ton impérieux.

— C'est ma sœur, répondit Sarah, dont les yeux brillaient du bonheur de ces retrouvailles. Et c'est dans cette ville que j'ai grandi.

Connie sirota son vin tout en écoutant les deux sœurs discuter. Son corps protestait encore contre le traitement brutal qui lui avait été infligé la nuit précédente. Elle se força à avaler un peu de pain et de fromage et fit de son mieux pour faire abstraction des images horribles qui assaillaient son esprit.

Florence raconta comment la Gestapo avait récemment arrêté un grand nombre d'hommes jeunes du village et les avait envoyés dans des camps de travail en Allemagne, en représailles de l'explosion d'un pont de chemin de fer près de la ville, un sabotage organisé par les résistants. À son tour, Sarah parla de Paris et de son employeur Édouard, dont le sort était désormais incertain.

— Au moins, vous êtes en sécurité avec moi, ce soir, affirma Florence en donnant une petite tape sur la main de sa sœur. Mais, par précaution, nous allons installer tes deux amies dans le grenier.

Elle regarda Sophia, assise à table avec elles, mais qui n'avait pas touché à son pain et à son fromage.

— Pardonnez-moi, mademoiselle de La Martinières, vous ne serez pas aussi bien logée que chez vous ici.

— Madame, je vous remercie de nous offrir un toit pour ce soir. Je vous en suis très reconnaissante, car je sais que vous prenez des risques en nous aidant. Mon frère, j'en suis sûre, vous récompensera si…

Les yeux de Sophia se remplirent de larmes, et Sarah la prit par les épaules.

— Édouard n'était encore qu'une petite graine dans le ventre de votre mère, que je travaillais déjà pour votre famille. Autant dire que je le connais depuis toujours. Il aura trouvé un moyen de leur échapper. Je le sais au plus profond de moi, assura Sarah en posant une main sur son cœur.

Plus tard, Sophia et Connie montèrent dans le grenier en compagnie de Sarah, qui aida Sophia à gravir l'escalier particulièrement raide, puis à se déshabiller, avant de la border dans son lit comme si elle n'était encore qu'une toute petite fille.

— Dormez bien, ma chère, murmura Sarah en embrassant Sophia. Bonne nuit, mademoiselle Constance.

Une fois Sarah partie, Connie se déshabilla sans oser regarder les horribles bleus qui devaient recouvrir son corps. Elle enfila sa chemise de nuit et, heureuse de pouvoir reposer son corps endolori, s'installa dans son lit étroit. Elle remonta la couverture en patchwork, car cette nuit de décembre était très fraîche.

— Dormez bien, Sophia, souffla-t-elle.

— Je vais essayer, mais j'ai si froid et je pense à mon frère. Oh ! Constance, comment vais-je survivre à tout ça ? J'ai perdu Édouard et Frederik le même jour.

En l'entendant sangloter, Connie se leva de son lit.

— Poussez-vous un petit peu, je vais m'allonger à côté de vous pour vous réchauffer.

Sophia lui fit de la place et vint se blottir dans ses bras.

— Nous devons croire toutes deux qu'Édouard va s'en sortir et qu'il va trouver un moyen de venir nous rejoindre, déclara Connie d'un ton faussement assuré.

Les deux femmes finirent par sombrer dans un sommeil agité.

***

Édouard vit sa mère penchée au-dessus de lui. Il avait sept ans et elle lui faisait boire de l'eau parce qu'il avait de la fièvre.

— Maman, tu es là, murmura-t-il en souriant, réconforté par sa merveilleuse présence.

Puis son visage changea et ce fut Falk qui apparut, vêtu d'un uniforme nazi, braquant un pistolet contre sa poitrine.

Édouard se réveilla en sursaut et laissa échapper un grognement en reconnaissant le plafond de la cave au-dessus de lui. Il avait besoin d'eau, absolument. Il avait soif, tellement soif que ça en était presque insupportable. Pourtant, quand il ordonna à son corps d'aller jusqu'au placard contenant les bouteilles d'eau, celui-ci refusa de lui obéir.

Il perdit à nouveau conscience, puis se réveilla avant de sombrer encore une fois dans le néant. Il accepta sa mort prochaine. Il s'en réjouit, même. Mais, avant de mourir, il aurait aimé savoir sa chère sœur en sécurité.

— Mon Dieu, murmura-t-il d'une voix râpeuse. Prenez-moi… mais laissez-la vivre… laissez-la vivre.

Et il sut qu'il recommençait à avoir des hallucinations car, alors que son âme s'apprêtait à quitter son corps, il vit un ange aux cheveux noirs, penché au-dessus de lui, qui posait un linge délicieusement froid sur son front brûlant et faisait couler quelques gouttes d'eau entre ses lèvres desséchées. Une cuillère remplie d'une matière au goût déplaisant fut introduite dans sa bouche. Il eut un haut-le-cœur, mais avala la mixture et se rendormit. Le même rêve le hanta tant que l'ange resta à son côté. Plus tard, il sentit que l'ange le hissait sur un lit et, petit à petit, il se calma. Bientôt, il eut moins chaud et se sentit légèrement mieux.

Quand il se réveilla complètement, le plafond craquelé était toujours au-dessus de lui, mais il ne tournait plus, n'était plus flou. Pour la première fois, il lui apparut très distinctement, parfaitement immobile et solide.

Ainsi donc, pensa-t-il avec tristesse, *je ne suis pas mort, mais prisonnier de cette vie désespérante.*

— Ne me dites pas que vous vous êtes réveillé, dit une voix de femme derrière lui.

Il tourna la tête et plongea son regard dans de magnifiques yeux verts illuminant un visage très pâle, encadré de cheveux noirs. C'était l'ange dont il avait rêvé. Pourtant, c'était une femme bien vivante, en chair et en os, qui avait réussi d'une manière ou d'une autre à entrer dans la cave.

— Qui…

Édouard s'éclaircit la gorge pour trouver sa voix lointaine :

— … êtes-vous ?

— Quel nom préférez-vous ?

Les yeux se mirent à pétiller.

— Je peux vous en proposer plein. Mon nom officiel, ici, c'est Claudette Dessally, mais vous pouvez m'appeler Venetia.

— Venetia…

Le nom évoquait vaguement quelque chose à Édouard, trop épuisé cependant pour se rappeler quoi.

— Quant à vous, monsieur, je suppose que vous êtes Édouard, le comte de La Martinières ? Le propriétaire et seul habitant à présent de cette maison ?

— Oui, mais comment avez-vous pu entrer ? Je…

— C'est une longue histoire, le coupa Venetia en repoussant la question d'un geste nonchalant. Nous pourrons en parler plus tard, quand vous aurez repris des forces. Tout ce qu'il vous faut savoir pour le moment, c'est que, quand je vous ai trouvé, vous étiez au bord de la tombe. Bien que je ne sois pas vraiment connue pour mes qualités d'infirmière, j'ai réussi à vous sauver la vie. Et je n'en suis pas peu fière.

Elle sourit, puis se leva et prit une bouteille d'eau dans le placard. Elle la posa à côté de lui.

— Buvez autant que vous pouvez. Je vais tenter de faire chauffer un peu de soupe sur ce réchaud à gaz. Je préfère quand même vous prévenir tout de suite : je suis encore plus mauvaise cuisinière qu'infirmière !

Édouard tenta de se concentrer sur le corps mince de la jeune femme qui s'agenouilla au-dessus de la flamme du réchaud, mais ses yeux se refermèrent.

Plus tard, quand il se réveilla, elle était toujours là, assise dans un fauteuil à côté de lui en train de lire un livre.

Elle sourit.

— J'espère que vous ne m'en voudrez pas, mais je suis montée à l'étage et j'ai découvert la bibliothèque. Ces derniers jours ont été plutôt assommants dans la cave.

Édouard se raidit immédiatement, le regard affolé. Il tenta de se redresser, mais elle l'arrêta tout en secouant la tête.

— Détendez-vous, je vous jure que personne ne m'a vue, même s'ils surveillent toujours la maison. Si ça peut vous rassurer, j'ai reçu une formation spéciale pour ce genre de choses. Je suis l'une des meilleures, annonça-t-elle fièrement.

— S'il vous plaît, dites-moi qui vous êtes. Comment m'avez-vous trouvé ? la supplia-t-il.

— Je vous ai déjà dit que je m'appelais Venetia. Et je vous expliquerai tout si vous me promettez de manger cette soupe. Il semble que nous ayons réussi à juguler l'infection, mais vous êtes encore très faible et vous devez vous requinquer.

Venetia se leva et alla chercher la casserole en fer-blanc, puis s'assit sur le lit et le fit manger à la cuillère.

— Je sais, dit-elle quand elle vit Édouard grimacer. Elle a refroidi. Je l'ai fait réchauffer pour vous tout à l'heure, mais vous vous êtes rendormi.

Édouard refusa d'avaler plus de quelques cuillères. Son estomac protesta de cet afflux soudain de nourriture.

— Très bien, céda Venetia en reposant la casserole sur le sol en pierre.

— Allez-vous enfin me dire ce que vous faites ici ? l'implora Édouard.

— Je suis sûre que vous n'allez pas être content si je vous le dis. D'un autre côté, si je ne m'étais pas pointée ici, vous ne seriez pas en train de discuter avec moi. Ni avec personne d'ailleurs. Je suis une opératrice radio du SOE. Quand la plupart des membres de mon réseau ont été arrêtés, j'ai retrouvé Connie, que j'avais connue en Angleterre lors d'un stage d'entraînement intensif. Je l'ai suppliée de me laisser utiliser cette cave pour transmettre des messages urgents à Londres. Et vous devriez me remercier de l'avoir fait, Édouard, car c'était la veille du cambriolage au bureau du STO. Et je sais que vous en êtes l'un des principaux organisateurs, ajouta Venetia en haussant les sourcils. Quand je suis venue ici, j'ai pris la clé de la porte de la cave.

Elle la montra.

— Juste au cas où j'aurais besoin de m'y réfugier un jour. Après la descente de la Gestapo au Café de la Paix, durant laquelle beaucoup d'agents ont été arrêtés, vous le savez, c'est ici que je suis venue me cacher. Bien sûr, quand je suis arrivée, j'ai compris que la maison avait été perquisitionnée. Alors, j'ai attendu mon heure, et, quand j'ai vu que la patrouille partait dîner, je me suis glissée dans le jardin, j'ai ouvert la porte de la cave, et je vous ai trouvé à moitié mort sur le sol.

Édouard l'écouta sans manifester aucune surprise.

— Je vois.

— Ne soyez surtout pas en colère contre Constance. Elle a juste essayé de faire son travail, ce pour quoi elle avait été envoyée ici. Et, à présent, puisque nous sommes là tous les deux et encore en vie, ce n'est pas une si mauvaise chose qu'elle m'ait aidée.

Édouard était trop épuisé pour demander des détails supplémentaires. Il avait mal à l'épaule et changea de position pour être plus à l'aise.

— Merci de m'avoir sauvé la vie.

— Vous pouvez remercier l'iode et le fait d'avoir une maison remplie de provisions, répondit Venetia en souriant. Votre blessure semble cicatriser normalement, mais vous devez être plutôt résistant. C'est peut-être grâce aux mets délicieux que vous consommez avec vos amis boches. J'espère que vous ne m'en voudrez pas, mais j'ai vidé le frigo hier soir et j'ai dégusté un délicieux sandwich au foie gras.

— Venetia, vous savez, je l'espère, que les Allemands que j'ai reçus ici ne sont pas mes amis, répliqua Édouard.

— Bien sûr, je vous taquine, c'est tout.

Édouard soupira.

— Si je suis venu au Café de la Paix ce soir-là, c'est parce que votre amie Constance avait appris de la bouche d'un colonel de la Gestapo qu'il allait y avoir une rafle là-bas. Elle insistait pour y aller elle-même, pour vous prévenir, mais c'est moi qui m'y suis rendu. Je suis arrivé trop tard et je me suis fait tirer dessus pour la peine.

— Eh bien, nous y voilà. Vous avez tenté de me sauver la vie et j'ai sauvé la vôtre. Nous sommes quittes, affirma Venetia en hochant la tête. Ça vous dérange si je fume ?

— Non, répondit Édouard en secouant la tête.

Venetia alluma une Gauloise.

— Ils surveillent encore la maison ?

— Non. Ils sont partis il y a quelques heures et ne sont pas revenus. Les Boches ont suffisamment de problèmes comme ça. Ils ne vont pas perdre du temps à surveiller des oiseaux qui ont déjà quitté leur nid. Au fait, où est Constance ?

— Elle est partie avec ma sœur et sa femme de chambre le lendemain de la rafle. Je les ai envoyées dans le Sud, mais bien sûr je ne sais pas du tout où elles sont en ce moment.

— Où vont-elles exactement ?

Édouard la jaugea.

— Je préfère ne rien dire.

— Oh ! s'il vous plaît !

Venetia parut offusquée.

— Nous sommes dans le même camp, il me semble. Et je sais qui vous êtes exactement. Les résistants prononcent votre nom avec le plus grand respect. Il est fort regrettable pour notre cause que vous n'ayez plus de couverture pour agir. Je suis désolée d'en être en partie responsable. Mais vous avez réussi à la protéger pendant très longtemps, ce qui prouve votre habileté. Je pense, Héros, poursuivit Venetia en insistant sur le nom de code d'Édouard, que vous allez devoir quitter le pays le plus rapidement possible. Vous êtes en tête de liste des gens recherchés par la Gestapo.

— C'est impossible. Ma sœur est aveugle et donc extrêmement vulnérable. Si la Gestapo mettait la main sur elle pour savoir où je me cache… (Édouard frissonna.) Je n'ose même pas y penser…

— Je suppose que vous les avez envoyées en lieu sûr ?

— Nous n'avons pas vraiment eu le temps de discuter des détails, regretta Édouard en soupirant. Mais elles savent où elles vont.

— Votre sœur est entre de bonnes mains. Constance était la meilleure du groupe au centre de formation du SOE.

— Oui, Constance est une femme exceptionnelle. Et qu'en est-il de vous, Venetia ? Qu'allez-vous faire ?

— Eh bien, malheureusement, quand je me suis enfuie de mon refuge, j'ai dû laisser mon poste émetteur. Londres est au courant et va m'en faire passer un autre. On m'a dit de me terrer pendant quelque temps. C'est ce que je fais tout en essayant de me rendre utile en jouant les infirmières.

Elle sourit.

Édouard regarda Venetia avec admiration. Elle avait un moral d'acier malgré le danger qui la menaçait.

— Vous êtes une jeune femme très courageuse et nous avons de la chance de vous avoir, dit-il faiblement.

— Merci, mon bon monsieur, répliqua Venetia en battant des cils. Je fais mon travail, c'est tout. Et je n'ai pas d'autre choix que de rire un peu. Le monde est dans un tel chaos que j'essaie de vivre chaque jour comme si c'était le dernier. Car c'est peut-être bien le dernier. J'essaie de voir tout ça comme une grande aventure.

Elle lui adressa un grand sourire, mais Édouard vit la souffrance dans ses yeux.

— Je crois que dans quelques jours vous serez suffisamment rétabli pour penser à votre évasion, suggéra Venetia. Si vous voulez, je peux demander aux agents de mon réseau de vous trouver un passage vers l'Angleterre. Mais, pour le moment, puisque nous sommes coincés ici, je vais monter à l'étage, prendre un autre livre et aller aux toilettes. Il faudra aussi songer à vous laver, ajouta Venetia en plissant le nez. Je ne pense pas que j'irai jusqu'à faire votre toilette. Vous avez besoin de quelque chose, Édouard ?

— Non, merci, Venetia. Faites attention là-haut, lança-t-il tandis qu'elle montait les marches qui conduisaient à la maison.

— Ne vous inquiétez pas, répondit-elle avec décontraction.

Édouard se rallongea, épuisé, et remercia Dieu pour cette série d'heureuses coïncidences grâce auxquelles cette femme extraordinaire était entrée dans sa vie et l'avait sauvé.

24

Sarah leur apprit le lendemain matin qu'elles allaient rester chez sa sœur pendant quelques jours.

— Nous devons attendre la prochaine traversée de la rivière, expliqua-t-elle à Connie tandis qu'elles prenaient le petit déjeuner. À présent, mademoiselle Constance, je suggère que vous preniez l'identité d'une gouvernante originaire de la Provence. Y a-t-il un nom que vous aimeriez choisir en particulier ?

— Hélène Latour ? proposa Connie, repensant à la fille de la voisine de sa tante, avec qui elle jouait sur la place à Saint-Raphaël quand elle était petite.

— Sophia pourra être votre sœur Claudine, indiqua Sarah, puis elle ajouta en baissant la voix :

— Quand nous arriverons à destination, Sophia devra se cacher. Trop de gens du village pourraient la reconnaître.

— Les Boches vont certainement venir nous chercher là-bas, s'inquiéta Connie. Falk connaît l'existence du château.

— Édouard m'a parlé d'un endroit où nous pourrons cacher Sophia et où elle sera en sécurité. Bien sûr, il serait préférable que nous quittions immédiatement le pays, mais la route serait beaucoup trop pénible pour Sophia. Au moins, une fois que nous serons au château, nous serons seules. Même les planques ne sont plus des endroits sûrs. La Gestapo propose beaucoup d'argent pour obtenir des informations sur des voisins soupçonnés d'héberger des traîtres à la cause nazie. Alors, juste au cas où ils nous rendraient visite, nous allons toutes les deux changer d'apparence pour les photos de nos papiers d'identité.

Sarah tendit une bouteille d'eau oxygénée à Connie.

— Ça vous pose un problème ? demanda-t-elle en voyant le visage de Connie. Je dois teindre mes cheveux en roux ! Et ensuite, nous devrons trouver d'autres vêtements pour Mlle Sophia. Les siens sont trop élégants et risquent d'attirer l'attention sur elle.

Connie la regarda, l'air surpris.

— Sarah, vous êtes une vraie professionnelle. Comment savez-vous ce qu'il faut faire ?

— Mon mari était un maquisard. Pendant deux ans, il a œuvré avec d'autres résistants jusqu'à ce qu'il soit arrêté et abattu par la Gestapo. Et j'ai naturellement aidé le comte dans ses nombreuses missions. C'est une question de survie. On apprend très vite quand on n'a pas le choix. Maintenant, continua Sarah en montrant le cabinet à l'arrière de la maison dans lequel se trouvait aussi un petit lavabo, vous devez mouiller vos cheveux avant d'appliquer l'eau oxygénée.

En se dirigeant vers les toilettes extérieures, sa bouteille à la main, Connie eut le sentiment qu'elle venait de recevoir une leçon d'humilité. Malgré la formation qu'elle avait suivie au SOE et ses brillants résultats, elle était presque dépassée. Sarah, une simple domestique, se débrouillait beaucoup mieux qu'elle dans cette situation.

Deux jours plus tard, alors que Connie avait vu passer trois véhicules de patrouille allemands en trois heures dans la rue étroite devant la maison, Sarah vint la trouver et l'informa qu'elles partaient le soir même.

— Je ne peux pas mettre ma sœur en danger plus longtemps. Maintenant que nous avons nos nouveaux papiers, nous pouvons poursuivre notre route. Nous ne pouvons pas franchir l'ancienne ligne de démarcation à un poste de contrôle officiel : c'est trop risqué. Nous partirons en bateau. Tout a été organisé pour ce soir.

— Très bien.

Connie hocha la tête et regarda Sophia, assise à la table de la cuisine, complètement apathique. Elle semblait perdue dans un monde qui n'appartenait qu'à elle, incapable de faire face aux événements. Connie s'approcha d'elle et prit sa main dans la sienne.

— Nous partons ce soir, ma chère, et nous serons bientôt dans la maison dont vous m'avez tant parlé.

Sophia se contenta de hocher la tête. Une grande tristesse émanait d'elle. Elle était habillée en paysanne, et son gros gilet en laine beige ne faisait qu'accentuer sa pâleur. Connie avait remarqué qu'elle n'avait pratiquement rien mangé depuis leur arrivée et l'avait accompagnée plus d'une fois aux toilettes au fond de la cour où elle l'avait entendue vomir. Même si elles parvenaient à traverser la rivière sans encombre, Connie savait qu'elles devaient encore parcourir des centaines de kilomètres avant d'atteindre leur refuge. Elle pria pour que Sophia survive. Elle était à l'évidence extrêmement souffrante.

À vingt-deux heures ce soir-là, Connie, Sarah et Sophia rejoignirent six autres personnes regroupées sur les berges de la Saône. Elles embarquèrent sur un bateau à fond plat. Connie monta la première, et Sarah lui confia Sophia pour qu'elle l'aide à descendre et à s'installer.

Durant la traversée, qui se fit dans une obscurité totale, personne ne prononça un mot. Lorsqu'ils arrivèrent sur la berge opposée, les passagers débarquèrent en silence et coururent dans le champ gelé avant de disparaître dans la nuit.

— Prenez la main gauche de Sophia, je prends la droite, ordonna Sarah. Sophia, vous allez devoir courir avec nous maintenant, car il ne faut pas qu'on nous voie ici.

— Mais où allons-nous ? murmura Sophia tandis que les deux femmes la guidaient. Il fait si froid, je ne sens déjà plus mes pieds.

Sarah, déjà hors d'haleine, peu habituée à l'exercice physique et gênée par sa corpulence, ne prit pas la peine de lui répondre pour ne pas gaspiller son souffle.

Enfin, Connie vit une lumière vacillante briller au loin.

Sarah ralentit le pas quand la silhouette d'une bâtisse apparut à quelques mètres d'elles. La lumière que Connie avait vue venait d'une lampe à huile suspendue à un clou sur le mur latéral d'une grange.

— Nous allons nous abriter ici pour la nuit jusqu'à l'aube, indiqua Sarah.

Elle poussa la porte et décrocha la lampe de son clou pour l'emporter à l'intérieur. À la faible lueur de la lanterne, Connie distingua des meules de foin empilées autour d'elle. Sarah guida Sophia jusqu'à l'une d'elles au fond de la grange et la fit asseoir dessus. Elle n'avait toujours pas repris son souffle.

— Au moins, nous serons au sec et en sécurité ici.

— Nous allons dormir dans une grange ? demanda Sophia, horrifiée. Toute la nuit ?

Connie faillit rire tout haut de l'indignation qui perçait dans la voix de Sophia. Cette jeune femme était habituée depuis qu'elle était toute petite à dormir sur les meilleurs matelas en crin de cheval et sur des oreillers remplis de duvet d'oie.

— Oui, et nous devrons toutes nous en contenter, répliqua Sarah. Allongez-vous maintenant. Je vais vous faire un lit bien chaud avec le foin.

Quand Sophia fut enfin bien installée dans le foin, Sarah se coucha à côté d'elle.

— Vous aussi, vous devez dormir, mademoiselle Constance. Nous avons encore beaucoup d'heures de route. Nul doute que le voyage sera long et pénible. Mais, avant que j'oublie, ajouta Sarah, prenez ceci juste au cas où il m'arriverait quelque chose.

Sarah tendit un bout de papier à Connie.

— C'est l'adresse du château de Gassin. Quand vous y serez, allez directement à la cave sur les terres du domaine. Jacques Benoît vous y attendra, c'est du moins ce que m'a dit Édouard. Bonne nuit.

Connie lut l'adresse, la mémorisa, puis fit craquer une allumette et brûla le papier, appréciant la brève chaleur au bout de ses doigts. Après avoir enfoui son corps dans le foin, Connie croisa les bras et espéra que la nuit passerait très vite.

Quand elle se réveilla, elle constata que la couche de Sarah était déjà vide. Sophia, quant à elle, dormait à poings fermés. Connie sortit de la grange, qu'elle contourna pour aller se soulager, puis vit Sarah qui revenait avec un cheval claquant des sabots et tirant une charrette derrière lui.

— C'est Pierre, le fermier d'à côté. Il a accepté, après négociations, de nous conduire jusqu'à la gare de Mâcon. C'est trop dangereux de monter dans un train par ici, expliqua Sarah.

Elles réveillèrent Sophia, puis l'aidèrent à monter en haut des balles de foin à l'arrière de la charrette. Le fermier, un Français silencieux au teint mat, fit avancer son cheval.

— Plus cette guerre s'éternise, plus les gens deviennent cupides, maugréa Sarah. J'ai eu beau lui expliquer que la jeune femme que j'accompagne est aveugle, il m'a réclamé une fortune pour le trajet. Mais, au moins, je suis certaine qu'on peut lui faire confiance.

Tandis que le cheval et sa charrette traversaient les champs de Bourgogne, Connie pensa combien ce périple aurait pu être agréable par une belle journée d'été et dans des circonstances différentes. Dans quelques mois, le sol, gelé à cette époque, serait plein de vignes bourgeonnantes.

Elles voyagèrent dans le froid pendant quatre longues heures et dans le plus grand inconfort. Le fermier s'arrêta alors à la périphérie de Mâcon et se tourna vers elles.

— Je dois vous laisser ici. Je n'ose pas aller plus loin.

— Merci, monsieur, répondit Sarah avec lassitude.

Elles descendirent de la charrette et se dirigèrent vers le centre de la ville.

— Je suis si fatiguée… et j'ai la tête qui tourne, gémit Sophia alors que les deux femmes, placées chacune d'un côté, la portaient presque.

— Ce n'est plus très loin, et ensuite nous pourrons monter dans un train qui nous emmènera jusqu'à Marseille, la réconforta Sarah.

Une fois à la gare, Sarah se rendit au guichet pour acheter les billets, puis elles s'installèrent dans un café juste à côté de l'entrée. Connie apprécia son café bien chaud et mangea avec appétit un morceau de pain rance. Sophia porta son café à ses lèvres, puis eut un haut-le-cœur et le repoussa. Sur le quai, après avoir fait asseoir Sophia sur un banc, Sarah s'éloigna de quelques pas, hors de portée de voix, pour parler avec Connie.

— Elle a l'air vraiment souffrante, vous ne trouvez pas, Sarah ? demanda Connie d'un ton angoissé. Et voilà des semaines qu'elle est dans cet état. Cela ne peut pas venir uniquement du choc et de la pénibilité du voyage.

— Vous avez raison : ce n'est pas le problème. Malheureusement, c'est beaucoup plus sérieux que ça. Regardez-la : si pâle, si souvent nauséeuse… Vous avez vu comment elle vient de repousser son café, juste parce qu'elle ne pouvait pas en supporter l'odeur. Madame, que vous évoquent ces symptômes ?

Connie mit quelques secondes à comprendre ce que Sarah sous-entendait. Elle porta la main à sa bouche.

— Vous pensez qu'elle…

— Je ne le pense pas, je le *sais*. N'oubliez pas : je dois aider Mlle Sophia pour beaucoup de choses. Et elle n'a pas saigné depuis des semaines.

— Elle est enceinte ? murmura Connie, horrifiée.

— Oui, mais je me demande bien quand cela a pu arriver, dit Sarah en soupirant. Je ne me rappelle pas une seule occasion où elle et Frederik seraient restés seuls suffisamment longtemps pour…

Sarah ne termina pas sa phrase, trop écœurée pour poursuivre.

Le cœur lourd, Connie se souvint exactement du soir où l'occasion s'était présentée, un soir où elle était censée veiller sur Sophia. Mais jamais elle n'aurait pu imaginer qu'une femme de sa condition pût faire une chose pareille. Elle était si innocente… C'était une enfant…

Non, rectifia-t-elle immédiatement. Sophia était une femme, qui avait les mêmes rêves et les mêmes désirs physiques que les autres. Elle avait le même âge que Connie, après tout. C'étaient tous les occupants de la maison, y compris elle, qui l'avaient traitée comme une enfant. Connie sentit son estomac se nouer quand elle saisit la portée de ce que Sarah venait de lui annoncer ; le père du bébé était un haut dignitaire SS.

La situation n'aurait pas pu être pire.

— Non ! Non seulement elle tombe enceinte alors qu'elle n'est même pas mariée, mais, en plus, si quelqu'un venait à découvrir l'identité du père…

Sarah s'interrompit, trop bouleversée pour continuer.

— Au moins, personne n'est au courant, avança Connie pour la réconforter tandis que le train entrait en gare.

Elles retournèrent vers Sophia.

— Madame, vous apprendrez vite qu'il y a toujours quelqu'un qui finit par savoir et, ajouta Sarah en soupirant, qui répète ensuite ce qu'il sait. Le plus urgent, à présent, c'est d'emmener Sophia en lieu sûr. Ensuite, nous pourrons décider de ce qu'il convient de faire.

Les trois femmes durent renoncer au confort de la première classe et s'installer dans une voiture de troisième classe correspondant à leur nouveau statut de paysannes. La voiture était bondée, sale et sentait la transpiration. Quand le train démarra enfin, Connie poussa un soupir de soulagement. Chaque étape les rapprochait de leur refuge.

Dès que le train s'arrêtait dans une gare, Connie se raidissait. Les Allemands se dirigeaient en masse vers Marseille, redoutant un débarquement dans le Sud du pays, et les quais grouillaient de troupes. La voiture n'était pas chauffée et les sièges étaient durs, mais Sarah et Sophia avaient réussi à s'endormir. La peur de se faire arrêter empêchait Connie de les imiter. De plus, chaque fois qu'elle fermait les yeux, les horribles images de sa nuit avec Falk ressurgissaient dans son esprit.

À la dernière gare avant Marseille, le contrôleur passa dans la voiture et prévint les voyageurs que les Allemands étaient à bord et contrôlaient les papiers des passagers. Le cœur de Connie se mit à battre à tout rompre, et elle réveilla ses compagnes de voyage pour les alerter. Tous les occupants de la voiture se préparèrent au pire ; la peur était palpable. En regardant les passagers au profil disparate, un véritable échantillon d'humanité, Connie se demanda combien voyageaient comme elles sous une fausse identité.

Un officier allemand entra dans la voiture et ordonna à tout le monde de sortir ses papiers. Tous les yeux étaient rivés sur lui, tandis qu'il contrôlait chaque rangée de sièges. Sarah, Sophia et Connie se trouvaient dans la dernière rangée, et l'attente leur parut interminable.

— Vos papiers, Fräulein ! aboya-t-il en regardant Sarah, assise au bout de la rangée.

— Bien sûr, monsieur.

Sarah les lui tendit avec un sourire aimable. Il les examina attentivement, puis leva les yeux vers elle.

— Où ces papiers ont-ils été délivrés ?

— À la mairie de ma ville natale, Dijon.

Il les relut, puis secoua la tête.

— Ce sont de faux papiers. Ils n'ont pas le bon cachet, Fräulein. Levez-vous.

Sarah se leva, tremblante de peur, et l'Allemand sortit son pistolet de son étui et l'appuya contre son ventre.

— Monsieur, je suis une citoyenne innocente, je ne fais rien de mal, s'il vous plaît… Je…

— *Aus !* Sortez, tout de suite !

Sarah sortit de la voiture sous la menace du fusil sans un regard pour Sophia et Connie. Le moindre geste, la moindre expression auraient pu les trahir et faire comprendre à l'officier qu'elles voyageaient ensemble. Il les aurait alors immédiatement arrêtées. Quelques secondes plus tard, le sifflet du chef de gare retentit et le train repartit.

Tous les occupants de la voiture fixaient la place désormais vide de Sarah. Connie serra la main de Sophia pour lui signifier qu'elle devait se taire.

À Marseille, elles descendirent du train et attendirent leur correspondance pour Toulon. Connie fit asseoir Sophia sur un banc du quai.

— Mon Dieu, Constance, où vont-ils emmener Sarah ? Que va-t-il lui arriver ? demanda Sophia d'une voix qui trahissait son désespoir.

— Je ne sais pas, Sophia, répondit Connie en essayant de garder son calme. Mais nous n'aurions rien pu faire de toute façon. Au moins, nous pouvons être sûres que Sarah ne dira pas un mot sur nous, ni sur la personne pour qui elle travaille à Paris. Elle vous aime tellement, vous et votre famille.

— Oh ! Constance. Elle est avec moi depuis ma naissance, hoqueta Sophia. Que vais-je devenir sans elle ?

— Je suis là, auprès de vous, la rassura Connie en lui donnant une petite tape sur la main. Et je veillerai sur vous, je vous le promets.

Quand le train pour Toulon entra en gare, Connie monta à bord avec appréhension. S'il était évident pour un officier allemand que les papiers de Sarah étaient des faux, il en allait de même pour les leurs. Le hasard avait voulu que Sarah soit contrôlée la première. Et, par chance, l'officier n'avait pas pris la peine de vérifier leurs papiers ensuite.

Mais que se passerait-il la prochaine fois ? Tandis que le train traversait la Provence vers l'est en direction de la Côte d'Azur, Connie fut bien obligée de se rendre à l'évidence : Sarah n'étant plus là pour les protéger, la sécurité de Sophia et la sienne reposaient à présent sur ses seules épaules.

***

— Comment allez-vous aujourd'hui ? demanda Venetia en apportant du café à Édouard et en le posant à côté du lit. Nous n'avons plus de lait. Je crois que cette fois j'ai utilisé tous les trucs en boîte du placard en haut.

— Je vais mieux, merci, Venetia.

Durant les deux derniers jours, Édouard n'avait fait pratiquement que dormir. Il ne se réveillait que pour manger la nourriture que lui présentait Venetia dans l'espoir de lui faire reprendre des forces. Mais aujourd'hui, il avait les idées claires et il sentit qu'il était en voie de guérison.

— Parfait, déclara Venetia. Il est temps de prendre un bain, je pense. Rien de tel qu'une bonne toilette pour se sentir bien dans sa peau et pour faire plaisir à ceux qui vivent actuellement sous le même toit que vous.

Elle plissa le nez pour bien se faire comprendre.

— Vous pensez que je peux monter à l'étage sans risque ?

— Oui, vous ne risquez rien du tout. De plus, la salle de bains se trouve au fond de la maison et a des volets. Je prends tous les soirs un bain à la lueur des bougies. C'est absolument divin !

Venetia s'étira et sourit.

— Buvez votre café. Pendant ce temps, je vais remplir la baignoire.

Une heure plus tard, après un long bain, Édouard se sentait effectivement revigoré. Venetia lui avait apporté des vêtements qu'elle avait trouvés dans sa chambre et avait appliqué un nouveau pansement sur sa plaie qui cicatrisait.

— Mon Dieu, Édouard, qu'est-ce que vous êtes grand quand vous êtes debout, fit remarquer Venetia lorsqu'il descendit les marches de la cave. Bon, je crois que je vais devoir m'aventurer dehors, car il n'y a plus que de la nourriture pour chats dans la cuisine. Et il y a certaines limites que je refuse de franchir.

Elle sourit.

— Laissez-moi y aller, insista-t-il.

— Ne soyez pas ridicule, Édouard. J'ai l'habitude de me fondre dans la foule, alors que vous, monsieur le comte, vous ne passez vraiment pas inaperçu. Laissez-moi faire, je serai de retour en moins de deux.

Édouard n'eut pas le temps de l'arrêter que Venetia était déjà sortie par la porte de la cave. Vingt minutes plus tard, elle était de retour avec deux baguettes fraîches.

Pour la première fois, il mangea avec appétit et en conclut que c'était plutôt bon signe.

— J'ai eu des contacts avec mon réseau et ils sont en train d'élaborer un plan pour vous faire sortir de France le plus tôt possible, expliqua Venetia. Que pensez-vous d'un séjour à Londres ? Mes compagnons ont pris contact avec le mouvement de la France libre de de Gaulle. Ils seraient ravis de vous avoir pour compagnie et de recueillir votre témoignage, si nous arrivons à vous renvoyer là-bas en un seul morceau. C'est quand même dommage que vous soyez aussi grand. Votre taille ne nous facilite pas la tâche. Comment allons-nous faire pour vous cacher ?

— Mais… Et ma sœur, Sophia ? Et votre amie Constance ? (Édouard secoua la tête.) Non, je ne peux pas les abandonner et m'enfuir !

— Ne soyez pas têtu, Édouard. C'est probablement ce qu'il y a de mieux à faire dans l'intérêt de votre sœur. Je vous ai déjà expliqué que vous étiez en tête de liste des gens les plus recherchés par les Boches. Et nous espérons tous que votre séjour ne durera pas trop longtemps. Le débarquement allié se prépare.

— Avec le recul, je me dis que j'aurais dû garder Sophia avec moi à Paris, soupira Édouard.

— Eh bien, on ne peut pas revenir en arrière, répliqua Venetia. J'ai réussi à envoyer un message dans le Sud pour informer nos amis là-bas de l'arrivée imminente de votre sœur. Ils vont la chercher et lui apporter toute l'aide dont elle aura besoin.

— Merci, Venetia, dit Édouard avec gratitude. Je les ai envoyées dans le Sud de bonne foi, en pensant que je pourrais les rejoindre.

— Ce qui est impossible, un point, c'est tout, répliqua Venetia avec brusquerie. J'ai vu votre visage sur un tract quand je suis sortie. Votre tête est mise à prix. Vous êtes connu à Paris, Édouard. Vous devez quitter le pays.

— Dans ce cas, vous prenez un gros risque en m'aidant.

— Pas plus que d'habitude, répondit Venetia en haussant les sourcils. Mais il est temps que nous agissions avant que la chance nous lâche. Nous partirons demain.

Édouard hocha la tête à contrecœur.

— Il va sans dire que j'apprécie tout ce que vous avez fait et tout ce que vous faites encore pour moi.

— Vous savez, Héros, vu le nombre de vies que vous avez sauvées au cours des quatre dernières années, c'est un honneur pour moi.

***

Connie aida Sophia, manifestement épuisée, à descendre du train à la gare de Toulon. Elles quittèrent le quai sous une pluie battante et dans une obscurité totale. Connie s'avança vers le guichet et parla à l'employé à travers la grille.

— Excusez-moi, monsieur, à quelle heure part le prochain train du littoral pour Gassin ?

— Demain matin à dix heures, répondit l'employé d'une voix éraillée.

— Je vois. Pourriez-vous m'indiquer un hôtel où nous pourrions passer la nuit ?

— Prenez à gauche en sortant de la gare. Il y a un hôtel au coin de la rue, indiqua l'homme en fixant les cheveux ébouriffés et les vêtements froissés de Connie.

Puis, il baissa le store pour fermer le guichet.

Connie prit le bras de Sophia, et elles pataugèrent jusqu'à l'hôtel. Le temps qu'elles arrivent en bas de la rue, elles étaient trempées jusqu'aux os. L'intérieur de l'hôtel était plutôt miteux, mais il y faisait chaud. Connie put louer une chambre à un prix digne de ceux pratiqués au Ritz et aida Sophia, à bout de forces et dégoulinante, à monter au premier étage. Une heure plus tard, une fois que les deux femmes se furent lavées et séchées du mieux qu'elles le purent dans les sanitaires plutôt sommaires, Connie conduisit Sophia dans le petit restaurant et la fit asseoir à une table.

— Nous sommes bientôt arrivées à destination, déclara Connie pour la réconforter. S'il vous plaît, Sophia, essayez de manger quelque chose.

Elles picorèrent toutes deux dans leurs assiettes. Connie ne cessait de penser à Sarah, Édouard et Venetia. Elle se dit qu'elle et Sophia avaient beaucoup de chance d'être libres, au chaud et au sec, ce soir-là. De plus, c'était le genre de mission pour laquelle elle s'était entraînée pendant des semaines et elle avait enfin l'occasion de faire ses preuves.

Une voix s'immisça dans ses pensées.

— Vous avez encore beaucoup de route, madame ?

Elle se retourna et vit un jeune homme assis à la table d'à côté qui les regardait avec intérêt.

— Nous rentrons chez nous, répondit Connie avec prudence. Nous vivons un peu plus loin, le long de la côte.

— Ah ! la Côte d'Azur ! Pour moi, il n'y a pas de plus bel endroit au monde.

— Oui, monsieur, je suis d'accord avec vous.

— Vous étiez allées rendre visite à des parents ?

— Oui, dit Connie en réprimant un bâillement. Et le trajet retour a été particulièrement long.

— Les voyages, de nos jours, sont souvent des parcours semés d'embûches. Je suis ingénieur agricole et je me déplace régulièrement dans le cadre de ma profession. Je peux vous dire que je vois beaucoup, beaucoup de choses. Vous voyagez seules ?

— Oui, mais nous sommes presque arrivées, répondit Connie, de plus en plus nerveuse face à ce flot ininterrompu de questions.

— C'est très courageux de votre part, par les temps qui courent. D'autant plus que votre compagne de route...

Le jeune homme ferma les yeux pour se faire comprendre.

Connie se mit immédiatement à paniquer. Qu'est-ce qui lui avait pris de s'asseoir en plein milieu d'un restaurant avec la sœur aveugle d'un homme recherché par la Gestapo ?

— Non, ma sœur n'est pas aveugle, elle est juste très fatiguée. Viens, Claudine, il est temps d'aller se coucher. Bonne nuit, monsieur.

Elle laissa Sophia se lever seule de table et ne lui prit le bras qu'à la dernière minute pour la conduire hors de la pièce.

— Qui était cet homme ? murmura Sophia d'une voix tremblante de peur.

— Je ne sais pas, mais je me demande si nous faisons bien de rester ici. Je...

Alors que Connie posait son pied sur la première marche de l'escalier, une main saisit son épaule, et elle sursauta, terrorisée. C'était l'homme qui les avait abordées au restaurant.

— Madame, je sais qui vous êtes, toutes les deux, dit-il à voix basse. N'ayez crainte, vous ne risquez rien avec moi. Des amis m'ont prévenu qu'une jeune femme allait se rendre dans notre région et on m'a demandé de la retrouver et de l'aider, elle et ses compagnes de voyage. Je vous ai aperçues à la gare de Marseille et je me serais présenté plus tôt, mais j'ai vu ce qui était arrivé à votre amie dans le train. Je dois veiller à ce que le reste de votre voyage se poursuive sans incident. Je connais très bien le frère de Mlle Sophia.

Connie resta silencieuse, ne sachant que faire.

— C'est un HÉROS, madame, ajouta l'homme en la regardant fixement.

En entendant le nom de code d'Édouard, Connie hocha la tête.

— Merci, monsieur, nous vous sommes très reconnaissantes.

— Demain, je vous accompagnerai jusqu'à la côte, jusqu'à la maison de Mademoiselle. Je m'appelle Armand et je suis à votre service. Bonne nuit.

— Pouvons-nous vraiment lui faire confiance ? demanda Sophia quand elle se mit au lit quelques secondes plus tard.

Si la Gestapo n'avait pas fait irruption dans la chambre d'ici au lendemain matin, Connie saurait que l'homme était digne de confiance.

— Oui, je pense. Votre frère, qui a beaucoup de contacts dans la Résistance, a dû faire passer le message et informer ses amis de notre arrivée.

— Je me demande quand Édouard va nous rejoindre, dit Sophia en soupirant. Oh ! Constance, je n'arrête pas de penser à la pauvre Sarah. Que pouvons-nous faire ?

— Espérons qu'ils se contenteront de l'interroger, puis qu'ils la relâcheront. Il faut dormir, Sophia, et dites-vous que, demain soir, nous serons en sécurité.

Le lendemain matin, après avoir déjeuné avec du pain frais et un croissant tout chaud, Connie se sentait revigorée. Armand lui avait fait un signe de tête à l'autre bout du restaurant. Puis, il avait fini de boire son café, s'était levé et avait regardé sa montre.

— J'ai été ravi de faire votre connaissance, madame. Je vais partir à pied jusqu'à la gare pour prendre le train du littoral.

Il leur sourit et quitta la pièce.

Quelques minutes après le départ d'Armand, Connie guida Sophia dans la rue qui menait à la gare. Armand porta la main à son chapeau en les voyant arriver. Après avoir acheté deux billets et fait asseoir Sophia sur un banc du quai, Connie observa Armand qui lisait tranquillement le journal.

Le petit train entra en gare, et tout le monde s'avança vers les portes sans prendre la peine de se mettre en file indienne comme c'était le cas en Grande-Bretagne. Connie aida Sophia à monter dans le train, puis l'installa sur un siège près de la fenêtre. Elle chercha Armand des yeux, mais il avait à l'évidence disparu dans la deuxième voiture.

Le trajet jusqu'à Gassin durait un peu plus de deux heures. Connie regarda les petits villages côtiers défiler sous ses yeux. En plein été, ils surplombaient des eaux d'un bleu profond. Pourtant, en ce début décembre, les vagues au-dessous d'elle étaient d'un gris menaçant. Impatiente d'être enfin au chaud, elle frissonna. Elle était transie.

Heureusement, elles arrivèrent sans encombre à la gare de Gassin et descendirent du train sous une pluie torrentielle. Une fois que le train fut reparti à grand bruit et que les quelques passagers sur le quai se furent dispersés, elles se retrouvèrent seules avec un âne et une charrette. Quelques minutes plus tard, Armand surgit de nulle part, poussant deux bicyclettes.

Connie le regarda, horrifiée.

— Monsieur, vous pensez bien que Sophia ne sait pas faire du vélo. Pourquoi ne partirions-nous pas avec l'âne et la charrette ?

— Charlotte, l'ânesse, transporte le courrier jusqu'au village de Gassin en haut de la colline, dit

Armand en regardant l'animal avec tendresse. Mais sa disparition pourrait attirer l'attention des villageois sur la présence de Sophia.

— Mais, monsieur, elle ne risque pourtant pas de parler !

— Il est vrai que Charlotte est digne de confiance.

Les yeux d'Armand se mirent à pétiller face à l'absurdité de leur conversation.

— Mais je ne peux pas répondre de son maître, le facteur. Le château se trouve à cinq minutes d'ici à bicyclette. Sophia n'a qu'à se cramponner à ma taille.

— Non ! s'écria Sophia, horrifiée. Je ne peux pas.

— Mademoiselle, il le faut. Bon, dit-il en se tournant vers Connie. Prenez ça.

Armand lui tendit la petite valise de Sophia, qu'elle rangea dans la corbeille devant le guidon de la bicyclette.

— Et aidez-moi à faire monter Mademoiselle.

— S'il vous plaît, ne me forcez pas ! gémit Sophia.

Trempée jusqu'aux os, Connie finit par perdre patience.

— Sophia, pour l'amour du ciel, montez sur cette bicyclette avant que nous n'attrapions tous une pneumonie !

Le ton brusque de Connie mit fin aux protestations de Sophia, et ils l'aidèrent à s'installer sur la selle.

— Passez vos bras autour de ma taille et tenez-vous bien, lui recommanda Armand en s'asseyant à califourchon sur la bicyclette devant Sophia. Bon, allons-y.

Connie regarda Armand pédaler en vacillant sur la route cahoteuse, Sophia se cramponnant à sa taille comme si sa vie en dépendait. Elle les suivit et, quelques minutes plus tard, alors que l'eau dégoulinait de ses cheveux blonds presque blancs, elle vit Armand bifurquer et quitter la route principale. Après avoir parcouru quelques mètres sur un chemin étroit, il s'arrêta pour laisser Connie les rattraper.

— Et voilà, mademoiselle ! Vous venez de faire votre première balade à vélo.

Il aida Sophia, encore toute tremblante, à descendre de la bicyclette qu'il coucha au sol en faisant signe à Connie de faire la même chose avec la sienne.

— Nous devons continuer à pied. Le terrain est trop accidenté pour les roues. Nous arrivons par l'arrière du château. Nous allons traverser les vignes pour rejoindre directement la cave. La bonne nouvelle, c'est que nous n'avons pas rencontré âme qui vive depuis que nous avons quitté la gare.

Il guida Sophia sur le chemin en veillant à ce qu'elle ne mette pas le pied dans un nid-de-poule ou une flaque.

— Nous avons eu de la chance qu'il pleuve.

— Nous sommes arrivés ? demanda Sophia.

— Oui, nous serons à la cave dans quelques minutes, dit-il d'un ton rassurant.

— Dieu merci ! s'écria Sophia, haletante de peur et d'épuisement.

— Jacques vous attend, annonça Armand.

La simple évocation de son nom sembla donner des ailes à Sophia, qui se mit tout à coup à avancer plus vite. Une grande bâtisse aux murs crépis apparut, et Armand tira les grosses portes en bois au centre. Connie faillit se mettre à pleurer quand ils entrèrent enfin au chaud et qu'ils furent à l'abri de la pluie. Quel soulagement !

Ils pénétrèrent dans une vaste salle où il faisait très sombre et où l'air était imprégné d'une odeur de raisin fermenté. D'immenses fûts de chêne étaient alignés contre les murs, et une silhouette surgit devant une porte entre deux tonneaux.

— Sophia, c'est vous ? chuchota une voix dans l'ombre.

— Jacques !

Sophia tendit ses bras aussi fins que ceux d'une petite fille, et un homme grand et costaud, âgé d'une trentaine d'années, au visage hâlé et ridé par le soleil, s'avança vers elle.

— Ma chère Sophia, vous êtes saine et sauve, Dieu soit loué !

L'homme la serra contre son torse large et puissant, et Sophia se laissa aller à sangloter au creux de son épaule. Il caressa ses cheveux trempés et murmura avec tendresse :

— Ne vous inquiétez pas. Jacques est là maintenant. Je vais veiller sur vous.

Connie et Armand assistèrent en silence à ces retrouvailles émouvantes. Puis, Jacques se tourna vers eux.

— Merci de l'avoir ramenée à la maison, leur dit-il d'une voix éraillée par l'émotion. J'ai cru qu'elle n'allait pas y arriver. Quelqu'un vous a-t-il vu sur le chemin ?

— Jacques, on ne voyait pas à deux centimètres avec cette pluie, répliqua Armand en riant. Les conditions n'auraient pas pu être meilleures.

— Parfait. À présent, mesdames, il y a un feu dans ma maison et vous devez vous changer toutes les deux. Vos vêtements sont trempés.

Jacques lâcha Sophia et s'avança à grands pas vers Armand.

— Merci, mon ami. Je suis sûr que le comte n'oubliera jamais ce que tu as fait pour lui.

— Je n'ai pas fait grand-chose. C'est cette dame qu'il faut remercier, dit Armand en montrant Connie.

— Où est Sarah, la femme de chambre de Sophia ? demanda Jacques à Connie.

— Monsieur, je…

— Sarah a été arrêtée juste avant Marseille, intervint Armand.

— Alors, qui est-ce ? demanda Jacques en plissant les yeux et en fixant Connie.

— Une amie du comte et l'une des nôtres. Mais Constance vous expliquera tout cela en temps voulu.

— Très bien.

Jacques semblait rassuré.

— Venez, Sophia, nous devons vous mettre au chaud. À bientôt, j'en suis sûr, lança-t-il à Armand avec un signe de tête.

— Au revoir, mademoiselle Constance. Je suis certain que nous nous reverrons.

Armand lui adressa un grand sourire.

— Nous tenons toutes deux à vous remercier pour votre aide, dit sincèrement Connie. Vous avez beaucoup de route à faire ?

— Ce n'est pas une question à poser par les temps qui courent. J'ai beaucoup de maisons.

Il lui fit un clin d'œil, puis, après avoir mis sa veste trempée sur sa tête pour se protéger, bien inutilement d'ailleurs, il quitta la cave.

— Suivez-moi, dit Jacques en faisant un signe de tête en direction de Connie.

Il fit passer Sophia entre les deux immenses tonneaux, poussa la porte, puis ils traversèrent un couloir aboutissant à une belle cuisine. Une merveilleuse chaleur accueillit Connie quand elle pénétra dans un minuscule salon où un feu crépitait dans l'âtre.

— Je vais aller vous chercher des vêtements chauds à l'étage. Ceux que vous avez emportés doivent être aussi trempés que ceux que vous avez sur vous, déclara Jacques en montrant leur valise en cuir qui avait formé une flaque sur le sol dallé.

— Oh ! Constance ! s'exclama Sophia en enlevant son manteau qu'elle lui tendit. Je n'ai jamais été aussi heureuse d'arriver quelque part.

— Oui, le voyage a été éprouvant, mais nous sommes enfin arrivées, Sophia, et vous allez pouvoir vous reposer.

Jacques descendit l'escalier et revint avec deux épaisses chemises et deux pulls en laine.

— Voilà qui fera l'affaire pour l'instant, dit-il d'un ton bourru en tendant à chacune un linge pour sécher leurs cheveux trempés. Je vais faire du café et préparer quelque chose à manger pendant que vous vous changez.

Il quitta la pièce en fermant la porte derrière lui.

— Je me demande pourquoi Jacques ne nous emmène pas directement au château, fit remarquer Sophia tandis que Connie l'aidait à enlever le reste de ses vêtements mouillés. J'ai une garde-robe remplie de vêtements propres là-bas.

Connie, qui n'avait aucune idée de l'endroit où se trouvait le château par rapport à la cave et qui ignorait ce qu'Édouard ou Jacques avaient prévu, haussa les épaules.

— Je suis sûre qu'il a pensé que le plus urgent était que vous vous réchauffiez et que vous vous séchiez.

— Oui, et je suis heureuse d'être ici. Le château est l'endroit que je préfère sur cette terre.

Les doigts de Sophia cherchèrent à tâtons les boutons sur la chemise de Jacques qui lui arrivait au-dessous des genoux.

— Maintenant, asseyez-vous près du feu et séchez vos cheveux, dit Connie qui se déshabilla et ramassa la pile de vêtements dégoulinants qu'il faudrait essorer avant de les étendre devant le feu. Jacques revint de la cuisine avec un plateau sur lequel il avait posé deux tasses de café. Il le laissa sur la table devant elles.

Connie but le sien en silence, pendant que Sophia discutait avec Jacques et lui demandait des nouvelles des ouvriers agricoles qui travaillaient dans les vignes.

— Malheureusement, Sophia, il ne reste plus que moi ici. Tous les autres hommes sont partis au combat ou ont été envoyés en Allemagne pour travailler dans les usines des Boches. Ils m'ont laissé dans cette cave, car ils se servent de mon eau-de-vie pour leurs torpilles. Il y a une usine qui en fabrique des centaines à quelques kilomètres d'ici. La dernière fois qu'ils sont venus, je leur ai dit que je ne pouvais pas leur donner ce dont ils avaient besoin. Je leur ai dit qu'ils avaient bu trop de mon eau-de-vie et que je n'en avais plus.

Les yeux de Jacques se mirent à pétiller.

— Je mentais, bien sûr.

— Mais je croyais qu'il n'y avait pas beaucoup d'Allemands par ici, s'inquiéta Sophia. Que nous étions en sécurité…

— Malheureusement, beaucoup de choses ont changé depuis la dernière fois que vous êtes venue, dit Jacques en soupirant. Tout le monde vit dans l'angoisse, exactement comme à Paris. Il y a eu une exécution publique à l'hippodrome de la Foux, près de Saint-Tropez, il y a quelques semaines. Les Boches ont fusillé quatre maquisards, des collègues de notre cher ami Armand. C'est une époque dangereuse et nous devons être très prudents.

— Mais qu'en est-il du château ? de la gouvernante ? des femmes de chambre ? demanda Sophia.

— Elles sont toutes parties. Le château est fermé depuis deux ans.

— Alors, qui va nous aider, une fois que nous nous serons installées ?

— Mademoiselle Sophia, répondit Jacques en lui prenant la main, vous ne vivrez pas dans le château. Ce serait beaucoup trop dangereux. Si Édouard a réussi à s'échapper, c'est le premier endroit où ils vont venir le chercher. Et s'ils vous trouvent là-bas, ils vont vous arrêter et vous interroger. Vous viviez sous le même toit que lui, après tout, pendant que votre frère menait courageusement sa double vie.

— Mais je ne sais rien, gémit Sophia en se tordant les mains de désespoir. Que pourraient-ils bien vouloir de moi ? De plus, j'ignore si mon pauvre frère est encore en vie ou s'il est mort.

Connie mesura à quel point Édouard avait protégé Sophia. Elle n'avait connu aucune privation physique depuis le début de la guerre, quatre ans auparavant. Elle vivait dans le luxe comme avant. Sa famille l'avait élevée dans du coton, Édouard avait continué à la protéger de tout danger, depuis, grâce à sa fortune et à sa position.

— Sophia, ma chère, vous devez comprendre que personne ne doit vous voir ici. Votre frère ne vous l'a-t-il pas expliqué ? Il ne vous a pas envoyée au château pour que vous vous y installiez et y viviez normalement. Les Boches viendraient vous arrêter dès qu'ils auraient vent de votre présence ici. Non, s'il vous a envoyée ici, c'est qu'il sait, tout comme moi, qu'il y a une cachette sûre où vous pourrez rester jusqu'à la fin de la guerre. Et ça ne devrait plus être long, je vous le promets.

— Où est cette cachette ? demanda Sophia, terrifiée.

— Je vous la montrerai plus tard, une fois que nous aurons mangé. Quant à vous, mademoiselle Constance, vous vivrez dans la maison avec moi, indiqua Jacques en se tournant vers elle. Nous dirons que vous êtes ma nièce si quelqu'un venait à poser des questions.

— Ne pensez-vous pas qu'il serait préférable que je parte de mon côté ? suggéra Connie. Armand pourrait peut-être m'aider à prendre contact avec un réseau local qui pourrait me faire regagner l'Angleterre. Je...

Jacques parut horrifié par la proposition de Connie.

— Mais qui s'occuperait alors de Mlle Sophia ? Je suis un homme et je ne peux pas l'aider pour certains gestes de la vie quotidienne, bredouilla-t-il en dansant d'un pied sur l'autre, embarrassé. Comme sa présence ici ne doit pas être découverte, je ne pourrai pas chercher quelqu'un au village. Je ne fais confiance à personne.

— Constance ! Ne me laissez pas ici ! s'écria Sophia en pleurant. Je ne peux pas me débrouiller seule, vous le savez. S'il vous plaît, vous devez rester avec moi, la supplia-t-elle en cherchant la main de Connie.

Une fois encore, Connie vit ses espoirs d'échapper aux griffes de la famille de La Martinières s'envoler. Résignée, elle prit la main de Sophia et hocha la tête.

— Bien sûr, je ne vais pas vous abandonner, Sophia.

— Merci, murmura Sophia, l'air visiblement soulagé, et Connie remarqua qu'elle avait instinctivement posé une main protectrice sur son ventre.

Sophia se tourna ensuite vers Jacques.

— La cachette dont vous m'avez parlé se trouve-t-elle ici, dans votre maison ?

— Non, c'est impossible. Les Boches viennent ici chaque fois qu'ils veulent remplir leurs ventres de vin et leurs torpilles avec l'eau-de-vie que la cave produit.

Jacques poussa un long soupir.

— Comme je vous l'ai dit : je vous la montrerai une fois que nous aurons mangé.

Connie eut au moins un motif de se réjouir : Sophia mangea jusqu'à la dernière bouchée la copieuse soupe à base de légumes et de haricots blancs que Jacques avait préparée.

— J'ai si faim tout à coup, constata Sophia en souriant. Ce doit être l'air de la Provence.

Connie ramena Sophia vers le fauteuil devant la cheminée et la fit asseoir. Sophia bâilla.

— J'ai vraiment sommeil, Constance, je n'arrive plus à garder les yeux ouverts.

— Alors, fermez-les.

Une fois qu'elle fut certaine que Sophia dormait, Connie se rendit dans la petite cuisine et aida

Jacques à laver les casseroles et la vaisselle du souper.

Jacques avait le visage grave tandis qu'il rangeait les assiettes dans un petit placard.

— L'endroit où Sophia doit se cacher ne va pas lui plaire, même si j'ai essayé de le rendre le plus confortable possible. Mais c'est en sous-sol, il y fait froid et il y a peu de lumière naturelle. Peut-être est-ce une bonne chose, dans ce contexte, que Sophia n'ait de toute façon pas de lumière dans sa vie, poursuivit Jacques en soupirant. Je pense que, pour n'importe quel voyant, cette cachette serait pire que la mort. Espérons que les Alliés gagneront bientôt la guerre et que Sophia pourra retrouver son entière liberté.

— Que nous retrouverons tous notre liberté, murmura Connie en anglais.

— Elle doit descendre dans cette cachette le plus tôt possible. Je n'ai pas voulu en parler devant elle, mais la Gestapo est venue pas plus tard qu'hier. Ils ont fouillé et le château et la cave. Paris avait dû les informer de la disparition d'Édouard. Mais ils ne trouveront jamais l'endroit où nous cacherons Sophia. Et qu'en est-il de vous, madame ? Comment se fait-il que vous jouiez désormais les domestiques pour Sophia ?

— Eh bien, je…

Jacques vit ses doutes et son inquiétude dans son regard.

— Madame, ma famille s'occupe du vignoble du domaine depuis deux cents ans. Édouard et moi avons grandi ensemble. Il est le frère que j'aurais aimé avoir. Nous avons tous deux les mêmes rêves pour notre pays. Comme vous allez vivre sous mon toit dans les semaines et les mois qui viennent, je crois que vous devez me faire confiance.

— Oui.

Connie prit une profonde inspiration et raconta son histoire. Jacques l'écouta calmement sans jamais quitter son visage des yeux.

— Ainsi, conclut-il, vous êtes un agent d'élite dont les talents n'ont pas été exploités jusqu'à présent. C'est vraiment dommage. Enfin, si la Gestapo revient et vous trouve ici avec moi, je saurai que vous avez été formée pour affronter de telles situations. Est-il possible qu'ils aient une photo de vous dans l'un de leurs fichiers ?

— Non. De plus, j'ai changé d'apparence, depuis. J'ai modifié la couleur de mes cheveux.

— Parfait. Demain, je ferai faire de nouveaux papiers pour vous, indiquant que vous êtes ma nièce de Grimaud et que vous êtes venue m'aider à mettre le vin en bouteilles et à tenir ma maison. Ça vous va ?

Connie se demanda combien de faux noms elle allait encore utiliser avant de quitter la France.

— Bien sûr, Jacques. Faites comme bon vous semblera.

— Heureusement pour vous, vous allez pouvoir prendre la petite chambre à l'étage à côté de la mienne. C'est vraiment dommage que Sophia ne puisse pas avoir cette chance, mais vous devez comprendre, mademoiselle Constance, que, si la Gestapo décidait de se pointer en plein milieu de la nuit, la cécité de Mademoiselle nous empêcherait de la cacher suffisamment vite. Et j'ai promis à son frère que je veillerais à ce qu'il ne lui arrive rien. Nous devons la protéger, et elle doit l'accepter, coûte que coûte.

— Bien sûr. Et je crois qu'il y a autre chose que vous devriez savoir…

Connie avait décidé de lui dire toute la vérité à propos de Sophia.

— Elle est enceinte.

Le visage de Jacques exprima toute une série d'émotions avant de se figer. Il était horrifié.

— Comment est-ce possible ? *Qui* ? Édouard est-il au courant ? finit-il par demander.

— Non, et d'ailleurs Sophia ne m'en a pas encore parlé. C'est Sarah, sa femme de chambre, qui a confirmé mes soupçons. Elle la connaît intimement. Malheureusement, monsieur, ce n'est pas tout.

Connie respira bien fort.

— Le père est un officier allemand qui occupe un poste très important au sein des SS.

Cette information supplémentaire laissa Jacques pantois.

— Je suis vraiment désolée de vous l'apprendre, ajouta Connie, devinant qu'il était sous le choc.

— Ma petite Sophia… Je n'en reviens pas, souffla Jacques en secouant la tête. Moi qui croyais qu'il fallait seulement la protéger des Boches. Mais si on apprenait que le père de cet enfant est un officier SS, toute la colère de la France se déverserait sur elle. Il y a tout juste quelques semaines, une femme soupçonnée de coucher avec l'ennemi a disparu de sa maison dans le village une nuit. Son corps a été rejeté sur le rivage un peu plus au sud. Elle avait été frappée à mort, et son cadavre avait ensuite été balancé à la mer. (Jacques secoua la tête.) Madame, ça ne pourrait pas être pire.

— Je sais, acquiesça Connie d'un air sombre. Mais que pouvons-nous faire ?

— Vous êtes certaine que personne d'autre n'est au courant de sa liaison avec cet officier ? Ou de son état ?

— Oui, j'en suis certaine.

— Dieu merci ! s'exclama Jacques. Eh bien, il faut que le secret continue à être bien gardé.

— La seule chose que je pourrais dire, peut-être, c'est qu'Édouard a admis un jour qu'il appréciait l'homme en question. Que si la vie avait été différente, ils auraient peut-être pu être amis. Frederik nous a aidées à nous enfuir de Paris. Je pense que c'est un homme bon.

— Non ! (Jacques secoua vigoureusement la tête.) C'est un Allemand et il a pillé notre pays et violé nos femmes !

— Je suis d'accord mais, parfois, l'insigne que nous sommes contraints de porter dans la vie ne correspond pas forcément à ce que nous sommes réellement, ni le camp que nous soutenons en réalité. Enfin, telle est la situation aujourd'hui.

— Alors, il est encore plus impératif que Sophia reste cachée. Même si j'ignore quelles seront les conséquences pour elle, une fois que la guerre sera terminée, déclara Jacques d'un ton grave.

Il secoua la tête et porta la main à son front.

— Vous devez comprendre : je l'aimais comme si c'était ma chair et mon sang, depuis qu'elle est toute petite. Je ne peux pas me faire à l'idée que… (Il frémit et secoua la tête.) La guerre nous fait perdre la tête à tous. Et voilà qu'elle vient de ruiner la vie d'une jeune femme magnifique et vulnérable. Ce n'est pas à moi de prendre des décisions pour son avenir, mais la vie est déjà extrêmement compliquée pour une femme non mariée. Espérons qu'Édouard survivra à la chasse à l'homme qui a été lancée contre lui et qu'il pourra reprendre en main la vie de Sophia. En attendant, nous devons, vous et moi, faire de notre mieux pour la protéger.

Plus tard dans la nuit, Jacques ramena Sophia dans le chai, là où étaient alignés les immenses fûts de chêne. Ils se dressaient au-dessus de Connie, atteignant six mètres de hauteur, et protégeaient le jus qui fermentait dedans.

Jacques s'arrêta devant un tonneau au fond de la cave, puis monta sur une petite échelle devant l'immense robinet, il fit coulisser l'avant du tonneau et se glissa à l'intérieur. Sophia et Connie l'entendirent déplacer des planches au fond. Puis, il montra sa tête.

— Mademoiselle Sophia, ça va être un peu difficile pour vous, mais je serai là pour vous aider. Madame Constance, pouvez-vous la faire monter jusqu'à moi, puis la suivre ?

— Nous allons dans un fût ? demanda Sophia, complètement désorientée. C'est là-dedans que je vais devoir me cacher durant les prochaines semaines ?

— Prenez la main de Jacques, insista Connie tout en aidant Sophia à monter l'échelle et à enjamber le rebord.

Sophia disparut à l'intérieur, où l'obscurité était totale, et Connie entendit Jacques lui parler tout doucement.

— À vous, mademoiselle Constance, dit sa voix qui résonnait à l'intérieur du tonneau.

Connie gravit les derniers échelons et, quand elle regarda dans le fût, elle vit que trois des planches du fond avaient été enlevées. Sophia et Jacques, lequel tenait une lanterne, étaient à présent dans la pénombre au-dessous du fût. Elle passa par l'ouverture et vint les rejoindre.

— Suivez-moi.

Jacques avait pris le bras de Sophia dans une main et la lanterne de l'autre.

Connie dut baisser la tête pour avancer dans le passage étroit et se dit que, Dieu merci, Sophia était aveugle et habituée aux ténèbres.

Le tunnel, car c'était bien ça, semblait interminable. Connie, qui n'était pourtant pas claustrophobe, n'était pas loin de suffoquer quand Jacques arriva devant une porte très basse et la déverrouilla. Ils entrèrent dans une pièce carrée, dotée d'une petite fenêtre avec des grilles tout en haut de l'un des murs en briques nues. Une fois que ses yeux se furent habitués à l'obscurité, Connie distingua un lit, une chaise et une commode. Un petit tapis avait même été posé sur le sol en pierres.

— Où sommes-nous, Jacques ? demanda Sophia en s'agrippant à son bras tandis qu'il la faisait asseoir sur le fauteuil. Il fait si froid et ça sent l'humidité, c'est affreux.

— Nous sommes dans la cave du château. Le cellier est juste à côté. Vous serez en sécurité ici, Sophia.

La panique déforma les traits de Sophia.

— Vous voulez dire que je dois rester ici ? Dans cet endroit froid et humide ? Et traverser ce long tunnel chaque fois que je veux quitter ma chambre ? Vous ne pouvez pas me laisser ici, Jacques, *s'il vous plaît** !

— Mademoiselle Sophia, tant qu'on ne vous voit pas entrer dans le château par l'extérieur, je ne vois pas pourquoi vous ne pourriez pas de temps à autre vous aventurer à l'étage, à condition que tous les volets restent fermés. Vous pourrez même vous promener dans le jardin clos, où personne ne vous verra. Mais, pour votre sécurité, c'est là que vous devez dormir pour le moment.

— Mais comment vais-je faire ma toilette ? demanda Sophia d'une voix presque hystérique. Et toutes les autres choses qu'une dame doit faire ?

Jacques poussa une porte et éclaira la pièce d'à côté avec sa lanterne.

— Il y a ici un lavabo et des toilettes de fortune pour vous.

Connie regarda à l'intérieur et vit un lavabo sous un robinet et une chaise percée. La lampe à pétrole que Jacques tenait s'éteignit soudain, et ils se retrouvèrent tous les trois dans le noir total.

C'était le monde de Sophia ; le monde de l'obscurité, pensa Connie pendant que Jacques essayait de rallumer la lanterne. En cet instant, dans cette pièce sans lumière qui allait devenir la prison de Sophia, Connie se dit qu'il était en effet préférable qu'elle ne voie rien.

— Je ne peux pas rester ici toute seule, gémit Sophia en se tordant les mains. Je ne peux pas !

— Vous n'avez pas le choix, répondit Jacques avec brusquerie. Comme je vous l'ai dit, vous pourrez sortir dans la journée, mais la nuit, nous ne pouvons pas prendre de risques.

— Connie ! (Sophia tendit la main pour la toucher.) Ne me laissez pas là, je vous en supplie ! dit-elle en pleurant de désespoir.

Jacques ignora les supplications de Sophia.

— Constance, je vais vous montrer comment accéder au château d'ici. Le concepteur de cette cachette était très rusé. Il y a deux sorties.

Il avança jusqu'au mur à l'autre bout de la pièce et tourna une clé dans la serrure d'une minuscule porte. Il l'ouvrit et Connie vit un immense cellier derrière. Jacques la guida jusqu'à une volée de marches.

— Elles vous conduiront directement au château, à l'arrière. Tant que vous n'ouvrez pas les volets de la maison, vous pourrez utiliser la cuisine pour prendre de l'eau et préparer à manger pour Sophia. N'allumez jamais de feu dans la cheminée ! Nous sommes dans une vallée et la fumée pourrait être vue du village au-dessus.

— Bien sûr, répondit-elle, un peu rassurée de savoir qu'il existait un moyen beaucoup plus praticable de quitter cette cellule souterraine.

— Je vous laisse ici avec Mlle Sophia, pour l'aider à s'installer pour la nuit. Demain, vous pourrez l'emmener dans le château si elle veut prendre un bain et récupérer quelques vêtements. Mais, je vous le redis, il ne doit y avoir aucune lumière derrière les fenêtres du château la nuit. Cela se verrait à des kilomètres à la ronde et les gens en déduiraient qu'il est de nouveau habité.

— Je comprends.

— Vous retrouverez votre chemin ? Je vous laisserai une lampe, précisa Jacques tandis qu'ils retournaient dans la cellule, où Sophia pleurait doucement, la tête entre ses mains.

— Oui.

Une fois que Jacques les eut quittées, Connie s'assit sur le lit à côté de Sophia et lui prit la main.

— Ma chère Sophia, soyez courageuse. Vous ne passerez que vos nuits ici. Dites-vous que c'est pour votre sécurité. Ce n'est pas si cher payé.

— Mais c'est si horrible ! L'odeur...

Sophia soupira et posa sa tête sur l'épaule de Connie.

— Constance, voulez-vous bien rester ici avec moi jusqu'à ce que je m'endorme ?

— Oui, bien sûr.

Assise avec, dans ses bras, Sophia qu'elle berçait comme un bébé, Connie se demanda comment elle avait pu être envoyée en France en tant qu'agent du SOE pour finalement atterrir dans une famille aristocratique où elle était désormais chargée de jouer les nurses pour une enfant gâtée... Pourquoi la vie lui avait-elle fait prendre un tel chemin ?

***

Édouard était assis avec Venetia à l'orée d'un bois dense qui s'ouvrait sur un grand champ bien plat. Ils étaient quelque part à l'ouest de Tours, même si, après les différents moyens de transport qu'on lui avait fait prendre, tous plus inconfortables les uns que les autres, il avait quelque peu du mal à s'orienter. Toutefois, il avait fini par arriver à bon port, et l'homme accroupi à côté de Venetia faisait des signaux avec sa lampe tandis qu'un avion approchait. L'homme éteignit et ralluma sa lampe trois fois pour informer le pilote que tout allait bien, et l'avion amorça sa descente.

— Bon, Édouard, on dirait que vous allez réussir à partir d'ici. Vous transmettrez mes amitiés à l'Angleterre, n'est-ce pas ? dit Venetia avec entrain.

— Bien sûr. Vous auriez aimé venir avec moi ? demanda Édouard en se tournant vers elle.

Il entrevit, l'espace de quelques secondes, la douceur dans ses beaux yeux verts derrière le regard de défi.

— Dans un monde parfait, bien sûr, répondit-elle en hochant la tête. Ça fait plus d'un an que je n'ai pas revu mes parents. Mais le monde n'est pas parfait. Et je n'ai pas terminé ma mission ici.

— Je ne pourrais jamais vous remercier assez pour tout ce que vous avez fait pour moi, déclara Édouard, les yeux soudain embués de larmes à l'idée qu'il allait la laisser ici et qu'elle serait toujours en danger.

L'humour de Venetia, son courage et, surtout, son entrain, sa fougue avaient surpris et enchanté Édouard malgré son enfermement dans la cave, le voyage dangereux et cette blessure qui avait failli l'emporter.

— Vous allez me manquer.

— Vous aussi.

Elle lui sourit soudain.

— Si, avec un peu de chance, nous survivons à cette guerre, j'aimerais beaucoup vous revoir, Venetia.

— Moi aussi.

Elle baissa les yeux, embarrassée.

— Venetia, je...

Édouard la prit soudain dans ses bras et l'embrassa avec fougue sur la bouche.

Quand l'avion atterrit, elle se dégagea de son étreinte. Édouard vit des larmes dans ses yeux aussi. Il souleva son menton.

— Soyez courageuse, mon ange. Et surtout faites bien attention à vous.

— Après un tel baiser, je vais vraiment essayer. Allez, il est temps maintenant.

Ils traversèrent le champ en courant pour rejoindre le Lysander qui allait conduire Édouard de son pays à celui de Venetia.

Alors qu'Édouard s'apprêtait à monter à bord, il tendit un petit paquet à Venetia.

— S'il vous plaît, si vous ou un membre de votre organisation arriviez à contacter ma sœur au château, le contenu de ce paquet lui ferait comprendre que je suis sain et sauf.

— Je le lui ferai parvenir d'une manière ou d'une autre, promit Venetia en fourrant le paquet dans sa sacoche.

Édouard monta les marches, puis se retourna.

— Bonne chance, mon ange, et j'espère que nous nous reverrons bientôt.

Il monta à bord, et la petite porte se referma derrière lui. Venetia regarda l'avion rouler dans le champ, puis prendre de la vitesse et décoller pour rejoindre son pays de l'autre côté de la Manche.

— Viens, Claudette, il faut qu'on y aille, lança Tony, son compagnon, en la prenant par le bras et en l'entraînant vers le bois.

Venetia contempla le ciel noir avec mélancolie. La pleine lune illuminait le givre qui recouvrait le champ, le transformant en un tapis blanc féerique qui brillait de mille feux. À cet instant, elle décida qu'Édouard de La Martinières était un homme qu'elle pourrait vraiment aimer.

Le lendemain, après avoir confié le paquet d'Édouard à un agent de liaison qui se rendait dans le Sud, Venetia prit le train pour retourner à Paris. En arrivant dans sa nouvelle planque, elle jeta sa sacoche par terre en poussant un soupir de soulagement, puis alla dans la cuisine pour faire bouillir de l'eau et se préparer un thé.

— Bonsoir, Fräulein. Je suis très heureux de faire enfin votre connaissance.

Venetia se retourna et resta figée sur place quand elle reconnut les yeux bleus et froids du colonel Falk von Wehndorf.

Une semaine plus tard, après avoir été retenue au siège de la Gestapo, interrogée, puis torturée parce qu'elle refusait de donner les informations que les Allemands voulaient obtenir, Venetia fut emmenée dans la cour.

L'officier qui l'attacha au poteau la regarda avec dégoût.

— Donne-moi une dernière clope, lui demanda-t-elle en chancelant un peu et en s'efforçant de sourire.

Il alluma une cigarette et la mit dans sa bouche. Elle tira quelques bouffées et fit intérieurement ses adieux à sa famille outre-Manche.

Tandis que l'officier braquait son fusil sur son cœur, Venetia ferma les yeux, et sa dernière pensée fut pour Édouard de La Martinières et le baiser qu'il lui avait donné.

25

Gassin, Sud de la France, 1999

Jacques avait le visage blême et semblait épuisé.

— Ça suffit, Papa. Tu dois te reposer, ordonna Jean, qui comprit que son père n'avait plus de forces. Je vais t'aider à monter.

— Mais il faut que je termine mon histoire... Je n'ai pas fini, je...

— Non, Papa, coupa Jean en aidant Jacques à se lever et en le conduisant vers la porte. Tu auras largement le temps de finir une autre fois. Tu pourras peut-être continuer demain.

Une fois qu'ils eurent quitté la pièce, Émilie regarda fixement le feu qui crépitait dans la cheminée. Elle ne pouvait s'empêcher de penser à Venetia qui était sans doute tombée amoureuse de son père quelques jours seulement avant sa mort. Émilie était impressionnée par la force et le courage de cette femme.

Jean descendit l'escalier et se hissa sur le garde-feu en face d'Émilie.

— C'est une histoire incroyable, murmura-t-il.

— Oui. Et maintenant, je me dis que la mort prématurée de ma tante est liée à son histoire d'amour avec Frederik.

— Eh bien, nous savons tous deux ce qui est arrivé après la guerre aux Françaises qui frayaient avec l'ennemi. Elles étaient passées au goudron et à la plume ou abattues par leurs voisins furieux.

Émilie frémit.

— Pourquoi a-t-il fallu que Sophia tombe amoureuse ?...

— Personne ne choisit de tomber amoureux d'une personne plutôt que d'une autre, Émilie, dit Jean calmement.

— Et le bébé de Sophia ? Il est mort aussi ?

— Qui sait ? Il ne nous reste plus qu'à attendre que Papa nous raconte la fin de l'histoire. Mais il est évident que Frederik était un homme bon. Et l'histoire de Papa ne fait que souligner que l'époque et le lieu de notre naissance conditionnent notre vie. Un homme choisit-il délibérément de partir se battre et de tuer d'autres êtres humains ? En ce temps-là, ils n'avaient tout simplement pas le choix, quel qu'ait été leur camp.

— Quand je pense aux souffrances qu'ont endurées nos aïeux, aux privations qu'ils ont connues, je me dis que nos petits soucis ne sont rien à côté.

— En effet. Heureusement que l'Occident semble avoir tiré les leçons de ces deux guerres mondiales. Pour l'instant, en tout cas, ajouta Jean d'un air sombre. Mais il y aura toujours des guerres. C'est le propre de l'homme de souhaiter le changement et de ne pas arriver à maintenir la paix. C'est la triste vérité. D'un autre côté, les circonstances extrêmes peuvent parfois révéler le meilleur de nous-mêmes. Votre père a certainement sauvé la vie de Constance en se rendant lui-même au café pour prévenir Venetia. À son tour, Constance a subi les pires tortures que peut endurer une femme pour protéger Édouard. La guerre peut aussi révéler le pire de nous-mêmes, comme avec Falk. Le pouvoir fait souvent tourner la tête des hommes.

— Alors, je suis contente de ne pas en avoir, dit Émilie en souriant.

— Bien sûr que vous en avez, Émilie, répliqua Jean en haussant les sourcils. Arrêtez de vous sous-estimer. Vous êtes une femme intelligente et belle. Vous avez en plus eu la chance d'être née dans une famille puissante et très respectée. Vous avez été gâtée par la vie… Bon… Il est tard et je dois me lever tôt demain, comme tous les jours.

— Oui, et vous avez raison, Jean. J'ai été gâtée par la vie. C'est seulement maintenant que je m'en rends compte, souffla Émilie.

Vingt minutes plus tard, elle était allongée dans le vieux lit de la petite chambre où Constance avait dû dormir pendant le temps qu'elle avait passé ici.

Elle entendit Jean faire couler de l'eau dans la salle de bains, puis fermer la porte de sa chambre. Émilie constata que Jean et son père étaient à présent les deux êtres qui se rapprochaient le plus de sa famille. Réconfortée par cette pensée, elle s'endormit.

Le lendemain matin, quand Émilie entra dans la cuisine, elle vit que Jean avait l'air soucieux.

— Papa respire très mal ce matin. J'ai fait venir le docteur. Vous voulez du café ?

— Oui, merci. Je peux faire quelque chose ?

En voyant la déception sur le visage d'Émilie, Jean passa un bras autour de ses épaules.

— Non, il est tout simplement très vieux et faible. Je suis désolé, Émilie, mais Papa ne pourra pas vous en raconter davantage aujourd'hui.

— Bien sûr, je suis égoïste, reconnut-elle pour s'excuser. C'est la santé de votre père qui compte le plus.

— Ça veut seulement dire qu'il vous faudra revenir très vite si vous souhaitez entendre la fin de l'histoire, renchérit Jean en souriant. Vous savez qu'il y aura toujours un lit pour vous pendant la restauration du château.

— Peut-être que je pourrai amener mon mari la prochaine fois. Après tout, c'est aussi l'histoire de sa grand-mère.

— Oui. Je peux vous laisser vous préparer votre petit déjeuner ? J'ai du travail à faire avant l'arrivée du docteur. J'espère juste qu'il ne va pas renvoyer Papa à l'hôpital. Il avait détesté la dernière fois. Bon, à tout à l'heure. Je viendrai vous voir avant votre départ.

Jean lui fit un signe de tête et quitta la cuisine.

Après le petit déjeuner, Émilie retourna dans sa chambre pour ranger dans son sac les quelques affaires qu'elle avait emportées. Elle entendit Jacques tousser dans la pièce d'à côté. Elle frappa doucement à sa porte, puis l'ouvrit et jeta un coup d'œil à l'intérieur.

— Je peux entrer ?

Jacques leva la main pour l'inviter à s'approcher.

Elle vit qu'il avait les yeux ouverts et elle s'avança vers lui. En voyant son corps pâle et ratatiné dans ce grand lit, elle ne put s'empêcher de penser à sa mère juste avant sa mort. Émilie s'assit au bord du lit et lui sourit.

— Je voulais vous remercier de m'avoir raconté l'histoire de ma famille pendant la guerre. J'espère que vous pourrez reprendre votre récit quand vous irez mieux.

Jacques ouvrit la bouche, et un grognement rauque en sortit.

— N'essayez pas de parler maintenant. Reposez-vous, conseilla Émilie d'un ton réconfortant.

Jacques prit sa main dans ses doigts décharnés, et elle fut surprise par sa force, lui qui paraissait si fragile. Il esquissa un semblant de sourire et hocha la tête.

— Au revoir et rétablissez-vous vite.

Émilie se pencha vers sa peau parcheminée et l'embrassa délicatement sur le front.

Jean était en haut avec son père et le médecin quand Émilie dut partir pour l'aéroport. Comme elle ne voulait pas les déranger, elle laissa un mot sur la table de la cuisine, dans lequel elle les remerciait tous les deux, puis elle monta dans sa voiture de location et prit la direction de Nice.

Elle ne put s'empêcher de culpabiliser en pensant à la rechute de Jacques. Le long récit qu'il avait entrepris l'avait-il épuisé au point d'aggraver son état ? L'énergie que cette plongée dans le passé lui avait coûtée, l'émotion qu'elle avait engendrée avaient certainement eu un impact sur sa santé.

Lorsque l'avion décolla de Nice, Émilie pria pour que Jacques se rétablisse, mais se résigna à ne jamais connaître la fin de l'histoire. Quelque part au-dessus du nord de la France, Émilie songea à ce qui l'attendait à la maison, ou du moins à ce qui lui faisait office de maison pour le moment.

Elle ne se réjouissait pas vraiment à l'idée de retourner à Blackmoor Hall après avoir passé deux jours dans le lieu qui lui tenait le plus à cœur, là où elle avait ses racines. Le ciel gris et froid de l'Angleterre, l'atmosphère tendue et déprimante qui régnait dans la maison ne l'enchantaient pas du tout. Il fallait s'armer de courage pour s'y préparer. Il lui faudrait aussi demander à son mari pourquoi il avait passé deux jours au château sans même lui en toucher mot…

Quand l'avion atterrit, qu'il descendit à travers les épais nuages de pluie et qu'il roula sur la piste dans l'obscurité, Émilie se ressaisit. C'étaient l'homme et la vie qu'elle avait choisis, et elle devait à présent s'accommoder de cette situation difficile mais provisoire.

Elle quitta l'aéroport et s'installa au volant du Land Rover tout en se sermonnant. Une maison froide et délabrée, deux frères qui se faisaient la guerre n'étaient rien à côté des horribles souffrances dont Jacques avait parlé la veille au soir.

En arrivant à Blackmoor Hall, elle constata que le vieux tacot que Sebastian utilisait pour se rendre à la gare n'était pas là. Émilie entra dans une maison silencieuse. Il faisait un froid de canard à l'intérieur.

Elle posa sa valise et se dirigea immédiatement vers la chaufferie pour remettre le chauffage en route. Voilà qui lui indiquait que Sebastian n'était pas repassé ici depuis qu'il était parti en début de semaine. Ce qui était étrange car, quand ils avaient parlé la veille, il lui avait dit qu'il appelait de la maison…

Peut-être était-il habitué à vivre sans chauffage, se dit Émilie en haussant les épaules, prête à pardonner. Il avait sans doute oublié de le rallumer. Elle monta à l'étage et trouva leur chambre exactement comme elle l'avait laissée deux jours auparavant. De retour à la cuisine pour se faire une tasse de thé, Émilie vit que la bouteille de lait à moitié vide n'avait pas bougé non plus.

Arrête ! pensa Émilie. Sebastian était peut-être rentré la veille au soir, avait passé la nuit ici, puis était reparti pour Londres le matin même. Le plus urgent dans l'immédiat n'était pas d'élaborer des scénarios, mais d'aller faire des courses, sinon ils n'auraient rien à manger pour le dîner.

Juste au moment où elle s'apprêtait à sortir, le vieux tacot de Sebastian se gara dans l'allée. Émilie s'arrêta sur le pas de la porte, hésitante, et le regarda descendre de voiture.

— Chérie ! Je suis content que tu sois de retour !

Sebastian ouvrit grand les bras en s'avançant vers elle et la prit contre lui. Ses lèvres cherchèrent immédiatement les siennes et il l'embrassa.

— Tu m'as manqué.

— Toi aussi, Sebastian, j'étais tellement inquiète, je…

— Chut, Émilie.

Sebastian posa un doigt sur les lèvres d'Émilie.

— Nous sommes ensemble à présent.

Sebastian semblait avoir retrouvé sa bonne humeur habituelle, et ils passèrent un agréable week-end. Ils firent l'amour, se levèrent tard, cuisinèrent quand ils avaient faim et, le dimanche après-midi, ils se promenèrent dans les terres de la propriété. Bien que négligés et mal entretenus, les jardins montraient les premiers signes du printemps.

— Il y a tellement à faire, je ne sais même pas par où commencer, avoua Sebastian tandis qu'ils traversaient la pelouse pour regagner la maison.

— J'aime jardiner. Je vais voir ce que je peux faire. Comme ça, j'aurai une occupation pendant ton absence.

— Pourquoi pas ? dit Sebastian quand ils entrèrent dans la cuisine. Tu veux un thé ?

— Oui, s'il te plaît.

— C'est un peu frustrant de voir tout ça, non ? En plus, je vais souvent être absent durant les prochains mois.

— Alors, je devrais peut-être sérieusement envisager de m'installer à Londres avec toi, déclara Émilie d'un ton résolu tandis qu'il lui tendait sa tasse de thé. Ce n'est pas bon d'être si souvent séparés, d'autant plus que nous venons de nous marier. Et je ne comprends pas pourquoi tu ne laisserais pas ta femme utiliser son argent pour le bien de notre relation, ajouta-t-elle, surprise par son soudain courage.

— Oui, tu as raison. Je propose que nous en reparlions dans quelques semaines. Nous pourrions chercher un petit appartement. Je ne veux vraiment pas que tu voies mon débarras, ma petite femme cinq étoiles !

Émilie faillit répliquer que peu lui importait où ils vivaient mais, comme il paraissait enfin disposé à ce qu'elle emménage avec lui à Londres, elle préféra s'abstenir.

Cette nuit-là, cependant, elle lui demanda pourquoi il était allé au château à Gassin sans lui en parler. Ils étaient tous deux allongés dans le lit, et Sebastian la regarda bizarrement.

— Quoi, mais je te l'ai dit pourtant. Tu ne t'en souviens pas ? (Il pouffa.) Tu ne souffrirais pas de démence précoce par hasard ? Pourquoi ne te l'aurais-je pas dit ?

— Sebastian, je suis sûre que tu ne l'as pas fait.

— Mais quelle importance, quoi qu'il en soit ? Je n'attendrais pas de toi que tu me demandes la permission pour venir ici. Ma visite au château n'était pas programmée. Il se trouve que j'avais un peu de temps, alors, je me suis dit que j'allais passer pour commencer à emballer les livres. Tu ne m'en veux pas, n'est-ce pas ?

— Non, bien sûr que non.

— Bonne nuit, ma chérie, il faut que je me lève tôt demain pour prendre le premier train. Je vais essayer de dormir un peu.

Quand Sebastian éteignit la lumière, Émilie s'interrogea sur le don qu'avait son mari de justifier chacune de ses actions par des explications parfaitement plausibles et de lui donner ainsi l'impression qu'elle avait tort et qu'elle était ridicule de se poser des questions.

Ou peut-être avait-elle vraiment tort…

Elle laissa échapper un petit soupir, puis ferma les yeux en se disant que chacun devait faire des efforts pour donner ses chances à son couple et qu'il fallait être prêt à donner et à prendre.

Sebastian partit pour Londres à six heures, le lendemain matin, et Émilie essaya de se rendormir. Elle finit par renoncer, se leva et descendit à la cuisine pour préparer le café. Elle alluma son téléphone portable pour la première fois depuis qu'elle était rentrée dans le Yorkshire et écouta ses messages.

Il y en avait un de Jean lui apprenant que Jacques avait été admis à l'hôpital de Nice, mais qu'il réagissait bien aux antibiotiques et qu'il allait mieux. Il l'informerait dès que Jacques serait de retour à la maison et suffisamment rétabli pour poursuivre son histoire.

Il faisait beau, et Émilie décida de retourner au jardin pour voir par quoi elle pourrait commencer. Il était important qu'elle s'occupe et qu'elle se rende utile pendant qu'elle était là. Pourtant, en arrivant dans le jardin, elle se rendit compte que le travail dépassait de loin ses capacités physiques. Il fallait désherber les plates-bandes, tailler les arbustes, mettre de l'engrais. Le printemps serait déjà bien installé quand elle saurait ce qu'elle pourrait sauver après ces années d'abandon. Elle marcha jusqu'au verger et considéra le chaos qui y régnait.

Découragée par l'énormité de la tâche, Émilie retourna à l'intérieur pour refaire du café et décida qu'elle pourrait peut-être essayer de faire quelque chose de la jolie terrasse devant la cuisine, exposée à l'est. Les fissures qui parcouraient les vieilles dalles étaient couvertes de mousse, comme des traînées de bave d'escargot verte.

Elle fit la liste de tout ce qu'il lui faudrait acheter à la jardinerie du coin. Elle était certaine qu'avec un peu d'huile de coude et de nouvelles plantations, elle pourrait faire de ce petit espace un endroit agréable pour s'asseoir et profiter des beaux jours.

Quand elle revint de la jardinerie et du supermarché, Émilie sut qu'elle allait devoir se résoudre à passer voir Alex. Ses sentiments à son égard étaient des plus confus. Elle l'aimait beaucoup mais, chaque fois qu'elle le voyait, elle était décontenancée par son attitude. Quoiqu'il ne dît jamais rien de négatif à propos de Sebastian, elle sentait qu'il lui taisait quelque chose, et ces non-dits la déroutaient. Comme Sebastian et elle avaient profité du week-end pour renouer, elle ne voulait pas courir le risque de remettre en péril leur relation.

À dix-neuf heures, elle frappa à la porte d'Alex.

— Entre.

Alex était dans la cuisine en train de dîner. Il leva les yeux vers elle et sourit.

— Tiens, une revenante.

— Bonsoir.

Émilie se sentait mal à l'aise, embarrassée.

— Je suis venue voir si tu allais bien.

— Très bien, merci, et toi ?

— Oui.

— Parfait. Tu veux rester dîner ?

Alex montra le hachis Parmentier sur la cuisinière.

— J'en prépare toujours beaucoup trop.

— Non, merci. J'ai déjà préparé quelque chose à manger. Tu as besoin de quelque chose ?

— Non, merci.

— Très bien. Je te laisse manger tranquille. Appelle-moi en cas de problème.

— Oui.

— Bonne nuit, Alex.

Elle lui adressa un sourire contraint avant de se retourner pour partir.

— Bonne nuit, Émilie, répondit tristement Alex.

Émilie passa les jours suivants à arranger la petite terrasse et à nettoyer les pots couverts de mousse. Elle planta des pensées et se dit qu'elle pourrait ajouter dans quelques semaines des pétunias, des impatiences et de la lavande odorante dans les parterres.

Jean avait appelé pour dire que Jacques était de retour chez lui et qu'il était impatient de raconter la suite de l'histoire. Émilie réserva donc un vol pour la France la semaine suivante. Elle guetta Jo, la jeune fille qu'elle avait embauchée comme femme de ménage pour Alex, et lui demanda si son nouveau travail lui plaisait.

— Oh oui, beaucoup, madame Carruthers, dit-elle tandis qu'elles se dirigeaient vers la bicyclette de Jo. Alex est si gentil. Et si intelligent. Je vais étudier le russe l'année prochaine à l'université et il m'aide.

— Il parle russe ? s'étonna Émilie.

— Oui. Mais aussi japonais, un peu chinois, espagnol. Et français, bien sûr.

Jo soupira.

— Quel dommage qu'il soit coincé dans son fauteuil et qu'il ne puisse pas beaucoup sortir !... Pourtant, il ne se plaint jamais, madame Carruthers. À sa place, je passerais mon temps à me lamenter.

— C'est vrai, approuva Émilie.

Tout en faisant signe à Jo, qui descendait l'allée, Émilie se sentit encore plus bête d'éviter ainsi son beau-frère. Son comportement frisait presque l'impolitesse.

Émilie fut heureuse quand arriva enfin le vendredi. Sebastian avait téléphoné une fois, mais elle commençait à accepter que, quand il était à Londres, il était trop absorbé par son travail pour la contacter. Il était de très bonne humeur ce soir-là, car il avait réussi à vendre un tableau d'un de ses nouveaux artistes et avait touché une commission importante.

Émilie lui demanda s'il voulait l'accompagner en France la semaine suivante pour écouter la suite de l'histoire de Jacques, mais il répondit qu'il serait trop occupé. Émilie parla aussi d'Alex et lui dit qu'il allait bien et qu'elle l'avait à peine vu.

— Il se débrouille parfaitement tout seul, Sebastian.

— Eh bien, dans ce cas, c'est toi qui avais raison, et moi, tort, répliqua-t-il avec brusquerie.

— Ce n'est pas ce que je voulais dire.

Ils étaient assis dehors, sur la terrasse fraîchement aménagée à l'arrière de la maison. Elle frissonna quand le pâle soleil du Yorkshire disparut derrière un nuage et elle se leva.

— Je vais préparer à dîner.

— Au fait, il se peut que je doive aller passer quelques jours à Genève et je ne serai peut-être pas à la maison le week-end prochain.

Émilie hocha pensivement la tête.

— Eh bien, je pourrais peut-être te rejoindre là-bas ? Puisque je serai en France, ce n'est pas très loin.

— J'aurais bien aimé mais, vraiment, ce n'est pas un voyage d'agrément. Je vais avoir des rendez-vous toute la journée.

— Très bien.

Elle soupira, puis retourna à l'intérieur pour préparer le dîner, car elle n'avait aucune envie de se disputer avec lui.

Sebastian repartit le lundi matin, et Émilie resta au lit, d'humeur franchement maussade. Même si elle faisait de son mieux pour ne pas se plaindre et pour soutenir Sebastian, elle le voyait de moins en moins. Qu'allait-elle faire de sa vie toute seule dans le Yorkshire ? Elle eut soudain l'impression qu'il était complètement vain et inutile de passer ses journées à peindre par-dessus les fissures d'une maison qui allait sans doute être vendue et qui ne lui appartenait pas de toute façon.

Comme elle avait décidé d'éviter Alex, elle passait ses journées toute seule. Émilie soupira, se leva et s'habilla. Elle aurait tout aussi bien pu rester en chemise de nuit, car personne ne risquait de lui rendre visite. C'était une pensée bien déprimante.

Elle prit la bicyclette pour se rendre au village dans l'intention d'acheter du lait et du pain – ou ce qui faisait office de pain en Angleterre –, mais elle passa devant le magasin sans s'arrêter et roula jusqu'à la dernière maison du village sur le trottoir de gauche. Elle appuya son vélo contre le mur en pierres brutes du Yorkshire, avança jusqu'à la porte d'entrée et frappa.

Si miss Erskine n'était pas là, Émilie poursuivrait tout simplement sa route. Mais cette femme l'avait invitée à passer chez elle à l'occasion et il était temps qu'elle glane quelques informations sur les frères et leur relation.

La porte s'ouvrit après le deuxième coup. Le sourire chaleureux de Norma Erskine rassura immédiatement Émilie, qui sentit qu'elle était la bienvenue.

— Bonjour, ma chère, je me demandais quand vous alliez venir me voir.

Elle invita Émilie à la suivre dans le vestibule étroit.

— Asseyez-vous, je venais justement de mettre de l'eau à chauffer, annonça-t-elle en montrant la table de la cuisine.

Émilie contempla la cuisine un peu démodée, mais parfaitement propre et rangée. Les placards en mélamine jaune, la cuisinière Baby Belling et le réfrigérateur Electrolux, avec ses coins arrondis caractéristiques de la marque, étaient tous des vestiges des années 1960.

— Alors, mes deux garçons sont-ils gentils avec vous ? demanda Norma en souriant à Émilie.

— Oui, merci, répondit-elle poliment.

— Tant mieux. Ils ne se battent pas comme à leur habitude, alors ? Vous avez peut-être une bonne influence sur eux.

Norma posa une tasse de café devant Émilie, puis s'assit en face d'elle à la petite table.

— Mais ça m'étonnerait que quelqu'un parvienne à réconcilier ces deux-là.

— Que voulez-vous dire par là ? demanda Émilie d'un ton neutre.

— Eh bien, vous devez avoir remarqué la tension qui règne entre eux. Ils auraient dû s'assagir en vieillissant, surmonter leurs désaccords, mais je pense qu'ils ne changeront plus maintenant.

— Je suis d'accord avec vous : ils ne sont pas très proches.

Norma soupira. Elle tendit le bras et tapota la main d'Émilie.

— Et je comprends que vous êtes mariée à l'un des deux et que vous ne voulez pas être déloyale.

— Non, mais vous avez raison. L'ambiance est très tendue dans cette maison et difficile à supporter. De plus, comme je ne sais pas ce qui se cache derrière tout ça, j'ai beaucoup de mal à comprendre leur relation. C'est pourquoi je suis venue, pour que vous m'expliquiez ce que vous savez. Si je connais la cause du problème, il me sera peut-être plus facile de gérer cette situation.

Norma resta silencieuse pendant quelques secondes, durant lesquelles elle observa Émilie.

— Sachez, ma chère, que je risque de dire des choses très désagréables à propos de l'homme que vous venez d'épouser. Et je ne suis pas sûre que vous vouliez les entendre. Parce qu'une fois que j'aurai commencé, je serai obligée de vous dire toute la vérité. Je ne pourrai pas vous mentir, madame Carruthers. Êtes-vous sûre que c'est ce que vous voulez ?

— Non, non, bien sûr que non, répondit honnêtement Émilie. Mais ce serait toujours mieux que de deviner.

— Je suppose qu'Alex ne vous a rien dit.

— Non, rien. Il refuse de parler de son frère ou du passé avec moi.

— C'est quelqu'un de très loyal, je lui reconnais cette qualité. Bon, d'accord. (Norma tapa ses genoux robustes.) J'espère juste que je fais bien de vous raconter tout cela. Mais n'oubliez pas que c'est vous qui me l'avez demandé.

— Je n'oublierai pas, promit Émilie.

— Bon, je suppose que vous savez que ces deux garçons ont été ramenés par leur mère des États-Unis, où elle vivait dans une communauté hippie ?

— Oui.

Émilie devait vraiment se concentrer pour comprendre ce que disait Nora, qui avait un accent du Yorkshire très prononcé.

— Ils se ressemblaient comme deux gouttes d'eau. Ils n'ont en effet que dix-huit mois de différence, et ils étaient très mignons. Bien sûr, même si Sebastian était le plus vieux des deux, il était évident que le plus brillant était le plus jeune. Alex était doté d'une intelligence exceptionnelle : il savait lire et écrire avant son quatrième anniversaire. C'était un vrai charmeur quand il était petit. Il arrivait toujours à m'amadouer pour que je lui donne un morceau de génoise à la confiture, même avant le dîner !

Norma se mit à rire, puis poursuivit :

— On aurait dit un petit ange avec ses grands yeux marron. Ne vous méprenez pas, madame Carruthers, votre mari était un petit garçon très mignon et adorable, mais, sans vouloir paraître irrespectueuse, je dirais qu'il n'avait pas hérité des mêmes dons que son frère cadet. Il était plutôt intelligent, il avait un physique plutôt agréable, mais il était évident qu'il n'arriverait jamais à la hauteur d'Alex. Bien sûr, Sebastian essayait toujours de défier son frère, de le dépasser, mais Alex l'emportait toujours haut la main sans même avoir à se fatiguer. (Norma secoua la tête.) Ce qui a sans doute renforcé cette rivalité entre eux, c'est qu'Alex était le chouchou de sa grand-mère. Elle tenait à lui comme à la prunelle de ses yeux.

— Je vois. C'était sans doute très difficile pour Sebastian.

— Oui, en effet, et, plus ils grandissaient, plus cette rivalité s'exacerbait. Les choses ont empiré. Chaque fois que Sebastian pouvait causer des ennuis à Alex, il sautait sur l'occasion. Il fallait bien qu'il

« gagne » lui aussi de temps en temps. Bien sûr, Sebastian disait tout le temps : c'est Alex qui a commencé la bagarre, mais, bizarrement, il n'avait jamais de bleus.

— Je vois, dit Émilie, secouée, mais compréhensive. Alex se défendait-il ?

— Non, répondit Norma en grimaçant. Jamais. Il idéalisait son frère aîné, il cherchait toujours à lui faire plaisir et, quand Sebastian disait à Alex que tout était sa faute, il acceptait ces accusations sans broncher. Votre mari a toujours eu le don de faire avaler n'importe quoi à n'importe qui.

Norma marqua un silence.

— La situation s'est un peu calmée quand Sebastian est parti au pensionnat. Chaque fois qu'il rentrait à la maison, il pouvait se vanter de ses résultats et de sa réussite. Mais Alex l'a rejoint peu de temps après. Il a même obtenu une bourse pour étudier dans la même école. Il est parti de la maison auréolé de gloire ; nous attendions tous de grandes choses de lui. Puis, Constance a soudain reçu des lettres de l'école se plaignant du comportement d'Alex. Personne ne comprenait ce qui se passait ici. Je n'avais jamais vu un garçon aussi gentil, pour ma part. Il préférait lire que se bagarrer avec les autres. En tout cas, il a été renvoyé un an plus tard et a dû revenir à la maison en disgrâce. Apparemment, il aurait mis le feu au gymnase qui venait d'être construit.

— Et il l'avait vraiment fait ?

— C'est ce que l'école a prétendu, et Alex n'a jamais rien voulu dire, même quand sa grand-mère et moi avons essayé de lui tirer les vers du nez. Pour ma part, j'ai ma petite idée.

Miss Erskine haussa les sourcils, et Émilie comprit immédiatement ce qu'elle sous-entendait.

— À la suite de ce renvoi, Alex n'a pas eu d'autre choix que d'aller au lycée du coin. Et je dois avouer que je n'aurais pas aimé y envoyer mes enfants. C'était très dur là-bas et Alex détonnait vraiment. Il détestait ce lycée, mais ses notes étaient excellentes, malgré la médiocre qualité de l'enseignement, et il a obtenu une place à Cambridge. Sa grand-mère était aux anges : son enfant chéri avait réussi malgré les obstacles qu'il avait rencontrés. Sebastian, qui avait fréquenté l'un des meilleurs lycées d'Angleterre, mais qui était plutôt paresseux, pouvait quant à lui s'estimer heureux d'avoir été accepté à Sheffield pour y étudier l'histoire de l'art.

Norma s'interrompit pour boire une gorgée de café. Émilie resta silencieuse en attendant la suite de l'histoire.

— L'été précédant l'entrée d'Alex à l'université avait très bien débuté. Les garçons commençaient à se comporter en adultes. Alex avait économisé pour s'acheter une voiture et ils la prenaient souvent pour aller au pub. Alex était tellement fier de sa vieille Mini ! Puis, un soir, ce n'est pas Alex que nous avons vu arriver à la maison, mais la police. Alex avait été impliqué dans un accident de la route. Il était complètement ivre, apparemment, et la police l'avait mis dans une cellule de dégrisement. Dieu merci, personne n'était grièvement blessé, mais sa voiture et celle de l'autre conducteur étaient bonnes pour la casse. Alex a été condamné pour conduite dangereuse, et Cambridge ne l'a pas accepté parce qu'il avait désormais un casier judiciaire.

— C'est terrible ! Mais Sebastian m'a dit qu'Alex avait un problème avec l'alcool. C'était peut-être le début, conjectura Émilie.

Norma secoua la tête.

— Laissez-moi vous dire, ma chère, qu'avant cet accident, Alex ne touchait pas une goutte d'alcool quand il prenait le volant. Il était tellement fier de sa voiture qu'il n'aurait jamais pris le risque de la casser. Il continue à jurer ses grands dieux qu'il n'a bu que du jus d'orange cette nuit-là. Pourtant, il avait bien de l'alcool dans le sang. Puisqu'il n'avait plus de place à l'université, il a utilisé l'argent qu'il avait gagné en travaillant dans le magasin du village pour partir à l'étranger. Et nous ne l'avons plus revu pendant cinq ans.

— Oui, Sebastian m'a dit qu'il avait disparu.

— Nous ignorions où il était. Sa grand-mère était folle d'inquiétude. Elle se demandait même s'il était encore en vie, car il ne lui donnait jamais de nouvelles. Puis, nous avons reçu un jour un appel d'un hôpital en France nous annonçant qu'il était presque à l'article de la mort. Je ne suis pas une experte des drogues, mais, d'après ce que j'ai compris, Alex les avait à peu près toutes essayées. Constance a sauté dans le premier avion et est allée le chercher dans l'espoir de le tirer d'affaire.

— Constance l'a fait admettre dans un centre de désintoxication, une clinique privée, n'est-ce pas ?

— En effet. Quand il est rentré à la maison, il ne touchait plus à rien. Pourtant, il a disparu de nouveau, quelque temps plus tard, et nous ne l'avons pas revu pendant quatre ans. Il n'était pas là à l'enterrement de sa grand-mère.

Norma avait les larmes aux yeux. Elle sortit un mouchoir de sa manche et se moucha.

— Désolée, ma chère. Je revois Constance juste avant sa mort. Elle n'arrêtait pas de demander s'il allait bientôt revenir. Mais nous ne savions pas où il était. Elle n'a pas pu dire au revoir à son petit-fils adoré. Et je crois qu'Alex ne s'est jamais pardonné de ne pas avoir été à ses côtés. Peu importent les bêtises qu'il a pu faire pendant ces séjours à l'étranger, il adorait sa grand-mère.

— J'en suis sûre.

— Il n'arrêtait pas de dire qu'il avait envoyé des lettres à la maison avec une adresse où le contacter, mais nous ne les avons jamais reçues, jamais. En tout cas, je ne sais pas si c'est à cause du choc d'avoir perdu Constance, mais Alex est ensuite resté tranquille et a repris sa vie en main. Il envisageait de poursuivre ses études pour devenir enseignant. Il avait changé, ou plutôt il était redevenu lui-même, aussi charmant que le petit garçon que nous avions toujours connu, dit Norma en souriant à travers ses larmes. Sebastian était à Londres et j'étais heureuse d'avoir Alex à mes côtés pour m'aider à m'occuper de la maison. Puis, un week-end, peu de temps après la mort de Constance, votre mari est arrivé de Londres. Ils ont eu une violente dispute, à propos de quoi, je l'ignore, mais j'ai vu Alex monter dans sa voiture et mettre le moteur en route. Il s'apprêtait à partir quand Sebastian est monté à côté de lui. La voiture est partie en trombe dans l'allée. Quelques heures plus tard, j'ai reçu un coup de téléphone de l'hôpital, mais, cette fois-ci, ils étaient tous les deux concernés. Comme vous le savez, votre mari n'a eu que des blessures sans gravité. C'est Alex qui a été le plus durement touché.

— Alex était ivre, n'est-ce pas ?

— Non, ma chère, dit Norma en secouant la tête. Vous vous trompez. C'était pour le premier accident. Cette fois, c'était l'autre chauffeur qui avait bu. Quand l'affaire est passée devant les tribunaux, les rapports de l'hôpital ont bien montré qu'il n'y avait aucune trace d'alcool dans le sang d'Alex et il a été mis hors de cause. Sauf que, bien sûr, il allait désormais passer le reste de ses jours dans un fauteuil roulant. Je me demande parfois pourquoi le sort s'acharne sur ce jeune homme. En tout cas, quand Alex est rentré de l'hôpital, votre mari m'a bien fait comprendre que c'était lui qui allait s'occuper de son frère. Je lui ai dit que je serais heureuse d'aider Alex, mais il a répondu que j'avais déjà suffisamment de choses à faire comme ça.

— Alors, pourquoi avez-vous finalement décidé de quitter la maison ?

— Pour tout vous dire, je sais que votre mari a fait de son mieux pour aider son frère, mais il a toujours recruté des aides à domicile à qui je n'aurais même pas adressé la parole. Elles ne m'inspiraient aucune confiance.

Norma plissa le nez pour exprimer son dégoût.

— Alex ne pouvait pas s'entendre avec elles. On aurait dit que votre mari faisait exprès de choisir les pires. Les rares qui plaisaient à Alex et qui ont réussi à gagner sa confiance n'étaient pas du goût de Sebastian qui a toujours fini par trouver un prétexte pour les renvoyer. Je comprends qu'au début Alex ait eu besoin d'une aide à domicile à temps complet, mais il est beaucoup plus fort à présent et sait parfaitement se débrouiller. Je sais que votre mari touche une allocation journalière d'accompagnement d'un proche invalide. Il se dit peut-être qu'il doit l'utiliser pour payer des aides à domicile.

Elle haussa les épaules.

Émilie resta silencieuse et se contenta d'absorber les informations. Ainsi, Sebastian touchait de l'argent pour s'occuper d'Alex.

— Comme je l'ai dit, je suis bien obligée de croire que votre mari agit vraiment dans l'intérêt de son frère, reprit Norma en regardant Émilie, l'air coupable. Après tout, il était souvent absent, toujours à Londres pour son travail. Mais, outre le fait que j'étais toujours là-bas, la valse incessante des aides à domicile n'a fait de bien à personne, et surtout pas à moi. Quant à la dernière... (Norma leva les yeux au ciel.) Si M. Alex ne lui avait pas jeté une tasse de café dessus, c'est moi qui l'aurais fait. Elle était complètement ivre, la plupart du temps. J'ai essayé de le dire à votre mari, mais il n'a pas voulu m'écouter. Et c'est là que j'ai décidé de partir. J'en avais vraiment assez.

— Je vois.

— Et maintenant, c'est vous qui devez gérer tout ça. Je compatis, vous savez.

Émilie ne sut que répondre.

— Merci de m'avoir appris tout ça. J'apprécie votre honnêteté.

— J'espère que je n'ai rien dit de déplacé à propos de votre mari. Je vous ai juste décrit la situation telle qu'elle est. Ils sont gentils tous les deux, au fond, ajouta Norma sans conviction.

Les deux femmes restèrent quelques secondes silencieuses. Émilie savait que Norma avait fait preuve de beaucoup de diplomatie en racontant son histoire.

Comme si elle lisait dans ses pensées, Norma ajouta :

— Je les ai vus grandir, vous comprenez. Je les aime tous les deux, même s'ils se sont mal conduits.

— Oui. Merci pour le café. Je dois rentrer à la maison.

Émilie se leva. Elle se sentait soudain complètement épuisée.

— Bien sûr. Et n'oubliez pas, ma chère : vous serez toujours la bienvenue ici.

— Merci.

Émilie sortit sur le pas de la porte, puis récupéra son vélo contre le mur.

— Veillez sur Alex. Il est très vulnérable.

Elle lui lança un regard qui en disait long.

Émilie se contenta de hocher la tête, monta sur sa bicyclette et repartit pour Blackmoor Hall.

26

Émilie n'alla pas voir Alex ce soir-là. Elle s'installa dans le salon, près de la cheminée, et, pour ne rien oublier, nota tout ce que miss Erskine lui avait dit.

Elle ne pouvait pas vraiment mettre en doute la sincérité de la gouvernante, car elle avait exactement la même vision qu'elle des deux frères et de leur relation. Elle avait utilisé les mêmes phrases qu'elle pour décrire le don qu'avait Sebastian de faire avaler n'importe quoi aux autres.

Il était passé maître dans l'art de déformer les faits pour retourner les situations à son avantage. Émilie en avait fait l'expérience à plusieurs occasions. Son mari était-il, comme l'avait sous-entendu Norma Erskine, un menteur, un tricheur et un tyran, qui ne reculait devant rien pour détruire son frère ? Et si Sebastian en voulait réellement à son frère, cela faisait-il de lui un être mauvais sur toute la ligne ?

Émilie repensa à l'épisode du téléphone portable, quand Sebastian l'avait convaincue qu'elle était ridicule de se mettre dans tous ses états parce qu'il ne l'avait pas appelée. Et, bien qu'il ait soutenu lui avoir dit qu'il allait passer au château pour commencer à vider la bibliothèque, elle savait pertinemment que ce n'était pas vrai.

Et pourquoi refusait-il qu'elle l'accompagne à Londres ou lors de ses déplacements ? Pourquoi laissait-il sa femme, qu'il venait juste d'épouser, seule dans le Yorkshire ?

Non ! Il fallait qu'elle arrête de laisser galoper son imagination. C'est ce que son père appelait toujours l'angoisse du coucher, quand le corps était au plus bas de sa forme et que l'esprit perdait toute logique et se laissait emporter.

Émilie monta à l'étage et fouilla sa trousse de toilette à la recherche des somnifères que le médecin lui avait prescrits après la mort de sa mère. Elle en prit un. Elle avait avant tout besoin de dormir. Demain, elle prendrait d'autres mesures pour découvrir la vérité.

***

Émilie frappa chez Alex à dix-huit heures le lendemain soir. Elle avait passé la journée à tenter de mettre de l'ordre dans ses idées, de recenser les faits et de les organiser en suivant une certaine logique. Alex lui dit d'entrer et elle avança dans le vestibule une bouteille de vin à la main.

— Je suis devant mon ordinateur, indiqua-t-il. Certains de mes protégés ont subi des pertes considérables aujourd'hui en raison de la très mauvaise récolte de canne à sucre sur les îles Fidji. Viens.

— Bonsoir, Alex.

Émilie resta sur le pas de la porte, fascinée par les écrans qui clignotaient et dont les lignes vertes et rouges bougeaient sans cesse.

— J'ai apporté ça.

Émilie montra la bouteille. Alex tourna la tête vers elle, vit la bouteille et sembla plutôt surpris.

— Tu en es sûre ?

— Oui.

— Eh bien, c'est une agréable surprise.

Il fit reculer son fauteuil et le tourna vers elle.

— C'est toi, la bonne surprise, pas le vin, je préfère préciser.

— Je suis désolée de ne pas être passée avant.

— Ce n'est pas grave, j'ai l'habitude d'être un paria. Mais je suis content de te voir, Em.

Émilie suivit Alex dans le salon et le regarda alimenter le feu. Elle déboucha la bouteille, versa le vin dans les verres et en tendit un à Alex. Elle constata qu'il la dévisageait avec intérêt.

— Santé, lança Émilie avant de boire une gorgée.

— Bon, dit Alex qui la fixait toujours, crache le morceau.

— Qu'entends-tu par là ?

— Tu as quelque chose à me dire ou à me demander. Je suis tout ouïe.

— Oui.

Émilie posa son verre sur la table et s'assit dans l'un des fauteuils devant la cheminée à côté de lui.

— Alex, es-tu un menteur ?

— Quoi ? pouffa-t-il. Bien sûr, je vais te dire non. Pour être tout à fait honnête, j'en étais certainement un quand je prenais des drogues dures pendant mes années d'errance mais, là, c'était une conséquence normale de mon addiction.

— Désolée, mais je devais te poser la question, étant donné que je dois te demander, te supplier même, de me dire la vérité.

— Oui, Votre Honneur, la vérité, rien que la vérité, mais Em, que se passe-t-il ?

— Je suis allée voir Norma Erskine hier.

— Oh ! je vois.

Alex soupira, puis but une gorgée de vin.

— Elle m'a parlé de votre enfance, mais uniquement parce que je le lui ai demandé, s'empressa d'ajouter Émilie.

— Très bien. Et alors ? demanda Alex, sur ses gardes.

— Elle a été très diplomate mais, pour m'aider à y voir plus clair, j'aimerais te poser des questions qui ont surgi à cause de cette conversation.

— D'accord… Je crois savoir où tu veux en venir. Et c'est une conversation que j'ai toujours voulu éviter, dit Alex d'un air sombre. Tu es certaine de vouloir continuer ? Je ne pourrai te dire que la vérité. Mais ce sera ma vérité, et elle sera forcément subjective, faussée peut-être.

— Dans ce cas, je pense qu'il serait plus simple que je te pose des questions courtes, auxquelles tu peux répondre par oui ou par non.

— Émilie, as-tu déjà songé à te lancer dans une carrière d'avocat ? Je pense que cette profession t'irait comme un gant.

Il sourit dans l'espoir de détendre l'atmosphère.

— Alex, c'est sérieux.

— À vrai dire, Votre Honneur, rien n'est vraiment sérieux dans la vie, tant qu'on est bien portant.

— S'il te plaît, *Alex*.

— Désolé. Je vais répondre par oui ou non et je ne m'appesantirai pas sur les détails à moins que tu ne me le demandes. Vas-y.

Émilie regarda sa liste.

— Première question : as-tu été tyrannisé par ton frère quand tu étais enfant ? Mentait-il systématiquement quand on lui demandait qui avait commencé la bagarre pour te faire porter le chapeau ?

— Oui.

— Quand tu as obtenu ta bourse pour aller étudier dans le même lycée que ton frère, a-t-il de nouveau essayé de te faire accuser de tous les méfaits possibles ? A-t-il par exemple mis le feu au gymnase pour que tu sois renvoyé de l'école ?

Alex hésita quelques secondes.

— Je pense, oui, parce que ce n'était certainement pas moi. Même si quatre garçons et un professeur ont juré que c'est *moi* qu'ils avaient vu sortir précipitamment du gymnase après avoir mis le feu. Et il est tout à fait possible qu'on ait pris Seb pour moi de loin.

— Pourquoi ne t'es-tu pas défendu ?

— Je croyais que tu voulais que je réponde par oui ou par non, fit remarquer Alex en haussant les sourcils. Je n'allais quand même pas accuser mon frère, non ? De plus, personne ne m'aurait cru. Seb a toujours réussi à se faire passer pour quelqu'un d'absolument irréprochable. Il a toujours été comme Macavity dans les poèmes de T. S. Eliot. Il semblait ne jamais être impliqué dans la moindre bagarre, le moindre problème.

— Je comprends. Bon, question suivante : avais-tu consommé de l'alcool le soir où vous êtes partis tous les deux en voiture pour vous rendre au pub et que tu as été condamné pour conduite dangereuse ? Tu avais dix-huit ans à l'époque, je crois ?

— Non, en tout cas, je ne me suis rendu compte de rien. J'ai commandé un jus d'orange au pub, comme je le faisais toujours.

— Penses-tu que ton frère a mis de l'alcool dans ta boisson ?

— Oui.

Il n'avait pas hésité une seconde cette fois.

— Lui as-tu demandé de s'expliquer ?

— Non, comment aurais-je pu le prouver, de toute façon ?

— Penses-tu qu'il l'a fait pour t'empêcher d'aller à Cambridge ?

— Oui.

— Es-tu parti à l'étranger pour échapper à ton frère qui, à cause de sa jalousie, était prêt à tout pour détruire tout ce que tu accomplissais ?

— Oui.

— Quand tu es sorti le soir de ton accident, Sebastian et toi vous étiez violemment disputés. Était-ce parce qu'il voulait vendre Blackmoor Hall et pas toi ?

— Oui.

— Sebastian a-t-il provoqué l'accident, d'après toi ?

— Non, répondit Alex avec fermeté. L'accident était un accident et n'avait rien à voir avec lui.

— Tu en es sûr ?

Alex marqua une pause et poussa un long soupir.

— Eh bien, disons que j'étais furieux contre lui et que nous avons continué à nous disputer parce qu'il ne voulait pas sortir de ma voiture. Je me suis garé sur le bas-côté le long de la route de campagne et je m'apprêtais à faire demi-tour pour rentrer à la maison quand un fou furieux est arrivé à toute vitesse et est venu s'encastrer dans notre voiture. Alors, poursuivit Alex en haussant les épaules, il y a différentes interprétations possibles. Je ne me serais jamais garé au bord de la route si je ne m'étais pas disputé de la sorte avec mon frère. Mais avec des *si*, on mettrait Paris en bouteille. C'était simplement la faute à pas de chance et je ne peux pas rendre ton mari responsable de cet accident. Continue, je t'en prie.

— À ton avis, ton frère a-t-il fait tout son possible depuis l'accident pour te compliquer la vie ? En embauchant, par exemple, des aides à domicile dont tu n'as plus besoin et qui te déplaisent ? Puis en renvoyant toutes celles que tu apprécies ?

— Oui.

— À ton avis, le fait-il simplement parce qu'il en a le pouvoir ou y a-t-il une autre raison derrière ? Cherche-t-il à te rendre la vie impossible pour que tu acceptes de vendre cette maison ?

Silence. Alex but une gorgée de vin et considéra Émilie, l'air pensif.

— Probablement. La maison nous appartient à tous les deux et il doit avoir mon accord pour vendre. Pour toute une série de raisons, je ne veux pas. Ça sera tout ?

Émilie regarda la liste devant elle. Elle avait écrit d'autres questions, plus brutales encore, et beaucoup plus personnelles, car elles touchaient directement à sa relation avec Sebastian. Elle était trop perturbée par ce qu'elle venait d'entendre pour aborder ce sujet maintenant. Elle hocha la tête.

— Oui, c'est tout.

— Tu es consciente, n'est-ce pas, que, si tu posais les mêmes questions à mon frère, il te donnerait des réponses aux antipodes des miennes ?

— Oui, mais n'oublie pas, Alex, j'ai des yeux et des oreilles… Et un cerveau aussi.

— Pauvre Em, dit soudain Alex. Tu es entraînée malgré toi dans un jeu du chat et de la souris, et tu ne sais pas qui croire.

— Je n'ai pas besoin de ta pitié, Alex, répliqua Émilie d'un ton irrité. J'essaie simplement d'établir les faits. Je sais déjà que vous ne correspondez ni l'un ni l'autre à l'image que vous donnez de vous.

— Tu as certainement raison. Je ne voulais pas paraître condescendant. C'est juste que je suis sincèrement désolé pour toi. Encore un peu de vin ?

Émilie le laissa remplir son verre et l'observa en silence. Puis, elle demanda :

— Pourquoi restes-tu ici ? Tu me dis que tu as de l'argent. Il serait sans doute plus sain et plus sûr pour tous les deux de vendre la maison et de partir chacun de votre côté ?

— Oui, c'est la solution la plus raisonnable, mais elle exclut toute forme de sentiment. Ma grand-mère souhaitait par-dessus tout une réconciliation entre nous. Elle pensait, à tort sans doute, qu'en nous léguant Blackmoor Hall à tous les deux, elle nous y aiderait. J'ai essayé, j'ai vraiment essayé, mais c'est impossible. Et, pour être honnête, je suis à court d'idées. Sebastian va finir par gagner. Et je l'accepte.

— Pourquoi mon mari tient-il absolument à vendre ? Il me dit qu'il aime cette maison et qu'il veut gagner de l'argent pour la restaurer.

— Em, je ne peux pas t'en dire plus. Et je pense que c'est une question que tu devrais lui poser directement. Mais, oui, je voulais tout faire pour que nous fassions la paix parce que c'était le vœu le plus cher de ma grand-mère. Je l'ai tellement déçue quand j'étais plus jeune.

Il soupira avant de poursuivre :

— J'adorais Constance et je lui ai causé beaucoup d'inquiétude. Je l'ai fait tellement souffrir quand je me suis enfui et que je me suis engagé sur la pente glissante de l'oubli.

— Elle a dû comprendre pourquoi tu étais parti.

— Sans doute, mais à vrai dire, Émilie, si mon frère a bien essayé de détruire tout ce que j'entreprenais pendant mon adolescence, je ne peux pas le rendre responsable de mon addiction à la drogue ensuite. C'est moi qui ai fait ce choix. Je voulais effacer la douleur d'avoir tout perdu. J'en étais arrivé à un point où j'avais l'impression que je n'arriverais jamais à rien dans ma vie. Je me disais que mes efforts seraient toujours vains et que tout ce que j'entreprendrais finirait par capoter. Tu comprends ?

— Oui, répondit Émilie en hochant la tête.

— Mais, en agissant ainsi, j'ai blessé ma grand-mère adorée, et je ne me le pardonnerai jamais. J'avais le sentiment qu'en restant ici, qu'en tentant de me réconcilier avec Seb, je faisais au moins quelque chose pour me racheter.

— Je comprends.

— Écoute, Em, reprit Alex après quelques secondes de silence, je m'inquiète vraiment pour toi à présent. Ce n'est pas parce que mon frère a un problème avec moi qu'il ne peut pas avoir des relations parfaitement équilibrées et épanouissantes avec d'autres personnes. Je ne voudrais pas que ce qui s'est passé entre nous, par le passé, influence l'image que tu as de lui. J'aimerais que Seb et toi soyez heureux ensemble.

— Mais comment peux-tu encore te soucier de lui après tout ce qu'il t'a fait ?

— J'ai compris que c'était très difficile de grandir dans l'ombre de quelqu'un. Seb s'est imaginé que je le surpassais en tout. Et il se l'imagine peut-être encore. Tu es bien placée pour comprendre ce sentiment.

Il la regarda fixement et elle rougit.

— Oui, nous avons tous des secrets et des défauts.

— Mais aussi des points forts. Seb n'a peut-être pas mon intellect, mais il est très futé. Il a toujours su se débrouiller. S'il te plaît, donne-lui une chance, Em. N'abandonne pas maintenant, la supplia Alex.

— D'accord, promit-elle.

— Bon, et si nous mangions ? Le magasin de la ferme m'a livré hier. Et tu pourrais peut-être me raconter ce que tu as appris sur le passé de ma grand-mère pendant que tu étais en France ?

Durant le dîner, Émilie lui relata le plus fidèlement possible ce que Jacques lui avait raconté.

— Ça ne m'étonne pas du tout, déclara Alex à la fin. Constance était une femme merveilleuse, Em. Si seulement tu avais pu la connaître…

Émilie vit dans ses yeux tout l'amour qu'il éprouvait.

— Je ne sais pas quoi dire si ce n'est que je suis désolée.

— Merci.

Alex lui adressa un sourire contrit.

— J'en souffrirai toute ma vie, mais il fallait peut-être qu'il en soit ainsi. Le choc de l'avoir perdue m'a fait tout arrêter et m'a rendu meilleur.

Émilie constata alors qu'il était minuit passé.

— Je dois aller me coucher, Alex. Je pars en France demain pour écouter le reste de l'histoire, mais je viendrai te voir dès mon retour. Et merci d'avoir été si honnête et si juste à propos de Sebastian. Bonne nuit.

Elle se pencha et l'embrassa doucement sur la joue.

— Bonne nuit, Em.

Alex la regarda partir en soupirant. Il avait le sentiment qu'il aurait dû lui en dire davantage, mais il avait les mains liées. C'était à elle de découvrir la vérité sur l'homme qu'elle avait épousé.

Dans la maison à côté, Émilie se mit au lit, perturbée par ce qu'elle venait d'entendre, mais soulagée de connaître la vérité sur la relation entre les deux frères. À présent qu'elle connaissait les faits, elle se sentait mieux à même de gérer la situation. Son mari n'était pas fou ; ce n'était qu'un petit garçon mal dans sa peau qui nourrissait une jalousie incontrôlable à l'égard de son frère cadet parce qu'il le surpassait en tout. Cela faisait-il de lui une mauvaise personne ? Non, *non*...

Maintenant qu'elle comprenait Sebastian, il lui serait certainement possible de l'aider à surmonter son problème. Il avait besoin de se sentir aimé, apprécié, protégé.

Contrairement à Frederik et Falk, il n'était pas obligé que l'un des frères fût le diable en personne, et l'autre, la bonté incarnée ! Ni la vie ni les gens n'étaient d'ordinaire tout blancs ou tout noirs.

À moins que... pensa Émilie en éteignant la lumière pour se préparer à dormir. À moins qu'elle ne cherchât des excuses au comportement de son mari, tout simplement parce qu'elle ne pouvait pas supporter la vérité ? Peut-être avait-elle fait une terrible erreur ?...

Quand Émilie arriva au château le lendemain après-midi, elle fut ébranlée en voyant les fenêtres et les portes condamnées à l'aide de planches et la façade cachée par les échafaudages. Cette vision lui parut insupportable. Elle resta deux heures avec l'architecte pour passer en revue avec lui tous les travaux qui avaient déjà été réalisés, puis elle prit sa voiture pour rejoindre la maison de Jean qui, comme à son habitude, était à la cave en train de remplir des papiers.

— Émilie, quel plaisir de vous revoir ! lança-t-il en souriant.

Il se leva et lui fit la bise.

— Comment va votre père ?

— Il reprend des forces avec l'arrivée du printemps. Il est en train de se reposer pour être en forme ce soir et vous raconter la fin de l'histoire. Il m'a dit de vous prévenir... qu'elle n'avait pas une fin heureuse.

Après avoir passé une semaine à se torturer l'esprit et à essayer de démêler ses émotions, Émilie se sentait de nouveau pleine de courage grâce à la luminosité et l'air doux du printemps provençal. Elle était prête à affronter l'histoire de sa famille.

— Jean, c'est mon *passé*, pas mon présent, ni mon avenir. Je vous promets que je peux tout entendre.

Il la considéra et resta quelques secondes silencieux avant de reprendre la parole.

— Émilie, vous êtes différente, on dirait. J'ai l'impression que vous avez grandi. Ne le prenez pas mal, s'il vous plaît.

— Non, Jean, je pense que vous avez raison.

— On dit que l'on devient véritablement adulte quand l'ancienne génération s'en va. C'est peut-être ce qui compense la tristesse de perdre ses parents.

— Peut-être.

— Pendant que mon père se repose, nous pourrions en profiter pour parler du vignoble, Émilie. J'aimerais vous faire part de mes projets d'expansion.

Émilie fit de son mieux pour se concentrer sur les chiffres et les plans que Jean lui présentait, mais elle ne se sentait pas qualifiée pour lui donner un avis quelconque. Elle ne connaissait strictement rien à la viticulture et elle était gênée que Jean ait à lui demander l'autorisation d'étendre ses cultures alors qu'elle ne savait pas quoi lui conseiller ni comment l'aider.

— Je vous fais confiance, Jean, je sais que vous ferez tout pour rendre votre exploitation plus rentable, dit-elle pendant qu'il rangeait ses papiers.

— Merci, Émilie, mais je dois bien sûr vous soumettre mes idées. Vous êtes la propriétaire des terres et de l'entreprise.

— Eh bien, peut-être que je ne devrais pas.

L'idée lui était venue tout à coup.

— Vous devriez peut-être en devenir le propriétaire.

Jean la considéra avec surprise.

— Et si nous allions prendre un verre de rosé pour en parler ?

Ils s'installèrent sur la terrasse derrière la maison et discutèrent de l'idée d'Émilie.

— Je pourrais peut-être acheter l'entreprise et continuer à louer les terres, ce qui voudrait dire que ceux qui prendraient la relève ne pourraient jamais séparer la cave du château, suggéra Jean. Je ne pourrai pas vous proposer grand-chose parce que je vais devoir emprunter à la banque et qu'il va falloir du temps pour rembourser les intérêts. Mais, en retour, je pourrai vous reverser un pourcentage des bénéfices.

— Ça me paraît tout à fait raisonnable. Mais je dois demander à Gérard ce qu'il pense de cette idée. Il devra également s'assurer qu'aucune clause n'a été signée par le passé pour empêcher un tel arrangement. Je suis certaine que, même si c'était le cas, je pourrais l'annuler, car j'ai beaucoup de pouvoir, tout à coup.

Elle sourit.

— Et ça vous va bien ! commenta Jean en riant.

— Peut-être.

L'air pensif, Émilie but quelques gorgées de vin.

— Vous savez, quand ma mère est morte, j'étais terrifiée à l'idée de devoir gérer ce domaine et toutes ses complexités. Mon premier réflexe aurait été de vendre. J'ai beaucoup appris durant cette année et je suis peut-être plus compétente que je ne le croyais. Pardonnez-moi, se reprit-elle aussitôt, je ne voulais pas paraître arrogante.

— Émilie, vous avez toujours souffert d'un manque de confiance en vous. C'est une partie de votre problème. En tout cas, si vous voulez bien vous renseigner, je serais heureux de trouver un accord avec vous. Mais vous devez avoir faim. Rentrons.

Nous allons manger tout de suite. Comme ça, il ne sera pas trop tard pour que mon père reprenne son récit.

Émilie trouva que Jacques avait bien meilleure mine que la dernière fois qu'elle l'avait vu.

— C'est l'air du printemps qui me réchauffe les os !

Ils mangèrent une délicieuse soupe de dorades fraîches achetées au marché du village.

— Vous êtes prête, Émilie ? demanda-t-il pendant qu'ils s'installaient au salon. Je vous préviens, l'histoire est… complexe.

— Je suis prête.

— Si je me souviens bien, Constance et Sophia étaient arrivées au château, et Édouard avait réussi à s'enfuir en Angleterre.

Paradis

Une aube flamboyante, une pêche douce et mûre
La mer bleue clapotant sur la plage
Un air de printemps, une rose couverte de rosée
La beauté tout autour
Un festin pour les sens
Ma cellule sombre, peur de la nuit
Le mistral déchaîné
L'hiver glacé sur la plaine désolée
Le froid terrible sur les terres gelées
La beauté a fermé ses portes
Et au loin s'en est allée.
Une caresse sur ma joue, un langoureux baiser
Si doux à mon souvenir, si loin déjà
Ton bras aimant autour de moi
La beauté d'un cœur enfin chez lui
Dans le désespoir le plus sombre, une étoile qui brille
Car c'est au paradis que tu te trouves.

Sophia de La Martinières
Avril 1944

27

Gassin, Sud de la France, 1944

— Il y a quelqu'un qui approche ! cria Jacques. Où est Sophia ?

— Dans la cave, en train de dormir, répondit Connie, immédiatement sur le qui-vive.

— Allez la prévenir. Il ne faut pas qu'elle parle fort ou qu'elle vous appelle.

Les yeux de Jacques étaient collés contre le judas de la porte du chai.

— Attendez… C'est Armand !

Il se tourna vers elle en poussant un soupir de soulagement et ouvrit la porte. Armand posa sa bicyclette contre le mur et entra. Connie, qui n'avait parlé à personne d'autre que Jacques et Sophia depuis un mois, fut très heureuse de voir son visage jovial.

Les deux hommes s'embrassèrent pour se saluer, un geste qui paraissait très intime à Connie, peu habituée à ces effusions typiquement françaises. Jacques invita Armand à traverser le couloir qui reliait la cave à la maison.

— Assieds-toi, mon ami, et donne-nous les dernières nouvelles. Nous sommes vraiment privés d'informations ici. Vous pouvez préparer le café, Constance ?

Constance hocha la tête à contrecœur, car elle voulait entendre la moindre bribe d'information qu'Armand pourrait leur apporter. Le rôle qu'elle avait dû endosser en arrivant ici (jouer les femmes de chambre pour Sophia et tenter de la consoler) était de plus en plus difficile à assumer : depuis un mois, Sophia ne s'était pas levée de son lit dans la cave pour prendre l'air dans le jardin clos. Elle refusait de se nourrir correctement et, malgré les supplications de Connie, elle semblait avoir baissé les bras.

Connie disposa à la hâte trois tasses sur un plateau, les remplit de café et les apporta au salon.

— Merci, Constance, et bonne année à vous ! lança Armand en prenant une tasse sur le plateau et en buvant son café avec délectation.

— Et prions pour que l'année 1944 voie enfin la libération de notre pays, ajouta Jacques avec ferveur.

Armand sortit un paquet de sa sacoche.

— C'est pour Mlle Sophia, mais je suis sûr qu'elle ne vous en voudra pas si vous l'ouvrez, madame. Elle contient de bonnes nouvelles.

Connie prit le paquet et déchira le papier qui l'entourait. Elle regarda la couverture en lin vert passé et le titre du livre, puis sourit.

— C'est le volume deux de l'*Histoire des fruits français.*

Elle leva la tête vers Jacques, les yeux pétillants.

— Un livre de la bibliothèque d'Édouard, à Paris, que j'aimais particulièrement. Ça signifie qu'il va bien, je suppose.

— Oui, madame. Édouard va bien et est en sécurité désormais, confirma Armand. De l'endroit où il se trouve, il continue à nous aider dans notre lutte. Je suis sûr que Mlle Sophia va retrouver le moral en apprenant que son frère est en vie et en bonne santé. Et qui sait ? Il reviendra peut-être plus vite que nous ne le pensons. Mais s'il n'est pas venu pour l'instant, c'est uniquement pour protéger sa sœur.

— Savez-vous comment il a réussi à s'enfuir ? Il était si mal quand nous sommes partis…

Connie serrait le livre contre sa poitrine comme un talisman.

— Je ne connais pas les détails, madame. Mais, malheureusement, j'ai entendu que l'agent britannique qui lui avait sauvé la vie avait été abattu juste après par la Gestapo. C'est une époque dangereuse, madame, mais Héros est sain et sauf.

— Des nouvelles de Sarah ?

— Aucune, hélas, répondit Armand en secouant la tête avec affliction. Elle a tout simplement disparu, comme tant d'autres. Alors, comment va Sophia ?

Jacques et Connie échangèrent un regard.

— Pas trop mal, répondit Jacques d'un ton bourru. Son frère lui manque beaucoup, tout comme sa liberté. Mais nous n'avons pas le choix tant que la guerre n'est pas terminée.

— Dites-lui qu'elle ne doit pas perdre espoir. C'est bientôt fini et ensuite nous retrouverons tous la lumière. Le débarquement allié approche et, nous qui sommes sur place, nous faisons tout pour préparer le terrain.

Armand sourit à Connie, qui retrouva la foi en croisant son regard.

— Maintenant, il faut que je file.

Ils le regardèrent sauter en selle et s'éloigner sur son vélo, tous deux heureux de cette irruption bienvenue dans la vie solitaire qu'ils menaient désormais. Sophia se sentait peut-être prisonnière dans la cave, mais ses geôliers, à la surface, se voyaient eux aussi entravés par la nécessité de la protéger.

— Comment va-t-elle aujourd'hui ? demanda Jacques tandis que Connie débarrassait les tasses.

— Pareil que les autres jours : on dirait qu'elle a baissé les bras.

— Cela l'aidera peut-être d'apprendre que son frère est sain et sauf, commenta Jacques en haussant les épaules.

— Je vais descendre le lui dire.

Jacques hocha la tête en silence. Connie retourna à la cuisine, prit une bouteille de lait dans le garde-manger, la rangea dans le sac en toile qu'elle utilisait pour transporter des provisions jusqu'au cellier et le passa en bandoulière.

— Essayez de l'encourager à sortir un peu de cette cellule, conseilla Jacques.

— Je vais essayer, oui.

Connie se hissa à l'intérieur du fût en chêne, retira le faux plancher, alluma la lampe à pétrole et avança dans le tunnel. L'itinéraire, qui l'avait tant effrayée la première fois qu'elle l'avait suivi, lui était désormais familier.

En arrivant devant la porte, elle l'ouvrit sans frapper et vit, à la faible lumière qui filtrait à travers le soupirail, que Sophia dormait encore. Il était presque midi.

— Sophia, souffla Connie en la secouant doucement. Réveillez-vous, j'ai de bonnes nouvelles.

Sophia se retourna et s'étira. Son ventre arrondi se dessinait distinctement sous sa chemise de nuit blanche.

— Que se passe-t-il ?

— Un agent de liaison vient de nous apporter d'excellentes nouvelles. Votre frère est hors de danger !

En entendant ces mots, Sophia se redressa.

— Et il va venir ici ? Il va venir me chercher ?

— Bientôt peut-être, mentit Connie. Mais n'est-ce pas une merveilleuse nouvelle ? Il va bien ! Il nous a envoyé son livre sur les fruits. Vous vous souvenez, nous nous en sommes servies pour vos dessins à Paris.

— Oui ! (Sophia replia ses genoux contre sa poitrine et enroula ses bras autour.) C'était une époque merveilleuse.

— Et vous revivrez de tels moments, Sophia, je vous le promets.

— Et il viendra bientôt. Et il me sortira de cet enfer. Ou Frederik, peut-être…

Sophia prit soudain la main de Constance.

— Vous ne savez pas à quel point il me manque.

— Si, parce qu'il y a quelqu'un qui me manque autant.

— Oui, votre mari.

Soudain, toute énergie l'abandonna, et Sophia se rallongea sur son lit.

— Mais j'ai l'impression que cette guerre ne s'arrêtera jamais. Et je crois que je vais mourir ici dans cet endroit misérable.

Connie avait entendu ces mots des centaines de fois au cours des dernières semaines. D'expérience, elle savait qu'elle ne pouvait pas dire ou pas faire grand-chose pour sortir Sophia de sa torpeur.

— Le printemps arrive, Sophia, et avec lui l'aube d'une nouvelle ère. Vous devez y croire.

— J'aimerais, j'aimerais vraiment, mais, quand je suis seule dans cette cellule la nuit, j'ai beaucoup de mal à garder la foi.

— Je comprends à quel point c'est difficile pour vous, mais vous ne devez pas perdre espoir.

Les deux femmes restèrent silencieuses dans la semi-pénombre, et Connie se demanda pourquoi Sophia ne lui avait pas encore dit qu'elle était enceinte. Elle devait le savoir et sentir son corps se transformer. Maintes fois, Connie avait failli lui en parler. Sophia avait peut-être été si protégée par Édouard et Sarah qu'elle ne savait même pas ce qui lui arrivait. Pour autant que Connie pût en juger à la forme de son ventre, le bébé allait naître dans moins de six mois. En cet instant, Connie sut que c'était peut-être la seule chose qui pourrait tirer Sophia de l'abîme du désespoir. Il fallait absolument aborder le sujet avec elle.

— Sophia, dit-elle doucement. Vous savez que vous allez avoir un bébé très bientôt ?

Ces mots restèrent si longtemps en suspens dans l'air fétide et humide que Connie crut que Sophia s'était rendormie.

Puis, Sophia répondit enfin :

— Oui.

— Et c'est le bébé de Frederik ?

— Bien sûr ! s'écria Sophia, indignée par cette question.

— Vous savez que les femmes enceintes doivent veiller à ce que leur bébé se développe bien ? Non seulement elles doivent s'alimenter correctement pour le nourrir, mais elles doivent aussi prendre l'air et garder le moral pour le bien-être de l'enfant ?

Le silence s'installa.

— Depuis combien de temps êtes-vous au courant ? finit par demander Sophia.

— Sarah l'a su tout de suite et c'est elle qui me l'a appris.

— Oui, elle l'aura deviné. (Sophia soupira et changea de position pour être plus à l'aise.) Elle me manque tellement.

— Je sais. Je fais de mon mieux, mais je comprends bien que je ne suis pas Sarah.

Constance entendit la frustration percer dans sa voix.

Sophia avait dû sentir le froid qu'elle avait jeté dans une ambiance déjà glaciale.

— Pardonnez-moi, Constance. Je sais que vous faites tout pour que je me sente bien et je vous en remercie vraiment. Quant au bébé, j'avais trop honte pour vous en parler. Je saisis la portée de ce que j'ai fait, murmura-t-elle en se tordant les mains de désespoir. Il vaut peut-être mieux que je meure. Que va dire mon frère quand il l'apprendra ? Mon Dieu, que va-t-il dire ?

— Il comprendra que vous êtes une femme comme les autres et que vous avez agi par amour, mentit Connie. Et le fruit de cet amour, c'est cette nouvelle vie qui grandit en vous, cet enfant qui va venir au monde. Sophia, vous ne pouvez pas baisser les bras maintenant. Vous devez vous battre, comme jamais auparavant, pour votre bébé.

— Mais… Édouard ne me pardonnera jamais, jamais. Et vous, Constance, comment aurais-je pu vous dire que, le soir où mon frère était absent, j'ai trahi votre confiance ? J'ai emmené Frederik dans mon lit et je me suis allongée à côté de lui de mon plein gré ! Vous devez me haïr !

Sophia secoua la tête, désespérée, avant de poursuivre :

— Et pourtant, vous vous occupez de moi, parce que vous êtes gentille et que vous n'avez pas le choix. Mais vous ne pouvez pas comprendre, Constance, ce que c'est que d'être un fardeau pour tous ceux qui vous entourent. Depuis ma naissance, on n'a jamais pu me laisser seule de peur que je tombe. Chaque jour de ma vie, je dois demander l'aide de quelqu'un pour monter les escaliers, aller aux toilettes ou simplement enfiler une nouvelle robe qui ne m'est pas familière. Tous les gestes que vous accomplissez quotidiennement sans réfléchir sont compliqués pour moi. Je ne peux jamais, comme vous, sortir de chez moi et aller me promener dans la rue.

Sophia porta ses doigts minuscules à son front.

— Pardonnez-moi, Constance, si je m'apitoie sur moi-même.

— Bien sûr. C'est vraiment terrible pour vous.

Connie posa la main sur l'épaule de Sophia pour la réconforter.

— Et voilà que je rencontre un homme qui ne me voit pas comme une aveugle, qui ne me traite pas comme ma famille me traite, comme une enfant impotente. Frederik me considère comme une femme, il ignore mon handicap, il m'écoute sans me prendre en pitié, il m'aime pour ce que je suis à l'intérieur et comme j'aimerais qu'on me voie à l'extérieur. Malheureusement, il appartient au camp ennemi. Et, à cause de cela, je ne peux pas, je n'ai pas le droit de l'aimer, car ce serait trahir ma famille, mon pays, même, et lui causer encore plus de problèmes. Maintenant, il est parti et je porte son enfant ; encore un autre fardeau pour mon entourage. Constance, vous vous demandez pourquoi je reste terrée ici à attendre, à souhaiter la mort ? Je sais à quel point la vie de mes proches serait plus facile sans moi !

Connie resta sans voix, éberluée par la force des propos de Sophia. Elle mesura pour la première fois à quel point Sophia était lucide et à quel point elle se sentait coupable d'être si dépendante des autres.

— Si je n'avais pas été là, poursuivit Sophia, Sarah ne serait jamais montée dans ce train et n'aurait pas été arrêtée. Elle est sûrement morte à l'heure qu'il est ou bien elle a été envoyée dans l'un de ces terribles camps où elle mourra de toute façon.

Connie chercha les mots pour la réconforter.

— Sophia, votre présence apporte tellement de joie dans votre famille que personne ne songerait à se plaindre des soins qu'ils doivent vous prodiguer. Ils vous aiment.

— Et voilà comment je les remercie pour cet amour ! En déshonorant ma famille. (Sophia secoua la tête, le visage baigné de larmes.) Vous pourrez me dire ce que vous voulez, je sais qu'Édouard ne me pardonnera jamais pour ce que j'ai fait. Comment pourrais-je le lui avouer ?

— Nous nous en soucierons plus tard, Sophia. Pour l'heure, le plus important, c'est vous et la santé de votre enfant. Vous devez faire tout votre possible pour aider votre bébé à venir au monde. Sophia, voulez-vous cet enfant ?

Il y eut un long silence. Puis, Sophia répondit :

— Parfois, je me dis qu'il vaudrait mieux que nous mourions tous les deux ici. Mais ensuite je pense que tous ceux que j'aimais sont partis et que la vie qui grandit à l'intérieur de moi est tout ce qu'il me reste. Et c'est ce qui me relie à lui, à Frederik… Oh ! Constance, je suis complètement perdue. Vous ne me détestez donc pas pour ce que j'ai fait ?

— Non, Sophia, assura Constance en soupirant. Je ne vous déteste pas, bien sûr que non. Vous devez comprendre que vous n'êtes pas la première femme à vous retrouver dans cette situation difficile, ni la dernière. Je reconnais que les circonstances ne pourraient pas être plus compliquées, mais rappelez-vous que cet être minuscule et innocent qui grandit à l'intérieur de vous ne sait rien de tout ça. Et, quel que soit son héritage ou ce que l'avenir nous réserve, vous devez au moins donner à votre enfant la chance de vivre ! Il y a eu tellement de morts et de destruction. Une nouvelle vie, c'est un nouvel espoir, peu importent les circonstances dans lesquelles elle a été conçue. Un bébé est un don de Dieu, Sophia.

Quand elle eut fini son discours passionné, Connie se demanda si c'était son éducation catholique qui lui avait inspiré ces paroles. Elle pensait sincèrement tout ce qu'elle avait dit !

— Pour l'heure, vous n'avez pas d'autre choix que de chérir le petit être qui se développe en vous, ajouta-t-elle doucement.

— Oui, vous avez raison. Vous êtes très gentille, Constance, et vous êtes d'une grande sagesse. Je ne sais comment vous remercier pour tout ce que vous avez fait pour moi. Et j'espère un jour trouver un moyen de vous rendre ce que vous m'avez donné.

— Eh bien, si vous voulez me faire plaisir, arrêtez de passer vos journées couchée dans votre lit à attendre la mort. S'il vous plaît, Sophia, aidez-moi à vous aider, vous et votre bébé.

— D'accord, dit Sophia en soupirant. Je me suis apitoyée sur moi-même alors qu'il y a des souffrances bien pires encore autour de nous. Je vais essayer de reprendre espoir. Et peut-être que, quand Frederik viendra, nous pourrons réfléchir à une solution.

Connie regarda Sophia fixement. Comment pouvait-elle encore y croire ?

— Vous pensez vraiment qu'il va venir ?

— Je sais qu'il va venir, répliqua Sophia avec la certitude que lui donnait l'amour. Il a promis qu'il viendrait me retrouver, et mon cœur me dit qu'il ne m'abandonnera pas.

— Alors, Sophia, vous ne devez pas l'abandonner, vous non plus.

Les jours suivants, Sophia accepta de se lever. Elle se mit à manger et monta l'escalier jusqu'au château pour sortir dans le jardin clos où elle se promenait avec Connie pour faire un peu d'exercice.

Un jour, elle huma l'air et déclara :

— Le printemps approche. Je le sens. La vie va devenir beaucoup plus agréable.

Avec l'arrivée du mois de mars, le mimosa en fleurs égaya le jardin. Il n'y avait aucun visiteur au château, et Jacques refusait de laisser Connie partir à vélo au village pour faire des provisions. Il insistait toujours pour y aller lui-même. Ils étaient constamment sur le qui-vive, redoutant une visite de la Gestapo locale, mais le seul Allemand qu'ils avaient vu récemment était un simple sous-fifre venu réquisitionner une centaine de bouteilles de vin et deux tonneaux d'eau-de-vie pour l'usine de torpilles.

— Notre vie solitaire nous protège du danger, confia Jacques un soir. Nous ne pouvons faire confiance à personne et, tant que Sophia est sous ma protection, nous ne pouvons pas nous permettre de nous laisser aller. Nous devons supporter la solitude et nous contenter de notre compagnie mutuelle.

Connie ne pouvait pas vraiment le contredire. Bien qu'elle n'eût pas choisi de vivre sous le même toit que cet étranger, elle avait fini par se prendre d'affection pour lui. Derrière sa peau tannée par le soleil et son apparence de paysan se cachait un homme intelligent et réfléchi.

Le soir, une fois que Sophia s'était endormie dans sa « chambre », ils s'installaient souvent à la table pour jouer aux échecs. D'autres fois, ils se contentaient de discuter. Jacques lui parlait du métier, de l'art de faire du vin, ou de son maître et ami, Édouard. Connie fut touchée par sa dévotion pour lui. De son côté, elle lui décrivait sa vie en Angleterre et lui parlait de son mari Lawrence, qui ignorait où elle était.

Dans la cellule qui faisait office de chambre à Sophia ou dans les pièces aux volets fermés du château, Connie avait l'impression d'être toujours plongée dans l'obscurité.

De temps à autre, elle emmenait Sophia à l'étage et s'asseyait avec elle dans la merveilleuse bibliothèque qu'Édouard et ses aïeux avaient constituée. Elle prenait un livre sur un rayon et le lisait à Sophia à la lueur vacillante de la lampe à pétrole. Sur l'une des étagères, Connie avait trouvé le premier volume de l'*Histoire des fruits français* et l'avait rapporté chez Jacques pour le lui montrer.

— Ces ouvrages sont fabuleux, admit-il en tournant les pages ornées de magnifiques planches colorées. Édouard m'a montré ce premier volume que son père avait acheté. Au moins, ils ont été réunis après avoir été séparés pendant des centaines d'années.

Avec l'arrivée du printemps, le corps de Sophia s'épanouit lui aussi. Son ventre s'arrondissait de plus en plus, ses joues avaient rosi après des après-midi passés sous le châtaignier dans le jardin.

Chaque fois que Sophia prenait l'air, Jacques montait la garde, guettant l'arrivée de visiteurs indésirables. Il était aussi protecteur qu'un père.

Un soir, une fois que Connie eut aidé Sophia à se mettre au lit dans la cave, Jacques sortit un pichet de vin et remplit deux verres.

— Quand le bébé va-t-il naître, à votre avis ? demanda-t-il.

— Au mois de juin, d'après mes calculs.

— Et qu'allons-nous faire alors ? Un bébé peut-il vraiment passer les premières semaines de sa vie dans une cave froide et sombre ? De plus, qu'allons-nous faire si quelqu'un l'entend pleurer ? Et comment Sophia pourrait-elle s'occuper d'un bébé si elle ne peut pas le voir ?

— En temps normal, elle aurait une nurse pour l'aider. Mais ce ne sont pas des circonstances normales.

— Non.

— Eh bien, ce sera moi, la nurse, même si je ne sais pas m'occuper d'un bébé.

— Je me demandais, Constance, s'il ne serait pas préférable d'emmener le bébé directement à l'orphelinat. Ainsi, personne, à part vous, moi et Mlle Sophia, ne connaîtrait son existence. Quel avenir pourrait-il avoir ici ? (Jacques secoua la tête, l'air désespéré.) Je n'ose même pas penser à ce que fera Édouard quand il découvrira la vérité.

— C'est une idée, oui, admit Connie avec réticence. Mais il ne faut pas la soumettre à Sophia pour le moment. Elle va de mieux en mieux.

— Bien sûr, acquiesça Jacques en hochant la tête. Mais je connais un orphelinat tenu par des religieuses à Draguignan qui prend des enfants comme celui-ci.

Connie jugea qu'il valait mieux ne pas mentionner l'attachement que Sophia avait formé pour l'enfant qu'elle attendait et qu'elle considérait comme un symbole de son amour pour Frederik. Une attitude que Connie avait encouragée pour essayer de faire sortir la future mère de sa torpeur. Jacques était un homme. Il ne comprendrait pas.

— Nous verrons, se contenta-t-elle de conclure.

Au début du mois de mai, Armand arriva un jour chez eux avec sa bicyclette. Il s'assit avec Jacques et Connie dans le petit jardin et but la nouvelle cuvée de rosé qui sortait tout juste du tonneau. Il avait les traits tirés, le visage émacié.

Il leur raconta comment son groupe qui tenait le maquis de la région, sur les collines boisées de La Garde-Freinet, préparait le débarquement en Provence.

— On fait croire aux Boches que les Alliés vont débarquer sur les plages de Marseille et de Toulon, alors qu'en réalité ils ont prévu d'attaquer par les plages autour de Cavalaire et de Ramatuelle. Et nous, les résistants, faisons tout pour les duper et leur rendre la vie difficile, ajouta-t-il en souriant. Nous coupons les lignes téléphoniques, faisons sauter les ponts de chemin de fer, nous attaquons leurs convois d'armes… Nous sommes désormais des milliers et nous nous battons tous pour la même cause. Les Britanniques nous larguent des armes en secret et nous sommes bien organisés. J'ai entendu que ce sont les Américains qui vont prendre le commandement du débarquement. Constance, je sais que vous avez été formée pour ce genre de travail. Pouvez-vous nous aider ? Nous avons besoin d'un agent de liaison pour…

— Non, Armand, jusqu'à présent, elle n'est jamais sortie de la maison, l'interrompit Jacques avec fermeté. Et on nous a laissés tranquilles. Si on voyait Constance aller et venir à bicyclette par ici, ce serait trop dangereux pour Mlle Sophia.

Connie était dépitée.

— Mais je pourrais prendre le chemin qui passe par-derrière, Jacques. Je veux aider.

— Je sais, Constance, et peut-être que vous pourrez apporter votre contribution en temps voulu. Mais, pour le moment, il est important que vous restiez auprès de Mlle Sophia.

Jacques lui lança un regard qui en disait long.

— Tu peux peut-être nous aider d'une autre manière, Jacques, poursuivit Armand. Nous avons souvent des aviateurs britanniques que nous faisons sortir de France par la Corse et de temps à autre nous avons besoin d'un refuge où ils peuvent attendre l'arrivée du bateau. Tu serais prêt à les accueillir ?

Jacques soupira, l'air sceptique.

— Je ne veux pas attirer l'attention sur nous.

— Jacques, je suis sûre que nous pouvons le faire sans prendre trop de risques, insista Connie. Sophia est cachée dans la cave, et nous devons faire tout notre possible pour aider la Résistance. Édouard s'est battu lui aussi pour cette cause, même s'il savait qu'il mettait sa famille en danger, souligna Connie, déterminée à faire quelque chose d'utile.

— Oui, Constance, vous avez raison, répondit Jacques. Comment pourrais-je refuser ? Nous pourrons loger les aviateurs dans le grenier.

— Merci.

Armand hocha la tête avec gratitude.

— Et je suis sûr, Constance, que vous vous occuperez bien d'eux, dit Jacques en se levant.

— Bien sûr.

Connie songea, un peu égoïstement, qu'elle aimerait beaucoup partir avec les aviateurs en bateau pour la Corse.

— Nous vous contacterons quand nous aurons besoin de vous. Ça sera soit moi, soit un de mes hommes, expliqua Armand. Maintenant, il faut que j'y aille.

Les deux premiers aviateurs britanniques arrivèrent une semaine plus tard à trois heures du matin. En entendant leur accent anglais, Connie sentit les larmes lui monter aux yeux. Elle était aux petits soins pour eux et leur offrit de la nourriture et du vin. Ils devaient rester vingt-quatre heures, puis embarquer pour la Corse. Les deux hommes, bien que frêles et épuisés après deux semaines passées à se cacher dans divers endroits, avaient bon moral et se réjouissaient de rentrer chez eux.

— Ne vous inquiétez pas, ma petite dame, dit l'un d'eux à Connie quand elle les conduisit au grenier. L'emprise des nazis sur la France faiblit de jour en jour. Hitler est en train de perdre le contrôle de la situation. Ce n'est plus une affaire de mois mais de quelques semaines, et tout sera terminé.

Quand ils partirent aux premières heures du matin, Connie tendit une enveloppe à l'un des pilotes.

— Pourrez-vous la poster pour moi une fois que vous serez en Angleterre ?

— Bien sûr. Je vous dois bien ça. Vous m'avez offert mon premier vrai repas depuis des semaines, dit-il en souriant.

Connie se mit au lit et sentit l'espoir renaître dans son cœur. Si les aviateurs arrivaient sans encombre en Angleterre, Lawrence aurait enfin de ses nouvelles et saurait qu'elle allait bien.

Plus le terme de la grossesse approchait, plus Sophia avait du mal à monter l'escalier raide de la cave avec son gros ventre. Pourtant, elle respirait la santé désormais et affichait une grande sérénité. Connie avait trouvé de la laine et des aiguilles à tricoter, dans la réserve de l'ancienne gouvernante au château, et elle passait des après-midi entiers, assise aux côtés de Sophia dans le jardin clos, à tricoter de minuscules vestes, des bonnets et des chaussons pour le bébé. Parfois, elle regardait Sophia avec envie. Après tout, elle rêvait elle aussi de fonder une famille avec Lawrence. Elle était aux premières loges pour assister à la transformation et à l'épanouissement d'une femme qui s'apprêtait à être mère.

Par les chaudes soirées d'été, Jacques et elle s'asseyaient souvent dehors autour de la table du jardin, entourés des jeunes pieds de vigne dont les feuilles protégeaient les minuscules baies vertes qui n'allaient pas tarder à se transformer en énormes grappes.

— Il ne reste plus que quelques semaines avant les *vendanges**, mais j'ignore si je pourrai trouver de la main-d'œuvre pour m'aider, se lamenta Jacques. Les gens pensent à tout autre chose qu'à produire du vin en ce moment.

— Je vous aiderai du mieux que je pourrai, proposa Connie, consciente qu'elle ne lui serait pas d'une grande utilité – Jacques employait d'ordinaire une douzaine d'hommes et de femmes qui ramassaient les grappes de l'aube au crépuscule.

— C'est gentil à vous, Constance, mais je pense qu'on aura besoin de vous ailleurs. Et, avant ça, savez-vous comment on met les bébés au monde ?

— Non. Bizarrement, l'entraînement que j'ai suivi avant de venir ici ne m'a pas appris à gérer ce genre de situations, répondit Connie avec ironie. J'ai lu dans des livres que tout le monde s'affaire autour de la mère avec de l'eau chaude et des serviettes. En fait, je ne sais pas vraiment, mais j'espère que je pourrai me débrouiller le moment venu.

— J'ai peur parfois qu'il y ait des complications au moment de l'accouchement et que Sophia ait besoin de soins médicaux. Que ferons-nous alors ? Nous ne pouvons pas prendre le risque de l'emmener à l'hôpital.

— Je ferai de mon mieux.

— Vous avez raison, ma chère Constance. Nous sommes tous les deux condamnés à faire de notre mieux.

***

Des aviateurs venaient régulièrement dormir dans le grenier chez Jacques en attendant le bateau qui les emmènerait en Corse. C'est de leurs bouches que Connie apprit que le débarquement allié en Normandie était imminent. Chaque fois que les pilotes s'en allaient, elle tendait à l'un d'eux une enveloppe adressée à Lawrence.

Les lettres disaient toujours la même chose :

Mon chéri,

Ne t'inquiète pas pour moi. Je vais bien, je suis en sécurité et j'espère bientôt rentrer à la maison.

En écrivant sa cinquième missive, un soir de juin, Connie se dit que l'une d'elles finirait bien par atteindre Lawrence. Elle donnerait celle-ci à l'un des aviateurs quand ils partiraient au milieu de la nuit.

Jacques entra soudain dans le salon, l'air inquiet.

— Constance, il y a quelqu'un qui rôde dehors. Montez au grenier et dites aux aviateurs de rester silencieux. Je vais aller voir ce qui se passe.

Jacques prit son fusil de chasse à côté de la porte d'entrée et sortit de la maison.

Après avoir prévenu les pilotes, Connie redescendit au rez-de-chaussée et trouva Jacques, dans le salon, braquant son fusil sur un homme aux cheveux blonds, grand et décharné, qui avait levé les mains en l'air en signe de reddition.

— Ne vous approchez pas ! C'est un Allemand ! cria Jacques en enfonçant son fusil dans la poitrine de l'homme. Asseyez-vous ! Là-bas.

Il indiqua le fauteuil devant la cheminée.

Quand l'homme s'assit, Connie regarda ses yeux, qui semblaient immenses dans ce visage émacié, ses cheveux blonds emmêlés et crasseux et ce qu'il restait de sa chemise et de son pantalon dans lesquels son corps squelettique flottait. Elle le contempla, et son cœur s'emballa. Le choc faillit lui faire perdre connaissance.

— Constance, c'est moi, Frederik, prononça l'homme d'une voix rauque. Vous ne me reconnaissez peut-être pas sans mon uniforme ?

Connie se força à poser de nouveau son regard sur son visage. Les yeux de l'homme étaient le meilleur indice pour déterminer lequel des deux jumeaux se tenait devant elle. Elle y vit de la gentillesse, de l'effroi et comprit avec soulagement qu'il disait bien la vérité.

— Vous connaissez cet homme ? demanda Jacques en se tournant vers Connie, l'air incrédule.

— Oui, répondit-elle en hochant la tête. Il s'appelle Frederik von Wehndorf et c'est un colonel SS. Sophia le connaît aussi.

Connie fixa Jacques, espérant qu'il comprendrait sans qu'elle ait à fournir de plus amples explications.

— Je vois.

Jacques fit un signe de tête pour montrer qu'il avait compris, mais n'abaissa pas pour autant son fusil. Il se tourna vers Frederik.

— Et que faites-vous ici ?

— Je suis venu voir Sophia comme je le lui avais promis. Elle est là ?

Ni Connie ni Jacques ne lui répondirent.

— Comme vous pouvez le constater, reprit Frederik en montrant ses vêtements, je ne suis plus un officier de l'armée allemande. En fait, je suis un homme recherché. S'ils me trouvent, ils me ramèneront en Allemagne, où je serai fusillé. C'est le sort qu'on réserve aux traîtres.

Jacques eut un rire méprisant.

— Vous pensez sérieusement que nous allons avaler votre histoire ? Comment pouvons-nous être sûrs qu'il ne s'agit pas d'une ruse ? Vous, les Boches, vous mentez comme vous respirez pour sauver votre pauvre peau.

— Vous avez raison, monsieur, reconnut Frederik calmement. Je ne peux rien vous prouver. Je peux juste vous dire *ma* vérité.

Il se tourna vers Connie avant de poursuivre :

— Après vous avoir emmenées, vous, Sophia et sa domestique, à la gare de Lyon, je ne suis pas reparti pour l'Allemagne. Je savais que mon frère Falk ferait tout son possible pour me faire arrêter et juger parce que je vous avais aidées à vous enfuir. Ce n'est pas la première fois qu'il doutait de ma loyauté envers les nazis. On dirait que j'ai beaucoup d'ennemis et aucun ami…

Ses yeux trahissaient sa souffrance et son épuisement. Il paraissait beaucoup plus vulnérable sans son uniforme.

— Où allez-vous, Frederik ? demanda soudain Connie.

— Constance, je n'avais qu'une idée en tête : arriver jusqu'ici pour voir Sophia comme je le lui avais promis. Quand j'ai quitté Paris, je me suis caché. Je me suis réfugié dans les Hautes-Pyrénées, où j'ai pu survivre en soudoyant les habitants, mais aussi grâce à la gentillesse de certains. Je me suis terré là-bas, j'ai même trait des chèvres, nourri des poulets pour gagner de quoi manger. J'ai attendu le bon moment pour entreprendre le voyage jusqu'ici et retrouver Sophia. J'ai marché durant de longues semaines, expliqua Frederik en haussant les épaules.

— Vous avez eu de la chance d'être arrivé jusqu'ici sans vous faire prendre par un des deux camps, fit remarquer Jacques, toujours méfiant.

— C'est l'espoir de revoir Sophia qui m'a fait avancer. Mais la chance va bien finir par me lâcher. Il y en a un en particulier qui connaît ma destination et qui me traquera jusqu'au bout.

Frederik soupira, puis secoua la tête.

— Peu importe, je sais que ma mort est inévitable. Ce sont soit les Français, soit les Allemands qui me tueront. Je voulais simplement voir Sophia une dernière fois. S'il vous plaît, Constance, dites-moi au moins qu'elle va bien, qu'elle est en sécurité, qu'elle est en vie !

Connie remarqua que Frederik avait les yeux embués de larmes. En le voyant assis sous la menace d'un pistolet, presque méconnaissable après des semaines d'angoisse et de privations, elle eut de la peine pour lui. Il avait risqué sa vie pour voir la femme qu'il aimait plutôt que de prendre la fuite pour sauver sa peau. Peu importaient sa nationalité, ses opinions politiques, ou même ce qu'il avait pu faire ces dernières années, c'était un être humain qui méritait sa compassion.

— Oui, elle va bien, affirma Connie.

Jacques lui lança un regard qui l'invitait à se taire, mais Connie l'ignora.

— Vous avez sans doute faim. Je doute que vous ayez beaucoup mangé ces dernières semaines.

— Constance, s'il vous reste un peu de nourriture pour moi, je l'accepterai volontiers, mais, dites-moi, Sophia est-elle là ? Je peux la voir ? l'implora Frederik.

— Je vais vous apporter à manger et ensuite nous parlerons. Jacques, vous pouvez baisser votre fusil. Frederik ne nous fera aucun mal. Vous avez ma parole. Pourquoi ne montez-vous pas à l'étage pour dire à nos amis au grenier que ce n'est pas la peine de paniquer ? C'est juste un parent qui nous rend visite, mais il vaut mieux qu'ils ne se montrent pas de toute façon.

— Si vous pensez que nous pouvons lui faire confiance, dit Jacques lentement tout en baissant son fusil à contrecœur, j'y vais de ce pas.

— Vous pouvez me croire, assura Connie, heureuse de pouvoir pour une fois prendre la situation en main. Venez avec moi dans la cuisine, Frederik. Nous pourrons discuter pendant que je vous préparerai quelque chose à manger.

Frederik se leva à grand-peine, et Connie constata que chaque pas lui demandait beaucoup d'efforts. Il était arrivé à destination, et l'épuisement, la faim et le désespoir remplaçaient désormais l'adrénaline. Connie ferma la porte de la cuisine derrière elle et indiqua une chaise en bois à Frederik autour de la petite table.

— Constance, s'il vous plaît, dites-moi si elle est là, l'implora-t-il de nouveau.

— Oui, Frederik. Sophia est ici.

— Oh mon Dieu, mon Dieu ! (Frederik prit sa tête entre ses mains et se mit à sangloter.) Parfois, en chemin, quand je dormais dans des fossés ou que je cherchais un peu de nourriture au milieu des ordures, je me disais qu'elle était peut-être morte. Je l'ai imaginé si souvent, je…

Frederik s'essuya le nez avec sa manche et secoua la tête.

— Pardonnez-moi, Constance, je comprends que vous ne puissiez pas avoir de compassion pour moi, mais vous ne savez pas l'enfer que j'ai vécu pour la retrouver.

— Tenez, buvez ça.

Connie posa un verre de vin devant lui et lui tapota doucement l'épaule.

— Je suis surprise que vous soyez arrivé jusqu'ici en vie.

— J'ai été aidé par le fait que les Français, tout comme mes compatriotes, savent que quelque chose se prépare. La France est dans le chaos, les résistants sont de plus en plus nombreux et de mieux en mieux organisés. Nous… (Frederik se corrigea immédiatement :) *Ils* ont du mal à les contrer. Et peut-être que la France était le dernier endroit où on a songé à me chercher. Il n'y en a qu'un qui pourrait me retrouver…

— Tenez, mangez.

Connie posa un morceau de pain coupé grossièrement et du fromage devant lui.

— Sont-ils déjà venus perquisitionner le château ?

Frederik engouffra le pain et le fromage dans sa bouche et les avala sans même prendre la peine de mâcher.

— Oui, ils ont fouillé partout et n'ont rien trouvé. Jacques et moi avons veillé à ce que le château reste fermé, et Sophia, cachée. Jusqu'à présent, personne ne se doute qu'elle est ici.

— Et Édouard, est-il là, lui aussi ?

— Non. Il savait que sa présence mettrait sa sœur en plus grand danger encore.

— Eh bien, je ne peux pas rester longtemps. Je suis conscient que chaque seconde passée ici vous fait courir de gros risques.

Frederik but de grandes gorgées de vin pour faire passer son pain et son fromage.

— Je vais donc aller voir Sophia et je partirai ensuite. Voulez-vous bien m'emmener auprès d'elle maintenant ? Je vous en supplie, Constance.

— Oui. Suivez-moi.

Connie emmena Frederik jusqu'à la cave, le fit monter dans le fût en chêne, enleva le faux plancher, puis le guida dans le tunnel.

— Ma pauvre Sophia, grommela-t-il, gêné dans ses mouvements par sa grande taille. Comment peut-elle supporter ça ? Sent-elle au moins de temps en temps la chaleur du soleil sur son visage ?

— C'était le prix à payer pour garantir sa sécurité.

Constance était arrivée devant la porte.

— Elle est là et elle dort peut-être. Je vais entrer la première pour ne pas l'effrayer. Et... Frederik... (Connie se retourna pour le regarder.) Je pense que vous allez avoir un choc, vous aussi.

Elle frappa trois fois à la porte, puis l'ouvrit doucement.

Sophia était assise dans le fauteuil au-dessous de la minuscule fenêtre, un livre en braille posé sur son ventre. Elle leva la tête.

— Constance ?

— Oui, c'est moi.

Connie s'avança vers Sophia et posa doucement la main sur son épaule.

— N'ayez pas peur, mais vous avez de la visite. Je pense que vous allez être très heureuse quand vous allez comprendre de qui il s'agit.

— Sophia, Sophia, mon amour, c'est Frederik, murmura une voix derrière Connie. Je suis là, *mein Liebling*.

Pendant quelques secondes, Sophia fut incapable de parler.

— Est-ce que je rêve ? Frederik ? chuchota-t-elle. C'est vraiment vous ?

— Oui, oui, ma Sophia, c'est moi.

Sophia ouvrit les bras et fit tomber son livre par terre.

Connie recula jusqu'à la porte et vit Frederik s'avancer vers Sophia et la prendre dans ses bras. Les larmes aux yeux, elle sortit de la pièce en silence et ferma la porte derrière elle.

28

Connie passa toute la nuit dans le salon de Jacques à faire le guet. Quand les aviateurs anglais partirent à deux heures du matin, Jacques vint la rejoindre en bâillant.

— Bon, nous avons déjà un souci en moins. Qu'en est-il de l'autre ?

Il montra le plancher.

— Il est encore avec elle ?

— Oui.

— Vous êtes allée voir ce qu'ils faisaient ?

— Oui, une fois. Je les ai entendus parler.

— Pardonnez-moi, Constance, mais pouvez-vous réellement lui faire confiance ? Il se sert peut-être d'une femme folle amoureuse de lui pour nous duper.

— Je vous assure qu'il ne s'agit pas d'une ruse. Il suffit de le regarder pour comprendre qu'il dit la vérité. Il est évident qu'il est en fuite depuis des semaines. Nous ne serions pas là s'il ne nous avait pas aidées à quitter Paris. Il aime Sophia de tout son être.

— Et s'il a été suivi ?

— Bien sûr, c'est fort probable.

— Constance, d'après ce que vous m'avez dit de son frère, c'est même certain !

— Mais, tant qu'ils sont tous les deux dans la cachette, ils sont en sécurité. Et Frederik sait qu'il doit partir le plus tôt possible. Mais il serait trop cruel de leur refuser le droit de passer ces quelques heures ensemble. C'est peut-être la dernière fois qu'ils se voient. S'il vous plaît, Jacques, laissez-leur ces quelques instants. Je pense qu'ils ont beaucoup de choses à se dire, étant donné les circonstances.

— Il doit vite partir, insista Jacques en frémissant. Si quelqu'un apprend que nous avons accueilli un nazi ici, ce sera mon arrêt de mort.

— S'il vous plaît, Jacques. Il partira demain, répondit Connie avec fermeté.

***

Sophia était allongée dans le lit étroit, où elle avait tout juste assez de place pour elle, blottie dans les bras de Frederik. Elle ne cessait de caresser son visage, son cou, ses cheveux pour se convaincre qu'il était bien là. Il était si épuisé qu'il s'endormait sporadiquement, puis se réveillait en sursaut et serrait Sophia encore un peu plus fort contre lui après avoir relâché son étreinte pendant son sommeil.

— Dis-moi, mon amour, que pouvons-nous faire ? lui demanda-t-elle. Y a-t-il un endroit au monde où nous pourrions nous réfugier ?

Frederik passa la main sur la peau fine et blanche du ventre de Sophia.

— Tu dois rester ici jusqu'à la naissance du bébé. Tu n'as pas le choix. Je partirai demain et je trouverai avec l'aide de Dieu un refuge jusqu'à la fin de la guerre. Ça ne sera plus très long, je te le promets.

— Voilà des années que j'entends la même chose. J'ai l'impression que cette guerre ne finira jamais, soupira Sophia.

— C'est bientôt la fin, Sophia, tu dois y croire. Et, une fois que tout sera terminé et que j'aurai trouvé un endroit où nous pourrons vivre, je viendrai vous chercher, toi et notre enfant.

— S'il te plaît, ne me laisse pas ! Je ne peux pas vivre sans toi, s'il te plaît…

Elle prononça ces paroles, qu'elle savait vaines, la tête enfouie contre son torse bien chaud.

— Ce n'est que pour quelques mois, tu dois tenir bon. Sois forte pour le bébé. Un jour, nous serons assis avec lui et nous lui parlerons du courage de sa maman quand elle l'a mis au monde. Sophia, souffla Frederik en embrassant tendrement son front, son nez et ses lèvres, j'avais promis que je viendrais et je suis venu. Je ne t'abandonnerai jamais. Crois-moi.

— Je te crois. Et si nous parlions de quelque chose de plus gai ? Raconte-moi ton enfance, proposa Sophia, qui voulait tout à coup tout savoir de l'homme dont elle portait l'enfant.

— J'ai grandi en Prusse-Orientale dans un petit village du nom de Charlottenruhe. (Frederik ferma les yeux et sourit à l'évocation de ces souvenirs.) Nous étions heureux. Notre famille vivait dans un merveilleux *Schloss*, un château, entouré d'hectares de terres fertiles qui nous appartenaient et que nous cultivions. La Prusse-Orientale était considérée comme le grenier à blé du pays, car il y avait des kilomètres et des kilomètres de plantations. Et ceux qui vivaient sur ces terres se sont enrichis. J'ai eu une enfance merveilleuse, je ne manquais de rien, mes parents m'adoraient et j'ai reçu une excellente éducation. La seule ombre au tableau peut-être, c'était mon frère, qui m'en a voulu dès son plus jeune âge.

— Deux frères, nés à une heure d'intervalle, élevés dans la même famille, et pourtant vous êtes tellement différents... (Sophia se tapota le ventre.) J'espère que notre petit tiendra de son père, pas de son oncle. Où es-tu allé quand tu as quitté l'école ?

— Falk est tout de suite entré dans l'armée et je suis allé à l'université de Dresde pour étudier les sciences politiques et la philosophie. C'était une période intéressante – le Führer venait d'arriver au pouvoir. Après des années de pauvreté pour de nombreux Allemands depuis la fin de la Première Guerre mondiale, Hitler a commencé à faire des réformes pour améliorer le niveau de vie de ses concitoyens. Comme les autres jeunes penseurs radicaux et, avec un intérêt particulier pour la politique en raison de mes études, je me suis laissé gagner par l'enthousiasme, avoua Frederik en soupirant. Cela te paraîtra sans doute incompréhensible mais, durant ses premières années de chancelier, Hitler a engagé des réformes très positives, et sa vision d'une nation industrielle à l'économie performante et au rayonnement international était très séduisante. Je suis allé à l'un des congrès de son parti à Nuremberg et l'ambiance était incroyable. Le Führer avait un tel charisme qu'une nation opprimée comme la nôtre ne pouvait que croire en lui. Quand il parlait, nous buvions ses paroles. Il nous donnait de l'espoir et nous le vénérions. Mes amis et moi nous sommes empressés de prendre notre carte au parti.

— Je vois, commenta Sophia en frémissant. Et que s'est-il passé ensuite ?

— Eh bien…

Frederik chercha dans son esprit épuisé les mots justes pour expliquer la suite.

— Imagine des millions de personnes suspendues aux lèvres de cet homme, qui était l'objet d'une adoration sans limites, sans que jamais une voix dissidente ne se fasse entendre. Il a fini par se sentir tout-puissant, se prendre pour un dieu.

— Je comprends, oui, murmura Sophia dans son épaule.

— Déjà, avant le début de la guerre, j'ai été horrifié quand j'ai vu ce qu'il faisait subir aux Juifs allemands et la façon dont il s'en prenait à la religion. Comme tu le sais, je suis croyant, mais j'ai dû cacher ma foi pour me protéger. À l'époque, j'avais déjà été choisi pour rejoindre le service de renseignements. Je n'avais pas le choix, Sophia. J'aurais été abattu si j'avais refusé.

— Comme tu as dû souffrir, mon pauvre amour.

Sophia avait les yeux embués de larmes.

— Ma souffrance n'est rien à côté de celle qu'endurent des garçons de treize ans, à qui on met un fusil dans les mains et qu'on force à tuer au nom d'une cause qu'ils ne comprennent même pas !

Frederik se mit à sangloter lui aussi.

— Et j'ai moi aussi, par mes actes, envoyé sciemment des gens à la mort. Tu n'imagines pas les choses horribles que j'ai pu faire… Que Dieu me pardonne. Et toi, Sophia, demanda-t-il en la regardant avec des yeux remplis d'angoisse, comment peux-tu me pardonner ? Comment pourrais-je me pardonner ?

— Frederik, s'il te plaît…

— Oui, tu as raison, parlons d'autre chose, murmura-t-il en effleurant ses cheveux avec ses lèvres. Ici, auprès de toi, je me sens enfin en sécurité et en paix. Et si je devais mourir maintenant, je mourrais heureux.

Frederik se rallongea à côté de Sophia et regarda le reflet de la lampe à pétrole sur le plafond sombre.

— Je crois que je n'oublierai jamais cette nuit. Je comprends que le paradis n'est pas forcément un endroit magnifique, comme le jardin d'Éden de la Bible. Ça n'a rien à voir non plus avec la richesse, le pouvoir et la position sociale. Car c'est ici que je suis bien, dans une cave sombre, humide, et, même si je suis condamné à mourir, je me sens en paix dans tes bras. Mon âme est au paradis parce que je suis avec toi.

— Frederik, le supplia Sophia, serre-moi fort, comme si tu n'allais plus jamais me lâcher.

Les résidents du château de La Martinières se réveillèrent à l'aube. Une belle journée s'annonçait en Provence. Les occupants du rez-de-chaussée arpentaient nerveusement le salon. Ceux du sous-sol étaient éveillés, eux aussi, redoutant le soleil qui se levait dans le ciel.

À Londres, au point du jour, Édouard de La Martinières fut gêné par un vrombissement insistant qui devint carrément assourdissant quand il passa au-dessus de lui. Il s'avança vers la fenêtre et vit des avions survoler la capitale, laissant derrière eux des traînées de fumée blanche à l'infini. C'était le 6 juin 1944. Le jour J.

À sept heures, Connie entendit un coup léger sur la porte de la cuisine. Elle ouvrit et vit Frederik sur le seuil, les yeux encore brillants d'amour.

— Je dois bientôt partir, Constance. Je peux vous demander un peu de café et peut-être du pain pour le petit déjeuner ? J'ignore quand j'aurai ensuite la possibilité de manger.

— Bien sûr. Et je vais aller vous chercher des vêtements propres. Vous faites à peu près la même taille que Jacques.

Même à cette distance, Connie sentait la mauvaise odeur de Frederik.

— C'est très gentil à vous, Constance. Sophia a demandé que vous descendiez la voir. Elle a dit qu'il y avait un jardin où elle pouvait s'asseoir sans craindre d'être vue. Elle préférerait me dire au revoir là-bas.

— Bien sûr.

Connie montra la bouilloire sur la cuisinière (l'eau serait bientôt chaude) et le pain qui restait de la veille.

— Il y a une salle de bains juste à côté de la cuisine. Je vais vous apporter des vêtements.

Jacques était parti à vélo au village pour acheter du pain frais. Connie en profita pour prendre dans son armoire une pile de vêtements qui lui paraissaient convenir. Elle les tendit à Frederik.

— Prenez ceux qui vous vont. Je vais aider Sophia à aller dans le jardin. Je reviendrai ensuite. Je vais également voir si nous pouvons vous donner un peu d'argent pour votre voyage.

— Constance, vous êtes un ange et je n'oublierai jamais ce que vous avez fait pour Sophia et moi. Merci.

Un quart d'heure plus tard, Connie frappa à la porte de la chambre souterraine de Sophia. Assise sur son lit, le visage serein, celle-ci était encore plus belle que d'habitude.

— Frederik m'a dit que vous aimeriez lui dire au revoir dans le jardin.

— Oui. Nous ne nous reverrons certainement pas avant longtemps. Et j'aimerais me souvenir des derniers moments que nous passerons ensemble comme si nous étions un homme et une femme libres.

— Je comprends, mais vous devez être prête à partir très vite si quelqu'un venait.

— Bien sûr. À présent, Constance, pouvez-vous m'arranger un peu les cheveux et me nettoyer le visage ?

Connie fit de son mieux à la faible lumière du soupirail, mais se dit qu'avec l'amour qui illuminait son visage, Sophia était déjà belle sans le moindre artifice. Puis elle l'aida à monter l'escalier jusqu'au jardin clos et l'installa à une table sous le châtaignier.

— Je vous ramène Frederik.

— Merci, c'est une belle matinée.

— En effet.

Connie partie, Sophia resta seule, savourant la chaleur du soleil sur son visage. Elle huma l'air parfumé et reconnut l'odeur des lavandes qui poussaient abondamment dans les bordures.

— Sophia.

— Déjà de retour ?

Elle sourit et ouvrit les bras pour l'accueillir.

— Constance nous a donc laissés seuls.

Après un silence de quelques secondes, il dit :

— Oui.

— Viens près de moi, Frederik, serre-moi dans tes bras. Le temps presse.

Il s'approcha et Sophia sentit son odeur, bien différente à présent. Elle suivit le contour familier de son visage, puis toucha l'étoffe résistante d'une étrange veste.

— Je constate que tu t'es lavé et que Constance t'a donné de nouveaux vêtements.

— Oui, elle est très gentille.

— Tu dois partir immédiatement ? Nous pourrions rester un peu plus longtemps.

Elle indiqua la chaise à côté d'elle et prit ses mains dans les siennes tandis qu'il s'asseyait. Elles semblaient plus puissantes, moins calleuses, sans doute à cause du savon.

— Comment pourrais-je te contacter une fois que tu seras parti ?

— C'est moi qui te contacterai. Si tu me dis où se cache ton frère, je pourrai peut-être lui envoyer un message à lui aussi.

— Frederik, je t'ai dit hier soir que je ne savais pas où il était. S'il se tait, c'est pour me protéger.

— Tu n'as vraiment aucune idée de l'endroit où il se trouve ?

— Non.

Elle secoua la tête dans un mouvement de frustration.

— Pourquoi parlons-nous de cela alors que tu vas bientôt partir ? Frederik, s'il te plaît, il nous reste si peu de temps, parlons plutôt de nos projets pour l'avenir. Nous pourrions peut-être décider d'un prénom pour notre enfant. Un prénom de garçon et un prénom de fille.

— Pourquoi pas Falk, comme son oncle ?

C'était la même voix, mais elle venait d'un peu plus loin. Sophia ne comprenait pas. Elle agita les bras, cherchant à l'atteindre.

— Où es-tu ? Frederik ? Que se passe-t-il ?

Frederik observait son frère, qui s'était levé de sa chaise à côté de Sophia, et braquait à présent un pistolet sur lui.

— Tu as fini par venir, Falk, dit-il.

— Évidemment.

— Et tu es venu accompagné de tes amis de la Gestapo ? Attendent-ils à l'entrée du château pour me ramener de force en Allemagne ? demanda Frederik avec lassitude.

— Non.

Falk secoua la tête.

— Je voulais savourer ce plaisir tout seul. Te donner une dernière chance de t'expliquer. Tu es mon frère, après tout. C'est la moindre des choses.

— C'est très gentil à toi, dit Frederik en hochant la tête. Comment m'as-tu trouvé ?

— Il faudrait vraiment être un idiot pour ne pas deviner que tu allais venir ici. Voilà plusieurs semaines que tu es suivi. Je savais que tu allais finir par me conduire jusqu'à ceux que j'aimerais interroger. Par exemple, cette jeune femme devant nous. Malheureusement, elle refuse de me révéler l'endroit où se cache son frère, même si elle le sait parfaitement, bien sûr.

— Monsieur, je l'ignore. Il ne nous le dit pas pour nous protéger ! s'écria Sophia.

— Allons, Fräulein, même une putain comme vous… (Falk montra son ventre.) qui n'a pas de cerveau ne peut pas croire que je vais avaler ces sornettes.

Il se tourna vers Frederik et ajouta :

— Tu sais que j'ai un mandat d'arrêt dans ma poche. Je ne voudrais pas avoir à te tuer pour forcer ta petite amie à parler.

Frederik regarda tristement Falk.

— Je crois que tu attends ce moment depuis notre plus tendre enfance, mon frère. Et je te laisserais volontiers me tuer si tu épargnais la femme que j'aime. Si je me rends et si je t'accompagne en Allemagne où tu seras récompensé pour ton intelligence et ta traque victorieuse, lui laisseras-tu la vie sauve ? Je te jure sur la vie de notre mère que Sophia ignore où se trouve Édouard de La Martinières. Alors, marché conclu ? supplia Frederik. Je te suivrai de mon plein gré et tu auras enfin ton moment de gloire, si tu épargnes la femme que j'aime et notre enfant.

Falk regarda son frère, puis s'étrangla de rire. Il rit si fort que son pistolet vacilla. Puis, il s'arrêta tout net.

— Ah ! mon frère, tu es vraiment un idéaliste ! Quand je pense aux poèmes que tu lisais enfant, ces bêtises romantiques ! Ta foi en Dieu, ton intellect loué par tous, ton talent pour la philosophie… Laisse-moi rire ! Tu ne vois pas la réalité de la vie. La vie est froide et cruelle. L'âme dont tu as toujours parlé n'existe pas. Nous ne sommes rien d'autre que des fourmis qui rampent aveuglément sur la planète. Tu n'as jamais compris la vraie vie. L'homme est un loup pour l'homme. C'est chacun pour soi ici. Tu crois que ta petite vie compte, ou la sienne ? Tu crois vraiment que l'amour peut tout vaincre ?

Falk avait prononcé le mot « amour » avec mépris.

— Tu te berces d'illusions, Frederik, continua-t-il, comme tu l'as toujours fait. Et maintenant, il est temps que je t'apprenne de quoi est faite cette réalité.

Le pistolet de Falk changea de cible. Il était désormais braqué sur Sophia.

— Ça, c'est la réalité !

Frederik se précipita devant Sophia, et un coup de feu retentit dans l'aube tranquille.

Puis un autre.

Frederik se retourna. Il n'était pas blessé. Il regarda si Sophia avait été touchée. Mais ce fut Falk qui tomba au sol. Il frissonna un peu quand le pistolet lui échappa des doigts. Il était en train de mourir. Frederik s'avança vers lui et s'agenouilla au-dessus de lui. Il vit les yeux de son frère se révulser.

Falk ouvrit la bouche et parvint à regarder son frère jumeau. Il articula quelques mots avec peine :

— Tu as gagné.

Il eut un dernier sourire, comme pour reconnaître sa défaite, avant de mourir.

Le silence s'installa dans le jardin. On n'entendait que les oiseaux qui s'égosillaient dans les arbres, accueillant le jour qui se levait. La douce odeur de la lavande parfumait l'air. Puis, après avoir fermé les yeux de son jumeau et avoir déposé un baiser sur son front, Frederik releva la tête.

Connie se tenait derrière Falk, le fusil de chasse de Jacques toujours braqué à l'endroit où l'Allemand se dressait quelques secondes auparavant.

— Merci, articula sans bruit Frederik, les yeux embués de larmes.

— Il a eu ce qu'il méritait. Et j'ai pensé qu'il était temps de mettre en pratique ce que j'avais appris, ajouta calmement Connie, une ébauche de sourire sur les lèvres. J'ai bien fait ?

Elle lança un regard suppliant à Frederik.

Il regarda son frère mort, puis tourna la tête vers Sophia, qui était livide.

— Oui, dit-il. Vous avez bien fait, merci.

Jacques s'approcha de Connie.

— Donnez-moi le fusil, Constance.

Il le prit doucement. Connie se mit à trembler de tout son corps. Jacques passa le bras autour de ses épaules et la conduisit jusqu'à la chaise à côté de Sophia.

— Il est mort ? demanda Jacques à Frederik en jetant un coup d'œil au corps étendu sur l'herbe.

— Oui.

— Je ne savais pas que vous tiriez aussi bien, Constance, dit Jacques en se penchant au-dessus de Falk et en voyant le sang qui traversait son uniforme.

— J'ai été formée au combat. J'ai appris à tuer.

— C'était votre frère ? demanda Jacques à Frederik.

— Oui, mon frère jumeau.

— Je suppose que ses supérieurs ou ses subordonnés sont au courant de sa présence ici.

— J'en doute. Il voulait savourer seul la gloire de m'avoir capturé.

— Il en aura peut-être parlé à quelqu'un malgré tout. Nous ne pouvons pas nous permettre de prendre ce risque. Frederik, vous devez partir immédiatement. Quelqu'un risque d'avoir entendu les coups de feu en passant devant le château. Mademoiselle Sophia, allez vite à la cave et restez-y le temps que nous trouvions une solution. Constance va vous accompagner.

— Merci, dit Sophia quand Connie l'aida à se lever et que les deux femmes s'appuyèrent l'une sur l'autre pour se soutenir.

Frederik s'éloigna du cadavre de son frère et s'approcha doucement de Connie.

— Je ne veux pas que vous payiez pour ce crime. C'est pour moi que Falk est venu et c'est moi qui aurais dû le faire. Quand sa mort sera découverte, je veux que vous disiez que c'est moi qui l'ai abattu.

— Non, Frederik, si je l'ai tué, ce n'est pas uniquement pour vous sauver, Sophia et vous, répliqua-t-elle, le regard lointain. J'avais mes raisons. Je sais maintenant qu'aucune autre femme ne subira ce qu'il m'a fait endurer.

Elle leva les yeux vers Frederik avant d'ajouter :

— Ça fait plusieurs mois que je pense à sa mort.

— Nous devons faire disparaître le corps immédiatement, Frederik, décréta Jacques. J'ai besoin de votre aide pour creuser une tombe.

— Bien sûr.

— Le mieux, c'est de la creuser ici, dans le jardin. Personne ne risque ainsi de nous voir déplacer le corps. Je vais chercher des pelles. Vous pourriez peut-être enlever son uniforme pour que nous le brûlions, suggéra Jacques. Constance, quand vous aurez raccompagné Sophia à la cave, allez dans la cuisine. Il y a du cognac. Buvez un coup, ça vous fera du bien. Nous n'avons pas besoin de vous ici.

Après avoir ramené Sophia à la cave et lui avoir assuré que Frederik viendrait lui dire au revoir,

Connie suivit les conseils de Jacques. Le cognac lui fit certes du bien, mais elle continua à frissonner malgré la chaleur.

Une demi-heure plus tard, Jacques revint à la maison.

— Nous avons enterré Falk et brûlé son uniforme. Frederik est allé dire au revoir à Sophia, puis il partira.

— Merci, Jacques.

— Non, Constance, c'est à nous de vous remercier.

Jacques la considérait désormais avec plus de respect encore.

— Maintenant, je vais aller chercher quelques provisions pour aider Frederik et, une fois qu'il sera parti, nous parlerons.

— Au revoir, mon amour, dit Frederik en serrant Sophia contre lui. Je te donnerai de mes nouvelles, je te le promets, mais, pour l'instant, tu dois penser à ta sécurité et à celle de notre enfant. Écoute les conseils de Jacques et Constance, ce sont des gens bien et je sais qu'ils te protégeront.

— Oui.

Les yeux aveugles de Sophia étaient remplis de larmes. Elle prit sa chevalière sur le petit doigt de sa main gauche et l'enleva avec peine.

— Tiens, je te la donne. Il y a les armoiries de ma famille dessus. Je veux que tu l'aies.

— Alors, je dois te donner la mienne. Elle porte elle aussi les armoiries de ma famille. Je vais te la passer au doigt.

Sophia tendit la main, et Frederik passa la chevalière à son annulaire. Il sourit.

— Nous échangeons nos alliances dans cet horrible endroit, en ce jour horrible. Ce n'est pas vraiment ce dont j'avais rêvé pour nous, mais c'est mieux que rien. Porte cette chevalière, Sophia, et n'oublie jamais à quel point je t'aime. Tu seras toujours dans mon cœur.

— Et toi, dans le mien.

— Je dois partir.

— Oui.

Frederik desserra à contrecœur son étreinte, l'embrassa une dernière fois et se dirigea vers la porte.

— Quoi qu'il arrive, dis à notre enfant que son père aimait sa mère plus que tout. Au revoir, Sophia.

— Au revoir, murmura-t-elle, et que Dieu te protège.

Plus tard, après le départ de Frederik, Connie descendit à la cave pour réconforter Sophia. Elle la trouva accroupie sur le lit, haletante.

— Mon Dieu ! s'exclama Sophia, j'ai cru que vous n'alliez jamais venir. Le bébé… (Sophia hurla quand une contraction lui déchira le corps.) Aidez-moi, Constance, aidez-moi !

La libération de la France venait juste de commencer, les Alliés débarquaient sur les plages de Normandie, et la bataille allait faire rage durant des jours.

Pendant ce temps, un enfant venait au monde, et les cris du nouveau-né ne tardèrent pas à résonner dans la cave sombre.

29

Trois mois plus tard

Par une soirée particulièrement douce de la fin septembre, Édouard de La Martinières entra dans le jardin clos du château juste au moment où le soleil se couchait. Il vit une femme assise sous un châtaignier en train de bercer un bébé. Ses yeux étaient fixés sur l'enfant ; toute son attention était tournée vers lui pendant qu'elle l'endormait.

Il s'approcha de la femme, un peu dérouté d'abord.

— Bonsoir ?

Sa question implicite trouva une réponse à l'instant où les yeux marron clair se levèrent vers lui, surpris par son arrivée inattendue.

— Édouard !

Il s'avança vers elle et elle se leva, le bébé dans ses bras.

— Pardonnez-moi, Constance, votre couleur de cheveux… Ça vous change beaucoup. Pendant quelques secondes, j'ai cru que vous étiez Sophia.

Les yeux de Connie s'assombrirent, puis elle s'écria :

— Quelle surprise de vous voir ici ! Vous auriez dû nous prévenir, Édouard !

— Je ne voulais pas prendre le risque d'annoncer ma présence. Même si Paris est libéré et que de Gaulle a repris les rênes, le danger subsiste tant que toute la France n'est pas libérée.

— Après le débarquement allié sur les plages près d'ici, les Allemands se sont enfuis à toutes jambes avec les résistants à leurs trousses. Jacques ne sait donc pas que vous êtes là ?

— Non, il n'était ni à la cave ni dans sa maison, mais j'ai vu que les volets du château étaient ouverts. Je suis venu pour voir Sophia et Sarah.

— Quel soulagement en effet de pouvoir enfin vivre en toute liberté ! reconnut Connie.

— Sophia est à l'intérieur ?

— Non, Édouard. S'il vous plaît… (Connie soupira.) Asseyez-vous, j'ai beaucoup de choses à vous raconter.

— On dirait, en effet, répondit Édouard en montrant le bébé.

Connie, qui n'était pas du tout préparée à sa visite, ne savait pas par où commencer.

— Édouard, ce… n'est pas ce que vous croyez.

— Dans ce cas, je devrais aller chercher un pichet de rosé à la cave. Je ne serai pas long.

Connie regarda Édouard s'éloigner puis disparaître derrière la porte du jardin clos. Le moment qu'elle avait à la fois attendu avec impatience et redouté au cours des dernières semaines était arrivé. Comment allait-elle trouver les mots pour dire à Édouard ce qui s'était passé ? La présence d'Édouard allait certes enfin la délivrer mais, en le voyant revenir avec un pichet de rosé et deux verres, Connie eut le cœur lourd.

— Tout d'abord, avant que nous discutions, je veux que nous buvions à la fin de l'enfer. La France est presque entièrement libérée et le reste du monde va suivre.

Édouard fit tinter son verre contre celui de Connie.

— À l'aube nouvelle ! murmura Connie. Je n'arrive toujours pas à croire que c'est presque fini.

— Oui. À l'aube nouvelle.

Édouard but une gorgée de rosé.

— Dites-moi : où est Sarah ?

Connie lui raconta comment Sarah avait été arrêtée dans le train qui les menait à Marseille.

— Nous avons essayé d'obtenir des informations ces dernières semaines et nous pensons qu'elle a été envoyée dans un camp de travail en Allemagne. Nous attendons d'autres nouvelles, expliqua Connie.

— Espérons que nous en aurons et qu'elles seront bonnes. Depuis le débarquement de Normandie et celui de Provence, l'état d'esprit des Français est complètement différent. Il ne nous reste plus qu'à prier pour que les Allemands capitulent bientôt. Officiellement. Mais le pays est dévasté, et le conflit a fait énormément de victimes. Il nous faudra des années pour nous relever. À présent, Constance, parlez-moi, s'il vous plaît, de... cette petite créature.

Édouard montra le bébé.

— Je ne peux pas vous cacher que je suis secoué. Comment ?... *Qui* ?

Connie prit une profonde inspiration.

— L'enfant n'est pas à moi. Je ne fais que m'occuper de lui.

— Alors, à qui est cet enfant ?

— Édouard, ce bébé est votre nièce. C'est la fille de Sophia.

Il dévisagea Connie comme si elle était devenue folle.

Édouard secoua la tête.

— Non, non, ce n'est pas possible. Sophia n'aurait jamais pu… Non, c'est impensable.

— Je comprends que vous n'arriviez pas à le croire. J'ai réagi de la même façon quand Sarah m'en a parlé. Mais, Édouard, c'est moi qui ai aidé Sophia à mettre cet enfant au monde. Elle a eu les premières contractions le jour du débarquement ; alors, nous avons décidé que sa fille devait s'appeler Victoria.

Édouard avait porté la main à son front et tentait de digérer la nouvelle.

— Je comprends le choc que vous ressentez, Édouard. N'oubliez pas que nous traitions tous Sophia comme une enfant. Mais, en fait, elle avait le même âge que moi. C'était une femme. Une femme qui est tombée amoureuse.

Édouard leva soudain les yeux vers Connie.

— Pourquoi parlez-vous de Sophia au passé, comme si elle n'était plus là ? Où est-elle ? Où est-elle, Constance, dites-le-moi !

— Sophia est morte, Édouard, dit doucement Connie. Elle est morte quelques jours après la naissance de Victoria. L'accouchement a été long et difficile, et ensuite, bien que nous ayons fait tout notre possible, nous n'avons pas pu arrêter l'hémorragie. Bien sûr, nous ne pouvions pas la conduire à l'hôpital. Jacques a appelé un médecin, mais il n'a pas pu la sauver, raconta Connie, la voix brisée par l'émotion. Pardonnez-moi, Édouard, vous ne pouvez pas savoir comme j'ai redouté cette conversation avec vous depuis que c'est arrivé…

Édouard resta silencieux. Puis, un hurlement guttural sortant du plus profond de son être vint rompre le calme qui régnait dans le jardin.

— *Non ! Non* !* C'est impossible !

Il se leva et s'en prit à Constance. Il la saisit par les épaules et la secoua.

— Dites-moi que vous mentez, dites-moi que je rêve, que ma chère sœur n'est pas morte alors que moi je suis toujours en vie. Ce n'est pas possible, pas possible !

— Je suis désolée. Mais c'est vrai ! C'est la vérité !

Connie était terrifiée par la lueur démentielle de son regard. Pendant qu'il la secouait, elle serra le bébé un peu plus fort contre elle.

— Édouard, arrêtez immédiatement ! Vous n'avez rien à reprocher à Constance. Vous devriez au contraire la remercier !

Jacques traversa le jardin à grandes enjambées et força Édouard à lâcher Connie, encore effrayée par une telle réaction de désespoir.

— Édouard, écoutez-moi : la femme que vous secouez a sauvé votre sœur ! Elle l'a protégée en prenant de gros risques pour sa vie, elle a même *tué* pour elle ! Je ne vous laisserai certainement pas la traiter ainsi, même si je comprends votre choc et votre chagrin.

— Jacques…

Édouard recula en chancelant, se retourna et regarda son vieil ami comme s'il avait du mal à le reconnaître.

— Dites-moi, s'il vous plaît, que ce n'est pas vrai, l'implora-t-il.

— C'est vrai, Édouard. Sophia est morte il y a trois mois, confirma Jacques. Nous avons essayé de vous faire passer un message, mais c'est le véritable chaos depuis le débarquement. Je ne suis pas surpris que vous ne l'ayez pas eu.

— Mon Dieu, mon Dieu ! Sophia, ma Sophia !

Édouard se mit à sangloter. Jacques prit son ami par les épaules pour le soutenir pendant qu'il pleurait.

— Je ne peux pas supporter cette idée ! C'est moi qui suis la cause de tout ça. Si je n'avais pas essayé de sauver la France avant elle, Sophia serait encore en vie à l'heure qu'il est. Ce n'est pas sa vie qui aurait dû être sacrifiée, mais la *mienne*, la mienne !

— Oui, c'est vraiment affreux qu'elle n'ait pas survécu, dit Jacques calmement. Mais vous n'avez aucun reproche à vous faire. Sophia vous adorait, Édouard, et elle était très fière du rôle que vous jouiez dans la Résistance et de vos efforts pour libérer la France.

— Mais, Jacques, bredouilla Édouard des sanglots dans la voix, pendant que j'étais installé tranquillement à Londres, elle souffrait ici toute seule. Je croyais qu'il fallait que je reste le plus loin possible d'elle, que ma présence ici la mettrait en danger. Et maintenant, elle est morte !

— N'oubliez pas, mon ami, que Sophia n'est pas morte entre les mains de la Gestapo, elle est morte en couches. Même si vous aviez été à ses côtés, vous n'auriez pas pu la sauver.

Les sanglots d'Édouard cessèrent soudain et il fixa Jacques.

— Qui est le père ?

Jacques regarda Connie, l'appelant silencieusement à la rescousse. Elle se leva et avança vers Édouard d'un pas hésitant.

— C'était Frederik von Wehndorf. Je suis désolée, Édouard.

Un silence pesant s'installa dans le jardin pendant qu'Édouard absorbait cette nouvelle révélation. Cette fois-ci, il soupira, avança en chancelant jusqu'au fauteuil et se laissa tomber dessus comme si ses jambes ne pouvaient pas le porter plus longtemps.

Une fois assis, il demeura silencieux, immobile, comme tétanisé. Connie dit doucement :

— Vous avez vous-même reconnu que Frederik était un homme bon, Édouard. Il nous a aidées à nous enfuir de Paris et a aussi aidé d'autres personnes en prenant de gros risques pour sa vie, comme vous. Il portait peut-être un uniforme allemand, mais il aimait sincèrement votre sœur.

— Moi aussi, j'ai vu tout l'amour qu'il ressentait pour elle, ajouta Jacques.

— Vous l'avez rencontré ? demanda Édouard en le regardant avec ses yeux vitreux.

— Oui. Il est venu voir Sophia ici, expliqua Jacques. Elle a au moins eu quelques heures de bonheur et de réconfort avant de mourir. Ce n'est pas tout. Falk...

— Ça suffit !

Édouard ouvrit la bouche pour parler encore, puis la referma, comme si aucune des paroles qu'il prononcerait ne pourrait exprimer ses sentiments. Il se leva et se dirigea vers la porte en titubant.

— Désolé. J'ai besoin d'être seul.

Ce soir-là, après avoir donné le biberon à Victoria et l'avoir couchée pour la nuit dans la chambre d'enfant claire et spacieuse qu'elle avait aménagée pour elle dans le château, Connie entendit des pas dans l'escalier. Édouard apparut à la porte, le visage blême, l'air hagard, les yeux rouges à force d'avoir pleuré.

— Constance, je suis venu vous présenter mes excuses les plus sincères pour mon comportement tout à l'heure. Je n'aurais pas dû vous traiter ainsi. C'est impardonnable.

— Je comprends, répondit Connie, soulagée de voir qu'il s'était calmé. Voulez-vous voir votre nièce ? C'est une merveilleuse petite fille, le portrait de Sophia.

— Non, non ! Je ne peux pas.

Sur ce, Édouard tourna les talons et partit.

Les jours suivants, Connie ne fit qu'apercevoir Édouard. Il s'était installé dans la chambre principale du château. Elle l'entendait arpenter la pièce la nuit, mais il était déjà sorti quand elle se levait le matin. Elle l'apercevait de la fenêtre, parfois, quand elle nourrissait Victoria à l'aube. Une silhouette lointaine qui disparaissait dans les vignes, ses mouvements trahissaient sa souffrance. Il restait dehors toute la journée et ne revenait qu'à la nuit pour s'enfermer dans sa chambre.

— C'est sa façon à lui de faire son deuil, Constance. Laissez-le. Il a juste besoin de temps, lui conseilla Jacques.

Connie comprenait, certes, mais, les jours passant, Édouard continua à s'enfermer dans son désespoir et elle finit par perdre patience. Elle avait hâte de rentrer chez elle.

Maintenant que Paris était libéré, elle pouvait entreprendre le voyage sans risque. Elle voulait revoir son mari. Et, pour la première fois depuis quatre ans, reprendre enfin le cours de sa vie.

Pourtant, tant qu'Édouard pleurerait la mort de sa sœur, sans prendre ses responsabilités vis-à-vis de sa nièce, elle ne pourrait pas abandonner Victoria.

Elle avait été la première à la prendre dans ses bras. Sophia était trop malade les premiers jours pour s'occuper de sa fille, puis elle était morte peu après. C'était donc Connie qui avait donné les premiers soins à Victoria et qui subvenait à tous ses besoins depuis.

Connie observa le visage angélique de Victoria. Le portrait de sa mère en minuscule. Elle avait redouté d'abord que la cécité de Sophia soit héréditaire, puis elle avait constaté que les magnifiques yeux bleus de Victoria suivaient avec intérêt tous les objets colorés que Connie lui présentait. Depuis peu, Victoria avait appris à sourire, et son visage s'illuminait chaque fois que Connie venait la chercher dans son berceau. Connie n'osait même pas penser à l'instant où elle devrait lui dire adieu.

Quel déchirement pour elle ! Elle était devenue, bien malgré elle, la mère de l'enfant, et l'amour qu'elle ressentait pour elle désormais lui faisait peur. Connie espérait qu'elle aurait bientôt des enfants avec Lawrence.

Une semaine plus tard, Édouard était toujours enfermé dans son chagrin, et Connie décida qu'elle ne pouvait pas attendre plus longtemps et qu'elle devait aborder le sujet avec lui. Un matin qu'elle s'était levée de bonne heure avec Victoria, elle entendit les pas d'Édouard sur le palier. Elle l'intercepta tandis qu'il descendait l'escalier.

— Édouard, il faut que nous parlions.

Il se retourna doucement et la regarda.

— À quel sujet ?

— La guerre est pratiquement terminée. J'ai un mari et une vie, et je dois rentrer chez moi en Angleterre.

— Eh bien, allez-y.

Il haussa les épaules et se retourna pour continuer à descendre les marches.

— Édouard, attendez ! Et Victoria ? Il faut que vous preniez des dispositions pour vous occuper d'elle quand je serai partie. Vous pourriez peut-être engager une nurse. Je vous aiderai à trouver une femme de confiance.

En entendant ces mots, Édouard se tourna de nouveau vers elle.

— Constance, cet enfant ne m'intéresse pas le moins du monde. Me suis-je bien fait comprendre ? dit-il d'un ton méprisant. C'est à cause de lui, et de son salaud de père, que Sophia n'est plus là.

Connie fut horrifiée par une telle froideur.

— Édouard, vous êtes conscient, n'est-ce pas, que cette petite fille n'y est pour rien ? C'est un bébé innocent qui n'a pas demandé à naître… Je… C'est à vous, son oncle, de veiller sur elle, désormais. Elle est sous votre responsabilité.

— Non. J'ai dit non ! Pourquoi ne prenez-vous pas des dispositions pour elle, Constance ? Il y a sûrement un orphelinat dans le coin qui la prendrait. (Il soupira.) D'après ce que j'ai compris, vous aimeriez partir le plus vite possible. Le plus tôt cet enfant aura quitté le château, le mieux ça sera. Faites comme bon vous semble. Je prendrai naturellement tous les frais à ma charge.

Édouard poursuivit son chemin. Connie resta quelques secondes immobile, paralysée par le choc.

— Comment peut-il dire des choses aussi horribles ? s'exclama Connie, se tordant les mains de désespoir.

Elle venait de tout raconter à Jacques, qui l'écoutait, le visage grave.

— Comme je vous l'ai expliqué, c'est sa façon de faire son deuil. Il pleure non seulement la disparition de Sophia, mais aussi tout ce qu'il a perdu pendant cette guerre. S'il refuse de reconnaître ce bébé, c'est que sa présence lui rappelle constamment la responsabilité qu'il croit avoir dans la mort de Sophia. Il sait bien sûr que l'enfant n'y est pour rien. C'est un homme intègre qui n'a jamais reculé devant son devoir dans sa vie. Il va changer d'avis, Constance, j'en suis certain.

— Mais, Jacques, je n'ai plus le temps d'attendre, répliqua Connie. Pardonnez-moi, mais vous devez comprendre que mes proches m'attendent à la maison, et je meurs d'impatience de les revoir. Et dire que, s'il n'y avait pas Victoria, je pourrais partir à l'instant même pour l'Angleterre ! Je ne vais pas pouvoir supporter cette situation plus longtemps. Mais j'aime Victoria et je ne peux pas l'abandonner. Comment Édouard peut-il envisager de la mettre à l'orphelinat ?

Connie, le visage baigné de larmes, regarda Victoria qui gazouillait sur sa couverture posée sur l'herbe.

— Le fait qu'elle ressemble tellement à sa mère ne nous aide pas, déclara Jacques en soupirant.

Constance, je vous jure qu'Édouard va finir par prendre conscience que cet enfant est justement ce qui va lui redonner espoir et confiance en l'avenir. Mais, pour le moment, il ne voit rien d'autre que son chagrin.

— Que dois-je faire, Jacques ? Dites-moi, s'il vous plaît, le supplia-t-elle. Je dois rentrer à la maison. Je ne peux pas attendre davantage.

— Je vais aller parler à Édouard et voir si je ne peux pas le ramener à la raison. Il faut qu'il arrête de s'apitoyer sur lui-même.

— Je suis contente de vous l'entendre dire. Je commence moi aussi à penser la même chose. Cette guerre a engendré beaucoup de souffrances. Personne n'a été épargné.

— Édouard n'est pas un homme à s'apitoyer sur lui-même, d'ordinaire. Je vais lui parler, assura Jacques en hochant la tête.

Ce soir-là, Connie attendit dans la maison de Jacques. Elle était sur des charbons ardents. Jacques était parti à la rencontre d'Édouard ; Constance l'avait regardé s'éloigner dans les vignes quand il l'avait vu rentrer au château. Elle se mit à prier. Si Édouard pouvait écouter quelqu'un, c'était bien Jacques. C'était son dernier espoir.

Après avoir posé Victoria dans le berceau en osier qu'elle laissait dans la maison de Jacques lorsqu'elle lui rendait visite, Connie attendit son retour avec appréhension.

Quand il revint, elle vit à son expression qu'il n'allait pas lui annoncer de bonnes nouvelles.

— Non, Constance, soupira-t-il. Il est inflexible. Il est rempli de haine et d'amertume… Il n'est plus le même. Je ne sais pas quoi vous dire. Je pense qu'avec le temps il finira par changer d'avis. Mais vous n'avez pas le temps, et je vous comprends. Vous qui avez tant donné à cette famille, vous ne devriez surtout pas vous sentir coupable de vouloir retourner auprès des vôtres. Alors, l'orphelinat dont je vous ai parlé…

— Non ! (Connie secoua vigoureusement la tête.) Je n'abonnerai jamais Victoria. Je ne pourrais pas me le pardonner.

— Constance, je ne sais pas ce que vous imaginez, mais l'orphelinat dont je vous parle est très bien tenu et les religieuses sont gentilles. De plus, il y a de grandes chances pour qu'un beau bébé comme Victoria trouve immédiatement une famille d'adoption, continua Jacques d'un ton faussement assuré. Et n'oubliez pas que vous n'êtes pas responsable de Victoria et que vous devez désormais penser à vous.

Connie regarda Victoria en silence pendant quelques secondes.

— Alors, qui est responsable d'elle ?

— Écoutez-moi.

Jacques posa sa main sur les siennes.

— La guerre est une période cruelle qui a fait de nombreuses victimes. Pas uniquement les soldats courageux qui se sont battus pour leur pays, mais des êtres comme Sophia et sa fille. Édouard est aussi une victime de ce conflit. Il ne sera peut-être plus jamais le même car, bien qu'il s'en prenne aux autres, qu'il les rende responsables de la mort de Sophia, c'est à lui et à lui seul qu'il en veut, au fond. Vous en avez fait assez, ma chère. Vous ne pouvez pas faire davantage. Et moi, qui ai appris à vous admirer et à vous respecter, je vous conseille de partir maintenant.

— Et qu'en est-il du père de Victoria ? Je suis sûre que, si Frederik savait que Sophia est morte et qu'Édouard refuse de reconnaître l'enfant, il la prendrait.

— J'en suis certain, mais comment voulez-vous le retrouver ? Il pourrait être n'importe où, ou même mort, comme Sophia.

Jacques secoua la tête avant de reprendre :

— Constance, le monde entier est dans le chaos le plus total. Il y a des gens déplacés partout. Ce serait une tâche impossible. Ce n'est même pas la peine d'y penser.

— Non, vous avez raison. Il n'y a pas… d'espoir, reconnut tristement Connie. Pas de solution.

— Demain, je me rendrai au couvent de Draguignan et je demanderai aux sœurs si elles peuvent prendre Victoria, dit doucement Jacques. Croyez-moi, je tiens beaucoup à elle, moi aussi. Et je ne l'emmènerais certainement pas là-bas si je n'étais pas certain qu'on s'occupera bien d'elle. Mais il est temps que quelqu'un enlève ce fardeau de vos épaules. Comme Édouard n'est pas capable de le faire, c'est moi qui vais m'en charger.

Connie ne ferma pas l'œil de la nuit. Elle se tourna et se retourna dans son lit, ne sachant plus ce qui était juste, ce qui ne l'était pas. La guerre semblait avoir complètement bouleversé les valeurs auxquelles elle avait toujours cru. Pourtant, elle y tenait encore, elle, à ces valeurs.

Elle se redressa soudain dans son lit : une idée venait de lui traverser l'esprit. Et si elle emmenait Victoria en Angleterre ?

Elle se leva et se mit à faire les cent pas dans sa chambre tout en réfléchissant.

Non, c'était ridicule… Si elle rentrait à la maison avec un bébé, après des années passées loin de son mari, Lawrence pourrait-il croire à son histoire ? Non, comme tous les autres, certainement, il ne la croirait pas, la prendrait pour une menteuse… et pour la mère du bébé.

Peu importait d'ailleurs sa réaction. Si elle lui imposait cet enfant, après quatre ans de séparation, elle risquait de mettre en péril leur relation. Ce serait vraiment injuste pour lui.

Connie se remit au lit, plus malheureuse que jamais. Elle repensa aux paroles de Jacques et sut qu'elle n'avait pas d'autre choix que d'accepter l'inévitable. Pour elle et pour Lawrence aussi. Jacques avait raison. La guerre imposait toujours des sacrifices. Son mari et elle en avaient assez fait.

***

Jacques revint le lendemain soir de l'orphelinat et la rejoignit dans le jardin clos.

— Elles vont la prendre, Constance. Elles n'ont plus de place, mais je leur ai offert une somme considérable et elles ont accepté. C'est Édouard qui va payer, naturellement.

Connie hocha la tête en ravalant ses larmes.

— Quand allez-vous l'emmener ?

— Je pense que, le mieux pour tout le monde, c'est que Victoria parte le plus tôt possible. Je demanderai l'argent à Édouard ce soir et je lui laisserai une dernière chance de changer d'avis. S'il ne veut rien entendre, j'emmènerai Victoria demain matin, conclut Jacques en grimaçant.

— Dans ce cas, je viens avec vous, décida Connie.

— Vous êtes sûre que c'est une bonne idée ?

— Ce n'est sans doute pas une bonne idée, comme tout le reste d'ailleurs. Mais si je vois l'endroit où Victoria va vivre désormais et qui va s'occuper d'elle, je me sentirai peut-être mieux.

Elle poussa un soupir désespéré et Jacques hocha la tête.

— Comme vous voudrez. Si Édouard ne change pas d'idée, nous partirons en milieu de matinée.

Ce soir-là, Connie posa Victoria dans son berceau et la regarda s'endormir pour la dernière fois.

— Ma chère enfant, murmura Connie. Je suis vraiment désolée.

— Édouard ne changera pas d'avis, annonça Jacques en secouant tristement la tête le lendemain matin. Je lui ai demandé l'argent et il me l'a donné sans un mot. Préparez-vous, préparez la petite pour que nous puissions partir le plus tôt possible.

Connie avait déjà mis les affaires de Victoria dans une valise pour faire passer le temps pendant la dernière nuit. Il ne lui restait plus qu'à aller chercher Victoria. Quand elle redescendit au rez-de-chaussée, Connie pria pour un retournement de situation de dernière minute. Édouard surgirait peut-être de la maison et du jardin et les empêcherait finalement d'emmener Victoria. Mais il n'était pas là.

Une vieille Citroën était garée devant la maison de Jacques.

— J'ai économisé l'essence pour les cas de force majeure, expliqua Jacques. Nous avons tout juste assez pour faire l'aller-retour.

Connie s'assit à côté de Jacques, avec Victoria dans ses bras, et la voiture roula en cahotant sur l'allée qui permettait de rejoindre la route. Victoria, d'ordinaire si calme et si gentille, hurla pendant tout le trajet jusqu'à Draguignan.

Quand ils arrivèrent au couvent, Jacques prit la petite valise que Constance avait préparée pour Victoria et se dirigea vers l'entrée. Une sœur les fit entrer dans une salle d'attente silencieuse, mais le bébé continuait à crier dans les bras de Connie.

— Chut, Victoria !

Connie regarda Jacques avec angoisse.

— Vous pensez qu'elle sait ?

— Non, Constance, je crois plutôt qu'elle n'aime pas la voiture, dit Jacques en ébauchant un sourire dans l'espoir de détendre un peu l'atmosphère.

Enfin, une religieuse vêtue d'un uniforme blanc amidonné entra dans la pièce.

— Bienvenue, monsieur.

Elle fit un signe de tête à Jacques, puis considéra Connie et Victoria.

— Et voici le bébé et sa mère ?

— Non.

Connie secoua la tête.

— Je ne suis pas la mère de Victoria.

La sœur n'en croyait visiblement pas un mot, mais elle ouvrit les bras.

— Allons, donnez-moi l'enfant.

Connie prit une profonde inspiration, puis lui tendit Victoria. Le bébé se mit à hurler de plus belle.

— Crie-t-elle toujours ainsi ? demanda la sœur en fronçant les sourcils.

— Non, elle ne pleure pas d'habitude, affirma Connie.

— Nous allons nous occuper de Victoria à présent. Monsieur ?

La sœur regarda Jacques d'un air interrogateur. Il s'empressa de sortir une enveloppe de sa poche et la lui tendit.

La sœur prit l'argent et le rangea dans son immense poche.

— Merci. Espérons que nous lui trouverons bientôt une bonne famille d'adoption. C'est difficile en ce moment, avec le chaos qui règne partout et l'argent qui manque, de nourrir une bouche de plus. Mais c'est un très beau bébé, même s'il crie. Pardonnez-moi, nous avons fort à faire et je dois retourner dans la nursery. Je ne vous raccompagne pas, vous savez où est la sortie.

La sœur se retourna et se dirigea vers la porte avec Victoria dans ses bras. Connie voulut se lever et la suivre, mais Jacques la retint. Il passa le bras autour de ses épaules et la fit sortir du couvent. Connie, désespérée, pleurait à chaudes larmes. Il l'aida tendrement à s'installer dans la voiture.

Tout comme Victoria, Connie sanglota pendant tout le trajet du retour.

Une fois que Jacques eut garé la voiture devant la cave, il posa la main sur le genou de Connie.

— Je l'aimais, moi aussi, Constance. Mais il est préférable qu'elle parte maintenant. Si ça peut vous consoler, les enfants ne se souviennent pas vraiment des premiers mois de leur vie, ni de la personne qui s'est occupée d'eux alors. Ne vous torturez pas plus longtemps. Victoria n'est plus là et vous êtes libre de rentrer chez vous désormais. Il vous faut regarder vers l'avenir et préparer votre retour dans votre pays auprès de l'homme que vous aimez.

Deux jours plus tard, après avoir mis dans une valise ses quelques affaires, Connie était prête à partir. Jacques avait accepté d'utiliser ce qui lui restait d'essence pour l'accompagner en voiture jusqu'à la gare de Gassin, toute proche.

Connie descendit l'escalier du château. Elle ouvrit la porte de la bibliothèque dans l'intention de ranger le second volume de l'*Histoire des fruits français* sur l'étagère. Elle avait aussi le carnet de poèmes de Sophia et, dans l'espoir qu'il les lise et qu'il comprenne les sentiments profonds que sa sœur avait pour Frederik, avait décidé de le laisser sur le bureau d'Édouard. Ses mots si sincères le réconforteraient et l'adouciraient peut-être…

Ses volets fermés, la pièce était plongée dans l'obscurité. Elle se dirigea vers une fenêtre pour faire entrer un peu de lumière et trouver l'endroit où elle devait ranger le livre.

— Bonjour, Constance.

Elle sursauta, puis se retourna et vit Édouard assis dans un fauteuil en cuir.

— Je suis désolé, je ne voulais pas vous faire peur.

— Et je m'excuse de vous déranger. Je voulais simplement vous rendre ce livre avant de partir. Et vous laisser le carnet de poèmes de Sophia. J'ai pensé que vous aimeriez peut-être les lire. Ils sont magnifiques, Édouard.

Connie lui tendit le carnet. Mais elle avait un tel ressentiment à son égard qu'elle voulait partir et s'éloigner de lui au plus vite.

— Non. Gardez les deux. Emportez-les en Angleterre, en guise de souvenir pour tout ce qui s'est passé ici, en France.

Connie n'eut pas la force de le contredire.

— Je m'en vais, Édouard. Merci de m'avoir aidée quand je suis arrivée à Paris.

Elle s'éloigna de lui et se dirigea vers la porte.

— Constance ?

Elle s'arrêta et se retourna.

— Oui ?

— Jacques m'a raconté comment vous aviez sauvé la vie de Sophia quand Falk von Wehndorf est venu chercher son frère. Je vous en suis très reconnaissant.

— J'ai fait ce qu'il fallait faire, Édouard, répliqua-t-elle d'un ton plein de sous-entendus.

— Et votre amie Venetia, elle aussi si courageuse, m'a sauvé la vie. Et c'est ce courage qui lui a coûté la sienne, ajouta-t-il tristement. J'ai appris qu'elle avait été fusillée par la Gestapo quand j'étais à Londres.

— Venetia est morte ? Mon Dieu, non !

Les larmes aux yeux, Connie se demanda quand les souffrances liées à cette guerre affreuse allaient enfin s'arrêter.

— C'était une femme merveilleuse, déclara Édouard d'une voix adoucie. Je ne l'oublierai jamais. Vous savez, je me suis dit il y a peu que j'aurais mieux fait de mourir avec ceux que j'ai aimés et perdus.

— Ce n'était pas votre destin, Édouard, ni le mien, renchérit Connie avec fermeté. Et c'est à nous, qui avons survécu, de construire l'avenir pour honorer leur mémoire.

— Oui, mais il y a des choses que je ne peux pas oublier ni pardonner, dit Édouard en secouant la tête. Je suis désolé, Constance. Pour tout.

Elle se tut, ne sachant que répondre. Ne trouvant pas les mots, elle ouvrit la porte et la referma derrière elle. Elle laissa Édouard de La Martinières prisonnier de son passé et fit ses premiers pas hésitants vers son avenir.

Trois jours plus tard, le train bondé, rempli de soldats épuisés de retour à la maison, entra en gare d'York. Connie avait envoyé un télégramme à Blackmoor Hall pour annoncer son arrivée imminente, mais elle ne savait pas s'ils l'avaient reçu ou si Lawrence était de retour à la maison. Elle descendit du train et frissonna dans l'air frais de l'automne anglais. Puis, elle avança sur le quai avec appréhension.

Serait-il là pour l'accueillir ?

Elle regarda anxieusement la foule de personnes qui attendaient le retour de leurs proches. Elle s'arrêta et balaya le quai du regard à la recherche du visage familier de son mari.

Un quart d'heure plus tard, comme elle ne l'avait toujours pas vu, elle décida de sortir de la gare et d'aller attendre le bus qui l'emmènerait dans les landes. Soudain, elle aperçut une silhouette solitaire au bout du quai désormais vide. Ses cheveux grisonnaient prématurément et il tenait une canne à la main droite.

— Lawrence ! cria-t-elle.

Il se retourna, puis la regarda avec surprise après avoir mis quelques secondes à la reconnaître. Elle s'élança vers lui et se jeta dans ses bras. Son odeur, qui lui rappela tout ce qu'il incarnait à ses yeux – la beauté, la sécurité, la bonté –, lui fit monter les larmes aux yeux.

— Ma chérie, je suis vraiment désolé. Je ne t'avais pas reconnue ! Tes cheveux… murmura Lawrence en la regardant, émerveillé.

— Bien sûr. J'ai cette couleur de cheveux depuis si longtemps maintenant que j'ai fini par m'y habituer.

— En fait, reprit-il en la contemplant, je trouve qu'elle te va plutôt bien. On dirait une star de cinéma, ajouta-t-il en souriant.

— Pas vraiment.

Connie soupira en regardant ses habits froissés qu'elle portait depuis son départ du Sud de la France.

— Comment vas-tu ? demandèrent-ils tous les deux en même temps.

Ils rirent.

— Je suis très fatiguée, admit Connie, mais heureuse d'être de retour. J'ai tellement de choses à te raconter que je ne sais même pas par où commencer.

— Ça ne m'étonne pas. Tu pourras commencer dès que nous serons dans la voiture. J'ai utilisé tous mes tickets de rationnement pour l'essence, afin de pouvoir te ramener à la maison.

— La maison… murmura Connie.

Ce mot simple englobait tout ce qui lui avait tellement manqué au cours des dix-huit derniers mois.

Lawrence la serra un peu plus fort contre lui quand il la vit si émue. Puis, il prit son sac et passa son bras sous le sien.

— Oui, ma chérie, je te ramène à la maison.

***

Trois mois plus tard, Connie reçut une lettre de la Section F. On lui demandait de se rendre à Londres pour un entretien avec Maurice Buckmaster.

Il la salua avec entrain quand on la fit entrer dans son bureau de Baker Street et lui serra chaleureusement la main.

— Constance Chapelle, l'agent qui n'a finalement jamais été. Asseyez-vous, ma chère, asseyez-vous.

Connie s'assit tandis que Buckmaster se perchait comme à son habitude sur son bureau.

— Alors, Constance, vous êtes heureuse d'être de retour en Angleterre ?

— Oui, monsieur, c'est merveilleux, répondit-elle.

— Eh bien, maintenant que vous êtes là, je peux vous apprendre officiellement que vous êtes démobilisée.

— Oui, monsieur.

— Je suis désolé que nous ayons dû vous laisser tomber quand vous êtes arrivée en France. Malheureusement, vous avez frappé à la porte d'un des membres les plus puissants et les plus valeureux du mouvement de la France libre de de Gaulle. Les ordres sont venus de très haut. Ils ne pouvaient bien sûr pas risquer que la couverture de Héros soit compromise. En tout cas, je suis heureux que vous soyez rentrée chez vous saine et sauve.

— Merci, monsieur.

— Sur les quarante filles que nous avons envoyées, quatorze ne sont hélas pas revenues. Votre amie Venetia en fait partie, déplora Buckmaster en soupirant.

— Je sais, murmura Connie d'un air sombre.

— En fait, c'est grâce à vous tous que le nombre de survivants est si élevé. Je m'attendais à moins. C'est tellement triste pour Venetia. Quand elle est partie pour la France, nous étions tous inquiets à cause de son attitude insouciante. Mais, en fait, c'était l'une des meilleures et des plus courageuses. Nous envisageons de la décorer à titre posthume pour son courage. Son dossier est à l'étude.

— Ce serait merveilleux, monsieur. Elle le mérite vraiment.

— Enfin, la bonne nouvelle, c'est que la France est libérée. Et le SOE a joué un rôle majeur dans la victoire finale. C'est dommage que vous n'ayez pas pu faire vos preuves, Connie. Sous la protection de la famille de La Martinières, vous avez sans doute mieux mangé que moi, dit-il en souriant. J'ai appris que vous viviez à la fin dans leur grand château du Sud de la France ?

— Oui, monsieur, mais…

Connie s'interrompit. Dans le train qui l'emmenait à Londres, elle s'était demandé si elle devait lui raconter la vraie histoire de sa vie en France. Et ce qu'elle avait sacrifié. Mais Venetia, Sophia et tant d'autres étaient morts, alors qu'elle était encore en vie malgré les cicatrices qu'elle portait.

— Oui, Constance ?

— Rien, monsieur.

— Eh bien, il ne me reste plus qu'à vous féliciter pour votre retour à la maison et à vous remercier au nom du gouvernement britannique pour avoir été prête à donner votre vie pour votre pays.

Buckmaster se leva de son bureau et lui serra la main.

— Vous avez eu la chance de passer la guerre au calme.

— Oui, monsieur.

Connie se leva et se dirigea vers la porte.

— J'ai passé la guerre au calme.

30

Gassin, Sud de la France, 1999

Jean se leva et alla dans la cuisine chercher une bouteille d'armagnac et trois verres. Émilie regarda Jacques se moucher et essuyer ses larmes. Il en avait versé beaucoup pendant son récit. Elle tenta de mettre un peu d'ordre dans ses pensées… Elle avait encore tellement de questions. Mais il y en avait une en particulier qui la taraudait et elle voulait avoir une réponse immédiate.

Émilie but une grande gorgée pour se donner du courage.

— Jacques, qu'est devenu l'enfant de Sophia et Frederik ?

Jacques resta silencieux, le regard perdu au loin.

— Vous comprenez que, si je pouvais la retrouver, je ne serais plus la dernière descendante de la famille de La Martinières ? poursuivit-elle.

Jacques ne parla pas davantage. Jean prit la parole :

— Émilie, il est peu probable que quelqu'un sache qui a adopté le bébé. Il y avait tellement d'orphelins après la guerre. Le monde était dans le chaos le plus total. Victoria n'avait de toute façon pas d'acte de naissance quand elle a été acceptée à l'orphelinat. Il n'y a aucun document prouvant ses origines, n'est-ce pas, Papa ?

— Oui.

— Ainsi, même si la mère du bébé était une de La Martinières, pensa Jean à voix haute, Victoria est une enfant née hors mariage et n'aurait de toute façon aucun droit sur le domaine.

— Ça n'a aucune importance à mes yeux, dit Émilie. Tout ce qui m'importe, c'est de savoir qu'il y a un autre être humain dans ce monde avec qui j'ai un lien de parenté, quelqu'un qui a du sang de La Martinières dans les veines. Et elle a peut-être eu des enfants depuis… Je me pose encore tellement de questions. Jacques, s'il vous plaît, pouvez-vous au moins répondre à cette question : Frederik est-il revenu chercher Sophia comme il l'avait promis ?

— Oui.

Jacques sortit enfin de son silence.

— Un an après la fin de la guerre, il est venu ici à la maison. C'est moi qui ai dû lui annoncer que Sophia était morte.

— Avez-vous dit à Frederik qu'il avait une fille ? demanda Émilie.

Jacques secoua la tête et porta sa main tremblante à son front.

— Je ne savais pas quoi lui dire. Alors, j'ai menti. (Sa voix se brisa.) J'ai raconté que son enfant était mort aussi. J'ai eu le sentiment que c'était mieux pour tout le monde.

Jacques était tellement ému que sa poitrine se soulevait.

— Papa, je suis sûr que tu as bien fait, le réconforta Jean. Si Frederik aimait Sophia comme tu le dis, il n'aurait reculé devant rien pour essayer de retrouver l'enfant. Et si le bébé avait déjà été adopté par une famille à l'époque, ignorant tout de l'identité de son père, ancien haut dignitaire nazi, c'était certainement mieux ainsi.

— Il fallait que je protège l'enfant, vous voyez... marmonna Jacques en se signant. Que Dieu me pardonne pour ce terrible mensonge. Frederik était anéanti. Il avait le cœur brisé, il était bouleversé.

— J'imagine, murmura Jean en frémissant.

— Jacques, où avez-vous enterré Sophia ? demanda Émilie.

— Dans le cimetière de Gassin. Sans pierre tombale au départ : nous ne voulions pas éveiller les soupçons. Même morte, Sophia devait rester cachée. La pierre tombale n'a été ajoutée qu'après la guerre.

— Et sais-tu où est Frederik à présent, Papa ? interrogea Jean. Il est peut-être mort. Il doit avoir près de quatre-vingt-dix ans...

— Il vit en Suisse sous une nouvelle identité. Quand il est retourné chez lui, les terres de sa famille avaient été saisies par les Polonais puisque la Prusse-Orientale avait été restituée à la Pologne. Ses parents avaient été fusillés par les Russes. Comme tant d'autres après la guerre, il a dû repartir de zéro. Mais, ce que j'ai appris par la suite, c'est que Frederik avait aidé beaucoup de personnes à franchir la frontière allemande pour échapper aux camps de la mort avant le début de la guerre. Et la plupart d'entre eux n'avaient pas oublié ce qu'il avait fait pour eux et ont voulu le remercier. Ils l'ont aidé à commencer une nouvelle vie.

Jacques rit.

— Vous n'allez pas me croire, mais il est devenu horloger à Bâle ! Et un prédicateur laïque à temps perdu. Il m'a beaucoup appris sur le pardon dans ses lettres et je suis fier de l'avoir pour ami. J'ai souvent dit à Édouard qu'il devrait prendre contact avec Frederik. Ils avaient des points communs, après tout ; ils avaient fait tous deux tout ce qui était en leur pouvoir pour sauver des vies pendant cette guerre destructrice. Je me suis dit qu'ils pourraient peut-être trouver un certain réconfort l'un auprès de l'autre, car ils avaient tous deux été très affectés par la mort de Sophia. Mais, ajouta-t-il en soupirant, je n'ai pas réussi à le convaincre.

— Tu as encore des nouvelles de Frederik ? demanda Jean.

— Il m'écrit de temps en temps, mais voilà plus d'un an que je n'ai pas eu de ses nouvelles. Il est peut-être malade, comme moi…

Jacques haussa les épaules.

— Il ne s'est jamais remarié. Sophia était l'amour de sa vie. Il n'y avait personne d'autre pour lui.

— Et mon père… murmura Émilie, j'ai vraiment du mal à croire qu'il ait pu abandonner le bébé de sa sœur. C'était un homme si gentil, si aimant… Comment a-t-il pu se désintéresser de Victoria ?

— Émilie, votre père était bien tel que vous venez de le décrire, dit doucement Jacques. Mais il avait idéalisé et protégé sa sœur pendant toute sa vie. Il n'a pas pu supporter l'idée que sa pureté et son innocence aient pu être souillées par un homme, encore moins un officier allemand.

Comment pouvait-il vivre avec le fruit de cette relation interdite, être confronté tous les jours à la preuve vivante de ce qu'elle avait fait ? Cet enfant lui aurait sans cesse rappelé qu'il n'avait pas réussi à la protéger. Vous ne devez pas lui en vouloir, Émilie. Vous ne pouvez pas comprendre ce que c'était à l'époque...

— Papa, intervint Jean en voyant les traits tirés de son père. Je pense que ça suffit pour aujourd'hui. Émilie pourra te poser d'autres questions demain matin. Viens.

Il tendit le bras pour que son père puisse s'appuyer dessus.

Jacques se leva, puis se tourna vers Émilie, comme s'il avait oublié de dire quelque chose.

— Édouard a tout sacrifié pour son pays. C'était un vrai Français et vous avez toutes les raisons d'être fière de lui. Mais la guerre nous a tous changés, Émilie, elle nous a changés.

Émilie regarda pensivement le feu crépiter dans la cheminée pendant que Jean accompagnait son père dans sa chambre.

— Comment vous sentez-vous ? demanda Jean, de retour au salon.

— Je suis abasourdie par cette histoire, par toutes ces souffrances. Ça fait beaucoup à digérer.

— Oui. Et dire que tout ça s'est passé il y a cinquante-cinq ans. Ce n'est pas si vieux.

— Votre père sait où est le bébé de Sophia et Frederik, Jean, j'en suis sûre.

— Peut-être, mais, si c'est le cas, il a sûrement de bonnes raisons de se taire. Et, s'il souhaite garder le secret sur ce bébé, sur ce qu'il est devenu, vous devez respecter son choix.

— Je sais. Mais le passé est le passé, et j'espère que nous avons tous tiré les leçons de l'histoire. Le monde a changé depuis.

— Je suis d'accord avec vous. Mais, pour mon père, et tous les gens de sa génération qui ont connu cette horrible période, ce n'est pas si facile. Nous sommes issus d'une génération bien différente et pouvons analyser cette époque avec le recul nécessaire, car elle fait désormais partie de l'histoire. Mais ceux qui ont souffert de la guerre ne peuvent pas être aussi neutres et détachés que nous. À présent, je pense qu'il est temps d'imiter mon père et d'aller nous coucher, conclut Jean en tapotant la main d'Émilie.

Bizarrement, Émilie s'endormit immédiatement, mais elle se réveilla tôt le lendemain matin. Elle s'habilla, puis descendit l'allée qui menait au château, car elle voulait profiter du calme qui y régnait encore avant l'arrivée des ouvriers et le début des travaux de la journée.

Elle ouvrit la porte qui menait au jardin clos, traversa la pelouse et s'arrêta devant la petite croix qui, selon les dires de Jacques, avait été construite par Frederik pour Falk quand il était revenu après la guerre. Elle avait toujours pensé que c'était la tombe d'un animal de compagnie de la famille. Elle frémit en pensant que Falk était enterré juste au-dessous de l'endroit où elle se trouvait.

Il était difficile de concevoir que ce jardin si calme et si paisible avait été le théâtre d'une scène aussi violente, où se mêlaient l'amour et la haine. Émilie aurait aimé que Sebastian et Alex aient pu être à ses côtés pour entendre l'histoire de leur grand-mère si courageuse, qui n'avait jamais été récompensée pour sa bravoure et ne s'en était jamais vantée auprès de sa famille. C'était une femme remarquable, mais méconnue, comme il y en avait tant à cette époque. Et ses deux petits-fils, dont l'un était rongé par la jalousie qu'il vouait à l'autre…

La similitude entre les jumeaux von Wehndorf et Sebastian et Alex ne pouvait pas lui échapper. Il y avait un lien indéniable entre l'ironie de sa situation actuelle et le passé de sa famille. Cette similitude n'avait pas dû échapper à Constance non plus.

Fille unique, Émilie ne connaissait pas la rivalité fraternelle. Mais, après avoir écouté l'histoire des jumeaux la veille, elle comprenait les conséquences qu'une telle jalousie pouvait avoir.

Elle secoua la tête, comme si elle cherchait à s'éclaircir les idées. Elle ne pouvait pas affronter deux scénarios complexes à la fois. Émilie revint sur ses pas. Elle pensa à l'horrible cellule dans la cave que Sebastian et elle avaient trouvée quand il était venu au château. C'était là que Sophia avait vécu presque comme une prisonnière, là aussi qu'elle avait donné la vie et qu'elle était morte. En pensant à la souffrance physique et morale que sa tante avait dû endurer, Émilie eut les larmes aux yeux, mais elle prit une fois de plus conscience de la chance qu'elle avait. Elle quitta le château et reprit le chemin qui conduisait à la *cave**. Elle aperçut Anton, le fils de Margaux, qui avançait vers elle à vélo. Il s'arrêta et lui sourit timidement.

— Comment vas-tu, Anton ? lui demanda-t-elle.

— Je vais bien, merci, madame. Maman m'a dit que je devais vous rapporter ça.

Anton fouilla dans son panier et lui tendit le livre qu'elle lui avait prêté.

— Merci d'avoir accepté que je vous l'emprunte. Il m'a beaucoup plu.

— Je suis impressionnée que tu l'aies lu aussi vite. J'ai mis des mois à le finir.

— Je lis très vite, parfois jusqu'à tard le soir. J'aime les livres, dit-il en haussant les épaules. Mais j'ai presque lu tous les ouvrages intéressants de la bibliothèque municipale.

— Eh bien, quand les livres de la bibliothèque du château auront regagné leur place, tu viendras en choisir d'autres. Je pense que tu en trouveras toujours qui t'intéresseront ici !

— Merci, madame, répondit-il avec gratitude.

— Comment va ta mère ?

— Elle vous transmet ses salutations. Elle m'a chargé de vous dire qu'il ne fallait pas hésiter à l'appeler si vous aviez besoin de quelque chose. Je pense qu'elle a hâte que la rénovation du château soit terminée.

— Oui, comme nous tous. Au revoir, Anton.

— Au revoir, madame Émilie.

De retour dans la maison de Jean, Émilie se fit un café. En arrivant à la cave, elle vit Jacques à sa place habituelle. Il était en train d'envelopper les bouteilles pendant que Jean travaillait à son bureau. Comme elle ne voulait pas les déranger, elle emporta son café dans le jardin. Toutefois, elle brûlait de savoir ce qu'était devenu l'enfant adopté. Quant à Frederik, le père du bébé qui avait inspiré de si beaux poèmes à Sophia, Jacques avait dit qu'il était sans doute encore en vie…

Une idée lui vint et elle en fit part à Jean et Jacques pendant le déjeuner.

— Pourquoi pas ? acquiesça Jean. Papa, que dirais-tu si Émilie allait en Suisse pour rencontrer Frederik ?

— Je ne sais pas.

Jacques paraissait mal à l'aise.

— Tu ne trouves pas que c'est une bonne idée, Papa ? insista Jean. Si Émilie donnait les poèmes à Frederik, il aurait au moins un souvenir de l'amour de Sophia pour lui ! Ça le consolerait peut-être un peu.

— Vous voulez bien me donner son adresse, Jacques ?

— Je vais voir si je la retrouve, Émilie. Il est peut-être mort maintenant, bien sûr.

Jacques paraissait toujours réticent.

— Je sais, mais je pourrais peut-être lui écrire et ainsi nous serons fixés.

— Lui direz-vous que je lui ai menti à propos de la mort de son bébé ? demanda Jacques d'un ton hésitant.

Émilie regarda Jean, ne sachant que répondre.

— Papa, si Frederik est bien tel que tu le décris, il comprendra pourquoi tu as gardé la naissance de cette petite fille secrète. Tu protégeais l'enfant.

— Et il acceptera le fait que je lui aie nié le droit de connaître sa fille ? marmonna Jacques.

— Oui, puisque tu l'as fait dans l'intérêt de l'enfant. Papa, si tu sais qui elle est et où elle vit, je pense qu'il est temps de le dire. Émilie a le droit de savoir. C'est sa famille, après tout.

Jacques secoua la tête.

— Non ! Jean, tu ne comprends pas… Tu ne comprends pas. Je…

— Jacques, coupa Émilie en posant la main sur son bras. Ne vous mettez pas dans un état pareil. Si vous avez vraiment le sentiment que vous ne pouvez pas, je suis sûre que vous avez vos raisons. J'aimerais juste que vous répondiez à cette question : vous savez où elle est, n'est-ce pas ?

Jacques marqua une pause. L'expression de son visage trahissait le combat intérieur qui se livrait en lui.

— Oui, je le sais, finit-il par admettre. Là, voilà, je vous l'ai dit. J'ai trahi la promesse que je m'étais faite à l'époque.

Il secoua la tête, désespéré.

— Papa, c'était il y a longtemps, assura Jean. Personne ne va juger la fille de Sophia maintenant. Tu ne la mettras pas en danger.

— Stop ! Ça suffit !

Jacques tapa du poing sur la table, puis se mit debout tant bien que mal et prit sa canne.

— Vous ne comprenez pas, tous les deux. Il faut que je réfléchisse, il faut que je réfléchisse.

Jean et Émilie le regardèrent sortir en titubant, mais aussi vite que possible, de la maison.

— Nous n'aurions pas dû lui mettre autant de pression, Jean, dit Émilie qui se sentait coupable. Il est bouleversé.

— Oui, mais ça lui fera peut-être du bien de se décharger de son secret. Il a porté ce fardeau pendant suffisamment longtemps. Maintenant, je dois me remettre au travail. Vous trouverez de quoi vous occuper cet après-midi ?

— Bien sûr. Retournez à la cave, je vais me charger de la vaisselle.

Jean parti, Émilie débarrassa la table, fit la vaisselle, puis sortit son téléphone portable. Elle vit plusieurs appels en absence, tous de Sebastian, mais c'était à son tour d'être peu disposée à répondre.

L'histoire qu'elle avait entendue la veille l'avait affectée à bien des niveaux et n'avait fait que renforcer ses doutes concernant Sebastian. Plus elle pensait à son attitude vis-à-vis de son frère, plus elle se disait qu'il abusait de sa position pour le rabaisser, et ce comportement lui déplaisait au plus haut point.

Émilie ressentit le besoin de prendre l'air et partit se promener dans les vignes. Les pensées se bousculaient dans sa tête. Puis, une idée lui traversa soudain l'esprit et elle en fut si ébranlée qu'elle s'arrêta net.

Jacques avait dit combien Constance était désespérée à l'idée d'abandonner le bébé dont elle s'occupait depuis sa naissance. Émilie comprenait parfaitement les raisons pour lesquelles Constance n'avait pas emmené Victoria en Angleterre. À l'époque où il n'y avait pas encore de tests ADN, Constance aurait eu beau affirmer à son mari que Victoria n'était pas sa fille, elle n'aurait eu aucun moyen de le prouver, et le doute aurait pu subsister dans l'esprit de son mari.

Victoria…

Émilie s'assit brusquement au milieu des vignes. Mais si Constance avait parlé à son mari du bébé dans l'orphelinat après son retour dans le Yorkshire ? Et si Lawrence, voyant la détresse de sa femme, avait accepté de l'accompagner en France et d'adopter l'enfant avec elle ?

Elle était certaine que Sebastian lui avait dit un jour le prénom de sa mère… Émilie se creusa la tête, en vain. Elle prit alors son portable dans la poche de son jean et hésita entre les deux frères. Lequel des deux devait-elle appeler pour poser la question ?

Elle essaya d'abord le numéro de son mari, mais tomba sur la boîte vocale. Elle composa ensuite le numéro d'Alex. Il répondit immédiatement.

— Alex ? C'est Émilie.

— Émilie ! Quel plaisir de t'entendre ! Comment vas-tu ?

— Bien, merci.

Émilie ne tourna pas autour du pot.

— Alex, quel était le prénom de ta mère ?

— Victoria. Pourquoi ?

Frappée de stupeur, Émilie porta la main à sa bouche.

— C'est... une longue histoire, Alex. Je promets que je t'expliquerai tout quand nous nous reverrons. Merci beaucoup, au revoir.

Émilie appuya sur le bouton pour mettre fin à l'appel et resta immobile, tentant de saisir toutes les conséquences de cette nouvelle information.

Victoria était la mère de Sebastian et d'Alex.

Ce qui signifiait qu'elle avait épousé son cousin au deuxième degré...

— Nooon ! cria-t-elle, venant rompre le silence qui régnait autour d'elle.

Elle se coucha à même le sol, la tête posée sur la terre dure et caillouteuse, et tenta de réfléchir rationnellement.

Et si Constance, sentant sa fin venir, avait dit à Sebastian que sa mère, Victoria, avait été adoptée ? Et était en fait une descendante de la famille de La Martinières ? Constance lui avait aussi parlé du livre sur les fruits et des poèmes écrits par Sophia, qui était peut-être sa grand-mère. Constance avait-elle voulu leur donner une preuve pour les aider à revendiquer leurs droits sur la propriété ?

Sebastian avait sans doute mené son enquête et découvert qui était la famille de La Martinières ! Quand il avait appris la mort de la mère d'Émilie, il avait pensé qu'il pouvait prétendre à une partie de l'héritage.

Mais, comme Jean l'avait fait remarquer, il aurait alors fallu se lancer dans une interminable bataille pour faire valoir ses droits puisque sa mère était un enfant né hors mariage. N'était-ce pas beaucoup plus facile finalement d'épouser l'héritière directe ? Puis de la persuader de mettre le château et le compte bancaire à leurs deux noms ?

Émilie frémit. Elle était encore plus hébétée par son pragmatisme froid et analytique que par la possible duplicité de Sebastian. Toutes les pièces du puzzle s'encastraient parfaitement, mais elle n'avait aucune preuve de la justesse de son raisonnement. De plus, Sebastian serait-il allé jusqu'à épouser sa cousine en toute connaissance de cause ?

Émilie resta allongée sur le sol, surprise par sa naïveté. Même s'il y avait en réalité une autre explication et qu'elle accusait à tort Sebastian d'avoir élaboré ce scénario machiavélique, pourquoi s'était-elle empressée de l'épouser, alors qu'elle ne savait pratiquement rien de lui ?

Elle soupira. Il lui avait apporté son soutien, lui avait témoigné de l'affection à une époque où elle était particulièrement vulnérable. C'était sans doute aussi simple que ça.

Et le Sebastian qu'elle avait connu en France n'aurait pas pu être plus aimant, tendre et serviable. Mais peut-être avait-il joué la comédie pour la séduire ?

Émilie se redressa.

— Mon Dieu, mon Dieu !...

Elle secoua la tête, désespérée. Même si elle se trompait sur les véritables motifs de Sebastian, elle était très malheureuse. Et elle ne faisait plus du tout confiance à son mari.

Épuisée, ébranlée, Émilie se leva et prit le chemin du retour. Il n'y avait qu'un moyen de découvrir la vérité : elle devait supplier Jacques de lui dire si elle avait raison.

— Où étiez-vous, Émilie ? Il fait presque nuit, dit Jean, dont la voix trahissait l'inquiétude.

Il était dans la cuisine, en train de préparer le dîner.

— J'avais besoin de prendre l'air et de réfléchir.

— Vous êtes très pâle, Émilie, fit-il remarquer.

— Il faut que je parle à votre père le plus rapidement possible.

— Tenez, buvez ça.

Jean lui tendit un verre de vin.

— Mon père est monté dans sa chambre et a insisté pour ne pas être dérangé. Il ne veut pas vous voir ce soir, Émilie. Vous devez comprendre combien c'est difficile pour lui. Vous lui demandez de dévoiler un secret qu'il a gardé pendant plus de cinquante ans. Il a besoin de temps pour réfléchir. Vous devez prendre patience.

— Mais vous ne comprenez pas... Je dois savoir avant de retourner en Angleterre. Il le faut absolument !

Jean sentit la tension et la détresse d'Émilie.

— Pourquoi, Émilie ? Comment ce que Papa doit vous dévoiler pourrait-il avoir un impact sur votre vie actuelle ?

— Parce que… parce que… Oh ! Jean, allez lui demander si je peux le voir ! le supplia-t-elle.

— Émilie, essayez de vous calmer. Nous nous connaissons depuis très longtemps, vous et moi. Vous me faites confiance, n'est-ce pas ? Vous pourriez peut-être me dire ce qui vous met dans cet état. Venez, asseyons-nous.

Jean la conduisit dans le salon et la fit asseoir dans un fauteuil.

Émilie enfouit son visage dans ses mains.

— Oh ! Jean… Je suis peut-être en train de devenir folle.

— J'en doute, dit-il en souriant. Je n'ai jamais vu une femme aussi sensée que vous. Je vous écoute.

Émilie prit une profonde inspiration et commença son histoire au moment où elle avait rencontré Sebastian à Gassin. Elle lui raconta les premiers mois qu'ils avaient passés ensemble en France et parla de l'attitude étrange de son mari depuis quelque temps. Puis de sa relation avec son frère et de la drôle d'atmosphère qui régnait dans le Yorkshire. Enfin, alors que Jean lui avait servi une assiette de bon ragoût de lapin et qu'elle avait tout avalé jusqu'à la dernière bouchée, elle avoua ses soupçons concernant Victoria qui, d'après elle, était la mère d'Alex et Sebastian.

— Et si Sebastian m'avait épousée parce qu'il pensait qu'il pourrait ainsi facilement mettre la main sur ce qu'il considère comme son héritage ?

— Doucement, Émilie. Nous n'avons aucune preuve, si ce n'est un prénom.

— Suis-je donc folle de penser cela de mon mari ? demanda tristement Émilie.

— Eh bien, nous savons, je pense, que Sebastian n'est pas arrivé ici par pure coïncidence, même s'il vous a raconté qu'il était là pour affaires. Vous avez dit qu'il avait immédiatement mentionné le lien qui unissait sa grand-mère à votre famille. Effectivement, le fait que sa mère s'appelle Victoria rend votre histoire plausible. Mais, à vrai dire, peu importe s'il y a un lien de parenté entre vous deux… Vous voulez vraiment que je vous donne mon avis ?

— Bien sûr, dit Émilie avec gratitude.

— Eh bien, pour parler simplement, je pense que vous passez à côté du vrai problème. Peu importe si Sebastian avait une arrière-pensée en vous épousant. Vous êtes très malheureuse, et votre mari ne semble pas très… fiable, termina Jean en haussant les épaules.

— Mais, comme l'a dit Alex, le fait que mon mari se comporte mal avec lui ne veut pas dire qu'il soit mauvais avec tout le monde.

— Je pense qu'il est trop gentil. Il ne veut pas compromettre votre relation avec votre mari. Cet Alex me paraît plein de bon sens et d'intelligence. Vous avez peut-être épousé le mauvais frère… suggéra Jean, les yeux pétillants.

— Alex est très intelligent, oui, reconnut Émilie, mal à l'aise.

— Émilie, je comprends, murmura Jean, reprenant son sérieux. Vous avez épousé cet homme, vous avez fait un choix et vous voulez que votre mariage fonctionne. Je pense qu'en rentrant chez vous, vous devez lui faire part de vos doutes.

— Mais il va mentir, c'est certain. Il va tout faire pour se protéger.

— Vous venez de répondre à votre question, répondit Jean tristement. Émilie, si vous avez le sentiment que votre mari ne vous dira jamais la vérité, comment pouvez-vous espérer construire une relation saine avec lui ?

Émilie resta silencieuse. Elle savait que Jean avait raison.

— Mais nous ne sommes mariés que depuis quelques semaines, Jean. Je dois encore nous laisser une chance. Je ne peux pas abandonner comme ça.

— Non, vous avez raison. Votre cœur ne dicte pas sa volonté à votre raison, en général, Émilie. Pour la première fois de votre vie, vous avez été impulsive, mais vous ne devez pas vous punir pour le reste de vos jours. Et votre mariage a peut-être encore des chances de fonctionner, si vous parvenez à lui faire avouer la vérité.

— Je me sentirai mieux quand j'aurai parlé à votre père, dit-elle en soupirant. Le fait qu'il soit si réticent montre bien que cette révélation aura des conséquences sur la vie de quelqu'un.

— Je promets que j'en parlerai à Papa demain. Essayez de vous calmer.

— Vous êtes tellement proche de votre père... C'est si rare et si beau à voir.

— Il n'y a rien d'extraordinaire là-dedans. N'est-ce pas normal d'aider à notre tour la personne qui nous a élevés et qui a pourvu à tous nos besoins quand nous étions enfants ? Comme vous, Émilie, mon père avait déjà un certain âge quand je suis né et j'ai perdu ma mère alors que j'étais très jeune. C'est peut-être parce que j'ai grandi avec des parents assez âgés que j'ai appris les valeurs morales des anciennes générations, plutôt que celles de notre génération qui, à mon avis, ne sait plus trop à quoi se raccrocher.

— Il est étrange que nos deux pères aient décidé de se marier si tard, commenta Émilie, l'air pensif. Je me demande si c'est en lien avec ce qu'ils ont vécu pendant la guerre…

— Peut-être. Ils ont tous deux vu la face la plus sombre de la nature humaine. Je suis sûr qu'ils ont mis beaucoup de temps à reprendre confiance, à se remettre à croire en l'amour. Bon… Il est tard et il est temps d'aller nous coucher, déclara Jean en bâillant.

— Merci, Jean. Vous n'imaginez pas à quel point j'apprécie vos conseils. Et je suis désolée de vous ennuyer avec mes problèmes.

— Émilie, vous ne m'avez pas du tout ennuyé. Vous êtes presque comme un membre de ma famille, dit Jean avec douceur.

— Oui, Jean, c'est vrai.

Émilie se leva tôt le lendemain matin, car elle savait qu'il ne lui restait plus que quelques heures avant son départ pour le Yorkshire.

Enfin, Jacques arriva à la cuisine pour prendre son petit déjeuner. Il fit un signe de tête à Émilie quand elle lui servit du café.

— Vous avez bien dormi ?

— Je n'ai pas dormi, répondit-il en portant la tasse à ses lèvres.

— Vous avez vu Jean ce matin ?

— Oui. Il est venu me voir tout à l'heure et m'a dit que vous aviez trouvé une raison qui expliquerait pourquoi je ne veux pas vous révéler l'identité de votre cousine.

— Jacques, s'il vous plaît, je vous en supplie. Je dois savoir si j'ai raison. Vous comprenez pourquoi, n'est-ce pas ?

Il la regarda, puis se mit soudain à rire.

— Vous êtes une fille intelligente, Émilie. C'est une bonne histoire. Et il se trouve en effet que Constance a donné à sa fille le nom du bébé qu'elle avait dû laisser au couvent, dit-il en hochant la tête.

Émilie le regarda fixement pour avoir confirmation.

— Sa fille n'était pas l'enfant de Sophia ?

— Non, Émilie, ce n'est pas Constance qui a adopté Victoria. Et même si, d'après le peu que j'ai vu de votre mari, je ne lui ferais aucune confiance, je peux vous assurer qu'il ne vous a pas épousée parce qu'il pensait être un héritier illégitime de la fortune de votre famille.

— Dieu merci ! Merci, Jacques.

Émilie était au bord des larmes.

— Je suis heureux de pouvoir vous rassurer sur ce point.

Il but un peu de café.

Émilie fut immédiatement partagée entre le soulagement et la culpabilité pour avoir cru Sebastian capable d'un tel complot.

— Alors, Jacques, s'il vous plaît, allez-vous me dire qui est Victoria ?

Jacques marqua une pause, but une autre gorgée de café et la regarda.

— Je comprends que vous soyez impatiente de le savoir. Mais, Émilie, ce n'est pas votre vie qui sera complètement chamboulée : c'est la sienne et celle de sa famille. Si je décide de parler, c'est à elle que je le dirai d'abord, pas à vous. Vous comprenez ?

Émilie comprit que Jacques insinuait qu'elle ne pensait qu'à elle. Honteuse, elle baissa la tête.

— Oui, et je suis désolée.

— Ce n'est pas la peine de vous excuser, Émilie. Je vois bien pourquoi vous voulez savoir.

Jean entra dans la cuisine et sentit la tension qui y régnait.

— Mon père vous a dit que votre version n'était pas la bonne ?

— Oui.

— Vous devez être soulagée, Émilie, fit remarquer Jean.

— Oui, bien sûr.

Elle se leva, mal à l'aise, terriblement embarrassée à l'idée que ces deux hommes l'aient vue tirer des conclusions aussi hâtives sur son mari.

Elle ressentit soudain le besoin d'être seule. Elle pourrait attendre une ou deux heures à l'aéroport de Nice et réfléchir.

— Je dois partir, dit-elle. Excusez-moi.

Les deux hommes la regardèrent avec compassion quand elle quitta la cuisine pour aller chercher sa valise dans sa chambre.

— Elle a fait une erreur en épousant cet homme et elle le sait, murmura Jacques. Il n'a peut-être pas du sang de La Martinières dans les veines, mais il court après quelque chose.

— Je suis d'accord. Mais elle venait de perdre sa mère, le dernier membre de sa famille. Ce n'est guère surprenant qu'elle soit tombée dans la première paire de bras qui se soit présentée. Elle était si vulnérable !

— Le point positif, c'est qu'elle a beaucoup grandi au cours des derniers mois et qu'elle est plus forte. Elle a appris beaucoup de choses.

— Oui. Elle est encore plus spéciale, à présent.

Jacques vit la douleur dans les yeux de son fils.

— Je sais ce que tu ressens pour elle. Mais c'est une fille intelligente, comme son père, avec une bonne intuition. Elle prendra la bonne décision, et rentrera à la maison, là où elle a ses racines.

— J'aimerais en être aussi sûr que toi, murmura Jean.

— Je n'ai aucun doute là-dessus.

Émilie revint à la cuisine avec sa valise. Elle était pâle et avait les traits tirés.

— Merci encore pour votre hospitalité, je suis sûre que je vous reverrai bientôt.

— Comme vous le savez, il y a toujours un lit pour vous ici, dit Jean, dans l'espoir de la réconforter, car il sentait sa détresse.

— Merci.

Émilie posa sa valise.

— Jacques, je suis vraiment désolée d'avoir insisté pour que vous me révéliez l'identité du bébé de Sophia et de Frederik. Bien sûr que cette décision vous appartient, à vous et à vous seul. Je vous promets de ne plus jamais vous le demander.

Elle se pencha pour l'embrasser sur les deux joues, et Jacques lui attrapa les mains.

— Votre père aurait été fier de vous. Faites-vous confiance, Émilie. Et que Dieu vous bénisse. Nous nous reverrons bientôt, j'espère.

— Je reviendrai très bientôt pour voir où en sont les travaux. Au revoir, Jacques.

Elle sortit de la cuisine avec Jean qui porta sa valise jusqu'à la voiture.

— Donnez-nous de vos nouvelles, Émilie, dit-il en refermant le coffre. Vous savez que nous serons toujours là pour vous.

— Je sais et je vous remercie pour tout.

31

Pendant le trajet jusqu'à l'aéroport de Nice, Émilie prit une décision : elle ne pouvait pas retourner dans le Yorkshire et attendre là-bas le retour de Sebastian. Elle prendrait un vol pour Londres et se rendrait dans sa galerie pour le voir. Et elle exigerait la vérité.

Tout en achetant son billet pour Heathrow au comptoir de vente, elle se demanda si elle devait prévenir Sebastian de son arrivée. Mais il était sans doute préférable de lui faire la surprise. L'avion atterrirait à Londres à deux heures et demie. Elle aurait largement le temps d'arriver à la galerie avant la fermeture. Elle lui dirait qu'il lui avait beaucoup manqué et qu'elle voulait le voir immédiatement.

En montant dans l'avion, quoique toujours déroutée par le comportement de son mari, Émilie se sentait déjà beaucoup mieux. Au moins avait-elle entrepris quelque chose pour refermer le gouffre qui s'était formé entre eux. Il fallait qu'elle lui parle de sa relation avec son frère et qu'elle comprenne enfin pourquoi il ne voulait pas avoir sa femme à ses côtés à Londres.

Une fois à Heathrow, Émilie monta dans un taxi et donna au chauffeur l'adresse de la galerie de Sebastian dans Fulham Road. Regrettant soudain de ne pas l'avoir prévenu de sa visite, Émilie sortit son portable et tenta de le contacter. Une voix métallique lui apprit que le portable de Sebastian n'était pas allumé.

Vingt minutes plus tard, elle arrivait devant *Arté*. Elle paya le chauffeur, récupéra sa valise et observa les œuvres à travers la vitrine. Les tableaux étaient modernes, comme Sebastian le lui avait dit, et la galerie était extrêmement élégante. Quand elle ouvrit la porte, son arrivée fut annoncée par une petite sonnerie, et une belle blonde élancée vint l'accueillir.

— Bonjour, madame, je vous laisse regarder ?

— Le propriétaire est-il là ? demanda Émilie, un peu trop brusquement à cause de sa nervosité.

— Oui, il est dans son bureau, à l'arrière. Je peux vous aider ?

— Non, merci. Pourriez-vous lui dire qu'Émilie de La Martinières est venue pour le voir ?

— Bien sûr, madame.

La fille franchit une porte au fond de la boutique et Émilie contempla les toiles exposées. Quelques secondes plus tard, un homme élégant d'une cinquantaine d'années apparut à la porte du fond.

— Madame de La Martinières, quel plaisir de vous rencontrer ! J'ai appris la vente de votre Matisse l'année dernière. Je peux vous aider ?

— Je...

Émilie était déconcertée.

— Vous êtes le propriétaire ?

— Oui, je suis Jonathan Maxwell.

Il tendit la main et elle la serra sans grande conviction.

— Vous semblez surprise. Y a-t-il un problème ?

— J'ai peut-être la mauvaise adresse, balbutia-t-elle. Je pensais que c'était Sebastian Carruthers le propriétaire de la galerie.

Jonathan pouffa.

— Sebastian ? Non. Quelles histoires vous a-t-il racontées ? Sebastian est un agent qui s'occupe d'un ou deux artistes dont j'expose parfois les œuvres ici. Mais ça fait un moment que je ne l'ai pas vu. Je crois qu'il se concentre désormais, pour ses clients, sur la recherche d'œuvres réalisées par de grands artistes français. N'est-ce pas lui qui a découvert votre Matisse qui n'avait pas été signé ?

— Si.

Émilie trouva un peu de réconfort dans le fait qu'il y avait au moins un point sur lequel Sebastian ne lui avait pas menti.

— Belle œuvre pour ceux qui peuvent se permettre de l'acheter. Je suppose que c'est à Sebastian que vous souhaitez parler ?

— Oui.

— Je vais aller vous chercher son numéro de téléphone, proposa Jonathan. Je l'ai dans un de mes fichiers.

— Merci. Vous n'auriez pas par hasard l'adresse de son bureau ?

— Bureau, c'est un bien grand mot. Il travaille depuis l'appartement qu'il partage avec sa compagne, Bella. C'est l'une de ses artistes.

Jonathan montra une grande toile aux couleurs vives représentant d'immenses coquelicots rouges.

— J'ai l'adresse. C'est là que j'envoie les chèques de Bella quand je vends une de ses toiles. Il est sans doute préférable de lui téléphoner d'abord et de prendre rendez-vous.

Émilie sentit ses jambes se dérober sous elle, mais elle ne pouvait pas abandonner maintenant.

— Si vous avez son adresse, je la veux bien, accepta-t-elle avec entrain. J'aime… beaucoup le travail de Bella. Elle pourra peut-être me montrer d'autres tableaux.

— Elle a aménagé son atelier dans son appartement. Elle habite dans un de ces bâtiments entièrement restaurés sur les quais près de Tower Bridge. Ça passerait pour une vulgaire mansarde à Paris… (Jonathan lança un regard plein de sous-entendus à Émilie.) Je vais vous chercher l'adresse.

Consciente qu'elle était sur le point d'avoir une crise de panique, Émilie prit de profondes inspirations en attendant son retour.

— Tenez.

Jonathan lui tendit l'adresse et le numéro de téléphone qu'il avait griffonnés sur une enveloppe.

— Comme je vous l'ai dit, il est préférable d'appeler. Au moins, vous serez sûre qu'ils sont bien chez eux.

— Bien sûr. Merci beaucoup pour votre aide.

— Je vous en prie. Je vous laisse ma carte.

Jonathan en sortit une de la poche de sa chemise.

— Si je peux vous aider à l'avenir, n'hésitez pas à me contacter, j'en serais ravi. Au revoir, madame de La Martinières.

— Au revoir.

Émilie s'était déjà retournée pour partir.

— Oh ! et si vous voyez ce cher Sebastian, dites-lui que j'aimerais bien qu'il m'explique pourquoi il s'est fait passer pour le propriétaire de ma galerie.

Jonathan haussa les sourcils et sourit.

— C'est un type sympa, mais il est très parcimonieux avec la vérité.

— Oui, merci.

Émilie sortit de la galerie et regarda dans ses mains tremblantes l'enveloppe que Jonathan Maxwell lui avait donnée. Elle ne prit pas vraiment la peine de réfléchir à ce qu'elle faisait et héla un taxi qui passait par là. Elle donna l'adresse au chauffeur et, quand le taxi redémarra, elle se mit à haleter en pensant à l'endroit où elle se rendait.

De la poche avant de sa valise, elle sortit un sac en papier contenant un croissant à moitié entamé qu'elle avait acheté à l'aéroport de Nice et souffla discrètement dedans.

— Ça va, ma petite dame ? interrogea le chauffeur.

— Oui, merci.

— Mon fils avait des crises de panique, lui aussi, dit-il en la regardant dans son rétroviseur. Respirez bien fort, doucement, et ça va passer.

— Merci.

La gentillesse de cet homme lui fit monter les larmes aux yeux.

— Quelque chose vous a contrariée, c'est ça ?

— Oui, avoua Émilie, le visage brouillé, de choc et de désespoir, par les larmes.

Le chauffeur lui tendit une boîte de mouchoirs en papier.

— Tenez. Ne vous en faites pas, je suis sûr que ça va s'arranger. Une jeune femme aussi adorable que vous… La vie ne peut pas être si triste, n'est-ce pas ?

Quarante interminables minutes plus tard, le chauffeur s'engagea dans une ruelle étroite, couverte de pavés entre deux immenses bâtiments.

— C'est là qu'ils entreposaient le thé quand il arrivait des Indes. Je n'aurais jamais cru que ça deviendrait un quartier recherché. Les appartements coûtent des millions aujourd'hui. Ça fera trente-six livres, j'en ai bien peur, ma petite dame, ajouta le chauffeur.

Émilie régla la course, puis sortit en titubant avec sa valise. Son cœur battait encore très fort dans sa poitrine. Elle avança jusqu'à l'entrée et vit qu'il y avait un bouton d'interphone pour chaque appartement. Elle revérifia le nom sur l'enveloppe et, rassemblant toutes les forces qui lui restaient, elle appuya sur le numéro neuf.

— Oui ?

— Bonjour, je suis bien chez Bella Roseman-Boyd ?

— Oui ?

— Je viens de la galerie *Arté* à Fulham. C'est M. Maxwell qui m'envoie, car je lui ai dit que j'aimerais voir d'autres œuvres que vous avez réalisées.

Émilie mentit le plus habilement possible.

— Vraiment ? Je suis étonnée qu'il ne m'ait pas appelée pour me prévenir. Je n'attendais personne.

— Non, je lui ai dit que je viendrais tout de suite… parce que je repars pour la France dès demain et je voulais voir votre travail avant mon départ. Vous pouvez le contacter si vous voulez. Il vous dira que c'est la vérité.

Durant le silence qui suivit, Émilie espéra de toutes ses forces que son mensonge lui permettrait d'entrer.

— Montez alors.

La femme appuya sur l'interphone, et la porte s'ouvrit. Émilie prit le grand ascenseur à grilles pour se rendre au troisième étage. Elle avança dans le couloir et vit que la porte du numéro neuf était déjà entrouverte. Prenant son courage à deux mains, elle frappa.

— Entrez. J'étais en train d'essayer de nettoyer la peinture sur mes mains, dit une voix.

Émilie pénétra dans le loft spacieux, dont les immenses fenêtres offraient une vue imprenable sur la Tamise. L'atelier de Bella était à l'évidence aménagé au fond de la pièce ; le reste, avec des canapés, faisait office de salon et, plus loin, de cuisine.

Une jeune femme d'une grande beauté, avec des cheveux noirs d'ébène, apparut par une porte. Les éclaboussures de peinture sur son jean moulant, un peu usé, et sur son tee-shirt n'enlevaient rien à la finesse de sa silhouette.

— Pardonnez-moi, vous êtes… ?

— Je m'appelle Émilie. Vous êtes seule ? Je vous dérange peut-être ?

Elle voulait savoir immédiatement si Sebastian était là.

— Non, je suis seule, confirma Bella. Eh bien, Émilie, c'est très gentil à vous d'avoir fait tout ce chemin pour voir mon travail. J'aimerais bien vous offrir un thé, mais je suis pratiquement sûre que je n'ai plus de lait. Pour être franche, je n'ai pas grand-chose à vous montrer non plus. J'ai eu beaucoup de commandes ces derniers temps.

Elle sourit, révélant deux rangées de dents blanches parfaitement alignées.

— Qui est votre agent ? demanda poliment Émilie.

— Sebastian Carruthers, mais je suis sûre que son nom ne vous dit rien. En tout cas, venez regarder ce que j'ai ici.

— Si vous me permettez, j'aimerais juste aller aux toilettes avant.

— Bien sûr, c'est au bout du couloir à droite.

— Merci.

Émilie sortit de la pièce et s'engagea dans le couloir. Les trois portes étaient entrouvertes. Dans la première pièce, il y avait un grand lit défait. Émilie eut un hoquet horrifié quand elle vit la valise de Sebastian posée sur une chaise et sa chemise rose préférée enchevêtrée avec des sous-vêtements féminins sur le sol.

Elle continua à avancer dans le couloir et vit que la pièce suivante était utilisée pour entreposer des livres, des tableaux, un aspirateur et des vêtements sur un portant qui occupait une bonne partie de l'espace plutôt réduit.

Il n'y avait certainement pas de place pour un lit dans ce « débarras », pensa tristement Émilie. Elle entra dans la salle de bains en titubant légèrement, ferma la porte derrière elle et la verrouilla. La trousse de toilette de Sebastian trônait sur l'étagère au-dessus du lavabo. Elle contenait son rasoir, sa mousse à raser et sa lotion après-rasage. Sa brosse à dents bleue était négligemment posée sur le lavabo.

Émilie s'assit sur les toilettes, se forçant à faire abstraction de ses émotions, et tenta de réfléchir à ce qu'elle devait faire. Son premier réflexe aurait été de quitter immédiatement l'appartement et de s'enfuir, mais elle savait qu'elle devait profiter de cet instant pour glaner le maximum d'informations d'une source apparemment très fiable. Si elle tentait de faire parler Sebastian plus tard, il lui resservirait les mêmes mensonges. Elle se leva, tira la chasse des toilettes qu'elle n'avait pas utilisées, sortit de la salle de bains et retourna au salon.

— Dites, l'heure du goûter est passée, je n'ai plus de lait pour le thé et je meurs d'envie de boire un verre de vin. Vous en voulez un ?

— Oh oui, merci.

— N'hésitez pas à aller dans l'atelier et à regarder mes toiles, lança Bella en se dirigeant vers la cuisine.

Émilie avança jusqu'au fond de la pièce et fut bien forcée de reconnaître que Bella était une artiste particulièrement douée. Ses tableaux étaient très vivants, on y sentait le génie du peintre. Ils n'avaient absolument rien d'académique.

— Venez vous asseoir un peu, proposa Bella en indiquant le canapé en cuir confortable. Comme j'ai peint toute la journée, j'ai besoin de me reposer les jambes. Qu'en pensez-vous ?

Elle montra, sur le chevalet, la toile sur laquelle elle travaillait. D'immenses iris violets représentés en touches éclatantes.

— Bien sûr, en tant qu'artiste, je suis très critique et pleine de doutes, mais je pense que ça rend plutôt pas mal.

— J'aime beaucoup, dit sincèrement Émilie en s'asseyant.

— Vous ne pourrez pas l'acquérir, car c'est une commande pour un type de la City que Sebastian a rencontré. Mais je pourrais en peindre un dans le genre, si vous le souhaitez. Pas avant trois mois, vous me direz, mon carnet de commandes est rempli.

— En effet, je serais très intéressée. Que demandez-vous pour une toile comme celle-ci ?

— Oh ! c'est Sebastian qui s'occupe de tout ça. Il faudrait en parler avec lui, dit Bella en balayant la question d'un geste nonchalant. Je pense que c'est entre cinq mille et vingt mille livres. Tout dépend de la taille du tableau.

— Dommage que vous deviez payer quelqu'un pour ça, alors que je suis là et que nous pourrions immédiatement nous mettre d'accord sur un prix.

— Je sais, acquiesça Bella en hochant la tête. Les agents sont des vautours qui se nourrissent du talent de leurs artistes, mais, dans mon cas, au moins, c'est presque quelqu'un de la « famille » ; donc, c'est plus simple.

— Excusez-moi, je ne maîtrise pas encore toutes les subtilités de votre langue, dit Émilie en s'efforçant de sourire. Vous voulez dire que Sebastian est un parent à vous ?

— Pas un parent exactement. Plutôt… comment diriez-vous en français ? *Mon amour**.

— Ah oui.

Émilie fit mine de se souvenir.

— Je crois que M. Maxwell m'a dit que c'était votre compagnon.

— Je n'irais peut-être pas jusque-là, gloussa Bella. Seb et moi avons une relation depuis des années. Nous nous sommes rencontrés il y a très longtemps quand il est venu voir ma dernière exposition d'étudiante en art à Saint Martins College. Il loge chez moi quand il est en ville. Nous sommes ensemble sans vraiment l'être. Encore un peu de vin ?

— Pourquoi pas ?

Émilie regarda Bella verser une goutte de vin dans son verre et remplir le sien.

— Entre vous et moi, confia Bella, il vient de se marier et je me suis dit que notre petit arrangement n'aurait plus cours. Mais si, finalement. Excusez-moi, je divague, reprit Bella en buvant une autre gorgée de vin.

— Ça ne vous fait rien qu'il soit marié ? demanda Émilie, feignant de s'intéresser à la question.

— Ma devise est que la vie est trop courte pour enchaîner une personne à une autre. Seb et moi avons une relation qui fonctionne très bien. Elle nous convient à tous les deux. Il sait que j'ai d'autres amants, moi aussi, poursuivit Bella en haussant les sourcils. Et je ne suis pas vraiment du genre jaloux. Je suis certes surprise qu'il se soit marié. Mais je ne lui ai pas vraiment demandé de détails. Je ne connais même pas le nom de sa femme parce que ce n'est pas notre style, mais je crois qu'elle est plutôt riche. Il s'est pointé une ou deux semaines après son mariage et m'a offert cette magnifique chaîne sertie d'un diamant Cartier.

Bella toucha instinctivement le superbe solitaire autour de son cou gracile.

— Il a également trouvé un Matisse dans la maison de sa femme, pour lequel il a touché une bonne commission quand il l'a vendu. Il en a profité pour s'acheter une nouvelle Porsche au volant de laquelle il aime se balader dans Londres. Tant mieux pour lui.

Bella soupira avant de reprendre :

— Il traîne des dettes depuis que je le connais. C'est un véritable panier percé. Tout ce qu'il a, il le dépense, mais il a toujours réussi à s'en sortir.

— Alors, vous ne dépendez pas de lui financièrement ?

— Mon Dieu, non ! s'exclama Bella en levant les yeux au ciel. Ça serait un véritable désastre. C'est plutôt le contraire, en fait. J'ai la chance d'avoir des parents qui sont suffisamment riches pour m'aider dans mon ambition de devenir un jour une artiste reconnue. Ce qui, vous le savez sans doute, est sacrément difficile. Pourtant, il y a quelques mois, j'ai pu leur dire que mes tableaux me rapportaient assez désormais et que je pouvais me passer de leur chèque mensuel. Un grand moment, vous vous en doutez ! expliqua Bella en souriant.

— Je vois.

Émilie savait qu'elle avait atteint sa limite et qu'elle ne pourrait pas en supporter davantage. Il fallait qu'elle mette un terme à ce tête-à-tête décontracté.

— Je pourrai peut-être vous aider dans votre quête d'indépendance. J'aimerais beaucoup vous commander une œuvre, Bella. Vous devez me mettre en contact avec Sebastian pour que nous puissions convenir d'un prix. Vous allez le voir bientôt ?

— Il a un rendez-vous avec un client potentiel en début de soirée, mais il sera là ensuite. Si vous me donnez votre numéro, je lui dirai de vous appeler. Je sais qu'il repart demain soir dans l'horrible tas de ruines dont il a hérité. Il va voir son épouse. (Bella leva les yeux au ciel d'un air conspirateur.) Mais, de toute façon, ça me convient parfaitement. Comme ça, j'ai mes week-ends pour moi toute seule. Je vais aller chercher un bout de papier pour que vous puissiez noter votre numéro.

— D'accord.

— Ça ne vous dérange pas si nous laissons Jonathan Maxwell et la galerie en dehors de tout ça ? Théoriquement, comme c'est lui qui nous a présentés, il pourrait réclamer une commission. Je ne dirai pas que vous êtes venue, si vous ne dites rien de votre côté, et comme ça, nous pourrons vous proposer un prix plus intéressant.

— Bien sûr, accepta Émilie en hochant la tête.

Bella se rendit dans la cuisine et fouilla dans un tiroir à la recherche d'un papier.

— Tenez.

Émilie réfléchit quelques secondes, puis écrivit avec soin son prénom, son nom de famille, son numéro de téléphone et son adresse en France. Elle posa ensuite le papier sur la table. Puis, elle se leva.

— J'ai été ravie de faire votre connaissance. J'ai passé un moment… très intéressant, Bella. Je vous souhaite beaucoup de chance pour l'avenir. Je suis certaine que vous aurez du succès. Vous êtes une femme très talentueuse.

— Merci.

Bella accompagna Émilie jusqu'à la porte.

— J'ai été moi aussi ravie de faire votre connaissance. J'espère vraiment que nous nous reverrons bientôt.

— Oui.

Émilie eut un élan soudain et posa la main sur l'avant-bras de Bella.

— Je pense que vous êtes quelqu'un de bien, Bella. Faites attention à vous.

Sur ce, elle tourna les talons et quitta l'appartement.

32

Il était près de minuit quand Émilie arriva à Blackmoor Hall. Elle avait pris un taxi à la gare de York. Le Land Rover était resté à l'aéroport. Sebastian pourrait aller le récupérer s'il le souhaitait. Émilie ne se sentait plus concernée.

Elle constata avec soulagement qu'il y avait encore de la lumière dans l'appartement d'Alex. Elle partirait tôt le lendemain matin et elle voulait lui dire au revoir. Elle entra dans la maison et alla directement frapper à sa porte.

— Entre, Em, dit-il. Tu arrives bien tard. Tu as loupé ton vol ?

Alex était assis sur le canapé en train de lire un livre.

— Non. Je suis allée à Londres.

Alex regarda Émilie. Il vit ses yeux écarquillés et ses traits tirés.

— Que s'est-il passé ? demanda-t-il, inquiet.

— Je suis venu te dire que je repartais pour la France demain. Sebastian et moi allons divorcer dès que j'aurai joint le notaire pour tout arranger.

— Ah. Il y a une raison particulière ?

— J'ai fait la connaissance de sa « compagne » aujourd'hui à Londres. Il entretient avec elle une relation de longue date, visiblement. Et j'en ai profité pour visiter le « débarras » dans lequel il passe ses nuits.

— Je vois. Je vais peut-être aller nous chercher du cognac.

— Non, c'est moi qui vais y aller.

Émilie se dirigea vers la cuisine et revint avec la bouteille et deux verres.

— Tu étais au courant de sa liaison avec cette femme ? demanda-t-elle tout en remplissant les verres.

— Oui.

— Et tu savais que Sebastian continuait à la voir même après notre mariage ?

— Je m'en suis douté quand il a commencé à passer toutes ses semaines à Londres sans t'emmener, mais je n'en étais pas certain.

— Et tu ne m'en as pas parlé, Alex ? Moi qui croyais que nous étions amis !

— Émilie, tu es injuste avec moi ! Sebastian m'a décrit comme un vrai boulet, qui mentait, trompait son monde et aurait fait n'importe quoi pour le salir. Penses-tu vraiment que tu m'aurais cru si je te l'avais dit ?

Émilie but une grande gorgée de cognac.

— Non. Tu as raison, je ne t'aurais pas cru, désolée. (Elle porta la main à son front.) J'ai eu une journée plutôt stressante.

— La reine de la litote, lâcha Alex en souriant avec ironie. Sebastian est-il au courant que tu as rendu visite à sa petite amie ?

— Je n'ai pas allumé mon portable depuis que j'ai quitté Londres ; alors, je n'en ai aucune idée, répondit-elle en haussant les épaules.

— Tu as dit à Bella qui tu étais ?

Émilie regarda fixement Alex. Il connaissait le nom de Bella. Elle tenait donc à l'évidence une place importante dans la vie de Sebastian. Émilie sentit qu'elle était sur le point de craquer, que le calme qu'elle affichait n'allait plus faire illusion très longtemps.

— Non, j'ai dit que je voulais passer une commande pour un tableau. Elle m'a demandé d'écrire mon nom, mon adresse et mon numéro de téléphone. C'est ce que j'ai fait. Elle a promis de donner mes coordonnées à Sebastian quand il rentrerait à la « maison ».

Émilie ne s'attendait pas vraiment à ce que ses révélations provoquent cette réaction chez Alex qui rejeta la tête en arrière et partit d'un grand éclat de rire.

— Oh ! C'est brillant, Em ! Vraiment brillant ! Désolé. Réaction tout à fait inappropriée. Mon Dieu, quel coup de maître ! Et ça te ressemble tellement : discret, subtil, élégant... magnifique, vraiment magnifique, ajouta-t-il d'un ton admiratif. Tu imagines la tête de Sebastian quand Bella lui tendra le morceau de papier avec ton nom et ton numéro de téléphone dessus ?

— Alex, dit Émilie dans un souffle. Je me fiche de ce qu'il pense. Tout ce que je veux, c'est quitter cette maison le plus tôt possible et rentrer chez moi.

L'expression d'Alex changea.

— Oui, bien sûr, dit-il sombrement. Écoute, j'ai été pris dans un dilemme quand tu es arrivée ici.

J'espérais vraiment que Seb avait trouvé quelqu'un qu'il aimait.

— Eh bien, s'il peut aimer quelqu'un d'autre que lui-même, c'est Bella. Elle est superbe et très talentueuse. Si elle n'avait pas été la maîtresse de mon mari, j'aurais sérieusement envisagé de lui passer une commande.

Émilie parvint à esquisser son premier sourire de la journée, un sourire un peu sombre, néanmoins.

— Tu l'as déjà rencontrée ?

— Oui. Avant que Sebastian ne t'épouse, elle venait de temps à autre le week-end.

Alex la considéra un moment, puis reprit :

— Mon Dieu, Émilie, tu es surprenante. Comment fais-tu pour rester aussi calme ?

— C'est très simple, dit-elle en haussant les épaules. Sebastian n'est plus la personne dont je suis tombée amoureuse. Les sentiments que j'avais pour lui en France se sont éteints.

— Eh bien, je ne peux que t'applaudir, même si je ne te crois pas totalement. Tu es… incroyable. Et je pourrais étrangler Sebastian à mains nues pour ce qu'il t'a fait.

— Merci, dit-elle sans le regarder. J'ai encore une question à te poser avant mon départ.

— Et laquelle ?

— Pourquoi ton frère m'a-t-il épousée ? Que voulait-il donc de moi, Alex, qu'il n'ait pas déjà pu obtenir de Bella, qui, d'après ce qu'elle m'a dit, vient aussi d'une famille aisée ? Je n'arrive vraiment pas à comprendre.

— Eh bien, Em, la réponse, comme toujours dans ces dilemmes, est sous ton nez. Et tu l'as déjà vue.

— Ah oui ?

— Oui, mais tu ne l'as certainement pas remarquée. La question est de savoir si tu veux vraiment que je te le dise.

— Bien sûr ! Je repars demain pour la France. Mon mariage est fichu, terminé.

— D'accord, répondit Alex en hochant doucement la tête. Mais je te préviens : cette fois-ci, je ne prendrai pas de gants.

— C'est exactement ce que je te demande.

— Alors, viens avec moi, je vais te montrer.

Alex alluma le petit bureau où travaillait Sebastian quand il était à la maison. Il avança jusqu'à une bibliothèque, passa la main sous l'un des livres et sortit une clé. Il fit demi-tour avec son fauteuil roulant et déverrouilla le tiroir du bureau sur lequel était posé l'ordinateur de Sebastian. Il sortit une chemise et la tendit à Émilie.

— Pièce à conviction numéro un. Ne la regarde pas tant que je n'ai pas rassemblé toutes les preuves.

Alex positionna son fauteuil devant l'ordinateur de Sebastian et mit l'appareil en route. Il entra un mot de passe que l'ordinateur accepta.

— Comment se fait-il que tu connaisses son mot de passe ?

— Quand on vit avec quelqu'un dont le but est de vous rendre la vie la plus difficile possible, on fait tout pour savoir ce genre de choses. En particulier quand on dispose comme moi de beaucoup de temps, expliqua-t-il tout en continuant à taper. De plus, je lis dans mon frère comme dans un livre ouvert. Il ne faut vraiment pas être un génie pour deviner.

— Ça ne serait pas « Matisse » par hasard ? demanda Émilie.

— Sans blague, Sherlock ? Le truc avec Seb, c'est qu'il ne prend même pas vraiment la peine de se couvrir, ni de brouiller les pistes, car il a totalement confiance en ses qualités de menteur professionnel. Il sait qu'il retombera toujours sur ses pattes, même s'il doit s'expliquer. Bon…

Alex récupéra des pages qui venaient d'être imprimées et les tendit à Émilie.

— Pièce à conviction numéro deux. Encore une dernière chose.

Il montra un tableau de sa grand-mère accroché au mur.

— Tu pourrais l'enlever pour moi ?

Émilie s'exécuta et découvrit un petit coffre-fort derrière la toile.

— Bon, à part s'il a changé le code, ce dont je doute, c'est la date de naissance de ma grand-mère J'espère juste que, depuis la dernière fois que j'ai regardé, Seb n'a pas enlevé ce que je veux te montrer.

Alex tendit la main vers le cadran sur la porte du coffre et le tourna avec précaution. Il ouvrit le coffre, puis fouilla à l'intérieur. Il poussa un soupir de soulagement et sortit une enveloppe matelassée et une autre plus petite et blanche.

— Pièces à conviction numéros trois et quatre.

Il ferma le coffre et fit signe à Émilie de remettre le tableau.

— Je propose que nous retournions dans mes quartiers. Juste au cas où mon frère serait en train de foncer sur l'autoroute pour venir sauver son mariage, ou plutôt sa peau. Non seulement c'est un menteur, mais en plus il a vraiment le sang chaud.

Alex éteignit l'ordinateur et l'imprimante, et ils quittèrent le bureau de Sebastian. De retour dans l'appartement, Alex demanda à Émilie d'aligner les quatre pièces à conviction qu'il lui avait données sur la table basse.

Il la regarda avec compassion, cherchant à déchiffrer l'expression de son visage.

— Bon, Em. Ça risque d'être un peu blessant, j'en ai peur.

— Il n'y a plus grand-chose qui peut me blesser maintenant, Alex. Je veux juste savoir pourquoi.

— Très bien. Regarde donc le premier fichier.

Émilie ouvrit la chemise et vit son visage et celui de sa mère apparaître sur plusieurs pages. C'étaient les photocopies de tous les articles qui avaient paru dans la presse française à propos du décès de sa mère. Ils annonçaient aussi qu'Émilie était la seule héritière.

— Ensuite, ouvre l'enveloppe que nous avons sortie du coffre et vide son contenu. Fais attention, c'est très, très vieux.

Émilie passa la main dans l'enveloppe et en sortit un livre. Elle regarda le titre, impressionnée.

— C'est l'*Histoire des fruits français.* Jacques m'a appris hier que mon père l'avait donné à Constance lorsqu'elle a quitté le château pour rentrer en Angleterre. Tu as dit que tu ne le retrouvais plus dans la bibliothèque.

— Oui. Et maintenant, ouvre-le avec précaution et lis ce qui est écrit sur la première page.

— « Édouard de La Martinières », lut-elle. « 1943. » Oui, et alors ?

— Attends une seconde, j'ai autre chose à te montrer.

Il sortit du salon et revint peu de temps après, une enveloppe à la main. Il la lui tendit.

— À l'intérieur, tu trouveras une lettre écrite par ma grand-mère. Elle l'a déposée chez son notaire avant sa mort. Elle se doutait certainement que Seb ne me la donnerait jamais si elle la lui confiait. Comme c'est étonnant !

Il soupira.

Émilie se mit à lire.

Blackmoor Hall, 20 mars 1996

Cher Alex,

J'écris cette lettre dans l'espoir qu'un jour tu reviendras à Blackmoor Hall, même si j'ai compris désormais que je ne te reverrais pas avant de partir. Mon cher petit-fils, je veux que tu saches que je comprends désormais pourquoi tu as senti que tu n'avais pas d'autre choix que de partir et je voudrais tout d'abord m'excuser, de tout mon cœur, pour n'avoir pas vu ce qui t'arrivait, ni su comment réagir. J'ai le sentiment de t'avoir abandonné, de ne pas t'avoir protégé alors que tu en avais tant besoin. Mais il était difficile de croire que ton frère, que j'aime aussi beaucoup, pût chercher à te détruire si méthodiquement.

J'espère, mon cher garçon, que tu me pardonneras d'avoir douté de toi. Tant de fois j'ai été dupée par ton frère, dont l'intelligence ne se manifeste pas dans les mêmes domaines que toi ; il s'est plutôt illustré dans l'art de la tromperie et du mensonge. Et peut-être que je me sens coupable, moi ta grand-mère qui ai aussi joué le rôle de votre mère, parce que, dès l'instant où j'ai posé les yeux sur toi, je t'ai aimé, toi, plus que je ne l'aimais, lui. Tu étais si adorable, si angélique, si aimant, et ton pauvre frère ne t'égalait en rien.

J'ai lu un poème de Larkin un jour qui souhaite à son filleul nouveau-né d'être « ordinaire », d'avoir des dons, oui, mais ni trop ni pas assez. Je comprends désormais ce qu'il entendait par là. Car ce sont tous les dons que tu as reçus, Alex, qui ont aussi causé ta perte. Je divague, pardonne-moi.

À présent, Alex, j'ai évidemment prié pour que tu reviennes avant ma mort. Parce qu'il faut que je décide de l'avenir de Blackmoor Hall, une propriété à laquelle je suis très attachée. Comme tu le sais, elle appartient à la famille de ton grand-père depuis plus de cent cinquante ans. Comme j'ignore où tu te trouves en ce moment et que je n'ai aucune idée de l'argent qu'il faudrait pour restaurer la maison, je ne sais pas quoi faire. Mais j'ai décidé, mon cher garçon, de vous la léguer à tous les deux en espérant que cette propriété conjointe vous rapprochera. Je sais que c'est le souhait peut-être irréaliste d'une vieille femme trop optimiste, sur le point de mourir, et peut-être que c'est justement le contraire qui se produira. J'espère en tout cas que ça ne sera pas un fardeau pour tous les deux. Si c'est le cas, vendez-la immédiatement, vous avez ma bénédiction.

Je te laisse aussi un livre (je sais à quel point tu apprécies les éditions anciennes), qui a surtout une valeur sentimentale à mes yeux. Il m'a été donné par un ami, il y a longtemps, quand j'étais en France pendant la guerre. Tu trouveras aussi dans cette enveloppe un livre de poèmes écrit par sa sœur, Sophia, pour qui j'avais beaucoup d'affection. Si tu souhaites en savoir davantage, le nom du propriétaire qui figure sur la première page du livre te suffira pour apprendre ce qui est arrivé à ta grand-mère en France pendant la guerre. J'ai choisi de ne pas dévoiler cette histoire jusqu'à présent, mais elle est intéressante et te donnera peut-être une meilleure image de la femme qui a fait tout ce qu'elle a pu pour s'occuper de toi, mais qui a commis des erreurs fatales. Le livre et le carnet de poèmes sont à l'endroit où ils ont toujours été : sur la troisième étagère à gauche dans la bibliothèque. Tu peux aller les prendre si tu veux.

Sinon, je te laisse la moitié de ce qu'il me reste, la somme de cinquante mille livres. J'espère qu'un jour, mon cher Alex, tu rentreras à la maison et que tu pourras me pardonner. Il fallait bien que j'aime Sebastian aussi, malgré tous ses défauts. Tu comprends ?

Ta grand-mère qui t'aime,

Constance

Émilie essuya ses larmes. Sa journée traumatisante avait finalement eu raison de ses nerfs.

— C'est une lettre magnifique.

— C'est vrai… Tu sais, Em, j'ai envoyé au moins trois ou quatre lettres à la maison, quand j'étais à l'étranger, dans lesquelles je donnais à ma grand-mère mon adresse en Italie. Je pense que Sebastian les a interceptées. C'est la seule explication possible. Il a reconnu mon écriture et les a fait disparaître pour que mamie pense que je ne voulais plus lui donner de nouvelles, lui dire où j'étais. En d'autres termes, que je ne me souciais pas d'elle.

— Ça ne me surprendrait pas du tout, maintenant. C'est un manipulateur professionnel. Merci de m'avoir fait lire cette lettre. Mais quel est le lien avec ce que tu m'as montré ?

— Prends le dernier fichier, s'il te plaît.

Émilie fit ce qu'il lui demandait et écarquilla les yeux en lisant le contenu. Elle regarda Alex d'un air interrogateur.

— Comme tu peux le constater, ma grand-mère s'est au moins trompée sur un point : le livre qu'elle m'a légué n'avait pas une valeur uniquement « sentimentale ».

— Oui, dit Émilie en hochant la tête.

— Bien sûr, quand j'ai eu la lettre et que je suis allé chercher le livre dans la bibliothèque à mon retour de l'hôpital après l'accident, j'ai fait la terrible erreur de dire à Seb ce que je cherchais et où le livre se trouvait. Je ne pouvais pas l'attraper, tu vois… Il était tout en haut sur la troisième étagère.

Alex haussa les épaules, puis continua :

— Quand Sebastian l'a récupéré, je lui ai montré sciemment le livre. À cette époque, je voulais tout faire pour renouer les liens avec lui ; alors, quand il a demandé s'il pouvait emprunter le livre quelques jours, j'ai accepté. Ensuite, chaque fois que je le lui réclamais, il disait qu'il allait me le rendre, mais, bien sûr, il ne le faisait jamais. Connaissant Seb, j'ai tout de suite compris qu'il y avait quelque chose là-dessous. J'ai cherché le livre sur Internet, comme il l'avait fait lui aussi, et j'ai compris que, s'il n'avait pas déjà été vendu, il était bien caché dans son coffre. Et c'est effectivement là que je l'ai trouvé, dit Alex en secouant la tête tristement.

— Mais pourquoi ne l'a-t-il pas déjà vendu ? Et si tu savais qu'il avait autant de valeur, pourquoi ne l'as-tu pas réclamé ?

— Em, je crois que tu n'as pas bien regardé tous les détails sur la feuille que je viens d'imprimer. J'étais convaincu que Sebastian n'allait pas le vendre. S'il y a bien une chose que je sais de mon frère, c'est qu'il est cupide. Il ne pourra jamais se contenter de ce qu'il a s'il sait qu'il peut obtenir beaucoup plus encore. Lis à haute voix ce qu'il y a sur cette feuille. Du début à la fin.

Émilie était épuisée, mais elle fit de son mieux pour se concentrer sur les mots.

ARCHIVES DES LIVRES RARES

Histoire des fruits français

De Christophe Pierre Beaumont. 1756. Deux volumes. Sans doute l'ouvrage le plus beau et le plus rare sur les fruits. Quinze espèces d'arbres fruitiers représentées. L'œuvre a été inspirée par une publication plus ancienne de Duchamel, Anatomie de la poire, éditée en 1703. Illustrations de Guillaume-Jean Gardinier et de François-Joseph Fortier. Le but de Beaumont était de vanter les vertus et la valeur nutritionnelle des fruits. Quinze fruits différents sont décrits dans ces volumes : les amandes, les abricots, l'épine-vinette, les cerises, les coings, les figues, les fraises, les groseilles à maquereau, les pommes, les mûres, les poires, les pêches, les prunes, les raisins et les framboises. Chaque planche colorée représente les graines de la plante ou de l'arbre, le feuillage, les fleurs, le fruit et parfois une coupe transversale du fruit.

Provenance : les deux volumes seraient dans une collection privée à Gassin, en France.

Valeur : approximativement, cinq millions de livres.

Une fois qu'elle eut fini de lire, Émilie leva les yeux vers Alex.

— Je ne comprends toujours pas.

— Bon, puisqu'il faut que je mette les points sur les *i*, je vais tout t'expliquer. J'ai contacté un vendeur de livres rares de ma connaissance, ce que Sebastian avait déjà dû faire de son côté, je suppose. Il m'a dit que, séparément, les deux volumes devaient valoir environ cinq cent mille livres chacun, mais qu'ils valaient cinq fois plus ensemble. Tu comprends, maintenant, Émilie ?

Oui, Émilie avait enfin compris, tout était clair à présent.

— Sebastian cherchait le premier volume dans la bibliothèque de mon père, énonça-t-elle d'un ton neutre.

— Oui.

Émilie resta quelques secondes silencieuse, le temps de digérer l'information.

— Tout s'explique à présent. C'est pour ça que Sebastian s'est rendu en France, il y a quelques semaines. Mon ami Jean, qui s'occupe du vignoble sur le domaine, l'a surpris dans la bibliothèque en train de fouiller les étagères. Pas étonnant qu'il soit revenu à la maison d'aussi mauvaise humeur, ce week-end-là. À l'évidence, il n'avait pas trouvé le premier volume.

— C'est déjà ça.

— Je comprends tout, sauf pourquoi il est allé jusqu'à m'épouser.

— Eh bien, puisqu'il n'avait pas pu retrouver le premier volume avant le début de la restauration du château et le déménagement de la bibliothèque, Seb a cherché un moyen de pouvoir poursuivre ses recherches, dit Alex, l'air pensif. En t'épousant, il se procurait un accès illimité à tout ce qui t'appartenait et il pouvait continuer à chercher sans éveiller le moindre soupçon.

— Oui, tu as raison. Et je lui faisais entièrement confiance.

— Em, tu es prête à ouvrir la dernière enveloppe ? J'ai bien peur que son contenu soit très blessant pour toi.

— Oui, je suis prête, répondit stoïquement Émilie qui la prit et l'ouvrit.

À l'intérieur, il y avait la nouvelle clé de la porte d'entrée du château. Sebastian lui avait demandé un double un jour et elle le lui avait donné sans se poser plus de questions. Mais l'enveloppe contenait aussi la vieille clé d'origine, toute rouillée, qui avait disparu.

— Mon Dieu ! dit-elle enfin, ne pouvant retenir les larmes qui lui montaient aux yeux. C'est lui qui s'était introduit dans le château, ce jour-là ! Et il a eu le culot de revenir presque aussitôt après… et de me consoler ! Comment a-t-il osé, Alex ?

— Comme je te l'ai dit, il avait besoin d'avoir accès à tout. Oh ! Em, je suis vraiment désolé. Et, pour être tout à fait juste avec lui, je sais qu'il était très amoureux de toi, au début, avança Alex en devinant sa douleur et en souhaitant l'atténuer. Il m'a dit le plus grand bien de toi quand il est rentré de France après t'avoir rencontrée. Peut-être n'avait-il pas que de mauvaises intentions. Peut-être pensait-il que votre mariage marcherait. Mais il est très vite retombé dans le piège de Bella. Il n'a jamais réussi à la laisser complètement au cours des dix dernières années.

— Ne lui cherche pas d'excuses, Alex, s'il te plaît, coupa Émilie d'un ton brusque. Il ne mérite pas ta compassion. Quand on aime quelqu'un, en tout cas à mon avis, c'est à l'exclusion de tous les autres, sans parler de tout ce qu'il m'a fait subir à côté, dit-elle en essuyant brusquement ses larmes avec le dos de sa main.

Il ne méritait pas qu'elle pleure pour lui.

— Je pense la même chose que toi. Je t'assure. Eh bien, nous y voilà. Tu sais, Em, ça ne me fait vraiment pas plaisir d'avoir à te dire tout ça. Ça me brise le cœur de te faire du mal. J'espère que tu ne vas pas te mettre à me détester. Je méprise mon frère pour ce qu'il t'a fait.

— Bien sûr que non. Je ne risque pas de te détester, c'est moi qui t'ai demandé de tout me raconter.

— Je pense que tu devrais garder le livre. Emporte-le au château et remets-le à sa place.

— Mais c'est mon père qui l'a donné à ta grand-mère, et ta grand-mère te l'a légué ! C'est à toi qu'il appartient.

— Tu as raison. En d'autres circonstances, je l'aurais gardé. Mais je pense qu'il est préférable qu'il reparte pour la France avec toi. Il sera à l'abri, là-bas. Juste par curiosité, tu sais où se trouve l'autre volume ? Visiblement, pas dans la bibliothèque de ton père.

— Tu n'as pas vu la bibliothèque. Elle compte plus de vingt mille ouvrages. Deux jours n'auront pas suffi à Sebastian pour l'inspecter complètement.

— Excuse-moi, Émilie… fit Alex d'un air peiné, mais il a eu beaucoup plus de deux jours pour chercher. Quand il est allé en France il y a quelque temps, c'était sans doute dans l'espoir de le retrouver avant que les ouvrages ne soient entreposés ailleurs. Il voulait s'assurer qu'il n'était pas passé à côté lors de ses précédentes recherches. Il a passé beaucoup de temps au château avec toi, Émilie, et il aura eu largement le temps de tout vérifier.

— En effet.

Émilie repensa aux premiers temps avec Sebastian. Et aux livres sur les arbres fruitiers qui dépassaient sur les étagères après le fameux « cambriolage ».

Il cherchait depuis le début.

— En tout cas, reprit-elle en secouant la tête, atterrée par la duplicité de Sebastian et par sa propre naïveté, la bonne nouvelle, c'est qu'il ne l'a pas retrouvé. Je le chercherai quand les ouvrages regagneront le château et que la bibliothèque sera réinstallée. Et, enfin, je connais la vérité. Maintenant, je peux continuer à avancer.

— Émilie, tu es vraiment une femme étonnante, dit Alex avec une admiration sincère.

— Non. Je ne suis rien de tout ça. Je suis une pragmatique qui s'est laissé entraîner dans une fausse histoire d'amour. Pour la première fois de ma vie, j'ai fait le grand saut, j'ai accordé ma confiance totale à quelqu'un et ça n'a pas marché. De plus… il y a des choses sur moi que Sebastian ignore.

Alex la regarda en silence, attendant la suite.

— Par exemple, dit-elle quelques secondes plus tard, je ne lui ai pas avoué avant notre mariage que nous ne pourrions pas avoir d'enfants. Ou du moins que *je* ne pourrais pas.

— Je vois, répondit calmement Alex. Et Seb t'a-t-il demandé une fois si tu pouvais ?

— Non, mais ça ne signifie pas que je n'aurais pas dû lui en parler. Moralement, c'est ce qui s'imposait.

Je savais que je devais le faire mais, à l'idée de devoir expliquer ce qui s'était passé… je me suis dégonflée.

— Est-ce que je peux te demander comment tu le sais ? Écoute, si c'est trop douloureux pour toi, ne t'en fais pas, tu n'es pas obligée de me répondre.

Émilie se resservit un peu de cognac pour se donner du courage, car elle savait qu'il lui fallait se libérer de ce poids.

— Quand j'avais treize ans, commença-t-elle en sentant son cœur s'emballer à l'idée de raconter cet épisode, je suis tombée très malade. Mon père était au château et j'étais à la maison, à Paris, avec ma mère. Elle était très occupée avec ses obligations mondaines, et une de nos domestiques lui a dit que j'avais l'air vraiment souffrante et qu'elle devrait appeler le docteur. Elle m'a regardée brièvement dans mon lit, a posé la main sur mon front et a dit qu'elle était sûre que j'irais mieux le lendemain matin. Puis, elle est partie à son dîner. En tout cas, mon état s'est détérioré les jours suivants… Ma mère a fini par appeler un médecin, un vieil ami à elle, qui a diagnostiqué une intoxication alimentaire. Il m'a prescrit des médicaments, puis est parti. Le lendemain, j'étais inconsciente. Ma mère était absente ; c'est donc la domestique qui a appelé l'ambulance pour m'emmener à l'hôpital. Ils ont finalement découvert que j'avais une salpingite aiguë. Pour être tout à fait juste, il est très rare que quelqu'un d'aussi jeune attrape cette maladie ; donc, je ne suis pas surprise que le docteur n'ait pas su la diagnostiquer. Malheureusement, ça se soigne très bien aux premiers stades de la maladie, mais les conséquences et les séquelles peuvent être irrévocables au-delà. Ainsi, on m'a dit ensuite que je ne pourrais jamais avoir d'enfants.

— Oh ! Em, mais c'est affreux, s'écria Alex en la regardant avec compassion.

— Alex, tu es la première personne à qui j'en parle. Je ne me suis jamais sentie capable, jusqu'à ce soir, de prononcer ces mots à voix haute. Je…

Ses épaules se mirent à trembler et elle prit sa tête entre ses mains en sanglotant.

— Em, Émilie, ma chérie…

Il passa le bras autour de ses épaules et l'attira contre lui. Elle posa sa tête contre le torse bien chaud d'Alex et continua à pleurer. Il garda le silence, se contenta de caresser avec douceur ses cheveux. Les sanglots se transformèrent en hoquets, et le nez d'Émilie se mit à couler.

— Comment ma mère a-t-elle pu ne pas remarquer à quel point j'étais malade ? Pourquoi n'a-t-elle pas *vu* !

— Em, je ne sais pas. Je suis tellement désolé.

Il déposa en silence un mouchoir dans sa main.

— Excuse-moi, dit-elle en reniflant. Ça ne me ressemble pas…

— Bien sûr que si, chuchota-t-il. Cette douleur fait partie de toi et c'est bien d'en parler. Ça fait du bien de se libérer de ce qu'on a gardé trop longtemps pour soi, crois-moi.

— Quand j'étais plus jeune et qu'on m'a appris que je ne pourrais pas avoir d'enfants, j'ai essayé de me convaincre que ça n'avait pas d'importance. Mais en fait, si, Alex. Plus les années passent, plus je me rends compte que c'est important. C'est ce qui donne un sens à notre vie sur terre, ce qui nous donne un objectif, et je ne connaîtrai jamais ce bonheur.

— Tu es absolument certaine que c'est le cas ? demanda-t-il doucement.

— Tu me demandes si les miracles de la science, telle la fécondation *in vitro*, pourraient fonctionner sur moi comme sur les autres femmes stériles ? Eh bien, la réponse est non, un non catégorique, dit-elle avec fermeté. Je ne produis pas d'ovules, et mon utérus n'est pas suffisamment sain pour porter ceux d'une autre femme.

— Tu pourrais toujours adopter.

— C'est vrai, admit Émilie en se mouchant le nez. Tu as raison.

— Si je te dis ça, c'est parce que c'est une idée qui m'a déjà traversé l'esprit. Il se trouve que je suis stérile, moi aussi. Je ne vais pas entrer dans les détails, poursuivit Alex avec un demi-sourire, mais, bien que l'« équipement » fonctionne parfaitement, il n'y a rien qui sort. C'est dû à l'accident. J'aurais aimé avoir des enfants, moi aussi. Franchement, ajouta-t-il en laissant échapper un petit rire ironique, on fait vraiment la paire, tous les deux.

— Oui.

Émilie était toujours lovée dans ses bras ; elle se sentait tellement bien qu'elle n'avait aucune envie de bouger. Pourtant, elle se redressa et se tourna vers lui.

— Avant mon départ, je voudrais m'excuser d'avoir douté de toi. Tu es la personne la plus courageuse, la plus droite que j'aie jamais rencontrée.

— Ma chère Em, je pense que c'est le cognac, dont tu as sans doute un peu abusé, qui te fait dire ça. Je ne suis rien de tout cela.

— Mais si.

Elle leva les yeux vers lui soudain.

— Mon seul regret en quittant l'Angleterre sera de ne plus te voir.

— S'il te plaît, arrête tout de suite, tu vas me faire rougir, dit Alex en souriant et en caressant sa joue. Eh bien, puisque nous en sommes à nous faire des compliments et que nous ne nous reverrons certainement jamais, j'aimerais te dire que, si la vie avait été différente, je… (Il poussa un long soupir.) Tu vas me manquer, Em. Tu vas vraiment me manquer. Maintenant, il est temps que tu ailles te coucher. Il est presque trois heures du matin. N'oublie pas le livre et dis-moi si tu retrouves le premier volume. Je vais te donner mon adresse e-mail. J'aimerais rester en contact avec toi.

— Que vas-tu dire à Sebastian ? demanda Émilie, qui s'inquiétait à présent pour Alex.

— S'il me dit que le livre – mon livre – a disparu, je lui resservirai l'histoire qu'il me raconte depuis deux ans, répondit Alex en haussant les épaules. Que peut-il dire ? Son mensonge est devenu réalité, un point c'est tout. Le livre a bel et bien disparu.

— Et s'il pense que c'est toi qui l'as pris et qu'il te rend la vie encore plus difficile ?

— Em, s'il te plaît, ne te fais pas de souci pour moi. Tu as assez de problèmes de ton côté. Je peux me débrouiller, je te le jure, assura Alex en souriant. Allez, pars vite maintenant.

Elle se leva, prit le livre, le fichier et les pages imprimées sur la table.

— Je ne pourrai jamais assez te remercier, Alex. Prends soin de toi.

Elle se pencha pour l'embrasser sur les deux joues. Sans réfléchir, elle passa ses bras autour de ses épaules et le serra contre elle.

— *Bonsoir, mon ami**.

— *Adieu, mon amour**, murmura Alex en la regardant partir.

33

Quand elle arriva dans sa chambre, Émilie ne prit même pas la peine d'essayer de dormir. Elle était trop à cran, redoutant l'arrivée de Sebastian d'une seconde à l'autre. Ainsi, elle appela un taxi à l'aube, jeta quelques affaires dans une valise et s'assit au bord du lit, se demandant si elle devait laisser ou non un mot à son mari. Elle décida finalement que c'était inutile et préféra en écrire un à Alex dans lequel elle indiqua son adresse e-mail. Puis, elle alla le glisser sous sa porte.

Tandis que le taxi l'emmenait loin de la maison, où elle ne reviendrait plus jamais, Émilie pensa à Alex avec un mélange de regret et d'inquiétude. Sebastian allait certainement passer sa colère sur son frère, comme à son habitude. Mais que pouvait-elle y faire ?

Plus tard, ce matin-là, alors que l'avion glissait dans le ciel, l'entraînant loin de la terrible erreur qu'elle avait faite, Émilie ferma les yeux et vida son esprit. Une fois arrivée à Nice, elle prit une chambre dans un hôtel près de l'aéroport, se laissa tomber sur le lit et dormit.

Elle se réveilla au crépuscule, dans un état lamentable : elle se sentait faible, tremblante et avait très mal à la tête à cause du cognac de la veille. Elle commanda un hamburger au room service, car elle n'avait rien avalé depuis le croissant de la veille au matin.

Après s'être forcée à manger, Émilie se rallongea sur le lit en se disant qu'elle n'avait actuellement pas de domicile. Son appartement à Paris était loué jusqu'à la fin du mois de juin ; quant au château, il était inhabitable tant que la restauration ne serait pas terminée.

Émilie décida qu'elle resterait ici pour la nuit et qu'elle prendrait la route pour Gassin le lendemain matin. Elle était certaine que Jean l'hébergerait volontiers pour quelques jours, le temps qu'elle trouve une autre solution. Peut-être pourrait-elle louer une chambre dans un gîte à proximité… Au moins serait-elle sur place pour surveiller l'évolution du chantier.

Émilie s'arrêta. Il était trop tôt pour faire des projets d'avenir.

Elle se demanda si Sebastian était déjà arrivé à Blackmoor Hall. Elle savait qu'elle devrait serrer les dents et contacter Gérard le plus rapidement possible pour lui demander s'il connaissait un bon avocat spécialisé dans le droit de la famille. Heureusement, comme elle n'était pas mariée depuis très longtemps, elle n'avait pas encore fait changer ses documents d'identité, et ils n'avaient signé aucun document officiel tous les deux depuis le mariage.

Émilie repensa au magnifique diamant que Sebastian avait acheté à Bella, juste après qu'elle lui avait donné un chèque de vingt mille livres, et à la Porsche qu'elle n'avait jamais eu l'occasion de voir. Elle en eut la nausée.

Elle aurait aimé avoir l'attitude calme et résignée d'Alex vis-à-vis de Sebastian, mais, comme il l'avait dit une fois, c'était parfois bon de se mettre en colère, ça aidait à guérir. Au moins, tant qu'elle était en colère, elle ne souffrait pas, même si la douleur allait certainement venir plus tard. Elle était surprise d'être aussi peu sensible en cet instant.

Après tout, la passion qu'elle avait eue pour Sebastian au début de leur relation avait été très forte. Elle avait été éblouie par la force de ses sentiments. Mais peut-être n'était-ce pas alors réellement l'amour, tel que Constance l'avait décrit à Sophia, à Paris. En tout cas, pas le genre d'amour endurant, plus calme mais plus indéfectible, qui permettait de surmonter les épreuves de la vie à deux.

Sebastian était arrivé avec le mistral et l'avait entraînée. Mais s'était-elle jamais sentie suffisamment en confiance avec lui pour être véritablement elle-même à ses côtés ? Elle avait passé une grande partie de l'année écoulée à essayer de tout faire pour lui plaire... Elle ressentait tant de gratitude à son égard qu'elle en avait oublié son propre jugement. Elle aurait dû le mettre face à ses contradictions, se montrer plus forte, mais Sebastian avait eu toutes les cartes en main depuis le départ. Ils avaient toujours fait comme *il* le souhaitait et elle avait suivi, prête à se plier à sa volonté, à user de faux-fuyants, à croire tout ce qu'il lui disait.

Non, pensa Émilie, ce n'était pas ça, l'amour.

En allumant la télévision pour rompre le silence qui régnait dans la pièce, Émilie se demanda si c'était le cognac qui l'avait poussée à dire à Alex ce que sa mère avait fait, ou n'avait pas fait, quand elle était plus jeune. Ça paraissait complètement surréaliste à présent. Toutes ces années passées à enfouir les conséquences du manque d'intérêt pour elle de sa mère.

Elle avait laissé l'amertume grandir en elle et étrangler, comme le liseron, ses pensées positives, son cœur, et la confiance qu'elle pouvait avoir dans les autres. Pourtant, durant les dernières semaines, Alex lui avait montré que la haine était un sentiment vain, tout comme il était inutile de se tourner sans cesse vers le passé. C'était soi et uniquement soi qu'on faisait souffrir au bout du compte.

Cher Alex… Quelle sagesse, quelle gentillesse ! Émilie repensa à ce sentiment de bien-être quand il l'avait serrée contre lui pendant qu'elle pleurait. Il l'avait à la fois réconfortée et mise à l'aise. Pourquoi avait-elle pu le lui dire, à lui, alors qu'elle n'avait jamais été capable d'aborder le sujet avec son mari ?

Mais Émilie se sermonna et s'empêcha d'aller plus loin dans son raisonnement. L'épisode anglais était terminé. Elle devait essayer de pardonner, d'oublier et d'aller de l'avant.

***

— Émilie ! Ça faisait longtemps, lança Jean en lui souriant avec compassion quand elle entra dans la cave.

— L'appel du Sud et de la maison était trop pressant, répondit-elle avec une pointe d'ironie dans la voix.

Elle remarqua alors des yeux brillants qui la regardaient depuis le banc, où Jacques était assis d'habitude.

— Bonjour, Anton, dit-elle en souriant au jeune garçon. Tu es venu donner un coup de main à Jean ? Tu gagnes un peu d'argent de poche pour t'acheter des livres ?

— Anton va rester quelques jours chez nous pendant que sa maman est à l'hôpital.

— Margaux ? Je ne savais pas qu'elle était malade. Comment va-t-elle ? demanda Émilie en fronçant les sourcils.

— Nous sommes sûrs qu'elle va bientôt se rétablir, répondit Jean en la regardant avec insistance pour la mettre en garde. Mais en attendant, j'apprends à Anton tout ce qu'il faut savoir sur le vin. Papa est assis dans le jardin. Pourquoi n'allez-vous pas le voir ? Je vous rejoindrai dans un moment.

Jacques avait l'air beaucoup moins las que deux jours auparavant. Il sourit et lui tendit sa main noueuse.

— Je savais que vous reviendriez vite parmi nous, Émilie. Je ne vous demanderai pas pourquoi, mais je serai toujours là pour vous écouter.

— Merci, Jacques.

Elle s'assit à la petite table à côté de lui.

— Dites-moi, que se passe-t-il avec Margaux ?

Jacques parut nerveux.

— Le garçon est-il toujours dans la cave avec Jean ?

— Oui.

— À vrai dire, Émilie, elle est gravement malade. C'est seulement la semaine dernière qu'elle s'est plainte d'une douleur au ventre, même si elle devait déjà être souffrante depuis un certain temps. Elle est allée chez le docteur le jour de votre départ et il l'a immédiatement envoyée à l'hôpital. Son fils ne le sait pas encore, mais ils ont découvert qu'elle avait un cancer de l'ovaire déjà très avancé. Ils l'opèrent aujourd'hui, mais ne sont pas très optimistes, expliqua Jacques en haussant les épaules.

— Oh non, Jacques ! s'écria Émilie, désespérée. Pas Margaux ! C'était une vraie mère pour moi quand je descendais ici après la mort de mon père.

— Oui, c'est une femme remarquable, et nous ne devons pas perdre espoir tout de suite.

— J'irai la voir à l'hôpital dans les prochains jours, promit Émilie.

— Margaux sera contente. Et vous, Émilie ? demanda Jacques en la regardant du coin de l'œil. Quels sont vos projets ?

— Eh bien, en cet instant précis, je n'en ai aucune idée, avoua-t-elle en secouant tristement la tête.

Les jours suivants, Émilie se contenta de dormir, manger, d'aller voir l'évolution des travaux au château et d'emmener Anton à l'hôpital de Nice au chevet de sa mère. L'opération n'avait pas suffi à endiguer le mal, et l'état de Margaux n'était vraiment pas bon.

Quand Émilie laissait Anton auprès de sa mère, elle les regardait avec compassion. Ils essayaient d'être courageux l'un pour l'autre.

Anton dormait provisoirement sur un matelas dans le minuscule bureau du rez-de-chaussée et, une fois qu'il était parti se coucher, ils s'interrogeaient tous les trois sur son avenir si sa mère ne se remettait pas.

— Son père est mort. A-t-il d'autres parents ? demanda Jean.

— Je crois qu'il a une tante à Grasse, indiqua Jacques. Nous devrions peut-être la contacter.

— Oui, dit Jean d'un air grave. Mais je suis son parrain. Nous devrions peut-être songer à l'accueillir chez nous.

— Provisoirement, peut-être, mais un jeune garçon comme lui a besoin de la présence d'une femme, fit remarquer Jacques. Et il n'y a que des hommes dans notre maison.

— Eh bien, Anton a presque treize ans et je suis sûr qu'il aura déjà son idée, répondit Jean.

— En parlant de logement, intervint Émilie, j'ai entendu qu'il y avait un gîte libre pas loin d'ici. C'est sur le vignoble de la famille Bournasse. Je vais aller voir demain. D'après ce que Mme Bournasse m'a dit au téléphone, c'est parfait.

— Vous savez que vous pouvez rester ici le temps que vous voulez, Émilie, insista Jean.

— Oui, c'est très gentil à vous, mais il faut que je commence à reprendre ma vie en main, moi aussi.

Une fois que Jacques fut parti se coucher, Jean et Émilie débarrassèrent la table et firent la vaisselle.

— Votre père vous a-t-il dit s'il était prêt désormais à révéler l'identité du bébé de Sophia ? demanda-t-elle.

— Non, et je n'ai pas voulu lui en reparler, répondit Jean avec fermeté. Il va tellement mieux en ce moment, je ne veux pas le contrarier.

— Il est surprenant. Dire qu'il y a quelque temps encore, je craignais qu'il ne se relève pas, mais, à présent, c'est plutôt Margaux qui risque de nous quitter. Elle était vraiment au plus mal, cet après-midi à l'hôpital, Jean. Et Anton est si courageux.

— C'est un jeune homme très spécial. Malheureusement, comme il a perdu son père très jeune, il est d'autant plus proche de sa mère. Demain après-midi, Papa veut que je l'emmène à Nice. Il veut voir Margaux en tête à tête. Anton pourrait-il rester avec vous pendant ce temps ?

— Bien sûr. Il pourra visiter le gîte avec moi. Je n'aurais jamais cru que Jacques irait rendre visite à une patiente mourante à l'hôpital de Nice.

Elle soupira.

— Mon père est beaucoup plus résistant qu'il n'en a l'air. Il nous enterrera tous, conclut Jean.

Émilie et Anton furent immédiatement séduits par le *gîte** et en conclurent que c'était un logement temporaire idéal pour elle. Situé à dix minutes à pied du château, en plein milieu de vignes magnifiques, il était joliment décoré à la mode provençale et doté d'un poêle à bois qui permettrait à Émilie d'avoir bien chaud dans quelques mois, quand l'hiver viendrait.

— Il y a aussi deux chambres d'amis ! s'exclama Anton en sortant de l'une d'elles. Peut-être que je pourrais dormir chez vous de temps en temps si Maman… reste longtemps à l'hôpital.

— Bien sûr, bonne idée, approuva-t-elle en souriant. Quand tu veux. Alors, on est d'accord ? Je la prends ?

— Oui, il y a même une connexion Internet, ajouta-t-il avec enthousiasme.

Après avoir discuté du montant du loyer avec Mme Bournasse, Émilie emmena Anton déjeuner au Pescadou, à Gassin, pour fêter l'événement.

Anton, la tête posée sur sa main, regardait la superbe vue du haut de la colline.

— J'espère que je n'aurai pas à quitter ce village, dit-il tristement. J'y ai vécu toute ma vie et c'est ici que je suis heureux.

— Pourquoi devrais-tu partir ? demanda Émilie tandis que le serveur apportait leurs deux pizzas qui sortaient tout juste du four.

Anton tourna ses immenses yeux bleus vers elle.

— Parce que ma mère est en train de mourir. Et, une fois qu'elle sera morte, il faudra certainement que j'aille vivre chez ma tante à Grasse.

— Oh ! Anton. (Émilie serra sa main dans la sienne.) Ne perds pas espoir. Elle va peut-être se rétablir.

— Non. Je ne suis pas stupide, Émilie. C'est gentil à vous d'essayer de me préserver, mais je le sais au fond de moi. Je n'aime pas vraiment ma tante et mes cousins, poursuivit-il. Ils ne pensent qu'au foot et se moquent de moi parce que j'aime lire et étudier.

— S'il te plaît, essaie de ne pas penser à ça pour le moment. Si le pire venait à arriver… je suis sûre qu'il y aura d'autres solutions.

— J'espère, répondit-il calmement.

Quelques jours plus tard, Émilie quitta la maison de Jean et s'installa dans son nouveau logement. Anton l'aida volontiers. Il était devenu son ombre, d'autant plus que Margaux, dont l'état s'était encore détérioré, et qui voulait épargner à son fils la douleur de la voir si malade, lui avait demandé de ne plus venir tous les jours à l'hôpital.

On lui administrait tellement de morphine qu'elle passait la plupart du temps à dormir. Ils savaient tous que ce n'était plus qu'une question de jours.

— Ça ne vous dérange pas si je passe vous voir de temps en temps à vélo ? demanda-t-il pendant qu'Émilie branchait son ordinateur pour s'assurer que la connexion Internet fonctionnait.

— Bien sûr que non, Anton, tu peux venir quand tu veux ! Et si on goûtait maintenant ?

Plus tard, après avoir ramené Anton chez Jean et Jacques, Émilie s'installa devant son ordinateur et lut ses e-mails. Elle craignait d'en trouver un de Sebastian. Mais il ne lui avait rien envoyé. C'est le nom d'Alex qui apparut dans sa boîte de réception.

À : edlmartinières@orange.fr
De : aecarruthers@blackhall.co.uk

Chère Em,

J'espère que ce mail te trouvera en pleine forme. Et que la France t'apporte le réconfort nécessaire pour soigner ton âme meurtrie. Ne m'en veux pas si je t'écris si rapidement, mais je me suis dit que j'allais te raconter ce qui s'était passé ici depuis que tu es partie. Peut-être trouveras-tu cet épisode amusant, au moins.

Sebastian est arrivé quelques heures après ton départ précipité en maugréant qu'il s'agissait d'une terrible erreur. J'ai vraiment été tenté de lui dire que les aveux de sa maîtresse et que la vue de ses vêtements éparpillés sur le sol de la chambre qu'il partageait avec elle avaient sans doute éveillé tes soupçons, mais tu seras heureuse d'apprendre que je me suis abstenu. Il m'a demandé où tu étais et j'ai bien sûr feint de ne rien savoir. Je lui ai simplement dit que je t'avais entendue partir très tôt le matin même. Il a marmonné qu'il était certain que tu reviendrais une fois que tu te serais calmée, puis il est retourné dans ses appartements. Tout a été tranquille pendant quelques heures, puis j'ai soudain entendu un hurlement et des bruits de pas dans le couloir qui s'approchaient de ma porte.

Comme je savais déjà qu'il allait me tomber dessus, j'ai enfilé mentalement mon gilet pare-balles. Quelques secondes plus tard, mon frère a fait irruption chez moi en exigeant que je lui dise qui avait ouvert son coffre et volé son livre.

— Quel livre ? ai-je demandé.

— Celui que je t'avais emprunté, il y a longtemps, a-t-il répondu.

— Oh ! tu veux dire mon livre ? Mais je croyais que tu l'avais égaré ? Pour être franc, Seb, je l'avais complètement oublié. Alors, comme ça, tu savais où il était pendant tout ce temps ?

Oh ! Émilie, si seulement tu avais pu voir sa tête ! Impayable ! Je l'avais surpris en train de mentir ; il était tombé dans son propre piège.

Il a ensuite entrepris (je n'exagère pas) de mettre mon appartement sens dessus dessous, m'accusant d'avoir pris le livre. Ce qui était carrément culotté de sa part, puisque le livre en question m'appartenait. Puis, après avoir cherché dans tous les coins et recoins (la pauvre Jo était vraiment contrariée quand elle a vu le bazar qu'il avait laissé), il a essayé une autre tactique.

— Écoute, Alex, a-t-il dit en prenant cet air sérieux et particulièrement agaçant qu'il a quand il essaie de nous rouler dans la farine. J'allais te le dire dès que j'en aurais été absolument certain, mais j'ai découvert récemment que ton livre a une très grande valeur.

— Vraiment ? Mon Dieu, quelle surprise !

— Oui, en fait, il vaut même une petite fortune.

— Ah ! mais j'ai vraiment de la chance alors. Combien ?

— Environ cinq cent mille livres.

Ah ! Ah !

— Alors, s'il se trouvait que je l'aie en ma possession, pourrais-je le garder ? a-t-il demandé.

À cet instant, il se penche vers moi pour prendre le ton de la confidence : il se trouve qu'il sait comment transformer cinq cent mille livres en un million !

— Dieu du ciel, dis-je. Comment est-ce possible ?

Il m'explique ensuite qu'il y a un autre volume et qu'il a effectué des recherches pour savoir où il était. Il est sur le point de le retrouver et, s'il y parvient, les deux volumes ensemble valent une plus grande fortune encore. Ainsi, s'il arrive à mettre la main sur l'autre volume, nous pourrons peut-être, étant donné que nous sommes deux frères honnêtes qui se soucient l'un de l'autre et qui partagent tout, vendre les deux livres et nous partager les gains.

J'en fais des tonnes pour montrer que je l'écoute avec le plus grand intérêt. Je hoche la tête toutes les deux secondes, puis finis par lui dire :

— Tout ça est merveilleux, Seb. Il y a juste un petit problème. Je n'ai pas le livre. Je n'ai pas volé ce qui m'appartient et je n'ai aucune idée d'où il se trouve. Alors, qui pourrait bien l'avoir pris ?…

Il faut bien que je le provoque un peu.

Nous restons silencieux et nous creusons les méninges. Quand je vois qu'il a enfin tilté, je le regarde comme si j'en étais arrivé à la même conclusion.

— Émilie.

— Ça ne peut être qu'elle.

Il se lève alors et se met à faire les cent pas dans la pièce en se demandant comment tu as bien pu apprendre l'existence de ce livre. Puis il déclare que nous devons contacter tout de suite la police. Je lui fais alors remarquer que, si c'était bien toi, il serait vraiment difficile de prouver que tu nous l'as dérobé, étant donné que le livre porte la signature de ton père sur la première page.

Il ne trouve rien à redire dans un premier temps. Puis, il se tourne soudain vers moi, l'air franchement soulagé.

— Mais bien sûr, Alex, tu as reçu une lettre de notre grand-mère dans laquelle elle t'annonçait qu'elle te le léguait.

Ce qui est vraiment intéressant, Em, c'est qu'à ma connaissance je n'ai jamais montré à mon frère la lettre que le notaire de ma grand-mère m'avait remise quand je suis rentré dans le Yorkshire.

— Quelle lettre ? je demande. Je ne me souviens d'aucune lettre.

— La lettre dont tu m'as parlé et dans laquelle mamie disait qu'elle te léguait ce livre.

— Ah oui, dis-je en me grattant la tête et en feignant de me souvenir vaguement. Je crois que je l'ai déchirée.

À cet instant, l'angoisse qui se peint sur le visage de mon frère est presque comique. Il me jette un regard noir, un regard terrible, puis quitte mon appartement en claquant la porte derrière lui.

Là, je me dis qu'un Seb fou de rage est un Seb dangereux. Ou encore plus dangereux que d'habitude. J'ai pris des mesures, ma chère Em, qui semblent vaguement disproportionnées quand on pense qu'il s'agit juste d'un livre égaré, mais j'ai appelé un serrurier. Il est arrivé comme convenu cet après-midi et a considérablement amélioré la sécurité de mon appartement avec un système ultra-perfectionné, digne des moyens utilisés pour protéger la Joconde. *J'ai désormais un interphone à la fois sur la porte extérieure et la porte intérieure, ainsi que plusieurs verrous et cadenas. Ça peut paraître exagéré, mais je veux pouvoir dormir tranquille la nuit.*

Fait hautement intéressant : Seb a quitté la maison cet après-midi. C'était bien, dans un sens, puisque mon nouveau système de sécurité a pu être installé sans encombre, mais il y a deux hic :

a) Mes interphones et verrous n'ont pas été mis à l'épreuve et j'ai comme l'impression d'avoir jeté mon argent par les fenêtres.

b) Je crains qu'il ne vienne te trouver en France.

Chère Em, j'ignore ce que tu fais en ce moment et où tu vis, et j'exagère peut-être parce que je m'inquiète pour toi, mais sait-il où les livres sont entreposés ? Je le crois tout à fait capable de tenter une dernière fois de le retrouver. Et, comme je crois que c'est lui qui a tout organisé et qu'il est toujours ton mari, il pourrait facilement y avoir accès. De même, s'il se pointe en France pour te voir, ne le reçois surtout pas si tu es seule !

Je suis probablement un peu trop alarmiste, car nous savons tous deux que Sebastian n'est pas violent, à part avec moi quand nous étions plus jeunes, mais j'aimerais que tu sois vigilante. Il y a une somme considérable en jeu, après tout.

Ces dernières péripéties avec mon frère m'ont poussé à réfléchir à mon avenir, d'autant plus que je suis complètement barricadé, maintenant. C'est peut-être le fait de t'entendre lire la lettre de ma grand-mère qui m'a influencé, mais j'ai pris des décisions importantes. Un jour, je serai heureux de t'en faire part, mais il est encore trop tôt. Tu as suffisamment à faire de ton côté. Au fait, je te lègue officiellement le livre et, si tu arrives à retrouver le premier volume, fais ce que tu veux avec les deux. Je peux t'assurer que je n'ai pas besoin de cet argent. Par chance, les derniers enfants que j'ai adoptés se portent à merveille.

J'espère que tu répondras à cet e-mail, primo parce que je veux savoir si tu l'as bien reçu et si tu as bien été informée des agissements de Seb, secundo parce que j'aimerais vraiment avoir de tes nouvelles.

La maison est bien triste sans toi.

Avec toute mon affection,

Alex

Après avoir lu le mail, Émilie, horrifiée, prit son téléphone portable et passa deux coups de fil. Elle appela d'abord l'entreprise qui s'était chargée du déménagement de la bibliothèque. Elle laissa un message les informant qu'elle divorçait et que son mari ne devait en aucun cas avoir accès aux livres et aux autres possessions du château.

Puis, elle contacta Jean et l'informa que, si Sebastian se présentait, il devait affirmer qu'il ne l'avait pas vue.

— Je pense que je le savais déjà, Émilie, répondit Jean.

Elle écrivit ensuite une réponse à Alex. Elle le remercia avec effusion de l'avoir prévenue, s'excusa de répondre aussi tardivement et lui dit que Sebastian ne s'était pas encore montré. Elle l'interrogea aussi sur ses projets et signa.

Il faisait nuit. Émilie se servit un verre de vin et, incapable de se calmer, se mit à arpenter le gîte.

Alex se faisait du souci pour elle et elle s'inquiétait aussi pour lui. C'était même plus que ça…

Émilie alla se coucher après avoir mangé. Le nouveau matelas, qui était beaucoup plus mou que ceux en crin de cheval auxquels elle était habituée, ne l'aida pas à se détendre.

Et si Sebastian était retourné à Blackmoor Hall et avait réussi à enfoncer les portes et à s'introduire dans l'appartement d'Alex ? Non. Elle se sermonna. Alex était juste le frère de son ex-mari et elle n'était pas responsable de lui.

Mais… Émilie se leva et se mit à faire les cent pas dans la petite chambre. C'était plus que ça. Il lui manquait. Et elle se faisait autant de souci pour lui qu'il semblait s'en faire pour elle.

Émilie s'immobilisa soudain ; elle venait de repenser aux paroles de Jean.

« *Vous avez peut-être épousé le mauvais frère.* »

Elle était fatiguée et trop émotive. Elle s'imaginait des sentiments qui n'existaient pas.

Émilie se remit au lit et, bien décidée à s'endormir cette fois, ferma les yeux.

34

Jean l'appela deux jours plus tard.

— J'ai malheureusement une mauvaise nouvelle à vous annoncer. Margaux est morte aux premières heures du matin. Je ne sais pas quoi dire à Anton. Il a été très courageux, mais…

— J'arrive, dit Émilie.

— Anton est allé se promener tout seul dans les vignes, expliqua Jean quand Émilie arriva.

— Vous le lui avez appris ?

— Oui. Il a pris la nouvelle très calmement. J'ai appelé sa tante à Grasse qui a dit qu'elle le prendrait, mais cette perspective n'enchante pas du tout Anton.

— Oui. Nous devons tous faire ce que nous pouvons pour l'aider, déclara-t-elle en soupirant.

— Il est très attaché à vous, Émilie, fit remarquer Jean.

— Oui, et moi, à lui. Je pourrais certainement le prendre pendant quelque temps, mais…

— Je comprends, fit Jean en hochant la tête.

Se sentant soudain mal à l'aise, Émilie se leva.

— Je vais aller le voir.

Pendant qu'elle s'éloignait de la maison et s'enfonçait dans les vignes, Émilie se demanda ce que le « mais » qu'elle avait opposé à Jean quelques secondes auparavant pouvait bien signifier.

Elle était riche, célibataire, avait une immense maison et du temps à revendre pour s'occuper de ce jeune garçon endeuillé. Un jeune garçon pour qui elle s'était vraiment prise d'affection au cours des dernières semaines. Il était peu probable qu'elle se remarie un jour. Et, bien sûr, elle ne pourrait de toute façon jamais avoir d'enfants.

Émilie comprit alors ce que ce « mais » cachait : elle avait peur ; l'idée d'être responsable d'un enfant qui aurait besoin d'elle, qu'elle devrait faire passer avant tout, l'effrayait.

Serait-elle le même genre de mère que Valérie ? Émilie redoutait d'être comme elle.

Était-elle à la hauteur de la tâche ? Bien sûr qu'elle l'était, pensa-t-elle pour se réconforter. Elle était comme son père, tout le monde le disait. Et Édouard lui avait souvent expliqué que le plaisir de donner dépassait largement celui de recevoir.

Émilie se dit soudain que, si Anton voulait rester auprès d'elle, ce serait elle qui serait honorée, pas lui.

Elle marcha dans les vignes, le cherchant des yeux. Elle le vit enfin. Il regardait fixement le château au loin, l'air inconsolable, son corps frêle brisé par le chagrin. Dans un élan soudain d'amour maternel, Émilie prit sa décision. Elle s'avança vers lui les bras tendus.

Il entendit ses pas et se retourna en essayant d'essuyer ses larmes.

— Anton, je suis tellement désolée.

Elle le serra dans ses bras. Au bout de quelques secondes, il prit son courage à deux mains et l'étreignit à son tour. Ils se soutinrent mutuellement, pleurant tous les deux à chaudes larmes.

Quand les épaules d'Anton cessèrent de se soulever, elle essuya leurs larmes avec la manche de sa veste.

— Les mots de consolation paraissent bien futiles dans de telles circonstances, Anton. Je sais à quel point tu l'aimais.

— Jacques m'a dit ce matin que la mort faisait partie de la vie. Et je sais que je dois essayer de l'accepter, mais je ne suis pas sûr d'y arriver tout de suite.

— Jacques a beaucoup de sagesse. Anton, ce n'est peut-être pas le moment d'en parler, mais, si ça te convient, tu pourrais peut-être venir t'installer au gîte pour quelque temps et me tenir compagnie ? Je me sens un peu seule, là-bas. J'aurais bien besoin d'un homme à mes côtés.

Il la regarda avec surprise.

— Vous en êtes sûre ?

— Parfaitement. Je te laisse y réfléchir.

— Émilie, je n'ai pas besoin d'y réfléchir ! Je vous promets que je ne vous ennuierai pas et je vous aiderai… à faire des choses, proposa Anton.

— Bien sûr. Nous sommes tous les deux orphelins, après tout.

— Oui, mais… je me sentirai peut-être tellement bien que je ne voudrai plus jamais partir…

— Eh bien, la bonne nouvelle, c'est que… (Émilie lui sourit, l'attira contre elle et caressa ses cheveux.) tu pourras peut-être rester pour toujours.

À : edlmartinières@orange.fr
De : aecarruthers@blackhall.co.uk

Mardi

Chère Em,

J'ai vraiment été soulagé d'avoir de tes nouvelles, même si je me doutais bien que Tu Sais Qui n'allait pas débarquer en France en brandissant un pistolet et en réclamant mon précieux livre, car, en vérité, c'est un lâche.

Tu seras sans doute ravie d'apprendre qu'il n'est toujours pas revenu. Je vis donc dans ma tour d'ivoire en attendant le retour de son vieux tacot. Je suppose qu'il a cherché à limiter les dégâts et qu'il a déclaré sa flamme éternelle à Bella (désolé). En tout cas, tu l'imagines, je me sens un peu seul ici. J'en arrive même à regretter les brimades de mon frère, c'est dire. D'ailleurs, le fait d'attendre avec appréhension son retour n'a fait que renforcer ma détermination à concrétiser le projet dont je t'ai parlé dans mon dernier e-mail. Je t'ai dit que mes enfants « prospéraient », ils prospéraient tellement, même, que je les ai vendus au plus offrant pour une somme considérable. (N'EN PARLE SURTOUT PAS À TON FUTUR EX-MARI. LA RAISON EST ÉVIDENTE.) Je suis désormais à la tête d'une petite fortune qui me permettra de consommer tous les jours du foie gras si j'en ai envie… mais aussi de m'acheter un toit un peu moins isolé qui me permettra de frayer avec les humains de mon espèce. Je suis en train de chercher des appartements au rez-de-chaussée dans le centre d'York, qui est une très belle ville avec une magnifique cathédrale.

Tu seras peut-être surprise par cette volte-face puisque je t'avais dit que je voulais à tout prix rester ici. Malheureusement, ce legs ne nous a apporté que des malheurs. Même si ma grand-mère souhaitait de tout son cœur que Seb et moi puissions nous réconcilier, je me rends compte que c'est impossible. Alors, dans notre intérêt à tous les deux, j'ai décidé d'accéder finalement à sa demande et de vendre Blackmoor Hall. Je ne sais pas si je te l'ai dit, mais je sais que Seb a hypothéqué sa part de la maison. Je suppose que la banque a commencé à faire pression sur lui et que c'est pour cette raison qu'il veut vendre à tout prix. Il sera bien sûr ravi quand je vais le lui annoncer et, tout bien considéré, je pense qu'il est temps de couper les liens qui m'attachent au passé et d'avancer.

Em, j'aimerais aussi te dire (même si je sais que ça risque de te contrarier encore un peu plus, c'est pourquoi je n'en ai pas parlé jusque-là) que j'ai payé chaque centime pour l'aménagement de mon appartement. C'est moi qui payais aussi les aides à domicile. Après le jugement, j'ai reçu une indemnisation importante de la compagnie d'assurances du chauffard qui m'a fait atterrir dans un fauteuil roulant. Je te le dis parce que c'est important pour moi que tu saches que je n'ai jamais vécu à la charge de mon frère. Sache également que j'avais proposé d'utiliser cette somme pour rénover Blackmoor Hall. Pourtant, quand j'ai découvert que Seb s'était endetté jusqu'au cou et avait hypothéqué sa part de la maison, j'ai renoncé. Bizarrement, depuis cette époque, Seb n'est plus mon ami.

En tout cas, que penses-tu de mon projet ? Je n'en suis pas encore complètement sûr, mais je pense que c'est la meilleure solution.

Pour être honnête, Em, je me sens terriblement seul depuis que tu es partie. Et, maintenant que j'ai vendu mes enfants, je ne sais plus trop quoi faire de moi. Bien sûr, je pourrais envisager d'en adopter d'autres…

Si tu as le temps, fais-moi part de ton avis.

J'étais très heureux d'avoir de tes nouvelles.

Tu me manques.

Alex

Émilie n'eut pas le temps de répondre, car Anton et elle s'apprêtaient à partir pour l'enterrement de Margaux. Pourtant, même une fois assise dans la superbe église médiévale de Saint-Laurent, à Gassin, serrant dans sa main celle d'Anton, elle ne put s'empêcher de penser au message d'Alex.

« *Tu me manques.* »

Après l'office, plusieurs villageois se réunirent dans la maison de Jacques et Jean. Le nouveau cru de la cave fut testé et approuvé par l'assemblée.

Lorsque les derniers amis furent partis, Émilie vit qu'Anton était seul dans son coin et qu'il avait les traits tirés.

— Tu devrais aller en haut préparer tes affaires. Nous allons bientôt rentrer à la maison, dit-elle doucement.

Le visage d'Anton s'égaya un peu.

— Oui, c'est ce que je vais faire.

En le regardant monter tristement l'escalier, Émilie sut qu'elle avait pris la bonne décision quand elle lui avait proposé d'emménager avec elle. Après ces terribles adieux, il aurait au moins un peu de consolation à l'idée de commencer sa nouvelle vie avec Émilie.

Jean entra dans la cuisine.

— Émilie, mon père aimerait que vous veniez nous rejoindre dans le jardin pendant qu'Anton est en haut.

— Bien sûr, dit-elle en suivant Jean.

Jacques était dans le fauteuil où il était resté assis tout l'après-midi. Tout le monde avait gravité autour de lui, et Émilie avait vu combien il aimait son village et ses habitants.

— Asseyez-vous, Émilie, dit-il d'un ton grave. J'aimerais vous parler. Jean, tu restes, toi aussi.

Le timbre de sa voix indiquait qu'il avait quelque chose de très sérieux à lui dire.

Jean leur servit un verre de vin et s'assit à côté d'Émilie.

— J'ai décidé que le moment était venu de vous dire qui était l'enfant de Sophia. J'espère que vous comprendrez pourquoi j'ai attendu jusqu'à aujourd'hui pour le faire.

Jacques s'éclaircit la gorge. Il avait beaucoup parlé toute la journée ; sa voix était un peu rauque et fatiguée.

— Après le départ de Constance pour l'Angleterre, je suis retourné voir Édouard et je l'ai supplié de changer d'avis, mais il n'a rien voulu entendre. Quelques jours plus tard, il a quitté le château pour retourner à Paris. De mon côté, j'étais rongé par le remords. Je savais que la fille de Sophia de La Martinières était dans une nursery, où elle ne recevait aucun amour ni aucune affection, et ce, à quelques kilomètres de moi, expliqua Jacques en haussant les épaules. J'avais beau essayer de me raisonner, de me répéter que la guerre avait laissé dans son sillage des tas d'enfants sans famille dont plus personne ne voulait, que je n'étais pas responsable de Victoria, je ne pouvais pas l'oublier. Je m'étais pris d'affection pour elle ; je l'aimais, même. Après avoir passé deux semaines à me torturer l'esprit, j'ai décidé de retourner à l'orphelinat pour voir si Victoria avait déjà été adoptée. Si tel avait été le cas, je n'aurais pas cherché à la retrouver, car c'était la volonté de Dieu. Mais, bien sûr, elle était toujours là-bas.

Jacques se prit la tête entre les mains.

— À l'époque, elle avait quatre mois. Dès que je suis entré dans la nursery, son visage s'est illuminé. Elle m'avait reconnu. Elle souriait… Émilie, elle me souriait. Quand je l'ai vue ainsi, j'ai su que je ne pouvais pas l'abandonner.

Incapable de poursuivre, Jacques se tut quelques secondes. Jean passa son bras autour de ses épaules pour tenter de le réconforter.

— Alors, reprit Jacques en relevant soudain la tête, je suis rentré à la maison et j'ai essayé de trouver une solution. Je me suis dit que je pourrais l'adopter, mais j'ai pensé que ce ne serait pas bien pour l'enfant. Les hommes, à l'époque, ne savaient pas s'occuper des bébés, et Victoria avait besoin des bras aimants d'une mère. Je me suis creusé la tête pour trouver quelqu'un, une famille du village, qui pourrait la prendre. Je voulais la voir grandir, vous comprenez ? Finalement, j'ai pensé à une femme qui convenait parfaitement. Elle avait un enfant déjà. Je la connaissais parce qu'avant la guerre, son mari avait travaillé sur le vignoble pendant les vendanges. Je suis allé la voir et j'ai appris que son mari n'était pas encore revenu et qu'elle n'avait aucune nouvelle de lui. Elle et l'enfant étaient désespérés… Ils mouraient de faim comme tant d'autres après la guerre. Mais c'était une femme bien et j'ai compris en voyant son enfant que c'était une bonne mère aussi. Je lui ai demandé si elle serait prête à en adopter un autre. Au départ, bien sûr, elle a refusé, disant qu'elle n'arrivait même pas à nourrir son enfant correctement. Je m'attendais naturellement à cette réaction. Alors, je lui ai proposé une certaine somme d'argent. Une grosse somme d'argent, dit

Jacques en hochant la tête pour appuyer son propos. Et elle a accepté.

— Papa, comment as-tu fait ? s'étonna Jacques. Tu étais toi aussi très pauvre après la guerre.

— Oui, mais…

Jacques s'interrompit et regarda soudain Émilie, qui comprit qu'il ne savait pas comment le lui dire.

— Votre père, Émilie, m'avait donné quelque chose avant de partir pour Paris et après le retour de Constance en Angleterre. Il me l'a glissé dans la main sans prendre la peine de parler. C'était peut-être sa façon de me demander pardon pour avoir refusé d'accepter l'enfant de Sophia. J'ai alors contacté quelqu'un de ma connaissance qui faisait des affaires sur le marché noir, très florissant juste après la guerre. Je lui ai demandé d'estimer la valeur du présent que votre père m'avait fait dans l'espoir de réunir suffisamment d'argent pour payer cette femme à qui j'avais pensé.

— Qu'est-ce que mon père vous avait donné, Jacques ? demanda doucement Émilie.

— C'était un livre, un livre auquel il tenait beaucoup, je le sais. Il était très ancien, et les illustrations étaient magnifiques. Je savais qu'il avait trouvé le deuxième volume. Vous vous rappelez, Émilie, je vous ai dit qu'il l'avait envoyé de Paris pour nous faire comprendre qu'il était sain et sauf. C'était Armand, l'agent de liaison, qui nous l'avait apporté. Ensuite, il l'avait donné à Constance au moment de son départ.

— Oui, répondit Émilie en esquissant un sourire. Je connais ce livre. C'est l'*Histoire des fruits français.*

— Vous avez raison, et j'ai découvert que mon exemplaire, le volume un, était très rare et très ancien. J'ai réussi à le vendre pour une somme conséquente, à l'époque, qui m'a permis de payer cette femme. Et elle a accepté de prendre le bébé de Sophia. Pardonnez-moi pour ce que j'ai fait, Émilie. Je n'aurais pas dû vendre le présent de votre père. Mais il m'a permis de garantir la sécurité et l'avenir de sa nièce.

Émilie avait les yeux embués de larmes ; elle était presque trop émue pour parler.

— Jacques, croyez-moi, dit-elle enfin. Vous n'auriez pas pu faire meilleur usage de ce livre.

— Combien en as-tu tiré ? demanda Jean.

— Dix mille francs, répondit Jacques. Ce qui, à cette époque où la moitié de la population mourait de faim, représentait une fortune. J'ai d'abord donné mille francs à la femme, puis je lui ai dit qu'elle recevrait cinq cents francs par an jusqu'aux seize ans de l'enfant. Je ne pouvais pas prendre le risque de lui donner tout l'argent à la fois. Je voulais qu'elle mérite cet argent en prenant bien soin du bébé. Cette femme ne savait rien des origines de l'enfant. Et j'ai veillé à ce qu'elle n'en sache jamais rien. Elle m'a également demandé si elle pouvait rebaptiser l'enfant et lui donner le prénom de sa mère.

— Et tu as accepté, bien sûr, dit Jean.

— Oui. Dieu merci, j'avais fait le bon choix. En fait, quand la petite fille a eu cinq ans, la femme a refusé de continuer à prendre l'argent. Son mari était revenu et leur situation s'était nettement améliorée. Elle a dit qu'elle aimait l'enfant comme le sien et qu'elle ne voulait plus être dédommagée pour le foyer qu'elle lui offrait. Je suis content d'avoir choisi cette femme. Émilie, la fille de votre tante n'aurait pas pu trouver une famille plus aimante et plus heureuse.

— Je vous remercie du fond du cœur, au nom de ma tante et de mon père, d'avoir pris cette décision, Jacques.

La question brûlait les lèvres d'Émilie.

— Qui est l'enfant ? Comment s'appelle-t-elle ?

— Elle s'appelle…

Jacques déglutit avec peine et essaya de nouveau.

— Elle s'appelait Margaux.

35

Ils restèrent tous trois silencieux. Jean et Émilie réfléchissaient aux implications de ce que Jacques venait de révéler.

— Vous comprenez, Émilie, pourquoi je craignais de vous révéler l'identité du bébé, dit enfin Jacques. Si je l'avais fait plus tôt, j'aurais semé la confusion dans la vie de Margaux. Elle a travaillé comme gouvernante au château pendant plus de quinze ans. Après la mort de votre père, l'ancienne gouvernante du château, dont vous vous souvenez peut-être, a pris sa retraite. La mère de Margaux était devenue une amie de la famille, et j'ai recommandé sa fille à Valérie, votre mère.

— Je comprends à présent pourquoi tu hésitais à nous révéler son identité, Papa, dit doucement Jean. Comment aurait réagi Margaux en apprenant qu'elle avait travaillé toutes ces années pour une famille dont elle était en fait issue ?

— Exactement. Bien sûr, maintenant que Margaux nous a quittés et qu'Anton, tel un pigeon voyageur, a atterri sur le pas de notre porte et que des liens très forts se sont noués entre vous deux, fit Jacques en montrant Émilie, j'ai senti qu'il était de mon devoir de vous le dire. Le jeune garçon qui est en train de préparer ses affaires pour emménager avec vous est en fait votre petit-cousin.

Émilie écouta Jean poser d'autres questions avec cet esprit analytique qui le caractérisait. Elle comprenait à présent… Elle comprenait pourquoi Anton lui avait tout de suite paru familier… Ils avaient tous les deux du sang de La Martinières dans les veines. Pas étonnant qu'elle ait eu un frisson en le voyant assis par terre en train de lire dans la bibliothèque avec ses traits fins et ses cheveux noirs. Ironiquement, ce n'était pas à sa grand-mère qu'il ressemblait, mais à son grand-oncle Édouard.

— Émilie, reprit Jacques. J'ai décidé que je laisserais cette décision entre vos mains. C'est à vous de choisir si vous parlerez ou non à Anton de ses origines. Beaucoup diront que ça n'a plus d'importance maintenant et que ce pourrait être un fardeau pour lui. Mais Anton Duvall est le seul autre descendant de la famille de La Martinières.

Durant le silence qui suivit, Émilie écouta les oiseaux qui se préparaient pour le coucher du soleil.

— Qu'Anton soit le fils de ma gouvernante ou un parent à moi, ma décision aurait été la même. Je l'aurais pris avec moi de toute façon, déclara-t-elle enfin tout en se penchant pour tapoter le genou du vieil homme. Jacques, j'aimerais vous dire deux choses : premièrement, vous n'auriez pas pu faire meilleur usage du présent de mon père. Deuxièmement, je suis vraiment heureuse que vous m'ayez fait suffisamment confiance pour me dire la vérité. Mais vous devez savoir que, pour moi, le fait qu'Anton fasse partie de ma famille n'est au fond qu'un bonus. Dès que je l'ai vu, j'ai senti que nous étions faits pour nous entendre.

Elle sourit, puis reprit :

— Vraiment, Jacques, vous m'avez rendue très heureuse, ce soir. J'espère qu'un jour je pourrai vous rendre tout ce que vous avez fait pour notre famille.

Jacques tendit les mains vers elle et elle les serra dans les siennes.

— Émilie, Émilie… C'est peut-être le destin, mais la mort de Margaux a indubitablement mis un terme, aussi terrible soit-il, à mon dilemme. Anton a un foyer et vous serez une mère compatissante pour lui. Comme tant de ses compatriotes, Édouard a perdu son aptitude à la compassion pendant la guerre. Ne faites pas comme lui, Émilie.

— Non, jamais. Je vous le promets, répondit Émilie d'un ton catégorique.

— La vie est trop courte pour se laisser berner par la haine et le fanatisme. Saisissez à deux mains toutes les bonnes choses qu'elle mettra sur votre route.

Jacques lui adressa un sourire las.

— Je le ferai. Je vous le promets.

— On y va ?

Tous trois se retournèrent et virent Anton, qui se tenait derrière eux, une petite valise à la main. Il semblait un peu déconcerté, car il avait senti l'émotion qui régnait autour de la table.

— Il vaudrait mieux que nous arrivions chez nous avant la nuit, Émilie, dit-il calmement.

Émilie se leva et tendit la main à Anton.

— Oui, allons-y avant que le jour ne baisse.

Une fois Anton installé dans sa nouvelle chambre et couché, Émilie constata avec surprise qu'elle n'était nullement fatiguée. Elle exultait, même. Elle déciderait une autre fois si et, le cas échéant, quand, elle parlerait à Anton de son passé.

Le plus important pour l'heure était de lui faire sentir qu'elle l'aimait et qu'elle appréciait sa présence auprès d'elle. Il était si intelligent que, si elle lui disait immédiatement qu'ils étaient de la même famille, il risquerait de penser que c'était la raison qui l'avait poussée à le prendre avec elle. Elle voulait laisser la confiance s'installer, consolider les liens qui les unissaient avant de lui révéler le reste.

Elle alluma son ordinateur et relut le message d'Alex. Puis, poussée par une énergie nerveuse, qui l'empêchait de rester immobile, elle se leva.

— Toi aussi tu me manques, dit-elle à son ordinateur portable tout en arpentant le salon. Beaucoup, ajouta-t-elle. En fait, plus que beaucoup.

Elle s'arrêta tout net. Était-elle ridicule ?

Peut-être. La relation qu'elle avait forgée avec Alex s'était développée dans des circonstances pour le moins difficiles. Mais ce drôle de sentiment – il était là depuis si longtemps qu'elle ne savait même plus comment c'était avant – qu'elle avait dans le ventre quand elle pensait à lui ne voulait pas s'en aller.

Elle se remit à faire les cent pas… Bien sûr, ce serait peut-être un véritable désastre. Mais pourquoi pas ? Rien n'était éternel, elle en avait fait l'amère expérience au cours des derniers mois. Les revirements de situation étaient fréquents dans la vie. Alors, quel mal y avait-il à essayer ? Si elle avait bien appris une chose de son passé et de son présent, c'était que la vie ne donnait pas de seconde chance. Elle vous intimait, vous *suppliait* de saisir ce qu'elle vous offrait, de reconnaître le bien et de rejeter le mal. C'est exactement ce que Jacques lui avait demandé de faire un peu plus tôt…

Émilie bâilla soudain, puis se laissa tomber sur le canapé comme une poupée de chiffon. Elle y réfléchirait après une bonne nuit de sommeil et si, à tête reposée, elle avait toujours la même vision des choses, elle écrirait le message. Sur ce, elle s'extirpa du canapé et alla se coucher.

À : aecarruthers@blackhall.co.uk
De : edlmartinieres@orange.fr

Jeudi

Cher Alex,

Merci pour ton mail. Je me suis dit que j'allais t'écrire pour te dire ce qui était arrivé au premier volume. Disons qu'il n'est plus en possession de ma famille, mais c'est une longue histoire que je préférerais te raconter de vive voix. Je me contenterai d'ajouter pour le moment qu'il a été utilisé pour procurer une vie meilleure à un membre de ma famille, et la personne qui en a décidé ainsi n'aurait pas pu faire meilleur usage de ce livre et de sa valeur. Ce qui me plaît aussi, c'est que la quête de Sebastian était dès le départ vouée à l'échec et que l'argent de la vente de ce livre a servi une cause bien plus noble que sa cupidité.

Deuxièmement, il se trouve que j'ai adopté un enfant. C'est un garçon de douze ans qui s'appelle Anton. Et c'est encore une histoire très longue et très compliquée.

Troisièmement, étant donné ton indécision concernant ton avenir, je me suis demandé si tu n'aurais pas besoin d'espace et de temps pour y réfléchir. Mon gîte est petit, mais de plain-pied et il y a encore une chambre de libre. Même s'il n'y a personne autour de nous (nous sommes au milieu des vignes), j'espère que ma compagnie et celle d'Anton te suffiront.

Dis-moi si tu peux venir. Nous serons trois orphelins ensemble ! Toi aussi tu me manques !

E

À : edlmartinières@orange.fr
De : aecarruthers@blackhall.co.uk

Chère Em,

Merci pour l'invitation. J'arriverai lundi prochain à l'aéroport de Nice à 13 h 40. Si tu ne peux pas venir nous chercher (moi et mon fauteuil roulant), fais-le-moi savoir. Sinon, je me réjouis énormément et je suis impatient de faire la connaissance d'Anton.

A

P-S : Dieu merci, tu ne vas bientôt plus me manquer puisque j'aurai le bonheur d'être à tes côtés. Je suis impatient !

La vie en moi

Pour te protéger, je lutte aveuglément
Car en moi je te sens vivre
Toi, le fruit de mon amour,
Petite âme parfaite
Je veux te donner mon corps
Une vie nouvelle grandit en moi
Un jour, nous vivrons libres
Plus jamais nous n'aurons à nous cacher
Je te dirai que tu es né d'un amour magnifique
Brillant comme le soleil le plus éclatant
Je te parlerai de ton père
N'aie pas peur, mon enfant
Je ne peux voir la force qui t'a conçu
Ni le cœur qui bat en moi
Pourtant je te sens, donc je te vois
En moi maintenant, toi mon enfant.

Sophia de La Martinières
Mai 1944

ÉPILOGUE

Un an plus tard

Émilie déverrouilla la porte du château et l'ouvrit en grand. Anton poussa le fauteuil roulant d'Alex pour l'aider à avancer dans le grand hall d'entrée. Il était entièrement vide. Seule une échelle était appuyée contre un des murs. Elle avait été laissée par l'un des peintres qui devait encore appliquer une dernière couche.

— Waouh ! s'exclama Anton en levant les yeux vers le plafond. C'est bizarre, ça me paraît beaucoup plus grand maintenant.

— C'est la couleur blanche toute fraîche après toutes ces semaines où nous n'avons vu que du plâtre.

Émilie regarda le sol et hocha la tête, satisfaite.

— Ils ont très bien restauré le marbre. Ça m'aurait vraiment contrariée de devoir remplacer le carrelage.

— Oui, dit Alex en suivant son regard, puis il leva la tête et contempla l'escalier. Ce qui me contrarie, moi, c'est d'avoir à installer un de ces horribles monte-escalier pour me transporter à l'étage. Ça ne va pas faire élégant du tout.

— C'est pour ça que tu es là, dit Émilie en faisant un clin d'œil à Anton. On le lui montre ?

— Oui ! répondit Anton, les yeux pétillants. Suivez-moi.

Anton conduisit Alex le long des couloirs qui résonnaient et qui s'ouvraient sur des pièces encore en chantier – il faudrait encore attendre quelques mois pour emménager dans le château. Ils arrivèrent à l'arrière de la maison et entrèrent dans le vestibule juste à côté de la cuisine. Anton positionna le fauteuil d'Alex devant une porte, appuya sur un bouton, et la porte s'ouvrit en coulissant doucement.

Alex regarda à l'intérieur.

— C'est un ascenseur.

— Exact, monsieur le détective, confirma Anton en souriant. Et c'est mon nouveau jouet préféré. On l'essaie ?

Quand ils montèrent dans l'ascenseur et qu'Anton appuya sur le bouton pour refermer la porte, Alex regarda Émilie. Il avait les larmes aux yeux.

— Merci, articula-t-il en silence.

— Ne me remercie pas. Je l'ai fait installer pour moi, en fait, quand je serai trop vieille pour monter les marches, dit-elle en souriant. Et, oui aussi, si jamais tu décidais de rester un peu plus longtemps…

Cette réplique revenait souvent dans leurs conversations quand ils plaisantaient sur leur relation. Alex était arrivé un an auparavant, et, même s'ils n'avaient encore fait aucun projet pour l'avenir, ils n'envisageaient pas de le passer l'un sans l'autre.

Ils avaient pris chaque jour comme il venait, n'avaient jamais songé à officialiser leur relation, et, pourtant, avec le temps, le lien qui les unissait se renforçait.

Le courant était immédiatement passé entre Alex et Anton, qui s'admiraient mutuellement. L'esprit curieux et intelligent d'Anton absorbait tout ce qu'Alex pouvait lui apprendre. Émilie savait que cette relation était aussi bénéfique pour l'un que pour l'autre. Leur petite famille pouvait paraître bizarre, mais ils avaient tous trois trouvé le bonheur, la tranquillité, la satisfaction.

Anton ignorait encore tout de ses véritables origines, mais une procédure d'adoption était en cours pour lui permettre d'utiliser son nom légitime et d'hériter un jour du château. Peut-être Émilie et Alex en profiteraient-ils pour officialiser aussi leur union, mais Émilie n'était pas pressée. Sa vie lui semblait parfaite ainsi.

Elle contempla le visage enthousiaste d'Anton lorsque les portes s'ouvrirent et qu'ils sortirent sur le grand palier.

— Mon Dieu ! Tu pourrais dresser un chapiteau ici et aménager un parking pour deux cents personnes là-dessus, plaisanta Alex tandis qu'Émilie faisait signe à Anton de tourner à gauche.

— Je me suis dit que ça pourrait être la nôtre… indiqua Émilie.

Anton poussa le fauteuil d'Alex dans la magnifique chambre des parents d'Émilie. Ils entrèrent ensuite dans une antichambre. Autrefois utilisée comme dressing par Valérie, elle avait été transformée en salle de bains spécialement adaptée pour une personne à mobilité réduite. Elle était dotée de tous les équipements dont Alex avait besoin pour être parfaitement indépendant.

— Les ouvriers n'ont pas encore carrelé. J'ai pensé que tu aimerais peut-être choisir la couleur et le style.

— C'est merveilleux, ma chérie, merci.

Alex était presque trop ému pour parler. Il était touché par tous les efforts qu'Émilie avait faits pour lui.

— Non, nous n'aurons pas à nous partager cette pièce. Mon dressing et ma salle de bains sont de l'autre côté, dit-elle à Alex qui était revenu dans la grande chambre. Tu aimes la vue ?

— C'est tout simplement époustouflant.

Alex admira, par les grandes fenêtres, le jardin et les vignes qui s'étendaient jusqu'à la colline de Gassin au loin.

— Ça faisait longtemps que je n'avais pas baissé les yeux pour regarder quelque chose, murmura-t-il, la voix nouée par l'émotion.

— Alex, viens voir ma chambre, l'interrompit Anton. Émilie a dit que je pourrais choisir les couleurs quand ils la repeindront, tant que ça n'est pas du noir.

Émilie sourit et les suivit du regard tandis qu'ils quittaient la pièce. Elle resta immobile près de la fenêtre et contempla la lumière qui entrait à flots dans la chambre. Deux ans auparavant, sa mère était morte ici et, tout en savourant la vue qui s'offrait à elle, Émilie pensa à ses parents avec des sentiments partagés. Son père qui, après avoir perdu ceux qu'il aimait, s'était replié sur lui-même. Il avait vécu à l'écart du monde et s'était réfugié dans la bibliothèque du château pendant la majeure partie de l'enfance d'Émilie.

Elle avait commencé à ressentir une certaine empathie pour sa mère. En lisant les lettres d'amour qu'elle avait écrites à son mari, Émilie avait mesuré à quel point Valérie l'adorait. Elle avait sans doute tout fait pour obtenir un peu d'amour et d'attention de la part de cet homme trop abîmé par la vie pour lui en donner. Avec le recul, Valérie avait passé quasiment toute sa vie d'épouse seule à Paris…

Heureusement, le petit-fils de Sophia avait pu réintégrer sa véritable famille, même si au départ Émilie avait accueilli Anton par compassion sans se douter de ses origines. Au moins les erreurs du passé étaient-elles un peu réparées de la sorte. La boucle était bouclée, une aube nouvelle s'annonçait.

Émilie se retourna et se dirigea lentement vers la porte pour aller rejoindre Alex et Anton. Quand elle quitta la pièce, elle réalisa que la petite fille perdue et en colère qui avait crié et pleuré devant le corps sans vie de sa mère deux ans auparavant avait fini par grandir.

— Je dois reconnaître que je suis impatient d'emménager depuis que j'ai vu ma nouvelle salle de bains, dit Alex plus tard, quand il rabattit les accoudoirs de son fauteuil et qu'il se hissa sur le lit à côté d'Émilie.

— Le chef de chantier m'a affirmé que nous pourrons nous installer dans moins de trois mois. Nous pourrons passer l'automne dans notre nouvelle demeure, et surtout notre premier Noël.

— Au fait, j'ai reçu un e-mail de mon notaire. Seb a trouvé un acheteur pour Blackmoor Hall. Je suis sûr qu'il est ravi. Et je suis tout aussi sûr qu'il va tout tenter pour voler ma part de ce qui restera du gâteau, ajouta Alex en haussant les sourcils. Mon avocat m'a appris qu'il y avait une hypothèque de trois cent cinquante mille livres sur la maison, ce qui correspond exactement à la dette de Seb.

Alex secoua la tête avant de poursuivre :

— Je suis certain que l'argent qu'il retirera de la vente après le remboursement de sa dette aura disparu dans l'année. J'espère que Bella le connaît bien. Elle doit vraiment l'aimer pour le supporter. Au fait, tu as des nouvelles de ton avocat pour le divorce ?

— Je sais juste que Sebastian a encore des exigences toutes plus grotesques les unes que les autres. Bien sûr, il n'obtiendra pas ce qu'il veut, même si parfois j'ai envie d'accéder à ses demandes pour me débarrasser de lui. Les honoraires de l'avocat vont bientôt me coûter plus cher que le jugement de divorce en lui-même.

— Ma présence n'a pas vraiment aidé… déplora Alex en soupirant. Ainsi, Sebastian a pu rejeter toute la responsabilité sur toi en te faisant passer pour une dévergondée et moi pour un goujat qui aurait volé sa femme sous son nez.

— C'est sûr.

Émilie marqua une pause, puis changea de sujet.

— Alex, il y a quelque chose dont je ne t'ai pas parlé. J'ai invité quelqu'un à venir nous voir. Il arrive demain. J'étais persuadée que c'était une bonne idée quand j'ai pris l'initiative de le faire venir, mais maintenant… maintenant, je suis un peu nerveuse.

— Tu ferais mieux de tout me raconter alors.

Jacques somnolait près du feu quand il entendit une voiture s'arrêter devant la maison. L'hiver avait été long et froid, et il avait une fois de plus attrapé une bronchite qui l'avait beaucoup affaibli. Il s'était demandé, comme toutes les années, s'il vivrait jusqu'à l'été.

Il entendit la porte de la cuisine s'ouvrir et se souvint qu'Émilie voulait lui présenter un ami. Elle avait dit qu'elle passerait à l'heure du déjeuner.

Jean fut le premier à entrer dans le salon.

— Papa, tu es réveillé ?

— Oui.

Jacques ouvrit les yeux et regarda son fils s'approcher de lui.

— Papa, dit Jean en prenant sa main. Émilie t'amène de la visite.

— Bonjour, Jacques, lança Émilie en faisant entrer son invité dans la pièce.

Jacques regarda fixement le visiteur. C'était un vieil homme, comme lui. Grand, le dos bien droit, élégant.

— Jacques, vous vous souvenez de moi ?

Il parlait français avec un fort accent. Cet homme lui était incontestablement familier, mais Jacques n'arrivait pas à le remettre.

— La dernière fois que nous nous sommes retrouvés ensemble dans cette pièce, c'était il y a plus de cinquante ans, ajouta l'homme pour lui rafraîchir la mémoire.

— Frederik ?

— Oui, Jacques, c'est moi.

— Mon Dieu, je n'arrive pas à y croire.

Jacques repoussa doucement le bras de son fils et se leva tout seul de son fauteuil. Les deux hommes se dévisagèrent pendant quelques secondes, faisant défiler en silence les souvenirs qu'ils partageaient.

Puis, Jacques ouvrit les bras et serra l'Allemand contre lui.

Alex arriva avec Anton après le déjeuner, comme Émilie le lui avait demandé. Il s'était récemment acheté une voiture spécialement aménagée pour son handicap, ce qui avait révolutionné sa vie et lui avait donné un peu d'autonomie, même s'il ne faisait que de courts trajets et toujours accompagné d'Émilie ou d'Anton.

Anton sortit le fauteuil roulant de l'arrière de la voiture et l'apporta jusqu'à la portière d'Alex.

— Qui est la personne qu'Émilie veut me présenter ? interrogea le jeune garçon en aidant Alex à s'installer dans son fauteuil.

— Je pense que c'est à elle de te le dire.

Quand ils entrèrent dans la cuisine, Anton vit Émilie, Jean et Jacques, ainsi qu'un autre vieil homme, en train de boire le café autour de la table.

— Bonjour, dit Anton, un peu embarrassé.

Émilie se leva immédiatement, s'approcha de lui et le prit par les épaules.

— Anton, dit-elle pendant que les yeux de Frederik se remplissaient de larmes à la vue du garçon. C'est ton grand-père Frederik. Et, si tu es prêt, il a une histoire à te raconter à propos de ta famille…

REMERCIEMENTS

Je voudrais exprimer toute ma gratitude à Peter Borland, Judith Curr et la merveilleuse équipe d'Atria. Un grand merci à Jeremy Trevathan et Catherine Richards chez Pan Macmillan UK. À Jonathan Lloyd, Lucia Rae et Melissa Pimentel chez Curtis Brown. Je voudrais remercier aussi Olivia Riley, ma super assistante ; Jacquelyn Heslop, Susan Grix et Richard Jemmett. Almuth Andrae, Susan Boyd, Sam Gurney, Helene Ruhn, Rita Kalagate, tous des amis qui m'ont prodigué leurs conseils à la fois personnels et professionnels.

Je tiens à remercier Damien et Anne Rey-Brot, ainsi que leurs amis et leur famille au Pescadou, à Gassin ; Tony Bourne et M. Chapelle du Domaine du Bourrian, à qui Constance a emprunté le nom de famille, et les autres personnages, son château et sa cave avant même que je ne connaisse l'existence d'une telle famille et de sa magnifique maison.

Je me suis lancée dans cette fiction en août dernier et j'ai vécu une expérience magique qui m'a aussi donné une grande leçon d'humilité. Merci pour tous les détails que vous m'avez donnés. Les erreurs qui peuvent s'être glissées dans l'histoire sont les miennes, pas les vôtres. J'aimerais également remercier Jan Goesing, qui m'a décrit de manière très vivante l'Allemagne d'avant-guerre. Mais aussi Marcus Tyers, Naomi Ritchie et Emily Jenkins de St Marys Books ; Stamford, qui m'a aidée à trouver deux volumes français de grande valeur pour m'aider à décrire les deux livres rares de mon roman.

Je voulais aussi exprimer toute ma reconnaissance à mes éditeurs étrangers qui m'ont invitée dans leurs pays et m'ont accueillie à bras ouverts. Les voyages et la culture nourrissent mon imagination et me donnent de l'inspiration pour choisir les décors de mes prochains romans.

Et, bien sûr, un grand merci à ma famille, dont le soutien et les encouragements ont été inestimables pendant cette année de folie. Mes enfants : Harry pour ses commentaires et ses discours éclairés ; Bella pour nos discussions sur l'intrigue et pour avoir trouvé le nom de deux des personnages principaux ; Leonora pour le magnifique poème qu'elle a écrit pour moi (celui de Sophia à son âge) ; et Kit parce qu'il est le meilleur client d'Amazon de la maison… mais dans la section sport ! J'aimerais aussi remercier ma mère, Janet, ma sœur, Georgia, et mon mari, Stephen, lequel a tout simplement été extraordinaire.

Enfin, un grand merci à tous mes lecteurs dans le monde entier, qui ont dépensé un peu de leur argent durement gagné pour acheter un de mes livres. Sans vous, je ne serais qu'une malheureuse écrivaine et je suis très honorée que vous ayez choisi de lire mes histoires.

Lucinda Riley
Janvier 2013

BIBLIOGRAPHIE

Le Domaine de l'héritière est une œuvre de fiction qui s'appuie sur des faits historiques. Les ouvrages que j'ai consultés pour approfondir mes connaissances sur l'époque et les circonstances dans lesquelles vivaient mes personnages sont les suivants :

Lucie Aubrac, *Ils partiront dans l'ivresse,* Points, 1997.

Matthew Cobb, *The Resistance: The French Fight Against the Nazis,* Pocket Books, 2009.

Squadron Leader Beryl E. Escott, *The Heroines of SOE: F Section: Britain's Secret Women in France,* History Press, 2010.

Hans Fallada, *Seul dans Berlin,* Denoël, 2012.

Anna Funder, *Tout ce que je suis,* Héloïse d'Ormesson, 2013.

Sarah Helm, *Vera Atkins, une femme de l'ombre, la résistance anglaise en France,* Seuil, 2010.

John Van Wyck Gould, *The Last Dog in France,* AuthorHouse, 2006.

La communauté Charleston a aimé !

Chez Charleston, nous sommes convaincus que, loin d'être une aventure solitaire, la lecture est une invitation au partage. Nous échangeons constamment avec nos lecteurs et lectrices, et nous sommes fiers de la belle communauté d'amoureux des livres que nous formons tous ensemble. Chaque année, nous choisissons au sein de cette communauté vingt lectrices et lecteurs qui nous accompagnent tout au long de l'année et découvrent nos romans en avant-première. Voici leurs avis !

« Savamment construit, ce roman associe histoire, drames familiaux et amour : le mélange parfait. Il embarque le lecteur dans un voyage émotionnel et puissant et captivera n'importe qui ! »

@julie_jelis

« La plume de Lucinda Riley est très addictive, je n'avais pas envie de poser le roman ! Il m'a tenue en haleine tout du long. »

@leslivresdemilie

« Lucinda Riley est sans conteste la reine des romans à double temporalité : elle réussit toujours à m'embarquer autant dans le présent que dans le passé. »

@mme_chacha_lit

« Un superbe roman qui nous emmène au cœur d'un réseau de résistance et nous offre un panel de personnages des plus intéressants. »

@laurasreadings

« L'écriture de Lucinda Riley est douce, fluide et surtout très immersive. Elle amène souvent de la poésie dans ses descriptions et nous emporte entièrement. »

@livresse_delire_delivre

« Comme à chaque fois avec Lucinda Riley, j'ai été immédiatement happée. On retrouve tous les ingrédients qui font le succès de cette autrice : des femmes charismatiques, un mélange entre passé et présent, de la romance, un contexte historique et des mystères liés au passé. »

@leatouchbook

« Encore une fois, j'ai été conquise par cette saga familiale qui se déroule sur deux périodes. J'ai ressenti tellement d'émotions pendant ma lecture que je suis encore chamboulée. »

@joanna_in_books_wonderland

VOUS AVEZ AIMÉ CE LIVRE ?

Découvrez la saga événement de Lucinda Riley, *Les Sept Sœurs*

À la mort de leur père, énigmatique milliardaire qui les a adoptées aux quatre coins du monde lorsqu'elles étaient bébés, les sœurs d'Aplièse se retrouvent dans la maison de leur enfance, Atlantis, un magnifique château sur les bords du lac de Genève.

Pour héritage, elles reçoivent chacune un mystérieux indice qui leur permettra peut-être de percer le secret de leurs origines…

Dans cette ambitieuse série, inspirée de la légende et de la constellation des Sept Sœurs, Lucinda Riley fait preuve de son incroyable talent de conteuse.

« Un page-turner incroyable mêlant drame et romance. »
Daily Mail

Tournez la page pour découvrir sans plus attendre le premier chapitre du tome 1 !

Je me souviendrai toujours de l'endroit où je me trouvais et de ce que je faisais quand j'ai appris que mon père venait de mourir.

J'étais à Londres, chez Jenny, une vieille amie d'école, et je profitais du soleil de juin, assise dans son joli jardin, un exemplaire de *L'Odyssée de Pénélope* ouvert sur les genoux, pendant qu'elle était allée chercher son petit garçon à la crèche.

Je me sentais calme, heureuse de m'être échappée pour passer quelques jours de vacances ici. J'étais en train d'admirer la clématite en boutons qui dépliait ses fragiles bourgeons roses, donnant naissance à un tumulte de couleurs, lorsque mon portable a sonné. D'un coup d'œil sur l'écran, j'ai vu que c'était Marina.

— Allô, Ma, ça va ?

J'espérais que, dans ma voix, elle entendrait aussi la belle chaleur estivale.

— Maia, je...

Marina a marqué une pause, et, à cet instant, j'ai compris qu'il était arrivé quelque chose de terrible.

— Qu'est-ce qui se passe ?

— Maia, je ne sais pas comment te le dire, mais ton père a eu une crise cardiaque ici, à la maison, hier après-midi. Et aujourd'hui... tôt ce matin, il... est décédé.

Je suis restée silencieuse, un million de pensées disparates et ridicules me traversant l'esprit, l'une d'elles étant que Marina, pour une raison ou une autre, avait décidé de me faire une blague de mauvais goût.

— Je ne l'ai pas encore annoncé à tes sœurs, Maia. Comme tu es l'aînée, il m'a semblé que c'était toi qui devais l'apprendre en premier… Je voulais te demander si tu préfères les appeler, ou si tu souhaites que je le fasse.

— Je…

Aucune parole cohérente ne me venait aux lèvres, tandis que je commençais à réaliser que jamais Marina, ma chère et bien-aimée Marina, la femme qui avait été pour moi la personne qui se rapprochait le plus d'une mère, ne me mentirait. Il fallait donc que ce soit vrai. Et brusquement, tout s'est effondré en moi.

— Maia, s'il te plaît, dis-moi que ça va. Oh, c'est vraiment l'appel le plus terrible que j'ai jamais eu à passer, mais j'ai pensé qu'il valait mieux me tourner vers toi… Dieu seul sait comment tes sœurs vont réagir.

C'est à ce moment que j'ai entendu la souffrance dans sa voix. J'ai compris qu'elle aussi avait besoin de parler, de partager son fardeau, d'être réconfortée.

— Bien sûr, Ma, je vais prévenir mes sœurs. Sauf que je ne suis pas certaine d'avoir toutes leurs coordonnées sur moi… Ally n'est-elle pas partie faire une régate ?

Et pendant que nous discutions de l'endroit où se trouvait chacune de mes sœurs cadettes, comme s'il fallait les réunir pour fêter un anniversaire plutôt que de pleurer la mort d'un père, la conversation a pris un tour surréaliste.

— Quand faut-il prévoir l'enterrement à ton avis ? ai-je demandé. Avec Électra à Los Angeles et Ally quelque part en mer, on ne peut certainement pas l'envisager avant la semaine prochaine, au plus tôt.

— Eh bien…

J'ai perçu l'hésitation de Marina au bout du fil.

— Le mieux serait peut-être qu'on en parle toutes les deux quand tu rentreras à la maison. Mais rien ne presse pour l'instant, Maia. Aussi, si tu préfères rester encore un peu à Londres… Il n'y a plus rien à faire pour lui ici…

La voix de Marina s'est brisée.

— Ma, je saute dans le premier avion pour Genève ! Je vais téléphoner à la compagnie aérienne et je te donnerai l'heure du vol. Entre-temps, j'essaie de contacter tout le monde.

— Je suis vraiment désolée, ma chérie, a soupiré Marina. Je sais que tu l'adorais.

— Oui…

L'étrange sérénité que j'avais ressentie pendant que nous débattions des préparatifs m'a soudain abandonnée, comme le calme avant la tempête.

— Je t'appelle plus tard quand je saurai à quelle heure j'arrive.

— Très bien. Maia, prends soin de toi. C'est un choc terrible…

J'ai raccroché. Puis, avant que les nuages noirs, dans mon cœur, ne percent et ne menacent de m'engloutir, je suis montée dans ma chambre pour téléphoner à la compagnie aérienne. Pendant que j'attendais qu'on prenne mon appel, j'ai regardé le lit dans lequel, le matin même, j'avais tout simplement ouvert les yeux sur un autre jour. Et j'ai remercié Dieu que les êtres humains n'aient pas la faculté de prévoir l'avenir.

La femme qui a répondu au bout d'un moment n'était pas très aimable et j'ai compris, tandis qu'elle me parlait de vols complets, de coûts supplémentaires et de coordonnées de carte de crédit, que mon barrage émotionnel était prêt à craquer. Finalement, une fois qu'elle m'eut alloué de mauvaise grâce une place sur le vol de seize heures pour Genève, ce qui signifiait que je devais me dépêcher de rassembler mes affaires et prendre un taxi pour Heathrow, je me suis assise sur le lit et j'ai contemplé le motif du papier peint pendant si longtemps que le dessin a commencé à danser devant mes yeux.

— Voilà, il est parti, ai-je murmuré, parti pour toujours. Je ne le reverrai plus jamais.

Je m'attendais tellement à éclater en sanglots à cause de ces paroles prononcées tout haut que j'ai été surprise qu'il ne se passe rien, et je suis restée là, immobile, hébétée, mais la tête toujours pleine de détails pratiques. À l'idée d'appeler mes sœurs – toutes les cinq –, j'étais terrifiée. Laquelle prévenir en premier ? J'ai pris en compte tout un éventail de paramètres et la réponse n'a pas tardé à s'imposer : Tiggy, bien sûr, la seconde de la fratrie, celle dont je me sentais la plus proche.

Les doigts tremblants sur mon téléphone, j'ai fait défiler les numéros jusqu'au sien. En entendant sa messagerie vocale, j'ai bafouillé quelques mots confus lui demandant de me rappeler d'urgence. Elle se trouvait quelque part dans les Highlands, en Écosse, où elle travaillait dans un centre qui recueillait des cervidés malades.

Quant à mes autres sœurs… leurs réactions seraient diverses, en apparence du moins, allant de l'indifférence à un dramatique épanchement d'émotion.

Ne sachant pas trop de quel côté je basculerai sur l'échelle du chagrin quand je leur parlerai, j'ai choisi la lâcheté et je leur ai envoyé un texto à chacune, les priant de me contacter le plus vite possible. Je me suis ensuite dépêchée de faire mon sac et je suis descendue à la cuisine où j'ai laissé un mot à Jenny lui expliquant pourquoi j'avais dû partir.

J'ai décidé de héler un taxi dans la rue et j'ai marché d'un pas rapide le long du parc de Chelsea, comme n'importe qui, par une journée banale. Je crois que j'ai même salué quelqu'un qui promenait son chien et que je lui ai souri.

Personne ne pourrait deviner ce qui m'arrive, me suis-je dit en montant dans le taxi que j'ai réussi à arrêter sur King's Road, où le trafic était intense.

J'ai indiqué au chauffeur l'aéroport d'Heathrow.

Non, personne n'aurait pu deviner.

* * *

Cinq heures plus tard, alors que le soleil descendait tranquillement sur le lac de Genève, je suis arrivée à notre ponton privé pour la dernière étape de mon voyage.

Christian m'attendait déjà dans la vedette. À son regard, j'ai compris qu'il savait.

— Comment allez-vous, mademoiselle Maia ? a-t-il demandé en m'aidant à monter à bord, ses yeux bleus pleins de compassion.

— Je suis… contente d'être ici, ai-je répondu d'une voix neutre, puis je suis allée m'asseoir à l'arrière du bateau, sur la banquette en cuir crème qui suivait la courbe de la poupe.

En temps normal, je m'installais à l'avant, à côté de Christian, pour fendre les eaux calmes pendant les vingt minutes de la traversée. Mais ce jour-là, j'avais besoin de solitude. Christian a démarré. Le soleil se reflétait sur les fenêtres des somptueuses demeures qui bordaient le lac.

Souvent, en faisant ce trajet, il me semblait franchir le seuil d'un monde féerique, un univers éthéré sans aucun rapport avec la réalité.

Le monde de Pa Salt.

À l'évocation du surnom de mon père, que j'avais inventé quand j'étais enfant, des larmes m'ont picoté les yeux. Il avait toujours adoré faire de la voile et quand il revenait dans la maison du bord du lac, il sentait l'air iodé et la mer. Avec le temps, mes jeunes sœurs aussi s'étaient approprié ce surnom.

Alors que le bateau prenait de la vitesse et que le vent chaud agitait mes cheveux, je me suis remémoré des centaines d'arrivées à Atlantis, le château de Pa Salt. Situé sur un promontoire adossé à un croissant de terrain montagneux qui s'élevait en pente abrupte, il était inaccessible par la route ; on ne pouvait y accéder qu'en bateau. Les voisins les plus proches se trouvant à des kilomètres, Atlantis était un peu notre royaume privé, à l'écart du reste du monde. Tout ce qu'il renfermait était magique… comme si Pa Salt et nous, ses filles, avions vécu dans un endroit enchanté.

Nous avions toutes été choisies par Pa Salt quand nous étions bébés et adoptées aux quatre coins du monde. Pa aimait dire que nous étions ses filles « spéciales ». Il nous avait donné les noms des Pléiades, les Sept Sœurs, sa constellation préférée. Maia était la première.

Quand j'étais petite, il m'emmenait sous le dôme en verre de son observatoire, tout en haut de la maison, et me soulevait dans ses bras puissants pour que j'observe le ciel, la nuit, à travers son télescope.

— Elles sont là, me disait-il une fois qu'il avait aligné l'objectif. Regarde, Maia, regarde la belle étoile brillante dont tu portes le nom.

Et je la voyais, oh oui. J'écoutais à peine tandis qu'il me racontait les légendes à l'origine de mon nom et de ceux de mes sœurs, mais je savourais le plaisir de sentir ses bras autour de moi, consciente de vivre un moment rare et précieux, avec mon père pour moi seule.

Quant à Marina, que j'avais longtemps prise pour ma mère – j'avais même raccourci son nom à « Ma » –, j'ai compris plus tard qu'elle n'était qu'une simple nourrice, embauchée par

Pa pour s'occuper de nous lors de ses nombreuses absences. Mais évidemment, Marina était beaucoup plus que cela pour nous toutes. C'était elle qui essuyait nos larmes, qui nous grondait lorsque nous nous tenions mal à table. Elle nous a guidées sereinement durant ces années difficiles à l'issue desquelles l'enfant devient une femme.

Ma a toujours été là, et je ne l'aurais pas aimée davantage si elle m'avait donné la vie.

Pendant les trois premières années de mon enfance, il n'y avait que Marina et moi dans notre château magique sur les rives du lac. Et puis, une à une, mes sœurs ont commencé à arriver.

Normalement, Pa m'apportait un cadeau quand il rentrait de voyage. J'entendais le bateau arriver, je m'élançais sur la vaste pelouse et je courais jusqu'à la jetée pour l'accueillir. Comme tous les enfants, je voulais voir ce qu'il avait caché dans ses poches magiques. Je me souviens du jour où, après qu'il m'eut offert un ravissant renne en bois sculpté en me jurant qu'il venait du Père Noël, une femme en uniforme s'est avancée avec un paquet dans les bras. Et le paquet bougeait.

— Je t'ai rapporté un autre cadeau, Maia, le plus extraordinaire qui soit. Une petite sœur. Maintenant, tu ne seras plus seule quand je dois m'absenter.

Pa m'a souri et serrée contre lui.

Ma vie a changé ensuite. La puéricultrice que Pa avait amenée avec lui a disparu quelques semaines plus tard et Marina a pris la relève pour s'occuper de ma sœur. Je ne comprenais pas comment cette chose qui braillait, qui sentait souvent mauvais et me privait de l'attention qui m'était due pouvait être un cadeau. Jusqu'à ce matin où Alcyone – à qui on avait donné le nom de la deuxième étoile des Sept Sœurs – m'a souri, assise dans sa chaise haute.

— Elle me reconnaît ! ai-je lancé, émerveillée, à Marina qui lui donnait à manger.

— Bien sûr qu'elle te reconnaît, ma chérie. Tu es sa grande sœur, celle qu'elle admirera toute sa vie. Ce sera à toi de lui enseigner beaucoup de choses que tu sais et qu'elle ignore.

Et, en grandissant, Alcyone est devenue mon ombre, toujours sur mes talons, ce qui m'enchantait et m'agaçait tout autant. « Maia, attends-moi ! » exigeait-elle d'une voix forte en me suivant d'un pas mal assuré.

Bien qu'Ally – comme nous l'avions surnommée – ait au départ quelque peu perturbé mon existence dorée à Atlantis, je n'aurais pu souhaiter une compagne plus adorable ni plus aimable. Elle pleurait rarement, voire jamais, et ne faisait aucun de ces caprices réservés aux bambins de son âge. Avec ses boucles d'un roux doré qui tombaient en cascade et ses grands yeux bleus, Ally possédait un charme naturel auquel mon père était le premier à succomber.

Quand Pa Salt rentrait à la maison après l'un de ses longs voyages à l'étranger, je remarquais combien ses yeux s'allumaient dès qu'il la voyait. Il la regardait comme jamais il ne m'avait regardée, j'en étais sûre, moi qui étais timide et réservée alors qu'Ally débordait d'assurance.

Elle était aussi un de ces enfants qui semblait exceller dans tout – en particulier la musique et les sports nautiques. Quand Pa lui a appris à nager dans notre grande piscine, elle a aussitôt maîtrisé la technique – un vrai poisson dans l'eau –, tandis que je barbotais avec peine, redoutant à tout instant de couler.

Et puis, alors que je n'avais pas le pied marin, même à bord du *Titan*, le superbe yacht de Pa, Ally, elle, le suppliait de l'emmener sur le dériveur qu'il gardait amarré à notre jetée. Je me souviens que je m'accroupissais dans l'espace exigu de la poupe pendant que Pa et Ally s'affairaient aux commandes et que le bateau filait sur les eaux miroitantes du lac. Bref, je ne partageais aucune passion avec Pa qui aurait pu me rapprocher de lui comme ma sœur.

Ally avait étudié la musique au Conservatoire de Genève. Excellente flûtiste, elle aurait pu poursuivre une carrière dans un orchestre professionnel, mais elle avait ensuite choisi la vie de marin à plein-temps. Elle participait régulièrement à des régates et avait représenté la Suisse à plusieurs occasions.

Ally avait presque trois ans quand Pa est arrivé un jour avec une autre sœur pour nous, à qui il a donné le nom de la troisième des Sept Sœurs, Astérope.

— Mais nous l'appellerons Star, a-t-il dit en nous souriant à Marina, Ally et moi, tandis que nous observions cette petite chose, couchée dans le couffin, qui venait agrandir notre famille.

Je prenais alors des leçons chaque matin avec un professeur particulier, aussi la venue de Star m'a-t-elle moins perturbée que celle d'Ally. Et puis, à peine six mois plus tard, un autre bébé nous a rejointes, une petite fille de douze semaines prénommée Célaéno, un nom qu'Ally a immédiatement raccourci en CeCe.

Trois mois seulement séparaient Star et CeCe et, du plus loin que je me souvienne, elles ont toujours été très complices. Comme des jumelles, communiquant avec leur propre babillement, qu'elles utilisent encore aujourd'hui. Elles vivaient dans leur monde à elles dont nous étions exclues, et même à présent qu'elles ont une vingtaine d'années, rien n'a changé. CeCe, la plus jeune des deux, était toujours celle qui avait le dessus, son corps trapu et sa peau noisette contrastant avec la pâleur et la minceur de Star.

L'année suivante, un autre bébé arriva encore. Taygète – que j'ai surnommée « Tiggy » à cause de ses cheveux courts et noirs qui se dressaient sur sa toute petite tête et me faisaient penser au hérisson de la célèbre histoire de Beatrix Potter.

J'avais alors sept ans et je me suis tout de suite sentie proche de Tiggy. Elle était la plus fragile d'entre nous, affligée de toutes les maladies infantiles les unes après les autres, mais elle demeurait stoïque. Quand Pa a encore ramené à la maison une autre fillette, nommée Électra, Marina, épuisée, m'a souvent demandé de m'occuper de Tiggy qui avait continuellement la fièvre, ou toussait, et qui fut finalement déclarée asthmatique. On ne la sortait pas beaucoup dans le landau pour éviter que l'air froid et le brouillard épais de Genève ne lui fragilisent les poumons.

Électra était la benjamine et son nom lui allait à la perfection. Je m'étais maintenant habituée aux bébés et à leurs exigences, mais ma plus jeune sœur était sans aucun doute la plus difficile. Tout ce qui se rapportait à elle était « électrique » ; en un instant, elle pouvait passer d'une humeur sombre à une humeur légère et vice versa, de sorte que notre foyer, auparavant calme, retentissait quotidiennement de ses cris perçants. Ses caprices résonnaient dans ma conscience d'enfant et, en grandissant, sa personnalité impétueuse ne s'adoucit guère.

En secret, Ally, Tiggy et moi la surnommions « Tricky », qui signifie difficile, délicat. Il nous fallait toujours la prendre avec des gants pour ne pas déclencher un brusque changement d'humeur. Franchement, il y a eu des moments où je la détestais tellement elle perturbait notre vie à Atlantis.

Cependant, quand Électra sentait que l'une de nous avait des problèmes, elle était la première à offrir son aide et son soutien. Elle pouvait se montrer d'un égoïsme excessif, ou bien, à d'autres occasions, d'une générosité sans limite.

Après Électra, nous avons toutes attendu l'arrivée de la septième sœur. Puisque Pa nous avait donné le nom de cette constellation, sans elle, nous n'aurions pas été complètes. Nous connaissions même son nom – Mérope – et nous nous demandions à quoi elle ressemblerait. Mais une année passa, puis une autre, et une autre encore, et notre père ne rapportait toujours pas de bébé.

Je me souviens parfaitement de la conversation que j'ai eue avec lui dans son observatoire. J'avais quatorze ans et allais bientôt entrer dans ma vie de femme. Nous guettions une éclipse qui, d'après lui, signait un moment précurseur pour l'humanité.

— Pa, ai-je dit, amèneras-tu un jour notre septième sœur à la maison ?

En entendant cela, tout son corps a semblé se figer pendant quelques secondes. D'un coup, il a eu l'air de porter le poids du monde sur ses épaules. Il ne s'est pas retourné, car il se concentrait sur son télescope, mais j'ai compris instinctivement que mes paroles l'avaient bouleversé.

— Non, Maia, je ne la ramènerai pas. Parce que je ne l'ai jamais trouvée.

* * *

Quand est apparue la haie d'épicéas qui protégeait notre maison des regards indiscrets et que j'ai vu Marina, debout sur la jetée, la mort de Pa s'est imposée à moi avec son implacable réalité : l'homme qui avait fait de nous les princesses de son royaume n'était plus là pour garder l'enchantement.

DÉCOUVREZ L'UNIVERS INIMITABLE DE

LUCINDA RILEY

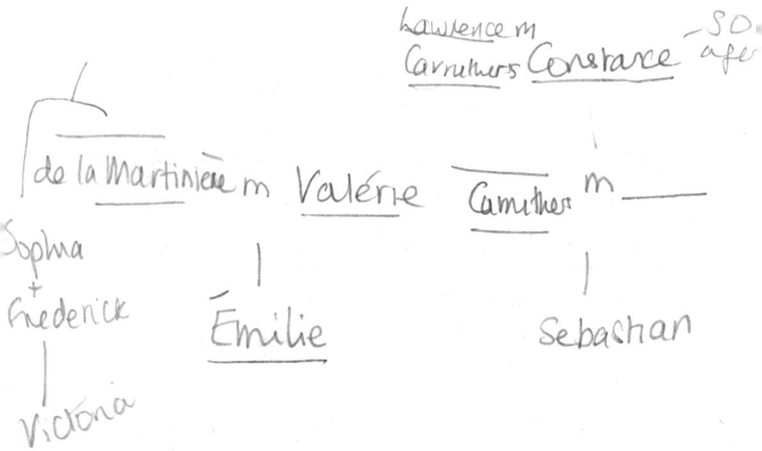

Lawrence m
Carruthers Constance
de la Martinière m Valérie
Carruthers m
Sophia
+
Frederick
Victoria
Émilie
Sebastian

Cet ouvrage est composé de matériaux issus de forêts gérées durablement certifiées PEFC™.
Le Programme de reconnaissance des certifications forestières (PEFC™) est le plus grand organisme mondial indépendant de contrôle pour une gestion durable des forêts.
Pour en savoir plus, consultez le site www.pefc-france.org

PEFC PEFC/14-38-00277

Achevé d'imprimer en décembre 2023
par Novoprint
Deuxième tirage
Dépôt légal : octobre 2023
Imprimé en Slovaquie